금석이야기집 일본부【五】

今昔物語集 五

KONJAKU MONOGATARI-SHU 1-4

by MABUCHI Kazuo, KUNISAKI Fumimaro, INAGAKI Taiichi

ⓒ 1999/2000/2001/2002 MABUCHI Kazuo, KUNISAKI Fumimaro, INAGAKI Taiichi

Illustration ⓒ 1999/2000/2001/2002 SUGAI Minoru

All rights reserved.

Original Japanese edition published by SHOGAKUKAN INC., Tokyo.

Korean translation rights in Korea arranged with SHOGAKUKAN INC., Japan

through THE SAKAI AGENCY and BESTUN KOREA AGENCY.

금석이야기집 일본부[五]

1판 1쇄 인쇄 2016년 2월 20일
1판 1쇄 발행 2016년 2월 29일
—
교주·역자 l 馬淵和夫·国東文麿·稲垣泰一
한역자 l 이시준·김태광
발행인 l 이방원
—
발행처 l 세창출판사
　　　신고번호·제300-1990-63호 l 주소·서울 서대문구 경기대로 88 냉천빌딩 4층 l 전화·(02)723-8660
　　　팩스·(02)720-4579 l http://www.sechangpub.co.kr l e-mail: sc1992@empal.com
—
ISBN 978-89-8411-601-6 94830
ISBN 978-89-8411-596-5 (세트)
—
·이 책은 한국연구재단의 지원으로 세창출판사가 출판, 유통합니다.
·잘못된 책은 구입하신 서점에서 바꾸어 드립니다.
·책값은 뒤표지에 있습니다.
—
이 도서의 국립중앙도서관 출판시도서목록(CIP)은 e-CIP홈페이지(http://www.nl.go.kr/ecip)와 국가자료공동목록
시스템(http://www.nl.go.kr/kolisnet)에서 이용하실 수 있습니다. (CIP제어번호: CIP2016004915)

금석이야기집 일본부
今昔物語集 (권20~권23)
A Translation of "Konjaku Monogatarishu"
【五】

馬淵和夫 · 国東文麿 · 稲垣泰一 교주 · 역

이시준 · 김태광 한역

세창출판사

머리말

『금석이야기집今昔物語集』은 방대한 고대 일본의 설화를 총망라하여 12세기 전반에 편찬된 일본 최대의 설화집이며, 문학사에서는 '설화의 최고봉', '설화의 정수'라 일컬어지는 작품이다. 작품의 내용은 크게 천축天竺(인도), 진단震旦(중국), 본조本朝(일본)의 이야기로서 본 번역서는 작품의 약 3분의 2의 권수를 차지하고 있는 본조本朝(일본)의 이야기를 번역한 것이다.

우선 서명을 순수하게 우리말로 직역하면 '옛날이야기모음집' 정도가 될 성싶다. 『今昔物語集』의 '今昔'은 작품 내의 모든 수록설화의 모두부冒頭部가 거의 '今昔' 즉 '이제는 옛이야기이지만'으로 시작되기 때문에 붙여진 서명이다. 한편 '物語'는 일화, 이야기, 산문작품 등 폭넓은 의미를 포괄하는 단어이며, 그런 이야기를 집대성했다는 의미에서 '集'인 것이다. 『금석이야기집』은 고대말기 천화千話 이상의 설화를 집성한 작품으로서 양적으로나 문학사적 의의로나 일본문학에서 손꼽히는 작품의 하나이다.

하지만 작품성립을 둘러싼 의문은 여전히 남아 있어, 특히 편자, 성립연대, 편찬의도를 전하는 서序, 발拔이 없는 관계로 이 분야에 대한 연구는 많은 이설異說들을 낳고 있다. 편자 혹은 작가에 대해서는 귀족인 미나모토노 다카쿠니源隆國, 고승高僧인 가쿠주覺樹, 조슌藏俊, 대사원의 서기승書記僧 등이 거론되는가 하면, 한 개인의 취미적인 차원을 뛰어넘는 방대한 양과 치밀한 구성으로 미루어 당시의 천황가天皇家가 편찬의 중심이 되어 신하와 승려들이 공동 작업을 했다는 설도 제시되는 등, 다양한 편자상이 모색되고 있다. 한편, 공동 작업이라는 설에 대해서 같은 유의 발상이나 정형화된 표현이 도처에 보여 개인 혹은 소수의 집단에 의한 것이라고 보는 반론도 설득력을 가지고 공존하고 있다. 성립의 장소는 서사書寫가 가장 오래되고 후대사본의 유일한 공통共通 조본인 스즈카본鈴鹿本이 나라奈良의 사원(도다이지東大寺나 고후쿠지興福寺)에서 서사된 점으로 미루어 봤을 때, 원본도 같은 장소에서 만들어졌으리라 추정되고 있다.

그리고 성립연대가 12세기 전반이라는 점에서 대부분의 연구자가 일치된 견해를 보이고 있다. 출전(전거, 자료)으로 추정되는『도시요리 수뇌俊頼髄脳』의 성립이 1113년 이전이며 어휘나 어법, 편자의 사상, 또는 설화집 내에서 보원保元의 난(1156년)이나 평치平治의 난(1159)의 에피소드가 다루어지고 있지 않다는 점이 이를 뒷받침한다.

전체의 구성(논자에 따라서는 '구조' 혹은 '조직'이라는 용어를 사용)은 천축天竺(인도), 진단震旦(중국), 본조本朝(일본)의 삼부三部로 나뉘고, 각부는 각각 불법부佛法部와 세속부世俗部(왕법부)로 대별된다. 또한 각부는 특정주제에 의한 권卷(chapter)으로 구성되고, 각 권은 개개의 주제나 어떠한 공통항으로 2화 내지 3화로 묶여서 분류되어 있다. 인도, 중국, 본조의 삼국은 고대 일본인에게 있어서 전 세계를 의미하며, 그 세계관은 불법(불교)에 의거한다. 이렇게 『금석』은 불교적 세계와 세속의 경계를 넘나들면서 신앙의 문제, 생의 문제 등 인간의 모든 문제를 망라하여 끊임 없이 그 의미를 추구해 마지않는 것이다. 동시에『금석』은 저 멀리 인도의 석가모니의 일생(천축부)에서 시작하여 중국과 일본의 이야기, 즉 그 당시 인식된 전 세계인 삼국의 이야기를 망라하여 배열하고 있다. 석가의 일생(불전佛傳)이나 각부의 왕조사와 불법 전래사, 왕법부의 대부분의 구성과 주제가 그 이전의 문학에서 볼 수 없었던 형태였음을 상기할 때,『금석이야기집』편찬에 쏟은 막대한 에너지는 설혹 그것이 천황가가 주도한 국가적 사업이었다손 치더라도 가히 상상도 못 하리라는 사실을 인정하지 않을 수 없다. 과연 그 에너지는 어디서 기인하는 것일까? 그것은 편자의 현실에 대한 인식에서부터라 할 수 있으며, 그 현실은 천황가, 귀족(특히 후지와라藤原 가문), 사원세력, 무가세력이 각축을 벌이며 고대에서 중세로 향하는 혼란이 극도에 달한 이행기移行期였던 것이다. 편자는 세속설화와 불교설화를 병치倂置 배열함으로써 당시의 왕법불법상의 이념을 지향하려 한 것이며, 비록 그것이 달성되지 못하고 작품의 미완성으로 끝을 맺었다 하더라도 설화를 통한 세계질서의 재해석·재구성에의 에너지는 희대의 작품을 탄생시킨 것이다.

『금석이야기집』의 번역의 의의는 매우 크나 간단히 그 필요성을 기술하면 다음의 세 가지를 들 수 있다.

첫째,『금석이야기집』은 전대의 여러 문헌자료를 전사轉寫해 망라한 일본의 최대의 설화집으로서 연구 가치가 높다.

일반적으로 설화를 신화, 전설, 민담, 세간이야기(世間話), 일화 등의 구승口承 및 서승書承(의거자료에 의거하여 다시 기술함)에 의해 전승된 이야기로 정의 내릴 수 있다면,『금석이야기집』의 경우도 구승에 의한 설화와 서승에 의한 설화를 구별하려는 문제가 대두됨은 당연하다 하겠다. 실제로 에도江戶시대(1603~1867년)부터의 초기연구는 출전(의거자료) 연구에서 시작되었고 출전을 모르거나 출전과 동떨어진 내용인 경우 구승이나 편자의 대폭적인 윤색으로 해석하는 경향이 있었다. 하지만 새로운 의거자료가 확인되는 가운데 근년의 연구 성과에 의하면,『금석이야기집』에는 구두의 전승을 그대로 기록한 것은 없고 모두 문헌을 기초로 독자적으로 번역된 것으로 확인되고 있다. 이하 확정되었거나 거의 확실시되는 의거자료는『삼보감응요략록 三寶感應要略錄』(요료, 비탁非濁 찬撰),『명보기冥報記』(당唐, 당림唐臨 찬撰),『홍찬법 화전弘贊法華傳』(당唐, 혜상惠祥 찬撰),『후나바시가본계船橋家本系 효자전孝子傳』, 『도시요리 수뇌俊賴髓腦』(일본, 12세기초, 源俊賴),『일본영이기日本靈異記』(일본, 9 세기 초, 교카이景戒),『삼보회三寶繪』(일본, 984년, 미나모토노 다메노리源爲憲),『일 본왕생극락기日本往生極樂記』(일본, 10세기 말, 요시시게노 야스타네慶滋保胤),『대 일본국법화험기大日本國法華驗記』(일본, 1040~1044년, 진겐鎭源),『후습유 와카 집後拾遺和歌集』(일본, 1088년, 후지와라노 미치토시藤原通俊),『강담초江談抄』(일본, 1104~1111년, 오에노 마사후사大江匡房의 언담言談) 등이 있다. 종래 유력한 의거 자료로 여겨졌던『경률이상經律異相』,『법원주림法苑珠林』,『대당서역기大唐西 域記』,『현우경賢愚經』,『찬집백연경撰集百緣經』,『석가보釋迦譜』등의 경전이나 유서類書는 직접적인 자료라고 할 수 없고,『주호선注好選』, 나고야대학장名 古屋大學藏『백인연경百因緣經』과 같은 일본화日本化한 중간매개의 존재를 생 각할 수 있으며,『우지대납언이야기宇治大納言物語』,『지장보살영험기地藏菩 薩靈驗記』,『대경大鏡』의 공통모태자료共通母胎資料 등의 산일散逸된 문헌을 상 정할 수 있다.

둘째,『금석이야기집』은 중세 이전 일본 고대의 문학, 문화, 종교, 사상, 생 활양식 등을 살펴보는 데에 있어 필수적인 자료이다.

전술한 바와 같이 인도, 중국, 일본의 삼국은 고대 일본인에게 있어서 전 세계를 의미하며, 삼국이란 불교가 석가에 의해 형성되어 점차 퍼져나가는 이른바 '동점東漸'의 무대이며, 불법부에선 당연히 석가의 생애(불전佛傳)로부 터 시작되어 불멸후佛滅後 불법의 유포, 중국과 일본으로의 전래가 테마가 된다. 삼국의 불법부는 거의 각국의 불법의 역사, 삼보영험담三寶靈驗譚, 인 과응보담이라고 하는 테마로 구성되어 불법의 생성과 전파, 신앙의 제 형태를 내용으로 한다. 한편 각부各部의 세속부는 왕조의 역사가 구상되어 있다. 특히 본조本朝(일본)부는 천황, 후지와라藤原(정치, 행정 등 국정전반에 강력한 영향력을 가진 세습귀족가문, 특히 고대에는 천황가의 외척으로 실력행사) 열전列傳, 예능藝能, 숙보宿報, 영귀靈鬼, 골계滑稽, 악행惡行, 연예戀愛, 잡사雜事 등의 분류가 되어 있어 인간의 제상諸相을 그리고 있다.

셋째, 한일 설화문학의 비교 연구뿐만이 아니라 동아시아 설화, 민속분야의 비교연구에 획기적인 계기가 될 것으로 기대된다.

먼저 동아시아에서 공통적으로 신앙하고 고대부터 현대에 이르기까지 막대한 영향력을 끼치고 있는 불교 및 이와 관련된 종교적 설화의 측면에서 보면, 『금석이야기집』 본조부에는 일본의 지옥(명계)설화, 지장설화, 법화경설화, 관음설화, 아미타(정토)설화 등이 다수 수록되어 있다. 이와 같이 불교의 세계관에 의해 형성된 설화, 불보살의 영험담 등은 일본뿐만 아니라 한국, 중국에서 또한 공통적으로 보이는 설화라 할 수 있다. 불교가 인도에서 중국, 그리고 한국, 일본으로 전파·토착화되는 과정에서, 각국의 독특한 사회·문화적인 토양에서 어떻게 수용·발전되었는가를 설화를 통해 비교 고찰함으로써, 각국의 고유한 종교적·문화적 특징들이 보다 객관적이고 명확하게 이해될 수 있을 것으로 판단된다.

한편, 『금석이야기집』 본조부에는 동물이나 요괴 등에 관한 설화가 다수 수록되어 있다. 용과 덴구天狗, 오니鬼, 영靈, 정령精靈, 여우, 너구리, 멧돼지 등이 등장하며, 생령生靈, 사령死靈 또한 빼놓을 수 없다. 용과 덴구는 불교에서 비롯된 이류異類이지만, 그 외의 것은 일본 고유의 문화적·사상적 풍토 속에서 성격이 규정되고 생성된 동물들이다. 근년의 연구동향을 보면, 일본의 '오니'와 한국의 '도깨비'에 대한 비교고찰은 일반화되고 있다고 판단된다. 이제는 더 나아가 그 외의 대상에 대해서도 관심을 가지고 문화적인 비교연구가 활성화되어야만 할 것이며,『금석이야기집』의 설화는 이러한 연구에 대단히 유효한 소재원이 될 것으로 기대하는 바이다.

전술한 바와 같이 본 번역서는『금석이야기집』의 약 3분의 2를 차지하는 본조本朝(일본)부를 번역한 것으로 그 나머지 천축天竺(인도)부, 진단震旦(중국)부의 번역은 금후의 과제로 삼고자 한다.

권두 해설을 집필해 주신 고미네 가즈아키小峯和明 교수님께 감사를 드린다. 교수님은 일본설화문학을 중심으로 동아시아 설화문학, 기리시탄 문학, 불전 등을 연구하시며 문학뿐만이 아니라 역사, 종교, 사상 등 다방면의 학문에 큰 업적을 남기신 분이다. 개인적으로는 일본 유학시절부터 지금까지 설화연구의 길잡이가 되어 주셨고, 교수님의 저서를 한국에서『일본 설화문학의 세계』란 제목으로 번역·출판하기도 하였다. 다시 한 번 흔쾌히 해설을 써 주신 데에 대해 심심한 감사를 드린다.

마지막으로 방대한 분량의 원고를 꼼꼼히 읽어 교정·편집을 해주신 세창출판사 임길남 상무님께 감사를 드리는 바이다.

2016년 2월

이시준, 김태광

차
례

1. 본 번역서는 新編 日本古典文學全集 『今昔物語集 ①~④』(小學館, 1999년)을 저본으로 한
   것으로 모든 자료(도판, 해설, 각주 등)의 이용을 허가받았다.

2. 번역서는 총 9권으로 구성되어 있고 각 권의 수록 내용은 다음과 같다.
   ①권－권11・권12   ②권－권13・권14
   ③권－권15・권16   ④권－권17・권18・권19
   ⑤권－권20・권21・권22・권23   ⑥권－권24・권25
   ⑦권－권26・권27   ⑧권－권28・권29
   ⑨권－권30・권31

3. 각 권의 제목은 번역자가 임의로 권의 내용을 고려하여 붙인 것임을 밝혀 둔다.

4. 본문의 주석은 저본의 것을 기본으로 하였으며, 독자층을 연구자 대상으로 하는 연구재
   단 명저번역 사업의 취지에 맞추어 가급적 상세한 주석 작업을 하였다. 필요시에 번역자
   의 주석을 첨가하였고, 번역자 주석은 ' * '로 표시하였다.

5. 번역은 본서 『금석 이야기집』의 특징, 즉 기존의 설화집의 설화(출전)를 번역한 것으로 출
   전과의 비교 연구가 중요하다는 점을 고려하여 가능한 한 직역을 위주로 하였다. 단, 가
   독성을 위하여 주어를 삽입하거나, 긴 문장의 경우 적당하게 끊어서 번역하거나 하는 방
   법을 취했다.

6. 절, 신사의 명칭은 다음과 같이 표기하였다.
   ⑩ 東大寺 ⇒ 도다이지 ⑩ 賀茂神社 ⇒ 가모 신사

7. 궁전의 전각이나 문루의 이름, 관직, 연호 등은 우리 한자음으로 표기하였다.

예 一條 ⇒ 일조 예 淸涼殿 ⇒ 청량전 예 土御門 ⇒ 토어문 예 中納言 ⇒ 중납언

예 天永 ⇒ 천영

단, 전각의 명칭이 사람의 호칭으로 사용될 때는 일본어 원음으로 표기하였다.

예 三條院 ⇒ 산조인

8. 산 이름이나 강 이름은 전반부는 일본어 원음으로 표기하되, '山'과 '川'은 '산', '강'으로
표기하였다.

예 立山 ⇒ 다테 산 예 鴨川 ⇒ 가모 강

9. 서적명은 우리 한자음과 일본어 원음을 적절하게 혼용하였다.

예 『古事記』⇒ 고사기 예 『宇治拾遺物語』⇒ 우지습유 이야기

10. 한자표기의 경우 가급적 일본식 한자를 한국에서 일반적으로 통용하는 글자로 변환시
켜 표기하였다.

금석이야기집今昔物語集

권 20
【因果應報】

주 지 主 旨　본권 권20은 일본 불법부의 마지막을 다채로운 불교관련 설화로 장식하고, 특히 인과응보를 주제로 하고 있다. 제1화에서 제12화까지는 불법을 방해하는 덴구天狗담으로, 덴구는 대부분 불법에 패하고, 역으로 불법의 위력이나 권위를 고양하는, 피에로로서 우스꽝스러운 역할을 연출한다. 제13·14화에는 구사이나기野猪·여우의 요괴담을 배치하고, 이것을 계기로 제15화 이후는 명도冥途에서의 소생蘇生담으로 옮겨진다. 제25화 이하는 악인악과惡因惡果, 선인선과善因善果의 현보現報담이다. 악인惡因은 부모에 대한 불효가 많아서 효양담과 대조되고 있다. 선인善因 이야기는 불신佛神의 감응설화로, 정직한 마음·지성심·자비심을 칭송한다. 수록 이야기의 약 절반이 『일본영이기日本靈異記』를 출전으로 하고 있지만, 그 외의 다른 출전미상 이야기는 화문체和文體의 산실散失 문헌에 의거한 것으로 추정된다.

천축의 덴구天狗가 바닷물이 내는 소리를 듣고
일본에 건너온 이야기

이 이야기부터 제12화까지의 덴구天狗담 중 제일 먼저 인도에서 날아온 덴구 설화를 권 머리에 둔 것은, 본 이야기집 전체의 구성과 마찬가지로 불법佛法 동점東漸의 역사를 더듬은 것이다. 일본의 불법융성, 특히 히에이 산比叡山 엔랴쿠지延曆寺의 존엄을 칭송하는 이야기이지만, 후반은 묘구明救 승정僧正의 전생담前生譚으로 중심이 이동하고 있다.

이제는 옛이야기이지만, 천축에 덴구天狗¹가 있었다. 천축에서 진단으로 건너오는 도중 한 줄기 바닷물이,

제행무상諸行無常 시생멸법是生滅法, 생멸멸이生滅滅已, 적멸위락寂滅爲樂²

이라는 소리를 내기에, 그것을 듣고 덴구는 크게 놀라 '바닷물이 어떻게 이런 귀하고 심원深遠한 법문法文을 읊는 걸까?'라고 이상하게 여겨, '이 물의 정체를 알아내어 어떻게 해서든 방해해야지.'라고 생각하고 물소리를 따라

---

1   → 불교. 덧붙여 이 시대의 덴구에 대해 『헤이케 이야기平家物語』 권10에서는 지계성持戒聖·지자智者·행자行者가 교만심驕慢心을 일으켜 덴구가 된다고 설명함.
2   제행무상게諸行無常偈(→ 불교).

찾아오는데, 진단까지 건너와[3] 들어도 역시 소리가 똑같이 들렸다.

그래서 진단도 지나고, 일본 경계에 있는 바다[4]까지 와서 들어 보아도, 바닷물은 역시 똑같은 소리로 법문을 읊었다. 그곳에서 쓰쿠시筑紫[5] 하카타彼方[6]를 지나[7] 모지門司의 관문關[8]에 와서 들으니, 지금까지보다는 조금 더 큰 소리로 법문을 읊었다. 덴구는 점점 더 이상하게 여기며 찾아오다가, 여러 지방을 지나 요도 강淀川의 강어귀[9]까지 왔다. 그곳에서 요도 강으로 찾아들어와 보니, 또 조금 더 큰 소리로 읊었다. 요도淀[10]에서 우지 강宇治川[11]으로 찾아 들어오니, 더욱더 큰 소리로 읊었다. 그 소리를 찾아 상류까지 계속 거슬러 올라가, 덴구는 마침내 오미近江의 비와琵琶 호수로 들어갔다. 그러자 물은 점점 더 큰 소리로 읊었기에, 덴구는 조금 더 찾아가보니, 히에이 산比叡山[12]의 요카와橫河[13]에서 흘러나오는 한줄기 강으로 오게 되었는데, 귀가 멍멍할 정도로 시끄럽게 그 법문을 읊는 소리가 들렸다. 강 상류를 보니 사천왕四天王[14] 및 많은 호법護法[15] 동자가 그 물을 지키고 계셨다. 그것을 본 덴구는 놀라서 가까이 다가가지도 못했지만, 그래도 미심쩍은 생각에 숨어서 듣고 있었는데, 이루 말할 수 없이 무서웠다.

---

3   5세기 초반 법현法顯이 인도에서 귀로歸路 시 이 해상 루트를 취했음.

4   동지나 해역.

5   지쿠젠築前과 지쿠고築後 두 지방을 가리킴. → 옛 지방명. 규슈九州 북부의 옛 칭.

6   하카타항博多港.

7   이하 하카타항에서 오미近江의 비와琵琶 호수까지 당시의 해상교통 루트를 거슬러 올라감. 다만, 덴구는 그것을 하늘로 가고 있음.

8   세토瀬戸지역의 내해內海와 외해外海의 경계. 교통의 요충지.

9   셋쓰攝津지역의 교통의 요충지.

10 → 지명. 요도 나루터를 가리킴.

11 교토 부京都府 남쪽인 우지 시宇治市 지역을 흐르는 큰 강으로, 수원지는 일본 최대의 호수인 비와 호수임.

12 → 지명.

13 → 사찰명(요카와橫川). 8세기에 히에이 산 정상에 세워진, 일본 천태종의 총본산인 엔랴쿠지延曆寺의 세 지역 가람(동탑東塔, 서탑西塔, 요카와橫川) 중 제일 안쪽에 있는 가람.

14 → 불교.

15 → 불교.

잠시 지나서 □□□[16]의 가운데, 그다지 위계가 높지 않은 천동天童[17]이 가까운 곳에 계셨기에, 흠칫흠칫 다가가서, "이 물이 이렇게 귀하고 심원한 법문을 읊는 것은 어떤 연유입니까?"라고 묻자, 천동이

"이 하천은 히에이 산에서 학문하고 있는 많은 스님들의 측간에서 나온 물이 흘러내려오는 하류에 해당한다. 그렇기에 이와 같이 귀한 법문을 물도 읊고 있는 것이다. 또 그 때문에 이와 같이 천동도 지키고 계시는 것이다."

라고 대답했다. 덴구는 그것을 듣고 방해하려고 생각했던 마음이 갑자기 싹 사라져 없어지고,

'측간에서 흐르는 물 하류에서조차도 이와 같이 심원한 법문을 읊고 있다. 하물며 이 산에 사시는 스님은 얼마나 고귀하실까? 그 모습을 상상하면 말로 표현할 수 없을 정도일 것이다. 그렇다면 나는 차라리 이 산의 승려가 되겠다.'

라고 마음속으로 다짐을 하고 모습을 감춰 버렸다.

그 후 덴구는, 우다宇多 법황[18]의 왕자인 병부경兵部卿의 아리아케有明 친왕[19]이라는 사람의 아들이 되어 그 부인[20]의 뱃속에 잉태하여 태어났다. 그리고 다짐한 대로, 이 산의 법사法師가 되어 산의 스님이 되었다. 이름을 묘구明救[21]라 하였다. 엔쇼 승정延昌僧正[22]의 제자가 되어 점차 위계位階가 올라

---

16 파손에 의한 결자缺字인가. 해당 글자 미상.
17 제천동자諸天童子.
18 → 인명(우다인宇多院). 제59대 천황. 재위기간은 887~897.
19 → 인명. 바르게는 다이고醍醐 천황의 제7황자.
20 후지와라노 나카히라藤原仲平의 딸. 아키코晩子.
21 → 인명.
22 → 인명(엔쇼延昌). 제15대 천태좌주天台座主.

승정까지 되었다. 조도지淨土寺 승정[23]이라고도 하고, 또 대두大豆[24] 승정이
라고도 했다고 이렇게 이야기로 전하여 내려오고 있다 한다.

23 조도지는 묘구明救가 창건한 절. 천태종 히에이 산比叡山의 엔랴쿠지延曆寺 말사末寺의 하나였음. 묘구는 조
    도지 승도僧都(제문적보諸門跡譜), 조도지 좌주座主[무라사키 식부일기紫式部日記]라고도 했음. 조도지 승정
    에 관해서는 「소우기小右記」,[장화長和 4년〈1015〉 5월 16일] 참조.
24 「헤이케 이야기平家物語」(장문본長門本 권15)에 의하면, 고레타카惟喬, 고레히토惟仁(나중의 세이와淸和 천황)
    의 황위쟁탈을 위한 영험력 겨루기에서 패한 기 승정紀僧正 신제이眞濟가 일단은 원령怨靈이 되지만, 지넨
    慈念 승정 엔쇼延昌의 다라니陀羅尼 주문呪文에 의해 다시 태어나 그 제자(즉 묘구)가 되었다고 전한다. 대
    두(콩)밖에 먹지 않아 '비둘기 선사禪師'라고 불렸다고 함(동일전승이 청련원靑蓮院 소장 「차나업혈맥보遮那
    業血脈譜」이서裏書에도 보임). 또한 「천태좌주기天台座主記」, 「승강보임僧綱補任」에도 '신제이 후신後身'이 언
    급되어 있다. 신제이는 망집妄執에 의해 덴구도天狗道에 떨어져서 소메노노殿 황후를 괴롭힌 것으로 되어
    있어(「천태남산건립화상전天台南山建立和尙傳」, 「습유왕생전拾遺往生傳」 하권), 묘구를 덴구의 환생으로 하는
    이 이야기와 부분적으로 겹치는 전승임.

⊙제1화⊙ 천축의 덴구天狗가 바닷물이 내는 소리를 듣고 일본에 건너온 이야기

天竺天狗聞海水音渡此朝語第一

今昔、天竺[1]ニ天狗[2]有ケリ。天竺ヨリ震旦[3]ニ渡ケル道ニ、海ノ水一筋ニ、

[4]諸行無常　是生滅法　生滅々已　寂滅為楽

ト鳴ケレバ、天狗此レヲ聞テ、大ニ驚テ、「海ノ水何ナカ[5]止事無キ[6]甚深ノ法文ヲバ可唱キゾ」ト怪ビ思テ、「此ノ水ノ本[7]体[8]ヲ知テ、何デカ不妨デハ有ラム」ト思テ、水ノ音ニ付テ尋ネ来ルニ、震旦ニ尋ネ来テ聞クニ、猶同ジ様ニ鳴ル。

然バ、震旦モ過テ、日本ノ境[9]ノ海ニシテ聞クニ、猶同ジ様ニ[10]唱フ。其ヨリ筑紫ノ波方[11]ノ津ヲ過テ、文字ノ関[12]ニシテ聞ニ、今少シ高ク唱フ。天狗弥ヨ怪デ尋ネ来ル程ニ、国々ヲ過テ、[13]河尻ニ尋ネ来ヌ。其ヨリ淀河ニ尋ネ入ヌ。今少シ増テ唱フ。[14]淀ヨリ宇治河ニ尋ネ入レバ、其ニ弥ヨ増テ唱フレバ、河上[15]ニ尋ネ行クニ、近江ノ湖[1]ニ尋ネ入タルニ、弥ヨ高ク唱レバ、猶尋ヌルニ、比叡山[2]ノ横河[3]ヨリ出タル一ノ河ニ尋ネ入タルニ、此ノ文ヲ[4]喤シク唱フ。河ノ水ノ上[5]ヲ見レバ、四天王[6]及ビ諸ノ[7]護法此ノ水ヲ護リ給フ。天狗此ニ驚キ、近クモ不寄ズシテ、此事ノ不審[8]サニ隠レ居テ聞ニ、[9]怖ル、事無限シ。

暫許有テハ[10]□中ニ劣[11]ナル天等ノ近ク御スルニ、天狗恐々ヅ寄テ、「此ノ水ノ此ク止事無キ甚深ノ法文ヲ唱フルハ、何ナル事ゾ」ト問ヒケレバ、天等答テ云ク、「此ノ河ハ比叡ノ山学問スル多ノ僧ノ廁ノ尻[12]也。然レバ此ク止事無キ法文ヲバ、水モ唱フル也。此ニ依テ、此ク天等モ護リ給フ也」ト。天狗此レヲ聞テ、「妨ゲム」ト思ツル心忽ニ失テ思ハク、「廁ノ尻ダニ猶此ク甚深ノ法文ヲ唱フ。況ヤ[13]此ノ山ノ僧ノ貴キ有様ヲ思ヒ遣ルニ、云ハム方無シ。然レバ、我レ此ノ山ノ僧ト成ラム」ト誓ヲ発シテ失ニケリ。

其ノ後、宇多ノ法皇[14]ノ御子ニ、兵部卿有明ノ親王[15]ト云フ人ノ子ト成テ、其ノ上[16]ノ腹ニ宿テナム生タル。誓ノ如ク法師

ト成テ、此ノ山ノ僧ト有ケリ。名ヲバ明救ト云フ。延昌僧正ノ弟子トシテ、止事無ク成リ上テ、僧正マデ成ニケリ。浄土寺ノ僧正ト云ヒケリ、亦大豆ノ僧正トモ云ヒケリ、トナム語リ伝ヘタリト也。

진단의 덴구天狗 지라영수智羅永壽가
일본에 건너온 이야기

앞 이야기의 인도 덴구天狗에 이어서 이번 이야기에서는 중국의 덴구가 건너온 이야
기이다. 중국 덴구가 일본의 천태종밀교 고승에게 호되게 당한다는 내용은, 대국 중국
에 대하여 소국 일본에서의 불법 융성과 그 우월을 암시하는 것으로, 앞 이야기와 상
통한다. 그리고 이 이야기와 동문적동화同文的同話가 『진언전眞言傳』 권5 제25화에 보
이는 점 및 만수원본曼殊院本 『제가이보 회권是害坊繪卷』의 발문에 "이것은 우지대납언
宇治大納言의 이야기에 보인다"라고 기록된 점을 감안하면, 이 이야기의 출전은 산일散
逸 『우지 대납언 이야기宇治大納言物語』일 가능성이 높다.

이제는 옛이야기이지만, 진단에 힘센 덴구天狗¹가 있었다. 이름이 지라영
수智羅永壽²라고 하는데, 일본에 건너왔다.³

그리고는 일본의 덴구⁴를 찾아가 만나

"우리 진단에는 감당하기 힘들 만큼 엄청난 악행을 행하는 승려들이 많이

---

1 → 불교.
2 미상. 대계大系에서는 "디라금강底羅金剛 즉 강삼세명왕降三世明王을 가리키는 것일까. 금강金剛에 견고불괴
堅固不壞의 뜻이 있는 데서 요주永壽라고 번역한 것인가."라고 함.
3 『진언전眞言傳』에는 덴구의 도래를 '엔유인圓融院 치세(969~984) 무렵', 『제가이보 회권是害坊繪卷』에서는
'무라카미村上 천황 강보康保 3년(966)'이라 함. 전자 쪽이 타당할 것으로 추정.
4 『제가이보 회권』에는 그 이름을 니치라보日羅坊라 하고, 아타고 산愛宕護山 큰 덴구天狗로 되어 있음. 또한
이 이야기에 등장하는 일본 덴구는 한 명이지만, 『제가이보 회권』에는 히라 산平山(比良山)의 큰 덴구 몬제
보聞是房 이하 다수의 덴구가 후반에 등장함.

있지만, 우리들 뜻대로 되지 않는 자가 없소. 그래서 이 일본에 건너 왔소만, 이곳에 수험승修驗僧[5]이 있다고 들은 이상은, 그 녀석들과 힘 겨루기[6]를 한번 해보고자 하는데, 어떠시오?"

라고 말했다. 일본 덴구는 이를 듣고 '무척 기분 좋은 일'이라 생각하고는,

　"이 나라의 덕망 높은 승려들 중에 우리들 뜻대로 되지 않는 자는 한 사람도 없소. 혼내 주어야겠다는 생각이 들면 마음껏 혼내 주었지요. 그렇다면 근자에 한번 골탕먹여 주고자 하는 자들이 있는데, 그걸 가르쳐 드리지요. 나를 따라 오시오."

라며 나가자, 그 뒤를 따라 진단 덴구도 날아갔다. 이윽고, 히에이 산比叡山 오타케大嶽[7]의 돌로 된 솔도파石率都婆[8] 부근에 당도하여 내려앉았고, 진단 덴구도 그 길옆에 나란히 앉았다.

　일본 덴구는, 진단 덴구에게

　"나는 사람들에게 얼굴이 이미 많이 알려진 탓에[9] 사람 눈에 안 띄는 게 좋겠소. 그러하니 나는 계곡 덤불에 숨어 있도록 하겠소. 당신은 노법사老法師[10]로 변신해 이곳에 있으면서 지나가는 사람들을 꼭 해치워 주시오."

라고 일러주고 자신은, 아래쪽 계곡 덤불 속에 숨어 곁눈질로 상황을 엿보고 있었다. 진단 덴구는 제법 위엄 있는 노법사로 변신하여 돌로 된 솔도파에 몸을 웅크리고 있었다. 눈이 굉장히 무서운 빛을 띠고 있는 것으로 보아 분명 상당한 일을 저지를 것임에 틀림없어 보였기에, 일본 덴구는 안심하고

5　수행을 쌓아 영험력靈驗力을 몸에 갖춘 승려.
6　영험력 겨루기의 뜻.
7　→ 지명.
8　→ 불교. 평탄한 석제의 탑. 죽은 자의 추선공양 등을 위해 건립하고, 석면石面에 불보살상·범자梵字·경문·비문·법명 등을 새김.
9　아무래도 일본 덴구는 히에이 산 승려에게 뜨끔한 맛을 이미 본 것 같고, 여기는 위험을 피해서 사태를 주시해 보려고 하는 속셈임.
10　덴구가 노법사로 변신하는 것은 상투적임.

일을 맡길 수 있을 것 같아 기뻤다.

　잠시 지나자, 산[11] 위쪽에서 요쿄余慶[12] 율사律師라는 사람이 가마를 타고 도읍 방향으로 내려오고 있었다. 이 사람은 당시, 명승이라고 평판이 자자하였다. 그래서 일본 덴구는 '어떤 식으로 그를 해치울까?'라고 생각하니 무척 기뻤다. 이윽고 율사가 솔도파 옆을 지나가려고 할 때 '자, 이제 무언가 저지르겠지.'라고 생각하며 노법사 쪽을 보니, 노법사의 모습은 보이지 않고, 율사도 지극히 태연하게 많은 제자들을 거느리고 내려가고 있었다. 일본 덴구는 '어째서 사라진 걸까?'라고 이상하게 여기고, 진단 덴구를 찾아보니, 남쪽 계곡에 머리를 숨기고 엉덩이만을 들어 올린 채로 숨어 있었다. 일본 덴구가 가까이 다가가 "어째서 그렇게 숨어 계시는 거요?"라고 묻자, "지금 그곳을 지나간 승려는 누구시요?"라고 되물었다. 일본 덴구가

　"그 사람은 당대當代의 뛰어난 수험자 요쿄 율사라는 자요. 히에이 산 천수원天壽院[13]에서 궁중의 가지기도를 행하기 위해 내려가고 있는 것이고요. 그자는 존경받고 있는 승려인 만큼 '이번에야말로 반드시 창피를 당하도록 해주었으면.' 하고 생각하고 있었는데, 아쉽게도 그냥 놓치고 마셨구려."

라고 하자, 진단 덴구는

　"아니, 내말이 그 말이오. 인품과 풍채가 뛰어나 보이기에, 이자가 그대가 말한 그 승려이겠지 생각하고 기뻐서 뛰쳐나가려고 다시 보니, 승려의 모습은 보이지 않고 손가마 위에 불꽃이 훨훨 높이 피어오르는 것이 보여서, '가까이 다가가면 필시 화상을 입을 것이다. 이놈만은 그냥 놓아주자.'라고 생각하여 이렇게 몰래 숨은 것이오."

11　히에이 산比叡山(→ 지명).
12　→ 인명. 그리고 율사 재임 시기는 안화安和 2년(969)에서 천원天元 2년(979)까지임(『승강보임僧綱補任』).
13　바르게는 천수원千手院(→ 사찰명). 이 이야기집 권13 제16화에는 히에이 산 동탑의 천수원이 보임. 여기서는 서탑의 천수원을 가리킴. 지쇼智證 문도門徒의 본거지의 하나임.

라고 말했다. 이를 들은 일본 덴구는 비웃으며[14]

"저 멀리 진단에서 날아와, 이 정도의 자를 죽이는 것조차 못하고 눈앞에서 놓치다니 정말 한심하기 그지없구려. 이번에야말로 오는 자를 멈춰 세워서 해치워 주시오."

라고 하자, 진단 덴구는 "지당하신 말이요. 좋소, 보고 있으시오. 이번에야말로."라고 하면서 이전과 같이 돌로 된 솔도파《에 웅크려》[15] 앉았다.

일본 덴구도 이전처럼 계곡으로 내려가 덤불 속에서 웅크려 보고 있는데, 또 와자지껄 소리가 나며 사람들이 내려오고 있었다. 이무로飯室[16]의 진젠深禪[17] 승정이 내려오시고 계셨다. 일본 덴구가 보니, 손가마에서 1정町[18] 정도의 거리 앞에서 곱슬머리의 동자[19]가 지팡이를 손에 들고 길잡이를 하고, 노법사가 허리《를 꾸부려》[20] 그 앞을 지나가고 있었다. 일본 덴구가 '노법사는 어찌하고 있을까?' 하고 보니 이 동자가 노법사를 꼼짝 못하게 때리며 앞으로 앞으로 내쫓으며 가고 있었다. 법사는 머리를 《감싸》[21]고 도망치려고 갈팡질팡하여 가마 곁으로 다가갈 만한 그런 상황이 아니었다. 일행은 법사를 내쫓고 내려가고 말았다.

그 뒤 일본 덴구가 진단 덴구가 숨어 있는 곳으로 가서 이전과 같이 수치를 주자, 진단 덴구는

"정말 심한 말씀을 하시는군. 길잡이를 하던 그 동자가 도저히 다가갈 수 없을 정도로 녹록치 않은 용모여서, '붙잡혀서 머리가 박살나기 전에'라고

---

14 일본 덴구가 비웃고 있는 것은, 이미 중국 덴구의 역량을 간파하고 있다는 증거임.
15 『진언전』에 의하면 '에 웅크려'라는 내용일 것으로 추정됨.
16 → 사찰명.
17 → 인명. 바르게는 '진젠尋禪'. 료겐良源(지에慈惠)의 제자임.
18 약 110m.
19 뒤에 제다가制多迦 동자(→ 불교)로 되어 있음.
20 한자표기를 위한 의도적 결자.
21 한자표기를 위한 의도적 결자.

생각하여 서둘려 달아난 것이요. 내가 얼마나 빨리 날 수 있는가 하면, 저 멀리 진단에서 이곳까지 잠깐 사이에 날아올 정도지만, 그 동자의 재빠른 몸동작은 나보다 훨씬 뛰어난 듯 보였기에 싸워본들 소용없다고 생각하여 숨어버린 것이요."

라고 대답했다. 이를 들은 일본 덴구는,

"그럼 다시 한 번 이번에야말로 확실히 오는 사람에게 덤벼들어 보시오. 일본에 오셔서 어떻게 한 번 해보지도 못하고 돌아가서는 진단을 위해서도 면목 없는 일이겠지요."

하고 거듭 창피를 주며 잘 타이르고는 자신은 원래 장소에 숨었다.[22]

잠시 지나자, 많은 사람들의 소리가 나고 아래쪽에서 또다시 누군가 올라왔다. 선두에, 붉은 가사를 입은 승려가 길잡이를 하며 다가왔다. 다음으로 젊은 승려가 삼의三衣[23]를 넣는 상자를 들고 뒤따랐다. 그 다음으로 가마를 타고 오시는 사람을 보니, 히에이 산 좌주座主[24]가 올라오시는 것이었다. 그 좌주는 요카와橫川[25]의 지에慈惠[26] 대승정이다. 일본 덴구는 '이 스님을 덮치는 걸까?'라고 생각하고 보고 있노라니, 머리를 묶은 작은 동자 이삼십 인이, 좌주의 좌우에 붙어서 걸어가고 있었다.

일본 덴구가 보니, 어느새 이 노법사의 모습이 보이지 않았다. 이전과 같이 숨어버린 것이었다. 그때 한 작은 동자가

"이런 곳에는 원래 변변찮은 자가 숨어서 틈을 엿보아 악행을 저지르려고 하는 수가 있지. 모두 여기저기 흩어져 잘 《살피면서》[27] 가도록 하자."

---

22 일본 덴구는 실컷 중국 덴구를 부추기고는 자신은 안전한 곳에 몸을 숨기는 교활함을 보이고 있음.
23 → 불교.
24 히에이 산比叡山 엔랴쿠지延曆寺의 좌주座主. 천태좌주天台座主.
25 → 사찰명.
26 → 인명(료겐良源).
27 한자표기를 기한 의도적 결자.

라고 말했다. 그러자 그 말을 들은 혈기왕성한 동자들이 나무 채찍을 휘두르며 길 양옆으로 나아가는 것이 보여, 일본 덴구는 어쩔 수 없이 더욱더 계곡 밑쪽으로 내려가 덤불 속 깊이 숨었다. 듣자니, 남쪽 계곡 쪽에서 조금 전의 동자가 "여기에 수상한 자가 있다. 이 녀석을 잡아라."라고 말했다. 그러자 다른 동자가 "뭐야? 뭐야?"라고 하며 물었다. "여기에 노법사가 숨어 있다. 이 녀석은 보통 놈이 아닌 것 같아."라고 말하자, 다른 동자들이 "반드시 붙잡아라. 놓치지 마라."라고 말하며 달려들었다. 일본 덴구는 '큰일 났구나. 아마도 진단 덴구가 붙잡힌 것 같아.'라고 생각했지만, 무서워서 머리를 덤불 속에 더 처넣은 채 엎드렸다. 덤불 속에서 조심조심 보니, 열 명 정도의 동자가 노법사를 돌로 된 솔도파 북쪽으로 끌어내어 때리고 밟으며 사정없이 혼내고 있었다. 노법사는 큰소리로 비명을 질렀지만, 아무도 구해주는 자가 없었다. 동자가 "야 이놈 노법사야, 너는 도대체 어떤 놈이냐? 어서 고하지 못할까?" 하면서 마구 때렸다. 이에 노법사가 자백하길,

"진단에서 건너온 덴구이옵니다. 이곳을 지나가시는 사람을 보려고 이곳에서 기다리고 있었습니다. 처음 지나가신 요쿄 율사라고 하시는 분이 화계火界의 주문呪文[28]을 처음부터 끝까지 끊임없이 읊으면서 지나가시자, 가마 위에 불꽃이 활활 타고 있는 듯 보여 어찌 할 수가 없었지요. 이쪽이 타버릴 것 같아 도망치고 말았습니다. 그 다음에 오신 이무로 승정은 부동不動의 진언眞言[29]을 읊고 계셨기에, 제다가制多迦[30] 동자가 철 지팡이를 들고 곁에서 따르고 있었습니다. 이렇게 오시는데 누가 감히 맞설 수가 있겠습니까? 그래서 깊숙이 숨어버리고 말았습니다. 이번에 오신 좌주 스님은 이전과는 달

28　→ 불교. → 권16 제32화 참조.

29　부동명왕의 진언(다라니)에는 화계주火界呪·주구자呪救慈·심주心呪 등이 있는데 여기서는 앞의 주석이 하계주와 같음.

30　→ 불교. 『제가이보 회권』에는 긍갈라矜羯羅와 제다가制多迦의 두 동자로 되어 있음.

리 강렬하고 빠른快 진언도 읊지 않으시고, 지관止觀[31]이라는 법문을 마음속으로 읊으며 올라오셨을 뿐이어서, 그다지 두렵지도 않고 해서 가까이 다가갔는데, 이렇게 붙잡혀 딱한 처지에 놓이게 되었습니다."

라고 했다. 동자들은 이 말을 듣고 "무거운 죄를 저지를 녀석 같지는 않아 보인다. 용서하고 내쫓아 버려라."라고 말하면서 모두 한 번씩 허리를 짓밟고 갔다. 밟힌 노법사의 허리 상태는 이만저만 심각한 것이 아니었다.

좌주가 가버리신 후 일본 덴구가 계곡 밑에서 기어 나와, 허리가 밟혀 꺾여서 누워 있는 노법사한테 다가가 "어떻게 됐습니까? 이번에는 잘 하셨나요?"라고 물었다. 진단 덴구는

"아니, 아무 말 마시오. 그런 말은 하지도 마시오. 나는 그대를 믿고 있었기에 저 먼 곳에서 건너온 것이오. 한데, 기다리고 있을 때 제대로 가르쳐주지 않아서, 살아 있는 부처와 같은 분들과 맞서게 되었고, 결국은 이렇게 이 늙은이의 허리가 밟혀 부러지고 말았다오."

라고 말하며 울었다. 일본 덴구는

"하시는 말씀은 지당하지만, 당신은 대국大國의 덴구이시니, 일본 같은 소국 사람은 마음먹은 대로 해치우실 것이라 여기어 가르쳐 드린 것이지요. 그러한데 이처럼 허리를 다치고 마시다니 정말 가엾은 일입니다."

라며 기타 산北山[32]의 우노하라鵜原 라는 곳에 데려가, 온천으로 치유하여 그 허리를 치료한 후에 진단으로 되돌려 보냈다.

그[33] 온천에서 치료할 때의 일로, 교토에 사는 신분이 낮은 자가 기타 산에

31　→ 불교. 마하지관摩訶止觀의 약칭.

32　기타 산北山은 교토京都 시 북쪽방향 구릉지대의 총칭임. 우노하라鵜原는 교토 시 우쿄右京 구區 우메가하타梅ヶ畑에 소재했음. 『연희식延喜式』에 의하면, 여기에 우노하라데라鵜原寺가 있었고, 『제가이보 회권』에서는 온천 치료를 행한 장소를 가모 강賀茂川 부근이라고 하고 있음.

33　이하, 이 이야기에 대한 부가적 기사임. 『진언전』, 『제가이보 회권』에는 없는 기사. 이 이야기가 정말 실제로 있었던 이야기처럼 꾸미기 위한 설화의 상투적인 수법임.

나무를 하러 가서 돌아오는 길에 마침 우노하라를 지나쳤고, 욕탕에서 김이 나는 것을 보고 "목욕물을 끓이고 있는 것 같군. 잠깐 들러서 목욕이라도 하고 가자."라며 나무를 욕탕 바깥에 내려놓고 안에 들어갔다. 안에는 노법사 두 명이 욕탕에 들어가 온천욕을 하고 있었다. 한 사람[34]은 허리에 온천물을 끼얹게 하고는 누워 있었는데, 나무꾼을 보고 "거기 온 사람은 누군가?"라고 물었고, 나무꾼은 "산에서 나무를 하고 돌아가는 자입니다."라고 대답했다. 나무꾼은 욕탕에서 매우 고약한 냄새[35]가 나고 왠지 모르게 무서워지자, 머리마저 아프게 되어, 탕에도 들어가지 않고 그대로 돌아오고 말았다. 그 후[36] 일본 덴구가 사람에게 옮겨 붙어 이 이야기를 한 것을, 이 나무꾼이 전해 듣고, 그럼 그날이 그날이었다는 것을 상기하고, 우노하라 욕탕에서 노법사가 온천욕을 하고 있었던 것과 관련지어 사람들에게 이야기 했다.

이 덴구가 사람에게 옮겨 붙어 이야기한 것을 듣고 전하여, 이렇게 전해져 내려오고 있다 한다.[37]

---

34 진단 덴구를 가리킴.
35 덴구가 정체를 드러내면, 이상하게 고약한 냄새를 풍기는 것은 본권 제4화에도 보임.
36 이하, 화말평어에서 유추해서 부연한 기사임. 나무꾼이 욕탕에서 덴구와 맞닥뜨린 것을 정당화하기 위한 것임.
37 일본 덴구를 첫 번째 전승자로 하는 형식임. 「진언전」에는 "이 일은 이 나라(일본) 덴구가 사람에게 옮겨 붙어 전한 이야기이다."라고 되어 있음.

震旦天狗智羅永寿渡此朝語第二

今昔、震旦ニ強キ天宮有ケリ。智羅永寿ト云フ。此ノ国ニ二渡ニケリ。

此ノ国ノ天狗智羅永寿、此ノ国ニ尋ネ会テ、語テ云ク、「我ガ国ニハ止事無キ悪行ノ僧共数有レドモ、此ノ国ニ渡テ、我ガ進退ニ不懸ヌ者ハ無シ。修験ノ僧共有リト聞クハ、『其等ニ会テ、一度力競セム』ト思フヲ、何ガ可有キ」ト。此ノ国ノ天狗此レヲ聞テ、「極テ喜」ト思テ、答テ云ク、「此ノ国ノ徳行ノ僧共ハ、我等ガ進退ニ不懸ヌハ無シ。掭ゼムト思ヘバ、

心ニ任テ掭ジツ。然レバ、近来可掭キ者共有リ。教へ申サム。己ガ後ニ立テ御セ」ト云テ行ク後ニ立テ、震旦ノ天狗モ飛ビ行ク。比叡ノ山ノ大嶽ノ石率都婆ノ許ニ飛ビ登テ、震旦ノ天狗モ此天狗モ道辺ニ並居ヌ。

此ノ天狗、震旦ノ天狗ニ教フル様、「我レハ人ニ被見知タル身ナレバ、現ニハ不有ジ。谷ノ方ノ藪ニ隠テ居タラム。其ノ老法師ノ形ニ成テ、此ニ居給テ、通ラム人ヲ必ズ掭ゼヨ」ト教へ置テ、我レハ下ノ方ノ藪ノ中ニ、目ヲ伺シテ隠居テ見レバ、震旦ノ天狗極気ナル老法師ニ成テ、石卒都婆ノ傍ニ

制多迦童子に追われる天狗(是害坊絵巻)

曲リ居リ。眼見糸気疎気ナレバ、「少々ノ事ハ必ズ為テム」

ト見ユレバ、心安ク喜シ。

暫許有レバ、山ノ上ノ方ヨリ、余慶律師ト云フ人、腰輿

ニ乗テ、京ヘ下ル。此ノ人ハ只今、貴思エ有テ、「何デ捺ゼ

ン」ト思フニ、極テ喜シ。漸ク率都婆ノ許過ル程ニ、「事為

ラムカシ」ト思テ、此ノ老法師ノ方ヲ見レバ、老法師モ無シ、

亦、律師モ糸平カラニ弟子共数引キ具シテ下ヌ。怪ク、「何

ニ不見エヌニカ有ラム」ト思テ、震旦ノ天狗ヲ尋タレバ、南

ノ谷ニ尻ヲ逆様ニ隠レ居リ。此ノ天狗寄テ、「何ド此ハ隠

レ給ヘルゾ」ト問ヘバ、答フル様、「此ノ過ツル僧ハ誰ソ」

ト問ヘバ、此ノ天狗、「此レハ只今ノ止事無キ験者余慶律師

ト云フ人也。山ノ千寿院ヨリ内ノ御修法行ヒニ下ル也。貴

キ僧ナレバ、『必ズ恥見セム』ト思ヒツル物ヲ、口惜ク過シ

給ヒツルカナ」ト云ヘバ、震旦ノ天狗、「其ノ事ニ侍リトヨ。

『者ノ体ノ貴気ニ見エツルハ此レニコソ有メレ』ト喜シク思

エテ、『立出ム』トテ見遣ツルニ、僧ノ形ハ不見ズシテ、腰

輿ノ上ノ、高ク燃エタル火ノ焔ニテ見エツレバ、『寄テハ火

ニ被焼モコソ為レ。此レ許ハ見過システ』ト思テ、和ラ隠ヌ

ル也」ト云ヘバ、此ノ天狗疵咲テ云ク、「遥ニ震旦ヨリ飛ビ

渡テ、此許ノ者ヲダニ引キ不転シテ過ツル、糸弊シ。此ノ

度ダニ、渡ラム人必ズ引キ留テ捺ゼヨ」ト。震旦ノ天狗、

「尤宣フ事理也。吉シ、見給ヘ、此ノ度ハ」ト云テ、初ノ

如ク率都婆ノ許□テ居ヌ。

亦此天狗モ初ノ如ク谷ニ下テ、藪ニ曲リテ見レバ、亦嘩

テ人下ル。飯室ノ深禅権僧正ニテ御マ也ケリ。腰輿ノ前ニ

一町許前立テ、髪握カミタル童ノ杖提タルガ、腰□タル

人ヲ掃ヒ行ク。「此ノ老法師、何スラム」ト見遣レバ、此ノ

童、老法師ヲ前々ニ追ヒ立テ打チ持行ク。法師、頭ヲ□テ逃

ヌ。敢テ輿ノ傍ニ可寄クモ不見エズ。打チ掃テ過ヌ。

其ノ後、此天狗震旦ノ天狗ノ隠タル所ニ行テ、「此ノ

シメ云ヘバ、震旦ノ天狗、「糸破無キ事ヲモ宣フカナ。此ノ

前ニ立タル童ノ可寄クモ非ヌ気色ナレバ、『被捕テ頭打チ不

被破ヌ前ニ」ト思テ、急ギ逝ヌル也。

震旦ヨリモ片時ノ間ニ飛渡ルニ、此ノ童ノ早気ナル気色ハ、

己ニハ遥ニ増タリ気色ツレバ、益無ク思ヒテ立隠ヌル也」ト

答レバ、此ノ天狗、「尚此ノ度ダニ念ジテ、渡ラム人ヲ取リ

懸リ給へ。此ノ国ニ渡リ給テ、甲斐無クテ返ナムハ、震旦ノ為

ニ面目無カルベシ」ト、返々ス恥シメ云ヒ聞カセテ、我レハ

又本ノ所ニ隠レテ居ヌ。

暫許有レバ、人ノ音多クシテ下ヨリ登ル。前ニ赤袈裟着

タル僧ノ、前ヲ追テ人掃テ渡ル。次ニ若キ僧、三衣筥ヲ持

テ渡ル。次ニ輿ニ乗テ渡リ給フ人ヲ見レバ、山ノ座主ノ登リ

給フ也。其ノ座主ト云ハ、横川ノ慈恵大僧正也。「此ノ法師ニ

取懸リ給ヘ」ト思テ見レバ、髪結ヒタル小童部二三十人

許、座主ノ左右ニ立テ渡ヌ。

而ル間、此老法師モ不見ヘズ、初ノ如ク隠レニケリ。聞バ、

此小童部ノ云ク、「此様ノ所ニハ由無キ者有テ伺フ事有ヲ、

所々ニ散テ吉ク□テ行カム」ト云ヘバ、勇タル童部楚ヲ捧

テ、道ノ喬平ニ弘テ行ト見ルニ、益無ケレバ、弥ヨ谷

ニ下テ藪ニ深ク隠レヌ。聞ケバ、南ノ谷ノ方ニ、此童部ノ音

ニテ云ク、「此ニ気色怪キ者有リ。此レ、捕ヘヨ」ト。他ノ

童部、「何ゾ」ト問バ、「此ニ二老法師ノ隠レ居ゾ。此ハ只者ニ

ハ非ザメリ」ト云ヘバ、他ノ童部、「慥ニ搦メヨ。不逃スナ」

ト云テ、走リ懸リテ行ヌ。「穴極ジ。震旦ノ天狗被搦タリ」

ト聞ト云ヘドモ、怖シケレバ、弥ヨ頭ヲ藪ニ指入テ、低シ

臥セリ。藪ノ中ヨリ恐々見遣タレバ、童子十人許シテ、老法

師ヲ石率都婆ノ北ノ方ニ張リ出テ、打チ踏ミ挊ズル事無限シ。

老法師音ヲ挙テ叫ブト云ヘドモ、者無シ。童部、「何ゾノ老

法師ゾ。申セ申セ」ト云テ打バ、答フル様、「震旦ヨリ罷渡

タル天狗也。渡給ハム人見奉ラムトテ此ニ候ヒツルニ、初メ

渡給ヒツル余慶律師ト申人ハ、火界ノ呪ヲ満テ通給ヒツレバ、

興ノ上ニ大ニ燃ユル火ニテ見エツレバ、其ヲバ何ガハセムト為

ル。已レ焼ケヌベカリツレバ、逃テ罷去ニキ。次ニ渡リ給ヒ

ツル飯室ノ僧正ハ不動ノ真言ヲ読テ御シツレバ、制多迦童子

ノ鉄ノ杖ヲ持テ、副テ渡リ給ハムニハ、誰カ可出会キゾ。然レ

バ深ク罷リ隠レニキ。今度渡リ給フ座主ノ御房ハ、前々ノ如

ク、猛ク早キ真言モ不満給ズ、只止観ト云フ文ヲ心ニ案ジテ、

登リ給ヒツレバ、猛ク怖シキ事モ無ク、深クモ不隠ズシテ、

傍ヨリ罷寄テ候ツル程ニ、此ク被搦レ奉テ、悲キ目ヲ見給ツ

ル也」ト云ヘバ、童部此ノ事ヲ聞テ、「重キ罪有ル者ニモ非

ザナリ。免シテ追ヒ逃シテヨ」ト云テ、童部皆一足ヅ、腰ヲ

踏テ過ヌレバ、老法師ノ腰ハ踏ミ被折ヌ。

座主過ギ給テ後、此ノ天狗谷ノ応ヨリ這ヒ出テ、老法師ノ、

腰踏ミ被折臥セル所ニ寄テ、「何ゾ。此度ハ為得タリヤ」

ト問ヘバ、「イデ、穴カマ給へ。痛クナノ給ヒソ。其ヲ憑ミ

奉テコソ、遥ナル所ヲ渡テ来リシカ。其レニ、此ク待チ受

テ後、安クハ教へ不給ズシテ、生仏様也ケル人共ニ合セテ、

此ク老腰ヲ踏ミ被折ヌル事」ト云テ、泣キ居リ。此ノ天狗

ノ云ク、「宜フ事尤モ理也。然ハ有レドモ、此ノ天狗

在シケレバ、小国ノ人ヲバ、心ニ任テ捼ジ給ヒテン」ト思テ

教へ申シツル也。其二、此ク腰ヲ折リ給ヒヌルガ糸惜キ事」

ト云テ、北山ノ鵜ノ原ト云所ニ将行テナム、其ノ腰ヲ茹シ

テゾ、震旦ニハ返シ遺ケル。

其ノ茹ケル時ニ、京ニ有ケル下衆、北山ニ木伐ニ行テ返ケ

ルニ、鵜ノ原ヲ通ケレバ、湯屋ニ煙ノ立ケルヲ、「湯涌ナメ

リ。寄テ浴テ行カム」ト思テ、木ヲバ湯屋ノ外ニ置キ、入テ

沃サセテ臥タリ。木伐人ヲ見テ、「彼レハ何人ノ来ルゾ」ト

間ヘバ「山ヨリ木ヲ伐テ罷返ル人也」ト云テリ。而ルニ、

此湯屋ノ極キ臭クテ、気怖シク思エケレバ、木伐人頭痛ク

成テ、湯ヲモ不浴ズシテ返ニケリ。其後、此ノ天狗ノ人ニ託

ノ湯屋ニシテ老法師ノ湯浴シ事ヲ思ヒ合セテ語リケル。

此天狗ノ人ニ託シテ語ケルヲ、聞キ継テ、此ク語リ伝ヘタ

ルト也。

덴구天狗가 부처님으로 나타나
나뭇가지에 앉아 계신 이야기

제1화에 인도 덴구天狗, 제2화에 중국 덴구에 이어서, 이 이야기부터는 일본 덴구담이다. 앞 이야기에 계속 이어지는 덴구의 실패담으로, 덴구가 금색 부처님으로 둔갑하여 고조五條 도소신道祖神이 진좌하고 있는 곳의 감나무 가지에 나타나 여러 가지의 영이靈異를 보였지만, 결국 우대신右大臣 미나모토노 히카루源光에게 간파당해, 지상에 떨어져 아이들에게 밟혀 죽었다는 이야기.

이제는 옛이야기이지만, 엔기延喜¹ 천황 치세의 일로, 고조五條 도소신道祖神²이 진좌하고 있는 곳에, 감이 열리지 않는 큰 감나무³가 있었다. 그 감나무 위에 갑자기 부처님이 나타나시는 일이 있었다. 찬란하게 빛을 발하고 수많은 꽃을 뿌리는 등 실로 존귀한 모습이었기에, 도읍의 모든 사람들이 그 부처를 배례拜禮하려고 구름처럼 몰려왔다. 수레도 세울 수조차 없었고, 하물며 걸어오는 사람의 수는 셀 수조차 없이, 와자지껄하면서 배례하는 사

---

1   제60대 다이고醍醐 천황(→ 불교). 또한 이 이야기는 『제왕편년기帝王編年記』, 『황년대약기皇年代略記』에 의하면, 창태昌泰 3년(900) 정월 25일 사건임.

2   고조五條의 제재齊齋라고도 함. '도소신道祖神' → 권19 제12화 참조. 『우지 습유宇治拾遺』는 '고조五條의 천신天神'으로 되어 있음. 고조 덴진 사五條天神社는 교토 시京都市 시모교 구下京區 덴진마에 정天神前町에 소재. 고조五條의 도소신道祖神의 서쪽 근방에 위치함.

3   본집 권28 제40화에 우지宇治 북쪽의 '열리지 않는 감나무'가 보임. 열매가 열리지 않는 나무에 신이 깃든다고 하여 신성시하는 것은 고대로부터의 신앙임. 『만엽집萬葉集』(2·101) 참조.

이에 어느덧 엿새 이레가 지났다.

그때 히카루光 대신大臣[4]이라는 분이 계셨다. 이분은 후카쿠사深草 천황[5]의 황자이시다. 대단히 총명한 분으로, 부처님이 이렇게 나타나신 것이 아무래도 납득이 가지 않아

'정말 부처님이라면 이런 식으로 돌연 나타나실 리가 없지. 이는 분명 덴구 같은 것의 소행일 것이야. 외도外道[6]의 환술幻術의 효험은 칠일을 넘기지 못한다. 오늘, 내가 직접 가서 한번 봐야겠다.'

라고 생각하시어 그곳으로 가시게 되었다. 말쑥한 의관속대 차림으로 빈랑모檳榔毛의 우차牛車[7]를 타고, 길잡이를 하는 종자들도 제대로 정장을 차려 입게 하고 그 곳으로 가셨다. 많은 군중들을 물러나게 하고, 소를 수레에서 풀어 수레 나릇을 나릇걸이에 고정하고 나서 발을 말아 올리고 보시니, 정말로 나뭇가지 끝에 부처님이 계셨다. 금색의 빛을 발하고 허공에서 비 오듯 갖가지 꽃을 뿌리고 있었다. 그 모습은 실로 표현할 수 없을 정도로 존귀하였다.

하지만 실로 괴이하게 여기신 나머지, 대신은 부처를 마주본 채로 눈도 깜짝거리지 않고 두 시간 정도 빤히 응시하고 계셨다. 이 부처는 잠시 동안은 빛을 발하고 꽃을 뿌렸지만 여전히 눈을 떼지 않고 계속 노려보자, 도저히 견딜 수 없었던지 갑자기 큰 솔개[8]로 변하였고 날개도 꺾여 나무 위에서

---

4 → 인명. 「우지 습유」는 '右大臣殿'. 우대신 임명은 스가와라노 미치자네菅原道眞의 좌천의 후임으로 창태昌泰 4년 정월(「공경보임公卿補任」).

5 → 인명. 제54대 닌묘仁明 천황. 그 능이 야마시로 지방山城國 후카쿠사深草에 있었던 것에서 유래된 칭호임.

6 불교에서 보아 이단의 술법을 총칭하는 말. 음양도도 외술로 인식되었지만(「소우기小右記」), 여기서는 환술, 마술의 종류를 말함

7 희게 바랜 빈랑檳榔 나무의 잎을 가늘게 찢어서 지붕으로 차체에 씌운 우차. 사위四位 이상의 고위고관이 탔음.

8 덴구가 솔개로 변화變化하는 것은 당시의 일반적인 통념임. 본권 제11화 참조.

땅위로 떨어져《푸드득 푸드득 거리고》⁹ 있었다. 이를 지켜본 많은 사람들은 그저 놀라고 기가 막힐 뿐이었다. 아이들이 달려가 그 솔개를 때려죽이고 말았다. 대신은

"역시 생각한 대로다. 정말 부처님이라면 어찌 갑자기 나뭇가지에 나타나실 리가 있을까? 이런 것도 모르고 매일 큰 소동을 벌이며 배례한 것이야말로 어리석은 짓이다."

라고 말하며 되돌아가셨다.

그러므로 그 장소에 있었던 많은 사람들은 대신을 칭송하였고, 이를 들은 세간 사람들도 "대신은 정말 현명한 분이시구나."라며 칭찬하였다고 이렇게 이야기로 전하여 내려오고 있다 한다.

---

9 「우지 습유」 등을 참조하여 보충.

天狗現仏坐木末語第三
てんぐほとけとげんじてこずゑにいますことだいさむ

今昔、延喜ノ天皇ノ御代ニ、五条ノ道祖神ノ在マス所ニ、大キナル不成ヌ柿ノ木有ケリ、其ノ柿ノ木ノ上ニ、俄ニ仏現ハレ給フ事有ケリ。微妙キ光ヲ放チ、様々ノ花ナドヲ令降メナドシテ、極テ貴カリケレバ、京中ノ上中下ノ人詣集ル事無限シ。車モ不立敢ズ、歩人ハタラ云ヒ不可尽ズ。如此キ礼ミ嗤ノ間、既ニ六七日ニ成ヌ。

其時ニ、光ノ大臣ト云フ人有リ。深草ノ天皇ノ御子也。身ノ才賢ク、智明カ也ケル人ニテ、此ノ仏ノ現ジ給フ事ヲ、頗ル不心得ズ思ヒ給ケリ。「実ノ仏ノ此ク俄ニ木ノ末ニ可出給キ様無シ。此ハ天狗ナドノ所為ニコソ有メレ。外術ハ七日ニハ不過ズ。今日我行テ見ム」ト思給テ、出立給フ。日ノ装束直クシテ、檳榔毛ノ車ニ乗テ、前駆ナド直シク具シテ、其ノ所ニ行キ給ヌ。若干諸ニ集レル人ヲ掃ヒ去サセテ、車ヲ掻下シテ、榻ヲ立テ、車ノ簾ヲ巻キ上テ見ルニ、実ニ木ノ末ニ仏在マス。金色ノ光ヲ放テ、空ヨリ様々ノ花ヲ降ス事雨ノ如シ。見ニ、実ニ貴キ事無限シ。

而ルニ、大臣頗ル怪ク思エ給ヒケレバ、仏ニ向テ、目ヲモ不瞬ズシテ、一時許守リ給ヒケレバ、此仏暫クコソ光ヲ放チ花ヲ降シナド有ケレ、強ニ守ル時ニ、忩テ、忽ニ大キナル屎鵄ノ翼折タルニ成テ、木ノ上ヨリ土ニ落テ□メクヲ、多ノ人此レヲ見テ、「奇異也」ト思ケリ。大臣ハ、「然レバコソ、実ノ仏ハ何ノ故ニ俄ニ木ノ末ニ現ハレ可給キゾ。人ノ此レヲ不悟シテ、日来礼ミ嗤ルガ愚ナル也」ト云テ返リ給ヒニケリ。小童部寄テ、彼ノ屎鵄ヲバ打殺シテケリ。

然レバ、其ノ庭ノ若干ノ人、大臣ヲナム讃メ申ケリ。世ノ人モ此レヲ聞テ、「大臣ハ賢カリケル人カナ」ト云テ、讃メ申シケリ、トナム語リ伝ヘタルト也。

덴구天狗를 받들어 모시는 승려가 궁궐에 들어가 공공연히 쫓겨난 이야기

효험이 뛰어나다고 평판이 자자하던 가구 산高山의 성인이 부름을 받아 어전에서 엔유圓融 천황의 난병難病을 낫게 하였는데, 이를 수상히 여긴 간초寬朝 승정僧正과 요교余慶 율사律師에 의해 조복調伏당해 덴구를 받들어 모시는 법사라는 것이 탄로나 궁궐에서 추방된 이야기. 덴구를 모시는 이단異端의 기도사祈禱師(고래古來의 산악수법山岳修法)가 신흥新興의 동밀東密·태밀계台密系의 수법修法에 구축驅逐당하는 도식圖式임.

이제는 옛이야기이지만, 엔유인圓融院¹이 오랫동안 병환이 들어 수많은 가지加持²기도가 행해졌다. 특히 모노노케物の怪³의 소행이라 하여, 당시 영험이 뛰어나다고 평판이 높은 승려들을 불러들일 수 있는 한 모두 불러들여 가지기도를 해 보았지만, 전혀 효험이 없었다.

그래서 천황은 이를 몹시 두려워하고 계셨는데, 어떤 사람이

"도다이지東大寺의 남쪽에⁴ 가구 산高山⁵이라는 산이 있사옵니다. 그 산에

---

1   → 인명. 제64대, 엔유圓融 천황. 이 이야기에서는 엔유 천황의 병환 중의 사건으로 되어 있으나, 『일본기략日本紀略』 강보康保 4년(967) 3월 28일자와 『부상약기扶桑略記』 강보康保 5년 기사에 따르면 강보 4년, 5년 레이제이冷泉 천황 동궁東宮 때의 일로 보는 것이 타당할 것임.

2   → 불교.

3   사람을 괴롭히는 사령死靈·생령生靈·원령怨靈 따위를 말함.

4   일부러 "도다이지의 남쪽에"라고 하는 점에 주목.

불도수행하면서 오랫동안 살고 있는 성인聖人[6]이 있다고 합니다. 긴 세월동안 수행한 공이 쌓이고 쌓여,[7] 가지기도의 힘만으로도 들녘을 달리는 짐승을 멈추어 세우고, 하늘을 나는 새를 떨어뜨린다고 합니다. 그 자를 불러들여 가지기도를 시킨다면 반드시 그 효험이 있을 것이옵니다."

라고 아뢰었다. 천황은 이 말을 들으시고 즉시 불러들이도록 분부를 내리셨기에, 사자를 보내 불러들이자, 그가 사자와 함께 입궐했다. 입궐하는 도중에 나라奈良에서 우지宇治까지[8] 하늘에서 수많은 꽃들을 내리게 하면서 왔기에, 이를 본 사람들은 이루 말할 수 없이 존귀하게 여겼다. 하지만 우지부터 그 북쪽에서는 꽃을 뿌리지 못했다고 한다. 마침내 궁궐에 도착하여 어전에 들어 가지기도를 행하였는데, 그 후 얼마 지나지 않아 천황은 씻은 듯 병환이 나으셨다.

그런데 원래 그곳에는 기도승으로 뛰어난 고승들이 몇 분 계셨다. 그분들에 의해 오단수법五壇修法[9]이 행해지고 있었는데, 히로사와廣澤의 간초寬朝[10] 승정僧正이 중단中壇의 수법승修法僧이 되어, 당대의 고승으로 칭송받는 분

5 　도다이지 남쪽의 가스가 산春日山 남쪽 산 중턱의 가구 산香山(나라 시奈良市 가스가노 정春日野町)을 가리킴. 옛날 향산당香山堂이 있었음. 야마토 삼산三山의 가구 산香具山이 아님. '가구 야마'에 '高山'이라고 표기한 예로는 『만엽집萬葉集』 권1 13・14에 보임.

6 　『일본기략』에 의하면 가구야마데라高山寺 성인聖人 '正祐'.

7 　원문에는 '薫修'(→ 불교).

8 　우지宇治는 나라奈良와 교토京都의 경계境界지역임. 즉, 도다이지 남쪽의 가구 산高山 성인의 영험력이 우지까지는 미쳤으나, 우지부터 북쪽은 미이데라三井寺, 도지東寺, 히에이 산의 위광威光으로 인해 꽃을 뿌릴 수 없었다는 것임.

9 　→ 불교. 동, 서, 남, 북, 중앙의 다섯 단을 베풀어, 오대명왕과 또는 다른 부처 보살菩薩들을 모셔 놓고 국가나 국왕을 위하여 하는 수법. 오단수법五壇修法은 『아사박초阿裟縛抄』 권120 '오단법일기五壇法日記'에 의하면, 엔유圓融 천황의 병환 치유를 위해 천원天元(978~83) 말기(또는 영관永觀(983~5) 연중)에 실시되었다고 함. 또한 『제왕편년기帝王編年記』 천원天元 4년 8월 기사나 『문엽기門葉記』 권37의 '오단법五壇法'에는 천원 4년 8월(16일)의 일이라 되어 있음. 이것과 관련해서 『금경今鏡』 昔話 9 '비는 효험祈る驗』, 『십훈초十訓抄』 권1 제26화, 『사석집沙石集』 권1(3), 『진언전眞言傳』 권5 '간초寬朝의 조條' 등에 설화전승이 보임. 다만, 이들 자료에서는 중단中壇은 대승정大僧正 료겐良源으로, 강삼세降三世는 승정 간초寬朝로, 금강야차金剛夜叉는 권율사權律師 요쿄余慶로 되어 있음. 이 이야기에서는 료겐이 빠지고 간초가 격상되어 있음.

10 　→ 인명. 간초가 승정이고 요쿄가 율사였던 적은 없음.

들과 여럿이 기도를 행하여도 아무런 효험이 없었는데, 이 가구 산의 승려가 입궐하자마자 곧바로 나으셨으므로, 모두들 '이상한 일이구나.' 하고 고개를 갸우뚱했다. 그때 요쿄 승정은 아직 율사로서 금강야차金剛夜叉[11]의 단壇을 담당하고 있었는데, 그 율사가 중단中壇을 맡은 간초 승정에게

"여기 있는 우리들은 모두 부처님을 믿고 불법을 닦아 오랜 세월에 걸쳐 노력해온 자들입니다. 하지만 연일 지성으로 가지에 종사하고 있어도 조금의 효험도 보이지 않으셨는데, 그처럼 곧바로 영험을 나타내다니, 도대체 그 법사는 어떤 자일까요? 설사 그 영험력이 우리들보다 뛰어나다 한들, 우리들이 힘을 합친다면 그 한 사람의 영험력에 뒤질 리가 없겠지요. 하물며 아무리 영험이 신통하여도 상당한 시간이 경과하고 나서야 비로소 그 효험이 나타나는 법인데, 아무리 생각해도 이해가 안 되는 일입니다."
라고 말했다.

이렇게 말하고 가지기도를 하면서 동시에 그 법사가 앉아 있는 곳을 향하여, 합심하여 혼신의 힘으로 두 시간 정도 가지기도를 행했다. 그 가구 산의 승려가 앉아 있는 좌석은 휘장대가 둘러싸여 있고 그 안에 법사가 앉아 있었다. 고승들이 지성으로 가지기도를 행하자, 법사가 앉아 있는 휘장대 안쪽에서 무언가 푸드득 푸드득[12] 하는 소리가 들렸다. "무슨 소리일까?" 하고 모두 이상하게 여기고 있었는데, 갑자기 개똥 냄새가 청량전淸涼殿[13] 안에 진동하였고, 그 냄새가 너무 독해 그곳에 사후伺候하고 있던 사람들 모두 놀라 "도대체 어떻게 된 일이야?" 하며 왁자지껄 떠들어댔다. 가지기도하고 있던 사람들도 '예상대로다. 이는 필시 무언가 까닭이 있을 거야.'라고 생각했지

---

11 → 불교.
12 덴구가 정체를 드러내어 앞 이야기와 마찬가지로 솔개 따위로 바뀐 것으로 추정됨.
13 자신전紫宸殿의 서쪽, 교서전校書殿의 북쪽에 있는 전사殿舍. 천황이 일상생활 하던 장소임. 낮 어전과 밤 어전이 따로 있어, 공사公事 등도 보았던 장소임.

만, 이런 괴상한 일을 당하자 그간 오랫동안 쌓은 공덕을 믿고 더욱더 열심히 가지기도를 계속했다.

그러자 돌연 그 법사가 휘장대 밖으로 내던져져 뒤로 벌렁 나자빠졌다. 상달부上達部[14]나 전상인殿上人[15]이 이를 보고는, "이건 또 어떻게 된 일인가"라며 수상히 여겼다. 천황도 매우 놀라셨다. 법사는 내던져져 완전히 녹초가 된 후

"제발 살려 주십시오. 이번 한번만 제발 살려 주십시오. 나는 오랫동안 가구 산에서 오로지 덴구만을 받들어 모시며 '잠깐 동안만이라도 남들에게 존경받게 해 주십시오.'라고 기원을 하였습니다. 그 보람이 있어 이렇게 부르심을 받았던 것이옵니다. 이렇게 혼쭐나는 것은 당연한 일이옵니다. 하지만 이제는 완전히 질렸습니다. 제발 살려 주십시오."
라며 큰소리로 울부짖었기에, 가지기도하고 있던 사람들은 "그것 보라니까."라며 모두 기뻐했다.

천황은 이를 들으시고 "당장 붙잡아 감옥에 처넣어라."라고 처음엔 명하셨지만, "당장 내쫓아 버려라."라고 다시 분부가 있어 그대로 추방당했는데, 법사는 기뻐하며 도망쳐 종적을 감춰 버렸다. 모두 이를 지켜보고, 혹은 조소하였고 혹은 증오하였다. 법사는 병을 고쳐 드렸을 때는 부처님처럼 존경을 받았지만, 쫓겨날 때는 실로 서글퍼 보였다.

그러므로 그런 것을 받들어 섬기는 자는 잠시 동안은 영험이 신통하겠지만, 결국에는 그 정체가 드러나지 않을 수 없는 것이다. 세상 사람들은 이와 관련하여 이처럼 가지기도해서 정체를 드러나게 한 사람들을 모두 존경하

---

14 삼위 이상의 고급귀족을 말함.
15 사위, 오위 및 육위의 장인藏人을 말함.

였던 것이다.[16]

그 후 그 법사가 어떻게 되었는지 아는 사람은 한 사람도 없었다. 그 가구산에서 덴구를 받들어 섬긴 곳의 흔적은 지금도 남아 있다고 이렇게 이야기로 전하여 내려오고 있다 한다.

---

16 권문權門 측에 속하는 동밀東密·태밀계台密系의 수법修法이 이단의 수법에 승리한 것을 가리킴.

祭天狗僧参内裏現被追語第四

今昔、円融院ノ天皇ノ久ク御悩有ケルニ、様々ノ御祈共有ケリ。就中ニ御物気ニテ有ケレバ、世ニ験シ有ト聞ユル僧ヲバ、員ヲ尽シテ召テ、御加持ヲ参ニ、露其ノ験シ無シ。而レバ、極テ恐レサセ給フ間、人有テ奏シ云ク、「東大寺ノ南ニ高山ト云フ山有リ。其ノ山ニ仏道ヲ修行シテ、久ク住スル聖人有ナリ。行ヒノ薫修積テ、野ニ走ル獣ヲ加持シ留メ、空ニ飛ブ鳥リ加持シ落スナリ。彼レヲ召テ、御加持ヲ奉セバ、必ズ其験シ候ヒナム」ト。天皇此ヲ聞シ食シテ、即チ可召キ由ヲ被仰下テ、使ヲ遣シテ召スニ、空ヨリ様々ノ花ヲ降テ参ル。其ノ参ル間、奈良ヨリ宇治マデハ、空ヨリ様々ノ花ヲ降テ参ケレバ、見ル人此レヲ貴ブ事無限シ。其レニ、宇治ヨリ北ニハ、花降ル事無カナリケリ。既ニ内ニ参ヌレバ、御前ニ召テ、御

加持参ニ、幾程ヲ経ズシテ、御病掻巾フ様ニ愈セ給ヒヌ。而ル間、本ヨリ御祈ヲ為ル止事無キ人々有ケリ。其中ニ五壇ノ御修法ヲ被行ケルニ、広沢ノ寛朝僧正中壇ニテ、時ノ止事無キ人々ヲ以テ被行ケレドモ其験モ無キニ、此高山ノ僧ノ参テ、即チ愈サセ給ヌレバ、「奇異」ト思ヒ合テ有ケルニ、余慶僧正ノ律師ニテ有ケルガ、金剛夜叉ノ檀ヲ行ズルニ、其ノ中ノ律師中檀ノ僧正ニ語テ云ク、「我等仏ヲ憑ミ奉テ、法ヲ修行シテ、皆年来ヲ経タリ。心ニ至シテ、日来御加持ヲ参ルニ、露其ノ験シ不御サヌニ、此法師ノ者ナレバ忽ニ其験ハ可現キゾ。譬ヒ霊験我等ニ増ルト云トモ、数ノ力彼レガ一人ニ可劣キニ非ズ。況ヤ極クトモ程有テコソ、霊験ハ可現キ」。加持参ル次デニ、此法師ノ居タル所ニ向テ、諸心ニ皆心ヲ励マシテ、一時許加持スルニ、此高山ノ僧ノ居タル所ニハ、几帳ヲ立廻カシテ、其内ニナム被居タリケル。其レニ、此ノ止事無人々ノ、心ヲ至テ此加持スル間、此僧ノ居タル几帳ノ内ニ、物ノハタリ〳〵ト鳴ケレバ、「何ノ鳴ゾ」ナド思

46

ヒ合ヘリケル程ニ、俄ニ狗ノ屎ノ香ノ、清涼殿ノ内ニ満テ臭
カリケレバ、候フ人候フ人、「此ハ何ナル事ヲ」ト云ヒ嘖ケ
ルニ、此加持スル人々ハ、「然レバコソ。此ハ有ル事ゾ」
ト思ツルニ、此ク怪キ事共有レバ、弥ヨ心ヲ歔マシ、各年
来ノ行ヲ憑テ加持ス。

而ル間ニ、此法師俄ニ帳ノ外ニ仰様ニ投被伏ヌ。
上人此レヲ見テ、「此ハ何ニ」ト怪シブ。天皇モ驚キ給ヌ。
此法師投ゲ被伏テ、吉ク打テ被責テ後、云ク、「助ケ給へ。
今度ノ命ヲ生ケ給へ。我年来高山ニ住シテ、天狗ヲ祭ルヲ以
テ役トシテ、『一切レ人ニ貴バセ給へ』ト祈リシ験シニ、此
ク被召テ参タル也。此レ大キナル理也。今ニ至テハ大ニ懲
リ候ヒヌ。助ケ給へ」ト、音ヲ挙テ叫ビ喤ケレバ、此加持ス
ル人々、「然レバヨ」ト云テ、各喜ケリ。
此ヲ天皇聞シ食シテ、「速ニ捕テ獄ニ給ハレ」ト仰セ有ケ
レドモ、別ノ仰セ有テ、「只追ヒ逃スベシ」ト仰セ有テ、追
ヒ被出レバ、法師喜ビヲ成シテ、逃ゲ失ニケリ。若干ノ人此

レヲ見テ、且ハ咲ヒ且憾ケリ。御悩ヲ嘖メ奉タリシ程ハ仏
ノ如ク被貴シカドモ、追ヒ被出ル時ハ糸悲シ気也。
然レバ、此様ノ者祭タル者ハ、霊験掲焉ナル様ナレドモ、
遂ニハ不被現ヌ様無シ。此レニ付テモ、此ク加持シ現ハシ
タル人ヲゾ、世ノ人皆貴ビケル。
其後、其ノ法師何ガ成ニケン、有様ヲ智人無シ。彼高山ニ
其ノ天狗祭タル所ノ跡、于今有ナリ、トナム語伝ヘタルトヤ。

닌나지^{仁和寺}의 조덴^{成典} 승정^{僧正}이 비구니 덴구^{天狗}를 만난 이야기

닌나지仁和寺의 조덴成典 승정僧正이 원당圓堂에서 불법을 닦고 있을 때, 비구니 덴구
尼天狗가 몰래 들어와 삼의거三衣筥를 훔쳐 도주하여 후면의 물푸레나무 위에 올라가
있는 것을, 가지기도하여 항복降伏시켜 상자를 되찾았다는 이야기. 앞 이야기에 계속
이어지는 법력에 의한 덴구天狗 항복담이다.

이제는 옛이야기이지만, 닌나지仁和寺¹의 조덴成典 승정僧正²이라는 사람이
있었다. 속성俗姓³은 후지와라藤原 씨이다. 히로사와廣澤의 간초寬朝⁴ 대승정
大僧正을 스승으로 하여 진언밀법⁵을 배워 오랜 세월에 걸쳐 한시도 게을리
하는 일 없이 행법行法⁶을 닦아 승정까지 오른 사람이다. 이 사람이 닌나지
에서 수행을 닦고 있었는데, 같은 닌나지 안의 동남 구석에 원당圓堂⁷이라는
절이 있었다. "그 절에는 덴구가 살고 있다."⁸고 하여 사람들이 몹시 두려워

1 → 사찰명.
2 → 인명. 장력長曆 2년(1038)에 권승정權僧正에 임명.
3 속성의 오기誤記. 재속 시의 성.
4 → 인명.
5 → 불교. 진언비밀의 행법.
6 여기서는 밀교 수행 법.
7 → 사찰명.
8 원당圓堂의 창건(연희延喜 4년〈904〉)에서 조덴 승정 시대까지는 약 140년이나 시간이 흘렀다. 그 정도 지
 나면 덴구가 있다고 하는 소문이 난다는 것일 것이다. 『진언전眞言傳』에는 조덴에게 '악마'가 씌었다고 되어
 있고, 『토거초土巨抄』는 '단발머리 소동小童'이라 함.

하였다.

　어느 날 이 승정이 밤중에 단지 홀로 그 법당 불전에 앉아 행법을 닦고 있었는데, 법당 문틈으로 머리에 모자를 쓴 어떤 비구니가 엿보고 있었다. 승정은 '이런 야밤에 저렇게 엿보는 비구니는 도대체 누굴까?' 하고 있는데, 그 비구니가 쓱 들어와 삼의거三衣筥[9]를 들고 달아났다. 승정이 지체 없이 그 뒤를 쫓아갔는데, 그 비구니는 법당 뒷문[10]으로 빠져나가 후면에 있는 물푸레나무[11] 위에 올라갔다. 그래서 승정은 그 물푸레나무를 쳐다보며 가지加持[12]를 시작했다. 얼마 지나지 않아 비구니는 가지기도의 힘을 견디어내지 못하고 지상으로 떨어졌다. 승정은 그곳으로 다가가 삼의거를 다시 뺏으려고 했다. 잠시 실랑이를 벌인 끝에 되찾기는 하였지만, 비구니는 삼의거의 한쪽 끝을 잡아당겨 찢어 달아났다.

　그 비구니가 올라갔던 나무는 지금도[13] 그곳에 있다. 그 비구니를 비구니 덴구라고 한다고 이렇게 이야기로 전하여 내려오고 있다 한다.

9　→ 불교. → 본권 제2화 주 참조. 삼의三衣를 넣는 상자.

10　절의 배후背後, 북측에 해당. 이류異類 등의 출입구로, 예능·의식儀式 등과도 관련된다. 화엄법회의 강사는 법회도중 법당의 후문으로 퇴출하는 것이 관습임.

11　물푸레나무는 고래古來로부터 신령神靈이 강림降臨하는 나무로 일컬어 짐. 또한 큰 나무는 덴구가 거주하는 곳이기도 함.

12　→ 불교. 조복調伏하는 법法. 「진언전」, 「토거초土巨抄」에는 「이취경理趣經」의 경문을 읊었다고 되어 있음.

13　설화에 신빙성을 부여하는 상투적인 수법.

仁和寺成典僧正値尼天狗語第五

今昔、仁和寺ニ成典僧正ト云フ人有ケリ。俗性ハ藤原ノ氏。広沢ノ寛朝大僧正ヲ師トシテ、真言ノ蜜法受ケ学テ、年来行法怠ル事無クシテ、僧正マデ成上タル人也。然レバ、其人仁和寺ニ行ヒテ居タル、同仁和寺ノ内ノ辰巳ノ角ニ、円堂ト云フ寺有リ。「其寺ニハ天狗有」トテ、人極テ恐ヅル所也。

而ルニ、此僧正、夜ル其堂ニ只独ノ仏前ニ居テ、行法ヲ修シテ居タリケルニ、堂ノ戸ノ迫ヨリ、頭ニ帽子ヲ着タル尼ノ臨ケルニ、僧正、「夜ハ何ゾノ尼ノ、此ハ臨クニカ有ラム」ト思フ程ニ、尼急ト入リ来テ、僧正ノ傍ニ置タル三衣筥ヲ取テ逃テ行ケレバ、僧正追ヒ継ギテ行ケルニ、尼堂ノ後ヨリ出テ、後ニ高キ槻木有ルニ上テ居ケレバ、僧正此ヲ見上テ加持シケル時ニ、尼被加持テ不堪ズシテ、木ノ末ヨリ土ニ落ニケレバ、僧正寄テ三衣筥ヲ奪ヒ返シケル。暫許引シロヒテ、僧正奪ヒ取テケルニ、尼三衣筥ノ片端引キ破テ、取テ逃テ去ニケリ。其尼ノ上タル木于今有リ。其尼ヲバ尼天狗ト云ナリ、トナム語伝ヘタルトカヤ。

부쓰겐지佛眼寺의 닌쇼仁照 아사리阿闍梨 방에 덴구天狗가 씌인 여자가 찾아온 이야기

부쓰겐지佛眼寺의 닌쇼仁照 아사리阿闍梨에게 덴구天狗에 씐 여자가 음식공양을 구실로 접근하자 곤경에 빠진 닌쇼는 부동명왕不動明王에게 기원하여 파계를 면하고 덴구를 항복시킨 이야기. 앞 이야기의 비구니 덴구와 관련시켜 덴구에 씐 여자 이야기가 이어진 것임.

이제는 옛이야기이지만, 도읍의 히가시 산東山에 부쓰겐지佛眼寺[1]라는 절이 있었다. 그곳에 닌쇼仁照[2] 아사리阿闍梨라는 사람이 살고 있었는데 대단히 존귀한 스님이셨다. 다년간 그 절에서 수행에 정진하여 절에서 나오는 일도 없었다. 어느 날, 뜻밖에 칠조七條 근처의 금, 은 등을 두드려 얇게 펴서 박箔을 만드는 사람[3]의 처로 나이가 한 서른 남짓, 기껏해야 마흔 정도의 여자가 이 아사리 승방을 찾아왔다. 식량자루에 말린 밥을 넣고, 견염堅塩[4]과 미역 등도 함께 가져와 아사리 앞에 꺼내 놓고는,

---

1 → 사찰명. 미상.
2 → 미상. 대계大系는 히에이 산 승려 닌쇼仁照와 동일인이라고 하지만, 이 이야기에서의 닌쇼는 히가시 산東山을 나온 일이 없었던 것으로 되어 있음. 반면에 히에이 산 닌쇼는 그 산 서탑西塔에 줄곧 있었던 것으로 추정되어 동일인으로는 보기 힘듦.
3 『우지 습유宇治拾遺』 제22화에는 칠조七條에 금, 은 등을 두드려 얇게 펴서 박箔을 만드는 사람이 있다고 하고 있고, 동 제5화에는 칠조정七條町의 주물사鑄物師에 관한 기사가 보이는 점 등을 고려해 볼 때, 당시 칠조에는 금속세공의 장인들이 모여 살았을 가능성이 있음.
4 정제하지 않은 소금이 단단하게 굳어 덩어리져 있는 것.

"소문에 들으니 훌륭하신 스님이시라고 하여, 무언가 도움을 주고자 찾아왔습니다. 의복을 가지런히 입혀 드리는 일 같은 것은 지극히 쉬운 일이지요."

라며 능숙한 언변으로 말하고 돌아갔다.

그 후 아사리는, '어떤 자이기에 나를 찾는단 말인가.' 하고 의아해 하고 있었는데, 이십일 정도 지나자, 일전의 여자가 또다시 찾아왔다. 이번에도 식량자루에 흰쌀을 넣고 작은 궤짝에는 떡과 적당한 과일 등을 넣어 하녀 머리에 이게 하여 가져왔다. 이렇게 몇 번이고 찾아오자, 아사리는 '정말로 나를 존귀하게 여기는 마음이 있어 이리 계속 찾아오는 것이 분명하다.'라고 고맙게 여기고 있던 중, 칠월 경 또 이 여자가 하녀에게 참외⁵와 복숭아 등을 들게 하고 찾아왔다.

마침 그때, 이 승방에 사는 법사들이 도읍으로 출타중이라 아무도 없었다. 아사리가 단지 홀로 있는 것을 본 이 여자는, "이곳에 스님 외에는 아무도 안 계십니까? 인기척이 없네요."라고 말했다. 아사리는, "평소에는 법사들이 한두 명 있는데 오늘은 볼일이 있어 도읍에 갔소. 곧 돌아오겠지요."라고 하자, 여자는

"마침 딱 좋을 때에 찾아왔네요. 솔직히 말씀드리자면, 긴히 드릴 말씀이 있어 그동안 이렇게 몇 번이나 찾아뵌 것이옵니다만, 항상 어김없이 누군가 계셔서 아뢸 수가 없었지요. 긴히 드릴 말씀이 있습니다."

라며 전혀 인기척이 없는 곳으로 스님을 혼자 불러냈다. 아사리는 '도대체 무슨 일일까?' 생각하며 이야기를 들어보려고 여자 곁으로 다가서자, 이 여자가 갑자기 아사리의 손을 잡고 "몇 년이나 마음 속 깊이 당신을 사모하고

---

5   당시 참외는 식용으로 인기가 있었음. 본집 권20 제29화, 권28 제40화, 권29 제11화 등에도 보임.

있었습니다. 제발 저를 좀 도와주십시오."라고 말하며 몸을 밀착시키는 것이었다. 아사리는 기겁을 하며 "이게 무슨 짓이오, 이게 무슨 짓이오."라며 뿌리치려 하였지만, 여자가 "제발 저 좀 도와주십시오."라며 막무가내로 올라타 껴안으려고 하자, 아사리는 몹시 난처해하며

"그만두게, 알았소. 그대의 말대로 하겠소. 아무것도 아닌 일이지만, 단 부처님께 말씀드리기 전에는 안 되오. 부처님께 말씀드리고 나서."
라고 말하며 일어서 가려고 했다. 여자는 '이대로 달아나려고 하는 거겠지.'라고 생각하여 아사리의 손을 놓지 않고 지불당持佛堂[6] 쪽으로 데려갔다.

아사리는 부처님 전에 가서

"저는 뜻밖에도 마연魔緣[7]에게 잡히고 말았습니다. 부동존不動尊[8]이여, 제발 저를 구해 주십시오."
라고 말하며, 염주를 부서질 듯이 눌러 돌리며 이마를 바닥에 대고 팍자가 부서질 듯이 머리를 찧으며 절을 했다. 그 순간 여자가 두 칸二間[9] 정도 내동댕이쳐져 넘어졌다. 두 팔을 든 채로 불천佛天의 주박呪縛[10]에 묶여 팽이 돌 듯 빙빙 돌았다. 잠시 뒤 구름까지 닿을 정도로 굉장한 고성을 내질렀다. 그 사이 아사리는 염주를 돌리고 또 돌리며 그저 부처님 전에 엎드려 있었다. 여자가 네다섯 번 정도 외쳐대더니 머리를 기둥에 찧어 댔다. 머리가 깨질 듯이 찧기를 사오십 번 하더니, "살려 주세요. 제발 살려 주세요."라며 울부짖었다.

이 말을 듣고 아사리는 고개를 들고 일어나 여자를 향해 "도대체 이건 영

---

6 → 불교. 자신을 지켜주는 본존으로, 거처 가까이에 불상(염지불念持佛)을 안치하는 당.
7 악마의 동료, 즉 마물魔物.
8 → 불교. 부동명왕(→ 권11 제11화 도판 참조).
9 한 칸間은 6척尺. 약 1.8m.
10 원문에는 "천박天縛"으로 되어 있음. 흔히 이야기하는 부동의 쇠사슬 묶기不動の金縛り와 같은 것임.

문을 알 수 없네. 어찌된 일이오?"라고 말했다. 그러자 여자가

"이제는 숨길 수가 없군요. 저는 히가시 산東山의 오시라카와大白河[11]에 다니는 덴구天狗이옵니다. 하지만 이 승방 위를 항상 날아다니는 사이 당신이 조금의 나태함도 없이 수행하고, 목탁소리가 너무나 숭고하게 들리기에, '어떻게 해서든 이자를 타락시키고 말자.'고 생각하여, 요 한두 해 이 여자에게 옮겨 붙어 기회를 노리고 있었지요. 하지만 성인聖人의 신통한 영험력에 의해 이렇게 묶이고 만 것입니다. 여태까지는 당신을 눈의 가시로 여기고 있었습니다만, 이제는 넌더리가 납니다. 어서 빨리 풀어 주세요. 날개도 완전히 꺾여서[12] 정말 괴로워 견딜 수가 없습니다. 제발 살려 주세요."

라고 눈물을 흘리며 말하기에, 아사리는 부처님을 향해 눈물을 흘리며 예배를 드리고 여자를 풀어 주었다. 그러자 여자는 씌었던 것이 떨어져 제정신이 돌아왔는지, 흐트러진 머리를 매만지며 아무 말 없이 아픈 허리를 끌고 어디론가 사라졌다.

그 이후 다시는 그곳에 그 여자가 나타나는 일이 없었다. 아사리도 이 일이 있고 난 뒤로는 특히 조심하여 더더욱 방심하지 않고 수행에 정진하게 되었다고 이렇게 이야기로 전하여 내려오고 있다 한다.

---

11 시라카와白河(→ 지명) 지역 내의 한 지명이겠으나 미상. 참고로 문헌상 시라카와 지역은 덴구天狗가 자주 출몰하는 지역이었음.

12 상처 입은 덴구의 상태임. 본권 제3화·제11화 참조.

仏眼寺仁照阿闍梨房託天狗女来語第六

今昔、京ノ東山ニ仏眼寺ト云フ所有リ、其ニ仁照阿闍梨ト云フ人住ケリ。極テ貴カリケル僧也。年来其ノ寺ニ行ヒテ、寺ヲ出ル事モ無クシテ有ケル程ニ、思ヒ不懸ズ、七条辺ニ有ケル薄打ツ者ノ妻ノ女ノ、年三十余四十許也ケルガ、此ノ阿闍梨ノ房ニ来タリ。餌袋ニ干飯ヲ入レテ、堅キ塩、和布ナド具シテ持来テ、阿闍梨ニ奉テ云フ様、『自然ラ承ハレバ、御帷ナド痓メテ奉ラム事ヤ安ク仕テム』ト事吉ク云テ返リ去ヌ。

其後、阿闍梨、「何クノ奴ノ、此クハ来タリツルナラム」ト怪デ思ケルニ、二十日許有テ、亦前ノ女来タリ。亦、餌袋ニ精タル米ヲ入レテ、折櫃ニ餅、可然キ菓子共ナド入テ、下衆女ニ頂カセテ持来タリ。如此クシテ来ル事、既ニ度々ニ

成ヌレバ、阿闍梨、「実ニ我ヲ貴ブ志ノ有レバ、此クハ不絶ズ来ル也ケリ」ト哀ニ思テ有ルニ、亦七月許ニ、此ノ女瓜桃ナド持セテ来レリ。

其間、此ノ房ノ法師原京ニ行テ皆来シ。阿闍梨只一人有ヲ見テ、此ノ女房ノ云ク、「此ノ御房ニハ、人モ不候ヌカ。人気モ不見ヌハ」ト。阿闍梨ノ云ク、「一二人有ル法師原ノ、要事有テ、京ニ行ヌル也。今返リ来ナム」ト。女、「吉キ折節ニコソ参リ会候ニケリ。実ニハ可申キ事ノ候ヘバ、此ク度々参リ候ツルニ、人ノ不絶ズ候ツレバ、此ク不申ザリツルヲ。実ニハ可申キ事ノ候ヘバ、此ク大切ニ可申キ事候フ也」ト云テ、人ト離タル所ニ呼ビ放テバ、

阿闍梨、「何事ニカ有ラム」ト思テ、寄テ聞ケバ、此ノ女阿闍梨ヲ捕ヘテ、「年来思給ヘツル本意有リ。助ケサセ給ヘ」ト云テ、只近付キニ近付バ、女、阿闍梨驚テ、「此ハ何ニ何ニ」ト云テ、去ムト為レドモ、女、「助ケ給ヘ」ト云テ、只抱ジニ抱ズレバ、阿闍梨佗テ、「此ナセソ。吉カナリ。云ハム事ハ仏ニ不申ズシテナム不然マジキ。仏

二申シテ後ニ」ト云テ、立テ行ケバ、女、「逃ナムト為ルナ
メリ」ト思テ、阿闍梨ヲ捕テ、持仏堂ノ方ニ具シテ行ヌ。
阿闍梨仏ノ御前ニ行テ、申シテ云ク、「不量ザル外ニ、我
レ魔縁ノ仏ニ被取籠ラレタリ。
不動尊、我ヲ助ケ給ヘ」ト云テ、
念珠ノ砕ク許ニ擬テ、額ヲ板敷ニ宛テ、破許ニ額ヲ突ク。其
時ニ女二間許ニ投ゲ被去テ、打チ被伏レヌ。二ノ肱ヲ捧テ、
天縛ニ懸テ、転ブク事、独楽ヲ廻スガ如シ。暫許有テ、
音ヲ雲ヰノ如ク高クシテ叫ブ。其ノ間、阿闍梨念珠ヲ摩入テ、
仏ノ御前ニ尚低シ臥タリ。女四五度許叫テ、頭ヲ柱ニ宛
テ、破レヌ許打ツ事、四五
十度許也。其後、「助ケ給ヘ
々々」ト叫ブ。

拝む僧（春日権現験記）

其ノ時ニ、阿闍梨頭ヲ持上
テ起上テ、女ニ向テ云ク、
「此レ心不得ヌ事也。此ハ何
ナル事ゾ」ト。女ノ云ク、

「今ハ隠シ可申キ事ニモ非ズ。我ハ東山ノ大白河ニ罷通フ天
狗也。其ニ、此ノ御房ノ上ヲ、常ニ飛テ罷リ過グル間ニ、御
行ヒノ緩ミ無クシテ、鈴ノ音ノ極ク貴ク聞ツルハ、『此レ、
構テ落シ申サム』ト思テ、此ノ一両年此ノ女ニ託テ謀ツル
事也。其レニ、聖人ノ霊験貴クシテ、此ク被摺レ奉ツル
惣テ翼打チ被折テ、難堪ク術無ク候フ。助ケ給ヘ」ト、泣々
ク云ケレバ、阿闍梨仏ニ向ヒ奉テ、泣クヽ礼拝シテ、女ヲ
バ免テケリ。其時ニ、女心醒テ、本ノ心ニ成ニケレバ、髪
掻キ馴シナドシテ、云フ事無クシテ、腰打チ引テ出ニ去ニケ
リ。

其ヨリ後、女永ク見エ不来ザリケリ。阿闍梨モ其ヨリ後ハ、
殊ニ慎ミテ、弥ヨ行ヒ緩ム事無クシテ有ケル、トナム語リ伝へ
タルトヤ。

소메도노染殿 황후가
덴구天宮 때문에 요란嬈亂당한 이야기

소메도노染殿 황후가 모노노케物の怪[1] 때문에 애를 먹고 있을 때, 곤고 산金剛山의 성인聖人이 부름을 받고 가지기도를 하기 위해 입궐하였다. 하지만 성인은 황후의 모습을 살짝 엿본 후부터 애욕에 사로잡혀 황후를 범하려 했지만, 다이마노 가모쓰구當麻鴨繼에 붙잡혀 투옥되었다. 성인은 현세에서 이룰 수 없는 사랑을 한탄하며 단식을 하고 끝내 굶어 죽어, 영귀靈鬼로 변하여 가모쓰구를 죽이고 원한을 풀었다. 이후 마음대로 황후와 동침하여 천황 이하 문무백관들을 공포에 빠뜨렸다는 이야기. 소메도노 황후에 얽힌 기괴한 염문艶聞의 하나도, 『선가비기善家秘記』의 일문佚文에 따르면, 황후의 궁녀였던 구다라노 쓰구코百濟繼子의 언담言談에 의한 것이라 전한다. 해괴망측한 괴이 설화라고 할 수 있겠다. 또한 이야기 중에는 제목의 덴구天宮(天狗)가 등장하지 않지만, 『금석 이야기집』의 작자가 영귀靈鬼를 덴구라고 해석하였다고 판단된다.

　이제는 옛이야기이지만, 소메도노染殿 황후[2]라고 하시는 분은 몬토쿠文德 천황[3]의 어머니이며, 관백關白 태정대신太政大臣 요시후사良房[4] 공의 따님이

1　＊병 등을 일으키는 악기惡氣.
2　→ 인명. 후지와라노 아키라케이코藤原明子. 아버지인 요시후사良房의 염전(소메도노)染殿 저택에 살고 있었던 것에서 유래된 호칭.
3　바르게는 몬토쿠文德 천황(→ 인명)의 여어女御(훗날 황태부인皇太夫人). 세이와淸和 천황의 어머니.
4　→ 인명. 당시에는 아직 관백關白의 칭호가 없었고 관백이 된 것은 아니지만, 『대경大鏡』에도 "정관貞觀 8년에 관백이 되셨다."라고 보임.

시다. 용모와 자태가 매우 뛰어나셨는데 황후는 항상 모노노케[5]에 시달려 괴로워하셨다. 수많은 가지기도를 행하고 특별히 영험이 뛰어나다고 하는 스님을 불러 여러 가지의 수법修法을 행해 보았지만 조금의 효험도 보지 못했다.

야마토 지방大和國[6] 가즈라키 산葛木山[7] 정상에 곤고 산金剛山[8]이라는 곳이 있었는데 그곳에 덕이 높은 한 성인聖人이 살고 있었다. 오랫동안 그곳에서 수행을 쌓아, 주발이나 항아리를 던져 음식을 가져오거나 물을 퍼오거나[9] 하며 살고 있었다. 이렇게 수행을 하는 동안, 신통한 영험을 나타나게 되었고, 그 평판이 높아져 천황[10]과 황후의 부친인 대신이 이를 전해 듣고, '그 승려를 불러들여 이 병환의 가지기도를 시키자.'고 생각하시어 입궐하라는 분부를 내렸다. 사자가 성인에게 가서 그것을 전하자, 성인은 몇 번이고 정중히 거절하였다. 하지만 황명을 계속 어길 수가 없어서 결국 입궐하게 되었다. 그리하여 황후 어전에 불러들여 가지기도를 행《하도록》[11] 하였더니 곧바로 그 효험이 나타나, 황후 시녀 중 한 사람이 갑자기 실성하여 울면서 지껄이기 시작했다. 무엇인가가 시녀에게 씌어서 마구 돌아다니며 외쳐대는 것이었다. 성인이 더욱더 힘을 다해 가지加持[12]기도를 하자, 여자는 꼼짝달싹 못한 채,[13] 호되게 공격을 당했다. 그러자 여자의 품속에서 늙은 여우 한 마리가 뛰쳐나와 빙글빙글 돌면서 쓰러져 달아나지도 못했다. 그때 성인이

5 소메노도 황후가 영귀靈鬼에 시달린 전승은 여러 서적에 보이는데, 특히 기紀 승정僧正 신제이眞濟가 전생轉生한 영靈(덴구天狗)에 씌어서, 그것을 소오相應 화상和尙이 기지기도한 이야기는 저명함.
6 → 옛 지방명.
7 → 지명.
8 → 지명. 『진언전眞言傳』에는 "긴푸 산金峰山".
9 비발비병飛鉢飛瓶은 성인의 고수련행苦修練行 정도를 엿보게 하는 비법.
10 몬토쿠文德 천황을 가리킨다고 추정함.
11 파손에 의한 결자. 문맥을 고려하여 보충.
12 → 불교. 밀교기도.
13 가지기도의 주술의 힘에 의해 묶인 것으로, 본권 제6화의 "천박天縛"과 유사함.

사람을 시켜 여우를 묶고 여우에게 교화教化[14]를 해주었다. 대신은 이를 보고 대단히 기뻐하셨고, 황후의 병은 하루 이틀 지나자 치유되었다.

대신은 기뻐하시며 "성인이시여, 당분간 머물도록 하시오."라며 분부를 내리셨기에, 성인은 분부에 따라 당분간 그곳에 있었다. 마침 여름이라 황후는 홑옷만을 입고 계셨는데, 바람이 휙 불어 휘장대의 늘어뜨린 천이 휘날렸고, 성인이 그 틈으로 어렴풋이 황후의 모습을 엿보게 되었다. 여태껏 이처럼 멋지고 아름다운 여인을 본 적이 없었기에, 성인은 금세 눈이 멀고 애간장이 타서,[15] 황후에게 깊은 애욕의 정을 품게 되었다.

그렇지만 어찌할 도리가 없는 일이라서, 혼자 이 생각 저 생각 괴로워하였다. 가슴 속은 불이 타듯, 그 모습이 아른거려 한시도 잊을 수가 없었다. 결국 성인은 사려분별을 잃어버리고 앞뒤 분별 않고 틈을 살펴 침소 안으로 들어가 누워 계시는 황후의 허리를 힘껏 그러안았다. 황후는 문득 깨어나 놀라 당황하여 진땀을 흘리시며 무서워 저항하셨지만 황후의 힘으로는 어찌할 수가 없었다. 성인은 있는 힘껏 부둥켜안으려 했다. 궁녀들은 그 모습을 보고 큰 소리를 질렀다. 그때 우연히도 다이마노 가모쓰구當麻鴨繼라는 어의御醫가 칙명을 받들어 황후의 병을 치료하기 위해 궁중에 대기하고 있었는데, 황후 침실 쪽에서 갑자기 큰 소리가 나서 놀라 달려가 보니, 그 성인이 침소 안에서 나오는 것이었다. 가모쓰구는 성인을 잡아 천황[16]에게 일의 자초지종을 아뢰었다. 매우 화가 나신 천황은 성인을 결박하여 감옥에 가두게 하셨다.

감옥에 들어간 성인은 한 마디의 말도 하지 않고 하늘을 우러러보며 울며

---

14 악도惡道에서 벗어날 수 있도록 주문을 외웠다는 의미.
15 귀한 여인을 한번 보고 사랑의 포로가 된다는 구상은 유형적인 것으로, 유사한 사랑은 권30 제8화나 시가 지志賀寺 성인 이야기(『도시요리 수뇌俊賴髓腦』), 요곡謠曲의 「능고綾鼓」 등이 있음.
16 『진언전』에는 "몬토쿠文德 천황"이라고 되어 있음.

"나는 지금 즉시 죽어 오니鬼가 되어[17] 황후가 살아 있는 동안 내 소원대로 황후와 정을 나누고야 말겠다."
라고 맹세하였다. 이를 들은 옥지기는 그것을 황후 아버지인 대신에게 말씀 드렸다. 이를 들은 대신은 놀라시고 천황께 아뢰어 성인을 사면하여 원래의 산[18]으로 되돌려 보내셨다.

그래서 성인은 원래 살던 산으로 되돌아왔지만, 황후에 대한 미련을 버리지 못하고, 어떻게 해서든 황후에게 다가가고 싶은 마음에, 평소 항상 의지하고 있던 삼보三寶에 기원을 드렸다. 현세에서는 도저히 이룰 수 없는 일이라는 것을 알아서일까, '이전에 바라던 대로 오니가 되자.'고 단단히 마음을 먹고 단식을 한 지 열흘 남짓 지나 굶어 죽고 말았다. 죽은 승려는 곧바로 오니가 되었는데, 그 모습은 벌거숭이로 머리는 단발머리이고, 신장은 팔척[19] 정도이며, 피부는 마치 옻칠을 한 듯 검었다. 눈은 금속제 밥공기를 넣은 것 같고, 딱 벌어진 입에는 검劍처럼 뾰족한 이빨이 나 있고 빨간 훈도시褌[20]를 입고, 방망이[21]를 허리에 차고 있었다.

이 오니가 갑자기 나타나 황후가 계시는 휘장대 옆에 서 있었다. 이를 눈앞에서 본 사람들은 모두 기겁을 하여 넘어지거나 허둥지둥 달아났다. 궁녀들 중에 어떤 자는 기절을 하기도 하고 또 어떤 자는 옷을 머리 위부터 뒤집어쓰고 엎드리기도 하였다. 그러나 일반 사람들은 들어갈 수 없는 곳이기에 이를 본 자는 달리 없었다.[22]

---

17 『다카무라 이야기竹取物語』에도 오노노 다카무라小野篁의 배 다른 여동생이 단식하여 영귀靈鬼가 되어 생전의 소원을 이룬 이야기가 보임.
18 곤고 산金剛山. 『진언전』은 "미나미 산南山".
19 * 약 2.4m.
20 * 남자의 음부를 가리는 폭이 좁고 긴 천.
21 영귀가 갖고 있는 주구呪具의 하나. 소위 도깨비 방망이.
22 목격자가 없었다는 화자의 해설문.

그러는 동안 이 오니의 혼이 황후를 실성시켜, 황후는 예쁘게 몸치장을 하고 방긋 미소를 띠우며, 부채로 얼굴을 가린 채 침소 안으로 들어가시어 오니와 단둘이 함께 누웠다. 궁녀들이 들으니 오니가 황후에게, "하루하루 사무치게 그리워 고통스럽게 지내 왔습니다."라고 아뢰자, 황후도 기쁜 듯 웃으시고 계셨다. 이를 들은 궁녀들도 모두 달아나고 말았다. 이렇게 하여 얼마동안 시간이 흘러 저녁 무렵이 될 쯤, 오니가 침소에서 나와 사라졌다. 궁녀들은 '황후님은 어떻게 되셨을까?' 하고 서둘러 황후가 있는 곳으로 가 보자, 황후는 평소와 조금도 다름없이 그런 일이 있었는지조차도 모르는 모습으로 앉아 계셨다. 단지 눈동자에 조금 무서운 느낌이 감돌아 보였다.

이 일을 아뢰자, 천황은 괴이하고 무서운 생각보다도 먼저 '황후는 앞으로 어떻게 되실지.' 하며 심히 한탄하셨다. 그렇지만 그 후로도 연일 그 오니가 같은 모습으로 찾아왔고, 황후 또한 두려워하시는 기색도 없이 실성하여 단지 그 오니를 그리운 님이라고만 여기시는 것이었다. 이를 본 궁중 사람들은 모두 매우 슬퍼하고 한탄할 따름이었다.

그러던 중, 이 오니가 어떤 사람에게 씌어 "나는 반드시 그 가모쓰구에게 원한을 갚을 것이다."라고 말했다. 가모쓰구는 이를 듣고 두려워 벌벌 떨었는데, 그 후 얼마 지나지 않아 갑자기 죽고 말았다.[23] 그리고 서너 명 있던 가모쓰구의 자식들도 모두 실성하여 죽고 말았다. 이를 본 천황 및 아버지인 대신은 무척 두려워하며, 많은 고승들로 하여금 그 오니를 진압하도록 간절히 기도를 하게 하였다. 수많은 기도를 한 효험 탓일까, 오니가 석 달 정도 나타나지 않자, 황후의 기분도 조금 나아지고 원래 상태대로 되셨다. 천황은 이를 듣고 기뻐하시며 "한 번 더 황후의 모습을 봐야겠다." 하시며

---

23 가모쓰구의 사망은 정관貞觀 15년(873) 3월 8일의 일(『삼대실록三代實錄』)이기에, 여태까지의 사건은 정관貞觀 14년에서 15년에 걸친 이야기임. 소메노도 황후는 사십오륙 세.

황후전으로 행차[24]하셨다. 그것은 여느 때보다도 감개무량한 행차였기에 문무백관 한 사람도 빠짐없이 뒤따랐다.

이윽고 천황이 황후전에 들어 황후를 만나시고 눈물을 흘리며 애절하게 이야기를 나누시자, 황후도 매우 감격해 하셨으며, 그 모습은 예전과 조금도 다름이 없었다. 그러자 그때 그 오니가 갑자기 방 한 구석에서 뛰쳐나와 황후전의 침소 안으로 들어갔다. 천황이 기겁을 하고 보고 있는 사이에, 황후도 이전의 그 상태가 되시어 침소 안으로 서둘러 들어가셨다. 잠시 후, 오니가 남면南面[25]으로 뛰쳐나왔다. 대신, 공경公卿을 비롯해 백관들이 모두 바로 눈앞에서 그 오니를 보고 무서워 어찌할 바를 모르며, '정말 기가 막히는 일'이라고 생각하고 있는데, 황후도 역시 뒤따라 나와 많은 사람들이 보고 있는 앞에서 오니와 함께 누우시고는, 말로 형용할 수 없는 볼썽사나운 행위를 거리낌 없이 행하셨다. 이윽고 오니가 일어나자, 황후도 일어나 침소 안으로 들어가셨다. 천황은 어떻게 할 도리가 없이 오직 한탄만 하시며 되돌아가셨다.

그러므로 고귀한 신분의 여성은 이 이야기를 잘 듣고 절대로 이와 같은 법사에게 접근해서는 안 된다. 이 이야기는 아주 온당치 않은 일로, 공개적으로 말하는 것은 삼가야 하는 것이긴 하지만, 말세末世를 사는 사람들에게 알려 법사에게 접근하는 것을 반드시 훈계하기 위해 이야기로 전하여 이렇게 내려오고 있다 한다.

---

24 『진언전』, 『부상약기扶桑略記』에서 인용한 『선가비기善家秘記』 일문佚文에는 원경元慶 2년(878) 9월 25일에 거행된 소메도노 황후의 오십세 축하연(『삼대실록』) 당일, 세이와淸和 천황이 축하 참가를 위해 행차하였을 때의 사건임.

25 남면南面은 정면. 공교롭게도 오니가 마침 정면에서 많은 사람들이 보고 있는 중에 뛰쳐나온 것임.

◉ 제7화 ◉
소메도노染殿 황후가 덴구天宮 때문에 요란嬈亂스럽게 당한 이야기

染殿后為天宮被嬈乱語第七

今昔、染殿ノ后ト申スハ、文徳天皇ノ御母也。良房大
臣ト申ケル関白ノ御娘也。而ルニ、此后常ニ物ノ気ニ煩ヒ給ケレバ、様々ノ
御祈共有ケリ。其中ニ世ニ験シ有ル僧ヲバ召シ集テ、験者ノ
修法有ドモ、露ノ験シ無シ。

而ル間、大和葛木ノ山ノ頂ニ、金剛山ト云フ所有リ、其山
ニ一人ノ貴キ聖人住ケリ。年来此所ニ行テ、鉢ヲ飛シテ食
ヲ継ギ、瓶ヲ遣テ水ヲ汲ム。如此ク行ヒ居タル程ニ、験無並
シ。然レバ、其聞エ高成ニケレバ、天皇并ニ父ノ大臣、此由
ヲ聞食シテ、「彼レヲ召シテ、此ノ御病ヲ令祈メム」ト思シ
テ、使聖人ノ許ニ行テ、此由ヲ仰スル
ニ、聖人度々辞ビ申スト云ヘドモ、宣旨難背キニ依テ、遂ニ
シテ、可召キ由被仰下ヌ。

参ヌ。御前ニ召テ、加持ヲ参ルニ、其験シ新タニシテ、
后一人ノ侍女忽ニ狂テ哭キ嘲ル。侍女ニ神託テ走リ叫ブ。
聖人弥ヨ此ヲ加持スルニ、女被縛テ打チ被責ル間、女ノ懐
ノ中ヨリ一ノ老狐出テ、転テ倒レ臥テ、走リ行事能カラズ。
其時ニ、聖人ヲ以テ狐ヲ令繋テ、此ヲ教フ。父ノ大臣此レヲ
見テ、喜給フ事無限シ。后ノ病、一両日ノ間ニ止給ヒヌ。
大臣此レヲ喜給テ、「聖人暫ク可候キ」由ヲ仰セ給ヘ
バ、仰ニ随テ暫ク候フ間、夏ノ事ニテ、后御喧衣許ヲ着給
テ御ケルニ、風御几帳ノ帷ヲ吹キ返シタル迫ヨリ、聖人聊ニ
后ヲ見奉ケリ。見モ不習又心地ニ、此ク端正美麗ノ姿ヲ見
テ、聖人忽ニ心迷ヒ肝砕テ、深ク后ニ愛欲ノ心ヲ発シツ。
然レドモ、可為キ方無キ事ナレバ、思ヒ煩テ有ルニ、胸ニ
火ヲ焼クガ如ニシテ、片時ヲ思ヒ遇スベクモ不思エザリケレ
バ、遂ニ心濁テ狂テ、人間ヲ量テ、御帳ノ内ニ入テ、后ノ臥
セ給ヘル御腰ニ抱付ヌ。后驚キ迷テ、汗水ニ成テ恐ヂ給フト
云ヘドモ、后ノ力ニ辞ビ難得シ。然レバ、聖人力ヲ尽シテ捿

ジ奉ルニ、女房達此レヲ見テ騒テ嘩ル時ニ、侍医当麻ノ鴨継ト云フ者有リ、宣旨ヲ奉テ、后ノ御病ヲ療ゼムガ為ニ、宮ノ内ニ候ケルガ、殿上ノ方ニ、俄ニ騒ギ嘩ム音シケレバ、鴨継驚テ走入タルニ、御帳ノ内ヨリ此聖人出タリ。人ヲ捕ヘテ、天皇ニ此由ヲ奏ス。天皇大キニ怒給テ、聖人ヲ搦テ獄ニ被禁ヌ。

聖人獄ニ被禁タリト云ヘドモ、更ニ云フ事無クシテ、天ニ仰テ、泣々ク誓テ云ク、「我忽ニ死テ鬼ト成テ、此后ノ世ニ在マサム時ニ、本意ノ如ク后ニ陸ビム」ト。獄ノ司ノ者、此ヲ聞テ、父ノ大臣ニ此事ヲ申ス。大臣此ヲ聞驚キ給テ、天皇ニ奏シテ、聖人ヲ免シテ本ノ山ニ返シ給ヒツ。

然レバ、聖人本ノ山ニ返テ、此思ヒニ不堪ズシテ、后ニ馴近付キ可奉キ事ヲ強ニ願テ、憑ム所ノ三宝ニ祈請スト云ヘドモ、現世ニ其事ヤ難カリケム、物ヲ不食ザリケレバ、「本ノ願ノ如ク、鬼ニ成ラム」ト思ヒ入テ、十余日ヲ経テ、餓ヘテ死ニケリ。其後忽ニ鬼ト成ヌ。其形、身裸ニシテ、頭ハ禿

也。長ケ八尺許ニシテ、膚ノ黒キ事漆ヲ塗レルガ如シ。目ハ銃ヲ入タルガ如クシテ、口広ク開テ、釼ノ如クナル歯生タリ。上下ニ牙ヲ食ヒ出シタリ。赤キ裕衣ヲ掻テ、槌ヲ腰ニ差シタリ。此鬼俄ニ后ノ御マス御几帳ノ喬ニ立タリ。人現ハニ此レヲ見テ、皆魂ヲ失ヒ心ヲ迷ハシテ、或ハ絶入リ、或ハ迷テ逃ヌ。女房ナドハ此レヲ見テ、或ハ絶入リ、或ハ衣ヲ被テ臥ヌ。

而ル間、此ノ鬼魂、后ノ御悦ラシ狂ハシ奉ケルハ、后吉ク取リ疎ヒ給テ、打チ咲テ、扇ヲ差隠シテ、御帳ノ内ニ入リ給テ、鬼ト二人臥サセ給ヒニケリ。女房ナド聞ケレバ、只日来恋ヒ侘カリツル事共ヲゾ鬼申ケル。后モ咲嘲ラセ給ヒケリ。女房ナド皆逃去ニケリ。良久ク有テ、日暮ル程ニ、鬼御帳ヲリ出テ去ニケリ。「后何ニ成セ給ヌラム」ト思テ、女房達念参タレド、例ニ違フ事無クシテ、「然ル事ヤ有ツラム」ト思食タル気色モ無テゾ、居サセ給タリケル。少シ御眼見ヲ怖シ気ナル気付セ給ヒニケル。

此由ヲ内ニ奏シテケレバ、天皇聞食テ、奇異ク怖シキヨリ

モ、「何成セ給ヒナムズラム」ト歎カセ給フ事無限シ。其後、

此鬼毎日ニ同ジ様ニテ参ル二、后亦心肝モ失セ不給ズシテ、

移シ心モ無ク、只此鬼ヲ媚キ者思食タリケリ。然バ、宮ノ

内ノ人皆此レヲ見テ、哀ニ悲ク、歎キ思フ事無限シ。

而ル間、此鬼人ニ託テ云ク、「我必ズ彼ノ鴨継ガ怨ヲ可報

シ」ト。鴨継此ヲ聞テ、心ニ恐ヂ怖ル間、其後幾ノ程ヲ

不経ズシテ、鴨継俄ニ死ニケリ。亦、鴨継ガ男三四人有ケリ、

皆狂病有テ死ニケリ。然レバ、天皇并ニ父ノ大臣此ヲ見テ、

極テ恐ヂ怖レ給テ、諸ノ止事無キ僧共ヲ以テ、此鬼ヲ降伏セ

ム事ヲ勤テ祈セ給ケルニ、様々ノ御祈共有ケル験ニヤ、

此鬼三月許不参ザリケレバ、后ノ御心モ少シ直リテ、本ノ

如ク成給ニケレバ、天皇聞食テ喜バセ給ケル程ニ、天皇、

「今一度見奉ラム」トテ、后ノ宮ニ行幸有ケリ。例ヨリ殊ニ

哀ナル御行也。百官不闕ズ皆仕 タリケリ。

天皇既ニ宮ニ入ラセ給テ、后ヲ見奉ラセ給テ、泣々ク哀

ナル事共申サセ給ヘバ、后モ哀ニ思食タリ。形モ本ノ如クニ

テ御ス。而ル程間、例ノ鬼俄ニ一角踊出テ、御帳ノ内ニ入ニ

ケリ。天皇此レヲ「奇異」ト御覧ズル程ニ、后モ例ノ有様ニテ、

御帳ノ内ニ忩ギ入給ヌ。暫許有テ、鬼南面ニ踊出ヌ。大臣

公卿ヨリ始テ百官現ニ此ノ鬼ヲ見テ、恐レ迷ヒ、「奇異」

ト思フ程ニ、后又取次キテ出サセ給テ、諸ノ人ノ見ル前ニ、

鬼ト臥サセ給テ、艶ズ見苦キ事ヲゾ、憚ル所モ無ク為セ給テ、

鬼起ニケレバ、后モ起テ入ラセ給ヌ。天皇可為キ方無ク思食

シ歎テ、返ラセ給ニケリ。

然バ、止事無カム女人ハ、此事ヲ聞テ、専ニ如然シ有

ラム法師ノ不可近付ズ。此事極テ便無ク憚リ有リ事也ト云ド

モ、末ノ世ノ人ニ令見テ、法師ニ近付カム事ヲ強ニ誡メムガ

為ニ、此クナム語リ伝ルトヤ。

료겐良源[1] 승정僧正이 영귀靈鬼가 되어
관음원觀音院[2]에 와서 요쿄余慶[3] 승정을 항복降伏시킨 이야기

이 이야기는 제목만 있고 본문은 없는 이야기이다. 제목으로 유추해 볼 때, 료겐良源 승정이 사후 그 영靈이 덴구天狗로 전생轉生해서 경쟁관계에 있었던 사문寺門의 요쿄余慶 승정을 항복시켰다는 내용으로 추정된다. 산문山門과 사문寺門과의 갈등을 배경으로 성립한 설화로, 료겐良源이 산문山門, 요쿄余慶가 사문寺門을 상징한다.

본문 결缺

---

1 → 인명.
2 → 사찰명.
3 → 인명.

덴구天狗를 모시는 법사가
남자에게 덴구의 술법을 가르치려고 한 이야기

도읍의 젊은이가 환술幻術을 배우고 싶다며 이웃에 사는 환술자幻術者로, 신분이 미천한 법사法師에게 간원懇願하자, 정진결재精進決齋 후 오미네데라大峰寺의 노승老僧(덴구天狗)이 사는 곳으로 안내를 받았다. 하지만 젊은이가 약속을 어기고 품속에 칼을 품고 있었던 탓에, 덴구가 기피해서 그 소원을 이루지 못했다는 이야기. 도검刀劍의 영험력靈驗力, 주력呪力이 영귀靈鬼나 사기邪氣를 물리친다는 신앙이 밑바탕에 깔린 전승이다.

이제는 옛이야기이지만, 도읍에 외술外術[1]이라는 것을 즐겨하며 그것으로 생계를 꾸려나가는 미천한 신분의 법사가 있었다. 나막신이나 뒤축이 좁은 짚신 같은 것을 순식간에 강아지 등으로 바꿔 걸어 다니게 하거나, 아니면 품속에서 여우를 꺼내 울게 하고, 또는 서 있는 말이나 소의 엉덩이로 들어가 입으로 나오는 따위의 짓을 했다.

오랜 세월 동안 이러한 일을 하고 있었는데, 이웃에 사는 젊은 남자가 이를 굉장히 《부럽》[2]게 생각하여, 그 법사의 집에 가서 환술을 배우고 싶다고 열심히 부탁을 하였는데, 법사는 "이 환술은 그렇게 간단히 남에게 가르칠

1 　외도外道의 환술. 본권 제3화, 권28 제40화에 따르면, 환술幻術·기술奇術과 같은 것으로, 당시의 산가쿠散樂(사루가쿠猿樂)에 종사하던 자들이 잘하는 기술奇術·잡예雜藝와 같은 것임. 이것이 덴구를 모시는 외도外道의 환술로 간주된 듯함.
2 　한자표기를 위한 의도적 결자. 문맥을 고려하여 보충.

수 있는 것이 아니네."라며 당장은 가르쳐주려고 하지 않았다. 그러나 남자가 열심히 "그러지 마시고 제발 가르쳐 주십시오." 하며 계속 부탁하자, 법사가

"자네가 정말로 이 환술을 배우고자 하는 뜻이 있다면, 절대로 남들이 눈치채지 못하도록 7일 동안 각별히 정진精進[3] 하고, 깨끗한 새 나무통을 하나 마련하여 그 통에 잡곡이나 야채 등이 섞인 밥을 특별히 정갈하게 지어 담게. 그리고 그것을 직접 짊어지고 존귀한 곳으로 가서 환술을 배워야 하네. 자네를 그곳으로 안내는 해 줄 수는 있지만, 내가 직접 자네를 가르쳐 줄 수는 없네."

라고 말했다. 남자는 이 말을 듣고, 법사가 말한 대로 절대로 남이 눈치채지 못하도록 하여, 그날부터 각별히 정진을 시작하고, 금줄을 쳐놓고 사람도 만나지 않고 7일 동안 집안에만 있었다. 그리고 더할 나위 없이 정갈히 밥을 준비하여 그것을 깨끗한 통에 담았다.

그러자 법사가 와서 "자네가 정말 그 환술을 배워 습득하고자 한다면, 절대로 허리에 칼을 차서는 안 되네."라고 신신당부를 했다.[4] 남자는

"칼을 안 가져가는 것은 어렵지 않습니다. 이 환술을 열심히 배우고자 마음먹은 이상, 어떤 어려운 일일지라도 할 것입니다. 하물며 칼을 가져가지 않는 것 따위는 아무것도 아닙니다."

라고 말했다. 그러나 남자는 내심

'칼을 안 차는 것은 그리 대수로운 일이 아니지만, 이 법사가 굳이 이런 말을 꺼내는 자체가 참으로 이상하다. 만일 칼을 차지 않고 갔다가 이상한 일

3　정진精進은 '재계齋戒' '지재持齋'와 같은 뜻으로, 소정의 작법作法에 따라 심신을 청정히 유지하고, 행위·음식 등을 삼가는 것. 정진결재精進潔齋.

4　칼을 휴대하는 것을 금지한 것은 사기邪氣를 제압하는 도검刀劍의 영력靈力을 두려워하였기 때문임.

이라도 생기면 큰일이 아닌가.'

라는 생각이 들어 몰래 단도短刀를 충분히 잘 갈아 놓았다.

하루만 지나면 7일 정진이 끝나는 그날 저녁 무렵, 법사가 또다시 찾아와,

"절대로 남이 눈치채지 않게 그 밥을 담은 통을 자네가 직접 들고 가야 하네. 절대로 칼을 들고 가서는 안 되네."

라며 주의를 주고 돌아갔다. 마침내 날이 밝아 단둘이 함께 출발했다. 남자는 아무래도 걱정이 되어 칼을 품속 깊숙이 몰래 꽂아 넣고, 통을 어깨에 메고 법사를 앞세워 걸어갔다. 어딘지도 모르는 산중을 한참을 가는 사이 어느덧 사시巳時[5] 무렵이 되었다.

남자가 '멀리도 □□□□[6] 왔구나.'라고 생각하고 있자, 산중에 아담하게 지은 승방僧房이 있었다. 법사는 남자를 문 앞에서 기다리게 하고는 안으로 들어갔다. 법사는 섶 울타리 부근에 무릎을 꿇고 헛기침을 하며 찾아온 뜻을 고하고 있는 모습이었다. 그러자 미닫이문을 열고 나오는 사람이 있었다. 남자가 보니, 속눈썹이 긴, 늙고 매우 존귀한 승려가 나와, 이 법사를 향해 "자네 어째서 그토록 얼굴을 보이지 않았던 건가?"라고 말했다. 법사는 "시간이 나지 않아 오랫동안 격조하였습니다."라고 말하며 "실은 이곳에 스님을 모시고 싶어 하는 남자가 한 사람 와 있습니다."라고 말했다. 그러자 승려는 "이 법사 녀석, 또 여느 때처럼 쓸데없는 말을 지껄인 모양이구나."라고 중얼거리며, "그자는 어디에 있느냐? 이리로 부르게."라고 말했다. 그래서 법사가 "이리 오게."라고 말하자, 남자는 법사의 뒤를 따라 들어왔다. 가져온 통은 법사가 받아 툇마루 위에 올려놓았다.

남자는 섶 울타리 가까이에 대기하고 있었는데, 승방 주인인 승려가 "자

5   오전 10시경.
6   공란의 의미 불명.

네는 혹 칼을 차고 있지는 않는가?"라고 물었다. 남자는 "절대로 차지 않았습니다."라고 대답하며, 그 승려를 보니 이루 말할 수 없이 섬뜩하고 무서웠다. 그 승려가 사람을 부르자, 한 젊은 승려가 나왔다. 늙은 승려는 마루에 서서 "저기 있는 자가 품속에 칼을 차고 있는지 살펴보거라."라고 말했다. 그러자 젊은 승려가 다가와 남자의 품속을 뒤지려고 했다. 남자는 그때

'내 품속에는 칼이 있으니 찾아낼 것이 뻔한 일이다. 그렇게 되면 내 입장이 난처해질 것이다. 어차피 죽을 거라면, 이 노승과 한판 붙고 죽자.'

라고 생각하고, 젊은 승려가 바로 눈앞에 다가오기 직전, 살그머니 품속에 칼을 빼내들고, 마루에 서 있는 노승을 겨냥하여 달려들었다. 그 순간 노승은 재빨리 사라져 없어졌다. 정신이 들어 보니 승방도 온데간데없었다.[7] 이상하게 생각하고 주위를 둘러보니, 어딘지도 모르는 큰 불당 안이었다. 그때 남자를 데려온 법사가 손뼉을 치며 분해하며, "자네, 끝내 나를 아주 엉망으로 만들어 버렸군."[8] 하며 큰 소리로 울면서 비난을 하였다. 남자는 뭐라고 변명을 할 수가 없었다. 남자는 자세히 주위를 둘러보니 '까마득히 먼 곳까지 왔다.'라고 생각했는데, 실은 일조一條 서동원西洞院[9]에 있는 오미네데라大峰寺[10]라는 절에 와 있었던 것이었다. □□□□□□[11]남자는 망연히 집으로 돌아왔다. 법사도 울며 집으로 돌아갔지만, 이틀, 사흘 정도 지나 갑자기 죽었다. 덴구天狗[12]를 받들어 섬겼기 때문인지, 어쩐지 자세한 연유는 모른다. 남자는 죽지 않고 무사했다. 이 같은 환술을 행하는 자는 실로

---

7   이류異類·이형異形이 자취를 감출 때에는, 집과 같이 그것과 관계되는 물건도 동시에 보이지 않게 되는 것이 유형類型적임.

8   죽음에 다다른 것을 자각한 발언임. 이삼일 정도 지나 죽게 되는 것에 대한 복선임.

9   일조一條 대로大路와 서동원西洞院 대로와의 교차점.

10   → 사찰명.

11   공란을 무시해도 상하의 문의文意가 통해서 원래부터의 공란인지, 파손에 의한 공란인지는 미상.

12   → 불교.

그 죄[13]가 무겁다고 한다.

　그러므로 조금이라도 삼보三寶[14]에 귀의하고자 하는 자는 결코 앞으로도 이런 환술을 배우려고 해서는 안 된다. 이 같은 환술을 행하는 자는 인구人狗[15]라 하여 인간이 아니라고 이렇게 이야기로 전하여 내려오고 있다 한다.

13　불교에 반하는 모든 행위를 가리킴.
14　→ 불교.
15　'덴구天狗'에 대비되는 말로, 마계魔界에 사는 덴구에 대해서 인계人界에 있으면서 덴구를 받들어 모시며, 외술外術을 행하는 자를 인구人狗라 칭한 것이리라. 주1)에 비추어보면, 산가쿠散樂, 잡예雜藝의 예능자를 천시한 견해를 나타내는 용어임.

祭天狗法師擬男習此術語第九

今昔、京ニ外術ト云フ事ヲ好テ役トスル下衆法師有ケリ。

履タル足駄尻切ナドヲ急ト犬ノ子ナドニ成シテ這セ、又懐ヨリ狐ヲ鳴セテ出シ、又馬牛ノ立ル尻ヨリ入テ、口ヨリ出ナド為ル事ヲゾシケル。

年来此様ニシケルヲ、隣ニ有ケル若キ男ヲ極ク□マシク思テ、此法師ノ家ニ行テ、此事習ハムト切々ニ云ケレバ、法師ノ云ク、「此事ハ輒ク人ニ伝フル事ニモ非ズ」ト云テ、速ニ

モ不教ザリケルヲ、男頻ニ、「尚習ハム」ト云ケレバ、法師ノ云ク、「汝ヂ実ニ此事ヲ習ハムト思フ志有ラバ、努々人ニ不令知ズシテ、堅固ニ精進ヲ七日シテ、浄ク新キ桶一ヲ儲テ、交飯ヲ極テ浄クシテ、其桶ニ入テ、自ラ荷ヒ持テ。止事無キ所ニ詣デ習フ事也。我レハ更ニ教ヘムニ不能ズ。只其ヲ導テ許也」ト。男コ此レヲ聞テ、法師ノ云フニ随テ、努々人ニ不令知シテ、其日ヨリ堅固ノ精進ヲ始テ、注連ヲ曳テ人ニモ不会シテ、籠居テ七日有リ。只極テ浄シテ、交飯ヲ儲テ浄キ桶ニ入タリ。

而ル間、法師来テ云ク、「汝ヂ実ニ此事ヲ習取ラムト思フ志、有ラバ、努々腰ニ刀ヲ持ツ事無レ」ト勤ニ誡メ云ケレバ、男、「刀ヲ不持ザラム事安キ事也。難カラム事ヲヲソラ、此ノ事ニモ勧ニ習ハムト思フ志

入馬腹舞（信西古楽図）

有レバ、辞ビ可申キニ非ズ。況ヤ一刀不差ザラム事ハ難キ事
ニモ非ザリケリ」ト云テ、心ノ内ニ思ハク、「刀不差ザラム
事ハ安キ事ニテハ有ドモ、此ノ法師ノ此ク云フ、極テ怪シ。
若シ刀ヲ不差シテ、怪シキ事有ラバ、益無カルベシ」ト思ヒ
得テ、蜜ニ小キ刀ヲ返々ス吉ク鏡テケリ。

精進既ニ明日七日ニ満ナント為ルタニ、法師来テ云ク、

「努々人ニ不知セデ、彼交飯ノ桶ヲ、汝ヂ自持テ、可出立キ
也。尚々刀持ツ事無カレ」ト誠メ云テ去ル。暁ニ成ヌレバ、
只ニ人出ヅ。男ハ尚怪ケレバ、刀ヲ懐ニ隠シ差シテ、桶ヲ打
チ肩ニ持テ、法師ヲ前ニ立テ、行ク。何クトモ不思エヌ山ノ中ヲ
遥々ト行ニ、一〇時許ニ成テ行ク。

「遥ニモ□ニ□来ヌルカナ」ト思フ程ニ、山ノ中ニ吉ク造
タル僧坊有リ。男ヲバ門ニ立テ、法師ハ内ニ入ヌ。見レバ、
法師木柴垣ノ有ル辺ニ突居テ、咳キテ音ナフメレバ、障紙ヲ
曳開テ出ル人有リ。見レバ、年老テ睡長ナル僧ノ、極テ貴気
ナル出来テ、此法師ニ云ク、「汝ヂ、何ゾ久クハ不見エザリ

ケルゾ」ト云ヘバ、法師、「暇不候ニ依テ、久ク参リ不
候ズ」ナド云テ、「此ニ宮仕ヘ仕ラムト申ス男ナム候」ト
云ヘバ、僧、「常ニ此ノ法師由無シ事云フラム」トテ、「何
コニ有ルゾ。此方ニ呼ベ」ト云ヘバ、法師、「出テ参レ」ト
云ヘバ、男法師ノ尻ニ立テ入ヌ。持タル桶ハ、法師取テ延ノ
上ニ置ツ。

男ハ柴垣ノ辺ニ居タレバ、房主ノ僧ノ云、「此僧ハ若シ刀
ヤ差シタル」ト。男、「更ニ不差ヌ」由ヲ答フ。此僧ヲ見ルニ、
実ニ気疎ク怖シキ事無限シ。僧人ヲ呼ベバ、若キ僧出来ヌ。
老僧延ニ立テ云ク、「其男ノ懐ニ刀ナ差タルト捜レ」。
然レバ、若僧寄来テ、男ノ懐ヲ捜ムト為ルニ、男ノ思ハク、
「我ガ懐ニ刀有リ。定テ捜出ナムトス。其後ハ我レ吉キ事不有
ジ。然レバ、我ガ身忽ニ徒ニ成ナムズ。同死ニ乎、此老
僧ニ取付テ死ナム」ト思テ、若キ僧ノ既ニ来ル時ニ、蜜ニ
懐ナル刀ヲ抜テ儲テ、延ニ立タル老僧ニ飛ビ懸ル時ニ、
老僧急ト失ヌ。

其ノ時ニ見レバ、坊モ不見エズ、坊モ不見ズ。奇異ク思テ見廻セバ、何クトモ不思ズ大キナル堂ノ内ニ有リ。此導タル法師手ヲ打テ云、「永ク人徒ニ成ツル主カナ」トテ、泣キ逆フ事無限シ。

男更ニ陳ブル方無シ。吉ク見廻バ、「遥ニ来ヌ」ト思ヒツレドモ、早ウ一条ト西ノ洞院トニ有ル大峰ト云寺ニ来タル也ケリ。　　　　　　　　　　男我レニモ非ヌ心地シテ家ニ返ヌ。法師ハ泣々ク家ニ返テ、二三日許有テ俄ニ死ニケリ。天狗ヲ祭タルニヤ有ケム、委ク其ノ故ヲ不知ズ。男ハ更ニ不死ズシテ有ケリ。此様ノ態為ル者、極テ罪深キ事共ヲゾスナル。

然レバ、聊ニモ、「三宝ニ帰依セム」ト思ハム者ハ、努々、永ク習ハムト思フ心無カレトナム。此様ノ態スル者ヲバ人狗ト名付テ、人ニ非ヌ者也、ト語リ伝ヘタルトヤ。

권20 제10화

요제이인陽成院 치세에 농구瀧口의 시侍가
황금을 운송해 오는 사자使者로 간 이야기

앞 이야기와 연속해서 환술幻術 수행修行의 실패담. 농구瀧口 미치노리道範가 산금産金 운상사運上使로서 무쓰 지방陸奧國으로 내려가던 도중, 시나노 지방信濃國에서 군사郡司의 마누라에게 흑심을 품고 접근했지만, 도리어 환술로 남근男根이 사라지는 골탕을 당한다. 이를 계기로, 미치노리道範는 군사郡司에게 환술을 배우기 위해 입문하지만, 적성이 맞지 않아 그 비법을 깊이 터득하지는 못했다는 이야기. 후일담으로 요제이陽成 천황이 미치노리에게 환술을 배워서 세인世人으로부터 지탄받았다는 이야기가 덧붙여진다.

이제는 옛이야기이지만, 요제이陽成 천황¹ 치세에 농구瀧口²를, 황금을 운반하는 사자使者³로 무쓰 지방陸奧國⁴으로 파견하였다. 미치노리道範⁵라는 농구의 시侍가 그 선지宣旨⁶를 받들어 내려가는 도중에, 시나노 지방信濃國⁷ □

---

1 → 인명.
2 농구瀧口의 시侍. 장인소藏人所에 소속되어, 궁중의 경호를 맡음. 궁궐의 다키구치瀧口(청량전淸涼殿의 동북東北의, 도랑의 물이 떨어지는 곳)에 대기하고 있었던 것에서 유래된 명칭임.
3 무쓰 지방陸奧國의 산금産金을 운송 상납上納하는 사자使者.
4 → 옛 지방명.
5 미상. 『우지 습유宇治拾遺』에는 "道則".
6 천황의 칙지勅旨를 적어 전하는 공문서. 칙사勅使보다 내밀한 것으로, 내시內侍가 듣고 장인藏人에게, 장인에서 상경上卿으로 전하고, 상경이 외기外記에게 적게 하는 것이 통례임.
7 → 옛 지방명.

□[8]라는 곳에 머물게 되었다. 그 곳 군사郡司[9]의 집을 숙소로 잡았다. 그들이 오기를 기다리고 있던 군사는 크게 환대를 베풀었다. 식사 등의 대접이 모두 끝나자, 집주인인 군사는 부하들을 데리고 어디론가 가버렸다.[10]

미치노리는[11] 여행길에 머물게 된 숙소에서 잠을 이루지 못하고 조용히 일어나, 여기저기를 보며 걸어 다녔다. 그러던 중, 군사의 부인 방을 엿보게 되었는데, 방에는 병풍과 휘장대 등이 나란히 서있고, 다다미 등도 정갈하게 깔려 있었다. 또한 2단 구성의 장롱 등도 보기 좋게 《놓여 있》[12]고, 넌지시 피워놓은 향 때문일까, 실로 향기로운 향기가 새어나오고 있었다. 이런 시골에도 이 같은 것이 있다니 하며 마음이 끌려 좀 더 자세히 엿보니, 스무 살[13] 정도로 머리카락부터 몸 전체가 날씬하고 준수한 이마를 가진, 어디 하나 흠잡을 데 없는 여자가 아리따운 모습으로 자고 있었다. 이를 본 미치노리는 그냥 지나칠 수가 없고, 주위에 인기척도 없었기에, 가까이 다가가 여자를 품고 잠을 자도 비난할 사람이 없을 것이라 생각하였다. 살며시 미닫이문을 열고 안으로 들어갔지만, "누구냐?"라고 제지하는 사람도 없었다. 등잔 받침대가 휘장대 뒤쪽에 세워져 있어 매우 밝았다. 미치노리는 그토록 정성으로 대접해 준 군사의 부인에게 이런 꺼림칙한 짓을 한다고 생각하니 미안한 생각도 들었지만, 여자의 모습을 보니 도저히 참을 수가 없어 몰래 다가간 것이었다.

그런데 여자에게 다가가 바싹 붙어 누웠지만, 여자는 소스라치게 놀라는

---

8 지명의 명기를 기한 의도적 결자임.
9 그 지역 호족이 그 임무를 맡았음.
10 군사郡司가 외출한 것은 손님 접대용의 가옥이었기 때문인가? 혹은 외래신外来神이나 손님 접대에는 남자가 그 자리를 떠나고, 부녀자가 맡는다는 고대풍습이 지방에는 아직 남아 있었던 것인가? 부인만을 남긴 것은 이후의 이야기의 복선伏線이 되고 있음.
11 이 단段에서 다음 단에 걸친 상황묘사는 본집 권16 제8화의 제7단, 권17 제33화의 제2단 묘사와 유사함.
12 한자의 명기를 기한 의도적 결자. 『우지 습유宇治拾遺』를 참조하여 보충.
13 『우지 습유』에는 "이십칠팔 세 정도 되는 여자"로 되어 있음.

기색도 없다. 소맷자락을 덮고 누워 있는 얼굴은 옆에서 보면 볼수록 아리 따워, 미치노리는 하늘에라도 오를 듯한 기분이 들었다. 9월 10일경이라서 옷도 그다지 겹쳐 입지 않고 있었다. 자원색紫苑色[14] 능직비단 한 겹에 짙은 다홍의 하카마를 입었는데, 옷에 배어 있는 향기도 감미로웠으며, 그 일대 의 물건에까지도 향기가 배어 있었다. 미치노리는 입고 있던 옷을 벗어던지 자마자 여자의 품속으로 들어갔다. 여자는 종종 옷을 여미며 거부하는 모습 을 보이긴 하였지만 정색을 하고 저항하지는 않았기에, 그대로 품속으로 들 어갔다. 그러던 중에 미치노리는 자꾸만 남근男根이 가려워져 손으로 더듬 어 보니, 털만 있고 남근이 없었다. 깜짝 놀라면서도 의아스러워 무턱대고 살펴보았지만, 마치 머리에 있는 머리카락을 만지는 것처럼 전혀 흔적도 없 었다. 매우 놀라는 바람에 아름다운 여자에 대한 생각 따위는 순식간에 사 라져 버렸다. 여자는 남자가 이처럼 겁을 집어먹고 그것을 찾으며 고개를 갸우뚱하는 모습을 보고는 살짝 미소를 지었다.

남자는 더욱 영문을 모른 채 도무지 어찌된 일인지 궁금해 견딜 수 없어, 조용히 일어나 원래 침소로 되돌아가 살펴보았지만, 역시 없었다. 정말 불 가사의한 일이라, 곁에 두고 부리는 부하를 불러 자세한 사정은 말하지 않 은 채,

"저기에 아름다운 여자가 있네. 나도 이미 갔다 왔는데 사양할 필요 없네. 자네도 가 보게."

라고 말했다. 부하도 역시 흔쾌히 여자에게로 갔다. 잠시 지나 부하가 되돌 아왔는데 매우 의아한 얼굴을 하고 있어 '그렇다면 이 자도 똑같은 일을 당 했구나.'라고 생각하고는, 또 □□□[15] 다른 부하에게도 여자에게 가보도록

---

14 푸른 빛을 띤 자색.
15 공란을 무시해도 상하의 문의文意가 통해 원래부터의 공란인지, 파손에 의한 공란인지는 미상. 「우지 습유」

부추겼다. 이 부하도 되돌아와 하늘을 쳐다보며 정말이지 불가사의하여 어찌할 수 없다는 표정을 짓고 있었다. 이렇게 하여 일고여덟 명의 부하를 보냈지만, 모두 돌아와서는 한결같은 표정을 지었다.

아무리 생각해도 불가사의한 일이라고 생각하는 사이에 날이 밝았다. 미치노리는 마음속으로는 어제 이 집 주인이 환대해준 것을 감사하고 있었지만, 이 일은 도무지 영문을 알 수가 없고 기괴하여 만사를 다 팽개치고 날이 밝자마자 급히 서둘러 출발했다. 칠팔 정町[16] 정도 갔을 무렵, 뒤에서 부르는 소리가 들렸다. 뒤를 돌아보니 누군가가 말을 타고 달려왔고 그 자를 보니 어젯밤 그 집에서 식사를 나르던 하인이었다. 하인은 흰 종이에 감싼 무언가를 받쳐 들고 있었는데, 미치노리는 말을 세우고 "그것은 무엇인가?"라고 물었다. 사내가 "이것은 군사님이 '갖다드려라.'라고 하신 것입니다. 왜 이런 것을 버리고 떠나셨습니까? 예정대로 오늘아침 식사준비도 하였는데, 너무 서둘러 출발하신 탓에 이런 것까지도 빠뜨려 흘리신 것이지요. 그래서 주워 모아 가져왔습니다."라며 건넸다. '무엇일까?' 하고 열어보니, 송이버섯을 모아서 감싼 것처럼 남근이 아홉 개 들어 있었다.

기가 막히는 심정으로 부하들을 불러놓고 이것을 보여주자, 여덟 명의 수하들은 너나 할 것 없이 모두 불가사의하게 여기며 가까이 다가와 그것을 보았는데, 아홉 개의 남근이었다. 그러자 그 순간 남근들이 갑자기 모두 휙 사라졌다.[17] 심부름한 사내는 이를 건네자마자 급히 되돌아가버렸다. 비로소 그때에 부하들은 제각기 "나도 그런 일이 있었다."라고 서로 말하며 사타구니를 살펴보니, 남근이 원래대로 붙어 있었다. 그리하여 그곳에서 무쓰

에는 "또 다른 남자를 부추겨 보냈다."라고 되어 있음.
16 1정은 약 110m.
17 보는 순간 한 번에 휙 사라져서 괴이성을 나타냄. 환술이 걸려 있었던 것임.

지방陸奥國으로 가서 황금을 받아 돌아오는 도중에 또 그 시나노 지방 군사 집으로 가서 머물게 되었다.

미치노리는 군사에게 말과 비단 등 많은 물건을 주자, 군사는 매우 기뻐하며 "무슨 연유로 이리 많은 걸 주시는 겁니까?"라고 말했다. 미치노리는 군사 곁으로 다가가

"정말 말씀드리기 어려운 일이지만, 처음 이곳을 찾았을 때 정말 불가사의한 일[18]이 있었습니다. 그것은 도대체 어찌된 영문인지요? 정말 아리송하여 어쭙는 겁니다."

라고 말했다. 군사는 많은 선물을 받은 터라 숨기지 않고 있는 그대로 대답했다.

"그건 말이죠. 내가 아직 어렸을 적에 이 지방 외진 어느 군郡의 늙은 군사에게 젊은 아내가 있었어요. 내가 몰래 그 여인에게 접근했더니 내 남근이 사라져버려서 괴이한 생각에 그 군사에게 꼭 그 기술奇術을 가르쳐 달라고 신신부탁하여 배운 것이지요. 그 기술을 꼭 배우고 싶으시다면, 이번엔 관물官物을 많이 옮기는 중이시니 서둘러 상경하시고, 이후 다시 날을 잡아 내려오셔서 조용히 배우시는 것이 좋을 것 같군요."

이렇게 말을 하였기에, 미치노리는 그 약속을 하고 상경하여 황금 등을 바치고 나서 휴가를 얻어 그 시나노 지방으로 다시 내려갔다.

미치노리는 괜찮은 선물 등을 준비하여 내려가 군사에게 주었다. 군사는 기뻐하며 '내가 알고 있는 모든 기술을 가르쳐 주자.'라고 생각하고,

"이건 간단히 습득할 수 있는 기술이 아닙니다. 칠 일간 견고堅固하게 정진精進을 하여, 매일 목욕을 하고 몸을 깨끗이 한 후 배우는 것이기에, 내일

---

18 남근 상실의 건.

부터 즉시 정진을 시작하도록 하세요."

라고 말했다. 그래서 미치노리는 정진을 시작해 매일 목욕을 하여 몸을 깨끗이 했다. 정확히 칠일 째 되는 날 후야後夜[19] 쯤에, 군사와 미치노리는 아무도 거느리지 않고 단둘이서 깊은 산속에 들어갔다. 이윽고 두 사람은 큰 냇가에 당도했다. '절대로 삼보三寶를 믿지 않으리라.'라고 발원하고 많은 수행을 하고, 또한 이루 다 말할 수 없이 깊은 죄를 짓는 맹세를 했다.

그 후 군사는

"나는 상류의 개울가로 가지요. 그 상류에서 오는 자가 있으면, 설사 오니鬼든 신神이든 무엇이든 간에 달려들어 꽉 부둥켜안으시오."

라고 말해 놓고, 자신은 개울 상류 쪽으로 갔다. 잠시 지나자, 상류 쪽의 하늘이 별안간 흐려지고, 천둥이 치고 바람이 불며 비가 내려 개울물이 불어났다.[20] 잠시 보고 있는데, 개울 상류에서 머리가 한 아름 정도 되는 큰 뱀이 나타났다. 눈은 금속제 밥그릇을 넣은 듯 이글거리고,[21] 목 밑은 홍색을 띠고, 등은 감청紺青색과 녹청綠青색을 칠한 듯 반들반들 빛이 났다. 조금 전에 군사가 '내려오는 자에게 매달려라.'라고 가르쳐 주었지만, 그것을 본 순간 너무 무서워 그만 풀속에 숨어 엎드려 버렸다. 잠시 뒤 군사가 나와서 "어떻게 되었습니까? 꽉 부둥켜안았습니까?"라고 물었다. "이루 말할 수 없이 무서워서 도저히 부둥켜안을 수가 없었어요."라고 대답하니,

"그것 참 정말로 유감스런 일이군요. 그래가지고는 이 기술[22]을 습득할 수가 없습니다. 그것은 그렇다 치고 다시 한 번 해보시오."

하고 개울 상류로 들어갔다.

---

19 한 밤을 초·중·후의 삼야三夜로 나눈 마지막 시간으로, 한밤중에서 새벽녘에 걸친 시각.
20 큰 뱀이 출현하는 전조前兆로, 유사표현은 권17 제17화에 보임.
21 눈빛이 예리한 모습의 형용으로, 유사표현은 권14 제43화에 보임.
22 남근을 상실시키는 기술.

잠시 보고 있으니, 신장 사척尺 정도나 되는 멧돼지가 어금니를 드러내고 돌을 부드득부드득 부서제치고, 그때마다 번쩍 섬광이 일어나며 털을 위로 치켜세운 채 돌진해 왔다. 몹시 무서웠지만 '이게 마지막이다.'라고 각오를 하고 달려들어 꽉 부둥켜안았다고 생각되는 그 순간, 보니 삼척 정도의 썩은 나무를 껴안고 있었다. 썩은 나무임을 알고 정말 유감스럽고 후회가 됐다. '처음에도 분명 이런 것이었겠지. 어찌하여 부둥켜안지 못했단 말인가.'라고 생각하고 있자, 군사가 나와 "어떻게 되었습니까?"라고 물었다. "여차여차해서 꽉 부둥켜안았습니다."라고 대답하니, 군사가

"조금 전 남근을 없애는 기술은 배울 수가 없게 되셨습니다. 다만 무언가를 사소한 다른 것으로 바뀌게 하는 술수[23]는 배우실 수 있을 것 같군요. 그럼 그것을 가르쳐 드리지요."

라고 말했다. 미치노리는 그것을 배워 되돌아왔지만 남근을 없애는 기술을 배울 수가 없었던 것이 그저 못내 아쉬웠다.

미치노리는 도읍으로 올라와 입궐한 후, 농구소瀧口所의 시侍들이 벗어던진 신발 등을 가지고 내기를 하여 전부 강아지로 변하게 하여 기어 다니게 했다. 혹은 낡은 짚신을 삼척 정도의 잉어로 둔갑시켜 산 채로 밥상 위에서 팔딱팔딱 뛰게 하기도 했다.

그러던 중에 천황[24]이 이 일을 전해 들으시고, 미치노리를 구로도黑戶의 어소御所[25]로 불러들여 이 기술을 배우셨다.[26] 그런 연후, 휘장대의 가로대

---

23 오에노 마사후사大江匡房의 『구구쓰기傀儡子記』에 따르면, 마술·기술奇術류일 것임.

24 요제이 천황(→ 인명)을 가리킴.

25 청량전清涼殿의 북쪽 통로가 방이 된 것으로, 농구소의 서쪽에 연접連接함.

26 요제이 천황이 미치노리를 스승으로 삼아 환술을 행했다는 것은 미상이지만, 『삼대실록三代實錄』 원경元慶 7년(883) 11월 16일 기사에, 권소속權少属 기노 마사나오紀正直가 도술을 즐겨, 때때로 궁궐에 부름을 받았다고 되어 있음.

위로 가모제賀茂祭[27]의 행렬을 지나가게 하는 등의 기술을 행하셨다.

그런데 세상 사람들은 이런 것을 좋게 말하지 않았다.[28] 그것은 제왕의 신분이면서 분명 삼보에 위배되는 술수를 행하시는 것이기 때문에, 누구나 할 것 없이 비난한 것이다. 보잘 것 없는 천한 사람이 하는 것조차 죄가 깊다고 하는 마당에, 제왕이나 되시는 분이 이런 것을 행하셨다. 그 때문에 나중에 정신착란을 일으키신 것일까.

이 술수는 덴구天狗[29]를 받들어 섬기며 삼보를 속이는 일이리라. 인간계人間界[30]에 태어나기란 어려우며 불법을 만나는 것은 그보다도 더더욱 어려운 일이다. 그러한데 마침 인간계에 태어나 불법을 만났는데, 그 불도佛道를 버리고 마계魔界[31]로 향하려고 하는 건, 정말 보물이 많은 산에 들어가고서도 빈손으로 돌아오거나 돌을 껴안고 깊은 못 속에 들어가 목숨을 잃는 것과 같은 것이다.[32] 그러므로 이런 환술을 절대로 배워서는 안 된다고 이렇게 이야기로 전하여 내려오고 있다 한다.

---

27 가모賀茂 신사의 제례祭禮. 4월중의 유일酉日에 행해져 칙사가 파견된 큰 축제임. 궁중에서 시모가모下鴨·가미가모上賀茂 신사神社로 가는 행렬이 볼거리임. 아오이 마쓰리葵祭라고도 함.

28 이하, 이야기 끝까지『우지 습유』에는 없음.

29 → 불교.

30 인간계를 의미하지만, 여기서는 '사람 몸'에 가까움. 권17 제29화의 '인신수난人身難受, 불교난치佛敎難値'와 같음.

31 마도魔道.

32 전구前句는『정법념처경正法念處經』, 후구後句는『불법불명경佛說佛名經』의 문구에 기초한 것으로, 이미 세속에 통용되는 속담이었던 것 같고, 전구는 권28 제38화에도 보임.

陽成院御代滝口金使行語第十

今昔、陽成院ノ天皇ノ御代ニ、滝口ヲ以テ、金ノ使ニ陸
奥ノ国ニ遣ケルニ、道範ト云滝口、宣旨ヲ奉テ下ケル間ニ、
信濃国□ト云所ニ宿ヌ。其ノ郡ノ司ノ家ニ宿タレバ、郡ノ
司待受テ、労ル事無限シ。食物ナドノ事皆畢ヌレバ、主ノ
郡ノ司、郎等ナド相具シテ家ヲ出テ去ヌ。

道範、旅宿ニシテ不被寝ザリケレバ、和ラ起テ見行ニ、妻
ノ有ル方ヲ臨ケバ、屏風几帳ナド立並タリ。畳ナド浄気ニ敷
テ、厨子二階ナド目安ク□タリ。虚薫ニヤ有ラム、糸香ク
匂ハセタリ。田舎ナドニモ此ク有ルヲ心悪ク思テ、吉ク臨ケ

バ、年二十余許ノ
女、頭ツキ姿細ヤカ
ニテ、額ツキ吉ク、
有様此ハ弊シト見ユ
ル所無シ、微妙クテ
臥タリ。道範此ヲ見
ルニ、見可過キ心地

無クテ思フニ、当リニ人モ無ケレバ、
打解テ寄トモ可咎キ人
モ無ケレバ、和ラ遣戸ヲ曳開テ入ヌ。
火ヲバ几帳ノ後ニ立タレバ、糸明シ。
極テ勲ニ当ツル郡司
ノ妻ヲ、後目無キ心ヲ仕ハムガ糸惜ケレドモ、女ノ有様ヲ見

ルニ、思ヒ難忍クテ寄也ナリ。
女ノ傍ニ寄テ副ヒ臥スニ、気悪クモ不驚ズ。
口覆ヒシウ、臥タル顔、云ハム方無ク近増シテ、弥ヨ微妙シ。道範喜ク
思事無限シ。九月ノ十日比ノ程ナレバ、衣モ多モ不着ズ、
紫苑色ノ綾ノ衣一重、濃キ袴ヲゾ着タリケル。香馥シキ事

几帳（源氏物語絵巻）

当ノ物ニサヘ匂ヒタリ。道範我ガ衣ヲバ脱棄テ、女ノ懐ニ入ル。

暫ハ引塞グ様ニ為レドモ、気悪クモ辞ブ事無ケレバ、懐ニ入ヌ。

其程ニ、男ノ閑ヲ痒ガル様ニスレバ、搔搔タルニ、毛許有テ、閑失ニタリ。驚キ怪クテ、強ニ搜ト云ヘドモ、惣テ頭ノ髪ヲ搜ルガ如ニテ、露跡ダニ無シ。大ニ驚テ、女ノ微妙カリツル事モ忘レヌ。女男ノ此ク搜迷テ怪ビタル気色ヲ見テ、少シ頰咲タリ。

男弥ヨ心不得ズ、怪シク思ユレバ、和ラ起テ、本ノ寝所ニ返テ、又捜ルニ尚無シ。奇異ク思ユレバ、親ク仕フ郎等ヲ呼テ、然々ト不云ズシテ、「彼ニ微妙キ女ナム有ル。我モ行タリツルヲ。何事カ有ラム、汝モ行」ト云ヘバ、郎等喜ビ乍ラ、暫許有テ、此郎等返来タリ。極ク奇異キ気色シタレバ、「此レモ然カ有ナメリ」ト思テ、亦[○]他ノ郎等ヲ呼テ、勧メテ遣タルニ、其レモ返来テ、空ヲ仰テ、極ク心不得ヌ気色。如此クシテ、七八人ノ郎等ヲ遣タルニ、皆返リツ、其ノ気色只同様ニ見ユ。

返々ス奇異ク思フ程ニ、夜暁ヌレバ、道範心ノ内ニ、夜前二家ノ主欺ク労ツルヲ「喜」ト思ヒツレドモ、此事ノ極テ心不得ズ怪シキニ、万ヅ忘ジテ、夜暁ルマ、ニ念テ立ヌ。七八町許行ク程ニ、後ニ呼フ音有リ。見レバ、馬ヲ馳セテ来ル者有。馳付タルヲ見レバ、有ツル所ニ物取テ食セツル郎等也ケリ。白キ帛ニ裏タル物ヲ捧テ来タリ。道範馬ヲ引ヘテ、「其ハ何ゾ」ト問ヘバ、郎等ノ云ク、「此ハ郡ノ司ノ『奉』ト候ヒツル物也。此ル物ヲバ何デ棄テハ御マシヌルゾ。形ノ如ク今朝ノ御儲ナド営テ候ケレドモ、急ガセ給フ程ニ、此レヲサヘ落サセ給テケリ。然レバ拾ヒ集テ奉ル也」ト云テ、男ノ閑九ツ有リ。

奇異ク思テ、郎等共ヲ呼ビ集テ此ヲ見スレバ、八人ノ郎等皆人毎ニ怪ク思テ、寄テ見ルニ、九ノ閑有リ。即チ一度ニ皆失ヌ。使ハ此ヲ渡シテ即チ馳返ヌ。其時ニナム郎等共、「我モ然ル事有ツ」ト云出テ、皆捜ルニ、閑本ノ如ク有テ、其ヨ

リ陸奥国ニ行テ、金請取テ返ルニ、此ノ信濃ノ郡司ノ家ニ行テ宿ヌ。

郡ノ司ニ馬絹ナド様々ニ多ク取スレバ、郡ノ司極ク喜テ云ク、「此ハ何ニ思テ此ク給フゾ」ト。道範近ク居寄テ、郡ノ司ニ云ク、「極ク傍痛キ事ニテハ侍レドモ、極テ不審シケレバ、問ヒ奉ル也」ト。郡ノ司物ヲシ多ク得テケレバ、隠ス事無クシテ有ノマヽニ云フ、「其レハ若ク侍シ時ニ、此ノ国ノ奥ニ侍シ年老タリシガ妻ノ若ク侍シガ許ニ、忍テ罷寄タリシニ、閑ヲ失ヒテ侍シニ、怪ビヲ成シテ、其ヲ習ハムノ本意在サバ、此度ハ公物多ク具シ給ヘリ、速ニ上リ給テ、態下給テ、心静ニ習ヒ給ヘ」ト云ヘバ、道範其契ヲ成シテ、京ニ上テ金ナド奉テ、暇ヲ申シテ下ヌ。

「可然キ物共持下テ、郡ノ司ニ与ヘタレバ、郡ノ司喜テ、「手ノ限リ教ヘン」ト思テ云、「此ハ輙ク習フ事ニモ非ズ。

七日堅固ニ精進ヲシテ、毎日ニ水ヲ浴テ、極ク浄ハリテ習フ事ナレバ、明日ヨリ精進ヲ始メ給ヘ」ト。然レバ、道範精進ヲ始テ、毎日ニ水ヲ浴テ浄マハル。七日ニ満ツ日、後夜ニ郡ノ司道範亦人モ不具ズシテ、深山ニ入ヌ。大ナル河ノ流レタル辺ニ行ヌ。「永ク三宝ヲ不信ゼジ」ト云フ願発シテ、様々ノ事共ヲシテ、艶ズ罪深キ誓言ヲナム立テケリ。

其後、郡ノ司ノ云ク、「己レ水ノ上ヘ入ナムトス。其水ノ上ヨリ来ラム物ヲ、鬼ニマレ神ニマレ、寄テ懐ケ」ト云ヒ置テ、郡ノ司ハ水ノ上ニ入ヌ。暫許有レバ、水ノ上ノ方、空陰テ神鳴リ、風吹キ雨降テ、河ノ水増ヌ。暫許見レバ、河ノ上ヨリ、頭ハ一抱許有蛇ノ、目ハ銚ヲ入タルガ如クニテ、頸ノ下ハ紅ノ色ニシテ、上ハ紺青緑青ヲ塗タルガ如クニ、ツヤメキテ見ユ。前ニ、「下ラム者ヲ抱ケ」トハ教ヘツレドモ、此ヲ見ルニ極テ怖シク、草ノ中ニ隠レ臥ス。暫許有テ、郡ノ司出来テ、「何ニ。抱キ得給ヘリヤ」ト問ヘバ、「極テ怖シク思エツレドモ不抱ザリツル」ト答フレバ、郡ノ司、「極ク

口惜ク侍ル事カナ。然ラバ、此ノ事習ヒ難得シ。然ルニテモ、今一度試ム」ト云テ、又入ヌ。

暫許見テ、長ハ四尺許有ル猪ノ牙ヲ食出タルガ、石ヲハラ〳〵ト食バ、火ヒラ〳〵ト出テ、毛ヲイカラカシテ走リ懸テ食フ。極テ怖シク思ヘドモ、「今ハ限リゾ」ト思テ、寄テ抱タレバ、三尺許ナル朽木ヲ抱キタリ。其ノ時ニ、妬ク悔シキ事無限シ。「初モ此ル者ニテコソハ有ツラメ。何ドテ不抱ザリツラム」ト思フ程ニ、郡ノ司出来テ、「何ゾ」ト問ヘバ、「然々抱タリツ」ト答フレバ、郡ノ司、「前ノ閑失フ事ハ習セ不得給ズ成ヌ。墓無キ物ニ成シナド為ル事ハ習ヒ給ヒツメリ。然レバ、其ヲ教へ申サム」ト云テ、其事ヲナム習テ返ニケル。

閑失フ事ヲ習ヒ不得ザルヲ口惜ク思ヒケル。

京ニ返上テ、内ニ参テ、滝口ノ陣ニシテ、滝口共ガ履置タル沓共ヲ、諍ヒ事ヲシテ、皆犬ノ子ニ成シテ這セケリ。亦古薬沓ヲ、三尺許ノ鯉ニ成シテ、大盤ノ上ニシテ、生乍踊セナド為ル事ヲナムシケル。

而ル間、天皇此ノ由ヲ聞食シテ、道範黒殿ノ方ニ召テ、此ノ事ヲ習ハセ給ヒケリ。其後、御几帳ノ手ノ上ヨリ賀茂ノ祭ノ共奉ヲ渡ス事ナドヲ為サセ給ヒケリ。

而ルニ、世ノ人此ノ事ヲ受不申ザリケリ。其故ハ帝王ノ御身ニテ、永ク三宝ニ違フ術ヲ習テ為サセ給フ事ヲナム、皆人謗リ申ケリ。云フ甲斐無キ下腐ノ為ルヲダニ罪深キ事ト云フニ、此ク為サセ給ヒケルニ、然レバニヤ狂気ナム御マシケル。此レハ天狗ヲ祭テ、三宝ヲ欺クニコソ有メレ。人界ハ難受シ。仏法ニ値フ事又其ヨリモ難シ。其レニ、適マ人界ニ生テ、仏法ニ値ヒ奉リ乍ラ、仏道ヲ棄テ、魔界ニ趣カム事、此、宝ノ山ニ入テ手ヲ空クシテ出、石ヲ抱テ深キ淵ニ入テ命ヲ失フガ如シ。然レバ、努々可止キ事也、トナム語リ伝タルト也。

용왕龍王이 덴구天狗 때문에
갇힌 이야기

사누키 지방讚岐國 마노萬能 연못 속의 용龍이 히라 산比良山의 덴구天狗에게 유괴되어 동굴에 갇히게 되었지만, 그 다음으로 유괴된 승려의 물병 속 한 방울의 물로 인해, 신통력을 얻어 승려를 업고 탈출에 성공해 후일 덴구를 걷어차 죽여 원한을 갚은 이야기. 전승傳承 설화로서 명맥을 유지한 이야기인 듯하며, 같은 이야기에 취재한 작품으로는 중세소설 『가을밤의 긴 이야기秋の夜の長物語』가 있다.

    이제는 옛이야기이지만, 사누키 지방讚岐國[1] □□[2]군郡에 마노萬能[3] 연못이라는 매우 큰 연못이 있었다. 그 연못은 그 지방 중생衆生[4]을 가엾게 여기신 고보弘法 대사大師[5]가 만드신 연못이다. 연못 주위는 광활하고 높이 쌓인 둑이 둘러쳐져 있어 전혀 못으로는 보이지 않고 마치 바다처럼 보이는 곳이었다. 깊이를 알 수 없을 만큼 깊은 그 못에는, 그 수를 헤아릴 수 없을 만큼 많은 크고 작은 물고기들이 있었으며, 또한 용龍이 거처로 삼고 있었다.

---

1   → 옛 지방명.
2   군명의 명기를 위한 의도적 결자. 나카 군那珂郡이 이에 해당함.
3   → 지명.
4   → 불교.
5   → 인명. 고보弘法 대사大師(구카이空海)의 마노萬能 연못의 수축修築에 관해서는, 『대사어행장집기大師御行狀集記』 마노지萬農池 조條 제68과 『고보대사행화기弘法大師行化記』 홍인弘仁 12년(821) 조에 수록한 사누키讚岐 국사해國司解나 그것에 답한 태정관부太政官符에 자세히 나와 있음.

어느 날 그 연못에 사는 용이 햇볕을 쬐려고 생각한 것일까, 못에서 나와 작은 뱀이 되어 인기척 없는 둑 위에서 똬리를 틀고 있었다.[6] 마침 그 때, 오미 지방近江國[7] 히라 산比良山[8]에 사는 덴구天狗[9]가 솔개[10]의 모습을 하고 그 못 위를 날아다니다가, 둑 위에 이 뱀이 똬리를 틀고 있는 것을 보고는, □[11]몸을 뒤로 재치고 내려와 양 발톱으로 순식간에 낚아채 하늘 높이 올라갔다. 용은 원래 힘이 세지만 불시에 갑자기 잡혀 어찌할 도리 없이 그대로 끌려 갔다. 덴구는 작은 뱀을 움켜잡고 뜯어 먹으려 했지만, 명색이 용인지라 힘이 세서 생각대로 움켜잡고 뜯어 먹을 수가 없었다. 덴구는 어떻게 해야 할지 몰라 저 멀리 자신이 사는 히라 산까지 뱀을 가져갔다. 그리고는 꼼짝도 할 수 없는 좁은 동굴 속에 가두었기 때문에, 용은 움직이지도 못하고 《짓눌려져》[12] 어찌할 수가 없었다. 한 방울의 물조차 없으니,[13] 하늘로 뛰쳐나갈 수도 없어 그저 가만히 죽음을 기다리고만 있는 동안, 그렇게 네 닷새가 지 났다.

한편, 덴구는 '히에이 산比叡山[14]에 가서 틈을 엿봐, 지체 높은 스님을 낚아 채자.'라고 생각하여, 밤에 동탑東塔[15] 북쪽 계곡에 있는 높은 나무[16] 위에 앉 아 상황을 지켜보고 있었다. 바로 그 정면 그늘진 곳에 지어진 승방이 있었

---

6   권16 제15화에도 용녀龍女가 작은 뱀으로 변신해 못가에서 노니는 유사한 기사가 보임.
7   → 옛 지방명.
8   → 지명. 덴구天狗가 살고 있는 산으로 알려져 있고, 『제가이보 회권是害房繪卷』에는 히라 산平山(比良山)의 대덴구大天狗 몬제보聞是坊가 등장함.
9   → 불교.
10   덴구가 솔개로 변화變化하는 것은 당시의 일반적인 통념임. 본권 제3화 참조.
11   저본 결자임. 이본인 구대추야본九大萩野本에는 결자가 없음.
12   한자의 명기를 위한 의도적 결자. 구대추야본을 참조하여 보충.
13   용이 물을 얻어 힘을 발휘하는 것은, 그 수신적水神的 자질資質에 의한 것임.
14   → 지명.
15   → 지명.
16   덴구는 나무 위에 있는 경우가 많음. 본권 제3화와 교겐狂言 '가키야마부시柿山伏' 참조.

는데, 그곳 승려가 툇마루로 나와 소변을 본 뒤, 손을 씻기 위해 가지고 있던 수병水瓶[17]의 물로 손을 씻고 안으로 들어가려고 했다. 그 순간 이 덴구가 나무에서 재빨리 내려와 승려를 낚아채서 저 멀리 히라 산 동굴로 데려가, 용이 있는 곳에 던져 내려놓았다. 승려는 물병을 든 채 망연자실해 있었다. 승려가 '내 목숨은 이것으로 끝이란 말인가.'라고 생각하는데, 덴구는 승려를 내려놓자마자 그대로 어디론가 가버렸다.

그때 어두운 곳에서 소리가 나서 승려에게 "당신은 도대체 누구십니까? 어디서 왔나요?"라고 물었다. 승려는

"나는 히에이 산의 승려입니다. 손을 씻으려고 승방 툇마루에 나왔는데, 느닷없이 덴구가 낚아채, 이곳으로 데려온 것이지요. 그러니 이렇게 물병을 든 채 온 것입니다. 그런데 그렇게 말하는 당신은 누구신가요?"

라고 물었다. 그러자 용이

"나는 사누키 지방의 마노 연못에 사는 용입니다. 둑으로 기어 나와 있었는데, 그 덴구가 느닷없이 하늘에서 날아와 나를 붙잡아 이 동굴로 데려온 것이지요. 좁아서 꼼짝달싹 못하고 이렇게 《짓눌려》[18] 있어 어찌할 방법도 없고, 물 한 방울 없어 허공으로 뛰쳐나갈 수도 없군요."

라고 대답했다. 승려가 "여기 제가 가지고 있는 물병에 어쩌면 한 방울 정도의 물은 남아 있을지 모르겠습니다."라고 말하자, 용은 그 말을 듣고 기뻐하며

"저는 이미 이곳에 며칠이나 있어 이제 곧 목숨이 끊길 참이었는데, 다행히도 당신이 이곳으로 와 주신 덕에 서로 목숨을 구할 수도 있겠군요. 만일 한 방울의 물이라도 있다면 꼭 당신을 원래 사시는 곳으로 모셔다 드리지요."

---

17 → 불교. 사가寺家에서 물을 넣는 병. 비구 18물物의 하나로, 수행승의 필수 용기임.
18 한자의 명기를 기한 의도적 결자. 구대추야본을 참조하여 보충.

라고 말했다. 승려도 기뻐하며 물병을 기울여 용에게 주자, 용은 한 방울 정도의 물을 받았다. 용은 기뻐하며 승려에게 알려주기를

"결코 무서워말고, 눈을 감고 저에게 업히십시오. 당신의 은혜는 언제까지고 잊지 않겠습니다."

라고 하였다. 그리고 용은 말을 끝내기가 무섭게 금세 어린아이 모습으로 변하여,[19] 승려를 업고 동굴을 박차고 뛰쳐나갔다. 동시에 천둥이 울려 퍼지고 온 하늘이 갑자기 흐려지며 비가 내리기 시작하였으니 실로 불가사의한 일이었다.[20] 승려는 심장이 떨리고 간담이 서늘해져 공포에 휩싸였지만 용을 깊이 믿었기 때문에, 꾹 참고 업혀가는 사이 눈 깜짝할 사이에 살고 있던 히에이 산 승방에 도착했다. 용은 승려를 툇마루에 내려놓자마자 다시 날아갔다.

승방 사람들이 천둥이 울려 퍼져 승방에 낙뢰落雷가 떨어졌다고 생각한 순간, 갑자기 수위가 캄캄함 밤처럼 되었다.[21] 잠시 후, 하늘이 개어서 보니, 어젯밤 돌연 행방불명된 승려가 툇마루에 있었다. 승방 사람들은 이상하게 여기며 그 연유를 묻자, 승려는 그 자초지종을 자세히 이야기했다.

그 후 용은 그 앙갚음을 해주려고 덴구를 찾아다녔다. 덴구는 도읍에서 시주를 받으려고 무작스런 중의 모습으로 둔갑해 걸어가고 있었다.[22] 그를 발견한 용은 허공에서 날아 내려와 덴구를 걷어차 죽여 버렸다. 그러자 덴구는 날개 꺾인 솔개[23]가 되어 길 가는 사람들에게 이리저리 밟혔다. 그 히

---

19 용이 어린아이로 변신한 것은 동굴에서 탈출하기 위함임. 용사龍蛇에게 업혀 위기를 탈출한다고 하는 모티브는 유형적인 것으로 권16 제6화에도 보임.

20 수신水神인 용·천동雷이 물 한 방울을 얻어 정기精氣를 회복하여, 힘차게 뛰어올라 허공을 비상할 때의 유형적 묘사로, 권5 제4화나 권12 제1화에도 보임.

21 유사표현은 권11 제24화·제30화 등에도 보임.

22 여기서는 고행을 하는 수험도修驗道의 승려의 이미지. 덴구가 법사나 야마부시山伏로 변신하는 것은 상투적인 것임. 본권 제2화 참조.

23 보복을 당해 상처 입은 덴구의 모습. 본권 제3화·제6화 참조.

에이 산의 승려는 용에 대한 은혜를 갚으려고 경전을 독송하고 계속 덕행을 쌓았다.

실로 용은 승려의 덕택으로 목숨을 보전하고, 승려는 용의 힘에 의해 산으로 되돌아올 수가 있었다. 이것도 모두 전세의 인연에 의한 것이리라.

이 이야기는 그 승려가 이야기한 것을 듣고 전하여, 이렇게 이야기로 전하여 내려오고 있다 한다.

竜王為天狗被取語第十一

りうわうてんぐのためにとらるることだいじふいち

今昔、讃岐国、□郡ニ、万能ノ池ト云フ極テ大キナル池有リ。其池ハ、弘法大師ノ、其国ノ衆生ヲ哀ツレカ為ニ築給ヘル池也。池ノ廻リ遥ニ広シテ、堤ヲ高ク築キ廻シタリ。池ナドハ不見ズシテ、海トゾ見エケリ。池ノ内底ヰ無ク深クレバ、大小ノ魚共量無シ。亦竜ノ栖トシテゾ有ケル。

而ル間、其池ニ住ケル竜、日ニ当ラムト思ケルニヤ、池ヨリ出テ、人離タル堤ノ辺ニ、小蛇ノ形ニテ、蟠リ居タリケリ。其時ニ、近江ノ国比良ノ山ニ住ケル天狗、鵄ノ形トシテ其池

ノ上ヲ飛廻ルニ、堤ニ此ノ小蛇ノ蟠テ有ルヲ見テ、□鵄反下テ、俄ニ掻キ抓テ、遥ニ空ニ昇ヌ。竜力強キ者也ト云ヘドモ、思不懸ヌ程ニ俄ニ被抓ヌレバ、更ニ術尽テ、只被抓テ行クニ、天狗小蛇ヲ抓砕テ食セムトスト云ヘドモ、竜ノ用力強キニ依テ、心ニ任セテ抓ミ砕キ散ム事不能ズシテ、遥ニ本ノ栖ナル比良ノ山ニ持行ヌ。狭キ峒ノ可動クモ非ヌ所ニ打籠置ツレバ、竜狭ク□破無クシテ居タリ。一滴ノ水モ無バ空ヲ翔ル事モ無シ。亦死ナム事ヲ待テ、四五日有リ。

而ル間、此ノ天狗、「比叡ノ山ニ行テ、短ニ何テ、貴キ僧ヲ取ラム」ト思テ、夜ル東唐ノ北谷ニ有ケル高キ木ニ居テ伺フ程ニ、其向ニ造リ懸タル房有、其坊ニ有僧、挺ニ出ニ、小便ヲシテ手ヲ洗ハムガ為、水瓶ヲ持テ、手ヲ洗ヒ入ルヲ、此ノ天狗木ヨリ飛来テ、僧ヲ掻キ抓テ、遥ニ比良ノ山ノ栖ノ洞ニ将テ行テ、竜ノ有ル所ニ打置ツ。僧水瓶ヲ持チ乍ラ、我レニモ非デ居タリ。「我今ハ限ゾ」ト思フ程ニ、天狗ハ僧ヲ置クマヽニ去ヌ。

其時ニ、暗キ所ニ二音有テ、僧ニ問テ云ク、「汝ハ此レ、誰人ゾ。何ヨリ来ゾ」ト。僧答テ云、「我レハ比叡ノ山ノ僧也。手ヲ洗ハムガ為ニ、坊ノ延ニ出タリツルヲ、天狗ノ俄ニ抓ミ取テ、将来ルル也。然レバ、水瓶ヲ持テ作来レルゾ也。抑モ此ク云ハ又誰ゾ」ト。竜答テ云ク、「我ハ讃岐ノ国万能ノ池ニ住竜也。堤ニ這ヒ出タリシヲ、此天狗空ヨリ飛来テ、俄ニ抓テ此洞ニ将来レリ。狭ク□テ、為ム方無シト云ヘドモ、一渧ノ水モ無ケレバ、空ヲモ不翔ズ」ト。僧ノ云ク、「此ノ持タル水瓶ニ若シ一渧ノ水ヤ残タラム」ト。竜此ヲ聞テ、喜テ云ク、「我此所ニシテ日来経テ、既ニ命終ナムト為ルニ、幸ニ来会ヒ給テ、互ニ命ヲ助ク事ヲ可得シ。若シ一渧ノ水有ラバ、必ズ汝本ノ栖ニ可至シ」ト。僧又喜テ、水瓶ヲ傾ケテ、竜ニ授クルニ、一渧許ノ水ヲ受ツ。

竜喜テ、僧ニ教テ云ク、「努々怖ル事無シテ、目塞テ我レニ負レ可給シ。此恩更ニ二世々々ニモ難忘シ」ト云テ、竜忽ニ小童ノ形ト現ジテ、僧ヲ負テ、峒ヲ蹴破テ出ル間、雷電霹靂

シテ、空陰リ雨降ル事甚ダ怪シ。僧身振ヒ肝迷テ、「怖シ」ト思フト云ヘドモ、竜ヲ睦ビ思フガ故ニ、念ジテ被負テ行ク程ニ、須臾ニ比叡ノ山ノ本ノ坊ニ至ヌ。僧ヲ延ニ置テ、竜ハ去ヌ。

彼ノ房ノ人、雷電霹靂シテ房ニ懸ル程ト思程ニ、俄ニ坊ノ辺暗ノ如ク成ヌ。暫許有テ晴タルニ見ルニ、一夜俄ニ失ニシ僧延ニ有リ。坊ノ人々奇異ク思テ問ニ、事有様ヲ委ク語ル。人皆此ヲ聞テ驚テ奇異ガリケリ。

其後、竜彼ノ天狗ノ怨ヲ報ゼムガ為ニ、天狗ヲ求ムルニ、天宮、京ニ知識ヲ催ス荒法師ノ形ニ成テ行ケルヲ、竜降テ蹴殺シテケリ。然レバ、翼折レタル屎鵄ニテナム、大路ニ被踏ケル。彼ノ比叡山ノ僧ハ、彼ノ竜ノ恩ヲ報ゼムガ為ニ、常ニ経ヲ誦シ、善ヲ修シケリ。

実ニ此レ、竜ハ僧ノ徳ニ依テ命ヲ存シ、僧ハ竜ノ力ニ依テ山ニ返ル。此モ皆前生ノ機縁ナルベシ。

此事ハ彼ノ僧ノ語ヲ伝ヘ聞継テ、語リ伝ヘタルトヤ。

이부키 산伊吹山의 산슈三修 선사禪師가
덴구天狗의 마중을 받은 이야기

이부키 산伊吹山의 염불 성인聖人인 산슈三修 선사禪師가, 덴구天狗가 연출한 아미타불 내영來迎에 농락을 당해 깊은 산중의 삼나무 가지 높은 곳에 결박당하고 만다. 며칠 뒤 같은 승방의 하급 법사에게 발견되어 구출되지만 제정신이 돌아오지 않은 채 죽고 만 이야기. 지혜가 없는 것을 경계하고 지혜 없는 신심信心의 위험을 말하는 이야기이다. 미요시 기요유키三善淸行의 『선가비기善家秘記』(『선가이기善家異記』라고도 함)에 같은 이 야기가 보이며, 이 이야기가 여러 서적에 전승된 것으로 추정된다.

이제는 옛이야기이지만,[1] 미노 지방美濃國[2]에 이부키 산伊吹山[3]이라는 산이 있었는데 이 산에 오랜 세월 동안 수행을 계속해온 성인聖人이 있었다. 지혜 智慧가 없어 법문을 배우지 않고, 그저 아미타阿彌陀의 염불[4]을 외우는 일 외 에는 아무것도 알지 못했다. 그의 이름은 산슈三修 선사禪師라 했다. 이렇게 여념 없이 염불을 외우기만 하며 오랜 세월을 보냈다.

어느 날 깊은 밤중에 염불을 외며 부처님 앞에 앉아 있는데, 허공에서 소

---

1 이 이야기를 『진언전眞言傳』에서는 정관貞觀 18년(876) 봄, 『십훈초十訓抄』는 연희延喜 연중(901~923)의 사 건으로 함.
2 → 옛 지방명.
3 → 지명.
4 『진언전』과 『십훈초』에서 천수다라니千手陀羅尼의 지자持者로 하는 것은 진언眞言계의 이야기로, 아미타염 불을 외는 것은 천태天台계의 이야기임.

리가 들려 성인에게

"그대는 열심히 나를 신앙하고 있다. 게다가 염불을 한 횟수도 많이 쌓였으므로,[5] 내일 미시未時[6]에, 그대를 맞이하러 오겠다. 결코 염불을 게을리해서는 아니 된다."

라고 고했다. 성인은 이 소리를 듣고 난 뒤 더욱 지성으로, 게을리하지 않고 염불을 계속 외웠다.

다음 날이 되자, 성인은 목욕을 하고 몸을 청결히 한 후, 향을 피우고 꽃을 뿌려, 제자들에게도 이야기해 함께 염불을 외며 서쪽을 향해 앉아 있었다. 이렇게 하며 미시도 지나 신시申時에 가까워졌을 때,[7] 서쪽 산의 산봉우리에 서 있는 소나무 사이로 점차 빛나는 것이 보였다. 성인은 그것을 보고 한층 소리를 높여 염불을 외고, 합장하며 배례하였다. 이윽고 부처[8]의 녹색 빛깔 수려한 두상이 그 모습을 드러냈다. 금빛으로 빛나 머리털 가장자리는 금색으로 광을 낸 듯하였다. 미간에 있는 백호白毫[9]는 마치 가을 달이 하늘에서 빛나듯 이마에 하얀 빛이 반짝이고 있었다.[10] 양쪽 눈썹은 초승달과 같고, 푸른 연꽃과 같은 두 눈은 먼 곳을 바라보고 있어 조용히 달이 떠오르는 것 같았다. 또한 수많은 보살菩薩[11]들이 아름다운 음악을 연주하여 이루 말할 수 없이 존귀하였다. 그리고 하늘에서는 가지각색의 꽃들이 비 오듯 내렸다. 그러자 부처가 미간의 빛을 성인 쪽으로 향하여 그 얼굴을 비추셨다. 성인은 여념 없이 오직 배례에만 전념하여, 자칫하면 염주 실도 끊어질 정

5   본디 왕생극락은 칭명稱名 염불의 수량에 비례한다고 생각되었음.
6   오후 2시를 중심으로 한 전후 두 시간. 1시에서 3시 사이.
7   오후 3시경. 대낮에 부처의 내영이 있는 것은 수상함.
8   아미타불阿彌陀佛. 이 이하에 기록된 부처의 상호相好는 『왕생요집往生要集』 상말上末 제4·관찰문觀察門에 말하는 바와 거의 맞아떨어짐.
9   *부처의 두 눈썹 사이에 있는 희고 빛나는 가는 터럭. 이 광명이 무량세계를 비춤.
10   부처가 미간의 백호白毫로부터 흰 빛을 뿜어내어 이마가 희게 빛나는 모습임.
11   → 불교. 스물다섯 보살을 가리킴. 악기를 연주함.

도였다.

이윽고 자줏빛 구름이 드리워져 성인의 암자 위를 뒤덮었다. 그리고 그와 동시에 관음觀音께서 자금紫金의 연화대蓮花臺[12]를 받쳐 들고 성인 앞으로 다가오셨다. 성인이 기어 다가가 그 연화대에 올라타자마자 부처님은 성인을 맞이하여 저 멀리 서쪽을 향해 되돌아가셨다. 제자들은 이를 보고 염불을 외면서 더할 나위 없이 존귀하게 여겼다. 그 후 제자들은 그날 저녁부터 그 승방에서 염불 법사法事를 시작해 진정으로 성인의 후세後世 명복을 빌었다.

그 후 칠팔일이 지나 이 승방의 하급 승려들이 염불을 하는 승려들을 목욕시키기 위해 땔감을 구하러 깊은 산속으로 들어갔는데, 골짜기 저 멀리에 높게 우거진 삼나무[13]가 있었다. 그 삼나무 가지에서 멀리 외치는 소리가 들렸다. 자세히 보니, 한 법사가 벌거숭이 채로 묶여 나뭇가지에 동여매어져 있었다. 그것을 보고 나무를 잘 타는 법사가 곧장 올라가 보니, 극락으로 영접을 받으셨던 사승師僧이 잘려진 칡줄로 묶여 있는 것이었다. 이를 본 법사는 "스승님은 어찌하여 이런 꼴을 당하셨습니까?"라며 눈물을 흘리며 가까이 다가가 풀어 드리려고 하자, 성인은

"부처님께서 '금방 맞이하러 올 테니 잠시 이대로 있어라.'라고 말씀하셨다. 그런데 너는 어찌 나를 풀어서 내리려고 하느냐?"

라며 허락하지 않았다. 법사가 개의치 않고 가까이 다가가 풀어 드렸더니, 스승은 "아미타불阿彌陀佛이시여, 저를 죽이려는 자가 있습니다. 어이, 어이."라며 큰소리를 외쳐댔다.[14] 그러나 법사들이 일제히 올라가 스승을 내려서 승방으로 데리고 돌아왔고, 제자들은 모두 딱해 하며 눈물을 흘렸다. 성

12　자마금紫磨金의 연대蓮臺. → 권15 제23화 참조.
13　덴구天狗의 거처.
14　이 시점까지도 성인은 속은 것을 모르고 있음. 단순하고 소박한 성품.

인은 완전히 제정신을 잃고 실성한 채 이삼일이 지나 죽고 말았다. 깊은 신앙심을 가진 훌륭한 성인이라고는 하나 지혜[15]가 없었기 때문에, 이와 같이 덴구天狗에게 농락당한 것이다. 제자들도 또한 한심스럽다.[16]

이처럼 마연魔緣[17]이 하는 짓과 삼보三寶부의 세계는 전혀 다른데, 지혜가 없어 그것을 알아차리지 못하고 농락당한 것이라고 이렇게 이야기로 전하여 내려오고 있다 한다.

---

15 사물의 도리를 판단하는 힘. 그저 오로지 신앙하는 것만으로는 안 된다고 하고 있음.
16 덴구에게 농락당한 사승도 사승이지만, 그것을 알아채지 못한 제자들도 한심하다는 의사를 표시한 것임. 그리고 『진언전』에서는 간고지元興寺 승려 겐오賢應가 이부키 산에서 산슈 선사와 대면하고, 이같이 될 것이라는 것을 미요시 기요유키三善淸行의 형에게 예고했다고 되어 있음. 『십훈초』에서는 기요유키 자신이 예고한 것으로 되어 있음.
17 악마惡魔의 동료 즉, 덴구를 가리킴.

伊吹山三修禅師得天宮迎語第十二

今昔、美濃国ニ伊吹ノ山ト云フ山アリ。其ノ山ニ久ク行

フ聖人有リ。心ニ智リ無クシテ、法文ヲ不学ズ、只弥陀ノ念仏

ヲ唱ヘヨリ外ノ事不知。名ハ三修禅師トゾ云ケリ。他念無ク

念仏ヲ唱ヘテ、多ノ年ヲ経ニケリ。

而ル間、夜深ク念仏ヲ唱ヘ仏ノ御前ニ居タルニ、空ニ音有

テ、聖人ニ告テ云ク、「汝ヂ懃ニ我ヲ憑メリ。念仏ノ員多ク

積リニタレバ、明日ノ未時ニ、我レ来テ、汝ヲ可迎シ。努々

念仏怠ル事無カレ」ト。聖人此ノ音ヲ聞テ後、弥ヨ心ヲ至テ、

念仏唱テ怠ル事無。

既ニ明ル日ニ成ヌレバ、聖人沐浴シ清浄ニシテ、香ヲ焼キ

花ヲ散テ、弟子共ニ告テ、諸共ニ念仏ヲ唱ヘテ、西ニ向テ居

タリ。

而ル間、未時下ル程ニ、西ノ山ノ峰ノ松ノ木ノ隙ヨ

リ、漸ク曜キ光ル様ニ見ユ。聖人此ヲ見テ、弥ヨ念仏ヲ唱ヘ、

掌ヲ合テ見バ、仏ノ緑ノ御頭指出給ヘリ、金色ノ光ヲ至

セリ。

御髪際ハ金ノ色ヲ磨ケリ、眉間ハ秋ノ月ノ空ニ曜クガ

如ニテ、御額ニ白キ光ヲ至セリ。二ノ眉ハ三日月ノ如シ。二ツ

ノ青蓮ノ御眼見延テ、漸ク月ノ出ガ如シ。又空ヨリ様々ノ菩薩、微

妙音楽ヲ調テ、貴事無限シ。此聖人様々ノ花降ル事、雨

ノ如シ。仏ノ眉間ノ光ヲ差シテ、此聖人ノ面ヲ照給フ。聖人

他念無ク礼入

テ、念珠ノ緒モ

可絶シ。

而ル間、紫

雲厚ク簷ノ

上ニ立チ渡ル。

其時ニ、観音紫

金台ヲ捧テ、聖

聖衆来迎(阿弥陀二十五菩薩来迎図)

人ノ前ニ寄リ給フ。聖人這寄テ其蓮花ニ乗ヌ。仏聖人ヲ迎取テ、遥ニ西ニ差テ去リ給ヌ。弟子等此ヲ見テ、念仏ヲ唱テ貴ブ事無限シ。其後、弟子等其日ノ夕ヨリ、其坊ニシテ念仏ヲ始テ、弥ヨ聖人ノ後ヲ訪フ。

其後、七八日ヲ経テ、其防ノ下ノ僧等、念仏ノ僧共ニ令沐浴ムガ為ニ、薪ヲ伐テ奥ノ山ニ入タルニ、遥二谷二遥ニ覆タル高キ椙ノ木有リ、其木ノ末ニ遥ニ叫ブ者ノ音有リ。吉ク見バ、法師ヲ裸ニシテ縛テ木ノ末ニ結ヒ付タリ。此ヲ見テ、木昇スル法師、即チ昇テ見レバ、極楽ニ被迎シ我師ヲ、葛ヲ断テ縛付タル也ケリ。法師是ヲ見テ、「我ガ君ハ何デ此ル目ハ御覧ズルゾ」ト云テ、泣々ク寄テ解ケレバ、聖人、「仏ノ、『今迎ニ来ラム。暫ク此テ有レ』ト宣ツルニ、何ノ故ニ解テ下ゾ」ト云ケレドモ、寄テ解ケレバ、「阿弥陀仏、我ヲ殺ス人有ヤ、ヲ〳〵」トゾ、音ヲ挙テ叫ビケル。然レドモ、法師原数多昇テ解キ下シテ、坊ニ将行タリケレバ、坊ノ弟子共心踈ガリテ、泣キ合ヘリケリ。聖人移シ心モ無ク、狂キ心ノ

ミ有テ、二三日許有ケル程ニ死ケリ。心ヲ発テ貴キ聖人也ト云ヘドモ、智恵無ケレバ、此ゾ天宮ニ被謀ケル。弟子共又云フ甲斐無シ。

如此ノ魔縁ト三宝ノ境界トハ更ニ不似ザリケル事ヲ、智リ無キガ故ニ不知ズシテ、被謀ル也、トナム語リ伝ヘタルヤ。

아타고 산愛宕護山의 성인聖人이
구사이나기野猪에게 속은 이야기

앞 이야기에 이어 지혜가 없는 법사의 실패담. 아타고 산愛宕護山의 지경자持經者가, 매일 밤마다 보현보살普賢菩薩로 둔갑한 구사이나기野猪를 예배공경禮拜恭敬하고 있었는데, 우연히 그곳에 와 있던 사냥꾼이 신심信心이 없는 자신의 눈에도 보살이 보이는 것을 수상히 여겨, 시험 삼아 쏜 화살에 맞아 그 정체가 탄로 난 이야기. 인간의 이성理性의 승리를 넌지시 빗댄 이야기로, 신심은 있으나 사려思慮가 없는 법사와, 신심은 없지만 분별 있는 사냥꾼의 언동이 대조적으로 그려져 있다.

이제는 옛이야기이지만, 아타고 산愛宕護山[1]에 오랜 세월 동안 불도수행을 지속해온 지경자持經者[2] 성인聖人이 있었다. 오랜 세월, 『법화경法華經』 신봉信奉에 여념餘念이 없어 승방 밖으로 나가는 법이 없었으나, 지혜智慧가 없어 법문法問을 배우지는 않았다.[3]

그 산 서쪽에 한 사냥꾼이 있어, 활로 사슴이나 멧돼지를 잡는 것을 업으로 삼고 있었다. 그런데 이 사냥꾼이 그 성인을 진심으로 존경하여, 항상 자

1 　아타고 산愛宕山(→ 지명).
2 　→ 불교. 경전, 특히 『법화경法華經』을 수지受持 신봉하는 수행자.
3 　이 문장은 앞 이야기의 "지혜智慧가 없어 법문을 배우지 않고"와 같은 뜻으로, 이 이야기에 등장하는 성인도 또한 앞 이야기의 산슈三修 성인聖人과 같은 승려인 것을 나타내고 있음. 편자가 부가한 설명문으로 앞 이야기와 연결되고 있음.

신이 먼저 성인을 찾아가고, 때로는 좋은 물건들을 보내기도 하였다.[4]

어느 날 이 사냥꾼이 오랫동안 성인을 찾아가지 않았던 터라, 식량자루[5]
에 좋은 과일 등을 담아 가지고 갔다. 성인은 기뻐하며 한동안 만나지 못했
던 동안의 소식 등을 이것저것 물어보다가, 얼마 지나 살그머니 다가앉아

"요즘 실로 존귀한 일이 있다네. 내가 오랜 세월 동안 여념 없이 『법화경』
을 신봉한 덕택인지, 최근 매일 밤마다 보현보살普賢菩薩[6]님이 나타나신다
네. 그러니 오늘밤은 이곳에 머물러 그 보살님을 배례拜禮하시게나."

하고 말했다. 사냥꾼은, "그것은 참으로 존귀한 일이군요. 그럼 이대로 이곳
에 머물러 배례를 드리지요."라며 그곳에 머물러 있기로 했다.

한편, 그 성인의 제자 중에 어린 동자童子가 있었는데, 이 사냥꾼이 동자
에게

"성인께서 밤마다 '보현보살님이 나타나신다.'고 말씀하시는군. 자네 눈
에도 그 보현보살님이 보이시는가?"

라고 물어보았다. 그러자 동자는 "그렇습니다. 대여섯 번은 보았습니다."라
고 대답했다. 그래서 사냥꾼은 '그렇다면 나도 뵐 수 있을지도 모르겠다.'라
고 생각하여, 자지도 않고 성인의 뒤에서 기다리고 있었다. 9월 20일이 지
난 무렵의 일이라 밤도 매우 길었다. 이제나저제나 하며 기다리고 있으니,
야반夜半도 지났을 무렵, 동쪽 산봉우리 쪽에서 달이 올라오듯 하얗게 밝아
지며, 산봉우리의 거친 바람이 그 일대를 휩쓸며 지나가자, 승방 안에 달빛
이 비추듯 방안이 밝아졌다. 그때 백색白色의 보살이 흰 코끼리[7]를 타고 조

---

4   성인에게 귀의歸依하여 식료食料 등의 물품을 공양한 것임.
5   원래 매사냥 때, 매의 먹이를 넣어 휴대하는 용기였는데, 후에 사람이 먹을 식량을 넣어 휴대하는 용기로
     되었음.
6   '보현普賢'(→ 불교).
7   백상白象은 보현보살이 타고 다니는 것. 본집 권13 제15화에도 보임.

용조용 내려오시는 것이 보였다. 그 모습은 정말로 거룩하고도 존귀해 보였다. 보살께서는 가까이 다가와 승방 정면에서 가까이에 서 계셨다.

성인은 눈물을 흘리며 공손하게 예배를 드리고 뒤에 있는 사냥꾼에게 "어떠한가? 그대도 배례를 드렸는가?"라고 말했다. 사냥꾼은 "정말 존귀한 심정으로 배례를 드렸습니다."라고 대답은 했지만, 마음속으로

'성인께서는 오랜 세월 동안 『법화경』을 신봉하고 계셨으니, 이것이 눈에 보이는 것도 지극히 당연한 일이라 할 수 있겠지. 하지만 이 동자와 나처럼 불경도 아직 알지 못하는 자의 눈에 이같이 보이시는 것은 참으로 수상하다. 이것이 진짜인지 아닌지 시험해 보는 것도 신심信心을 깊게 하는 것이니, 결코 죄를 짓는 일은 아닐 것이다.'

라고 생각하였다. 그래서 사냥꾼은 도가리야銳鴈矢[8]를 활에 메기어, 성인이 엎드려 연심히 배례하고 있는 ㄱ 위로 힘껏 당겨 쏘았다. 그 화살이 보살의 가슴에 명중했다고 생각한 순간, 불이 순식간에 꺼지듯 빛도 사라졌고, 그 동시에 계곡 쪽을 향해 지축을 흔들며 도망치는 소리가 들렸다. 성인이 놀라며 "도대체 무슨 짓을 하신 게요."라고 하며 어찌할 바를 몰라 큰소리로 울부짖었다. 사냥꾼이

"진정하십시오. 아무리 생각해도 납득이 가지 않고 수상하여 한번 시험해 보려고 쏘았을 뿐입니다. 절대로 죄를 지은 것은 아니실 것입니다."

라며 열심히 달래보았지만, 성인의 비탄은 멈추지 않았다. 날이 밝은 후 보살이 서 계셨던 곳에 가보니 피가 많이 흘러 있었다. 그 핏자국을 따라 가보니, 1정町 정도 내려간 골짜기 밑바닥에 커다란 구사이나기野猪[9]가 뾰족한

---

8 끝을 날카롭게 한 화살촉을 달고, 네 장의 날개가 있는 화살.
9 『우지 습유宇治拾遺』에는 '너구리'로 되어 있음. 원문의 '구사이나기野猪'가 어떤 동물인지 구체적으로는 미상임.

화살이 가슴에서 등까지 관통한 채로 쓰려져 죽어 있었다. 이를 본 성인은 그제야 슬픈 마음이 사라졌다.

그러므로 설사 성인이라 해도 지혜 없는 자는 이와 같이 농락당하는 것이다. 오로지 죄를 짓기만 하는[10] 사냥꾼조차도 사려가 있으면, 이처럼 구사이나기를 쏘아 그 정체를 밝힐 수가 있는 것이다.

이와 같은 짐승은 원래 이처럼 사람을 농락하려고 하는 것이다. 하지만 그 결과는 이런 식으로 목숨을 잃는, 실로 부질없는 것이라고 이렇게 이야기로 전하여 내려오고 있다 한다.

---

10 불교에서 살생의 죄를 범하고 있음.

愛宕護山聖人被ル謀野猪ニ語第十三

今ハ昔、愛宕護ノ山ニ久ク行フ持経者ノ聖人有ケリ。年来法花経ヲ持チ奉テ他ノ念無クシテ坊ノ外ニ出事無ケリ。智恵無シテ法文ヲ不学ケリ。

而ニ、其ノ山ノ西ノ方ニ一人ノ猟師有ケリ。鹿猪ヲ射殺スヲ以テ役トセリ。然ドモ、此ノ猟師此ノ聖人ヲ貴ビテ、常ニ自モ来リ、折節ニハ可然物ナドヲ志ケル。

而ル間、猟師久ク此ノ聖人ノ許ニ不詣ザリケレバ、餌袋ニ可然菓子ナド入テ、持詣タリ。聖人喜テ日来ノ不審キ事共云テ、聖人居寄テ猟師ニ云ク、「近来極テ貴キ事ナム侍ル。我レ年来他ノ念無ク、法花経ヲ持チ奉テ有ル験ニヤ有ラム、近来夜々普賢ナム現ムジ給フ。然レバ今夜ヒ留テ礼ミ奉リ給ヘ」ト。猟師、「極テ貴キ事ニコソ候ナレ。然ラバ、留テ礼ミ奉ラム」ト云テ、留ヌ。

而ル間、聖人ノ弟子ニ幼キ童有リ。此ノ猟師童ニ問テ云ク、「聖人ノ、『普賢ノ現ムジ給フ』ト宣フハ。〇〇モヤ其普賢ヲ見奉ル」ト。童、「然カ。五六度許ハ見奉タリ」ト答フ。

猟師ノ思ハク、「然ハ我モ見奉ル様モ有ナム」ト思テ、猟師聖人ノ後ニ不寝ズシテ居タリ。九月二十日余ノ事ナレバ、夜尤モ長シ。今ヤ〱ト待テ居タルニ、夜中ハ過ヤシヌラムト思フ程ニ、東ノ峰ノ方ヨリ、月ノ初メテ出ガ如テ、白ミ明ル、峰ノ嵐ノ風吹フ様ニシテ、此坊ノ内モ、月ノ光ノ指入タル様ニ明ク成ヌ。見レバ、白キ色ノ菩薩、白象ニ乗テ、漸

下リ御マス。其有様実ニ哀レニ貴シ。菩薩来テ、房ニ向タル

所ニ近ク立給ヘリ。

聖人泣々礼拝恭敬シテ、後ニ有猟師ニ云ク、「何ゾ。主ハ

礼ミ奉給ヤ」ト。猟師、「極テ貴ク礼ミ奉ル」ト答テ、心

ノ内ニ思ハク、「聖人ノ、年来法花経ヲ持チ奉リ給ハム目ニ

見エ給ハムハ、尤可然シ。此童我ガ身ナドハ、経ヲモ知リ

不奉ヌ目、此ク見エ給フハ、極テ怪キ事也。此ヲ試ミ奉ラ

ニ、信ヲ発サムガ為ナレバ、更ニ罪可得事ニモ非」ト思テ、

鋭鴈矢ヲ弓ニ番テ、聖人ノ礼ミ入テ低シ臥タル上ヨリ差シ越

シテ、弓ヲ強ク引テ射タレバ、菩薩ノ御胸ニ当様ニシテ、

火ヲ打消ツ様ニ光モ失ヌ。谷サマニ動テ逃ヌル音ス。

其時ニ聖人、「此ハ何ニシ給ヒツル事ゾ」ト云テ、呼バヒ

泣キ迷フ事無限シ。猟師云ク、「穴鎌給へ。心モ不得ズ怪思

エツレバ、試ムト思テ射ツル也。更ニ罪不得給ハジ」ト勧

ニ誘へ云ヒケレバ、聖人ノ悲ビ不止ズ。夜明テ後、菩薩ノ立

給ヘル所ヲ行テ見レバ、血多流タリ。其血ヲ尋テ行テ見バ、

一町計下テ、谷底ニ大ナル野猪ノ、胸ヨリ鋭鴈矢ヲ背ニ射

通シテ死ニ臥セリケリ。聖人此ヲ見テ、悲ビノ心難ニケリ。

然レバ、聖人也ト云ドモ、智恵無キ者ハ此ク被謀ル也。役

ト罪ヲ造ル猟師也ト云ヘドモ、思慮有レバ、此ク野猪ヲモ射

顕ハス也ケリ。

此様ノ獣ハ、此ク人ヲ謀ラムト為ル也。然ル程ニ、此ク野猪ヲモ命

ヲ亡ス、益無キ事也、トナム語リ伝ヘタルトヤ。

여우野干가 사람의 모습으로 변하여 승려를 초청해 강사講師로 삼은 이야기

이 이야기는 제목만이 있고 본문은 없는 이야기이다. 제목과 전후 이야기와의 관련성을 감안할 때, 이 이야기는 『호미기狐眉記』혹은 『대초지袋草紙』상권에 수록된 조친增珍을 둘러싼 여우 괴이담과 같은 이야기를 수록할 예정이었던 것으로 추정된다. 그 줄거리는 조친이 여우가 둔갑한 노파에게 법회의 강사를 의뢰받고 장엄한 저택으로 갔지만, 분뇨糞尿 등의 공양 음식을 먹을 뻔했지만 무사히 도망쳐 돌아왔다는 이야기이다.

본문 결缺

野干変人形請僧為講師語第十四
やかんひとのかたちとへんじてそうをこひてかうじとなすことだいじふし
ハ

（本文欠）

셋쓰 지방攝津國의 소를 죽인 사람이, 방생放生의 힘에 의해 명도冥途에서 되돌아온 이야기

일년에 한 마리씩 일곱 마리 소를 죽여 귀신鬼神을 제사지낸 셋쓰 지방攝津國 나데쿠보 촌撫凹村의 부자가 사후 염라왕청閻羅王廳에서 일곱 명의 우귀牛鬼에게 고소를 당했지만, 생전에 방생放生한 동물들의 변호로 죄를 면하고 명도冥途에서 생환生還한 이야기. 방생의 공덕을 설하는 현보담現報譚으로, 염라왕의 재판에 다수의 원리原理가 채용된 점 등이 흥미를 자극한다. 덴구天狗·구사이나기野猪·여우狐와 같은 괴이담은 앞 이야기로 끝나고, 이 이야기부터는 주로 『영이기靈異記』를 출전으로 한 각종 현보담現報譚을 수록한다.

이제는 옛이야기이지만, 셋쓰 지방攝津國[1] 히가시나리 군東生郡,[2] 나데쿠보 촌撫凹村[3]이라는 곳에 사는 사람이 있었다. 집이 아주 부유하고 재산이 많았다.

그런데 이 사람이 신神[4]의 지벌을 받아 그것을 면하기 위해 기원하며 제사를 지냈는데, 이를 위해 매년 한 마리의 소를 죽였다. 제사는 칠 년으로 정

---

1 → 옛 지방명.
2 현재의 오사카 시大阪市 히가시나리 구東成區.
3 소재 미상.
4 『영이기靈異記』에는 "한신漢神의 지벌을 받아"로 되어 있음. 도래인渡來人 등이 초래한 외래신外來神일 것으로 추정. 『속일본기續日本紀』 연력延曆 10년(791) 9월 17일 조條에, 농민이 "소를 죽여 그것을 사용해 한신漢神에게 제사를 지낸다."라는 기사가 보임.

해져 있었기 때문에 그 기간 중 일곱 마리의 소를 죽였다. 그 칠 년 제사가 끝난 뒤 이 사람이 중병에 걸려 이후 또다시 칠 년 동안 의사를 불러 치료를 거듭했지만 낫지 않았다. 음양사陰陽師에게 물어, 신을 모시며 불제祓除도 해보았지만 도무지 낫지를 않았다. 병상病狀은 한층 악화되고 점점 쇠약해져서 이제 죽음만을 기다릴 뿐이었다. 그래서 병자는 마음속으로

'내가 이렇게 중병에 걸려 몹시 고통스러운 것은, 오랜 세월에 걸쳐 소를 죽인 죄로 인한 것이다.'

라고 생각하였다. 그래서 그것을 후회하고 슬퍼하며 매월 육제일六齋日[5]에는 거르지 않고 계戒[6]를 지켰으며, 또한 여기저기에[7] 사람을 보내, 많은 살아 있는 생물生物들을 사서 방생放生[8]하였다.

그런데 이 남자는 칠 년째가 되어 마침내 죽고 말았다. 임종 시 무슨 생각을 했는지 처자를 불러 놓고 "내가 죽은 뒤 곧바로 묻지 말고 구 일[9]간 그대로 두게."라고 말했다. 그래서 처자는 유언대로 장례를 치르지 않고 있었는데, 그는 구일 째 되는 날 소생甦生하여 처자에게 말했다.

"내가 죽자마자, 머리는 소의 머리이고 몸은 사람 형태를 한 자가 일곱 명[10] 찾아와, 내 머리카락에 끈을 매고 그 끈을 잡으며 나를 포위해 연행해 갔다네. 가는 곳을 보니, 장엄한 누각[11]이 있었지. '이건 무슨 궁전입니까?'라고 묻자, 그 일곱 명이 눈을 부릅뜨고 나를 노려보며 한마디 대꾸도 안했지. 그리고 그대로 나를 문안으로 데리고 들어갔는데 고상하고 훌륭한 사

5   → 불교.
6   → 불교.
7   살생의 죄를 제거하기 위해 이곳저곳에 사자를 보내. 살아 있는 생물을 사서 방생의 선행을 행한 것임. 방생의 공덕에 관해서는 권12 제10화 참조.
8   → 불교.
9   『영이기』는 "19일"이라고 되어 있음.
10 살해당한 일곱 마리 소가 변화한 모습. 지옥의 옥졸인 우두牛頭를 연상시킴.
11 염마청閻魔廳을 가리킴.

람[12]이 나와서, 나와 그 일곱 명을 불러 마주보게 하고는 '이 남자는 너희들 일곱을 죽인 자다.'라고 말씀하셨지. 그러자 이 일곱 명이 각자 도마와 칼을 가져와서 '이놈을 회로 쳐서 먹어 줄 테다. 우리들을 죽인 원수다.'라고 말했어. 그때 어디선가 갑자기 천만 명의 사람이 나타나 나를 묶고 있던 밧줄을 풀어 주고,

'그건 이 남자의 죄가 아니오. 이 남자는 그저 지벌을 내리는 오니鬼에게 제사를 지내기 위해 죽인 것뿐이오. 그러니 잘못은 귀신鬼神에게 있소.'
라고 말했어. 이렇게 일곱 명과 천만 명 사이에 서로 죄가 있는지 없는지를 두고 연일 논쟁을 벌였는데, 그것은 정말 서로 결말이 나지 않는 논쟁이었어. 그러니 염라왕閻羅王[13]도 무엇이 옳고 그른지 판단을 내리지 못하셨지.

하지만 일곱 명은 그래도 계속 강변强辯을 했어.

'이 사내는 저희들의 두 손 두 발을 잘라 신묘神廟[14]에 바쳤습니다. 그러니, 여하튼 이 남자를 넘겨주시면 회로 쳐서 먹을까 합니다.'

그러자 이번엔 천만 명의 사람이 왕에게,

'우리들은 그 사정을 잘 알고 있습니다. 결코 이 사람의 죄가 아닙니다. 누가 뭐래도 귀신鬼神의 죄입니다.'
라고 반박하였지. 왕은 판단을 내리지 못하시고 '그럼 내일 찾아오도록 하라. 그때 판정을 내리도록 하마.'라고 말씀하시고 각각 물러가게 하셨어. 구일째가 되어, 또다시 모두 모여 서로 전과 같이 주장했어. 그러자 왕이 '대다수의 의견으로 판정을 내리도록 하지.'[15]라고 하시더니 천만 명 쪽이 옳다고 판정을 내리셨지.

---

12   염마왕閻魔王(→ 불교)을 가리킴.
13   → 불교.
14   신령神靈의 제소祭所.
15   여기에 다수결의 논리가 사용되어 있는 것은 흥미롭다. 증거 등이 많은 쪽이 우월하다는 논리.

일곱 명은 이 말을 듣고, 입맛을 다시며 침을 삼키고 회로 쳐서 먹는 시늉을 하며, 분하여 탄식하며 제각기

'원한을 갚지 못한 것은 실로 유감이다. 우리들은 결코 이 일을 잊지 않을 것이야. 나중에 꼭 그 앙갚음을 해줄 테다.'

라고 하며 모두 가버렸어. 천만 명의 사람은 나를 공경하며 에워싸서 왕궁을 나와 가마에 태워 보내 주었어. 그때 내가 '당신들은 누구십니까? 왜 저를 구해 주시는 겁니까?'라고 묻자, 그들은

'저희들은 실은 당신이 전에 사서 방생한 생물들입니다. 그때의 은혜를 잊을 수가 없었기에 지금 그 은혜를 갚은 것입니다.'

라고 하더란 말이지."

그 후로 그는 더욱 발심發心하여, 귀신을 공경하지 않았으며, 깊이 불법佛法을 신앙하게 되어, 자신의 집을 절로 삼아 부처를 안치하고 수행에 정진했다. 또한 이전보다도 더욱 방생[16]을 행하였으며, 이를 게을리하지 않고 계속하였다. 그 이후 이 사람을 나덴구那天宮[17]라 칭하게 되었다. 그리고 그의 임종 시는 이렇다 할 병도 없이 구십여 세의 나이로 숨을 거두었다.

그러므로 방생은 신앙심이 있는 사람이라면 반드시 행해야 하는 것이라고 이렇게 이야기로 전하여 내려오고 있다 한다.

16　붙잡힌 생물을 풀어줘 생명을 구해 주는 것. 그 공덕이 절대적이라는 점은 『최승왕경最勝王經』 장자자유수품長者子流水品에서 이야기되고 있음. 권12 제10화 참조.

17　『영이기』는 "그 후로 나천당那天堂이라고 불렀다."라고 하여 절의 명칭으로 되어 있다. '나천당那天堂'은 지명에 유래한 '나데당撫堂'의 뜻임. 편자는 이를 인명으로 착각하여 '나덴구那天宮'로 한 것임.

摂津国殺牛人依放生力従冥途還語第十五

今ハ昔、摂津国東生ノ郡、撫凹ノ村ト云フ所ニ住ム人有ケリ。

家大キニ富テ、財豊カ也ケリ。

而ル間、其ノ人神ノ崇ヲ負テ、其ノ事ヲ遁レムト祈リ祭ケル

程ニ、毎年ニ一ノ牛ヲ殺シケレバ、七年ヲ限テ祭ケルニ、七

頭ノ牛ヲ殺シテケリ。七年既ニ祭リ畢テ後、其ノ人身ニ重キ

病ヲ受テ、又七年ヲ経ル間、医師ニ値テ療治スト云ヘドモ不愈

ズ、陰陽ニ問テ祓祭ルト云ヘドモ不叶ズ。病弥ヨ増リ、形チ

漸ク衰テ既ニ死ナムトス。然バ、病者心ノ内ニ思ハク、

「我レ身ニ二重キ病ヲ受テ、辛苦悩乱スル事ハ、年来此ノ牛ヲ殺

セル罪ニ依テ也」思テ、此事ヲ悔ヒ悲ムガ為、毎月ノ六節日

ニ不闕ズ戒ヲ受ケ、又方々ニ使ヲ散シテ、諸ノ生類ヲ買テ放

ツ事ヲ行ケリ。

而ル間、七年ニ至テ遂ニ死ス。死ヌル刻ミニ、何ニカ思ケ

ム、妻子ニ云置ケル様、「我死ナム後ニ、忽ニ葬スル事無シ

テ、九日置タレ」ト。然レバ、妻子遺言ノ如ク、不葬テ有ル

間、九日ト云ニ活テ、妻子ニ語テ云フ、「我レ死シ時、頭ハ

牛ノ頭ナル者ノ身ハ人ナル、七人出来テ、我ガ髪ニ縄ヲ付テ、

其レヲ捕テ、我レヲ立チ衛テ将行キシニ、道ノ前ヲ見レバ、器

量ク造タル楼閣有リ。『此ハ何ナル宮ゾ』ト問ヘバ、此七人

ノ者眼ヲ嗔ラカシテ、我レヲ皆テ云事無シ。既ニ門ノ内ニ将

入ヌレバ、気高ク止事無キ人出来テ、我ヲ、此七人ヲ召、

向テ宣ハク、『此人ハ此レ、汝等七人ヲ殺セル人也』ト。

其時ニ此七人ノ者、俎ト刀トヲ各具シテ、『膾ニ造テ食テム。

此レ、我等ヲ殺セル敵也』ト云フ。其時ニ三千万ノ人忽ニ出

来テ、我レヲ縛タル縄ヲ解テ云ク、『此事、此人ノ答ニ非ズ。

祟ル所ノ鬼ヲ祭ラムガ為ニ殺セル也。然バ鬼神ノ答也』ト。

此テ此ノ七人ノ者ヲ千万ノ人ノ中ニ有テ、咎有リ無シヲ

毎日ニ訴ヘ訴タフ事、火ト水トノ如シ。然バ、閻魔王、此理

非ヲ判断シ給フ事不能ズ。

而ルニ、七人ノ者尚強ニ申シテ云ク、『此人我等ガ[18]四ノ足ヲ切テ、廟ニ祭リキ。然レバ、我等尚此人ヲ得テ、膾[20]ニ造テ食テム』ト。又千万ノ人、王ニ申シテ云ク、『我等吉ク此事ヲ知レル事也。更ニ此人ノ咎ニ非ズ。只鬼神ノ咎[21]也』ト諍フ。

王事ヲ定メ煩ヒ給テ、『明日ニ参レ[22]。判断セム』ト宣テ、各返シ遣ス。九日ト云フニ、又集リ来テ、訴ヘ訴フ事前ノ如シ。

王ノ宣ハク、『員多カル方[23]ニ付テ、此ヲ判断セム』ト宣テ、千万ノ人方ヲ理ト被定ヌ。

七人者此レヲ聞テ、舌暓[24]ヲシテ唾ヲ呑テ[25]、膽造ル効[26]ヲシ食スル様ニシテ、妬ミ歎テ各云ク、『怨ヲ不報ザル事無限キ愁也。我等更ニ此ヲ不忘ズ。後ニ尚此ヲ可報[27]』ト云テ、各去ヌ。

千万ノ人ハ我ヲ敬テ囲遶テ、王ノ宮ヨリ出テ、我ヲ輿ニ乗セテ送ル。

其時ニ我問テ云ク、『汝等ハ誰人ゾ、我ヲ助クル』ト。彼等答テ云ク、『我等ハ此レ、汝ガ年来買テ放チシ所ノ生類也。彼等ノ恩不忘シテ、今報ズル也[28]』ト云キ」ト語ケル。

其後ハ弥ヨ実ノ心ヲ発シテ[29]、鬼神ヲ不崇ズシテ、深ク仏法ヲ信ジテ、我家ヲバ寺ト成シテ、仏ヲ安置シ奉テ[30]、法ヲ修行シケリ。又弥々放生ヲ行ジテ、怠ル事無カリケリ。其後ハ此人ヲ那天宮トゾ云ケル[31]。遂ニ命終ル時ニ、身ニ病無クシテ、年九十二余テゾ死ニケリ。

然バ放生ハ心有ラム人ノ専ニ可行キ事也、トゾナム語リ伝ヘタルトヤ。

부젠 지방^{豊前國} 가시와데노 히로쿠니^{膳廣國}가 명도^{冥途}에 가서 되돌아온 이야기

부젠 지방豊前國 미야코 군宮子郡 소령小領인 가시와데노 히로쿠니膳廣國가, 죽은 처의 읍소로 명도冥途에 소환되었지만 무죄방면되고, 염라왕의 주선으로 악보惡報로 괴로 움을 겪는 돌아가신 아버지와 대면한 후, 어릴 적 서사書寫한 『관음경觀音經』의 도움으 로 소생蘇生한 이야기. 방생放生과 사경寫經이라는 공덕功德의 차이는 있지만, 앞 이야 기와 유사한 소생담임.

이제는 옛이야기이지만, 몬무文武 천황天皇[1] 치세 때 가시와데노 히로쿠 니膳廣國[2]라는 자가 있었다. 부젠 지방豊前國[3] 미야코 군宮子郡[4]의 소령小領[5]이 었다.

이 사람의 처는 이미 이전에 죽었고, 그 후 경운慶雲 2년[6] 9월 15일에 히로 쿠니가 갑자기 죽었다. 그런데 삼 일이 지나 소생하여 곁에 있던 사람에게 이야기했다.

---

1 → 인명.
2 미상. 『영이기靈異記』에는 '가시와데노오미 히로쿠니膳臣廣國'라고 되어 있음.
3 → 옛 지방명.
4 교토 군京都郡의 옛 표기.
5 군사郡司 사등관四等官 중, 대령大領 다음의 관직. 일군一郡의 차관次官임.
6 705년.

"내가 죽자마자 두 명의 사자使者가 찾아왔지. 한 사람은 머리를 올렸고,[7] 한 사람은 머리를 묶은[8] 소년이었어. 나는 그 두 사람을 따라갔는데, 두 개의 역참驛站[9]을 지나자 길 한복판에 큰 강[10]이 있어 다리가 놓여 있고 금으로 칠해져 있었지. 그것을 건너자 그쪽에 대단히 즐거워 보이는 나라가 있었어. 내가 사자에게 '여기가 어디입니까?'라고 묻자, 사자가 '건너갈 수 있는 남국南國이다.'[11] 라고 대답하는 거야. 아무튼 그곳에 도착하자 여덟 명의 관리가 있었는데, 모두 칼을 찬 무인武人들이었어. 조금 더 가니까, 황금 궁전[12]이 나왔고 문 안으로 들어가니, 왕[13]이 황금의자에 앉아 계셨어.

왕은 나를 보고 '이번에 너를 소환한 것은 네 처의 하소연에 의한 것이다.'라고 말씀하셨네. 그리고는 곧바로 처를 불러냈는데, 살펴보니, 역시 나의 죽은 옛 처더군. 머리 위에는 쇠못이 박혀 있어, 그 못 끝이 이마까지 삐어져 나와 있고, 한편 이마에 박은 못은 머리 위를 관통해 있었지. 또한 쇳줄로 사지四肢를 묶어 놓았는데, 그것을 여덟 명이 짊어 메고 온 거야. 왕은 나에게 '너는 이 여자를 아느냐? 어떠한가.'라고 물으셨네. 내가 '저의 옛 처입니다.'라고 말씀드리자, 왕은 다시 내게 '네가 이런 죄를 받은 이유를 아느냐? 어떠한가?'라고 말씀하셨지. 내가 '모르겠습니다.'라고 대답하자, 이번엔 여자에게 물으셨어. 여자는

'제가 이전에 죽었을 때에 당신은 나를 가엾게 여기지 않고 얼른 집에서

---

7 성인의 머리 형태임.
8 소년의 머리 형태임.
9 가도街道의 각지에 설치된 숙사宿舍로, 말·인부·숙사 등을 갖춤. 또한 한 역驛 사이는 30리(지금의 5리, 약 20km).
10 소위 삼도천三途川. * 사람이 죽어서 저세상에 가는 도중에 건너간다는 강.
11 『영이기』의 "도남국度南國"을 잘못 해석한 것임. 남방에 펼쳐지는 나라의 뜻으로, 염마왕閻魔王이 관할하는 나라를 가리키는 것으로 추정. 염마왕은 남방에 있다고 생각되었음.
12 염마왕궁을 가리킴. 본권 제15화 참조.
13 염마왕(→ 불교)을 가리킴. 본권 제15화 참조.

내보냈기에,[14] 그것이 원망스러워 하소연한 것입니다.'

라고 말했다. 왕은 이 말을 듣고 나에게

'너에게는 죄가 없었구나. 곧장 집으로 돌아가거라. 너의 처는 자기가 죽었을 때의 대수롭지 않은 일을 가지고 하소연했도다. 이는 온당치 못하다.'

라고 말씀하셨고, 다시 '만일 그대가 아버지를 만나고 싶다면 남쪽으로 가보거라.'라고 말씀하셨네.

그래서 내가 그쪽으로 가보니, 정말 내 아버지가 있었지. 매우 뜨거운 쇠기둥을 껴안고 서 있는 거야. 서른일곱 개의 쇠못이 몸에 박혀 있고, 쇠몽둥이로 아침 낮 저녁 삼백 대씩, 전부 구백 대를 매일매일 맞으며 문책을 당하고 있었네. 나는 그것을 보고 너무 슬퍼서 '아버님은 도대체 어떤 죄를 지었기에 이런 모진 고통을 받으시는 겁니까?'라고 물었지. 그러자 아버지는

'너는 내가 이런 모진 고통을 겪고 있는 이유를 아느냐? 나는 생전에 처자식을 먹여 살리기 위해 때론 생물을 죽이고, 때론 남에게 여덟 량兩[15]의 비단을 빌려주고는 강제로 열 량으로 늘려 받아냈지. 또 때론 벼를 소근小斤으로 빌려주고 받을 때는 대근大斤[16]으로 강제로 받았으며, 때론 남의 물건을 약탈했었어. 때론 부모에게 효양을 하지 않고 손윗사람을 공경하지 않았고, 노비가 아닌 자를 노비라고 하며 욕설을 퍼부으며 비난했었어. 그런 죄로 인해, 이렇게 작은 내 몸에 못이 서른일곱 개나 박혔고, 매일 구백 대 쇠몽둥이로 맞고 문책을 당하는 게다. 아, 아프구나, 아, 슬프구나. 도대체 언제쯤이면 내가 이 죄를 벗어나 편안한 몸이 될 수 있단 말이냐. 너는 집에 돌

---

14 죽은 사람을 집 밖으로 꺼내는 것은 당시의 관습으로, 염마왕의 말처럼 굳이 죄라고 할 정도의 것은 아니라고 인식하고 있었을 것임.

15 무게의 단위를 나타내는 말임. 「대보령大寶令」에는, 대소大小가 있어, 한 근1斤은 16량兩, 소근小斤 3근을 대근大斤 1근, 소량小兩 3량을 대량大兩 1량으로 하고, 동철銅鐵·면綿·곡류穀類는 대大를 사용하였음. 대1근은 약 160문刄(600g)이고, 대1량은 그 10분의 1임.

16 소근의 3배. 즉 작은 단위로 빌려주고 큰 단위로 받은 것임.

아가서 나를 위해 즉시 불상을 만들고 경문을 서사하여 나의 죄가 없어지도록 해 다오. 그런데 7월 7일[17] 날, 내가 큰 뱀이 되어 너의 집에 들어갔을 때 너는 지팡이로 나를 들어 올려 밖으로 내버렸었지. 또 내가 5월 5일[18] 날, 붉은 개가 되어 너의 집에 들어갔을 때 너는 다른 개를 불러 나를 물어서 쫓아냈기에, 나는 굶주린 채 돌아올 수밖에 없었어. 또한 정월 1일[19] 날에는, 내가 고양이가 되어 너의 집에 들어갔을 때 너는 밥과 진수성찬을 실컷 먹게 해 주었지. 나는 그것으로 삼년간의 양식으로 삼을 수 있었어. 또한 나는 생전에 형제의 상하 서열의 이치[20]를 무시했던 탓에, 사후 개로 다시 태어나 더러운 것을 먹고, 다시 내 스스로가 즙으로 배설했다.[21] 장래 나는 필시 붉은 개[22]가 될 것이야. 무릇 남에게 쌀 한 되를 베풀면, 그 응보로 삼십일의 양식을 얻는 것이고, 남에게 옷 한 벌을 베풀면, 그 응보로 옷 한 벌[23]을 얻을 수가 있다. 승려에게 경을 읽게 하면, 동방東方의 황금 궁전[24]에 살고, 원하는 대로 천상계[25]에도 태어날 수 있지. 불佛·보살菩薩상像을 만드는 자는 서방 극락[26]에 태어나고, 방생放生[27]을 행하면 북방 정토[28]에 태어날 것이다. 또

---

17 칠석에 해당. 뒤에 나오는 5월 5일, 정월 1일 모두 명절임. 오래전에 이런 명절에는 조령祖靈을 맞이하는 혼제魂祭를 지냈을 것임.

18 단오 명절에 해당하는 날.

19 예로부터 민속신앙에서는 섣달그믐 전후로 조령祖靈이 내방하는 날로 하여 혼제魂祭를 지냈음.

20 *장유유서長幼有序.

21 오물을 먹는 개를 전세의 부모로 비유하는 기사는, 권19 제3화에도 보임.

22 5월 5일에 나타난 붉은 개에 해당한다.

23 『영이기』에서는 "1년분"이라 뇌어 있음.

24 앞에 나오는 '황금궁전'이 아니라, 약사불藥師佛의 동방정유리정토東方淨瑠璃淨土, 또는 아축불阿閦佛 성불成佛 후의 정토인 선쾌국토善快國土 등을 가리킴.

25 불교에서 설명하는 도리천忉利天, 도솔천兜率天 등의 여러 천상계를 가리킴.

26 아미타불의 서방 극락정토.

27 → 불교. → 본권 제15화 참조.

28 여기서는 보현보살普賢菩薩 성불후의 정토를 가리키는 것으로 추정. 『범망경梵網經』 불행방구계不行救戒의 조條에서는, 방생의 공덕에 의해 보현 정토에 태어난다고 설해지고 있음. 『영이기』에서는 "북방무량정토北方無量淨土"라고 되어 있음.

한 하루 지재持齋[29]를 하면 십년의 양식을 얻는 것이다.'
라고 말씀하셨네.

　이렇게 선악의 업業에 따라 받는 응보를 보고, 무서워 벌벌 떨며 돌아오
는데, 처음의 큰 다리[30] 부근까지 오자, 그곳을 지키는 문지기가 길을 막으
며 앞에 떡하니 버티고 서서, '이 안에 한번 들어간 자는 두 번 다시 나올 수
없다.'라고 말을 하는 거야. 그래서 내가 잠시 그곳에 머물러 있자 한 아이
가 나타났어. 문지기는 이 아이를 보자마자 무릎을 꿇고 예배를 하는 거야.
아이는 나를 불러서 한쪽 옆문이 있는 곳으로 나를 데려가 그 문을 열어 제
치고 나를 데리고 나왔어. 그리고 그 아이가 나에게, '여기서 곧장 돌아가거
라.'라고 말했지. 내가 '당신은 도대체 누구십니까?'라고 묻자, 아이는

　'만일 나에 대해 알고 싶다면, 그것은 바로 당신이 어릴 적 서사書寫해 바
친『관세음경觀世音經』[31]이라 생각하거라.'
라고 말하고 문안으로 들어갔어. 이렇게 꿈을 꿨다고 생각하는 순간 소생한
것이야."

　그 후 히로쿠니는 명도冥途에서 본 선악의 응보를 자세히 기록[32]하였고 그
것이 세간에 퍼진 것이다.

　사람들은 이를 알고 악惡을 멈추고 선善을 행해야 한다고 이렇게 이야기
로 전하여 내려오고 있다 한다.

---

29 불교에서는 정오 이후 식사를 취하지 않는 계율이 있는데, 그것을 지키는 것을 지재持齋라 함.
30 앞에서 이미 나온 다리로, 이 세상과 명도冥途와의 경계임.
31 → 불교. 「관음경觀音經」이라고도 함.
32 명도冥途에서의 견문록. 단, 이 기록은 현존하지 않음. 유사한 책으로는 『승 묘타쓰 소생주기僧妙達蘇生注記』
　　나 『도겐 상인명도기道賢上人冥途記』 등이 있음.

豊前国膳広国行冥途帰来語第十六

今昔、文武天皇ノ御代ニ、膳ノ広国ト云者有ケリ。豊前ノ国宮子ノ郡ノ小領也。

其人ノ妻前ニ死テ後、慶雲二年ト云フ年ノ九月十五日、広国忽ニ死ス。而ルニ、三日ヲ経テ活テ、傍ナル人ニ語テ云ク、「我死シ時ニ、使二人来レリキ。一人ハ髪ヲ挙タリ、一人ハ髪ヲ束ネタル小子也。我此ノ二人ニ副テ行ク程ニ、二ノ駅ヲ渡テ行ニ路ノ中ニ大ナル河有リ。橋ヲ渡セリ。金塗以テ厳レリ。其レヲ渡テ行ニ、彼方ニ極テ謐キ所有リ。我此

ノ使ニ問テ云ク、『此レ、何ナル所ゾ』ト。使ノ云ク、『渡レル南ノ国也』ト。而ル間、其ノ所ニ八ノ官人有リ。皆釵ヲ佩タル兵也。猶進ミ行バ、金ノ宮有リ。門ニ入テ見バ、王在。黄金ノ座ニ居給ヘリ。

王広国ヲ見テ問テ宣ハク、『今汝ヲ召ツル事ハ、汝ガ妻ノ愁ハ申セルニ依ルナリ』。然即チ妻ヲ召タリ。此ヲ見バ、我ガ昔ノ死セル妻也ケリ。鉄釘ヲ以頂ニ打リ。釘ノ尻額ニ通ル。又鉄ノ縄ヲ以テ、四ノ枝ヲ縛テ、八人シテ舁キ持来レリ。額ニ打テル釘ハ頂ニ通ル。広国申ク、『此レ我昔ノ妻也』ト。王又宣ク、『此罪ヲ蒙レルヲバ知レリヤ否』ト。広国申ク、

『我不知』ト。然バ女ニ問ニ、女答テ云ク、『我昔シ死セシ時、汝ヂ我ヲ不惜シテ、家ヨリ出シ遣シガ故ニ、我其レヲ恨テ愁フ』ト。王此ヲ聞テ、広国ニ宣ク、『汝ヂ罪無ケリ。速ニ家ニ可還ベシ。汝ガ妻死シ時ノ事ヲ以テ猥ニ愁フ。不当ズ』ト宣テ、又宣ク、『若、汝ガ父ヲ見ムト思バ、此ヨリ南方ニ

120

『行テ可見』ト。

然レバ行テ見ニ、実ニ我ガ父在リ。甚ダ熱キ銅ノ柱ヲ令抱テ、立タリ。鉄ノ釘三十七ヲ其身ニ打立リ。又鉄ノ杖ヲ以テ、朝ニ三百段、昼三百段、夕ニ三百段、合テ九百段、毎日ニ打迫ム。広国此レ見テ悲デ、父ニ問テ云ク、『君何ナル罪ヲ造テ、此苦ヲ受給ヘルゾ』ト。父云ク、『我此苦ヲ受ル事汝知レリヤ。我生タリシ時、妻子ヲ養ハムガ為ニ、或ハ生命ヲ殺シ、或ハ八両ノ綿ヲ人ニ借シテ強ニ二十両ニ倍シテ責取リ、或ハ小サキ斤ノ量ヲ以テ稲ヲ人ニ借シテ、大斤ヲ以テ徴リ取リ、或ハ人ノ物ヲ奪ヒ取リ、或ハ他ノ女ヲ奸犯シ、或ハ父母ニ不教養ズ、師長ヲ不敬。或ハ奴婢ニ非ザル者ヲ奴婢ト称シテ宣ヒ打バ、如此ノ罪ノ故ニ、我ガ小サシト云ヘドモ、三十七ノ釘ノ被打立、毎日ニ九百段ノ鉄ノ杖ヲ負テ被打迫ル。痛哉、悲哉。何ナラム時ニカ、我此罪ヲ被免テ、安キ身ヲ得ム。汝チ返テ、速ニ我為ニ仏ヲ造リ、経ヲ写テ、我罪ヲ除ク事ヲ令得ヨ。

又我大蛇トシテ、七月ノ七日汝ガ家ニ入シ時、汝杖ヲ以テ懸テ棄テキ。又我赤キ犬トシテ、五月ノ五日汝ガ家ニ入シ時、汝他ノ犬ヲ呼テ令咋テ打迫シカバ、飢テ還ニキ。又我狸トシテ、正月ノ一日ニ汝ガ家ニ入シ時、飯及ビ種々ノ味物ヲ与ヘテ食ヒ令飽タリキ。其ヲ以テ、三年ノ粮ヲ継グ。又我兄弟ノ上下ノ次第無シテ理ヲ失ヘリシガ故ニ、犬ト成テ不浄ノ物ヲ噉フ。返テ自其汁ヲ出セリ。我必赤キ犬ト可成シ。凡人米一升ヲ人ニ施セリシ報ニ三十日ノ粮ヲ得タリ。衣服一具ヲ人ニ施セリシ報ニ一ノ衣服ヲ得タリ。経ヲ令読リシニ依リ、東方ノ金宮ニ住シ、願随テ天ニ生ル。仏菩薩ノ像ヲ造ラム人ハ西方ノ極楽ニ生レム。放生ヲ行バ北方ノ浄土ニ生レム。一日持斉セバ、十年ノ粮ヲ得ム』。

如此ク善悪ノ業ヲ造テ、受ル所ノ報ヲ見テ、恐々ル返来テ、本ノ大橋ノ許ニ至ル。而ルニ、守門ノ者遮テ、前ニ有テ云ク、『此内ニ二人入ヌル者ハ更ニ返出ル事無シ』ト。然バ、広国、暫ク徘徊ノ間、一人ノ小子出来レリ。守門ノ者ノ、此小子

ヲ見テ、跪テ礼ス。小子広国ヲ呼テ、片方ノ脇門ニ将至テ、

其門ヲ押開テ、広国ヲ将出シツ。小子広国ニ告テ云ク、『汝

速ニ此ヨリ可行』。広国小子ニ問テ云ク、『汝ハ此、誰子

ゾ』ト。小子答テ云ク、『汝ヂ我ヲ知ラムト思バ、汝ガ幼稚

ノ時写シ奉シ所ノ観世音経此也』ト云テ、還入ヌ、ト見ル

程ニ、即チ活レリ」ト。

其後、広国冥途ニシテ見シ所ノ善悪ノ報ヲ委ク録シテ、世

ニ流布セル也。

人此ヲ知テ、悪ヲ止テ善ヲ可修シ、トナン語伝ヘタリトヤ。

사누키 지방讚岐國 사람이
명도冥途에 가서 되돌아온 이야기

사누키 지방讚岐國의 부자인 아야 씨綾氏가, 생전生前의 소행에 따른 선악善惡 두 가지 응보를 명도冥途에서 모두 체험하고, 이전 방생放生한 굴의 도움으로 소생蘇生한 이야기. 가난한 자에게 보시를 아까워한 죄와 방생의 공덕을 대비시킴으로써, 현보現報가 확실함을 강조한다. 명도冥途에서 선악의 두 가지 응보를 확인하는 점에서 앞 이야기와 이어지고, 방생의 공덕을 설하는 점에서 앞앞 이야기와도 상통한다.

이제는 옛이야기이지만,[1] 사누키 지방讚岐國[2] 가가와 군香水郡[3] 사카타 향坂田鄕[4]에 한 부자가 있었다. 성은 아야 씨綾氏[5]이고 그 처 또한 같은 성이었다.

그런데 그 이웃집에 두 노파[6]가 살고 있었는데, 둘 다 과부로 아이가 없었다. 몹시 가난하여 입을 것도 먹을 것도 변변치 못했다. 그래서 늘상 이웃 그 부잣집에 가서 밥을 빌어먹으며 목숨을 부지하고 있었다. 매일매일 하루도 빠짐없이 식사 때마다 찾아왔다. 이 집 주인은 그것이 싫어서 항상 한밤

---

1 『영이기靈異記』에는 "쇼무聖武 천황 시대"라고 되어 있음.
2 → 옛 지방명.
3 『영이기』에는 '香川郡'이라고 되어 있음.
4 현재의 가가와 현香川縣 다카마쓰 시高松市 니시카스가 정西春日町 부근.
5 『영이기』에는 "아야노 기미綾君"라 되어 있음. 사누키 지방讚國 아야노 기미는, 『고사기古事記』 중권에 야마토타케루노 미코토倭建命의 아들인, 다케카이코노 왕建貝兒王의 자손이라 함.
6 『영이기』에는 노옹과 노파로 되어 있음.

중에 밥을 지어 식사하기로 했는데도, 그들은 그 시각에도 찾아와 밥을 먹었다.

그래서 온 집안사람들이 모두 그들을 싫어했지만, 이 집 안주인은 남편에게 "저는 자비심을 갖고 이 두 할머니를 어린 아이처럼 보살피고자 합니다."라고 말했다. 그러자 남편이

"앞으로는 그들에게 음식을 베풀어 주더라도, 각자 자기가 먹는 일부를 나누어 주도록 하시오. 공덕功德 중에도 자신의 살점을 떼어내어 타인에게 베풀고 그 목숨을 구하는 것이 가장 으뜸인 행동이요.[7] 그러니, 나도 그렇게 행동하도록 하겠소. 즉시 집안사람들이 먹는 분량을 나누어 베풀도록 하시오."라고 말했다.

그런데 한 사내가 있어, 주인의 명령을 받았으면서도, 그 노파가 싫어 음식을 주려고 하지 않았다. 그러자 다른 많은 자들도 점차 그 노파를 싫어하게 되어, 음식을 베풀어 주지 않게 되었다. 그래서 안주인만이 몰래 자신의 밥을 나누어 주어 그들을 보살폈는데, 집안 식솔들은 노파를 미워하여 걸핏하면

"식솔들이 밥을 나누어 그 노파를 먹이기 때문에 식사량이 줄어, 지쳐서 농사일도 제대로 못하고 집안일에도 정성을 쏟을 수가 없을 듯합니다."라고 주인에게 일러바쳤다. 그러나 다른 사람들은 이렇게 험담을 해도, 안주인은 여전히 밥을 베풀어 노파를 보살폈다.

---

7 이 행위는 육바라밀六波羅蜜의 하나인 단바라밀檀波羅蜜(보시) 중 가장 으뜸인 행위로 여겨짐. 특히 천축天竺의 시비왕尸毗王이 비둘기의 목숨을 구하기 위해 자기의 허벅지 살을 잘라 매에게 준 이야기(『육도집경六度集經』, 『대지도론大智度論』)는 『삼보회三寶繪』 상권 제1화에도 보이며 저명함. 사자가 원숭이 새끼의 목숨을 가엾이 여겨 자기의 살점을 떼어내 독수리에게 준 이야기(『대지도론』)는 본집 권5 제14화나 『법화백좌문서초法華百座聞書抄』 등에 나와 있어, 당시 친숙했던 것으로 보임. 권5 제13화(달 토끼이야기)나 권13 제22화도 참조.

이렇게 지내는 사이, 그처럼 고해바친 자의 집에 낚시를 업으로 하는 자가 있었는데, 어느 날 바다에 나가 낚시를 하고 있자니, 낚싯줄에 열 개의 굴이 달라붙어 올라왔다. 집주인[8]은 그것을 보고 굴을 잡은 사내에게 "이 굴을 내가 사고 싶은데."라고 말했지만, 잡은 사내는 팔려고 하지 않았다. 그래서 집주인이 그 사내를

"신심信心이 깊은 자는 탑이나 절을 세워 선근善根을 쌓으려고 하는 법이다. 자네는 어찌 그것을 아까워해 나에게 팔려고 하지 않는 건가?"

라고 타일렀다. 이렇게 말하자, 굴을 잡은 사내는 팔려는 마음이 생겨 "열 마리 굴의 대가代價로는 쌀 다섯 말斗[9]이 될 것입니다."라고 말했다. 집주인은 그의 말대로 대가를 건네고 그것을 사서, 스님을 초청해 주원呪願[10]하게 하여 바다에 풀어 주었다.

그 후 방생放生을 행한 집주인[11]이 종자들과 함께 산에 가서 땔감을 베고 있었는데, 마른 측백나무[12]에 올라가 그만 실수로 나무에서 떨어져 죽고 말았다. 그러자 죽은 주인이 어느 행자行者[13]에게 빙의憑依하여 "내가 비록 죽었지만, 잠시 동안 태우지 말고 칠 일간 그대로 놔두어라."라고 말했다. 그래서 행자가 말한 대로, 그 죽은 자를 산에서 짊어지고 와서 집밖에 놔두었다.

칠 일[14]째가 되어 죽은 사람이 다시 되살아나 처자식에게

"내가 죽자마자 다섯 명의 승려가 내 앞을, 다섯 명의 속인俗人이 내 뒤를

---

8 『영이기』에서는 참소讒訴한 자를 가리킴. 여기서는 그것을 집주인家主으로 했기 때문에, 내용에 모순이 생겼음. → 주11

9 한 말斗은 열 되升(약 18ℓ).

10 법회 등에서, 도사導師가 원주願主의 발원 취지를 설명하고 그 공덕을 기원하는 일.

11 『영이기』에서는 참소한 자를 가리킴. → 주8

12 노송나무, 화백나무, 비자나무 등의 상록교목常綠喬木의 고칭古稱임. 『영이기』에는 "마른 소나무에 올라"라고 되어 있음.

13 불도佛道 또는 음양도陰陽道·복점卜占·주술呪術 등을 수행하는 사람. 여기서는 후자임. 『영이기』에는 "복자卜者"라 되어 있음.

14 앞 이야기에서는 삼일, 앞앞 이야기에서는 구일. 기수일奇數日임에 유의.

따라 걸어가고 있었지. 길은 넓고 평탄하여 마치 먹줄로 친 것 같이 일직선으로 이어져 있었어.[15] 길 좌우에는 보당寶幢[16]이 늘어서 있고, 전방에는 황금 궁전이 있었지. '저건 무슨 궁전입니까?'라고 물으니, 뒤에 있던 속인이 나를 보고

'저건 당신의 부인이 앞으로 태어날 궁전이랍니다. 노파를 보살핀 공덕에 의해 이 궁전이 만들어진 것이지요. 그런데 당신은 내가 누군지 알고 있습니까?'

라고 하더군. 내가 모른다는 뜻을 전하자, 그 속인이

'저희 열 명의 승속僧俗은, 실은 당신이 이전에 굴을 사서 바다에 풀어준, 그 열 개의 굴이랍니다.'

라고 하더군.

그런데 그 궁전 문 좌우에 이마에 한 개의 뿔이 난 자[17]가 있어, 긴 칼을 휘두르며 내 목을 자르려 했어. 하지만 그 승속들이 그것을 막고 자르지 못하게 해주었지. 그 문 좌우에 맛좋은 냄새가 나는 성찬을 차려 놓고 많은 사람들에게 먹이고 있었어. 나는 그곳에 칠 일간 앉아 있었는데, 어찌나 배가 고프던지 입에서 불이 나올 정도였지. 그러자 이 열 명의 승속이 '이건 당신이 노파에게 음식을 베풀지 않고 싫어하고 꺼린 죄의 결과랍니다.'[18]라며 나를 데리고 돌아왔지. 그리고 '돌아왔구나.'라고 생각하자마자 이렇게 다시 되살아난 것이다."

---

15 원문에는 '흑승黑繩으로 선을 그은 것 같이 일직선이다.'라는 뜻으로 되어 있음. 여기에서의 '黑繩'이란 목수 도구의 하나로, 목재 등에 먹이 묻은 삼실麻糸을 뻗어나가게 하여 직선을 그을 때 사용하는 도구.

16 불당佛堂이나 법장法場의 장식깃발로, 용두龍頭를 선단先端에 장식한 창끝에 작은 깃발을 달고 장막垂絹을 드리운 것.

17 소위 일각수一角獸와 동일한 형태의 옥졸 오니鬼.

18 『영이기』에서는 참소한 자를 가리키기에 발언내용과 모순이 없지만, 이 이야기에서는 여주인의 남편을 가리키기 때문에 앞의 발언에 비추어 보면 내용상 어긋나는 부분이 있음.

라고 말했다. 처자식은 이 말을 듣고 더할 나위 없이 기뻐하며 존귀하게 여겼다.

그러므로 남에게 음식을 베푸는 공덕은 이루 헤아릴 수 없다. 한편 베풀지 않는 죄는 이와 같다. 또한 방생의 공덕은 이렇게나 존귀한 것이었다고 이렇게 이야기로 전하여 내려오고 있다 한다.

讃岐国人行冥途還来語第十七

今昔、讃岐国香水ノ郡坂田ノ郷ニ、一人ノ富人有ケリ。

姓綾ノ氏也。其妻又同姓也。

而ニ、其隣ニ、年老ル嫗二人有リケリ。共ニ裏シテ子無シ。

極テ貧クシテ、衣食乏シ。常ニ此ノ隣ノ富家ニ行テ、食ヲ乞

テ世ヲ過ス。日々ニ行テ不闕ズ、必ノ食ノ時毎ニ来リ会フ。

家ノ主此レヲ厭ハムガ為ニ、夜ノ半毎ニ飯ヲ炊テ食フニ、猶

其時ニモ来会テ食フ。

然レバ、家挙テ此レヲ厭テ、家女夫ニ告テ云ク、「此二人

ノ老嫗、我レ慈悲ヲ以テ児ノ如ク養ハム」ト。夫ノ云ク、「此

ヨリ後ハ彼等ニ飯ヲ志シテ、各ノ自分ヲ闕テ可与シ。功徳

ノ中ニ、自ノ完村ヲ割テ、他ニ施シテ命ヲ救フ、最モ勝レタ

ル行也。然レバ、我所作ヲ其レニ准ヘム。速ニ家ノ人ノ分

飯ヲ分テ可養」ト。

而ル間、家ノ人ノ中ニ二人ノ者有テ、主ノ言ニ随フト云へ

ドモ、此老嫗ヲ厭テ不食ズ。諸ノ人又漸ク此ヲ厭テ不養ス。

然レバ、家女窃ニ我ガ分テ飯ヲ分テ此老嫗ヲ養ニ、家ノ人此老嫗等

ヲ憐テ、常ニ主ニ纏テ云ク、「家ノ人ノ分飯ヲ闕テ、此老嫗等

ヲ養ガ故、食物少クシテ、家ノ人疲レテ、農業可闕シ、又家

業怠ナムトス」ト。如此ク讒スト云ヘドモ、猶飯ヲ与フ。

而ノ間、此讒スル者ノ家ニ、釣ヲ業トスル者在リ。海ニ行

テ釣ヲスル間ニ、釣ノ縄ニ喫付テ、蛻十貝上タリ。家主此ヲ

見、釣人ニ云ク、「此蛻、我買ハムト思」ト。釣人此ヲ不売

ズ。家主釣人ニ教ヘテ云ク、「心有ル人ハ、塔寺ヲ造リ善根

ヲ修ス。何ゾ此ヲ惜テ不許ル」ト。釣人此ヲ許シテ云ク、

「蛻十貝ハ其ノ直米五斗ト思」ト。家主云ニ随テ直ヲ渡テ、此

ヲ買取テ、僧請テ令呪

其後、此放生セル人従者
卜共ニ山ニ入テ、薪ヲ伐ニ、
枯タル栢ノ木ニ登テ錯テ木
ヨリ落テ死ヌ。其人或ル行
者ニ詫テ云ク、「我身死タ
リト云トモ、暫ク焼ク事無
クシテ七日置タレ」卜。然
レバ、行者ノ言ニ随テ、此
死人ヲ山ヨリ荷ヒ持来テ、外ニ置
タリ。

釣人（石山寺縁起）

七日ニ至テ活テ、妻子ニ語テ云ク、
俗五人有テ其後ニ行ク。其行ク道広ク平ニシテ、直
シキ事黒縄ノ如シ。其道ノ左右ニ宝幢ヲ立並タリ。前ニ金ノ
宮有リ。『是ハ何ナル宮ゾ』卜問ヘバ、此後ナル俗我ヲ見テ
云ク、『此ハ汝ガ家主ノ生レムト為ル宮也。老嫗ヲ養フ功徳

ニ依テ、此宮ヲ造レル也。汝ヂ我レヲバ知レリヤ否』。不知
由ヲ答フ。俗ノ云、『我等僧俗十人ハ、此汝ガ買テ海ニ放チ
シ所ノ蜿十貝也』卜。

其ノ宮ノ門ノ左右ニ、額ニ角一生タル者有リ。大刀ヲ捧
テ、我ガ頸ヲ切ラムトス。此僧俗防テ不令切。又、門ノ左右
ニ馥シキ膳ヲ以テ諸ノ人ニ令食ム。我レ其所ニ居テ、七日飢
テ、口ヨリ焔ヲ出ス。此ノ十人ノ僧俗ノ云ク、『此レ汝ガ老
嫗ニ食ヲ不施シテ、厭ヒ慳ミシ罪ノ致ス所也』卜云テ、僧俗
我ヲ将返ヌ、卜思フ程ニ、活レ也」卜。妻子此ヲ聞テ、喜
ビ貴ブ事無限シ。

然バ、人ニ食ヲ施スル功徳量無シ。又、不施ザル罪如此シ。
又、放生功徳此ク貴カリケル、トナム語リ伝ヘタルトヤ。

사누키 지방讃岐國 여자가 명도冥途에 가서, 그 혼이 돌아와 다른 사람의 몸에 들어가게 된 이야기

앞 이야기에 이어 이것도 사누키 지방讃岐國의 이야기임. 사누키 지방讃岐國 야마다 군山田郡 누노시키 씨布敷氏의 여자가 중병을 앓아 명귀冥鬼의 내방來訪을 받았는데, 향응饗應을 베풀고 동성동명同姓同名의 우타리 군鵜足郡 여자를 자신의 대역代役으로 내세웠더니, 결국 발각되어 명도로 소환된다. 한편 우타리 군 여자의 혼은 현세現世로 돌려보내졌지만, 이미 그 유해가 소실되어 있었던 탓에, 그 대신 누노시키 씨 여자의 유체遺體에 깃들게 되었고, 여자는 현세에 네 명의 부모를 두고 두 집 재산을 상속받았 다는 이야기.

이제는 옛이야기이지만, 사누키 지방讃岐國[1] 야마다 군山田郡에 한 여자[2]가 있었다. 성은 누노시키 씨布敷氏[3]이다. 이 여자가 갑자기 중병을 앓게 되어,[4] 문 좌우에 《수많은》[5] 음식을 성대히 차렸는데, 이 음식은 역신疫神[6]의 비위 를 맞추기 위한 뇌물이었다.[7]

---

1 → 옛 지방명.
2 「영이기靈異記」에서는 "누노시키오미布敷臣 기누메衣女"라고 되어 있음.
3 「신찬성씨록新撰姓氏錄」에는, 셋쓰 지방攝津國의 황별皇別에, "布敷首、玉手(朝臣)同祖、葛木襲津彦命之後 也"라고 되어 있음.
4 「영이기」에는 이 사건을 "쇼무聖武 천황 치세(724~449)" 때의 일이라 함.
5 파손에 의한 결자로 추정. 「영이기」와 이본異本인 구대주야본九大萩野本에는 "백미百味"라고 되어 있음.
6 역병을 유행시키는 신.
7 * 문 앞에 음식을 차려 놓고 역신疫神을 섬겨 병난病難을 면한 옛날 풍습. 유사한 제사는 현재에도 각지에

얼마 지나지 않아 염마왕閻魔王[8]의 사자인 오니鬼가 병에 걸린 여자를 소환하기 위해 이 집을 찾아왔다. 이곳까지 달려온 오니는 지친 탓에, 차려진 제사 음식에 완전히 마음을 뺏겨 그 음식을 다 먹어치워 버렸다. 그리고는 여자를 잡아 연행해 갔는데, 도중에 여자에게 이렇게 "내가 너의 공물供物을 먹었으니, 그 은혜를 갚고 싶은데, 어떠냐? 너와 같은 이름, 같은 성[9]을 가진 자가 혹시 있느냐?"라고 말했다. 그러자 여자는 "네, 같은 지방의 우타리 군鶉足郡[10]에 동성동명의 여자가 있습니다."라고 대답했다. 오니는 이를 듣고 여자를 데리고 그 우타리 군에 사는 여자 집으로 가 그 여자를 정면에 두고, 새빨간 보자기에 든 일 척尺 정도의 끌鑿을 꺼내, 그 이마에 때려 박고 데리고 떠났다. 풀려난 야마다 군 여자는 벌벌 떨며 집으로 돌아갔고, 돌아왔다고 생각한 순간 되살아났다.

한편 염마왕은, 사자가 이 우타리 군에 사는 여자를 데려온 것을 보고

"이 여자는 내가 불러오라던 여자가 아니다. 너는 잘못 연행해 왔다. 그러니 잠시 이 여자를 여기에 남겨 놓고 그 야마다 군 여자를 소환해 데려오너라."

라고 하셨다. 오니는 속일 수가 없어 결국 야마다 군 여자를 소환해 데려왔다. 염마왕은 그 여자를 보고 "바로 이자가 내가 불러오라던 여자다. 저 우타리 군에 살던 여자는 되돌려 보내 주거라."라고 하셨다. 하지만 이미 3일이나 지난 터라, 우타리 군 여자의 사체는 불대워져 버렸고, 그 몸이 없어져 여자의 혼이 들어갈 수 없었다. 그래서 다시 돌아와 염마왕에게 "저는 집으

남아 있음.
8 → 불교.
9 다음 이야기에서는 같은 해에 태어난 자를 대신 데려가는 것으로 되어 있음.
10 현재, 아야 군野郡과 합해져 아야우타 군綾歌郡. 아야우타 군 서부와 나카타도 군仲多度郡 동부 일대를 가리킴.

로 되돌려 보내졌지만, 제 몸이 없기에 혼이 깃들 곳이 없습니다."라고 아뢰었다. 그러자 염마왕은 사자인 오니에게 "저 야마다 군 여자의 사체는 아직 그대로 있느냐?"라고 물으셨다. 사자가 "아직 그대로입니다."라고 대답하자, 왕은 "그럼 그 야마다 군 여자의 몸을 받아 그대의 몸으로 하는 게 좋겠다."라고 말씀하셨다.

이리하여 우타리 군에 살던 여자의 혼은 야마다 군에 살던 여자의 몸으로 들어갔고, 몸에 들어가자마자 다시 숨을 쉬며 "여기는 우리 집이 아닙니다. 우리 집은 우타리 군입니다."라고 말했다. 부모는 딸이 되살아난 것을 보고 울듯이 기뻐했지만, 그 말을 듣고서는 "너는 내 자식이다. 왜 그런 말을 하는 거냐? 정녕 모두 잊어버린 것이란 말이냐?"라고 말했다. 그러나 여자는 들으려 하지도 않고 혼자 집을 나서 우타리 군에 있는 집으로 갔다. 그 집 부모는 낯선 여자가 찾아왔기에 놀라며 이상한 일이라 여기고 있는데, 여자가 "여긴 우리 집입니다."라고 말했다. 부모는 "당신은 우리 딸이 아니오. 우리 딸은 이미 화장火葬해 버렸소."라고 말했다. 그래서 여자는 명도에서 염마왕이 말한 것을 자세히 이야기해 들려주었다. 이를 들은 부모는 눈물을 흘리며 감격해 하고, 여자에게 생전의 일에 대해 이것저것 물어보니, 그 대답이 생전에 있었던 일과 조금도 다르지 않았다. 그래서 몸은 딸이 아니지만 혼은 틀림없는 내 딸이기에 부모는 기뻐하였고, 이 여자를 이루 말할 수 없이 어여삐 여기며 키웠다.

한편 그 야마다 군의 부모도 이를 듣고 와 보니, 혼은 다르지만 몸은 틀림없이 내 자식인지라 진정으로 소중히 여기고 귀여워했다. 이리하여 양가兩家에서 이 딸을 받아들여 함께 키웠기 때문에, 딸은 이 양가 재산을 모두 가질 수 있었다. 이런 연유로 이 한 명의 딸에게 현세에서 네 명의 부모가 존재하게 되었고, 그 결과 양가의 재산을 모두 가지게 된 것이다.

이것을 생각하면 진수성찬을 차려 오니鬼의 비위를 맞추려 한 것은 결코 헛된 방법이 아닌 것이다. 그로 인해 이런 일도 있는 것이다. 또한 사람이 죽더라도 서둘러 장사를 지내서는 안 된다. 만에 하나라도 생각지도 못하게 이런 일이 있을 수 있는 것이라고 이렇게 이야기로 전하여 내려오고 있다 한다.

讃岐国女行冥途其魂還付他身語第十八

今昔、讃岐国山田郡ニ二人ノ女有ケリ。姓ハ布敷ノ氏。

此ノ女忽ニ身ニ重キ病ヲ受タリ。然バ、直シク□味ヲ備テ、門ノ左右ニ祭リ、疫神ヲ略テ此レヲ饗ス。

而ル間、閻魔王ノ使ノ鬼、其ノ家ニ来テ、此ノ病ノ女ヲ召ニ、其ノ鬼走リ疲レテ、此ノ祭ノ膳ヲ見ルニ、此レニ趣テ、此ノ膳ヲ食ツ。

鬼既ニ女ヲ捕テ将行ク間、鬼女ニ語テ云、「我レ汝ガ膳ヲ受ツ。此ノ恩ヲ報ゼムト思フ。若シ、同名同姓ナル人有ヤ」ト。女答云ク、「同ジ国ノ鵜足ノ郡ニ、同名同姓ノ女有」ト。鬼此ヲ聞テ、此ノ女ヲ引テ、彼ノ鵜足ノ郡ニ、同名同姓ノ女有」ト。其時ニ王使ニ

ノ女ノ家ニ行テ、親リ其ノ女ニ向テ、緋ノ囊ヨリ一尺許ノ鑿ヲ取出テ、此家ノ女ノ額ニ打立テ、召テ将去ヌ。彼ノ山田ノ郡ノ女ヲバ免シツレバ、恐々家ニ返ル、ト思程ニ活ヌ。

其時ニ、閻魔王此ノ女ノ鵜足ノ郡ノ女ヲ召テ来ルヲ見テ、宣ハク、「此レ召ス所ノ女ニ非ズ。汝ヂ錯テ此ヲ召セリ。然レバ暫ク此ノ女ヲ留テ、彼山田ノ郡ノ女ヲ召テ将来レリ。彼ノ鵜足ノ郡ノ女ヲバ可返シ」ト。鬼隠ス事不

能テ、遂ニ山田ノ郡ノ女ヲ召テ将来レリ。閻魔王此ヲ見テ宣ハク、「当ニ此レ、召ス女也」ト。然バ、三日ヲ経テ、鵜足ノ郡ノ女ノ身ハ焼失ヒツ。然バ、女、女ノ魂身無シテ、返入ル事不能シテ、返テ閻魔王ニ申サク、「我被返タリト云ドモ、体失テ寄付所無シ」ト。其時ニ王使ニ

鑿を打つ鬼（北野天神縁起）

問テ宣ク、「彼ノ山田ノ郡ノ女ノ体ハ未ダ有リヤ」ト。使答テ

云ク、「未ダ有リ」。王ノ宣ハク、「然ラバ、其ノ山田ノ郡ノ

女ノ身ヲ得テ、汝ガ身ト可為シ」ト。

此ニ依テ、鵜足ノ郡ノ女ノ魂、山田ノ郡ノ女ノ身ニ入ヌ。

活テ云ク、「此我ガ家ニハ非ズ。我ガ家ハ鵜足ノ郡ニ有リ」

ト。父母活レル事ヲ喜悲ノ間ニ、此レヲ聞テ云ク、「汝ハ

我ガ子也。何ノ故ニ此ハ云フゾ。思ヒ忘タルヤ」ト。女更ニ

此ヲ不用シテ、独家ヲ出テ、鵜足ノ郡ノ家ニ行ヌ。其家ノ父

母不知ヌ女来レルヲ見テ、驚キ怪シム間、女ノ云ク、「此レ

我家也」ト。父母ノ云ク、「汝ハ我子ニ非。我ガ子ハ早ウ焼

失テキ」ト。 其時ニ、女具ニ冥途シテ閻魔王宣シ所ノ事ヲ

語ルニ、父母此ヲ聞テ、泣キ悲デ、生タリシ時ノ事共ヲ問聞

ク。 答フル所一事トシテ違事無シ。 然バ、体ニハ非ト云トモ、

魂現ニ其ナレバ、父母喜テ此ヲ哀養フ事無限シ。

又、彼山田ノ郡ノ父母此ヲ聞テ、来テ見ルニ、正シク我子ノ

体ナレバ、魂非ズト云ヘドモ、形ヲ見テ、悲ビ愛スル事

無限。 然レバ、共ニ此ヲ信テ、同ジク養ニ、二家ノ財ヲ領ジ

テゾ有ケル。此以、此ノ女独ニ付嘱シテ、現ニ四人ノ父母ヲ

持テ、遂ニ二家ノ財ヲ領ジテ有ケル。

此ヲ思ニ、饗ヲ備テ鬼ヲ賂フ、此レ空シキ功ニ非ズ。其レ

二依テ、此レ有ル事也。又人死タリト云フトモ、葬スル事不

可忽ズ。万ガ一ニモ、自然ラ此ル事有也、トナム語リ伝ヘタ

ルトヤ。

다치바나노 이와시마橘磐島가 뇌물을 써서
명도冥途에 가지 않은 이야기

다치바나노 이와시마橘磐島가 장사를 하고 돌아오는 길에, 염마왕의 사자인 세 오니에
의해 명도冥途로 연행되게 되었지만, 오니가 좋아하는 음식인 소를 대접하고 동년배
의 남자를 자신 대신 내세워 구십여 세까지 장수한 이야기. 『금강반야경金剛般若經』의
독송회향讀誦回向으로 오니의 수뢰죄受賂罪가 없어진다는 영험을 강조한다. 앞 이야
기와는 명계冥界의 오니에게 향응饗應하고 다른 사람을 대신 내세워 죽음을 모면한다
는 모티브로 연결된다.

이제는 옛이야기이지만, 다치바나노 이와시마橘磐島¹라는 자가 있었다.
쇼무聖武² 천황 치세 때, 나라奈良 도읍 사람³으로 다이안지大安寺⁴의 서쪽 마
을에 살았다.

그런데 어느 날, 그 절 수다라공전修多羅供錢⁵ 40관貫⁶을 빌려서 에치젠 지

---

1   미상. 성을 다치바나橘로 하는 것은 본집과 동박본東博本 『삼보회三寶繪』뿐임. 『영이기靈異記』, 『삼보회』도
     다이지기레東大寺れ에는 모두 '나라楢'라고 되어 있음. 본문 중에 '니리奈良의 이와시마磐島'라고 되어 있
     는 것으로 보아, '나라楢'가 맞는 것이 명백함. 이하 특기特記하지 않는 한 『삼보회』의 본문은 동박본에 의
     한 것임.
2   → 인명.
3   『영이기』에서는 "나라諸樂의 좌경左京 육조六條 오방五坊 사람"이라 하고, 『삼보회』에서는 "나라奈良의 우경
     右京 육조六條 오방五坊의 사람"이라 함
4   → 사찰명.
5   → 불교. 다이안지大安寺의 수다라공전修多羅供錢에 관해서는 권12 제15화·권16 제27화 참조.
6   동박본 『삼보회』에서만 '40관貫'으로 되어 있음. 『삼보회』의 다른 이본들과 『영이기』는 '30관'. 나라奈良 시

방越前國[7] 쓰루가敦賀 항港[8]에 가 필요한 물품을 사서 비와호琵琶湖로 나와 배에 싣고 돌아오는 도중에 갑자기 병이 났다. 그래서 배를 세우고 말을 빌려[9] 타 혼자 서둘러 돌아오는데, 오미 지방近江國[10] 다카시마 군高島郡[11]의 호반湖畔에 당도했을 무렵, 문득 뒤를 돌아보니, 1정町[12] 정도 뒤에서 세 명의 남자가 다가오고 있었다. 야마시로 지방山城國 우지교宇治橋[13]까지 오니, 그 세 명의 남자가 따라붙어 나란히 걷기 시작했다.

그래서 이와시마는 그 남자들에게 "당신네들은 어디에 가십니까?"라고 물었다. 그러자 남자는 "우리들은 염마왕閻魔王[14]의 사자使者다. 나라의 이와시마를 소환하러 가는 길이다."라고 대답했다. 이를 들은 이와시마는 놀라며 "그건 접니다. 도대체 무슨 볼일이 있어 저를 소환하는 겁니까?"라고 묻자,

"우리가 먼저 너희 집에 가서 물어보니 '장사하러 다른 지방에 가서 아직 돌아오지 않았다.'고 하기에 그 항구로 가 너를 찾을 수 있었다. 그곳에서 곧바로 잡으려 했지만, 그곳에 사천왕四天王[15]의 사자라는 자가 와서 '이 남자는 절의 돈을 빌려 썼는데, 장사를 하여 갚기로 되어 있다. 하니 잠시 동안만 용서해 줬으면 좋겠다.'고 하여, 집에 돌아갈 때까지만 용서해 주는 것이다. 그런데 요 며칠간 너를 찾아다니느라 우리들은 아주 배가 고프고 지

대에 백미白米 1석石은 800전錢으로, 1,000전錢이 1관貫임. 현대의 쌀값이 한 되升 900엔이라고 한다면, 1관은 11만 2,500엔이 되어, 40관이면 450만 엔 정도가 됨.

7 → 옛 지방명.
8 지금의 후쿠이 현福井県 쓰루가 시敦賀市.
9 당시 쓰루가처럼 주요 항구에는 짐 운반을 위한 대차貸車와 대마貸馬가 있었음.
10 → 옛 지방명.
11 비와호琵琶湖 서북부에 있는 군.
12 약 110m.
13 교토京都의 남방南方의 우지 강宇治川에 걸쳐진 다리. 나라奈良와의 경계境界임. 그 가교架橋에 관해서는 권 19 제31화 참조. 다카시마高島 해변에서 비와호의 서쪽해안을 따라 남하해. 오쓰大津에서 야마도 오사카逢坂 관문을 넘어 야마시나山科로 나와서 거기서 나라가도奈良街道를 남하해 우지宇治로 갔다고 생각됨.
14 → 불교.
15 → 불교.

쳤다. 혹 먹을 것이 있느냐?"

라고 말했다. 이와시마가 "길을 가다 먹으려고 말린 밥을 조금 갖고 있습니다. 이걸 드릴 테니 드세요."라고 하니, 오니는 "너의 병은 우리들의 기氣[16]에 의한 것이다. 가까이 다가와서는 안 된다."라고 했으나, 두려워하지 않고[17] 집까지 함께 갔다. 그리고는 식사를 차려 크게 대접했다.[18]

그러자 오니가

"우리들은 소고기를 아주 좋아한다. 즉시 그걸 구해 와 먹게 해 다오. 세간世間에서 소를 잡아가는 것은 바로 우리들이야."

라고 말했다. 그래서 이와시마가

"우리 집에는 얼룩소가 두 마리 있습니다. 그것을 드리지요. 그 대신 어떻게든 방도를 짜내어 저를 좀 용서해 주십시오."

라고 하자, 오니는

"우리들은 너에게 많은 대접을 받았다. 그 은혜를 갚아야 하겠지. 하지만 너를 용서해 주면 우리들이 중죄를 받아서 쇠 지팡이로 백대를 맞게 될 것이야.[19] 그러니 어떠냐. 혹 너와 나이가 같은 사람으로 적당한 사람이 있느냐?"

라고 말했다. 이와시마가 "저와 같은 나이인 사람을 알지 못합니다."라고 하자, 한 오니가 크게 화를 내며 "너는 무슨 띠냐?"라고 물었다. 이와시마는 "저는 무인戊寅년생[20]입니다."라고 대답했다. 그러자 오니는

---

16 '기氣'는 다른 것에 영향을 미치는, 눈에 보이지 않는 영기靈氣 또는 에너지 같은 것임. 여기서는 오니鬼의 악기惡氣.

17 『삼보회』나 『영이기』에서 오니가 "두려워하지 말라."라고 말한 부분을, 『금석』의 편자는 이와시마가 두려워하지 않았다고 오역하고 있음.

18 앞 이야기에도 식사를 주어서 다른 사람을 대신 데려갔음.

19 지옥에서 죄인이 받는 형벌과 같은 형태임. 본권 제6화 참조.

20 생년을 간지干支로 나타낸 것임. 이와시마는 쇼무聖武 천황 치세 때의 인물로, 이야기 끝에 구십여 세로 사망한 것으로 되어 있으므로, 이와시마의 생년은 쇼무 천황 7년 무인戊寅(678)에 해당하는 것으로 추정.

"그 나이의 사람이 있는 곳을 내가 알고 있다. 너 대신에 그 인간을 데려가도록 하지. 다만 우리는 네가 주는 소를 먹고 말았으니, 어차피 우리들은 큰 고통을 받게 될 것이다. 우리가 그 죄에서 벗어날 수 있도록 우리 세 명의 이름을 부르고, 『금강반야경金剛般若經』[21] 백 권을 독송讀誦해 다오. 우리들 중 한 사람은 다카사마로高佐丸[22]이고, 또 한 사람은 나카치마로仲智丸, 다른 한 사람은 쓰치마로津知丸라고 한다."

라고 이름을 알려주고 한밤중 무렵에 떠났다.

다음 날 아침 살펴보니, 소가 한 마리 죽어 있었다. 이와시마는 그것을 보고, 즉시 다이안지의 남탑원南塔院[23]에 가서, 사미沙彌 닌요仁耀[24]를 초청해 자초지종을 자세히 말하고, 『금강반야경』을 독송하게 하여 그 오니를 위해 회향回向[25]을 했는데, 그 후 이틀 동안에 백 권을 모두 독송했다. 삼 일째 새벽녘이 되자 사자인 그 오니가 찾아와서

"우리들은 『반야경』의 공덕에 의해 지팡이로 백 대 맞는 고통을 면했다. 또한 여태까지보다 더 많은 음식을 받게 되었다."

고 말하며 이루 말할 수 없이 기뻐하며 존귀하게 여겼다. 그리고 다시 말하길 "앞으로는 재일齋日[26]마다 우리들을 위해 공덕을 쌓고 음식을 마련해다오."라고 말하고서 감쪽같이 사라져 보이지 않게 되었다. 그 후 이와시마는 구십여 세까지 장수를 누리고 죽었다.

---

21 → 불교. 『금강반야바라밀경金剛般若波羅蜜經』의 약칭임.

22 세 오니의 이름의 유래는 불분명함.

23 『다이안지가람연기大安寺伽藍緣起』에 구층탑이 존재한 것이 기록되어 있는데, 남탑원南塔院의 명칭은 별달리 보이지 않음. 금당金堂의 남쪽 탑원이라는 뜻으로 추정됨. 또한 '탑원塔院'은 사탑寺塔의 총칭임.

24 『원형석서元亨釋書』권12에 같은 이름의 승전僧傳을 기록하여, 이시키 씨石寸氏, 야마토 지방大和國 가쓰라기가미 군葛城上郡 사람. 인내와 자비심이 깊은 성품으로, 연력延曆 15년(796) 2월 사망, 향년 75세로 함. 이 인물이 맞는다면, 그는 이와시마보다 약 사십 세 정도 젊은 것이 됨.

25 → 불교.

26 육제일六齋日(→ 불교).

이것도 오로지 큰 절의 돈을 빌려 그것으로 장사를 하고 아직 돈을 갚기 전이었기 때문에 목숨을 부지할 수 있었던 것이다. 또한 오니도 실수를 범했지만, 『반야경』의 공덕에 의해 그 고통을 면한 것이므로 실로 존귀한 일이라고 이렇게 이야기로 전하여 내려오고 있다 한다.

橘ノ磐島路使不至冥途語第十九

たちばなのいはしまつかひにまひなひしてめいどにいたらざることだいじふく

다치바나노 이와시마 橘磐島가 뇌물을 써서 명도冥途에 가지 않은 이야기

今昔、橘ノ磐島ト云者有ケリ。聖武天皇ノ御代ニ、奈良ノ京ノ人也。大安寺ノ西ノ郷ニ住ケリ。

而ルニ、其ノ寺ノ修多羅供ノ銭四十貫借請テ、越前ノ国、敦賀ノ津ニ行テ、要物ヲ買テ、船ニ積テ還ル程ニ、俄ニ身ニ病ヲ受ケツ。然レバ、船ヲ留テ、馬ヲ借テ其ニ乗テ、独急

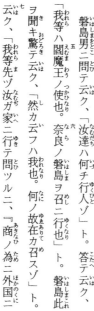

還ル間ニ、近江国高島ノ郡ノ浜ヲ行ニ、後ヲ見返タレバ、一町許下テ、男三人来ル。山城ノ国宇治ノ橋ニ来ルニ、此三人ノ男追着テ副テ来ル。

磐島男ニ問テ云ク、「汝達ハ何チ行人ゾ」ト。答テ云ク、「我等ハ閻魔王ノ使也。奈良ノ磐島ヲ召ニ行也」ト。磐島此ヲ聞キ驚キテ云ク、「然カ云フハ我也。何ノ故ニ在カ召スゾ」ト。云ク、「我等先ヅ汝ガ家ニ行テ問ツルニ、『商ノ為ニ外国ニ行テ、未返来ズ』ト云ツレバ、彼津ニ行テ求メ得タルニ、其所ニシテ即チ捕ヘムト為ツルヲ、四王ノ使ト云フ者来テ、語テ云ク、『此人ハ寺ノ銭ヲ借請テ、商テ返シ可納シ。然レバ暫ク免セ』ト云ツレバ、家ニ返マデ免タル也。而ルニ、日

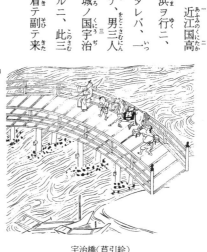

宇治橋（芦引絵）

来ヌ。汝ヲ求ムル間ニ、我等飢贏レニタリ。若食有ヤ」ト。磐島ガ云ク、「我道シテ捶カムガ為ニ、糒少シ有リ。此ヲ与ヘ令食ム」ト為ニ、鬼ノ云ク、「汝ガ病ハ我等ガ気也。近ハ不可寄ルズ」。恐ル事無シテ、共ニ家ニ至ヌ。食ヲ儲テ、大キニ饗ス。

鬼ノ云ク、「我等ハ牛ノ肉ヲ以テ願食フ者也。速ニ其ヲ求テ、可令食シ。世ノ中ニ二牛ヲ取ル者ハ我等也」ト。磐島ガ云ク、「家ニ斑ナル牛ニツ有リ。此ヲ与ヘム。

鬼ノ云ク、「我等多汝ガ食ヲ受ケツ。其恩ヲ可報也。但シ、汝ヲ免シテ、我等重キ罪ヲ負テ、鉄ノ杖ヲ以テ、百度可被打シ。而ルニ、若汝ト同年ナル人ヤ有ル」ト。磐島、「我ヲ更ニ同年ノ人不知ズ」。「一ノ鬼大ニ怒テ、「其汝何ノ年ゾ」ト問フニ、磐島、「戊寅ノ年也」ト答フ。鬼ノ云ク、「其年ノ人有ル所ヲ知レリ。汝ガ代ハリニ其人ヲ召サム。与ツル牛ヲバ食ツ。又、我ヤ打被責ム。罪ヲ令脱ムガ為ニ、我等三人ガ名ヲ呼テ、金剛般若経百巻令読誦メヨ」ト。

「我等ヲバ、一リヲバ高佐丸云フ、二ヲバ仲智丸ト云フ、三ツハ津知丸」ト名乗テ、夜半ニ出テ去ヌ。

明ル朝ニ見レバ、牛一ツ死タリ。磐島此レヲ見テ、即チ大安寺ノ南塔院ニ行テ、沙弥仁耀ヲ請シテ、事ノ由ヲ委シク語テ、金剛般若経ヲ令読誦テ、彼ノ鬼ノ為ニ廻向ス。二日ノ間既ニ百巻ヲ読誦シ満テツ。三日ト云フ暁ニ、彼ノ有リシ鬼来テ云ク、「我等般若ノ力ニ依テ、既ニ百度ノ苦ヲ脱レヌ。又常ノ食ノ外ニ、食ヲ増シテ得タリ」ト語テ、喜ビ貴ブ事無限シ。又云ク、「今ヨリ後、節日毎ニ、我ガ為ニ功徳ヲ修シ、食ヲ供セヨ」ト云フ。忽ニ掻消ツ様ニ去ヌ。其後、磐島九十余ニシテ命終ケリ。

此レ偏ニ大寺ノ銭ヲ借リ請テ商テ、未ダ返シ不納ザル故ニ命ヲ存セル也。又鬼錯レリト云ヘドモ、般若ノ力ニ依テ苦ヲ免ル、極テ貴事也、語リ伝ヘタリトヤ。

엔코지延興寺의 승려 에라이惠賻가
악업惡業에 의해 소의 몸을 받은 이야기

엔코지延興寺의 승려 에라이惠賻가 생전 절의 장작 한 다발을 갚지 않은 죄로 소로 전생轉生했는데, 관음觀音[1]이 승려의 모습으로 나타나 널리 그 사실을 알렸다는 이야기. 절의 물건을 갚지 않은 것을 엄하게 꾸짖은 이야기로, 앞 이야기와는 절의 물건을 갚지 않은 점과 소가 등장하는 점에서 연결된다.

이제는 옛이야기이지만, 엔코지延興寺[2]라는 절이 있었다. 그 절에 에라이惠賻[3]라는 스님이 살고 있었는데, 오랜 세월 이 절에 살던 중에, 절의 욕실용[4] 장작 한 다발을 남에게 주고서는 그 후 돌려주지 않은 채 죽고 말았다.

한편, 그 절 부근에 살고 있는 어떤 집에 이전부터 암소가 한 마리 있어, 그것이 송아지 한 마리를 낳았다. 이윽고 송아지가 크게 자라 주인이 그 송아지에게 장작을 실은 수레를 끌게 하고 절 안으로 옮기고 있었다. 그때 갑자기 여태껏 한 번도 본 적이 없는 승려[5]가 절문 앞에 나타나서 이 송아지를 보고는,

"에라이 법사는 생전에 아침저녁으로 『열반경涅槃經』[6]을 독송讀誦하였는

---

1 → 불교.
2 미상.
3 미상. 『영이기靈異記』는 "釋惠勝". 『영이기』로 미루어보면 '賻'자는 '勝'자를 잘못 옮겨 적은 것으로 추정.
4 목욕물을 끓이기 위한 장작.
5 후문後文에 의하면 관음觀音의 권화權化.

데, 지금 이렇게 수레를 끌고 있다니 정말 안됐구나."

라고 말했다. 송아지는 그 말을 듣고 눈물을 흘리며 갑자기 쓰러져 죽고 말았다. 송아지 주인은 이를 보고 매우 화가 나 그 승려를 비난하고, "네놈이 이 송아지를 저주해 죽인 것이다."라며 그 자리에서 승려를 붙잡아 조정朝廷으로 데려가서 고소를 했다.

조정에서는 그 말을 들으시고 사정을 들어보려고 먼저 승려를 불러내어 보셨는데, 승려의 모습이 엄숙하고 단정한 것이 보통사람처럼 보이지 않았다. 그래서 놀라며 기이하게 여기시고 곧바로 처벌을 내리는 것이 못내 두려워, 그 승려를 깨끗한 방으로 들어가게 하여 뛰어난 화공을 불러들여

"이 승려의 모습이 이 세상 사람이라곤 보이지 않을 만큼 엄숙하고 단정하다. 그러니 이 모습을 한 치의 실수도 없이 그리도록 해라."

라고 분부를 내리셨다. 화공들은 선지宣旨를 받들어 제각각 그 모습을 그려 바쳤다. 천황이 받아 보시니, 그것은 원래의 승려 모습이 아니고 전부 관음상觀音像이었다.[7] 그때 승려는 감쪽같이 사라졌다. 천황은 매우 놀라고 두려워하셨다.

이로서 확실히 알았다. 이건 에라이가 소가 된 것을 사람들에게 알리기 위해 관음이 승려의 모습으로 나타나 알리신 것이다. 소 주인은 그것도 모르고 승려에게 죄를 뒤집어씌우려 한 것을 후회하며 슬퍼했다.

사람들은 이로써 알아야 한다. 아주 사소한 물건이라도 빌린 것은 반드시 갚아야 한다. 만약 갚지 않고 죽으면 반드시 축생畜生의 몸으로 태어나 그 보상을 받게 되는 것이라고 이렇게 이야기로 전하여 내려오고 있다 한다.

---

6   → 불교. 『대반열반경大般涅槃經』의 약칭임. → 본집 권13 제32화.
7   승려의 초상화로 관음의 권화라는 것을 알게 되는 모티브는, 송宋의 보지화상寶誌和尚에 얽힌 이야기(『고승전高僧傳』 권10, 『타문집打聞集』 제10화, 『우지 습유宇治拾遺』 제107화, 『아사박초阿娑縛抄』 제91화)에 보임.

◎ 제20화 ◎

엔코지 延興寺의 승려 에라이 혜뷔 가 악업악업 에 의해 소의 몸을 받은 이야기

延興寺僧恵賄依悪業受牛身語第二十

今昔、延興寺ト云寺有リ。其寺ニ恵賄ト云僧住ケリ。年
来此ノ寺ニ住間ニ、寺ノ温室分ノ薪一束ヲ取テ、人ニ与ヘタ
リケルニ、其後償フ事無クテ、恵賄死ニケリ。

而ル間、其寺ノ辺ニ、本ヨリ牸有ケリ。一ノ犢ヲ生テケリ。
其犢長大シテ後、其犢ニ車ヲ懸テ、薪ヲ積テ寺ノ内ニ入ル。
其時ニ、不知ヌ僧寺ノ門ニ出来テ、此ノ犢ヲ見テ云ク、「恵
賄法師ハ、生タリシ時涅槃経ヲ明暮読奉シカドモ、車引ク
事コソ哀ナレ」ト。犢此レヲ聞テ、涙ヲ流シテ、忽ニ倒レテ
死ス。犢主此レヲ見テ、大ニ瞋テ、其不知ヌ僧ヲ罵テ、
「汝ガ此ノ牛ヲバ呪ヒ殺シツル也」ト云テ、即僧ヲ捕テ、
公ニ将行テ、此由ヲ申ス。

公ケ此レヲ聞シ食シテ、其故ヲ令問メ給ハムトシテ、先

僧ヲ召テ見給フニ、僧ノ形有様端正ニシテ、只人ト不思ヘズ。
然レバ、驚キ怪ビ給テ、忽ニ咎行ハム事ヲ恐テ、浄キ所ニ僧
ヲ居ヘテ、止事無キ絵師共ヲ召テ、「此僧ノ形有様、世
ニ不似端正也。然レバ、此ノ形ヲ不謬ズ書テ可奉シ」ト。
絵師等宣旨ヲ奉リテ、各筆ヲ振テ書写シテ持参タル。其
此レヲ見給フニ、本ノ僧ノ形ニハ非シテ、皆観音ノ像也。
時ニ僧掻消ツ様ニ失ヌ。然レバ、公ケ驚キ恐給事無限。

此レ、現ニ知ヌ、観音ノ恵賄ガ牛ト成レル事ヲ人ニ令知ム
ガ為、僧ノ形ト為ル示シ給也ケリ。牛ノ主此ヲ不知シテ、僧
ニ答ヲ行ハムト為ル可シ事ヲ悔ヒ悲ミケリ。
人此レヲ以テ可知、一塵ノ物也ト云トモ、借用セシ物ヲバ
慥ニ可返キ也。不返シテ死ヌレバ、必畜生ト成テ、此レヲ
償也、トナム語リ伝ヘタリトヤ。

무사시 지방武藏國의 오토모노 아카마로大伴赤麿가 악업惡業에 의해 소의 몸을 받은 이야기

무사시 지방武藏國 다마 군多磨郡의 대령大領 오토모노 아카마로大伴赤麿가, 생전에 절의 물건을 남용하고 갚지 않았던 탓에 일소로 전생轉生하여 그 빚을 갚게 되었다는 이야기. 소 등짝에 죄업罪業을 기록한 비문碑文이 나타나 있었다는 발상은, 현세現世의 육신肉身에 전세前世의 흔적이 남아 있다는 윤회사상輪廻思想에 근거한 유형적 구상에서 유래한 것으로 본다.

이제는 옛이야기이지만, 무사시 지방武藏國[1] 다마 군多磨郡[2]의 대령大領[3]으로 오토모노 아카마로大伴赤麿[4]라는 자가 있었다. 아카마로는 천평승보天平勝寶 원년[5] 12월 19일, 갑자기 죽었다.

그 다음 해인 5월 7일, 그의 집에 검은 반점이 있는 송아지가 태어났다. 소 등에 있는 반점들은 문자 모양으로 마치 비문碑文처럼 보였다.[6] 그것은 "아카마로는 절의 물건을 함부로 빌려 쓰고 갚지 않은 채 죽었다. 그것을

---

1 → 옛 지방명.
2 무사시 지방武藏國 국부國府가 소재했던 곳. 그 후에 동·서·남·북 다마 군多磨郡으로 나뉘어져 현재는 서·남·북 다마 군의 3군이 남아 있음.
3 일군一郡의 장관. 차관은 소령小領. 그 소재지의 유력자가 맡았음.
4 미상.
5 고겐孝謙 천황이 즉위한 해(749년).
6 등의 반점이 문자모양으로 나 있어, 마치 비문처럼 보인 것임.

갚기 위해 소의 몸으로 다시 태어난 것이다."

라고 적혀 있었다. 그래서 이를 보고 들은 아카마로의 권속眷屬과 동료들은 이루 말할 수 없이 두려움에 떨었고, 그래서 "죄를 지으면 반드시 그 응보가 있는 법이다. 이것을 꼭 기록해 두어야 한다."라고 하며 그 문장을 기록하고,[7] 같은 해 6월 1일에 많은 사람들을 모아 놓고 그 기록을 차례로 보여 주었다. 사람들이 그것을 보고, 원래 참회懺悔[8]의 마음이 없었던 자는 처음으로 마음을 고쳐먹고 좋은 일을 행하게 되었고, 인과因果의 도리를 아는 자는 한층 더 마음 깊숙이 나쁜 짓을 저지르지 않겠다고 다짐을 했다.

실로 이것을 생각하면, 사람은 구리를 끓인 쇳물을 마실지언정 함부로 절의 물건을 먹어서는 안 된다. 이런 일이 몹시 큰 죄가 됨을 알았으면, 결코 이런 죄를 저질러서는 안 된다고 이렇게 이야기로 전하여 내려오고 있다 한다.

---

7   그 반점모양을 문자로 기록한 것임.
8   → 불교.

武蔵国大伴赤麿依悪業受牛身語第二十一

今昔、武蔵ノ国多磨ノ郡ニ大領トシテ、大伴ノ赤麿ト云者有ケリ。天平勝宝元年ト云フ年ノ十二月十九日ニ、忽ニ赤麿死ス。

次年ノ五月七日、其ノ家ニ黒斑ナル犢生レタリ。其ノ牛ノ背ニ碑文有リ。云ク、「赤麿ハ寺ノ物ヲ恣ニ借用テ、未ダ返シ不納シテ死ス。此ノ物ヲ償ハムガ為ニ、牛ノ身ヲ受タル也」ト。而ルニ、赤麿ガ眷属同寮等此レヲ見聞テ、恐ヂ怖ルヽ事無限。「罪ヲ造ツレバ、必ズ其ノ報有リ、此レ必ズ可記事也」云テ、此ノ録ヲシテ、同年六月ノ一日ノ諸ノ人ヲ集メテ、此ノ人ニ令見テ、本ヨリ懺悔ノ心無キ者ハ此レヲ見テ始テ心改メテ善ヲ行ズ。本ヨリ因果ヲ知レル輩ハ弥ヨ心ヲ染テ悪ヲ止ケリ。

実ニ此ヲ思フニ、譬ヒ銅ノ湯ヲ飲ムト云トモ、人寺ノ物ヲバ不可食ズ。此レ極テ罪有ル事也知ヌ。努々犯ス事不可有ズ、トナム語リ伝ヘタルトヤ。

기이 지방紀伊國 나구사 군名草郡 사람이 악업惡業을 지어 소의 몸을 받은 이야기

기이 지방紀伊國 사쿠라 촌櫻村의 모노노베노 마로物部麿가 야쿠오지藥王寺의 약藥을 마련할 기금용基金用 술 두 되를 빌려 썼지만 변제하지 못한 채 죽었다. 그 탓에 그가 일소로 전생轉生해서 빚을 갚게 되었다는 이야기. 소가 절의 단월檀越인 오카다노 이 와히토岡田石人의 꿈에 나타나 사건의 진상을 고했다는 설정으로 되어 있다.

이제는 옛이야기이지만, 기이 지방紀伊國[1] 나구사 군名草郡[2]의 미카미 촌三 上村[3]에 한 사찰을 건립하고 이름을 야쿠오지藥王寺[4]라고 했다. 그 후 지식知 識을 모아서[5] 많은 약藥을 마련해, 그것을 절에 비치해 두고 모든 사람들에 게 베풀었다.

그러던 중 쇼무聖武[6] 천황天皇 치세에, 그 약의 비용으로 쓸 벼[7]를 오카다

---

1 → 옛 지방명.
2 기이 지방紀伊國 국부國府가 소재했던 곳. 현재, 아마 군海部郡과 합쳐져서 가이소 군海草郡.
3 『화명유취초和名類聚抄』의 나구사 군名草郡의 향명鄕名에 없음. 다만 『헤이안유문平安遺文』 2566·구안久安 원년(1145) 11월 문서에 따르면, 나구사 군내에 미카미 원三上院(미카미노 원三上野院이라고도 함. '원院'은 곡 창소재지)이 있고, 미카미 촌三上村은 미카미 원을 중심으로 한 주변지역을 칭하는 것으로 추정. 현재의 가 이난 시海南市 가메 강龜川 일대.
4 → 사찰명.
5 선지식善知識을 권유한다는 뜻. 신자를 설득하여 정재淨財의 기진寄進, 노역勞役의 봉사 등을 권하는 것.
6 → 인명. 본권 19화에도 등장.
7 이것을 사람들에게 빌려줘 이윤을 내어, 그것을 약물 구입의 밑천으로 삼음.

노 스구리岡田村主[8]라는 자의 장모 집에 맡겨 두었다. 그런데 그 집 주인[9]이 그 벼로 술을 만들어 남에게 주고 많은 이득을 보려고 했다. 그러자 어디선가 반점斑點의 송아지가 나타나서 야쿠오지의 경내에 들어왔고, 언제나 탑 밑에 가만히 누워 있었다. 절 안 사람이 소를 쫓아내고 또 쫓아냈지만, 역시나 되돌아와서는 누워서 나가려고 하지 않았다. 사람들이 이상히 여기고 "이건 도대체 어느 집 소일까."라며 여기저기 수소문을 했지만, 누구 한 사람 자기 집 소라고 말하는 자가 없었다. 그래서 절 안 사람이 그 송아지를 붙잡아 매어두고 길렀는데, 해가 지날수록 커져서 이윽고 절의 잡일에 쓰이게 되었다. 그러던 사이 어느덧 다섯 해가 흘렀다.

그 무렵, 절의 단나檀那[10]인 오카다노 이와히토岡田石人[11]라는 자가 어느 날 꿈을 꾸었다. 그 소가 이와히토를 쫓아와 뿔로 들이받아 넘어뜨리고 발로 마구 밟았다. 이와히토는 소스라치게 놀라 비명을 질렀는데, 소가 이와히토에게 "당신은 저를 알고 있습니까?"라고 물었다. 이와히토가 "모릅니다."라고 대답하자, 소는 그와 거리를 두고 물러나서 무릎을 꿇고 땅에 엎드려 눈물을 흘리며

"저는 실은 사쿠라 촌櫻村의 모노노베노 마로物部麿입니다. 저는 전세前世에 절의 약을 마련할 기금인 술 두 되를 빌려 쓰고, 그 빚을 갚지 않은 채 죽고 말았습니다. 그 후 소로 다시 태어나 그것을 갚기 위해 이렇게 일하고 있는 것입니다. 일하는 기간은 여덟 해로 한정되어 있습니다만, 벌써 다섯 해가 흘러서 이제 삼 년이 남았습니다. 절 안 사람은 무자비하게 제 등짝을 때리며 혹사시키고 있습니다. 이루 말할 수 없이 아픕니다. 당신과 같은 단나

---

8 미상. '스구리村主'는 상대上代 성씨의 하나로, 아가타누시縣主의 배하配下로 있으며 호적·세무를 담당.
9 오카다노 스구리岡田村主의 장모를 가리킴.
10 원문에는 "단월檀越(→ 불교)". 시주施主.
11 미상. 술을 만드는 여주인의 형제임. 오카다노 스구리岡田村主와 동족同族으로 추정.

檀那가 아니면 그 어떤 사람이 이해해 주시겠습니까? 이에 당신께 아뢰는 바입니다."

라고 말했다. 이와히토가 "그리 말씀은 하셨으나 그것이 사실인지 아닌지 어떻게 압니까?"라고 말하자, 소는 "사쿠라 촌의 장녀에게 물어보면 거짓말인지 아닌지 알 수 있을 것입니다."라고 말했다. 그 장녀[12]라는 것은 술을 만드는 사람이고, 즉 이와히토의 여동생[13]이었다.

이런 꿈을 꾸고 잠에서 깬 후, 이와히토는 크게 놀라고 기이하다고 생각하여 여동생의 집으로 가서 꿈 이야기를 했다. 여동생은 그것을 듣고

"그건 정말입니다. 꿈에서 말한 대로 그 사람은 술 두 되를 빌려 쓰고, 갚지 않은 채 죽고 말았지요."

라고 말했다. 이와히토가 그것을 듣고 그 일에 대해 널리 사람들에게 이야기해 들려주었는데, 절의 승려인 조다쓰淨達[14]가 그 말을 듣고 소를 가엾게 생각하고, 소를 위해 송경誦經을 해 주었다. 그 후 소는 팔 년의 기간이 끝나자마자 자취를 감췄다. 어디로 갔는지 그 행방은 전혀 알 수 없었으며, 결국 소를 찾지 못하였으니, 정말 불가사의한 일이다.

이것을 생각해보면, 남의 물건을 빌렸으면 반드시 갚아야 한다. 하물며 절의 물건이라면 더더욱 두려워해야 한다. 사후에 이와 같이 축생畜生[15]으로 다시 태어나 보상을 한다는 것은 실로 부질없는 짓이라고 이렇게 이야기로 전하여 내려오고 있다 한다.

---

12 이 부인에 관해서는 후문에서 기술. 장녀는 원문에서는 "大娘". 이것은 장녀를 부를 때 쓰는 칭호.
13 원문에는 "妹妹". 자매 모두를 지칭하기에, 누나인지 여동생인지는 불분명함.
14 『영이기靈異記』에 "知寺の僧淨達"라고 되어 있는 것에 따르면, 야쿠오지薬王寺의 사무寺務를 담당했던 승려. 야쿠오지의 주직住職.
15 가축이란 뜻. 뜻이 바뀌어서 폭넓게 살아있는 것을 뜻하기도 함. 본권 29화 주 참조.

紀伊国名草郡人造悪業受牛身語第二十二

今昔、紀伊国ノ名草郡三上ノ村ニ一ノ寺ヲ造テ、名ヲ

薬王寺ト云フ。其後、知識ヲ引テ、諸ノ薬ヲ儲テ、其ノ寺ニ

宜テ、普ク人ニ施シケリ。

而ル間ダ、聖武天皇ノ御代ニ、其ノ薬ノ料物ヲ、岡田ノ村

主ト云者ノ如ノ家ニ宿シ置ク。而ルニ、其ノ家ノ主其ノ物ヲ

酒ニ造テ、其ヲ人ニ与ヘテ、員ヲ増シテ得ムト為ルニ、其ノ

時ニ、斑ナル小牛出来テ、薬王寺ノ内ニ入テ、常ニ塔ノ本ニ

臥ス。寺ノ人此ヲ追出スト云ドモ、猶返来テ臥テ不去。人

此ヲ怪デ、「此ハ誰ガ家ノ牛ゾ」ト、普ク尋レドモ、一人ト

シテモ我ガ牛ト云フ人無シ。然レバ、寺ノ内ノ人此レヲ捕テ、

繋テ飼フニ、牛年ヲ経テ長大シテ、寺ノ雑役ニ被仕ル。而ル

間、既ニ五年ヲ経タリ。

其時ニ、寺ノ檀越岡田ノ石人ト云ヒ者ノ夢ニ、此ノ牛、石人

ヲ追テ角ヲ以テ突キ倒シテ、足ヲ以テ踏ム。石人恐迷テ叫ブ

ニ、牛石人ニ問テ云、「汝我レヲバ知レリヤ否」ト。石人、

「不知」ト答フ。牛放退テ、膝ヲ曲メテ地ニ臥テ、涙ヲ流

シテ云ク、「我ハ此レ、桜村ノ物部麿也。我前世ニ此寺ノ薬

ノ料ノ酒一斗ヲ貸用シテ、未其ノ直不償シテ死キ。其後、

牛ノ身ニ生テ、其ノ事ヲ償ムガ為ニ被仕ル也。可被仕コト八年

ニ限レリ。而ルニ、既ニ五年ニ成ヌ。残今三年也。寺ノ人

哀レ心無クシテ、我ガ背ヲ打テ責仕フ。此レ甚痛シ。汝

檀越ニ非ズヨリハ誰ノ人カ此レヲ哀ム。此ノ故ニ我示ス」。

石人問テ云ク、「此ク示ト云ヘドモ、実否何ヲ以テカ可知」ト。

牛ノ云ク、「桜村ノ大娘ニ問テ、此虚実ヲ可知シ」ト。其

大娘ト云ハ酒造ル主也、即チ石人ガ妹也。

如此ク見テ、夢覚テ後、大キニ驚キ怪テ、妹ノ家ニ行テ、

此ノ夢ノ事ヲ語ル。妹、此ヲ聞テ云ク、「此レ実也。

其ノ人酒二斗ヲ貸用シテ、未ダ不償シテ死ニキ」ト。石人此レヲ

聞テ、普ク人ニ語ルニ、寺ノ僧浄達此ヲ聞テ、牛ヲ哀テ、

為ニ誦経ヲ行フ。其ノ後、牛既ニ八年畢テ失ヌ。更ニ行所ヲ

不知シテ、永ク不見シテ止ニケリ。実ニ此レ奇異ノ事也。

此ヲ思フニ、人ノ物ヲ借用シテ者バ、必ズ可償キ也。況ヤ仏寺

ノ物ヲバ、大ニ可恐ベシ。後ノ世ニ、如此ク畜生ト生レテ

償フ也、極テ益無事也、トナム語リ伝ヘタルトヤ。

히에이 산比叡山 요카와横川의 승려가
작은 뱀의 몸을 받은 이야기

히에이 산比叡山 요카와横川의 승려 아무개는 신심信心이 깊은 염불행자念佛行者였지만, 임종 시 선반 위의 식초 단지를 보고 망념妄念을 일으켜 단지 속의 작은 뱀으로 전생轉生한다. 제자가 꿈의 계시로 그 사실을 알게 되고, 공양을 드려 스승의 극락왕생을 빌었다는 이야기. 앞 이야기와는 이류異類로 전생했다는 점에서 연결된다.

이제는 옛이야기이지만, 히에이 산比叡山 요카와横川[1]에 한 승려가 있었다. 도심道心을 일으켜 오랜 세월 아미타阿彌陀 염불을 외며 오로지 극락왕생만을 바라고 있었다.[2] 교학敎學 방면에 있어서도 지식은 깊었지만, 오로지 한결같이 극락왕생을 빌기에 여념이 없었다. 그렇기에 다른 성인聖人들도 "이 사람은 반드시 극락왕생할 사람이다."라며 모두 존귀하게 여기고 있었다.

이렇듯 성인은 극락왕생의 소원을 한시도 게을리하는 일 없이 세월을 보내고 있었는데, 어느덧 늙어서 일흔 살[3]도 넘게 되었다. 본시 튼튼했던 몸도 걸핏하면 감기가 늘었고 식욕도 감퇴해서 체력도 점차 약해졌다. 때문에 성인은 "이제 죽을 때가 다 된 것이다."라고 각오를 하며, 전보다 한층 더 도심

---

1 → 사찰명. 요카와横川는 천태天台 정토교淨土教를 설한 겐신源信이 거주한 곳임. 이 이야기 마지막 주 참조.
2 본권 제12화의 산슈三修 선사禪師와 유사함.
3 고희古稀의 연령. 당시에는 대단한 장수長壽였음.

을 다지고, 염불을 하는 횟수도 늘려서 열심히 정진했다.

얼마 지나지 않아 중병에 걸린 성인은 병상에 누워 기력을 다하여 일심불란一心不亂으로 염불을 외웠다. 제자들에게도 "이젠 내게는 오직 염불만을 권하고, 그저 왕생에 관한 것만을 이야기 해주게."라고 말했기에, 제자들도 존귀한 일에 관한 것만을 이야기하고[4] 쉬지 않고 염불을 권했다. 이리하여 9월 20일 신시申時경[5]에 굉장히 몸이 약해진 느낌이 들었기에, 성인은 머리 맡에 아미타불阿彌陀佛을 안치하고 그 부처의 손에 오《색》[6]실을 걸었다. 그리고 그 실을 손에 쥐고 사오십 번 정도 염불을 외고는 잠이 들듯 숨을 거두었다. 그것을 본 제자들은 "오랜 염원대로 틀림없이 극락에 가셨을 거야."라고 존귀해하며 기뻐했는데, 사후 장의葬儀가 모두 끝나고 사십구일[7]도 지나자 제자들도 모두 뿔뿔이 떠나갔다.

그런데 제자들 중 한 사람이 그 승방을 물려받아 살게 되었다. 어느 날 이 새 주지가 스승인 성인이 항상 식초를 넣어두었던 작은 질그릇 단지가 헛방[8] 선반 위에 놓여 있는 것을 발견했다. 그리고 "뭐야, 돌아가신 성인이 갖고 계셨던 식초 단지가 여기 있었네. 없어진 줄 알았는데."라며 꺼내어 씻으려 했는데, 단지 안에서 뭔가 움직이는 것이 있었다. 안을 들여다보니 다섯 치 정도 되는 작은 뱀이 똬리를 틀고 있었다. 그는 무서워하며 멀리 떨어진 선반[9]에 올려 두었다.

---

4 병상의 사승師僧에게 극락정토의 장엄莊嚴이나 왕생에 관한 일 등을 들려준 것을 말함.
5 오후 4시경.
6 파손으로 인한 결자. '색色'이 들어갈 것으로 추정. 청·황·적·백·흑의 오색 실로, 그것을 아미타불阿彌陀佛의 손에 묶고, 그 한쪽 끝을 손으로 잡고 극락정토로 인도해 줄 것을 아미타불에게 청원請願한 것임.
7 초칠일부터 칠칠일의 법요法要에 이르는 49일간. 사자死者가 전생轉生할 때까지의 중유中有의 기간임.
8 원문에는 "쓰보야壺屋"로 되어 있음. 구역을 만들어 세 방향을 벽으로 둘러치고 의복·세간 등을 간수해 두는 방. 또는 사실私室·개실個室을 말하는 것으로도 보임.
9 원문에는 "마기間木". 나게시長押 위에 설치한 선반의 일종. * '나게시長押'란 일본 건축에서 기둥과 기둥 사이에 수평으로, 또 안쪽으로 댄 나무. 점차 장식재로 바뀌어감.

그러자 그날 밤 이 제자의 꿈에 죽은 성인이 나타나

"나는 너희들이 항상 봐 왔듯이, 오직 극락왕생을 바라고 염불을 외는 일 이외에는 다른 일은 하지 않았다. 임종 즈음하여 '다른 생각을 품지 말고 염불을 독송하며 숨을 거두자.'라고 생각하였는데, 선반 위에 있던 《이》[10] 식초 단지가 문득 눈에 들어온 순간 '내가 죽으면 이것을 누가 가지고 갈까?' 라고, 입으로는 염불을 외면서 마음속으로 단 한 번 생각했다. 그런데 그것을 죄라고 생각지도 않았고, 또한 안 좋은 짓을 했다고 반성도 하지 않은 채 죽었다. 그 죄로 인해 나는 이 단지 속의 작은 뱀[11]으로 다시 태어난 것이다. 지금 곧 이 단지를 위해 송경誦經의 보시布施를 해 다오. 그리고 나를 위해 간절히 불경佛經[12]을 공양해 주었으면 한다. 그렇게 하면 극락왕생을 할 수 있을 것이리라."

라고 말하고는 사라졌고, 승려는 이러한 꿈을 꾸고 잠에서 깨어났다.

그 후 그는 '그럼 이 작은 단지 속에 있는 작은 뱀은 돌아가신 성인임에 틀림없다.'라고 깨닫고, 매우 슬퍼하며 다음 날 아침 꿈의 계시대로 그 단지를 중당中堂[13]에 송경의 보시로 올렸다. 그리고 곧바로 불경을 준비해 간절히 공양을 드렸다.

이것을 생각하면 그 정도로 독실하게 믿고 숨을 거둔 성인조차도, 임종에 보잘 것 없는 것에 마음을 빼앗긴 탓에, 작은 뱀으로 다시 태어난 것이다. 하물며 처자식에 둘러싸여 죽는 사람들은, 깊은 신앙심을 일으켰다 해

---

10 원문 그대로는 의미가 통하지 않음. 이본인 구대추야본九大萩野本을 참조하여 보충.

11 집착심이 깊었기 때문에 뱀으로 전생轉生한 이야기는, 권13 제42·43화, 권14 제1·4화 등 유사한 예가 많음. 임종 시의 망집妄執이 왕생의 방해가 된다는 모티브는 권12 제33화의 조가增賀의 이야기에 잘 드러나 있음.

12 불상(불화佛畵 포함)과 경전의 의미. 단지 경전을 뜻하기도 함. 여기서는 어느 쪽으로도 해석이 가능하나 전자라고 한다면 불화佛畵와 경전을 서사書寫 공양하는 것을 의미.

13 여기서는 요카와橫川(→ 사찰명)의 중당中堂을 가리킴.

도 《비범한》[14] 불연佛緣이 아닌 이상 극락왕생이 어려울 것이라 생각하니 정말이지 슬프기 그지없다.

그러므로[15] "죽을 때는 하찮은 것들은 치워 숨기고, 부처님 이외의 것을 보아서는 안 된다."라고 요카와橫川의 겐신源信[16] 승도僧都가 말씀하셨다고 이렇게 이야기로 전하여 내려오고 있다 한다.

---

14 한자의 명기를 위한 의도적 결자. 이본인 구대추야본을 참조하여 보충.
15 이하는 이야기를 맺는 결어結語. 다만 겐신의 말은 이미 이 이야기의 출전에 기록되어 있었던 것으로 여겨짐. 이 이야기는 겐신을 중심으로 한 천태 정토교의 권내圈內에서 전승된 것으로 추정됨.
16 → 인명. 권12 제32화, 권15 제39화 참조.

比叡山横川僧受小蛇身語第二十三

今ハ昔、比叡ノ山ノ横川ニ僧有ケリ。道心発シテ、年来阿弥陀ノ念仏ヲ唱ヘテ、偏ニ極楽ニ生ト願ヒケリ。法文ノ道ニ智リ有ケレドモ、只偏ニ極楽ヲノミ願ヒテ、更ニ他ノ思無

カリケリ。然レバ、他ノ聖人達モ、「此レハ必ズ極楽ニ可生キ人也」ト皆、貴ビケリ。

而ル間、此ノ聖人此ノ思ヒ不怠ズシテ、漸ク年積テ、七十ニ余ル程ニ、身強カリキト云ヘドモ、動スレバ風発ガチニシテ、食物ナドモ衰ヘテ、力モ弱成リ持行ク程ニ、聖人、「死期ノ近ク成ヌル也ケリ」ト思取テ、弥ヨ道心ム深ク染ムデ、念仏ヲ唱フル事、員副テ緩ミ無シ。

而ル間、態ト病ニ成ニケリ。臥シ乍ラ切リニ切テ、念仏ヲ唱フ。弟子共ニモ、「今ハ偏ニ念仏フ勧メテ、他ノ事無ク云ヒ令聞ヨ」ト教レバ、弟子共貴キ事共ニテ、念仏ヲ勧ムル事隙無シ。此クテ九月ノ中ノ十日ノ程ニ、申時斗ニ、心弱ク思エケレバ、枕上ニ阿弥陀仏ヲ安置シテ、其ノ御手ニ五色ノ糸ヲ付奉テ、其レヲ引ヘテ、念仏ヲ唱フル事、四五十遍計シテ、寝入ルガ如クシテ絶入ヌ。然レバ、弟子共、「年来ノ本意不違ズ、必ズ極楽ニ参リヌ」ト貴ガリ喜テ、没後ノ事皆畢テ、七々日モ過ヌレバ、弟子共皆散々ニ去キヌ。

而ルニ、一人ノ弟子其ノ坊ヲ伝ヘテ住ケルニ、師ノ聖人ノ
常々酢入レテ置タリケル、白地ノ小瓶ノ有ケルガ、壺屋ノ棚
ニ有ケルヲ、房主見付テ、「故聖人ノ持給ヘリシ酢瓶ハ此ニ
コソ有ケレ。『失ニケルカ』ト思ヒツルニ」ト云テ、取出テ、
令洗ハシムト為ルニ程ニ、瓶ノ内ニ動ク者有リ。臨テ見レバ、
五寸計ナル小蛇蟠テ有リ。恐テ離レタル方ノ間木ノ上ニ
捧テ置ツ。

其ノ夜ノ坊主ノ夢ニ、故聖人来テ、告テ云ク、「我レハ汝ノ
達ノ見シ様ニ、偏ニ極楽ヲ願テ、念仏ヲ唱フルヨリ外ニ他ノ
事無カリキ。死ヌル剋ニ臨テ、『他ノ念無ク念仏ヲ唱ヘテ絶
入ラム』ト思ヒシ程ニ、棚ノ上ニ□ノ酢ノ瓶ノ有シヲ、不
意ニ目ニ見付テ、『此レヲ誰取ラムト為ラム』ト思ヒシニ、
念仏ヲ唱ヘ乍ラ、心ニ只一度思ヒシニ、其ヲ罪トモ不思ズシ
テ、『悪ク思ヒケリ』トモ思ヒ不返ズシテ、絶入ニキ。其ノ
罪ニ依テ、此瓶ノ内ニ小蛇ノ身ヲ受テ有ル也。速ニ此ノ瓶ヲ
以テ誦経ニ行ヘ。又懃ニ我ガ為ニ仏経ヲ可供養シ。然ラバ

極楽ニ可生シ」ト云テ失ヌ、ト見テ夢覚ヌ。

其ノ後、「然ハ、此小瓶ノ内ニ有ツル小蛇ハ、故聖人ニ
テ御ケルニコソ有ケレ」ト思フニ、極テ悲クテ、明ル朝ニ、
夢ノ告ノ如ク、小瓶ヲ中堂ニ誦経ニ奉リツ。又忽ニ仏経ヲ
儲テ、懃ニ供養ジ奉ケリ。

此レヲ思フニ、然計貴ク思ヒ取テ絶入ル聖人ソラ、何ニ況ヤ、妻子
由無キ物ニ目ヲ見入テ、小蛇ノ身ヲ受タリ。最後ニ
ノ中ニシテ死ナム人、譬ヒ心発スト云トモ、□ノ縁ニ非ズ
ハ、極楽ニ参ラム事ハ難カリナムト思ムガ悲キ也。
然レバ、「死ナム時ニハ、墓無キ物ヲバ取隠シテ、仏ヨリ
外ニ他ノ物ヲバ不可見ズ」トゾ横川源信僧都ハ語リ給ヒケル、
トナム語リ伝ヘタルトヤ。

나라奈良의 마니와노야마데라馬庭山寺의 승려가
사견邪見에 의해 뱀의 몸을 받은 이야기

마니와노야마데라馬庭山寺의 승려 아무개는 구두쇠이고 신심信心이 부족한 자였는데, 3년간 주방住坊을 출입해서는 안 된다고 유언을 하고 죽고, 그가 커다란 독뱀으로 전생轉生해서 승방 안의 금전을 지키고 있었다는 이야기. 진상을 안 제자가 남긴 재산을 큰 절로 가져가, 앞 이야기와 마찬가지로 송경誦經의 보시布施로 공양하여 멸죄滅罪의 기원을 드린다. 권14 제1화 참조.

이제는 옛이야기이지만,[1] 나라奈良에 마니와노야마데라馬庭山寺[2]라는 절이 있었는데, 그 산사에 한 승려가 살고 있었다. 오랜 세월 이 절에 살며 열심히 수행을 쌓고 있었지만, 지혜가 부족한 탓에 사견邪見[3]이 깊고 남에게 뭔가를 주는 것을 아까워하여, 무엇 하나 주려고 하지 않았다.

이렇게 세월을 보내는 사이 승려도 이젠 늙고 병들어 드디어 임종을 맞이하게 되었다. 그는 제자를 가까이 불러 "내가 죽더라도 삼 년 동안 이 승방 문을 열어서는 안 된다."라고 유언하고 바로 죽고 말았다.

그 후 제자는 스승의 유언대로 승방 문을 열려고 하지 않았는데, 이레[4]가

---

1 『영이기靈異記』는 "쇼무聖武 천황天皇의 치세에"라고 함.
2 → 사찰명.
3 → 불교.
4 첫 칠일에 해당하는 날임.

지나 어쩌다 승방을 보니, 커다란 독사가 승방의 문에 똬리를 틀고 있었다. 제자는 이를 보고 소스라치게 놀라며

'필시 내 스승이 사견邪見 때문에 이 독뱀으로 전생轉生하신 것에 틀림없다. 스승의 유언은 삼 년 동안 승방 문을 열어서는 안 된다고 하였지만, 스승을 교화敎化[5]해 드려야겠다.'

라고 생각하고 곧바로 승방 문을 열어보았다. 그러자 헛방[6] 안에 돈 서른 관貫[7]이 숨겨져 있었다. 이를 발견한 제자는 즉시 그 돈을 가지고 큰 절로 가서 그것을 송경誦經의 보시布施로 삼아, 스승의 죄보罪報 소멸을 빌었다. 그리고

'스승이 돈을 탐내고 인색하였기 때문에, 독뱀으로 다시 태어나 재차 돈을 지키게 된 것이구나.'

라는 사실을 분명히 알았다. 그 때문에 "삼 년간 승방 문을 열어서는 안 된다."라고 유언한 것이었다.

이것을 생각하면 이 일은 실로 어리석은 짓이다. 사람들은

"살아있을 때 돈을 아깝다고 생각했더라도, 그 돈으로 삼보三寶를 공양하고 공덕功德을 닦았더라면 절대 독뱀으로 태어나지 않았을 텐데."라고 이야기했다고 이렇게 이야기로 전하여 내려오고 있다 한다.

---

5 불도佛道를 설說해서 사람을 좋은 길로 인도하는 것. 여기서는 사승師僧이 사도蛇道에서 벗어나 전생轉生하기를 기원하는 교화敎化임.
6 원문은 "쓰보야壺屋". 앞 이야기와 마찬가지로 소중한 물품·금전 등을 숨겨두는 데에 편리한 곳임. 본권 제23화 주 참조.
7 1관貫은 돈 천 문千文에 해당.

奈良馬庭山寺僧依邪見受蛇身語第二十四

今昔、奈良ニ馬庭山寺ト云フ所有リ。其ノ山寺ニ一人ノ僧住ケリ。

年来其ノ所ニ住テ勤ニ勤メ行フト云ヘドモ、智リ無ガ故ニ邪見ノ心深クシテ、人ニ物ヲ惜テ与フル事無カリケリ。

此クテ年来ヲ経ルニ、僧既ニ老ニ臨デ、身ニ病ヲ受テ、遂ニ命終ラムト為ル時ニ、弟子ヲ呼テ、告テ云ク、「我レ死テ後、三年ニ至ラムマデ、此坊ノ戸ヲ開ク事無カレ」ト云テ、即チ死ヌ。

其後、弟子師ノ遺言ノ如ク坊ノ戸ヲ開ク事無クシテ、見ル二、七日ヲ経テ、大ナル毒蛇有テ、其坊ノ戸ニ蟠レリ。弟子此レヲ見テ、恐ヂ怖レテ思ク、「此ノ毒蛇ハ必ズ我ガ師ノ邪見ニ依テ、毒蛇ノ身ヲ受ケムヤ」トゾ人語ケル、トナム語リ伝ヘタルトヤ。

「戸ヲ不可開ズ」ト云ヘドモ、師ヲ教化セム」ト思ニ、忽ニ坊ノ戸ヲ開テ見レバ、壺屋ノ内ニ、銭三十貫ヲ隠シ納タリケリ。

弟子此レヲ見テ、其銭ヲ以テ、忽ニ大寺ニ持行テ、誦経ニ行テ、師ノ罪報ヲ訪フ。実ニ、「師ノ、銭ヲ貪テ此レヲ惜ムニ依テ、毒蛇ノ身ヲ受テ、返テ其ノ銭ヲ守ル也ケリ」ト知ヌ。

此レニ依テ、「三年坊ノ戸ヲ不可開ズ」トハ遺言シケル也ケリ。

此ヲ思フニ、極メテ愚ナル事也。「生タリシ時、銭ヲ、『惜シ』ト思フト云ドモ、其ノ銭ヲ以テ、三宝ヲ供養ジ、功徳ヲ修ラバ、当ニ毒蛇ノ身ヲ受ケムヤ」トゾ人語ケル、トナム語リ伝ヘタルトヤ。

옛 도읍古京 사람이 구걸하는 사람을 때려
현보現報를 받은 이야기

어리석고 신심信心이 없는 남자가 걸식승乞食僧을 구타하려다 주박呪縛을 당했는데,
두 아들이 승려를 초청하여 『법화경法華經』을 독송한 공덕功德으로 풀려나게 되고, 신
심을 일으켜 승려에게 예배한 이야기. 걸식승이더라도 경멸해서는 안 된다고 훈계하
고 있다. 앞 이야기와는 사견불신邪見不信의 죄로 서로 연결된다.

이제는 옛이야기이지만, 옛 도읍古京 시절¹에 한 남자가 있었다. 그는 마
음이 어리석어 인과因果의 도리²를 믿지 않았다.

어느 날, 한 걸식승乞食僧이 남자 집에 찾아왔다. 남자는 걸식승을 보자마
자 대뜸 크게 화를 내며 때리려 했다. 걸식승이 달아나 논의 물 속으로 뛰
어 들었지만, 남자가 따라와 마구 때렸다. 걸식승은 견디다 못해 평소 수지
受持³하던 진언眞言⁴을 외며 '본존本尊⁵이시여, 제발 구해 주십시오.'라고
마음속으로 빌었다. 그러자 갑자기 남자가 주박呪縛⁶을 당했다. 그 탓에 남

---

1   『영이기靈異記』의 "고경故京"을 답습한 것으로, 헤이조 경平城京 이전의 아스카飛鳥·후지와라 경藤原京을 가
    리킴. 『관음이익집觀音利益集』에는 "나라 경奈良京".
2   불교에서 설하는 인과응보의 도리.
3   * 경전이나 계율 등을 항상 잊지 않고 머리에 새겨 가지는 것.
4   평소 독송하여 신앙하는 주문呪文(진언眞言·다라니陀羅尼 주문의 일종).
5   신앙의 주된 대상이 되는 부처, 보살菩薩.
6   권20 제6화 주의 '천박天縛'과 같은 뜻임.

자는 갑자기 이리저리 날뛰며 뒹굴고 몸부림쳤고, 그 사이 걸식승은 도망쳐 버렸다.

남자에게는 두 아이가 있었는데, 그들이 아버지가 주박당한 것을 보고 구해 주고자 인근의 승방에 가서 덕이 높은 승려에게 와 주시기를 부탁드렸다. 그 승려는 "무엇 때문에 나를 찾는 겐가?"라고 말했다. 아들이 자초지종을 자세히 이야기하자, 승려는 겁을 내며 가지 않으려 했다. 하지만 두 아이들이 어떻게든 아버지를 구해 보려고 예를 다하여 열심히 청원을 하자, 승려가 마지못해 가게 되었다. 아버지는 그 사이에도 미쳐서 마구 날뛰고 있었다. 그런데 승려가 『법화경法華經』의 보문품普門品[7] 첫 단段을 읊자마자 별안간 아버지의 주박이 풀렸다. 그래서 아버지는 진심으로 발심하여 승려에게 예배했고, 두 아이들도 기뻐하며 예배하고 공경하였다.

그러므로 걸식승을 경멸하여 때리는 일은 설사 장난이라도 결코 해서는 안 된다고 이렇게 이야기로 전하여 내려오고 있다 한다.

7 → 불교.

古京人打乞食ヲ感ル現報ヲ語第二十五

今昔、古京ノ時ニ一ノ人有ケリ。心愚ニシテ因果ヲ不信

ザリケリ。

而ル間、乞食ノ僧有テ、其ノ人ノ室ニ至レリ。其ノ人乞食
ヲ見テ、嗔ヲ成シテ打ムト為レバ、乞食逃テ田ノ水ノ中ニ走
リ入ルヲ、此人追テ打ツ時ニ、乞食佗テ持ツ所ノ呪ヲ誦シテ、
「本尊助ケ給ヘ」ト念ズ。而ル間、此ノ人忽ニ被縛ヌ。然バ、
俄ニ東西ニ走転テ、倒レ迷フ。乞食ノ僧ハ逃テ去ヌ。

其ノ人ニ二人ノ子有ケリ。父ガ被縛タルヲ見テ、此ヲ助ケン
ト思テ、僧ノ坊ニ行テ、貴キ僧請ズルニ、僧ノ云ク、「何ニ
依テ請ズルゾ」ト。此由ヲ具ニ答フルニ、僧此レヲ恐レテ不
行ズ。然レ共、二人ノ子父ヲ助ケンガ為、強ニ縛被解
バ、僧恣ニ行ヌ。其間ニ父狂ヒ迷フ事無限シ。而ルニ、僧
法花経ノ普門品ノ初ノ段ヲ誦シケレバ、忽ニ縛被解ニケレ、
父心ヲ至シ信ヲ発シテ、僧ヲ礼拝シケリ。二人ノ子又喜テ
礼拝恭敬シケリ。
然レバ、努々乞食ヲ慢リ打ツ事、戯ニテモ可止シ、トナム
語リ伝ヘタリトヤ。

시라카베노 이마로^{白髮部猪麿}가 구걸하는 사람의 바리때를 깨뜨려 현보^{現報}를 받은 이야기

빗추 지방備中國 오다 군小田郡의 시라카베노 이마로白髮部猪麿가 탁발하는 걸식승乞食僧을 때리고 바리때를 깨뜨려 쫓아낸 응보로 인해, 후일 용무를 위해 외출하였을 때 비바람을 피해 들른 창고가 무너져 압사한 이야기. 앞 이야기와 마찬가지로 걸식승을 박해한 사견불신邪見不信한 자가 현세現世에서 악보惡報를 받은 이야기로, 보시布施를 권장하고 걸식승이라 하더라도 멸시해서는 안 된다고 이야기한다.

　이제는 옛이야기이지만, 빗추 지방備中國[1] 오다 군小田郡[2]에 시라카베노 이마로白髮部猪麿[3]라는 자가 있었다. 마음에 사견邪見[4]이 가득하여 삼보三寶[5]를 믿지 않으려고 했고, 남에게 보시布施하려는 마음 역시 조금도 없었다.

　어느 날 걸식승乞食僧이 이마로猪麿 집에 찾아와 먹을 것을 청했다. 이마로는 보시를 하기는커녕 걸식승에게 욕을 하며 때렸고, 그가 갖고 있던 바리때를 부수고 쫓아내고 말았다. 그 후 이마로는 어떤 용무가 생겨서 다른 마

1　→ 옛 지방명.
2　현재의 오카야마 현岡山縣 오다 군小田郡.
3　미상. 시라카베白髮部는 상대上代부터의 씨족으로, 그 유래에 관해서는 『고사기古事記』 하下 유랴쿠雄略 천황天皇 조條 '시라가미白髮 태자太子란 어명御名이 되니, 시라카베白髮部라고 정하게 되었다.'라고 보임. 그 후 고닌光仁 천황의 휘諱 시라카베白壁와 같은 음이라서, 연력延曆 4년(785)에 마카베眞髮部라고 개칭(『속일본기續日本紀』).
4　→ 불교.
5　→ 불교.

을로 가고 있었다. 그런데 도중에 갑자기 비가 쏟아지고 바람이 불기 시작했다. 이마로는 더 이상 갈 수가 없어서, 잠시 근처에 있는 남의 곳간의 처마 아래로 들어가 비바람이 멈추길 기다리고 있었다. 그런데 갑자기 곳간이 무너졌고, 이마로는 그 밑에 깔려 죽고 말았다. 처자식과 권속眷屬들에게 훗일에 대해서 무엇 하나 말해두지도 못한 채, 예기치 못한 죽음을 당했기에 이를 보고 들은 사람들 모두 "이것은 걸식승에게 보시도 하지 않고 욕하며 때리고, 바리때를 부순 벌임에 틀림없다."라고 깨닫고, 현보現報[6]를 받은 것이라고 비난했다고 한다.

그러므로 걸식승을 보면 많든 적든 자진해서 기꺼이 보시해야 한다. 하물며 욕하며 때리는 일은 결코 해서는 안 된다. 걸식승이라 하더라도 모두 삼보三寶[7]에 속한 것이다. 특히 걸식승 중에야말로 예나 지금이나 불보살佛菩薩이 권화權化한 분이 계시다고[8] 이렇게 이야기로 전하여 내려오고 있다한다.

---

6 → 불교.
7 → 불교.
8 다음 이야기인 제27화에도 유사한 결어結語가 보임.

白髪部猪麿打破乞食鉢ヲ感ル現報ヲ語第二十六

今昔、備中ノ国小田ノ郡ニ、白髪部ノ猪麿ト云者有ケリ。
心邪見ニシテ、三宝ヲ不信ズ。又人ニ物ヲ与フル心無カリ
ケリ。

而ル間、乞食ノ僧有テ、猪麿ガ家ニ至テ師ヲ乞フ。猪麿物
ヲ不施ズシテ、乞食ヲ罵リ打テ、其ノ乞食ノ持タル鉢ヲ打破
テ、追ヒ去ヌ。其ノ後、要事有テ他ノ郷ニ行ク間、途中ニ
シテ、俄ニ雨降風吹ク。然レバ、行ク事不能テ、暫ク人ノ倉
ノ有ル下ニ立寄テ、雨風ノ止ヲ待ツ間ニ、其ノ倉俄ニ倒レヌ。
然レバ、猪丸打チ被厭テ死ヌ。妻子眷属ニ思フ事ヲモ云ヒ不
置ズシテ、思ヒ不懸ズシテ死ヌレバ、「此レ他ニ非ズ。乞食
ニ物ヲ不施ズシテ、罵リ罸テ、鉢ヲ打破レル咎也」ト知テ、
此レヲ見聞人皆現報ヲ感ゼル事ヲゾ謗ケル。

然レバ、乞食ヲ見テハ、喜テ多少ヲ不嫌ズ、怠テ物ヲ可施
シ。何況ヤ、罵リ罸ム事ヲバ、努々可止シ。乞食ト云ヘド
モ、皆三宝ノ内也。其ノ中ニモ、乞食ノ中ニコソ、古モ今モ
仏菩薩ノ化身ゾ在、ナム語リ伝ヘタリトヤ。

나가야長屋 친왕親王이 사미沙彌를 때려
현보現報를 받은 이야기

나가야 왕長屋王이 간고지元興寺의 대법회大法會에서 먹을 것을 구걸하는 사미沙彌를
때려서 상처 입힌 응보로, 모반謀反을 꾀하고 있다는 참소를 당하고, 쇼무聖武 천황天
皇의 칙명에 의해 자손들까지 모두 주살된 이야기. 나가야 왕의 유골의 저주를 통해,
나가야의 원령怨靈이 어령신御靈神[1]이 된 사실을 엿볼 수 있다.

이제는 옛이야기이지만, 쇼무聖武 천황天皇의 치세로 나라奈良에 도읍이
있던 시절, 천황은 천평天平 원년[2] 2월 8일을 정하여, 좌경左京의 간고지元興
寺[3]에서 성대한 법회法會를 열고 삼보三寶를 공양하셨다. 그때, 당시의 태정
대신太政大臣[4]인 나가야長屋 친왕親王[5]이라는 사람이 어명을 받들어 여러 승
려들을 공양했다.

그때 한 사미沙彌[6]가 있었는데, 무례하게도 공양 밥을 담고 있는 곳으로
가서 바리때를 받쳐 들고 밥을 청했다. 이를 본 친왕이 사미를 쫓아내려고

1 　* 사람이 원한을 품고 죽어 사후 다른 사람에게 지벌을 내린다는 원령.
2 　729년. 개원改元은 8월 5일로, 2월 8일은 신귀神龜 6년. 당일의 간고지元興寺 법회法會는『속일본기續日本紀』
　　에 보이지 않음.
3 　→ 사찰명.
4 　바르게는 좌대신左大臣.
5 　→ 인명. 정사正史에서는 나가야 왕長屋王이지만, 나가야 왕가王家의 집에서 발굴된 목간木簡에 "나가야 친
　　왕親王"이라고 쓰여진 것이 있음.
6 　→ 불교. 여기서는 반승반속半僧半俗의 사도승私度僧(자도승自度僧)을 가리킴.

마구 구타를 하여, 사미는 머리에 상처를 입고 피를 흘렸다. 사미는 머리를 감싸 쥐고 피를 연신 닦으며 슬퍼하며, 어느샌가 홀연히 모습을 감추었다. 어디로 갔는지 전혀 행방을 알 수가 없었다. 법회에 열석하고 있던 승속僧俗들이 이 일을 듣고 뒤에서 나가야 친왕을 비난했다.

그 후 나가야를 시기하는 사람[7]이 천황에게

"나가야는 왕위를 무너뜨리고 나라를 뺏고자 하고 있습니다. 그러므로 천황께서 그처럼 선근善根을 쌓으시던 날에 그런 악행을 저지른 것입니다."

라고 참언讒言을 했다. 천황은 이를 들으시고 크게 노하시며 많은 군사[8]들을 보내 나가야의 집을 포위하게 했다. 그러자 나가야는 스스로

'나는 이렇다 할 죄를 저지르지도 않았는데 이런 책망을 당하다니, 필시 죽임을 당할 것이리라. 하지만 다른 이에게 죽느니 □□□[9] 차라리 자결하는 게 낫다.'

라고 생각하고, 먼저 자손들에게 독약을 먹여서 죽이고 그 후 나가야 자신도 독약을 마시고 죽었다.[10]

천황은 이를 들으시고 사람을 보내 나가야의 유해[11]를 도읍 밖으로 가져가서[12] 불태워 강물에 던져 바다로 흘려보냈다. 그런데 흘려보낸 그 뼈가 도

7　『속일본기』 천평天平 원년(729) 2월 10일 조條에, 참자讒者를 좌경인左京人 종칠위하從七位下인 누리베노 얏코키미타리漆部造君足와 무위無位 나카토미노미야코노 아즈마비토中臣宮處東人 등이라 함. 주모자는 후지와라노 무치마로藤原武智麻呂 등 후지와라 가문의 세력이었음.

8　후지와라노 우마카이藤原宇合를 주장主將으로 하는 육위부六衛府의 군사가 나가야 왕의 집을 포위했음(『속일본기』).

9　이 공란은 알 수 없음. 위아래의 문의文意가 잘 통하여 결자缺字를 상정할 필요가 없음.

10　천평 원년 2월 12일, 나가야 왕 자신 이하, 정실인 기비吉備 내친왕內親王, 자식인 가시와데 왕膳王·구와타 왕桑田王·가쓰라기 왕葛木王·가기토리 왕鉤取王 등이 자결함(『속일본기』).

11　『속일본기』에 의하면, 자결 다음 날 나가야 왕과 정실인 기비 내친왕의 유해는 야마토 지방大和國 헤구리 군平群郡 이코마 산生馬山(生駒山)에서 장사가 치러졌다고 하는데, 본집에서는 나가야의 원령怨靈의 신격화를 전하는 설화로서 전승된 것으로 판단됨.

12　나가야 왕의 유해를 태워 그 뼈 가루를 도읍 밖 멀리 떠내려 보낸 것은, 왕의 영혼이 부활하는 것과 원령怨靈의 저주를 두려워했기 때문임. 유사한 예는 권26 제9화에도 보임.

170

사 지방土佐國에 도달했고, 그 지방의 많은 백성[13]들이 죽는 일이 일어났다. 백성들은 이를 두려워하여 "나가야의 악심惡心의 사기邪氣 때문에 이 지방의 수많은 백성들이 죽고 말았습니다."라고 아뢰었다. 천황은 이 일을 들으시고 나가야의 《뼈》[14]를 도성에서 더 멀리 떨어지게 하려고, 기이 지방紀伊國[15] 아마 군海部郡[16] 하지카미枌抄의 먼 외딴 섬[17]에 두었다. 이를 보고 들은 사람들은 "죄도 없이 그 사미를 처벌하여 호법신護法神[18]이 노하셨기 때문이다."라고 말했다.

그러므로 머리를 깎고 가사袈裟를 입은 승려에게는 옳고 그름과 귀천貴賤을 따지지 말고 삼가 공경해야 하는 법이다. 이런 승려들 중에 권자權者[19]가 그 몸을 숨기고 함께 하고 계심을 알아야 한다고 이렇게 이야기로 전하여 내려오고 있다 한다.

---

13 원문은 "百姓". 상대上代 때 노비를 제외한 인민에게 성을 주었는데, 결국 온갖 성을 가진 자들이란 의미로, 인민을 칭하는 말이 됨. 『부상약기扶桑略記』 동일同日 조에, "그때 백성들이 많이 죽었다. 세간에서 말하길, 나가야 대신大臣을 죽였기 때문이라 한다."라고 보인다. 나가야 왕의 사예死穢(* 죽음의 부정不淨)를 꺼리고, 원령의 저주를 두려워하고 있던 것을 알 수 있음.

14 파손으로 인한 결자로 추정. 앞서 나온 '뼈骨'가 들어갈 것으로 추정됨.

15 → 옛 지방명.

16 나구사 군名草郡과 합쳐서 현재 가이소 군海草郡.

17 → 지명. 외딴섬에 개장改葬해서 원령을 가두고 넋을 달랜 것.

18 '호법護法'(→ 불교).

19 불보살佛菩薩의 화신化身. 권화權化·권현權現·화인化人과 같은 뜻임.

長屋ノ親王罸沙弥感ル現報ヲ語第二十七

今昔、聖武天皇ノ御代ニ、奈良ノ宮ノ時、天皇天平元年ト云フ年ノ二月八日ヲ以テ、左京元興寺ニシテ、大キニ法会ヲ儲テ、三宝ヲ供養ジ給フ。大政大臣ニテ長屋ノ親王ト云フ人、勅ヲ奉テ諸僧ヲ供養ズ。

其ノ時ニ、一人ノ沙弥有テ、藍ガハシク此ノ供養ノ飯ヲ盛ル所ニ行テ、鉢ヲ捧テ飯ヲ乞フ。親王此レヲ見テ、沙弥ヲ追ヒ打ツ間ニ、沙弥ノ頭ヲ打破リ、血流ル。沙弥ノ頭ヲ摩血巾テ、泣キ悲デ忽ニ失ヌ。更ニ行方ヲ不知。法会ニ臨メル道俗此ノ事ヲ聞テ、窃ニ長屋ノ親王ヲ謗ケリ。

其ノ後、長屋ヲ嫌ク思フ人有テ、天皇ニ讒シテ云ク、「長屋ハ、『王位ヲ傾ケ国位ヲ奪ム』ト思フニ依テ、此ク天皇善根ヲ修シ給フ日、不善ヲ行ズル也」ト。天皇此ヲ聞キ給テ、嗔ヲ成テ、数ノ軍ヲ遣シテ、長屋ノ家ノ令衛ム。其ノ時ニ、長屋自ラ思ハク、「我罪無クシテ、此ク咎ヲ蒙レリ。必死ナムトス。而ルニ、他ノ為ニ我被殺ムヨリハ□不如ジ、只自害ヲセム」ト思テ、先ヅ毒ヲ取テ子孫ニ令服テ、即チ殺シツ。

其ノ後、長屋又自ラ毒ヲ服シテ死ヌ。

天皇此レヲ聞給テ、人ヲ遣シテ、長屋ノ屍骸ヲ取テ、城ノ外ニ棄テ焼テ、河ニ流海ニ投ツ。而ルニ、其骨流レテ土佐国ニ至ル。其ノ国ノ百姓多ク死ヌ。百姓此レヲ愁ヘ申シテ云ク、「彼ノ長屋ノ悪心ノ気ニ依テ、此国ノ百姓多ク可死シ」ト。天皇此レヲ聞給テ、王城ヲ遠ク去ラ為ニ、彼長屋ノ□ヲ、紀伊国ノ海部ノ郡ニ桝抄ノ奥ノ島ニ置ク。此レヲ見ヲ聞テ人、「彼ノ沙弥ヲ咎ガ無クシテ罸セルヲ、護法憶ミ給ヘル故也」トゾ云ケル。

然レバ、頭ヲ剃リ袈裟ヲ著タラム僧ヲバ、善悪ヲ不嫌ズ貴賤ヲ不撰ズ、頭ヲ剃リ、恐可敬キ也。其ノ中ニ権者身ヲ隠シテ、交リ給フ、可知シ、トナム語伝ヘタリトヤ。

172

야마토 지방大和國 사람이 토끼를 잡아
현보現報를 받은 이야기

살생殺生을 일삼았던 야마토 지방大和國의 아무개가, 날가죽을 벗겨 토끼를 죽인 응보로 전신에 독창毒瘡이 짓물러 죽은 이야기. 앞 이야기와는 살상殺傷의 죄로 인해 죽음의 현보現報를 받았다는 점에서 연결된다.

이제는 옛이야기이지만, 야마토 지방大和國¹ □□군郡²에 한 남자가 살고 있었다. 그는 천성이 난폭하고 자비심이라곤 전혀 없었다.³ 자나 깨나 동물을 죽이는 것만을 즐겼고, 그것을 업으로 삼았다.

어느 날 이 남자가 들에 나가 토끼를 잡아서 산 채로 가죽을 벗기고, 시체를 들에 내버려 두었다. 그 후 며칠 지나지 않아서 남자의 온몸에 악성 종기가 퍼졌고, 피부가 온통 썩고 짓물러 아파 마냥 울부짖었다. 의사를 불러 약으로 치료했지만, 아무리 해도 낫지 않았고, 며칠이 지나서 남자는 결국 죽고 말았다. 이를 보고 들은 사람들은 "이건 다름 아닌, 그 토끼를 죽였기 때문에 현보現報⁴를 받은 것이다."라며 비난했다.

---

1   → 옛 지방명.
2   군명 명기를 위한 의도적 결자.
3   성질이 거칠고 자비심이 없는 것은 반불법反佛法적인 자들의 특색임.
4   → 불교.

이것을 생각하면 살생은 사람에게는 단지 놀이에 불과하지만, 동물이 목숨을 아끼는 것은 사람 이상이다. 그러므로 자기 목숨을 아까워하는 마음은 동물에게도 똑같이 있음을 생각하고, 살생을 반드시 멈춰야 한다고 이렇게 이야기로 전하여 내려오고 있다 한다.

大和国人捕菟感現報語第二十八
やまとのくにのひとうさぎをとらへてげんぼうをかむることだいにじふはち

今昔、大和国、□郡ニ住人有ケリ。心猛クシテ、永ク哀ビノ心無カリケリ。只好テ昼夜ニ生命ヲ殺ス事ヲ業トシケリ。

而ル間、其ノ人野ニ出テ、菟ヲ捕テ、生乍ラ菟ノ皮ヲ剝テ、体ヲバ野ニ放チケリ。其後、此ノ人幾ノ程ヲ不経シテ毒ノ瘡身ニ遍シテ、膚乱レ爛レテ、痛ミ悲ム事無限。医師ヲ呼テ、薬ヲ以テ療治スト云ヘドモ、叶フ事無シテ、日来ヲ経テ、遂ニ死ニケリ。此ヲ見聞ク人、「此レ、他ノ事ニ非ズ。彼ノ菟

ヲ殺セルニ依テ現報ヲ蒙ル也」トゾ云ヒ謗ケル。

此レヲ思フニ、殺生ハ人ノ遊ビ戯レノ態ナレドモ、生類ノ命ヲ惜ム事ハ人ニハ増ル也。然レバ、我ガ命ヲ惜ヲ以テ、彼レガ心ニ准ヘテ、永ク殺生ヲバ可止シ、トナム語リ伝タリトヤ。

가와치 지방河內國의 사람이
말을 죽여 현보現報를 받은 이야기

참외를 내다 파는 이와와케石別가 수차례 짐말을 혹사시켜 죽인 응보로 가마솥의 열탕에 두 눈을 빠뜨렸다는 이야기. 앞 이야기에 이어서 살생에 의한 악보惡報를 이야기한다.

이제는 옛이야기이지만, 가와치 지방河內國¹ □□²군郡에 살고 있는 사람이 있었다. 이름은 이와와케石別라고 했고, 참외³를 농사지어 그것을 내다팔며 생활하고 있었다.

어느 날, 이와와케가 말에 참외를 싣고서 팔러 가려고 했다. 그런데 말이 짊어질 수 없을 정도로 많은 참외를 실었다. 그래도 말은 이것을 짊어 메고 갔는데, 도중에 도저히 견디지 못하고 멈춰서고 말았다. 이를 본 이와와케는 불같이 화를 내며 말에 채찍을 휘둘러 계속 그 무거운 짐을 메고 가게 하니, 말은 두 눈에서 눈물을 흘리며 슬퍼했다. 하지만 이와와케는 원래 자비심이 조금도 없는 자였던 탓에 말을 마구 때리며 걷게 했다. 그리하여 참외

---

1 → 옛 지방명.
2 군명 명기를 위한 의도적 결자.
3 야마토 지방大和國은 참외의 명산지로 알려져 있는데, 이웃한 가와치 지방河內國에서도 생산되고 있었던 것으로 판단됨. 권28 제40화, 「우지 습유宇治拾遺」133 참조.

는 다 팔았지만, 화가 덜 풀린 이와와케는 그 말을 죽이고 말았다. 이렇게 말을 죽이는 일이 몇 번이고 반복되었다.

그 후 어느 날, 이와와케는 집에서 가마솥⁴에 물을 끓였다. 이와와케가 그곳으로 가서 가마솥에 다가서는 순간, 두 눈⁵이 갑자기 빠져 떨어져서 가마솥 안으로 들어가 익고 말았다. 이와와케는 비탄에 잠겼지만 이미 어쩔 수가 없었다. 사람들은 모두 "이건 분명 이와와케가 여러 번 말을 죽인 죄로 인해 현보現報를 받은 것이다."라고 하며 비난했다.

이것을 생각하면 축생畜生⁶이라 하더라도, 그것은 모두 자신의 전세前世에서의 부모이다. 그러니 살생은 반드시 그만둬야 한다. 이를 지키지 않았기에 현세에서 곧바로 그 응보를 받은 것이다. 이것을 보면 이 남자의 후세後世의 고통 또한 미루어 짐작된다고 이렇게 이야기로 전하여 내려오고 있다 한다.

4　원문에는 '가나에釜'. 물을 끓이거나 뭔가를 삶을 때 쓰는 금속용기. 가나에鼎(아시가나에足鼎 * 발이 달린 솥)가 아닌, '마로가나에圓鼎(* 바닥이 둥근 솥)'로, 오늘날의 가마솥.
5　말의 슬픈 두 눈에 대응하여 이와와케石別는 두 눈을 잃는 응보를 받게 된 것임.
6　축생畜生을 전세前世의 부모로 보는 견해는 윤회사상輪廻思想에서 유래함. 권16 제4화, 권19 제3화 참조. '축생' → 불교.

河内国人殺馬得現報語第二十九

今昔、河内ノ国、□郡ニ住ム人有ケリ。名ヲバ石別ト云ケリ。瓜ヲ造テ、此レヲ売テ世ヲ過シケリ。

然レバ、馬ニ瓜ヲ負セテ売ラムガ為ニ行カムトシテ、瓜ヲ負スルニ、馬ノ可負キ力ニ過テ、此レヲ負セタリ。馬此レヲ負テ行ニ、不堪ネバ、石別此レヲ見テ、大キニ嗔テ、馬ヲ打テ、猶重キ荷ヲ負スルニ、馬二ノ目ヨリ涙ヲ流シテ、悲ブ気色有リト云ヘドモ、石別哀ビノ心無キガ故ニ、

追ヒ打テ行テ、瓜ヲ売リ畢ヌレバ、嗔ノ心不止ズシテ、其ノ馬ヲ殺シツ。如此シテ馬ヲ殺ス事既ニ度々ニ成ヌ。

其ノ後、石別我家ニシテ釜ニ湯ヲ沸スニ、石別其ノ所ニ行テ、釜ノ辺ニ至ルニ、石別ガ二ノ眼忽ニ抜テ、釜ニ入テ煮ユ。此レヲ歎キ悲ブト云ヘドモ、更ニ力無シ。「此偏ニ度々馬ヲ殺セル咎ニ依テ現報ヲ感ゼル」トゾ皆人云ヒ謗ケル。

此ヲ思フニ、畜生也ト云ヘドモ、皆我ガ前ノ世ノ父母也、殺生ハ尤可止シ。現報得タル事如此シ。此ヲ以テ、後世ノ苦ヲバ思ヒ可遣シ、トナム語リ伝ヘタリトヤ。

이즈미 지방和泉國 사람이 새알을 구워 먹고 현보現報를 받은 이야기

이즈미 지방和泉國의 사견불신邪見不信한 남자가 새알을 구워 먹는 것을 즐긴 응보에 의해, 명계冥界의 병사에 의해 산속의 보리밭으로 연행되어, 초열焦熱의 대지大地에 불타 죽었다는 이야기. 앞 이야기와 마찬가지로 살생殺生의 죄로 죽음의 현보現報를 받았다는 이야기. 참고로 『명보기冥報記』 하·8에 수록된 중국 기주冀州의 소아小兒 이야기(본집 권9 제24화에 수록)와 구조 및 내용이 동일하며, 그것이 이 이야기의 원형으로 간주된다. 『영이기靈異記』 성립 이전에는 이러한 외국설화의 번안飜案 또는 국풍화國風化가 행해지고 있었던 사실을 미루어 짐작할 수 있다.

이제는 옛이야기이지만, 이즈미 지방和泉國[1] 이즈미 군和泉郡[2] 시모노아나시下痛脚 촌村[3]에 한 남자가 있었다. 남자는 마음 속에 사견邪見이 가득 찼고, 인과因果[4]의 도리를 알지 못한 채 언제나 새의 알을 구해 구워 먹기를 일삼았다.

그런데 천평승보天平勝寶 6년[5] 3월경, 낯선 사람이 이 남자의 집을 찾아왔

---

1 → 옛 지방명.
2 나중에 이즈미기타泉北·이즈미미나미泉南의 두 군郡으로 분할되었음.
3 원래 오사카 부大阪府 이즈미기타 군泉北郡 아나시穴師 촌村, 현재의 이즈미오쓰 시泉大津市에 속함.
4 → 불교.
5 고겐孝謙 천황天皇의 치세. 754년.

다. 모습을 보니 병사兵士[6] 차림을 하고 있었다. 그자가 남자를 불러내어 "국사國司[7] 님이 부르신다. 즉시 나를 따라오너라."라고 말했다. 그래서 남자는 병사를 따라갔는데, 길을 가면서 병사를 자세히 보니 허리에 네 척尺[8] 정도의 목패木牌를 차고 있었다. 이윽고 군내郡內의 야마타에山眞[9] 마을에 이르자 산기슭에 보리밭이 있었다. 병사가 그 속으로 남자를 떠밀어 넣자, 곧 병사는 보이지 않게 되었다.[10] 한 정町[11] 남짓 밭에 보리가 두 척 정도의 높이로 자라 있었다. 그때 갑자기 지면이 새빨간 불바다가 되어, 남자가 발을 디딜 곳조차 없게 되었다. 남자는 온 밭을 뛰어다니며 "앗 뜨거, 앗 뜨거." 하며 연신 외쳐댔다.

마침 그때 마을사람 한 명이 땔감을 하러 산에 가려 했는데, 보니 한 남자가 밭 안에서 울부짖으며 이리저리 날뛰고 있었다. 그가 기이하게 생각하고 산에서 내려와 남자를 잡아 꺼내려고 했다. 남자가 저항하며 나오지 않으려고 하자, 마을사람이 억지로 끌어당겨 밭의 울타리 바깥으로 남자를 끌어냈다. 남자는 지면에 쓰러져 엎드려 있었는데, 잠시 후 제정신을 차리고 일어나서 마구 소리를 내지르며 몹시 다리가 아프다고[12] 호소했다. 땔감을 갔던 그 마을사람이 "자넨 왜 이렇게 되었나?"라고 묻자, 남자는

"병사 한 명이 절 찾아와 불러내고는, 여기까지 데리고 와서 이 안으로 밀어 넣었습니다. 땅을 밟으니 지면이 모두 활활 불타올랐고, 마치 발을 불에

---

6 국사國司의 호위병. 사실은 지옥地獄의 사자使者로 추정.
7 국수國守를 가리키지만, 사실은 염마왕閻魔王(→ 불교)으로 추정.
8 * 120cm. 한 척은 약 30.3cm.
9 바르게는 『영이기靈異記』의 "야마타에 리山直里". 원래는 이즈미키타 군 야마타에가미 촌山直上村·야마타에 시모 촌山直下村. 현재는 오사카 부 기시와다 시부和田市에 속함.
10 병사가 인간계의 사람이 아니었던 것을 암시함.
11 한 정町은 10단段, 3천보步, 약 99.20아르.
12 『영이기靈異記』에는 "아시이타시足痛し"로 되어 있어 '아나시痛脚'란 지명과 통하는 기술. 지명의 기원과 연결 지어서 이야기한 것으로 추정.

구워삶는 듯해서 너무도 뜨거웠습니다. 주위를 보니 온 사방에는 빈틈없이 불로 뒤덮인 산이 있었고, 나가려 해도 나갈 수 없어서 막 소리를 지르며 뛰어다녔던 것입니다."

라고 대답했다. 마을사람이 이를 듣고 남자의 하카마袴를 걷어 올려 보니, 종아리가 완전히 불타 문드러져서 뼈가 드러나 보였다. 그리고 하루가 지나자 남자는 끝내 죽고 말았다.

　사람들은 이를 듣고 모두 "살생殺生의 죄로 인해 현세에 직접 지옥地獄의 현보現報를 보이신 것이야."라고 서로 말했다. 그러므로 사람들이 이를 보고 들었다면, 반드시 옳지 않은 생각을 멈추고 인과의 도리를 믿고 어떤 경우에라도 살생을 해서는 안 된다. 사람들이 "'계란을 굽거나 삶는 자는 반드시 회지옥灰地獄[13]에 떨어진다.'라고 하는 것은 정말이다."라고 말했다고 이렇게 이야기로 전하여 내려오고 있다 하다.

13　회하灰河 지옥과 같음. 팔열八熱 지옥에 속한, 십육소十六小 지옥의 하나. 열회熱灰가 흐르는 지옥이라 함.

이즈미 지방 和泉國 사람이 새알을 구워 먹고 현보현보를 받은 이야기

和泉国人焼食鳥卵得現報語第三十

今昔、和泉ノ国ノ和泉ノ郡、下ノ痛脚村ニ、一人ノ男有ケリ。心邪見シテ、因果ヲ不知ズ。常ニ鳥ノ卵ヲ求テ、焼キ食ヲ以テ業トス。

而ル間、天平勝宝六年ト云年ノ三月ノ比、不見知ル人此ノ男ノ家ニ来レリ。其ノ姿ヲ見レバ、兵士ノ形也。此ノ男ヲ呼ビ出テ告テ云ク、「国ノ司汝ヲ召ス。速ニ我ニ具テ可参シ」ト。然バ男此兵士ニ具テ行ニ、此兵士ヲ吉見バ、腰ニ四尺許ノ札ヲ負ヘリ。纔ニ郡ノ内ニ至ルニ、山真ヘノ里ニシテ、山辺ニ麦畠ノ有ルニ、男ヲ押入テ、兵士ハ不見ヘズ。畠一町余許也、麦二尺許生タリ。忽ニ見レバ、地ニ炎火有テ、足ヲ踏ニ隙無シ。然バ、畠ノ内ニ走廻テ、叫テ、「熱ヤ熱ヤ」ト云フ。

其ノ時ニ、村ノ人、薪ヲ切ラムガ為ニ山ニ入ト為ニ、見バ、畠ノ中ニ哭叫テ走廻ル男有。此ヲ見テ、「奇異也」ト思ニ、山ヨリ下リ来テ、男ヲ捕ヘテ引ニ、辞テ不被引ズ。然ドモ強ク引テ、垣ノ

飛火地獄（地獄草紙）

外ニ引出ス。男地ニ倒レ臥ヌ。暫ク有テ、活リ起タリ。痛叫テ足
ヲ病事無限シ。山人男ニ問テ云ク、「汝、何ノ故ニ此ク有ゾ」
ト。

男コ答テ云ク、「一ノ兵士来テ我ヲ召シ、将来テ此ニ押
入ツ。地ヲ踏ニ、地皆焔火ニシテ、足ヲ焼事煮タルガ如シ。
四方ヲ見レバ、皆火ノ山ヲ衛テ隙間無クテ、不出ザルガ故ニ、
叫テ走廻ル也」ト。山人此ヲ聞テ、男ノ袴ヲ褰ゲテ見バ、膞
爛ニ骨現レ也見ユ。一日ヲ経テ、男遂ニ死ニケリ。

人皆此ヲ聞テ、「殺生ノ罪ニ依テ、現ニ地獄ノ報ノ示也」
トゾ云ケル。然レバ、人此ヲ見聞テ、邪見ヲ止メ因果ヲ信ジ
テ、不可殺生ズ。

「『卵ヲ焼煮ル者ハ、必ズ灰地獄ニ堕』ト云ハ実也ケリ」ト
ゾ人云ケル、トナム語リ伝タリトヤ。

야마토 지방大和國 사람이
어머니에게 불효하여 현보現報를 받은 이야기

야마토 지방大和國의 학생學生 미야스瞻保가 길러준 은혜도 모르고, 어머니에게 빌려준 벼를 갚으라고 강요한 죄보에 의해 천벌을 받아 발광發狂하고, 업화業火로 가재家財가 모두 불타서 아사餓死한 이야기. 살생殺生에서 불효로, 악인惡因은 변했지만, 앞 이야기와 마찬가지로 악인악과惡因惡果의 현보담現報譚. 그리고 불에 의한 명벌冥罰로 연결된다.

이제는 옛이야기이지만, 야마토 지방大和國[1] 소노카미 군添上郡[2]에 한 남자가 살았는데, 자字[3]는 미야스瞻保[4]라고 했다. 이 사람은 조정에 출사하는 학생學生[5]이었다. 밤낮으로 한적漢籍을 공부하고 있었으나, 선악을 판단하는 지혜가 없었던 남자였기 때문인지 불효자로 모친을 부양하려 하지 않았다.

그의 어머니가 아들인 미야스의 벼를 빌려 썼지만 갚을 만한 물건이 하나도 없어서 갚지 못하고 있었다. 미야스는 무리하게 변제를 독촉하는데, 어머니는 땅위에 앉아 있고, 미야스는 툇마루에서 야단스럽게 채근하였다.[6]

---

1 → 옛 지방명.
2 현재의 나라 시奈良市 동부. 야마베 군山邊郡 북부를 포함하는 지역 일대.
3 통칭.
4 통칭에 따름. '미야스瞻保'의 한자를 읽는 법은 불분명.
5 대학료大學寮의 학생學生.
6 어머니를 땅 밑에 앉히고 미야스는 툇마루에 거만스럽게 몸을 젖히고 앉아서 독촉한 것임. 불효를 상징하

이를 본 사람들은 미야스를 달래며

"당신은 어째서 그렇게 어머니를 꾸짖는 불효를 저지르는 거요? 이 세상에 사는 사람들은 부모에게 효행을 하려고, 절을 짓고 탑을 세우며, 불상을 만들고 경經을 서사書寫하고, 승려를 공양합니다. 당신의 집은 부자이면서 어찌하여 빌려준 벼를 매정하게 거둬들이려고, 어머니를 그렇게도 슬프게 하는 것이요?"

라고 말했다. 미야스는 이 말을 듣고도 받아들이려고 하지 않았다. 그리고 여전히 계속 독촉을 하자, 사람들이 보다 못해 어머니가 미야스에게 빌린 것과 같은 양의 벼를 변제해 주고, 더 이상 어머니를 나무라지 못하도록 했다.

그때 어머니는 눈물을 흘리고 슬퍼하며 미야스를 향해

"난 너를 키우는 동안 밤낮 쉬지도 못했다. 세상 사람들이 부모에게 효도하는 것을 보고 '나도 저렇게 되었으면' 하고 진심으로 네게 의지하고 있었다. 그런데 지금 나를 욕보이며 빌린 벼를 무리하게 독촉하다니, 정말로 무정한 처사로구나. 그렇다면 나도 네게 먹인 젖 값[7]을 갚아달라고 독촉할 테다. 이미 어미자식 간의 인연은 끝났구나. 하늘이시여,[8] 이 시비를 가려 주소서."

라고 말했다. 미야스는 이 말을 듣고도 답하려 하지 않고, 일어나서 집안으로 들어가 버렸다.

그런데 미야스가 돌연 광기를 보이며 심신착란 증세를 보이더니, 다년간 남에게 벼나 쌀을 빌려주고 이자를 붙여 받아야 할 차용증들을 스스로 꺼내

는 장면.

7 「심지관경心地觀經」 제2에 따르면, 모유母乳의 양은 백팔십 석石에 상당함. 관련 표현은 「도다이지풍송문고東大寺諷誦文稿」나 「언천집言泉集」 등에도 보이며, 창도唱導에서 사용되었음.

8 원문에는 "천도天道"로 되어 있음. 천도는 '천天'과 같은 것으로, 천지자연의 창조주라고도 할 수 있는 초월적 존재. 선악의 판단을 천의天意에 맡긴 것임.

어 마당에서 불태워 버렸다. 그 뒤 머리를 풀어헤치고 산으로 뛰어 들어가, 이곳저곳을 마구 미처 돌아다녔다. 사흘이 지난 후 갑자기 미야스의 집에 저절로 불[9]이 났고, 안팎의 집들과 창고도 모두 불타 버렸다. 그래서 처자식은 먹을 것이 없어서 모두 길거리를 헤매게 되었다. 미야스도 먹을 것이 없어서 결국 굶어 죽었다. 불효를 범해 바로 현보現報를 받은 것이었다. 이를 보고 들은 사람들은 모두 미야스를 미워하며 비난했다.

그러므로 세상 사람들은 진심으로 부모에게 효양을 다해야 하고, 어떤 경우에라도 불효의 마음을 가져서는 안 된다고 이렇게 이야기로 전하여 내려오고 있다 한다.

9 이것도 천벌로 추정.

大和国人為母依不孝得現報語第三十一

ケリ。

今昔、大和国添ノ上ノ郡ニ住ム人有ケリ。字ヲ瞻保ト云ケリ。此ハ公ニ仕ル学生也ケリ。明暮ハ文ヲ学シテ有ケルニ、心ニ智ヤ無カリケム、母ノ為ニ不孝ニシテ、不養ザリケリ。

其ノ母、子ノ瞻保ガ稲ヲ借仕テ、可出キ物無カリケリ、不償ザリケルヲ、瞻保強ニ此ヲ責ケルニ、母ハ地ニ居タリ、瞻保ハ板敷ノ上ニ有テ責メ云ケルニ、此ヲ見ル人瞻保ヲ誘ヘテ云ク、「汝ヂ何ゾ不孝ニシテ、母ヲ責ムルゾ。世ニ有ル人、父母ニ孝養スルガ為ニ、寺ヲ造リ塔ヲ起テ、仏ヲ造リ経ヲ写シ、僧ヲ供養ズ。汝ヂ家豊ニシテ、何ゾ母ノ借レル稲ヲ強ニ責テ母ヲ令歎ル」ト。瞻保此ヲ聞ト云ヘドモ不信、猶責ル二、此ヲ見ル人共見繚テ、彼ノ母ノ借レル所ノ稲ヲ員ノ如ク弁ヘ

テ、母ヲ不令責ズ成ヌ。

其ノ時ニ、母泣キ悲デ、瞻保ニ云ク、「我レ、汝ヲ養ヒシ間、日夜ニ休事無カリキ。世ノ人ノ父母ニ孝シヲ見テハ、『我モ彼レガ如クナラムズ』ト思テ、憑ム心深カリキ。而ルニ、今我ニ恥ヲ与ヘテ、借レル所ノ稲ヲ強ニ責ル事、極テ情無シ。然ハ、我モ又、『汝ニ令呑シ乳ノ直ヲ責メム』ト思フ。今ハ母子ノ道ハ絶ヌ。天道ノ、此ノ事ヲ裁リ給ヘ」ト。瞻保此ヲ聞クト云ヘドモ、答フル事無クシテ、立テ家ノ内ニ入ヌ。

四。

而ル間、瞻保忽ニ狂心出来テ、心迷ヒ身痛ムデ、年来人ニ稲米ヲ借シテ員ニ増シテ返シ可得キ契文共ヲ取出、庭ノ中ニシテ、我ヲ焼キ失ヒツ。其ノ後、瞻保髪ヲ乱テ、山ニ入テ、東西ニ狂ヒ走ル。三日ヲ経テ、自然ラ俄ニ火出来テ、瞻保ガ内外ノ家及ビ倉、皆焼ヌ。然レバ、妻子食物無シテ、皆迷ヒニケリ。瞻保又食無キニ依テ、遂ニ飢ヘ死ニケリ。不孝ニ依テ、現報ヲ得ル事不遠。此レヲ見聞ク人、瞻保ヲ憫ミ謗

ケリ。

然バ、世ノ人懃二父母二孝養シテ、不孝ノ心ヲ不可成ズ、トナム語リ伝タリルトヤ。

옛 도읍古京 여자가 불효를 하여
현보現報를 받은 이야기

불효한 딸이 굶주린 어머니가 먹을 것을 달라고 하는 것을 거절했는데, 그날 한밤중에 명벌冥罰을 받아 가슴을 찔려, 어머니와 재회하지 못하고 급사한 이야기. 어머니는 딸의 집에서 돌아오던 중, 하늘의 가호로 길가에서 먹을 것을 얻었다고 한다. 앞 이야기와 마찬가지로 불효로 인한 악보담惡報譚.

이제는 옛이야기이지만, 옛 도읍古京[1] 시절에 한 여자가 있었다. 이 여자는 효심이 없어서 어머니를 부양하지 않으려고 했다.

그 어머니는 과부인데다 집에 먹을 것이 거의 없었다. 어느 날, 집에서 밥을 짓지 못하여 '딸네에 가서 밥을 얻어먹자.'라고 생각하고 찾아가서 "밥이 좀 있느냐. 좀 주지 않겠니."라고 말하자, 딸은 "지금은 남편과 제가 먹을 밥만 있고, 어머니에게 줄 밥은 없습니다."라며 밥을 주지 않았다. 어머니는 어린아이를 데리고 있었는데, 그 아이를 안고 집으로 돌아가던 중 문득 길가를 보니, 한 꾸러미의 밥[2]이 떨어져 있었다. 그래서 그것을 주워서 집으로 가져와 먹었더니 배고픔이 사라졌다. '오늘밤은 먹을 것이 없어서 배를 곯을 것이다.'라고 생각했는데, 어떻게든 먹을 수가 있게 되어 어머니는 기뻐

---

1   본권 제25화 주 참조. 후지와라 경藤原京, 아스카 경飛鳥京을 가리킴.
2   누군가가 떨어뜨린 주먹밥, 도시락류. 영험靈驗의 하사물로 추정.

하며 잠자리에 들었다.

그런데 그날 한밤중이 지났을 무렵, 사람이 문을 두드리며 큰소리로

"당신 딸이 지금 다급한 목소리로 '내 가슴에 못이 박혔어. 금방 죽을 것 같아, 제발 살려줘.'라고 외쳐대고 있어요."

라고 알려주었다. 어머니는 이 소리를 들었지만, 밤중인지라 급히 갈 수도 없었다. 그 사이 딸은 결국 죽고 말았다. 딸은 어머니와 만나보지도 못하고 죽은 것이다.

이는 실로 어리석은 일이다. 어머니에게 효양을 하지 못하고 죽었으니, 후세後世에도 악도惡道[3]에 떨어질 것이 분명하다. 밥이 없으면 자기 것을 나누어서라도 어머니를 부양해야 함이 마땅하다. 하지만 남편과 자신만 먹으며 어머니를 굶기고, 그날 죽고 말았다는 것은 필시 하늘[4]이 내린 벌을 받은 것이다. 그 날 즉시 현보現報를 받다니 참으로 딱한 일이다.

이 세상에 생生을 받은 사람은 반드시 부모에게 효양을 다해야 한다고 이렇게 이야기로 전하여 내려오고 있다 한다.

---

3 → 불교.
4 원문에는 "천天". 본권 제31화 주의 "천도天道"와 같은 뜻임. 불효자가 하늘의 명벌冥罰을 받았다고 말하는 점에서, 앞 이야기의 주제와 동일.

옛 도읍古京 여자가 불효를 하여 현보現報를 받은 이야기

古京女為依不孝感現報語第三十二

今、昔、古京ノ時ニ、一人ノ女有ケリ。孝養ノ心無クシテ、母ヲ不養ザリケリ。

其ノ母裏シテ、家食貧クシテ、而モ家ニ飯ヲ不炊ザル時、「此ノ娘ノ家ニ行テ、飯ヲ乞テ食ハム」ト思テ、行テ、「飯ヤ有ル。食ハム」ト云フニ、娘ノ云ク、「只今、夫ト我ガ飯許有テ、母ニ可令食キ飯無シ」ト云テ不与ズ。母幼キ子ヲ相具セリ。此レヲ見テ家ニ持来テ、食スレバ、飢ヘ心失ヌ。

此ヲ抱テ家ニ返ルニ、道ノ辺ヲ見レバ、裏タル飯有。「今夜食物無クシテ飢ナムトス」ト思フニ、此ヲ食テ喜テ寝ヌ。

而ルニ、其ノ夜ノ夜半許過ル程ニ、人戸ヲ叩テ呼テ云ク、「汝ガ娘只今音ヲ高ク叫テ、『我ガ胸ニ釘有リ。我レ忽ニ死ナムトス。我ヲ助ケヨ』ト叫ブ」ト告グ。母此レヲ聞クト云ヘドモ、夜半ナルガ故ニ、忽ニ不行ザル程ニ、其ノ娘遂ニ死ニケリ。

然レバ、母ト相見ル事無クシテ死ヌ。

此レヲ極テ益無キ事也。母ニ不孝養ズシテ死ヌレバ、後世ニ又悪道ニ堕ム事疑ヒ無シ。飯無クハ、我ガ分ヲ譲テ、母ニ可令食キニ、我レ夫ト二人食テ母ニ不令食ズシテ死ヌル事、此レ、天ノ責ヲ蒙レル也。日ノ内ニ現報ヲ感ズル、哀ナル事也。

世ニ有ラム人、猶尤モ父母ニ可孝養キ也、トナム語リ伝ヘタリトヤ。

기시노 히마로吉志火麿가 어머니를 죽이려고 하여 현보現報를 받은 이야기

사키모리防人로 징집된 무사시 지방武藏國의 기시노 히마로吉志火丸가, 복상휴가服喪休暇를 이용하여 고향에 두고 온 아내를 만나기 위해 어머니를 살해하려고 획책하지만, 천벌을 받아 땅이 갈라져서 추락해 죽은 이야기. 어머니가 하늘에 자식의 면죄를 비는 장면은 감동을 자아낸다. 또한 자식의 머리카락을 불전佛前에 올리고 명복을 비는 어머니의 자비심은 애절하며, 히마로의 악행과는 대조적으로 그려져 있다. 이와 같은 이야기는 여러 서적에 보이고, 설경說經·창도唱導에서도 회자된 저명한 이야기이다.

이제는 옛이야기이지만, 무사시 지방武藏國[1] 다마 군多磨郡[2] 가모 향鴨鄕에 기시노 히마로吉志火丸[3]라는 자가 있었다. 그의 어머니는 구사카베노 마토지 旱部眞尸[4]였다.

쇼무聖武[5] 천황天皇의 치세에, 히마로가 지쿠젠筑前의 수령[6] □□□□□

---

1 → 옛 지방명.
2 본권 제21화 주 참조.
3 『영이기靈異記』는 "기시노 히마로吉志火麻呂".
4 구사카베日下部는 상대上代 씨족의 하나.
5 → 인명.
6 『영이기』의 기사를 오역한 것. '사키모리崎守(防人)'의 차자借字인 '사키모리前守'를 '지쿠젠 수령筑前守'으로 잘못 안 것. 『언천집言泉集』에는 "筑紫守所点"이라고 되어 있음. '사키모리崎守'는 '防人'이라고도 쓰며, 이것은 규슈九州 북부 해안의 방비防備를 위해 징용된 병사를 가리킴. 동국東國(* 관동지방)에서 온 자가 많았음.

□7라는 사람을 따라서 지쿠젠 지방에 가서, 삼 년 동안 그 지역에 있었다. 히마로의 어머니가 그를 따라 함께 갔기에, 히마로는 그 지방에서 어머니를 부양하고 있었다. 그의 아내는 고향[8]에 머물며 집을 지키고 있었는데, 히마로는 아내를 그리워하며

'아내 곁을 떠나 오랫동안 만나지 못했구나. 하지만 허가를 받지 못했으니 만나러 갈 수도 없구나. 그래, 어머니를 죽이고 복상服喪 기간[9] 중에 허가를 얻어 고향으로 돌아가서 아내와 함께 지내면 되겠구나.'
라고 생각했다.

그의 어머니는 본디 자비로워, 항상 선근善根을 쌓고 있었다. 어느 날, 히마로가 어머니에게

"이곳으로부터 동쪽 산중에서 이레 동안 『법화경法華經』[10]을 강설講說하는 절이 있습니다. 가서 청문聽聞하시지요."
라고 권했다.[11] 어머니는 이를 듣고 "그건 내가 바라던 일이구나. 어서 가자꾸나."라고 말하며, 신앙심을 일으켜 목욕을 하고 몸을 청결히 하였다. 그리고 히마로와 함께 길을 나서 머나먼 산중에 이르렀는데, 불사佛事를 행하는 산사라곤 보이지 않았다.

이윽고 사람의 눈에 띄지 않는 곳까지 왔을 때, 히마로는 어머니를 노려보며 무서운 표정으로 돌변했다. 이를 본 어머니가 "너는 어찌 그런 무서운 얼굴을 하는 것이냐? 오니鬼[12]에게 씌어서 그런 것이냐?"라고 말했다. 그러

---

7 지쿠젠筑前 수령의 이름 명기를 위한 의도적 결자.
8 무사시 지방武藏國을 가리킴.
9 복상服喪 기간은 1년. 부역령賦役令에 따르면, 부모가 죽었을 때의 복상기간에는 복역服役이 면제되었음.
10 7권본 계통의 『법화경法華經』. 1축軸 1권卷을 7일간 강설講說했음.
11 법회나 설경을 구실로 노인이나 부인을 속여 유인하는 것은 유형적인 것으로, 권29 제24화·권30 제9화에도 보임.
12 오니는 영귀靈鬼·악마惡魔의 일종.

자 히마로는 단도를 빼들고 어머니의 목을 자르려고 덤벼들었다. 그러자 어머니는 아들의 발밑에 무릎을 꿇고

"사람이 나무를 심는 것은 과일을 따거나 그 나무그늘 아래에서 쉬기 위함이요, 사람이 자식을 키우는 것은 자식으로부터 부양을 받기 위함이니라. 그런데 뜻밖에도 내 자식인 네가 어찌 나를 지금 죽이려고 하는 것이냐?"
라고 말했지만, 히마로는 이 말을 듣고도 그만두려고 하지 않았고, 계속 어머니를 죽이려고 하였다. 어머니는 "애야, 잠시만 기다려 다오. 남겨둘 말이 있다."라고 하며 입고 있던 옷을 벗어 세 개로 나누어 놓고, 히마로에게

"이 옷 하나는 나의 장남인 네게 주겠다. 또 하나는 차남인 네 동생에게 주거라. 나머지 하나는 막내 동생에게 주거라."
라고 유언을 했다. 그때 히마로는 단도로 어머니의 목을 치려고 했다.

그 순간 돌연 땅이 갈라지며 히마로가 그 갈라진 구멍으로 추락했다. 이를 본 어머니는 순간적으로 히마로의 머리카락을 붙잡고, 하늘을 우러러보며

"내 아들은 오니에 씌어서 그런 것입니다. 이 아이 본심이 아닙니다. 제발 하늘이시여, 이 아이 죄를 용서해 주십시오."
라고 울부짖었다. 하지만 끝내 아들은 떨어져 버리고 말았다. 잡고 있던 머리카락만이 뽑혀서 어머니의 손에 꽉 쥐인 채로 남아 있었다. 어머니는 머리카락을 들고 눈물을 흘리며 집으로 돌아갔다. 아들을 위해 법사法事를 거행하고 머리카락을 상자에 넣어 불전佛前에 두고, 정성껏 풍송諷誦[13]을 하도록 했다. 어머니는 자비심이 깊었던 까닭에, 자신을 죽이려고 한 아들을 불쌍히 여기고, 그 아들을 위해 선근善根[14]을 쌓은 것이다.

---

13 경문經文이나 가타伽陀(게송偈頌)를 소리 내어 독송하는 것. 승려를 초청해서 자기 자식의 명복을 빌며 독경을 부탁한 것.
14 법사法事를 거행하여 히마로의 죄장罪障 소멸을 위한 공양을 했다는 의미.

이로써 하늘은 불효의 죄를 미워한다는 것을 분명히 알았다. 세상 사람들은 이를 마음속에 새기고 부모를 죽이는 일 따위야 하지 않겠지만, 오직 진심으로 부모에게 효양孝養을 다 하고 결코 불효를 저질러서는 안 된다고 이렇게 이야기로 전하여 내려오고 있다 한다.

ケリ。其ノ母ハ旱部ノ真頤也。

今昔、武蔵ノ国多磨ノ郡鴨ノ郷ニ、吉志火丸ト云フ者有

吉志火麿擬殺母得現報語第三十三

● 제33화 ●

기시노히마로가 어머니를 죽이려고 하여 현보현보를 받은 이야기

聖武天皇ノ御代ニ、火丸筑前ノ守

ト云フ人ニ

付テ、其ノ国ニ行テ、三年ヲ経ルニ、其ノ母火丸ニ随テ行ヌ

レバ、其ノ国ニシテ、母ヲ養ナフ。火丸ガ妻本国ニ留リテ、

家ヲ守ルニ、火丸妻ヲ恋テ思ハク、「我レ妻ヲ離テ、久ク相

ヒ不見ズ。然レドモ不被許ザルニ依テ、行ク事不能ズ。而ル

ニ、我レ此ノ母殺テ、其喪服ノ間、被許テ本国ニ行キ、妻ト

共ニ居ム」ト思フ。

母ハ心ニ慈悲有、常ニ養ヲ修ヌ。而ル間、火丸母ニ語テ云、

「此ノ東ノ方ノ山ノ中ニ、七日ノ間法花経ヲ講ズル所有リ、

行テ聴聞シ給ヘ」ト云テ、心ヲ発シ、湯ヲ浴身シ浄メテ、子ト

也。速ニ可訪シ」ト云テ。母此レヲ聞テ、「此レ我ガ願フ所

共ニ行テ、遥ニ山ノ中ニ至テ見ルニ、仏事ヲ可修キ山寺不見

エズ。

而ル間、遥ニ人離レタル所ニシテ、火丸母ヲ眤テ、嗔レ

気色有リ。母此レヲ見テ云ク、「汝ヂ何ノ故ニ嗔レルゾ。若

鬼ノ託タルカ」ト。其時ニ、火丸刀ヲ抜テ母ガ頸ヲ切ラムト

為ルニ、母、子ノ前ニ跪テ云ク、「樹ヲ殖ル事ハ菓ヲ得、其

ノ影ニ隠レムガ為也。子ヲ養フ志ハ、子ノ力ヲ得テ養ヲ

蒙ラムガ為也。而ルニ、何ゾ我ガ子思ヒニ違テ、今我ヲ殺

ゾ」ト。火丸此レヲ聞ト云ヘ共不許シテ、猶殺サムト為ル時

ニ、母ノ云ク、「汝ヂ暫ク待テ。我レ云ヒ可置キ事有」ト云テ、

著タル衣ヲ脱テ、三所ニ置テ、火丸ニ云ク、「此ノ一ノ衣ヲ

バ我ガ嫡男也汝ニ与フ」ト、「一ノ衣ヲバ我ガ中男也汝ガ

弟ニ与ヨ。一ノ衣ヲバ我ガ弟男也弟子ニ与ヘヨ」ト遺言ス

ルニ、火丸刀ヲ以テ母ガ頸ヲ切ラムトス。

而ル間、忽ニ地裂テ、火丸其ノ穴ニ落入ル。　母此レヲ見、

火丸ガ髪ヲ捕テ、天ニ仰テ泣々ク云ク、「我ガ子ハ鬼ニ託タ

ル也。此レ実ノ心ニ非ズ、願ハ天道、此ノ罪ヲ免シ給ヘ」ト

叫ブト云ヘドモ、母ニ捕ラヘタル髪ハ抜テ、手ニ一拳

リ乍ラ留ヌ。　母其ノ髪ヲ持テ、泣々ク家ニ返テ、子ノ為ニ法

事ヲ修シテ、其ノ髪ヲ筥ニ入レテ、仏御前ニ置テ、謹デ諷誦

ヲ請ク。　母ノ心哀ビ深キ故ニ、我レヲ殺サムト為スル子ヲ哀

ビテ、其ノ子ノ為ニ、善根ヲ修シケリ。

実ニ知ヌ、不孝ノ罪ヲ天道新タニ憾給フ事ヲ。世ノ人此

レヲ知テ、殺サムマデノ事ハ難有シ、只慥ニ父母ニ孝養ジ

テ、努々不孝ヲ不可成ズ、トナム語リ伝ヘタルトヤ。

이즈모데라出雲寺의 별당別當 조가쿠淨覺가
아버지가 전생한 메기의 살을 먹고
현보現報를 받아 급사한 이야기

가무쓰이즈모데라上津出雲寺의 별당別當 조가쿠淨覺가, 죽은 아버지가 꿈속에서 살려
달라는 것을 무시하고, 아버지가 전생轉生한 큰 메기를 잡아먹다가 목에 가시가 걸려
죽었다는 이야기. 어머니에 대한 불효담의 뒤를 이어, 아버지에 대한 불효의 죄를 이
야기한다. 이류異類로 전생한 망부亡父가 살려달라고 부탁한 것을 무시하고 살생殺生
한다는 모티브는, 권19 제7화에도 보인다. 다만 이 이야기가 현보담現報譚인 데 비해,
그 이야기는 출가기연담出家機緣譚이다.

이제는 옛이야기이지만, 가무쓰이즈모데라上津出雲寺[1]라는 절이 있었다.
건립한 지 오래되어 금방이라도 무너질 듯 했지만, 특별히 누구 한 사람 수
리하는 자가 없었다.

덴교傳敎[2] 대사大師가 중국에 계셨을 때, 일본에 달마종達磨宗[3]을 세우는 데
에 좋은 장소를 선택하시려고 편지를 보내왔었다. 이에 이 절이 있는 장소

---

1 → 사찰명.
2 → 인명. 사이초最澄의 시호諡號.
3 → 불교. 보리달마菩提達磨를 종조宗祖로 하는 선종禪宗의 별칭. 『삼국불법전통연기三國佛法傳通緣起』 권 상
上 선종禪宗 조條에 따르면, 사이초는 다이안지大安寺의 교효行表로부터 선법禪法을 전수받아 선종의 시조
가 되었음.

를 그림으로 그려서 "다카오高尾,[4] 히라比良,[5] 가무쓰이즈모데라의 땅, 이 세 곳 중 어디가 좋을까요?"라고 보냈다. 그러자 대사가

"그 가무쓰이즈모데라의 땅은 특히 뛰어나고 좋은 곳이지만, 절에 사는 승려가 남행濫行[6]을 일삼을 것이다."

라고 답장을 보내왔고, 그 때문에 이곳에 달마종을 세우지 않게 되었다. 이곳은 존엄한 곳임에도 불구하고, 어찌된 영문인지 이처럼 폐허처럼 된 것이다.

한편, 이 절의 별당別當[7]으로 대대로 처자식을 가진 승려가 대를 이어 왔는데, 근자에는 별당으로 조가쿠浄覺[8]라는 승려가 거하고 있었다. 이자는 이전 별당의 아들이었다. 그때 조가쿠의 꿈에 전 별당인 죽은 아버지가 매우 늙은 모습으로 지팡이를 짚고 나타나서

"나는 부처의 물건을 함부로 사용한 죄로 인해,[9] 시후 크키가 세 척尺[10] 정도 되는 큰 메기가 되어, 이 절 지붕 아래에 있다. 어디로도 갈 수가 없고, 물도 적은데다 좁고 어두컴컴한 곳에 살고 있어서 너무나 괴롭고 고통스럽기 짝이 없구나. 모레 미시未時[11]에, 폭풍이 불어서 이 절은 무너질 것이다. 이 절이 무너지면 나는 땅에 떨어져 기어 다닐 것인데, 아이들이 그걸 발견하고 때려죽이려 할 것이다. 너는 아이들이 때리지 못하도록 하고, 날 가쓰라 강桂川[12]에 데려가서 풀어 다오. 그러면 나는 넓디넓은 큰 강에서 즐겁게

---

4 → 지명.
5 히라 산比良山(→ 지명).
6 계율戒律을 지키지 않고, 행실이 문란한 것. 난행亂行. 제3단 이하 전개의 복선적 기술. 사이초가 그것을 예견한 발언이기도 함.
7 한 산에서 사무寺務를 총괄하는 승려.
8 미상. 『우지 습유宇治拾遺』는 "上覺"이라고 함.
9 메기로 전생轉生한 원인임. 불물佛物을 도용한 죄. 권19 제19화~22화 참조.
10 * 약 90cm.
11 오후 2시경.
12 → 지명.

있을 수 있을 것이다."

라고 알렸다. 조가쿠는 이런 꿈을 꾸고 잠에서 깨어났다. 이후 조가쿠가 아내에게 이 꿈 이야기를 하자, 아내가 "그건 무슨 꿈일까요?"라고 대답했을 뿐, 특별히 생각하지 않았다.

　메기가 말한 그날이 되었고, 그날 오시午時[13] 경, 하늘이 별안간 흐려지며 폭풍이 불기 시작했다. 나무가 부러지고 집들이 무너졌다. 사람들은 바람이 휩쓸고 간 곳을 좇아다니며 수리를 했다. 하지만 점점 더 세차게 바람이 불어, 마을 집들을 모두 무너뜨리고 야산의 초목들도 전부 부러뜨려 버렸다. 그러던 중 미시未時 즈음, 이 절이 바람에 날려 무너졌다.[14] 기둥이 부러지고 지붕의 용마루가 무너져 내렸기 때문에, 오랫동안 지붕 아래 빗물이 고인 곳에 있던 큰 물고기들이 모두 마당에 내동댕이쳐졌다. 그 근처에 사는 자들이 통을 들고 와서 큰 소동을 벌이며 그것을 주워 담았는데, 그중에 세 척 정도 되는 메기도 기어 다니고 있었다. 정말 꿈에서 들은 그대로였다.

　그런데 조가쿠는 대단히 욕심이 많고 사견邪見이 깊은 사내였던 탓에, 꿈의 계시 따윈 생각해 보지도 않았다. 그는 순간적으로 살이 올라있는 물고기에 혹해서, □□[15] 긴 쇠지팡이로 물고기의 머리를 푹 찔러서는 장남인 아이에게 "이놈을 어서 잡아라."라고 말했다. 하지만 물고기가 너무 커서 아이가 잘 잡지 못하는 것을 보고, 풀을 베는 낫을 들고 아가미 쪽을 잘라 담쟁이덩굴로 꿰어서 다른 물고기와 함께 통에 담았고, 여자들에게 머리에 이게 해서 집[16]으로 가지고 돌아갔다. 아내는 그것을 보고 "이 메기는 당신 꿈에 나타난 그 메기가 틀림없어요. 어째서 죽인 것이에요?"라고 말했다.

13　정오 무렵.
14　꿈의 계시대로 무너진 것.
15　한자의 명기를 위한 의도적 결자. 권19 제18화·권29 제13화에도 보임.
16　별당이 주거하는 방坊. 본당本堂은 무너졌지만 주거하는 방은 무너지지 않았던 것.

그러자 조가쿠는

"다른 집 아이들이 죽어도 마찬가지일 것이오. 상관없으니, 내가 요리해서 우리끼리 아이들과 배불리 먹는 것이야말로 돌아가신 별당도 기뻐하실 것이오."

라며 메기를 싹둑싹둑 잘라서 냄비에 넣고 삶아서 배불리 먹었다.

그것을 먹으면서 조가쿠는

"무슨 일인지 몰라도 이상하게 다른 메기보다 유난히 맛이 좋은 것 같군. 돌아가신 별당의 고기라서 맛있는 것일까.[17] 이 국물 좀 마셔봐."

라고 아내에게 말하는 등 기뻐하며 먹던 중 큰 가시가 목에 딱 걸렸다. 조가쿠는 '컥, 컥'거리며 구역질을 하며 괴로워했지만, 아무리해도 가시가 나오지 않아서 결국 죽고 말았다. 아내는 꺼림칙해 하며 먹던 메기를 더 이상 먹지 않았다.

이것은 바로 꿈의 계시를 믿지 않았기 때문에 그날 즉시 현보現報를 받은 것이다. 이것을 생각하면 조가쿠는 사후 어떤 악취惡趣[18]에 떨어져 이루 헤아릴 수 없는 고통을 당하게 될 것인가.

이것을 들은 사람들 모두가 조가쿠를 미워하며 비난했다고 이렇게 이야기로 전하여 내려오고 있다 한다.

---

17 윤회전생輪廻轉生을 믿지 않는 것에서 비롯된 가벼운 농담으로 보임. 부친의 전생이라고 알고도 한 일이라면, 부친을 죽인 죄가 됨.

18 악도惡道(→ 불교)와 같음.

出雲寺別当浄覚食父成鯰肉得現報忽死
語第三十四

今昔、上津出雲寺ト云フ寺有リ。建立ヨリ後、年シ久ク成テ、当二倒レ傾テ、殊二修理ヲ加ル人無シ。此ノ寺ハ、伝教大師震旦ニシテ、達磨宗ヲ立テム所ヲ撰ビ遣シテヤリケルニ、此寺ノ所ヲバ、絵二書テ遣シケル。「高尾、比良、上津出雲寺ノ、此ノ三ノ中ニ、何レカ可吉キ」ト有ケル。「此ノ寺ノ地ハ殊二勝レテ微妙ナレドモ、住僧ナム監行ナルベキ」トテ、其レニ依止レル所也ニテ有ケルニ、何ナリケルニカ、此ク破壊シタル也。

而ル二、此ノ寺別当ハ妻子ヲ相ヒ具セル僧ノ成リ来レバ、近ク別当有ケリ、名ヲバ浄覚ト云フ、此レ、前ノ別当ノ子也。而ル間、浄覚ガ夢二、死タル父ノ別当、極メテ老耄シテ、杖ヲ突テ来テ云、「我レハ仏ノ物ヲ娯用ル罪ニ依テ、鯰ノ身ヲ受テ、大キサ三尺許ニシテ、此ノ寺ノ瓦ノ下ニナム有ル。可行キ方モ無ク、水モ少ク、狭ク暗キ所ニ有テ、苦ク侘シキ事無限シ。而ルニ、明後日ノ未時ニ、大風吹テ此ノ寺倒レナムトス。而ルニ寺倒ナバ、我レ地ニ落テ這行カムニ、童部見テ打殺シテム。其ヲ汝ヂ童部ニ不令打ズシテ、桂河二持行テ可放シ。然ラバ、我レ大水二入テ、広キ目ヲ見楽クナム可有」ト告グ、ト見テ夢覚ヌ。其ノ後、浄覚妻二此夢ヲ語レバ、妻、「何ナル夢ニカ有ラム」ト云止ヌ。

其ノ日二成テ、午時許二俄二掻陰テ、大キナル風出来ヌ。木ヲ折リ屋ヲ壊ル。諸ノ人風ヲ追ヒ、家ヲ疏フ。然ドモ、風弥ヨ吹キ増テ、村里ノ人家皆吹キ倒シ、野山ノ木草悉ク倒レ折レヌ。而ルニ、未時許二成テ、此ノ寺吹キ被倒ヌ。柱レ折レヌ。

折レ、棟朽レテ倒レヌレバ、裏杉ノ中ニ、年来雨水ノタリケルニ、大ナル魚共多有ケルニ、庭落タルヲ、其辺ノ者共桶ヲ提テ、掻入騒グニ、其ノ中ニ三尺許ノ鯰這出タリ。夢ニ違フ事無シ。

而ルニ、浄覚怪貪邪見深故ニ、夢ノ告ヲ思ヒモ不敢、忽ニ魚ノ大キニ楽気ナルニ就テ、頭ニ突立テ、太郎子ノ童ヲ呼テ、「此レ取レ」ト云ヘバ、魚ヲ大キニ不被取ネバ、草苅ル鎌ト云フ物ヲ以テ、鰓ヲ掻切テ、蔦ニ貫テ、家ニ持行テ、他ノ魚共ナド始テ、桶ニ入レテ、女共ニ戴テ、妻此ノ鯰ヲ見テ云ク、「此鯰ハ夢ニ見ヘケル鯰ニコソ有ヌレ。何ニ殺ゾ」ト。浄覚ガ云ク、

「童部ノ為ニ被殺ムモ同事也。敢ナム。我取テ、他人ニ不交ズシテ、子共ノ童部ト吉ク食タラムヲゾ、故別当ハ喜ト思サム」ト云テ、ツブツブト切テ、鍋ニ入レテ煮テ、吉ク食ヒツ。

其ノ後、浄覚ガ云ク、「怪ク、何ナルニカ有ラム、他ノ鯰ヨリ殊ニ味ノ甘キハ。故別当ノ肉村ナレバ、吉キナメリ。此ノ汁飲レヨ」ト妻ニ云テ、愛シ食ケルニ、大キナル骨浄覚ガ喉ニ立テ、エフエフト吐迷ケル程ニ、骨不出ザリケレバ、遂ニ死ケリ。然レバ、妻心疎ガリテ、此ノ鯰ヲ不食ザリケリ。

此レヲ他ニ非ズ。夢ノ告ヲ不信ズシテ、日ノ内ニ現報ヲ感ゼル也。思フニ、何ナル悪趣ニ堕テ、量無キ苦ヲ受クラム。此レヲ聞ク人皆浄覚ヲ謗憾ミケリ、トナム語リ伝ヘタリトヤ。

히에이 산比叡山의 승려 신카이心懷가 질투에 의해 현보現報를 받은 이야기

히에이 산比叡山 동탑東塔의 승려 신카이心懷는 미노美濃 수령 아무개의 보살핌을 받고 있었는데, 난구 신사南宮神社의 인왕회仁王會의 총강사總講師로 가이코쿠懷國 공봉供奉이 초청된 것을 질투하여, 법회장에 난입하여 폭력을 행사한 응보로 인해, 귀경歸京한 뒤 백라白癩에 걸려 비참하게 죽었다는 이야기. 질투심을 악인惡因으로 들고 있다.

이제는 옛이야기이지만, 히에이 산比叡山¹ 동탑東塔²에 신카이心懷라는 승려가 있었다. 그는 이 산에서 법문을 배우고 있었지만, 나이도 젊고 그다지 재능도 없었기에 그대로 히에이 산에 머물러 지낼 수 없었다. 그러던 참에, 마침 미노美濃 수령 □□의 □³라는 사람이 있었고, 그를 따라 미노 지방美濃國⁴으로 가게 되었다. 수령 부인의 유모乳母가 이 승려를 양자로 삼은 것이었다. 그래서 미노 수령도 그 인연으로 무슨 일이 있을 때마다 이 승려를 내세웠기에, 그 지방 사람들은 그를 제일第一의 공봉供奉⁵이라 칭하며, 최상의 경의를 표하게 되었다.

---

1 → 지명.
2 → 사찰명.
3 미노美濃 수령의 성명 명기를 위한 의도적 결자.
4 → 옛 지방명.
5 그 지방 으뜸의 귀승貴僧. '공봉供奉'은 '내공봉內供奉'의 약칭으로, 궁중의 내도장內道場에 봉사奉仕하며 법회法會를 행한 귀승을 의미. 하지만 여기서는 국사國司의 측근적인 존재였던 것에서 비롯된 칭호.

어느 날 미노 지방에 역병[6]이 크게 유행하여 많은 병사자가 생겼다. 미노 사람들은 이를 한탄하고 수령의 상경上京 중에 상신上申하였다. 그리고 모두 합심하여 난구南宮[7]라는 신사神社 앞에서 백좌百座의 인왕강仁王講[8]을 열기로 하여 경에서 설하고 있는 대로[9] 최선을 다하여 대법회大法會를 장엄하게 준비했다. 반드시 그 효험이 나타날 것이라고 미노 사람들 모두가 확신하여 누구 하나 법회에 봉사하지[10] 않는 자가 없었다. 수많은 큰 깃발[11]을 나란히 늘어세우고 천 개의 등명燈明[12]을 걸어놓고 음악을 연주했다.

한편, 법회의 총강사總講師[13]에는 가이코쿠懷國 공봉이라는 사람을 초청했다. 이 공봉승은 지쿠젠筑前의 수령, 미나모토노 미치나리源道成[14]의 남동생이었다. 학승學僧으로도 뛰어나고 설경說經[15]도 능숙했다. 또한 형을 닮아 와카和歌[16]도 잘 읊고 화술도 능란하여 많은 속인俗人들이 이 사람과 친하게 지내며 함께 유희를 즐기는 등, 매우 명성이 자자한 승려였다. 그런데 그가 고이치조인後一條院[17]의 어독경중御讀經衆[18]으로서 오랫동안 가까이서 사후

---

6 악성 유행병.
7 → 사찰명.
8 『인왕경仁王經』(→ 불교)을 백좌百座에 걸쳐 강설講說하여 진호국가鎭護國家, 제재초복除災招福를 기원하는 법회.
9 『인왕경』 호국품護國品에서는 국토에 재난이 있을 때는 백좌의 강좌講座를 마련해서 『인왕경』을 강설 찬탄讚嘆하여, 재액災厄을 물리쳐야 한다고 설하고 있음.
10 신심信心을 기울이지 않는 자가 없었음. 여기서는 금품의 기진寄進 등을 포함해서 하는 말.
11 법장法場 장식의 깃발.
12 소위 천등회天燈會를 행한 것임.
13 강사講師들을 총괄하는 수석首席 강사. 일좌一座에 한 강사一講師를 배치한 듯 하며, 후문에 백 명의 강사라고 보임.
14 가이코쿠懷國 공봉과의 친족관계, 지쿠젠筑前 수령 임관任官의 유무 등으로 보아, 바르게는 '미나모토노 미치나리源道濟'일 것임. 『아카조메에몬 집赤染衛門集』, 『고본설화집古本說話集』 등에 "미치나리みちなり"라고 가나로 적혀 있음.
15 경의經義, 경설經說을 알기 쉽게 비유·인연담을 사용하여 설하는 것.
16 『이중력二中歷』 왜가력倭歌歷·가인歌人의 항목에 보임.
17 → 인명. 제68대 천황天皇.
18 뽑혀서 궁중의 어독경御讀經에 종사하는 승려. 남도북령南都北嶺의 큰 사찰 소속의 승려가 많았음.

伺候하던 중 천황이 돌아가시자,[19] 돌연 세상인심이 바뀌어 기댈 곳도 없게 되었다. 이에 공봉은 절실히 세상의 무상無常을 느끼며

'나도 이제 늙었도다. 이렇다 할 연고도 없으니, 아사리阿闍梨[20]도 될 것 같지 않구나. 의지하며 모시던 천황[21]도 돌아가셨으니 이젠 이 세상에 살아 무엇을 할 수 있단 말인가.'

라고 생각하게 되었고, 바로 도심道心을 일으켜 미노 지방에 가서, 존귀한 산사에 칩거하였다. 이러한 사람이었기에, 미노 사람들은 '강사를 초청한다면 이런 분이 제격이지. 마침 이 지방에 계시고 하니 정말 잘된 일이야.'라고 생각하여 공봉을 초청하게 된 것이었다.

미노 사람들은

"원래 이분은 히에이 산에서 존귀한 분으로 존경을 받고 있었고, 또한 히에이 산에는 이분의 제자로서 유명한 학승들이 계신다고 한다. 우선 의향을 여쭤보자."

라고 하며, 법회의 강사로 초청하고 싶다는 뜻을 내밀히 여쭈니, 공봉은

"이번 일은 이 지방 사람들이 다 함께 하는 기도라고 들었습니다. 소승은 이 지방에 신세를 지며 이렇게 살고 있는데, 어찌 소홀히 할 수 있겠습니까. 그러니 반드시 가겠습니다."

라고 말했다.

드디어 그날이 되었고, 법회가 시작할 시각이 되었기에 공봉이 와서 승방 대기실에서 법의法衣를 잘 차려입고 기다리고 있자, 송자들은 가마를 들쳐 메고 천개天蓋[22]를 받치고, 악인樂人은 음악을 연주하며 정연히 줄지어 마중

---

19 장원長元 9년(1036) 4월 17일 사망. 향년 29세.
20 → 불교. 아사리阿闍梨가 되는 데도 연줄이 필요했던 것 같아 흥미로움.
21 고이치조後一條 천황을 가리킴.
22 원문에는 "蓋". 긴 막대기의 큰 비단 우산.

을 왔다. 향로香爐[23]를 들고 있는 강사인 공봉을 종자들이 가마에 태우고, 그 가마 위에 천개를 씌웠다. 그리고 공봉을 맞이해 고좌高座에 오르게 하자, 백 명[24]이나 되는 그 밖의 강사들도 모두 고좌에 올랐다. 훌륭하게 그린 백 체百體의 불상, 백체의 보살상,[25] 백체의 나한상羅漢像[26]이 나란히 걸려 있었다. 또한 가지각색의 조화造花가 병에 꽂아 있었고, 각양각색의 불공물佛供物[27] 또한 아름답게 담겨서 줄지어 세워져 있었다.

이때 총강사가 먼저 표백문表白文[28]을 낭독하기 위해 부처를 주시하고 있는데, 그 제일 공봉이란 자가 갑가사甲袈裟[29] 차림에 하카마袴를 치켜 올리고,[30] 긴 자루가 달린 칼을 든, 일고여덟 명쯤의 무서운 형상을 한 법사를 거느리고 고좌의 뒤편에 나타났다. 그가 세 칸間[31] 정도 떨어진 곳에 턱하니 버티고 서서, 팔짱을 끼고 양 겨드랑이 밑을 긁으며[32] 부채질을 크게 했다. 그리고 성난 목소리로

"거기 계신 강사 스님, 히에이 산에서 존귀한 학승이라고 멀리서나마 듣고 있었소만 이 지방에서는 수령님께서 나를 이 지방 제일의 법사로 중히 여기시오. 다른 지방이라면 모르겠으나, 이 지방 안에서는 상하를 막론하고 공덕功德을 행하는 법회의 강사로는, 반드시 이 지방 제일 공봉인 나를 초대하게 되어 있소. 그러니, 스님이 아무리 훌륭하시다 한들 미천한 나를 초청

---

23 → 불교.
24 일좌一座에 한 강사씩, 백 명의 강사를 초대한 것임. 이하의 '백'의 숫자도 모두 백좌에 연유된 숫자임.
25 '보살菩薩'(→ 불교).
26 '나한羅漢'(→ 불교).
27 부처에 대한 공물供物.
28 부처에게 법회의 취지를 말씀드리기 위해 불전佛前에서 표백문表白文을 낭독한 것임.
29 가사袈裟의 한 종류. 칠조七條의 가사에 검은 태를 두르고, 바탕을 귀갑형龜甲形(방형方形)으로 꿰맨 것. 고위高位 승관僧官이 착용하였음. 줄여서 '갑甲'이라고 함. 권14 제11화에도 '갑가사'가 등장.
30 활동에 편리하도록 옷차림을 했다는 의미임.
31 한 칸間은 기둥과 기둥 사이의 간격. 그것이 세 칸 정도 떨어진 거리.
32 뽐내거나 득의만면할 때 짓는 동작. 권23 제15화 주 참조.

해야 하는데, 나를 제쳐두고 그쪽을 초청한 것은 수령님을 몹시 욕보이는 것이 아니겠소. 설사 오늘 법회가 잘 안 될지라도, 그대에게 강사를 시킬 수가 없소. 정말 안 된 일이지만 말이오."

라고 말했다. 그리고 말이 끝나자마자 무섭게 그는 "법사들, 이쪽으로 와라. 저 총강사 스님이 앉아 있는 고좌를 뒤집어엎어 버려라."라고 고함쳤다. 곧바로 법사들이 달려와 자리를 뒤집어엎으려 했기에, 강사는 뒹굴듯 고좌에서 뛰어내렸고, 키가 작은 탓에 거꾸로 뒤집히고 말았다. 공봉을 모시고 온 승려들이 그를 껴안고 고좌 사이로[33] 데리고 나와서 달아나자, 그 뒤 제일 공봉이 대신해서 자리로 뛰어올라가, 어깨를 으쓱 치켜세우며 강사의 법식을 맡아 진행했다.

다른 강사들은 망연자실하여 불사佛事를 행하려 하지 않았고, 법회는 엉망진창이 되었다. 그 지방 사람들 가운데에도 제일 공봉을 아직 한 번도 만나본 적이 없는 자들도 '연루되면 큰일이겠구나.'라고 생각하고 뒤쪽으로 모두 달아난 듯하여 사람 수가 줄어들었다. 그래서 법회는 금방 끝이 났고, 총강사의 선물[34]로 준비해 두었던 보시布施품들은 모두 제일 공봉에게 주었다. 뒤에 남은 사람들의 멍한 표정과 모습은 정말로 한심스러워 보였다.

그 후 어느새 국사國司의 임기[35]도 끝났기에, 제일 공봉도 상경했다. 수령은 두서 해 쯤 지나 죽었고, 그 바람에 제일 공봉은 의지할 곳도 없어져서 생활이 매우 궁핍하게 되었다. 그러다 백라白癩[36]라는 병에 걸려, 모자의 인연을 맺은 유모도 불결해 하며 가까이 오지 못하게 하였다. 결국 갈 곳이 없

---

33 고좌高座와 고좌 사이의 통로를 가리킴.
34 원문에는 "료料". '료'는 불물佛物, 용품이란 뜻. 선물. 이 부분의 기사는 다음 이야기에서 기술하는 가와치河內 수령이 보시布施를 횡령하는 내용과 연결됨.
35 미노 국수國守의 임기. 4년간.
36 흰 어루라기. 색소부족으로 피부가 얼룩덜룩하게 백화白化하는 병.

어서 기요미즈淸水나 사카모토坂本[37]의 초막에 들어가 살고 있었는데, 그곳의 불구자들에게조차 미움을 받고, 석 달 만에 죽고 말았다.

이것은 다름이 아닌, 장엄한 법회를 방해하고 천한 신분이면서 존귀한 승려를 질투한 탓에 바로 현보現報를 받은 것이다.

그러므로 사람들은 이것을 알고 절대로 질투심을 일으켜서는 안 된다. 질투야말로 하늘[38]이 정말로 미워하시는 것이라고 이렇게 이야기로 전하여 내려오고 있다 한다.

---

37 기요미즈데라淸水寺 근방과 니시사카모토西抜本(교토 시京都市 사쿄 구左京區 수학원修學院 부근) 지구.
38 원문 "천도天道". 본권 제31화 주 참조.

比叡山ノ僧心懷依嫉妬感現報語第三十五

今昔、比叡ノ山ノ東塔ニ心懷ト云フ僧有ケリ。法ヲ学ビテ山ニ有ケルニ、年若シテ、指セル事無カリケレバ、山ニモ不住得ザリケル程ニ、美濃ノ守□ノ□ト云フ人有ケリ、其ノ人ニ付テ、彼ノ国ニ行ヌ。守ノ北ノ方ノ乳母、此ノ僧ヲ養

子トス。然レバ、国司其ノ縁ニ依テ、方々ニ付テ顧ケリ。此レニ依テ、国ニ人此ノ僧ヲ一供奉ト名付テ、畏リ敬フ事無限シ。

而ル間、其ノ国ニ大疫発テ、病死スル者多カリ。国人等此レヲ歎テ、守ノ京ニ有ル間ニ申シテ、国人皆心ヲ一ニシテ、南宮ト申社ノ前ニシテ、百座ノ仁王講ヲ可行キ事ヲ始ム。経ニ被説タルガ如ク、力ヲ尽シテ、厳シク大会ヲ儲ク。必ズ其ノ験可有ク、国人共皆憑タリ。一人トシテ志ヲ不運ザル者無シ。大ナル幡共ヲ懸ケ並べ、千ノ灯ヲ襄ゲ、音楽ヲ調ブ。

而ルニ、其ノ惣講師ニハ懐国供奉ト云フ人ヲナム請ズル。其ノ供奉ハ筑前ノ守源ノ道成ノ朝臣ノ弟也。学生モ人ニ勝レ、説経モ上手也。又兄

説経する僧（法然上人絵伝）

二似テ、和歌ヲ吉ク読ミ物語ヲモ吉ク為スレバ、諸ノ俗共此ノ
人ヲ得意トシテ遊ビ戯レバ、所得タル名僧ニテナム有ケル。
其ニ、後一条ノ院ノ御読経衆ニテ年来候ヒケルニ、失サセ
給ヒニハケレバ、世忽ニ替テ、寄付カム方モ不思ヱズ哀ニ思
ハレケレバ、「年ハ老ニタリ、事ヲ縁モ無クテ、今ハ世ニ有テモ何ニカハ
難成ク、憑ミ奉ル君ハ失セ給ヒヌ。今ハ世ニ有テモ何ニカハ
セム」ト思ヒ取テ、忽ニ道心発シテ、美濃国ニ行テ、貴キ山
寺ニ籠リ居タル也ケリ。其レヲ「態ト請ゼムニ、此許ノ人ヲ
コソハ請ゼメ。而ニ、国ノ内ニ居タルハ、極タル便宜也」ト
思テ、請ズル也。

抑、比叡山ニテハ止事無人ニテ有ケリ。御弟子共モ可然
キ人々学生ニテ山ニ有ナリ。然レバ、「先ヅ案内ヲ申サム」
トテ、此ク講師ニ請ジ申ス由ヲ、内々ニ云ヒケレバ、供奉ノ
云ク、「此ク事ヲ聞バ、国ノ内ノ祈ノ為ナリ。我レ此ノ国ヲ
憑テ、此テ居タリ。何デカ愚ニハ思ハム。然レバ、必ズ可出
キ也」ト。

而ルニ、其ノ日ニ成テ、漸ク事始ムル程ニ、供奉出デ、
房ニ□タル所ニテ法服直シク調テ居タルニ、輿ヲ荷ヒ、蓋ヲ
捧テ、楽人音楽ヲ調ベテ、直シク烈シテ迎フ。講師香炉ヲ取
テ、輿ニ乗スレバ、上ニ蓋ヲ差覆テ、迎テ高座ニ令登セツ。
余ノ講師共モ、百人乍ラ皆高座ニ登ヌ。百ノ仏像、百ノ菩薩
像、百ノ羅漢像、皆微妙ク書立テ奉テ、懸並べ奉タリ。
様々ノ造花共瓶ニ差シタリ、色々ノ仏供共モ色微妙ク□ヒテ、
盛リ渡シタリ。

其ノ時ニ、惣講師先ヅ申上ゲムガ為ニ、仏ヲ見奉ル程ニ、
彼ノ一供奉甲ノ裹袈ヲ着テ袴ノ具シテ、怖シ気ナル法師原
ノ長刀ヲ提タル、七八人ノ許ノ具シテ、高座ノ後ニ出来テ、
三間許去立テ、脇ヲ掻テ扇ヲ仕テ、嗔デ云ク、「彼ノ講
師ノ御房、山ニテコソ遥ニ止事無キ学生トハ見ヘ進リシカ。
此ノ国ニテハ、守ノ殿我レヲコソ国ノ一法師ニハ被用レ。他
ノ国ハ不知ズ、此ノ国ノ内ニハ、上下ヲ不論ズ、功徳ヲ造ル
講師ニハ、国ノ一供奉ヲナム必ズ請ズルニ、御房止事無ク坐

ストモ、賤キ己ヲ可請キニ、己ヲ置乍ラ、彼ノ御房ヲ請ジ進ルハ、守ノ殿ヲ無下ニ蔑リ奉ルニハ非ズヤ。今日事ハ闕クト云フトモ、其レニ講師ハ不令為マジ。「穴糸惜シ」。「法師原詣来。此ノ惣講師ノ御房ノ居タル高座覆セ」ト云ヘバ、即チ法師原寄テ、覆スサムト為ルニ、講師丸ビ下ル程ニ、長短ナレバ、逆様ニ倒レヌ。従僧共提ニ提テ、高座ノ迫ヨリ将逃レバ、其ノ後、一供奉ノ代ニ飛ビ登テ、嗔々ル講師ノ作法共シツ。

余ノ講師共ハ我ニモ非ヌ心地シテ、行ニモ非ズ、事皆乱ス。国ノ者共モ、一供奉ニ未ダ不見ザリケル者共ハ、「事ニモゾ懸ル」ト思テ、後ノ方ヨリ皆逃テ行メレバ、人少ニ成ヌ。即チ、事畢ヌレバ、惣講師ノ料ニ儲タリツル布施共ハ、皆一供奉ニ取セツ。残リ留タル国人共ノ思タル顔気色、極テ本意無気也。

其ノ後、墓無クテ任モ最レバ、一供奉モ京ニ上ヌ。守モニ三年許ヲ経テ死ヌレバ、一供奉寄リ付ク方無クテ、極テ便無ク成ヌ。而不、白癩ト云テ病付テ、祖ト契リシ乳母モ、穢ナムトテ不令寄。然レバ、可行キ方無クテ、清水、坂本ノ奄ニ行テゾ住ル。其ニテモ然ル片輪者ノ中ニモ被憐テ、三月許有テ死ケリ。

此レ他ニ非ズ、厳ニ法会ヲ妨ゲ、我ガ身賤クシテ、止事無キ僧ヲ嫉妬セルニ依テ、現報ヲ新タニ感ゼル也。

然レバ、人此レヲ知テ、永ク嫉妬ノ心ヲ不可発ズ。嫉妬ハ此レ天道ノ憾ミ給フ事也、ト語レリ伝ヘタリトヤ。

가와치河內의 수령이 간탐慳貪에 의해 현보現報를 받은 이야기

가와치河內 수령 아무개가 신심信心이 깊은 군사郡司 아무개의 불경공양 법회장에 난입하여, 강사講師에게 줄 보시布施를 가로챈 응보로 인해, 명벌冥罰을 받아 얼마 지나지 않아 죽은 이야기. 간탐慳貪과 불물기용佛物欺用의 죄를 훈계한 이야기로, 앞 이야기와는 법회장에 난입하여 보시를 강탈하는 점에서 연결된다. 욕심에 눈이 멀어 도리에 어긋난 행동을 하는 국사國司의 모습을 전하는 이야기이다.

이제는 옛이야기이지만, 가와치 지방河內國[1] 사라라 군讚良郡[2]에 군사郡司[3]인 남자가 있었다. 삼보三寶를 공경하고 후세後世[4]를 깊이 두려워하였기 때문에, 불화佛畫를 그리고 경經을 서사書寫했지만, 오랫동안 공양供養을 하지 않고 있었다. 하지만 만년晚年에 길일吉日을 택해 평생 동안 모은 재산을 던져서 공양을 행하기로 하여, 특별히 히에이 산比叡山[5]의 □□[6] 아사리阿闍梨라는 사람을 초청해 강사講師[7]로 맞이했다.

---

1 → 옛 지방명.
2 현재의 오사카 부大阪府 기타가와치 군北河內郡.
3 국사國司에 대한 군리郡吏의 총칭. 대부분 일군一郡의 장관長官, 대령大領.
4 → 불교.
5 → 지명.
6 승명 명기를 위한 의도적 결자.
7 법회法會 등의 주승主僧으로, 설경說經·강설講說을 하는 승려.

당일 공양 법회法會가 시작되자, 지위 고하를 막론한 그 지방 모든 사람들이 청문聽聞을 하려고 와서 시장처럼 줄지어 앉았다. 시주施主[8]는 고좌高座 아래 가까이에서 합장한 채 웅크려 앉아 있었다. 이윽고 강사가 소리 높여 표백表白[9]을 낭독하려고 할 때, 줄지어 앉은 청중들이 갑자기 당황하며 툇마루로 뛰어내려 웅성거리기 시작했다.[10] 시주가 "무슨 일이냐?"라고 물었지만, 아무도 대답을 하지 않았다. 강사도 《어이가 없》[11]어서 잠시 아무 말도 없이 가만히 있었는데, 조금 지나자 국사國司인 □□의 □[12]라는 사람이 왔는데, 몹시 늙어서 낭등郞等[13]들이 그를 말에서 안고 내려와 업고 찾아왔다.

국사는 툇마루로 올라와 중앙부의 방[14]에 앉고는 "이곳에서 귀한 불사佛事가 열린다고 듣고, 결연結緣[15]을 맺고자 찾아 온 것이오."라며 손을 비비며 강사에게 "어서 표백을 낭독하시지요."라고 권했다. 강사는 마음속으로

'하잘것없는 시골뜨기만이 청문하고 있기에, 보람이 없는 설법說法이 될까 봐 낙담하고 있었는데, 이 국사는 노령이라 옛 고승高僧들의 관행觀行[16]을 익히 들어 지식이 많을 테고, 또한 학문상의 재능도 당대 일류의 인물인 만큼 불사에 쓰이는 인연因緣,[17] 비유담譬喩譚도 들어서 알고 있을 것이리라. 이 남자가 청문하는 이상, 아주 학문적으로 설법을 들려줘야겠구나.'

8   원문에는 "단월檀越". 시주施主인 군사郡司를 가리킴.
9   법회 석상에서 도사導師(강사講師)가 법회의 취지를 기록한 문을 불전佛前에서 낭독하는 것 또는 그 글.
10 이 국수國守가 평소부터 백성들에게 미움 받고 있었던 것. '저 자가 왔으니 무슨 일을 벌일 것이다.'라고 사람들이 예감하고 허둥지둥하는 모습이 잘 나타나 있음.
11 한자의 명기를 위한 의도적 결자. 『부상몽구사수扶桑蒙求私注』를 침조하여 보충.
12 국수의 성명 명기를 위한 의도적 결자.
13 주인과 혈연관계가 없는 종자.
14 원문에는 "나카노마中の間". 집의 중앙부에 있는 방.
15 → 불교. 불연佛緣과 연결되어, 왕생往生의 연줄로 삼는 것.
16 원문은 "관경觀經". 『관무량수경觀無量壽經』의 약칭이지만, 여기서는 부적절함. 그러므로 '관행觀行'을 나타낸 것으로 추정. 관행은 천태종天台宗 세 종류의 관법觀法의 하나로, 마음에 정리正理를 사고하여 그 이치대로 실천, 수행하는 것임.
17 → 불교.

라고 생각하고, 소리 높여 부채를 펼쳐들고, 여의如意[18]를 높이 치켜든 채□, 팔을 쭉 펴고 이제 막 설경說經을 시작하려고 했다.[19] 그때 수령이

"이 늙은이는 참배하러 오느라 완전히 지쳤소. 결연만이라도 맺으면 되네. 물러나서 좀 휴식을 취해야겠소."

라고 하고는 일어나서, 강사를 위해 《마련해 둔》[20] 대기실 쪽으로 가 버렸다. 그래서 시주도 설경을 듣는 걸 멈추고, 수령의 뒤를 따라갔다. 수령도 듣는 걸 관두고 가고, 시주도 가 버렸으니 강사는 정말이지 어이가 없었다. 그래서 강사는 '하다못해 시주가 돌아오고 나면 설경을 끝내야지.'라고 생각하고, 그저 이렇다 할 것 없는 시시한 이야기들을 장황하게 늘어놓았다. 자신의 예상이 모두 빗나가 버리자, 그는 설경의 좋고 나쁨을 분별하지도 못하는 사람들 앞에서 그냥 적당히 지껄이고 있었던 셈이었다. 강사는 '말하는 것들은 모두 법문法文과 관련된 것이니만큼, 공덕功德이 될 것이다.'라고도 생각해 보았지만, 스스로 정말 한심하다는 생각을 지울 수 없었다.

한편 수령은 차려진 밥상을 앞에 두고 "상당히 잘 차려 놓았군. 배도 고프니 어디 한번 먹어볼까."라고 하고, 술도 두세 잔 정도 마셨다. 그리고 시주에게

"저 강사는 상당히 유명한 당대의 명승名僧이시네. 어중간한 보시로는 세상의 웃음거리가 될 것이야. 하지만 시골뜨기들은 이런 것들을 잘 모르는 법이지. 하니, 어떻게 준비했는지 한번 꺼내 보시게. 어떻게 묶었는지도 살펴보고 싶군. 그리고 보시는 수행 종자[21]들에게 주도록 하게."

---

18 → 불교. 권16 제15화의 도판 참조.
19 이 부분에는 당시의 설경의 연기와 액션이 묘사되어 있음. 승려의 활기찬 모습을 잘 묘사하고 있음.
20 「부상몽구사주」를 참조하여 보충.
21 여기서는 강사를 수행하여 따라온 자일 것임.

라고 말했다. 이에 시주는 기뻐하며[22] 설경도 듣지 않아 죄를 짓게 될 것이라고 걱정하고 있었던 차에, 수령이 이런 말을 해 주는 것을 기쁘게 생각했고, 보시 세 꾸러미를 꺼내어 수령 앞에 두었다. 한 꾸러미에는 능직비단[23] 서른 필疋, 또 한 꾸러미에는 여덟 장八丈 비단[24] 서른 필, 나머지 한 꾸러미에는 보통 비단 쉰 필, 모두 다 깔끔한 비단으로 감싸져 있었다.

수령은 이를 보고

"상당히 잘 준비했네. 자네는 매우 박식한 사람이군. 게다가 상당한 재산가이니 이렇게 하는 것도 도리에 맞지. 그런데 말이지, 자네에게는 납부해야 할 조세租稅[25]가 매우 많이 있네. 이건 그 대신으로 내가 받아 가도록 하겠네. 그리고 강사에게는 다른 물건을 꺼내서 이 물건 수와 마찬가지로 조금도 부족함이 없도록 똑같이 지금 당장 준비하고, 싸서 주어야 하네. 알겠는가, 결코 소홀히 하지 말도록 하게."

라고 말하고, "여봐라, 모두 이리로 와서 이걸 들고 가거라."라고 말하자, 부하 두 명이 나와서 꾸러미 세 개를 전부 안아들고 나갔다. 그 뒤 수령은 말을 꺼내오게 하고 기어올라 타고는 가버렸다. 시주는 눈도 입도 다 벌린 채 □□,[26] 망연자실해 있었다. 잠시 후 눈에서 굵은 눈물을 비 오듯 흘리며 한없이 울었다. 마냥 울며 그대로 고개를 숙이고 있었기에, 아이들이나 친척들이 딱해 하며 각각 분주히 움직여서 질이 그다지 좋지 않은 비단 서른 필 정도를 찾아 모아 왔고, 그것을 강사의 보시로 했다.

---

22 세심한 배려에 시주는 기뻐한 것임.
23 본권 제10화에도 등장.
24 오와리尾張·미노美濃 산출産出의 견포絹布로, 한 두루마리의 길이가 여덟 장八丈이었던 것에서 붙여진 이름.
25 특히 전조田租로서 상납미를 가리킴. 이하 국수가 보시를 가로챌 속셈임.
26 한자의 명기를 위한 의도적 결자. 해당어가 분명치 않음. 유포본을 참고하여 보충함.

그때 시주는 고좌에 있는 강사에게 가서 "저런 거지 녀석[27]에게 공덕을 방해받다니, 정말 슬픕니다."라고 하며 큰 소리로 울음을 터트렸다. 강사는 설경할 마음도 없어져서 그만두고, 고좌에서 내려와 "무슨 일이신지요?"라고 물었다. 하지만 군사는 마냥 울기만 할 뿐 아무 대답도 하지 않았다. 시주의 아들 중의 한 사람이 와서 비로소 "이러이러한 연유입니다."라고 말하자, 강사는

"조금도 한탄하실 필요 없습니다. 소승은 보시가 없《어도》[28] 결코 불만스럽지 않습니다. 당신은 이미 노경에 접어들으셨고 그다지 유복하지 않은 처지인 것 같습니다. 이 법회 비용으로 하기 위해 오랫동안 재산을 모아두고, 이제야 그 뜻을 이루려는데 난데없이 대악마大惡魔[29]가 출현해서 방해하였으니, 소승의 공덕이 부족한 소치이겠지요. 하지만 저로서는 도심道心을 일으켜 정성껏 불경佛經을 강설講說하였으니, 당신의 후세後世는 꼭 구제받으실 수 있을 것이라 여기십시오. 이건 다 소승의 설경이 소홀했던 탓에 악마에게 방해를 받은 것이겠지요. 소승에게 줄 보시에 착오가 있었던 것은 이미 이렇게 이야기를 들은 이상, 받은 것이나 진배없습니다. 결코 한탄하실 필요가 없습니다."

라고 말했기에, 시주는 "그렇게 말씀을 해주시니 정말 기쁩니다."라고 눈물을 흘리며 말했다.

그렇지만 강사는 마음속으로 '몹쓸 죄를 지은 국사 녀석.'이라고 생각하고, 상경한 후 중오심에 이 일을 널리 퍼트렸다. 그 후 수령은 얼마 지나지

---

27 원문은 "빈도貧道". 승려의 겸칭謙稱으로 사용되지만, 여기서는 부적절함. 간탐慳貪한 국수를 거지, 가난뱅이라고 욕한 말로 추정.
28 파손에 의한 결자. 문맥을 고려하여 보충.
29 원문에는 "대마장大魔障"(→ 불교). 국수를 가리킴. '마장魔障'은 악마에 의한 불도수행의 방해, 또는 그러한 악마를 말함.

않아 죽고 말았다.

　이것을 생각하면 사후 수령은 얼마만큼 죄 값을 받을 것인가. 사람은 보이는 것에 마음을 빼앗겨 절대 이와 같이 불물佛物을 도용盜用[30] 해서는 안 된다고 이렇게 이야기로 전하여 내려오고 있다 한다.

30　편자가 부가한 화말평어話末評語 및 결어結語. 불물도용을 금하고 있음. 불물도용의 죄에 관한 이야기는 권 19 제19~22화에 보임.

가와치 河内의 수령이 간탐慳貪에 의해 현보現報를 받은 이야기

河内守依慳貪感現報語第三十六

今昔、河内ノ国讃良ノ郡ノ郡司ナル男有ケリ。心ニ三宝ヲ信テ、専ニ後世ヲ恐ルヽガ故ニ、仏ヲ写シ奉テ、経ヲ書キ奉テ、年来不供養シテ過ルニ、年クレテ、一生ノ貯ヲ投棄テ、吉日ヲ撰テ、供養ヲ儲ケタリ。比叡ノ山ノ□阿闍梨ト云フ人、態ト請ジ下テ講師トス。

既ニ其ノ日ニ成テ、事始ル程ニ、国ノ内ノ上下ノ人、聴聞ノ為ニ来リ臨デ、市ヲ成テ居並タリ。檀越ハ高座ノ許ニ近ク手ヲ合セテ屈リ居タリ。講師音ヲ挙テ表白スル程ニ、此ノ居並タル聴聞ノ者共、俄ニ板敷ヲハラ〳〵ト迷ドヒ下テ喤ル。檀越、「何事ゾ」ト問ドモ、答フル人無シ。講師モ□テ、暫ク物モ不云ズシテ有ルニ、暫計有テ見レバ、国ヲ守ニ□□ノ□ト云フ人、年極テ老タレバ、郎等共ニ抱キ被下テ、郎等ニ懸テ来ヌ。

板敷ニ上テ、中ノ間ニ居テ云ク、『貴キ仏事修ス』ト聞ツレバ、『結縁セム』ト思テ来ツル也」トテ、手ヲ押シ摺テ、講師ニ向テ、「疾ク申シ上ゲ給へ」ト、勧レバ、講師、「無下ノ国人ノ限リ聞ツレバ、暗ノ夜ナドノ様ニ思エツレルニ、此ノ年老タレバ、昔ノ観経共ヲモ吉ク聞キ集メタラム。又才モ只今ノ極メタル者ナレバ、可然キ因縁譬喩モ聞キ知タラム。然レバ、此レガ聞クニ、才施シテ令聞」ト思テ、音ヲ挙テ、

扇ヲ開キ仕ヒ、如意ヲ高ク捧□、肱ヲ延テ、今説ムト為ル二、守ノ云ク、「翁詣来極ジニタリ。結縁計也。罷出テ休マム」ト云テ講師ノ料ニ□タル方ニ立テ行ヌ。然レバ、檀越モ説経ヲ聞サシテ、守ノ許ニ行ヌ。講師ハ、守モ聞サシテ行ヌ、檀越モ行ヌレ、奇異ク思フ事無限シ。「檀越ノ返ラムヲダニ待テテコソハ申シ畢メ」ト思フ程ニ、只何トモ無キ由無シ事ヲ無期ニ居タリ。兼テ案ジツル事共皆違ヌレバ、聞知人モ無キマヽニ、云ヒ居タル也。然レドモ、「皆法文ナレバ功徳トコソハ成ラメ」ト思フニモ、侘シキ事譬ヘム方無シ。守ノ前ニ食物ナド備ヘタレバ、守、「糸吉シ。極ジタルニ食テム」ト云テ、酒モ二三杯許呑ツ。然ヲ、守檀越ニ云ク、「此講師ハ只今ノ止事無キ名僧ニ座スガリ。布施ナド異様ナラバ、名ニ立也。然様ノ事ハ田舎ノ人ハ難知シ。何様ニカ儲タル、取出デヨ。裏タラム様モ見ム。又布施ハ此ニ有郎等共ニ取セム」ト云ヘバ、檀越喜ビヲ成シテ、説経モ不聞シテ罪モ得ヌベク思テ居タルニ、守ノ此ク云ヘバ、喜ク

テ、布施ヲ取出シテ、三裏守ノ前ニ置ツ。一裏ニハ八丈絹三十疋、一裏ニハ例ノ絹五十疋裏タリ。清気ナル絹共ニ裏タリ。守此ヲ見テ、「糸吉ク儲タリケリ。尊ハ物ノ故ゾ知タリケル。亦俺ヤ遣ラム方ダ無ク有レバ、此ク為ルモ理也。抑、尊可成キ官物其員有リ。此レハ其ノ代ニ我レ取テム。亦取出テ、此レガ様ニ、員不劣ズ疾ク裏テ、講師ニハ可奉也。穴賢。愚ニ不可為ズ」ト云テ、「男共詣デ来テ、此レ取レ」ト云ヘバ、郎等二人出来テ、三裏乍皆抱キ取テ去ヌ。其ノ後、馬引出サセテ、這乗テ、守行ヌレバ、檀越目口開テ□、其ノラ物モ不思ズ。暫ク計リ有ニ、目ヨリ大キナル涙ノ雨ノ如ク落シテ、泣ク事無限シ。泣キ入テ低ニ臥タレバ、子共類親ナド糸惜ガリテ、各走リ騒テ、賤ノ絹三十疋許求メ集テゾ、講師ニ取セケル。其ノ時ニ、檀越講師ノ高座ニ居タル所ニ行テ、「此ル貧道二功徳ヲ被妨タル、悲キ事也」ト云テ、音ヲ挙テ叫ベバ、

説経スル空モ無クテ止、高座ヨリ下テ、「何ニ」ト問ヘバ、泣入テ答事無シ。子ノ男出来テハ、「然事候ツル也」云ヘバ、講師、「何カ歎キ給フ。我レハ布施無□可申キニ非ズ。其ノ年既ニ老タメリ。貧キ身ニ年来ノ貯ヘヲ此ノ料ト貯ヘ置テ願ヲ遂ルヲ、俄ニ大魔障出来テ妨グルハ、功徳ノ実ナレバ、此ク有ル也。然レドモ我レニ於テハ、道心ヲ発シテ、懃ニ仏経ヲ釈シ侍ヌ。『後世ノ事、必助カルベシ』ト可思給シ。講師ノ施経愚ナラバコソ被妨ニ有ラメ。我ガ事ノ違タラムハ、此ク聞キ見ツレバ同事也。更ニ歎キ可給ニ非ズ」ト云ヘバ、檀越、「此ク仰給フ、嬉キ事也」ト泣々ク云フ。

講師心ノ内ニハ、「極ジキ罪ヲモ造ルカナ」ト思テ、京ニ上テ憫キマヽニ云ヒ披タル也ケリ。其ノ後、守幾ヶ程ヲ不経シテ死ニケリ。

此レヲ思ニ、後世ニ何許ノ罪ヲ受クラム。人努々見ル物ニ就テ、如此ノ誤用ヲ不可成ズ、トナム語リ伝ヘタルトヤ。

재보財寶에 눈이 멀어 딸을 오니鬼에게 잡아먹히고 후회한 이야기

> 야마토 지방大和國 도치 군十市郡의 가가미쓰쿠리鏡造라는 부자가 재보財寶에 눈이 멀어, 사람으로 변한 오니鬼에게 딸을 시집보내고, 결국 딸을 잡아먹히게 한 이야기. 보내온 재물은 모두 소와 말의 뼈로 변했다고 한다. 탐욕에 의한 악보惡報라는 점에서 앞 이야기와 연결된다.

이제는 옛이야기이지만,[1] 야마토 지방大和國 도치 군十市郡[2] 안치 촌庵知村[3] 동쪽에 사는 사람이 있었다. 집은 대단히 유복했고, 성은 가가미쓰쿠리鏡造[4]라고 했다. 딸이 한 명 있었는데, 용모가 단정하여 이러한 시골 사람[5]의 딸이라고는 도저히 믿기지 않을 정도였다.

아직 시집을 가기 전이라 그 근처의 내로라하는 집들의 사내들이 빈번히 구혼을 해 왔지만, 단호하게 계속 거절을 했다. 그렇게 몇 년인가 지내던

---

1 『영이기靈異記』는 쇼무聖武 천황天皇 치세 때의 사건이라 함.
2 시키카미城上·시키시모 군城下郡과 합쳐져 시키 군磯城郡이 됨. 나라 현奈良縣 가시하라 시橿原市·사쿠라이 시櫻井市·시키 군城城郡 다하라모토 정田原本町 일대.
3 천평승보天平勝寶 2년(750) 2월 24일의 관노비해官奴婢解에, '안치 촌庵知村'이 보임(『정창원문서正倉院文書』). 나라 현 야마베 군山邊郡 니카이도 촌二階堂村 오지庵治(현재의 덴리 시天理市 오지 庵治町) 지역.
4 상대上代 씨족의 하나. 본래 가가미쓰쿠리노 미야쓰코鏡作造, 천무天武 12년(683) 무라지連 성으로 바뀜. 이시코리도메노미코토伊斯許理度賣命(石凝姥命) 혹은 아마노아라토天糠戶의 자손이라고 하며, 거울 제작과 신기神祇의 제사祭祀에 종사. 야마토 지방大和國 시키시모 군城下郡에 가가미쓰쿠리 향鏡作鄕(현재의 다하라모토 정田原本町 부근)이 있는데, 그 주변을 본거지로 한 씨족임.
5 야마토 지방을 시골로 보고 있음.

중, 어떤 사내가 꼭 신부로 맞이하고 싶다고 구혼을 해 왔는데, 이것도 거절하고 허락하지 않았다. 그러자 그 구혼한 사내가 이번에는 많은 재보財寶를 수레 석 대에 실어서 보내왔다. 부모는 그것을 보자, 갑자기 재보에 눈이 멀어 딸을 시집보낼 마음이 생겼다. 이리하여 그 사내의 소원대로 결혼을 허락했다. 그래서 길일吉日을 택해 그 사내가 찾아왔고, 사내는 즉시 침소에 들어가 딸과 정을 통했다.

그런데 한밤중에 딸이 큰 소리로 "아파, 아파."라고 세 번 정도 소리쳤다. 부모는 그 소리를 듣고 얼굴을 마주보고 고개를 끄덕이며 "경험이 없어서 첫날밤에 아파하는 것이겠지."라고 하며 그냥 자버렸다. 그런데 날이 밝은 후 딸이 좀처럼 일어나지 않자, 어머니가 딸에게 가서 큰 소리로 깨웠지만, 아무런 대답이 없었다. 이상하게 생각하고 가까이 가서보니, 딸의 머리와 손가락 하나만이 남아 있었고, 다른 신체 부분은 온데간데없었다. 그리고 많은 피가 흘러 있었다.

부모는 이것을 보고 한없이 울며 슬퍼했다. 즉시 이전에 보내온 재보를 보니, 모두 말이나 소 뼈였다. 또한 재보를 싣고 온 석 대의 수레를 보니, 오수유吳茱萸[6] 나무였다. 부모는

'그렇다면 이건 오니鬼가 사람으로 변해 와서 잡아먹은 것인가. 아니면 신이 노하여 무서운 지벌을 내린 것인가.'

라고 여러모로 골똘히 생각하며 비탄에 잠겼는데, 인근 사람들도 이를 듣고 몰려와 그 광경을 보고는 모두 괴이하게 여겼다. 그 후 딸을 위해 불사佛事를 열어 그 머리를 상자에 넣고, 초칠일에 해당하는 날에 불전佛前에 두고 재회齋會[7]를 행했다.

---

6   산초山椒(* 운향과의 초피나무)의 일종으로, 열매를 약용으로 쓰였음.
7   * 음식을 차려 여러 승려와 모든 넋을 공양하는 법회法會.

이것을 생각하면 사람은 재보를 탐내고 그것에 눈이 멀어서는 안 된다. 이 일은 재보에 눈이 멀었기 때문에 일어난 일이라며, 부모는 후회하며 슬퍼했다고 이렇게 이야기로 전하여 내려오고 있다 한다.

耽財娘為鬼被噉悔語 第三十七

今昔、大和国十市ノ郡庵知ノ村ノ東ノ方ニ住ム人有ケリ。家大キニ富メ、姓ハ鏡造也。一人ノ女子在リ。其ノ形端正也。

更ニ此様田舎人ノ娘ト不思ズ。

未ダ不嫁ザル程ニ、其ノ辺ノ可然キ者共、此ヲ夜這フ。然レドモ固ク辞シテ、年ヲ経ル間ニ、人在テ強ニ此レヲ夜這フ、辞シテ不聞入ザル間、此ノ夜這フ人、諸ノ財ヲ車三両ニ積テ送レリ。父母此レヲ見テ、忽ニ財ニ耽ル心出来テ、心解ヌ。

然レバ、父母此ノ人ニ随テ許シツ。然バ、吉日ヲ定メテ、此ノ人来レリ。即チ寝所ニ入テ、娘ト交通シヌ。

而ル間、夜半計ニ、娘音ヲ高クカクシテ、「痛ヤ痛ヤ」ト、三度許云フ。父母此ノ音ヲ聞、相諸ニ云ク、「此レ未ダ不習ズテ、交通ノ間痛ム也」ト云テ、寝ヌ。夜明テ後、娘遅

起レバ、母寄テ驚カシ呼ブニ、更ニ答不為ネバ、怪ムデ近ク寄テ見ルニ、娘ノ頭ト一ノ指許リ有テ、余ノ体無シ。又血多流レタル。

父母此レヲ見テ、泣キ悲ム事無限シ。即チ彼ノ送レリシ財ヲ見バ、諸ノ馬牛ノ骨ニテ在リ。財ヲ積タリシ三ノ車見バ、呉朱臾ノ木ニテ有リ。「此レ、鬼ノ人ニ変ジテ来テ噉ゼルカ、又神ノ嗔ヲ成テ、重テ崇ヲ成セルカ」ト疑テ、歎キ悲ム間、其ノ辺ノ人、此ヲ聞テ集リ来テ、此レヲ見テ不怪ズト云フ事無シ。

其ノ後、娘ノ為ニ仏事ヲ修シテ、彼ノ娘ノ頭ヲ箱ニ入テ、初七日ニ当ル日、仏ノ御前ニ置テ、斉会ヲ儲ケル。此レヲ思フニ、人財ニ耽ル事無カレ。此レ財ニ耽ルニ依テ有ル事也トゾ、父母悔ヒ悲ビケル、トナム語リ伝ヘタリトヤ。

이시카와石川의 사미沙彌가 악업惡業을 지어
현보現報를 받은 이야기

이시카와石川 사미沙彌라는, 처를 거느린 사도승私度僧이 있었는데, 절도·사기·육식·불탑파괴 등 수많은 악행을 저지른 응보로 인해, 병이 들어 현세現世에서 지옥의 업화業火에 불타 죽은 이야기. 본권 제30화 참조.

이제는 옛이야기이지만, 이시카와石川 사미沙彌[1]라는 자가 있었다. 어릴 적에 머리를 깎았지만 수계受戒[2]를 받지 않은 탓에,[3] 아직 법명法名이 없었다. 세간에서는 그를 그저 이시카와 사미라고 불렀다. 그 이유는 그 사미의 처가 가와치 지방河內國[4] 이시카와 군石川郡[5] 사람으로, 사미가 그곳에 살고 있었기 때문이었다. 그의 겉모습은 승려였으나, 마음은 도적과도 같아서, 어떤 때는 "탑을 만든다."라고 하여 사람들을 속여 재보財寶를 기진寄進하게 하여 그것을 처에게 주고, 물고기나 새를 사오게 하여 먹는 것이 다반사였

---

1 미상. 「영이기靈異記」는 "이시카와石川 사미沙彌는 자도自度 승려로 이름이 없다. 그 본성本姓도 분명치 않다."라고 함.
2 * 부처의 가르침을 받드는 사람이 지켜야 할 계율을 받는 것.
3 관官의 허가를 받지 않고 스스로 출가한 승려. 즉, 사도승私(自)度僧이었던 것을 의미함. 사미沙彌는 사도승의 호칭이기도 함.
4 → 옛 지방명.
5 아스카베安宿·후루치古市·니시고리綿部 세 군郡과 합쳐져, 현재의 오사카 부大阪府 돈다바야시 시富田林市의 일부와 미나미가와치 군南河內郡.

다. 또 셋쓰 지방攝津國[6] 데시마 군豊島郡[7]에 살았을 적에는 쓰키요네데라舂米
寺[8]의 탑 기둥을 떼어내어 장작으로 사용[9]하기도 했었다. 세상에 불법佛法을
파괴하는 자가 많다고는 하나, 실로 이 남자보다 더한 자가 또 누가 있으랴.

그런데 이 남자가 시마노시모노 군島下郡[10] 아지키 리味木里[11]에 왔는데,
돌연 병에 걸렸다. 큰 소리로 "앗, 뜨거. 앗, 뜨거"라고 하며 땅위를 세 척
尺[12] 정도나 높이 뛰어올랐다. 근처 사람들이 모두 모여와 그 모습을 보고
사미에게 "자네는 왜 그렇게 소리를 지르는가?"라고 물었다. 사미는

"지옥地獄 불이 이곳에 와서 내 몸을 불태우고 있소.[13] 그래서 이렇게 소
리를 지르는 것이요."

라고 대답하고, 그 후 곧바로 그 자리에서 죽고 말았다.

이것을 생각하면 사미는 얼마나 고통을 받았던 것일까. 이를 견문한 사람
들은 "정말로 딱한 일이야."라고 말하며 모두 슬퍼했다. 제멋대로 죄를 짓
는 자는 분명히 이와 같이 응보를 받는 법이다. 그러므로 사람들은 이를 알
고 죄를 지어서는 안 된다고 이렇게 이야기로 전하여 내려오고 있다 한다.

---

6 → 옛 지방명.
7 현재의 오사카 부 스이타 시吹田市, 도요나카 시豊中市, 미노오 시箕面市, 이케다 시池田市 일대.
8 소재 미상. 혹은 쓰키요네베舂米 가문의 사찰로 추정. 아니면, 오사카 부 이바라키 시茨木市 가미호즈미上
   穗積의 호즈미 패사穗積廢寺일 가능성도 있음.
9 『대살차니건자소설경大薩遮尼乾子所說經』 권4 제1화에 지적되고 있는 중죄.
10 현재의 오사카 부 이바라키 시, 셋쓰 시攝津市, 스이타 시吹田市 일대.
11 미상. 현재의 셋쓰 시에는 아지후 촌味生村, 마시타 촌味舌村 등의 유사 지명이 있었음.
12 * 약 90cm.
13 현보現報로 인해, 살아 있는 채로 지옥 불에 불타는 점에서 본권 제30화와 동일함.

石川沙弥造悪業得現報語第三十八

今昔、石川沙弥ト云フ者有ケリ。幼ナクシテ頭ヲ剃タリト云ヘドモ、不受戒ズシテ、其ノ名無シ。只、世ニ石川ノ沙弥ト云フ。其ノ故ハ、其沙弥妻、河内ノ国石川ノ郡ノ人ナルニ依テ、沙弥其ニ住バ云也ケリ。形チ僧也ト云ヘドモ、心ニ盗賊ヲ好ム。或時ニハ、「塔ヲ造」ト云テ、詐ヲ成シテ、人々ニ財ヲ乞取テ、妻ニ与テ、魚鳥ヲ令買メテ食スル業トス。

或ル時ハ摂津ノ国ノ豊島ノ郡ニ住シテ、春米寺ノ塔ノ柱ヲ斫焼。世ニ仏法ヲ壊リ犯セル人、実ニ誰カ此ノ人ニ過ム。

而ル間、嶋下ノ郡ノ味木ノ里至テ、忽チ身ニ病ヲ受タリ。音ヲ挙テ叫テ云、「熱キカナヤ」ト云テ、地ヲ離レテ、踊ル事三尺計也。其ノ辺ノ人皆集リ来テ、此ヲ見テ、沙弥ニ問テ云ク、「汝ヂ、何故有テ此ク叫ゾ」ト。沙弥答テ云ク、「地

獄ノ火此ニ来テ、我ガ身ヲ焼ク。然レバ叫也」ト。其後、即チ死ニケリ。

思フニ、何計ノ苦ヲ受ラム。「哀ケル事也」トゾ見聞ク人、皆悲ビ云ケリ。心ニ任テ罪ヲ造ル者ハ、新タニ此ノ報ヲ感ズル也。然バ、人此レヲ知テ、罪ヲ造ル事無カレ、トナム語リ伝ヘタリトヤ。

기요타키 강淸瀧川 깊숙한 곳에 사는 성인聖人이 교만驕慢하다 후회한 이야기

기요타키 강淸瀧川 깊숙한 곳에 사는 수행자修行者가 자신의 영험력靈驗力을 과신하여 교만驕慢하였는데, 강 상류에서 물병을 날리는 영험력을 가진 승려를 시기하여 화계火界의 주문呪文으로 도전을 하게 된다. 하지만 오히려 자기 몸이 불타는 고통을 맛보고 교만심을 후회하고 고쳤다는 이야기. 소신燒身이라는 점에서 앞 이야기와 연결된다.

　이제는 옛이야기이지만, 기요타키 강淸瀧川[1] 깊숙한 곳에 암자를 짓고, 오랜 세월에 걸쳐 수행을 계속해온 승려가 있었다. 물병[2]에 물을 담고 싶을 때는, 영험력靈驗力으로 그 물병을 날려 보내[3] 기요타키 강의 물을 길어 오게 했다. 이렇게 세월을 보내는 사이 '나만한 수행자修行者는 달리 없겠지.'라며 간혹 스스로 생각할 때도 《있었》[4]는데, 이렇게 교만심을 품는 것은 좋지 않다는 것조차도 무지한 탓에 깨우치지 못했다.

　그런데 가끔씩 이 암자 상류 쪽에서 물병이 날아와 물을 길어갔다. 승려는 그것을 보고 '강 상류에서 어떤 녀석이 저렇게 물을 퍼가는 걸까?'라며

1　→ 지명.
2　원문은 "수병水甁(→ 불교)". 여기서는 음료수를 넣는 정병淨甁을 말함.
3　물병을 자유자재로 날려 보내는 것은 비발飛鉢과 마찬가지로, 다년간 수행의 공을 쌓은 수험자修驗者의 신통력을 나타내는 행위임.
4　파손으로 인한 결자로 추정. '있다'라는 의미가 들어갈 것으로 추정.

내심 시기하여 '한번 동태를 살펴보자.'라고 마음먹었다.

잠시 후 여느 때처럼 그 물병이 날아와 물을 길어서 되돌아갔다. 승려는 그것을 보고 물병이 되돌아가는 쪽을 뒤쫓아 가니, 강변을 따라 위쪽⁵으로 오륙십 정町⁶ 정도나 올라갔다. 승려가 보니 외딴 암자가 있었다. 가까이 다가가 보니 세 칸間⁷정도의 암자였다.⁸ 지불당持佛堂⁹과 침소 등이 있었고, 매우 존귀한 느낌이 드는 암자였다. 암자 앞에는 귤나무¹⁰가 있었고, 그 아래에는 행도行道¹¹한 발자국이 나 있으며 알가붕閼伽棚¹² 밑에는 말라서 버려진 꽃들이 수북이 쌓여 있었다. 암자 지붕과 마당에는 이끼가 빈틈없이 자라 있어, 더할 나위 없이 고풍스럽고 성스러웠다. 살짝 다가가서 창문으로 들여다보니, 문궤文机¹³ 위에 법문法文 등이 흩어져 있고, 경經이 놓여 있었다. 부단향不斷香¹⁴의 향기가 암자 안에 가득 차 향기롭기 그지없었다. 더 자세히 보니, 나이가 일흔 살 정도 되어 보이는 자못 존귀한 느낌의 승려가 독고獨鈷¹⁵를 손에 쥐고, 협식脇息¹⁶에 기댄 채 자고 있었다.

승려가 그 모습을 보고 '이 사람은 어떤 사람일까. 한 번 시험해 봐야겠다.'라고 생각하고, 조용히 다가가서 살며시 화계火界의 주문呪文¹⁷을 독송하

---

5 강 상류 쪽.
6 한 정은 약 110m임.
7 한 칸은 기둥과 기둥 사이의 간격.
8 이 부분의 암자의 모습은, 권12 제34화의 쇼쿠性空 승려의 암자의 묘사와 유사함.
9 → 불교. 지불持佛은 수호해 주는 본존本尊으로, 가까이서 신앙하는 불상. 그것을 안치하는 당堂.
10 암자 앞에 귤나무를 심는 것은 권13 제42화에도 보임.
11 → 불교. 불상 주변 또는 앞을 돌아 걸으며 부처에게 예배 찬탄하는 예법. 보통 오른쪽으로 세 바퀴를 돎.
12 불전佛前에 바치는 물이나 꽃을 놓아두는 선반.
13 독서용의 책상.
14 종일 항상 피우는 향.
15 → 불교.
16 팔걸이. → 권16 제20화 도판 참조.
17 → 불교.

며 가지加持[18]를 했는데, 암자의 성인聖人은 자면서 산장散杖[19]을 쥐고 향수香水[20]를 적셔서 사방에 뿌렸다. 그 향수가 강 하류에 사는 승려 위로 뿌려졌는데, 그 순간 옷에 불이 붙어서 점점 타올랐다. 동시에 승려는 큰 소리를 내지르며 당황해서 어쩔 줄 몰라 했다. 하지만 불은 더욱 활활 타올라서 승려는 마당 안을 데굴데굴 나뒹굴었다.

그때 암자의 성인이 잠에서 깨어나 눈을 휘둥그레 뜨고 이 모습을 보고는 다시 산장을 향수에 적셔서 불에 타서 어쩔 줄 모르는 승려의 머리로 뿌렸다. 그러자 금세 불이 꺼졌다. 암자의 성인이 그 옆에 다가와 "이곳에 계시다 이런 변을 당하시다니, 웬 스님이요?"라고 말했다. 하류의 승려는

"소승은 오랜 세월에 걸쳐 요시노 강吉野川[21] 부근에 암실庵室을 짓고 수행하고 있는 수행자인 성인이옵니다. 그런데 강 상류에서 항상 물병이 날아와 물을 길어 가는 것을 보고 이상히 여기고, '어떤 분의 물병일까?' 하고 한번 동태를 살펴려고 왔는데, 당신의 모습을 뵙고는 '한번 시험해 보자.'라는 생각에 가지를 하였는데, 이렇게 단단히 혼이 나고 말았으니, 거듭거듭 존경스럽고 황송하옵니다. 이젠 당신의 제자가 되어 섬기고자 합니다."

라고 대답했다. 그러자 암자의 성인은 "그것 참 좋은 일이요."라고 말을 할 뿐, 먼 곳을 내다보며 이 승려를 전혀 개의치 않는 듯한 태도를 보였다.[22] 하류의 승려는

18　→ 불교.

19　→ 불교. 이하와 같은 묘사는 권11 제12화에도 보임.

20　→ 불교. 알가閼伽의 한역漢譯.

21　요시노 강吉野川은 예로부터 요시노吉野 지방의 서쪽으로 흐르는 강의 호칭으로, 이 이야기에서는 지리가 맞지 않음. '기요타키 강淸瀧河'이라고 되어 있어야 맞음. 『우지습유宇治拾遺』는 "강 입구"라고 되어 있음.

22　상대를 전혀 개의치 않는 유유자적한 모습.

'내가 무지한 주제에 교만[23]한 마음을 가진 것을 삼보三寶[24]께서 미워하셔서 이렇게 나보다 뛰어난 성인을 만나게 해주신 것이다.'

라고 생각하고, 후회하며 슬퍼하면서 원래의 암자로 되돌아갔다.

그러므로 사람은 '내가 똑똑하다.'라고 생각하여 교만한 마음을 가져서는 안 된다고 이렇게 이야기로 전하여 내려오고 있다 한다.[25]

---

23 교만憍慢. 자기 힘만 믿고 잘난 체하여 남을 업신여기는 것. 만심慢心. 덴구도天狗道에 떨어지는 원인으로서, 불교에서는 이를 강하게 경계함. 본권 제1화 주 참조.

24 → 불교. 여기서는 부처의 의미임.

25 이 이야기는 인과응보담은 아님.

기요타키 강清瀧川 깊숙한 곳에 사는 성인聖人이, 교만驕慢하다 후회한 이야기

清瀧河奧聖人成慢悔語第三十九

今昔、清滝河奧ニ菴ヲ造テ、年来ノ行フ僧有ケリ。水瓶ヲ令飛テ、此ノ河水ヲ汲セテ、水瓶ニ水ヲ入レムト思フ時ハ、水瓶ヲ令飛テ、此ノ河水ヲ汲セテ、水瓶ヲ経レバ、「此許行人ハ不有」自ラ時々思ユル時モ□□ケリ。

然ル慢ノ心有ルハ悪キ事トモ、智リ無キガ故ニ、不知。而ル間、時々其ノ菴ノ水上ヨリ、水瓶飛ビ来テ水ヲ汲ム。僧此レヲ見テ、「何ナル者、此上ニハ在、此クハ水ヲ汲ニカ

有ラン」ト嫌シク思ヘケレバ、「尋ム」ト思フ心付ヌ。

而ル間、例ノ水瓶来テ、水ヲ汲テ行ク。其ノ時ニ、僧水瓶ノ行ク方ヲ指テ、見次ニ行クニ、河ニ副テ上様ニ五六十町許登ル。見レバ、僅ニ菴見ユ。近ク寄テ見レバ、三間許ノ菴也。持仏堂及ビ寝所ナド有リ。菴ノ体極テ貴気也。菴ノ前ニ橘木有リ。其ノ下ニ二行道ノ跡路ミ付ケタリ。閼伽棚ノ下ニ、花柄多ク積タリ。菴ノ上ニ庭ニモ苔隙無ク生ヒテ、年久ク、神□タル事無限シ。和ラ寄テ、窓ノ有ヨリ臨ケバ、文机ノ上ニ法文共置テ散シタリ。経置キ奉レリ。不断香ノ香、菴内ニ満チ、馥キ事無限。吉ク見レバ、年七十許有ル僧ノ極テ貴気ナル、独鈷ヲ捲テ、脇足ニ押シ懸リテ、眠リ入タリ。

此ノ僧此レヲ見テ、「此レ何者ナラム。試ム」ト思テ、和ラ寄テ、窃ニ火界ノ呪ヲ読テ加持スルニ、菴ノ聖人睡リ乍ラ、散杖ヲ取テ香水ニ差シ浸シテ、四方ニ灑ギ、其ノ香水、此ノ下ノ僧ノ上ニ灑キ懸ルト思フ時ニ、僧ノ衣ニ火付テ、只燃ニ燃

ヌ。其ノ時ニ、僧音ヲ挙叫テ迷フ。

只焼ニ焼ル時ニ、庭ニ臥シ丸ブ。

其ノ時ニ、奄ノ聖人睡リ醒テ、目ヲ見開テ此ヲ見テ、亦散杖ヲ香水ニ差シ浸シテ、此ノ焼迷フ僧ノ頭ニ灑ク。其ノ時、火消ヌレバ、奄ノ聖人寄リ来テ、「何ゾノ御房ノ座シテ、此ル目ヲ見給ゾ」ト云ケレバ、下ノ僧答テ云ク、「年来、吉野河ノ辺ニ奄室ヲ造行フ修行者聖人ニ候フ。而ルニ、水上ヨリ常ニ水瓶飛ビ来テ、水ヲ汲シヲ、怪シク見給ヘテ、『何ナル人ノ水瓶ニカ有ラム』ト尋ニ参タルニ、御ツルヲ見給テ、『試ミ申サム』ト思テ、加持シ申ツルニ、此ク極キ目ヲ見給ヘツレバ、返々ス貴ク、忝ク思ヒ奉ル。今ハ御弟子ニ成テ仕レム」ト云ケレバ、奄ノ聖人、「糸吉キ事也」ト云テ、目ヲ見延テ、此ノ僧ヲ何ニモ思タル気色モ無ク有ケル。下ノ僧ハ、「我レ智リ無クシテ、憍慢ノ心ヲ成ルヲ、三宝ノ、『憾シ』ト思ニ、此ル増ル聖人ニ値ハセ給也タリ」ト悔ヒ悲ビテ、本奄ニ返ケリ。

然レバ人、「我ガ身賢シ」ト思テ、憍慢ヲ不可成ズ、トナム語リ伝ヘタルトヤ。

기쇼인義紹院이 모르는 화인化人에게 베푼 물건을 되돌려 받고 후회한 이야기

간고지元興寺의 승려 기쇼인義紹院이 말을 탄 채 묘지 옆에 있던 걸인에게 의복을 베풀었더니, 거지가 비례非禮를 질책하며 의복을 던져서 되돌려주고 홀연히 사라졌다는 이야기. 걸인을 권화權化로 여기는 발상은 유형적인 것으로, 본권 제26·27화의 본문의 맺음말 부분에 보이는 걸인이나 사미沙彌 중에 불보살佛菩薩이 권화한 자가 있다는 사상과 같은 맥락이다. 자신의 잘못을 뉘우친다는 것에서 앞 이야기와 연결된다. 참고로 이 이야기는 인과응보담이 아니다. 제20화 이후 연속된 악인악과因惡果의 현보담現報譚은 이 이야기를 계기로, 다음 이야기부터는 선인선과善因善果의 현보담으로 이행한다.

이제는 옛이야기이지만, 기쇼인義紹院[1]이라는 승려가 있었다. 간고지元興寺[2]의 승려로 훌륭한 학승學僧이었다.

이 사람이 도읍에서 간고지로 되돌아가던 중, 마침 겨울철이라 이즈미 강변泉川原[3]의 바람이 이루 말할 수 없이 차갑게 휘몰아치고 있었다. 요타테夜立[4] 숲 근처를 지나고 있자, 묘지 그늘에 볏짚 방석[5]을 허리에 두르고 엎드려

1 　→ 인명. 기쇼義紹와 같은 사람임.
2 　→ 사찰명. 남도南都 7대 사찰의 하나임. 권11 제15화 참조.
3 　→ 지명. 지금의 기즈 강木津川.
4 　→ 지명.
5 　'와라코모藁薦'. 볏짚으로 짜서 만든 방석.

누워 있는 법사法師가 있었다. 이를 본 기쇼인은 '죽은 사람인가.'라고 생각하여 말을 멈추고 자세히 보니, 몸을 약간 움직이는 듯 했다.

기쇼인이 "너는 누구냐? 어찌 이렇게 누워 있는 것이냐?"라고 묻자, 법사는 숨이 곧 넘어갈 듯하게 "거지이옵니다."라고 대답했다. "추운가?"라고 묻자, "몸이 얼어붙어서 아무 생각도 안 납니다."라고 대답했다. 기쇼인은 '정말 불쌍하구나.'라고 생각하고, 곧바로 입고 있던 옷을 하나 벗어서 말에 탄채로 거지에게 던지며 "이보게, 이걸 줄 테니 입게나."라고 말하자 거지가 갑자기 벌떡 일어나 머리에 덮인 옷을 《내팽개》[6]치며, 기쇼인에게 다시 던졌다. 옷은 기쇼인의 얼굴에 퍽하고 맞았다. 기쇼인은 어이가 없어서 "이게 무슨 짓이냐?"라고 나무랐다. 그러자 거지가 말했다.

"사람에게 물건을 베풀려면 말에서 내려와서 예를 갖추고 베풀어야 하는 법이다. 한데 말에 탄 채로 내던지는 보시 따위를 누가 받으려고 하겠느냐?"

라고 말하고는 감쪽같이 사라져 보이지 않게 되었다.

그때서야 기쇼인은 '이건 평범한 인간이 아니었구나. 권화權化[7]이셨던 게야.'라고 □[8]생각했다. 그는 슬픈 마음에 얼른 말에서 내려와 되돌려 받은 옷을 받들고, 걸인이 있었던 곳에서 눈물을 흘리며 예배했지만, 이제 와서 돌이킬 수 없는 일이었다. 기쇼인은 날이 저물 때까지 그곳에서 골똘히 생각에 잠겨 있었지만 아무런 일도 일어나지 않았다. 그는 열 정町[9] 정도 말을 끌고 걷고 또 걸으며 후회하고 슬퍼했다.[10]

---

6   한자의 명기를 위한 의도적 결자. 문맥을 고려하여 보충함.
7   원문에는 "화인化人". 불보살佛菩薩이나 신이 사람으로 모습을 바꾼 것.
8   결자를 상정하지 않아도 문의文意가 통함.
9   1정은 약 110m.
10   기쇼가 권화에게 무례를 범하고 교만한 마음을 가졌던 것을 후회하고 있는 점은, 앞 이야기의 강 하류의 성인聖人과 같음. 두 이야기가 이어지는 계기가 됨.

"이런 거지를 결코 업신여겨서는 안 된다."라고 기쇼인은 후에 사람들에게 이야기했다.[11]

이 정도로 훌륭한 지자智者[12]일지라도 이러하니, 하물며 우치愚癡[13]한 자가 어찌 이 같은 사실을 알 수 있단 말인가. 그러므로 설사 걸인일지라도 오로지 공경해야 한다고[14] 이렇게 이야기로 전하여 내려오고 있다 한다.

11 이하 이 이야기를 기쇼인의 체험담으로 함. 당사자를 제1전승자로 하는 형식임.
12 * 슬기롭고 사리에 밝은 사람.
13 → 불교. 어리석어 갈피를 못 잡고 헤매어 진리를 깨닫지 못하는 것. 불교에서는 삼독三毒의 하나로 봄.
14 유사한 사상은, 본권 제25·26·27화 마지막 부분의 결어結語에도 보임.

義紹院不知化人被返施悔語第四十

今昔、義紹院ト云僧有ケリ。元興寺ノ僧トテ、止事無キ学生也。

其レガ京ヨリ元興寺ニ行ケルニ、冬、比也、泉川原風極テ気悪吹テ、寒キ事無限シ。夜立ノ杜ノ程ニ行ケルニ、墓ノ隠ニ、薬广ト云フ物ヲ腰ニ巻テ、低シ臥ル法師有リ。義紹院此レヲ見テ、「死タル者カ」ト思テ、馬ヲ引テ吉ク見レバ、動様ニス。

義紹院、「此ハ何ナル奴ノ、此テハ臥タルゾ」ト問ヘバ、息ノ下ニ、「乞匃ニ候フ」ト答。義紹院「寒シヤ」ト問ヘバ、乞匃、「凝屈テ物モ思エ不候ズ」ト答フ。義紹、「極テ糸惜」ト思フ、忽ニ有タル衣一ヲ脱、馬ニ乗リ乍ラ、乞匃ニ打チ懸

テ、「此レヲ得テ着ヨ、己」ト云ヘバ、乞匃起走テ、頭ニ打懸タル衣ヲ取リ、掻キ抱テ、義紹ニ投返セバ、義紹ガ顔ニフタト当ニケリ。義紹、「奇異」ト思テ、「此クハ何為ルゾ」ト云ヘバ、乞匃云ク、「人ニ物ヲ施スルナラバ、礼テ可施キ也。而ヲ、馬ニ乗リ乍ラ打懸ケム施ヲバ、誰カ可受キ」ト云テ、掻消ツ様ニ失ス。

其時ニ、義紹「此ハ只者ニモ非ザリケリ。化人ノ在マシケル有ケレ」ト思、悲クテ馬ヨリ急ギ下テ、此ノ投ゲ返シツル衣ヲ捧テ、乞匃ノ有ツル所ヲ泣々礼拝スト云ヘドモ、更ニ甲斐無シ。日暮ルマデ思ヒ入テ、其ニ有ケレドモ、答モ無レバ、馬ヲ引ヘテ、十町許バ歩ニテゾ行テ、悔ヒ悲ビケル。

「此ハ乞匃ヲ不可蔑ズ」トゾ義紹後ニ人ニ語ケル。然許止事無キ智者也ト云ドモ、此ク有ケリ。何ニ況ヤ、愚痴ナラム者、何ゾ如然事ヲ可知キ。然バ、只乞匃ヲモ可敬キ也、トナム語リ伝ヘタリトヤ。

다케치高市 중납언中納言이 바른 마음으로 인해
신神을 감동시킨 이야기

중납언中納言 오미와노 다케치마로大神高市麿는 정직하고 총명하여 지토持統 천황天皇의 신임을 받고 있었다. 그는 농작에 방해가 된다고 간언하여 천황의 이세伊勢 행차를 중지시키거나, 가뭄이 났을 때에는 자기 논의 수구水口를 막아 백성의 논으로 물이 들어가게 하는 자선慈善을 행했다. 이로 인해 천신天神이 감응感應하여 다케치마로의 논에만 비를 내렸다는 이야기. 역사적 사실을 설화화한 것으로, 천황의 행차를 간해서 막은 사실은, 『일본서기日本書紀』 지토持統 6년(692) 2월·3월의 조條와 『회풍조懷風藻』에 수록된 후지와라노 반리藤原萬里의 시詩에도 보인다.

이제는 옛이야기이지만, 지토持統 천황天皇¹이라는 여제女帝의 치세에, 중납언中納言² 오미와노 다케치마로大神高市麿³라는 사람이 있었다. 그는 천성이 바른 마음의 소유자로, 모든 방면에 총명했고 한시문을 배워서 제도諸道에 정통했다. 그래서 천황은 이 사람에게 정무를 맡기셨으니, 다케치마로는 나라를 다스리고 백성들을 편하게 했다.⁴

---

1   → 인명.
2   * 율령제하에서 태정관의 차관. 종 3위의 벼슬임. 대납언大納言의 아래, 소납언少納言의 위임.
3   → 인명.
4   이 이야기의 주제임.

어느 날 천황이 사냥을 하기 위해[5] 이세伊勢 지방에 행차하시게 되어 "서둘러 그 준비를 갖추도록 하라."라고 제관諸官에게 칙명을 내리셨다. 하지만 그때[6]는 3월경으로, 다케치마로가 천황께

"지금은 농번기[7]이옵니다. 그 지방에 행차하시면, 백성에게 폐가 되지 않는다고 할 수 없사옵니다. 그렇기에 행차를 중지하심이 마땅한 줄로 아옵니다."

라고 아뢰었다. 하지만 천황은 다케치마로의 간언에 따르지 않으시고 여전히 "행차를 실시하라."라고 분부를 내리셨다. 그래도 다케치마로는 재차[8]

"역시 이 행차는 중지하시옵소서. 지금은 농경農耕이 한창이옵니다. 농민들의 고통이 이만저만이 아닐 것입니다."

라고 아뢰었다. 결국 이 말에 의해 행차는 중지되었고,[9] 백성들은 더할 나위 없이 기뻐했다.

언젠가 온 나라에 가뭄이 든 적이 있었는데, 이 다케치마로가 자기 논에 대는 물 입구를 막고, 다른 백성의 논에 물이 들어가도록 했다. 물을 남에게 다 주었기 때문에, 자신의 논의 벼는 완전히 말라버렸다. 이렇게 다케치마로에게는 자신은 제쳐두고 먼저 백성을 가엾게 여기는 마음이 있었다. 이런 사실에 천신天神이 감동하시어, 용신龍神[10]이 비를 내렸다. 다만 다케치마로의 논에만 비가 내렸고 다른 사람의 논에는 비가 내리지 않았다. 이것은 오로지 바른 마음으로 인해, 하늘이 감동하여 가호加護해 주셨기 때문이었다.

---

5   『서기書紀』 지토持統 6년 2월 조條에 따르면, 이세伊勢 신궁神宮 참배와 연도제국沿道諸國의 시찰·무민撫民을 목적으로 한 순행巡幸이었음.

6   지토 6년(『영이기靈異記』의 주조朱鳥 7년〈692〉에 해당) 2월 11일에, 3월 3일의 이세 행차의 조칙詔勅이 공시公示되었음(『서기』).

7   음력 3월은 파종播種 등 농사가 바쁜 시기임.

8   『영이기』와 『서기』에 따르면, 사직까지 하고 간했다고 함.

9   『서기』에 따르면, 다케치마로高市麿가 간했음에도 불구하고 이세 행차는 실시되었음.

10   → 불교. 용사龍蛇의 신격화神格化. 용사는 수신水神으로 물을 관리함.

그러므로 사람은 바른 마음을 가져야 하는 법이다. 절대로 비뚤어진 마음을 품어서는 안 된다. 야마토 지방大和國 시키노카미 군城上郡[11] 미와三輪[12]라는 향郷은 이 중납언의 집이 있었던 곳이다. 그 집을 절로 만들어 미와데라三輪寺[13]라고 이름을 붙였다. 이 사람의 자손이 이 신사神社의[14] 사사社司로서 지금까지 이어지고 있다고 이렇게 이야기로 전하여 내려오고 있다 한다.

---

11 시키시모城下·도이치 군十市郡과 합쳐져 시키 군磯城郡이 됨. 현재의 사쿠라이 시櫻井市.
12 미와 산三輪山 서쪽 산기슭 일대로, 오미와大三輪 가문의 근거지. 현재의 사쿠라이 시 미와三輪.
13 → 사찰명.
14 원문에는 "그 신사其の社". 미와데라三輪寺가 오미와大神 신사神社의 신궁사神宮寺이며, 이것을 포함한 오미와 신사 전체를 포함해서 말한 것임.

高市中納言依正直感神語第四十一

今昔、持統天皇ト申ス女帝ノ御代ニ、中納言大神ノ高市麿ト云フ人有ケリ。本ヨリ性心直シテ、各ニ智リ有ケリ。又文ヲ学シテ、諸道ニ明也ケリ。然レバ、天皇此ノ人ヲ以テ世政ヲ任セ給ヘリ。此ニ依テ、高市国治メ、民ヲ哀ブ。

而ル間、天皇諸ノ司ニ勅テ、猟ニ遊バム為ニ、伊勢ノ国ニ行幸有ラムトシテ、「速ニ其ノ儲可営シ」ト被下ル。而ルニ、其ノ時三月ノ比也。高市麿奏シテ云ク、「近来農業ノ時也。必ズ民ノ煩ヒ無キニ非ズ。然レバ、御行不可有ズ」ト。天皇高市麿ノ言ニ随ヒ不給ズシテ、猶、「御行可有シ」ト被下ル。然レドモ、高市麿猶重テ奏テ

云ク、「猶此ノ御行可止給シ。今農業ノ盛也。田夫ノ愁ヘ多カルベシ」ト。此レニ依テ、遂ニ御行止ヌ。然バ、民喜ブ事不限シ。

或ル時ニハ天下早魃セルニ、此ノ高市麿我ガ田ノ口ヲ塞テ水不入シテ、百姓ノ田ニ水ヲ令入ム。水ヲ人ニ施ルニ依テ、既ニ我ガ田焼ヌ。此様ニ我ガ身ヲ棄テ民ヲ哀ブ心有リ。此レニ依テ、天神感ヲ垂レ、竜神雨ヲ降ス。但シ、高市麿田ノミニ雨降テ、余ノ人田ニハ不降ズ。此レ偏ニ、実ノ心ヲ至セレバ、天此レヲ感テ、守加フル故也。

然ルニ、人ハ心直カルベシ。永ク横様ノ心ノ不可仕ズ。

大和ノ国城上ノ郡ニ三輪郷ト云フ。其ノ中納言ノ栖也。其ノ家ヲバ寺ト成テ三輪寺ト云フ。其ノ流ヲ以テ其ノ社ノ司トシテ、今ニ有、トナム語リ伝ヘタリトヤ。

여인이 고운 심성에 의해 감응感應을 얻어 선인仙人이 된 이야기

야마토 지방大和國 우다 군宇陀郡의 여인이 심신을 깨끗이 하고 야산에서 나물을 캐며 초속적超俗的인 생활을 하여 신선神仙의 감응感應을 얻고, 또한 선초仙草를 먹어 자유로이 하늘을 날아다닐 수 있게 되었다는 이야기. 신선경神仙境 요시노吉野에 얽힌 신선담. 앞 이야기와 마찬가지로, 정직·청렴에 대한 하늘의 감응을 이야기한다.

이제는 옛이야기이지만, 야마토 지방大和國 우다 군宇陀郡[1]에 사는 한 여인이 있었다. 날 때부터 고운 심성[2]을 가진 자로, 남을 해하거나 상처를 입히는 일이 전혀 없었다. 여자에게는 일곱 명의 아이가 있었는데, 집이 가난하여 먹을 것이 없어 아이들을 양육할 방도가 없었다.

그런데 여자는 매일 목욕하여 몸을 깨끗이 한 후 등나무 껍질로 짠 옷[3]을 입고 들로 나가, 나물을 캐는 일을 업으로 삼고 있었다. 또한 집에 있을 때는 집안을 깨끗이 청소하는 것을 일과로 삼았다. 그리고 나물을 조리해서 수북이 담아서는 방긋 웃는 얼굴로 사람들에게 권했다. 여자는 늘 이렇게

---

1 현재도 같은 군임. 『영이기靈異記』에는 "우다 군宇太郡 누리베 리漆部里". 누리베 향鄕은 예로부터 신선향神仙鄕으로 알려져 있음.
2 원문은 "心風流"라고 되어 있음. '風流'란 마음이 청정清淨 견고堅固하며, 초속超俗적인 모습을 의미함.
3 원문에는 "쓰즈리綴り"라고 되어 있음. 이어 붙여 만든 의복. 등나무 덩굴의 섬유를 짜서 만든 의복.

지냈는데,[4] 바른 마음을 가지고 있는 까닭에 신선神仙이 감동하여 신선을 섬기는 몸이 되었다. 마침내는 자연스레 신선의 감응感應이 있어, 봄의 들판에 나가 나물을 캐어 먹는 사이 저절로 선초仙草[5]를 먹고 하늘을 날 수가 있게 되었다.[6]

심성이 고운 자는 불법佛法을 수행하지 않더라도 선약仙藥을 먹고, 이와 같이 선인仙人이 되는 법이다. 이것을 복약선服藥仙이라고 한다.[7] 마음이 바르고 선약을 먹으면, 여자라도 이렇게 선인이 되어 하늘을 날 수 있는 것이다.

그러므로 사람은 뭐니 뭐니 해도 고운 심성을 가지고, 남을 해하거나 상처를 입히는 일이 없어야 한다고 이렇게 이야기로 전하여 내려오고 있다 한다.

---

4 『영이기』는 백치白雉 5년(654)의 일로 함.
5 다음 행의 '선약仙藥'을 참조해 볼 때, 선인仙人이 먹는 약초. 영초靈草.
6 권11 제24화, 권13 제3화 참조.
7 편자가 부가한 화자話者의 해설구임. '복약선服藥仙'은 선약을 복용하여 선인이 된 사람을 칭하는 말.

今昔、大和国宇陀郡ニ住ム女人有ケリ。本ヨリ心風流ニ
シテ、永ク凶害ヲ離レタリ。七人ノ子生ゼリ。家貧クシテ食
物無シ。然レバ、子共ヲ養フ便無シ。

而ルニ、此女日々ニ沐浴シ身ヲ浄メ、綴リ着テ、常ニ野ニ
行テ、菜ヲ採ル業トス。又家ニ居タル時ハ、家ヲ浄ムルヲ以
テ役トス。又菜ヲバ調ヘ盛テ、咲ヲ含テ人此ヲ令食ム。此レ
ヲ以テ常ノ事トシテ有ケル間ニ、其ノ女遂ニ心直ナル故ニ、神仙
此レヲ哀ビテ、神仙ニ仕フ。遂ニ自然ラ其ノ感応有テ、春ノ野
ニ出テ、菜ヲ採テ食スル程ニ、

菜を摘む女（信貴山縁起）

自然ラ仙草ヲ食シテ、天ヲ飛ブ事ヲ得タリ。
心風流ナル者ハ、仏法ヲ不修行ト云ヘドモ、仙薬ヲ食シ
テ、此ク仙ト成ケリ。此ヲ服薬仙ト云フナルベシ。心直ク
シテ仙薬ヲ食シツレバ、女也云ヘドモ仙ニ成テ、空ヲ飛ブ
事如此シ。
然レバ、人猶心ヲ風流ニシテ、凶害ヲ可離キ也、語リ伝タ
リトヤ。

감문勘文에 따라 좌우左右 대장大將이 모노이미物忌를 해야 함에도 비파批杷 대신大臣이 근신하지 않은 이야기

천문박사天文博士가 좌우左右 대장大將의 엄중한 모노이미物忌를 상신上申하였는데, 좌대장 후지와라노 나카히라藤原仲平는 늙은 자신의 몸을 돌보지 않고, 유능한 조카인 우대장 사네요리實賴의 연명延命을 바라며 자신을 위해 기도하지 않았음에도 불구하고, 하늘의 가호加護가 있어서인지 일흔 살 남짓까지 대신으로 지냈다는 이야기. 지성 심至誠心에 대한 불신佛神의 가호를 이야기한다.

이제는 옛이야기이지만, 스자쿠인朱雀院[1]의 치세의 천경天慶[2] 때의 일이다. 천문박사天文博士[3]가 '달이 대장大將의 별을 침범했다.'[4]라는 감문勘文[5]을 바쳤기에, 그에 따라 반드시 좌우左右 근위近衛 대장은 엄중하게 모노이미物忌[6]를 하게 되었다.

당시 좌대장은 비파批杷 좌대신左大臣 나카히라仲平[7]라는 분이었고, 우대

---

1 → 인명.
2 938년~947년.
3 음양료陰陽寮에 소속되어, 천문天文의 관측과 천문생天文生의 교수를 맡은 관직.
4 달이 대장大將의 별자리에 침입했다는 의미. 천문관측에 따라 현상現象의 의미를 점쳐 길흉을 판단했음.
5 학자나 음양가陰陽家가 선례나 길흉을 감안하여 상신上申하는 공문서. 여기서는 음양가의 상신. 참고로 『정신공기貞信公記』의 천경天慶 2년(939) 12월 25일 기사가 이것과 관련될 것으로 추정.
6 원문에는 "쓰쓰시무慎む"로 되어 있음. 근신謹愼, 모노이미物忌み(* 일정 기간 부정을 피하기 위해 언행 등을 삼가며 근신하는 것)를 뜻함.
7 → 인명.

장은 좌대장의 조카인[8] 오노노미야小野宮 우대장 사네요리實賴[9]라는 분이었다. 우대장 쪽은 가스가春日 신사神社[10]나 야마시나데라山階寺[11] 등에서 수많은 기도를 행했다. 한편 도다이지東大寺[12]의 호조法藏[13] 승도僧都는 좌대장의 기도사祈禱師[14]였다. 호조 승도는 도다이지의 승려로, 나라奈良의 야마시나데라에서 우대장의 기도가 행해지고 있다는 소문을 듣고 '좌대장 측에서 내게 기도 요청을 할 것이리라.'라고 기다리고 있었지만, 아무런 연락이 없었다. 그는 이상히 여기고 곧바로 상경하여 비파전枇杷殿으로 찾아갔다.

대신이 그를 맞이하시며 "무슨 일로 상경하셨는지요?"라고 말씀하셨기에, 승도는

"나라奈良에서 듣자하니 '좌우 대장이 근신하셔야 한다.'라고 천문박사가 점을 쳐서 상신하였기에, 우대장 댁은 가스가 신사나 야마시나데라 등에 수많은 기도 요청을 하였습니다. 이 댁에서도 소승에게 분부를 내리시리라 생각하고 기다리고 있었습니다만, 아무런 연락이 없어서 이상히 여기고 급히 찾아뵌 것이옵니다. 역시 기도하시는 것이 좋으시리라 생각됩니다."

라고 말씀드렸다. 그러자 대신이

"참으로 그렇습니다. 그리 말해 주니 정말 기쁘구려. 하지만 나는 이렇게 생각하였소. 확실히 천문박사는 좌우 대장이 엄중히 모노이미를 해야 한다고 점을 쳤소. 그 일로 나도 질 수 없다고 경쟁하여 몸을 근신하고 기도를 행하면, 우대장을 위해서는 좋은 일이 아닐 것이오.[15] 우대장은 재학才學도 뛰

---

8   사네요리實賴는 나카히라仲平의 동생 다다히라忠平의 아들.
9   → 인명.
10 → 사찰명.
11 고후쿠지興福寺(→ 사찰명)의 별칭. 권11 제14화 참조.
12 → 사찰명. 권11 제13화 참조.
13 → 인명.
14 가지기도加持祈禱를 하는 사승師僧으로, 이른바 호지승護持僧.
15 양쪽이 가지기도를 하여 나카히라 쪽이 더 뛰어나면 우대장 쪽에 불행이 일어날 것이기에, 이렇게 말한 것.

어난 분이며 나이도 젊어서[16] 앞으로 오랫동안 천황을 섬겨야 할 분이라오. 난 이미 나이도 들었고 아무런 쓸모도 없는 몸이기에,[17] 설령 죽는다 해도 대수로운 일이겠소이까. 이렇게 마음을 먹어서 기도를 하지 않은 것이오."

라고 말씀하셨다.

승도는 이 말을 듣고 눈물을 흘리며

"그것이야말로 백만 천만의 기도보다 더 나은 말씀이옵니다. 그 마음은 부처님의 가르침, 바로 그 자체이옵니다. 자기 몸을 버리고 남을 가여워하는 것은 더할 나위 없는 선근善根[18]입니다. 삼보三寶[19]의 가호加護[20]가 꼭 있을 것이옵니다. 그러므로 기도를 하지 않으셔도 전혀 두려워할 필요가 없습니다."

라고 말하고 돌아갔다. 그 후 대신은 몸에 아무런 탈도 없이 나이 일흔 살 남짓까지 대신으로 계셨다.[21]

이것을 생각하면 실로 하늘天의 가호가 분명 있으셨던 것이다. 사람은 그저 심성이 바르고 고와야 한다고 이렇게 이야기로 전하여 내려오고 있다 한다.

---

16 나카히라와 사네요리의 연령 차이는 스물다섯 살.
17 무재무능無才無能하여 장래에 뭔가 할 수 없는 신세이기 때문에.
18 → 불교. 선보善報·선과善果를 얻는 원인이 되는 행위.
19 → 불교. 여기서는 부처의 의미임.
20 → 불교.
21 나카히라는 천경天慶 8년(945) 9월, 71세로 사망하기까지 좌대신左大臣으로 재임.

◉ 제43화 ◉
감문勘文에 따라 좌우左右 대장大將이 모노이미 物忌를 해야 함에도
비파枇杷 대신大臣이 근신하지 않은 이야기

依勘文左右大将可慎枇杷大臣不慎語第四十三

今昔、朱雀院ノ御代ニ、天慶ノ比、天文博士、「月大将ノ星ヲ犯ス」ト云フ勘文奉レバ、此レニ依テ、「左右近ノ大将重ク可慎」ト云ヘリ。

其ノ時ニ、左大将ニテハ枇杷左大臣仲平ト申ス人御ケリ。右大将ハ左ノ大将ノ甥ノ小野宮ノ右大将実頼ト申ス人ノ御ケ

ル。其ニ、右大将ハ様々ノ祈々有ケリ。春日ノ御社、山階寺ナド其ノ祈共有ケルニ、東大寺ノ法蔵僧都ハ左大将ノ師也。然レバ、法蔵僧都ハ東大寺ノ僧也。然レバ、奈良ニシテ山階寺ニ、右大将ノ御祈共ノ有ルヲ聞テ、「左右ノ大将ノ御許ヨリモ我ガ許ニ御祈ノ事共有ナム」ト待ケルニ、音無カリケレバ、不審サニ依テ、忽ニ京ニ上テ、枇杷殿ニ参ケリ。

大臣会給テ、「何事ニ依テ被上ツルゾ」ト宣ヒケレバ、僧都ノ云ク、「奈良ニテ承ハリツレバ、『左右ノ大将可慎給』由、天文博士勘へ申シタリトテ、右大将殿ヨリハ、春日御社山階寺ナドニ御祈様々ニ候ヘバ、『殿ヨリモ仰セ給ハムズラム』ト思ヒ給ヘテ、待候ツルニ、音無ク候ヘバ、不審思給テ、急ギ参候ツル也。猶、御祈ハ候ハムコソ吉カラメ」ト申セバ、大臣ノ宣ク、「尤モ可然キ事也。此ク被云ル、極テ喜キシ。然レドモ、我ガ思フ様ハ、『左右ノ大将重ク可慎シ』ト勘へ申ニタリ。其レニ、『我モ不劣ジ』ト慎ムナラバ、右大将御為ニ悪カリナム。彼ノ右大将ハ身ノ才モ賢ク

座ス。年モ若シ。永ク公ニ仕ラムズル人也。我レニ於テハ、

年モ老タリ、指セル事無キ身ナレバ、死ナムニハ何事カ有ラ

ム』ト思ヒ取テ、不祈ヌ也」ト。

僧都此ヲ聞テ、涙ヲ流テ云ク、「此レ、百千万ノ御祈ニ増ル。

此ノ御心仏ノ教ヘ也。我ガ身ヲ棄テ人ヲ哀ブハ、無限キ善根

也。三宝必ズ加護シ給ヒナム。然レバ、御祈無シ云共、恐

レ不可有ズ」ト云テゾ返ケル。其ノ後、実ニ露身ニ病無クシ

テ、年七十余マデゾ大臣御ケル。

此ヲ思フニ、実ニ天ノ加護必ズ在マシケム。只、人ハ心ノ

吉可直也、トナム語リ伝ヘタルトヤ。

권20 제44화

시모쓰케노 아쓰유키下毛野敦行가
자기 집 대문으로 죽은 사람을 꺼낸 이야기

> 우근右近 장감將監인 시모쓰케노 아쓰유키下毛野敦行가 노후, 가족의 반대를 물리치고
> 죽은 이웃사람의 관을 자기 집 대문에서 내보내게 하여, 생전의 은혜를 갚은 후의厚意
> 에 의해, 명호冥護를 받아 장수하였다는 이야기. 앞 이야기와는 음양陰陽 신앙의 금기
> 를 뛰어넘어, 자비와 의리를 중시하여 신불의 가호를 받았다는 점에서 연결된다.

이제는 옛이야기이지만, 우근右近 장감將監[1]인 시모쓰케노 아쓰유키下毛
野敦行[2]라는 근위사인近衛舍人[3]이 있었다. 젊었을 때부터 인망人望이 두터운
남자였다. 겉모습은 말할 것도 없거니와 승마술乘馬術도 뛰어났다.[4] 스자쿠
朱雀[5] 천황天皇의 치세 때부터 조정에 출사하고, 무라카미村上[6] 천황 치세 때
는 그의 전성기로 어디 하나 나무랄 데 없는 사인이었다.

그러는 사이 점차 세월이 흘러 노령에 이른 후부터는, 법사法師가 되어서

---

1 좌우근위부左右近衛府의 삼등관三等官.
2 「우지 습유宇治拾遺」에는 "시모쓰케노 아쓰유키下野厚行". '시모쓰케下毛野'는 '시모쓰케下野'의 옛 표기임. →
   인명(아쓰유키敦行).
3 근위부의 수행원. 장감將監 이하의 근위부 관인官人으로, 상황上皇 · 섭정攝政 · 대신大臣 이하 귀인貴人의 의
   장병儀仗兵으로 수행하는 자임.
4 말 타기의 명수였던 것은 권23 제26화 참조.
5 → 인명.
6 → 인명.

서경西京[7]에 있는 집에 살았는데, 언젠가 이웃집 주인이 갑자기 죽었다. 이에 아쓰유키 입도入道[8]는 조의를 표하러 그 집의 문[9] 앞에 가서 죽은 사람의 아들을 만나, 부친의 임종 시의 상황 등을 물으며 애도를 표했다. 그러자 그 아들이

"실은 돌아가신 아버지를 집밖으로 꺼내려고 합니다만, 이 집 문은 방위方位가 매우 나쁩니다.[10] 그래서 어찌하면 좋을지 모르겠습니다."

라고 말하고, 또 "설사 방위가 나쁘더라도 이 문을 통해 꺼내지 않을 수도 없습니다."라고 이야기했다. 입도는 이 말을 듣고

"그것 참 곤란하군요. 당신들을 위해서는 절대로 피해야만 하는 일입니다. 그러면 우리 집과의 경계 울타리를 부수고, 우리 집 쪽에서 꺼내도록 하십시오. 부친께서는 심성이 고우신 분으로, 오랜 세월 동안 무슨 일이 있을 때마다 저에게 정을 베풀어 주셨지요. 그러니 이럴 때 그 은혜를 갚지 못한다면 또 언제 그 은혜를 갚을 수 있겠습니까."

라고 말했다. 이를 들은 고인의 자식들은

"당치도 않은 말씀이십니다. 다른 사람 집에서 죽은 사람을 밖으로 옮기다니, 절대로 있어서는 안 될 일입니다. 설사 피해야 하는 방위이더라도, 역시 이 문에서 밖으로 옮기지 않으면 안 됩니다."

라고 말했다. 그러자 입도가 "말도 안 됩니다. 꼭 우리 집 문에서 밖으로 옮기십시오."라고 말하고 돌아갔다.

입도가 집으로 돌아가 자기 자식들을 불러놓고

"옆집 주인께서 돌아가셔서 정말 안됐다 싶어 문상하러 갔는데, 그 자제

---

7 우경右京을 말함.
8 법사가 되었기에 이렇게 부른 것임.
9 문은 이하의 전개에서 중요한 곳으로, 복선적 서술임.
10 음양도陰陽道에서 말하는 불길한 방위에 해당된 것. 귀문鬼門(북동), 이귀문裏鬼門(북서) 등.

분들이 '죽은 사람을 밖으로 옮기는 문이 피해야만 하는 방위이지만, 문이 하나밖에 없으므로 어쩔 수 없이 그 문에서 밖으로 옮길 수밖에 없다.'는 상황이었다. 하지만 난 너무 안타까워 '우리 집과의 울타리를 허물고, 우리 집에서 밖으로 옮기십시오.'라고 말하고 돌아왔다."

라고 말했다. 아내와 자식들은 그 말을 듣고

"어처구니없는 말씀을 하셨군요. 굳게 곡식을 끊고[11] 세상을 등진 성인聖人이라 할지라도, 그런 말을 하는 사람이 어디 있겠습니까? 설사 남을 가엾이 여기고 자기 몸은 돌보지 않는다 해도,[12] 자기 집 문밖으로 이웃집 죽은 사람의 수레를 나가게 한 사람이 있었나요? 정말 어이없는 일입니다."[13]

라고 서로 입을 모아 말했다.

그것을 들은 입도는

"너희들은 당치도 않은 소리를 하지 말거라. 그저 이 일은 나에게 맡겨 다오. 너희들이 아무리 똑똑하다 한들 나 또한 결코 그에 뒤지지 않는다. 하니, 바보 같은 아비의 의견일지라도 그것에 따르는 것이 좋을 것이다. 그만 됐으니, 잠자코 내가 하는 것을 보고 있어라. 《완고하게》[14] 모노이미物忌를 하는 자는 단명하여 자손이 끊긴다. 모노이미를 하지 않는 자는 장수하고 자손이 번성하는 법이다. 은혜에 감사하며, 자기 자신을 돌보지 않고 그 은혜를 갚을 줄 알아야 진짜 인간이라 할 수 있다. 그것은 하늘[15]도 어여삐 여기시는 것이다. 고인은 생전에 무슨 일이 있을 때마다 나에게 정을 베풀어

---

11 오곡五穀 끊기, 십곡十穀 끊기 등 곡류를 먹는 것을 끊는 수행. 성인聖人의 고행의 하나임. 권28 제24화 참조.
12 앞 이야기의 '자기 몸을 버리고 남을 가여워 하는 것'과 마찬가지의 사상임. 보살행菩薩行과 통함. 이런 행위가 이 이야기와 앞 이야기를 잇는 요소로 작용하고 있음.
13 죽음의 부정不淨을 꺼리고 싫어하던 당시의 상식으로 보면 깜짝 놀라고 어이없는 일이었던 것.
14 한자의 명기를 위한 의도적 결자임. 전후문맥을 고려하여 보충함.
15 원문은 "천도天道"로 되어 있음. 천도는 '천天'과 같은 것으로, 천지자연의 창조주라고도 할 수 있는 초월적 존재. 선악의 판단을 천의天意에 맡긴 것임.

주었다. 어찌 그 은혜를 갚지 않고 있을 수 있단 말이냐. 너희들도 당치도 않는 말은 하지 말거라."

라고 말하고 종자들을 불러다 노송나무 판자로 만든 경계 울타리를 허물게 하였고, 그곳을 통해 죽은 이의 수레를 내보내게 했다.

그 후 이 일이 세상에 널리 알려져, 상당히 신분이 높은 자도, 미천한 자도 입도를 칭송했다. 실로 이 일을 생각하면, 참으로 보기 드문 자비심을 가진 사람이다. 하늘도 이를 어여삐 여기신 것일까, 그 후 입도는 아무런 병에 걸리지도 않고 아흔 살 정도에 생을 마쳤다. 그리고 그 자손들 모두가 장수하여 복을 받고, 지금까지도 시모쓰케 가문은 사인 중에서도 계속 번창하고 있다.

그러므로 이를 보고 들은 사람들은 이것을 알고, 남에게 인정을 베풀어야 한다고 이렇게 이야기로 전하여 내려오고 있다 한다.

ヨリ思止事無カリケル者也。

今昔、右近ノ将監下毛野ノ敦行ト云フ近衛舎人有リ。若

見ル目ヨリ始テ、馬ニ乗ル事ナ

◉ 제44회 ◉
시모쓰케노 아쓰유키가 자기 집 대문으로 죽은 사람을 꺼낸 이야기

下毛野敦行従我門出死人語第四十四

ム微妙カリケルナム。朱雀院ノ御代ヨリ公ニ仕リテ、村上ノ御代ナドハ盛ニ艶ヌ舎人ニテ有ケル。

而ル間、漸ク年積テ老ニ臨ム時ニ、法師ニ成テ、西ノ京ノ

家ニ住ム間、家ノ隣ニ有ケル人、俄ニ死タリケレバ、此ノ敦行ノ子

行入道此ヲ訪ハムガ為ニ、彼ノ家ノ門ニ行テ、其ノ死人ノ子

ニ会テ、祖ノ死ノ間ノ事共ヲ訪ヒ云ケルニ、其ノ子ノ云ク、

「此ノ死人ヲ将出サムト為ルニ、此ノ家ノ門ノ極テ悪キ方ニ

当テ侍レドモ、然リトテハ何ガハ可為キ」トテ、「方悪クト

モ、此ノ門ヨリ可出キニ侍ツ」ト語ルニ、入道此レヲ聞テ云

ク、「其レハ、極テ悪キ事ニコソ侍ナレ。其達ノ御為ニ尤モ

可忌事也。然レバ、己ガ家ノ隔ノ垣ヲ令壊メテ、己ガ方ヨリ

出シ進リ給ヘ。心直ク御シテ、年来己ガ為ニ、事ニ触テ情

坐ガリキ。然レバ、此ル時ニ、其ノ恩ヲ報ジ不申ズハ、何事

ヲ以カハ、報ジ申サムト為ル」ト。死人ノ子共此レヲ聞テ云

ク、「糸不便ナル事宣フ。人ノ御許ノ方ヨリ、死人ヲ将通サ

ム事ハ、惣テ可有事ニモ非ズ。忌ム方也ト云フトモ、只此ノ

門ヨリ可将出キ也」ト。入道ノ云ク、「其達僻事ナ不宣ヒソ。

家ニ行テ、子共ヲ呼テ云ク、「隣ノ主ノ死給タルガ、哀レノ糸惜ケレバ、訪ハムガ為ニ行ツルニ、其ノ子共ノ主達ノ云ヒツル様ハ、『死人ヲ可将出キ門ノ、忌ノ方ニテ有ドモ、門ハ一有レバ、其ヨリコソ将出サメ』ト云ツルハ。我レ極テ糸惜ク思ヒツルニ依、『我ガ中垣ヲ懐テ、我ガ方ヨリ将出セ』トナム云テ来ヌルゾ」ト云フ。妻子共聞テ、「希有ノ事モ宣ヒケル人カナ。極テ穀ヲ断チ世ヲ棄タル聖人也ト云フトモ、此ル事ヲ云フ人ヤ有ル。人ヲ哀ビ身ヲ不思ズト云ヒ乍ラ、我ガ家ノ門ヨリ隣人ノ死人車出ス人ヤ有ケル。糸奇異キ事也」ト、口々ニ、居並テ、云ヒ合ヘリ。

其ノ時ニ、入道ガ云ク、「汝達等、僻事ナ云ヒ合ヒソ。只我ガセムニ任セテ有レ。汝達等ガ賢キ思ヒニ、我レ世ニ不劣ジ。然レバ、墓無キ祖ニハ随フコソ吉キ事ナレ。只為ム様ニ見ヨ。物ヲ忌ミ□キ者、命短ク子孫無シ。物忌ヲ不為ヌ物ノ、吉

ク命ヲ持チ子孫栄ユ。只、人ハ恩ヲ思ヒ知テ、身不顧ズ恩ヲ報ズルヲゾ人トハ云フ。天道モ其ヲゾ哀ビ給フラム。彼ノ死人、生タリシ時キ、事ニ触レテ我ニ情ケ有キ。何ニシテカ其ノ恩ヲ不報ザラム、ト思テ、従者共ヲ呼テ、中ノ檜垣ヲ只懐ニ令懐テ、其ヨリナム死人車令出ケル。其ノ後、此ノ事世ニ聞テ、難有慈悲広大也ケル心也。天道此ヲ哀ミ給ヒケルニヤ、其後入道ノ身ニ恙ガ無クテ、九十計ニテナム死ニケリル。其ノ子孫皆命長ガク、福有テ、于今其ノ下毛野ノ氏、舎人ノ中ニ繁昌セリ。然レバ、此見聞ク人此ヲ知テ、人為ニ情可有キ也、トナム語リ伝ヘタリトヤ。

오노노 다카무라小野篁가 정情에 이끌려
니시산조西三條 대신大臣을 구한 이야기

오노노 다카무라小野篁는 조정에 출사하면서 명관冥官을 겸하고 있었는데, 일찍이 자기의 죄를 변호해준 우대신右大臣 후지와라노 요시미藤原良相의 후의厚意에 보답코자, 염마왕에게 목숨을 구걸하여 요시미를 소생蘇生시킨 이야기. 후일 요시미가 다카무라에게 사실을 확인한바, 엄히 입 밖으로 내는 것을 금했다고 한다. 앞 이야기에 이어서 고인 생전의 은혜에 대한 보답을 주제로 한다. 다카무라가 명관을 겸하여 근무했다는 전승은 여러 서적에 보이며, 육도六道의 갈림길인 진노지珍皇寺의 우물을 통해 명계冥界를 왕래했다고 한다(『진노지참예만다라珍皇寺参詣曼陀羅』).

이제는 옛이야기이지만, 오노노 다카무라小野篁¹라는 사람이 있었다. 아직 학생² 신분이었을 때에 어떤 사건³으로 조정이 다카무라를 처벌했는데, 당시 니시산조西三條 대신大臣 요시미良相⁴라는 분이 재상宰相⁵으로서 기회가

---

1 → 인명.
2 대학료大學寮의 학생學生. 다카무라篁가 문장생文章生이었을 때를 가리키는 것으로 추정. 다만, 다카무라는 천장天長 원년(824)에는 관직에 있었기 때문에, 그 이전의 일이 됨.
3 다카무라에 관한 유명한 사건. 다카무라는 승화承和 원년(834) 견당부사遣唐副使로 뽑혔지만, 승화 5년 승선乘船 문제를 둘러싸고 대사大使인 후지와라노 쓰네쓰구藤原常嗣와 다투고, 격분한 나머지 병을 핑계로 승선을 거부하였음. 마침내는 서도요西道謠라는 글을 써서 견당사의 직무를 풍자한 죄로 인해 오키隱岐에 유배되었음(『속일본후기續日本後紀』). 이 또한 문장생이 아니었을 때임.
4 → 인명.
5 참의參議의 당명唐名임. * 대신大臣, 대납언大納言, 중납언中納言의 그 다음 지위.

있을 때마다 다카무라를 위해서 변호해 주셨다. 그것을 다카무라는 내심 '고마운 일이다.'라고 생각하고 있었다. 세월이 흘러서 다카무라는 재상이 되고 요시미도 대신大臣이 되었다.[6]

그 사이 대신이 중병이 들어 며칠 만에 돌아가시고 말았다. 그러자 동시에 염마왕閻魔王[7]의 사자가 대신을 포박하여 염마왕궁閻魔王宮으로 연행하여 재판을 받게 되었다. 대신이 살펴보니 염마왕궁에서 종사하는 신하들이 늘어서 있는 사이에, 오노노 다카무라도 섞여 있었다. 대신이 이것을 보고 '이건 도대체 어찌된 일인가.' 하고 이상하게 여기고 있는데, 다카무라가 홀笏[8]을 손에 들고 왕에게

"이 일본의 대신은 마음이 바르고[9] 사람에게 친절을 베푸는 자이옵니다. 이번 죄는[10] 저를 봐서 한 번만 용서해 주시옵소서."
라고 아뢰었다. 이를 들은 왕은 "그건 대단히 어려운 부탁이긴 하나, 그대가 그렇게까지 간청을 하니 용서해주지."라고 말씀하셨다. 그래서 다카무라는 그 포박해온 자[11]에게 "즉시 데리고 돌아가게."라고 명했고, 그 자가 대신을 다시 데리고 돌아갔다. 대신은 돌아왔다고 생각한 순간 되살아났다.

그 후 병이 점점 좋아지고 수개월이 지났지만, 명도冥途에서의 일이 너무도 불가사의하였다. 하지만 그 누구에게도 말하지 않고 다카무라에게도 전혀 묻지 않았다.

---

6 다카무라는 승화 14년 정월에 참의가 되고, 인수仁壽 2년(852)에 사망. 요시미良相는 천안天安 원년(857) 2월에 우대신右大臣에 임명됨. 따라서 이 이야기의 기사는 역사적 사실과 맞지 않음.
7 → 불교.
8 옛날 관리가 정장을 할 때 오른손에 쥐는 가늘고 긴 널조각의 의례적인 소지물. 길이 1척尺 2촌寸(약 36cm), 폭 2촌(약 6cm) 정도로, 나무나 상아로 만들었음.
9 본권 제41화 이후 화군話群의 중요한 요소.
10 구체적으로 어떤 죄인지는 알 수 없음.
11 명계冥界의 옥리獄吏. 지옥의 오니鬼 등.

어느 날 대신이 입궐하여 진陳[12]에 자리를 잡고 앉았는데, 그 이전부터 재상 다카무라도 그곳에 앉아 있었다. 주위에 아무도 없어 대신은

'지금이 마침 좋은 때다. 명도에서의 일을 한 번 물어보자. 그 후 너무도 불가사의하여 견딜 수 없었으니.'

라고 생각하고, 무릎걸음으로 가까이 다가가 살며시 다카무라 재상에게

"요 몇 달 사이에 좋은 기회가 없어 묻지 못했소만, 명도에서의 일은 아무래도 잊을 수가 없군요. 도대체 그것은 어찌된 일이오?"

라고 말했다. 이를 듣고 다카무라는 살짝 미소를 머금으며

"일전에 베풀어 주신 《친절》[13]이 너무나 고마웠기에 그 보답을 해 드린 것입니다. 하지만 이 일에 대해서는 매우 조심하시어, 다른 사람에게는 절대로 말씀하셔서는 안 됩니다."

라고 말씀하셨다. 그리고 대신에게 "이건 아직 다른 사람들은 아무도 모르는 일이옵니다."라고 아뢰었다. 대신은 이를 듣고 더욱 두려워하며 '다카무라는 보통 사람이 아니다. 염마왕궁의 신하였구나.'라고 비로소 깨닫고, 만나는 사람마다 "남에게 인정을 베풀어야 한다."[14]라고 열심히 가르치셨다.

그런데 이 이야기가 자연히 세상에 알려져서 "다카무라는 염마왕궁의 신하로 왕래하는 사람[15]이다."라고 모두가 알고는 겁을 먹고 두려워 떨었다고 이렇게 이야기로 전하여 내려오고 있다 한다.

---

12 제사祭事, 절회節會(* 옛날, 명절이나 기타 공적 의식이 있을 때 조정에서 베푼 연회), 임관任官, 서위敍位 등의 의식의식儀式이 있을 때 공경公卿들이 착석하던 자리.
13 한자의 명기를 위한 의도적 결자임. 구대추야본九大萩野本과 앞 내용을 고려하여 보충함.
14 앞 이야기에도 이야기 말미에 똑같은 표현이 존재함. 이 점에서 앞 이야기와 연결됨.
15 현세現世와 명계(염마왕궁閻魔王宮)를 왕래하는 사람.

小野篁依情助西三条大臣語第四十五

今昔、小野ノ篁ト云フ人有。学生ニシテ有ケル時ニ、事

有テ、公ケ過ヲ被行ケルニ、其ノ時ニ、西三条ノ大臣良相ト

申ケル人、宰相トシテ、事ニ触テ、篁ガ為ニ吉キ事ヲ宣ヒケ

ルヲ、篁心ノ中ニ、「喜シ」ト思テ、年来ヲ経ル間ダ、篁

宰相ニ成ヌ、良相ノ大臣モ大臣ニ成ヌ。

而ル間、大臣身ニ重キ病ヲ受テ、日来ヲ経テ死給ケリ。

即、閻魔王ノ使ノ来テ、王ニ申サク、「此ノ日本ノ大臣ハ心直

クシテ人ノ為ニ吉キ者也。今度ノ罪、已ニ免シ給ラム」ト。

王此レヲ聞テ宣ハク、「此レ極テ難キ事也ト云ヘドモ、申請

フニ依テ免シ給フ」ト。然レバ、篁、此ノ搦タル者ニ仰セ給
テ、「速ニ可将返シ」ト行ヘバ、将返ル、ト思フ程ニ、活レ

其ノ後病漸ク止テ、月来ヲ経ルニ、彼ノ冥途事極テ怪ク
思ヒ云ヘドモ、人ニ語ル事無シ、只篁ニモ問事無。

而ル間、大臣内ニ参テ、陣ノ座ニ居給フニ、宰相篁兼テ
居タリ、又人無シ。大臣、「只今吉キ隙也。彼ノ冥途ノ事問

テム」ト、「日来極テ怪ク思ツル事也」ト思テ、大臣居寄テ、
忍テ篁ノ宰相ニ云ク、「月来モ便無クテ不申ズ。彼ノ冥途ノ

事極テ難忘シ。抑、其レハ何ナル事ゾ」ト。篁此ヲ聞テ、
少シ頬咲テ云ク、「先年ノ御□□ノ喜ク候シカバ、其ノ喜

ビニ申タリシ事也。但シ、此ノ事弥ヨ恐テ、人ニ不可被
仰」々々被。「此レ未人ニモ非ザリケリ、人ニ不可被

弥恐レテ、「篁ハ只人ニモ非ザリケリ、閻魔王宮ノ臣也ケ
リ」ト云フ事ヲ始テ知テ、「人ノ為ニハ可直也」トゾ、

諸ノ人ニ歎ニ教ヘ給ヒケル。

260

而(しか)ル間(あひだ)、此(こ)ノ事(こと)自然(おのづか)ラ世(よ)ニ聞(きこ)エテ、「篁(たかむら)ハ閻魔王宮(えむまわうぐう)ノ臣(しん)トシテ通(かよ)フ人(ひとなり)也ケリ」ト、人皆(ひとみな)知(しり)テ、恐(お)ヂ怖(おそ)レケリ、トナム語(かた)リ伝(つた)ヘタリトヤ。

노토能登 수령이 바른 마음으로 인해 지방을 평안케 하고 재물財物을 얻은 이야기

노토能登 수령 아무개는 바른 마음으로 불신佛神을 숭상하고 백성들을 가엾이 여기고 선정을 베풀어 치국治國의 결실을 거두고 있었는데, 그 응보로 인해 지방을 시찰하고 있을 때, 해안에 표착漂着한 코뿔소 뿔을 줍게 되고, 그것을 고가高價의 석대石帶 세 개로 가공하여 부자가 된 이야기. 앞 이야기에 이어서 정직한 덕을 칭송한 선인선과담善因善果譚이다. 참고로 권26 제12화는 유사한 이야기이다. 어쩌면 양자는 같은 이야기이지만, 다른 전승 루트를 통해 성립된 이야기일 가능성도 있다.

이제는 옛이야기이지만, 노토能登[1] 수령 □□□□[2]라는 사람이 있었다. 고운 심성을 지닌 자로, 선정을 베풀고 또 그 지방 내의 불신佛神을 숭상하며[3] 열심히 섬겼기에, 권내가 평온하고 비와 바람도 때를 어기지 않아[4] 오곡五穀을 망치는 일이 없고, 경작하는 논밭마다 모두 기분 좋게 영글어 국토가 풍성하였다. 이에 이웃지방 사람들까지 몰려와 언덕이고 산이고 할 것 없

---

1 → 옛 지방명.
2 노토能登 수령의 성명의 명기를 위한 의도적 결자임.
3 국사國司의 신배神拜. 국수國守는 권내의 신사神社를 순배巡拜하여 국토평안, 오곡풍성 등을 기원했음. 권14 제6화, 권19 제32화 참조.
4 비와 바람이 순조롭다는 것. 즉 오풍십우五風十雨(* 닷새마다 바람이 불고, 열흘마다 비가 와서 농사짓기에 알맞은 기후)하여 날씨가 순조로운 상황.

이 경작하여 토지를 넓혔다.[5] 그래서 국사國司는 매우 세수稅收를 늘려, 비할 데가 없을 정도로 유복해졌다. 이런 까닭에 비록 작은 지방小國[6]이라 하더라도, 선정을 펴면 이와 같이 되는 것이므로 뭐니 뭐니 해도 지방 내의 불신을 잘 숭상해야 한다. 비록 이것을 들어 《알고》[7] 있다 하더라도, 이처럼 불신을 섬기는 수령이 달리 없었던 탓일까, 다른 지방에는 이런 일이 있다고 들어 본 적이 없다.

그런데 노토 수령이 이 고을 저 고을을 가서 '어떻게 논밭을 경작하고 있나.'라고 시찰하며 돌아다녔는데, 수행하는 부하들을 많이 거느리지 않고, 그저 백성과의 대화를 중개하는 네다섯 명만 데려갔다. 자신들 음식은 고을에 폐를 끼치지 않게 음식[8]을 싸갔다. 이전 국사들이 고을에 갈 때는[9] 군사郡司가 상당한 양의 선물[10] 등을 준비하는 것이 관례이었지만, 이 수령은 그런 것은 하지 못하게 하고

"그건 받는 쪽에서는 좋은 일이겠지만, 결코 그런 일을 해서는 안 된다. 내 임기 중에는 그저 논밭만 많이 경작하면 되는 것이고, 그것은 또한 이 지방 사람들에게도 좋은 일일 것이다. 그렇게 해서 징세리徵稅吏[11]의 독촉을 받지 않고 조세를 일찍 납부하면 된다."

라고 공고를 냈기 때문에, 그 지방 사람들은 이를 듣고 손뼉을 치며 기뻐하였고, 논밭을 많이 경작하여 제각각 부유해졌다. 사람들이 조금도 아까워하지 않고 자진해서 조세를 납부하니, 수령도 크게 유복해졌다.

---

5   국사의 덕정德政을 강조하는 전형적인 표현. 권28 제4화 참조.
6   지방마다 대·상·중·하의 랭킹이 있었음. 노토 지방은 중中에 해당.
7   파손에 의한 결자. 해당하는 단어는 알 수 없지만, 전후문맥을 고려하여 보충함.
8   원문에는 "하타고旅籠"로 되어 있음. 여행용구나 식량을 넣어서 가지고 다니는 휴대용 소쿠리. 하타고에 식량을 넣어서 가지고 다닌 것.
9   이른바 국사의 입부入部(* 입부入府라고도 함. 영주領主가 된 사람이 처음 자기 영지에 들어가는 것).
10 답례품, 선물. 여기서는 군사郡司가 국사에게 바치는 진상품.
11 원문에는 "사使"로 되어 있음. 조세독촉의 사자로, '징세리徵稅吏의 독촉을 받지 않게'라는 뜻.

이렇게 하여 이 고을 저 고을로 가서, 지도를 하며 돌아다니던 중에 어떤 해안을 지나가게 되었는데, 앞 바다 쪽에 파도 사이로 동그란 작은 물건이 떠 있는 것이 눈에 들어왔다. 수령은 말을 멈추고 "저게 무엇이냐?"라고 물었지만, 부하들은 "아무것도 안 보입니다."라고 말했다. 얼마 안 있어, 바람이 앞바다 쪽에서 바닷가 쪽으로 조금 불어오니, 점점 가까이 떠밀려 왔다. 바로 가까이까지 다가왔기 때문에, 활로 끌어당겨 보니 넓적한 나무통이 새끼줄로 몇 번이고 단단히 묶여져 있었다. 들어 올려서 새끼줄을 끊고 열어 보니, 그것은 기름을 몇 번이고 덧칠한[12] 종이로 감싸져 있었다. 그것을 풀고 안을 보니, 짜 맞춰진 상자가 등나무 덩굴로 묶여 있었다. 그것을 풀고 상자를 열어보니 또 옻칠을 한 상자가 있었다. 그것은 실로 묶여져 있었다. 그것을 또 열어보니, 코뿔소 뿔[13]을 잘라 그것을 겹쳐 쌓아 네모나게 묶은 것이 들어 있었다. 꺼내보니 석대石帶[14]용으로 대충 다듬은 코뿔소 뿔 세 개가 들어 있었다. 짐작건대 중국인이 폭풍우를 만나 난파難破되어 바다로 빠질 때 가지고 있었던 것이, 뜻밖에도 이곳으로 떠밀려온 것으로 보였다. 수령은 이것을 손에 넣고 기뻐하며 집으로 돌아갔다.

그 후 상경하여 석대 장인에게 부탁해, 그것으로 세 개의 허리띠를 만들게 했다. 방형方形의 장식이 붙은 것이 하나, 원형의 장식이 붙은 것이 두 개였다. 방형 쪽의 가격은 삼천 석石[15]이고, 원형 쪽 가격은 각각 천오백 석이었다. 이것을 얻게 된 것은 다름이 아니라 《지방 내의》[16] 불신佛神을 진심으

---

12 방수를 하기 위함임.

13 당시 고가의 수입품으로, 석대石帶 등의 장식용 또는 약용薬用으로 사용한 귀중품.

14 속대束帶(정복正服) 시 착용하는 웃옷인 포袍의 허리를 조이는 허리띠. 소가죽으로 만들어졌으며, 검은 옻칠을 하고, 배면背面에 해당하는 부분에 삼위三位 이상과 사위四位의 참의參議는 옥玉을, 사·오위는 마노瑪瑙·서각犀角을, 육위는 오서烏犀(우각牛角)를 나열해 장식함. 가죽에는 모양을 새겨 넣은 유문有文과 모양이 없는 무문無文이 있음.

15 가격을 쌀 삼천 석으로 한 것. 본권 제19화처럼 계산을 한다면, 현재의 약 270만 엔圓 정도가 될 것.

16 이하의 결자들은 모두 파손에 의한 결자임. 구대추야본九大萩野本을 참조하여 보충함.

로 숭상하고, 선정을 펴서 백성들까지 부유하게 만들었기 때문에, 자신도 부유해지고, 《또한 이와 같이 뜻》밖에 재보財寶를 얻을 수 있었던 것이라고 한없이 기뻐했다. 또한 심성이 고와 《그렇게 된 것이다. 그 후로는》 더욱 국정國政을 바르게 행하고 부처를 공경하고 신을 숭상하며 《사람들에게 인정을 베풀고 그들을 가엾이》 여겼다.

그러므로 국사는 지방 내의 불신을 잘 《섬기고, 도리에 맞게 정치를 행해야 한다고》 이렇게 이야기로 전하여 내려오고 있다 한다.

能登守依直心息国得財語第四十六

今昔、能登ノ守□ト云フ人有ケリ。心直クシテ、

国ヲ吉ク治メケルニ、又国ノ内ノ仏神ヲ崇メ、敬ニ仕ケレ

バ、国内平ヤカニシテ、雨風時ニ随テ、穀ヲ損ズル事無クシ

テ、造リト造ル田畠楽ク生弘ゴリテ、国豊カナレバ、隣ノ国

ノ人モ来リ集テ、岡、山ヲモ不嫌シテ造リ弘グレバ、吉ク

極テ徴リ富テ、徳井ビ無シ。然レバ、小国也ト云ドモ、吉ク

治ル時ニハ、此ク有ケレバ、猶、国ノ内ノ仏神ノ可崇キ者也

ケリト聞キ□ト云ヘドモ、此ク仏神ノ三ニ仕ル守ケレ

バニヤ、他ノ国ハ此クモ不聞。

而ル間、守郡々ニ行テ、「田畠可作キ事ハ何ガ為ル」ト廻

テ見ルニ、共ニ郎等共多クモ不具セズ、只物云ヒ可合キ者、

四五人許ヲ具シタリ。食物ハ郡不被知ズシテ、旅籠ヲ具シ

タリ。前々国司郡々ニ入ニハ、郡ノ司可然キ曳出物ナド為

ルニ、此ハ然無クテ、守ノ云ク、「其レ得ルハ賢キ事ナレド

モ、更ニ其レハ不可為ズ。只我ガ任ニハ、田畠ヲダニ多ク作

タラバ、国人ノ為ニモ可賢シ。然テ使ヲ不得シテ、官物ヲ

疾ク可成キ也」ト云ヒ廻ラカシタレバ、国人共此レヲ聞テ、

手ヲ作リ喜テ、田畠多ク作テ、各身豊ニ成レバ、露物不惜

ズ成シ集ムレバ、守モ大キニ富ニケリ。

如此ノ郡々ニ入テ催シ廻リ行ク程ニ、浜ノ辺ヲ行クニ、

海ノ息ノ方ニ、丸ナル物ノ小サキ、浪ニ付テ浮テ見ユ。守馬

ヲ引ヘテ、「彼レヲ何ニ」問ヘドモ、「何トモ不見ヘズ」ト

云フ。而ル間、風息ノ方ヨリ渚ザマニ少シ吹ケバ、漸ク寄

来。近ク寄来タルヲ、弓ヲ以テ掻キ令寄テ見レバ、平ナル桶

ヲ縄ヲ以テ細カニ結タリ。取上ゲテ、縄ヲ切テ開テ見レバ、

油ニ油シタル紙ヲ以テ裏タリ。其レヲ開テ見レバ、藤ヲ以テ

組タル箱ヲ結タリ。其レヲ解テ、箱ヲ開テ見レバ、漆塗タル

箱有リ。其糸ヲ以テ結タリ。其レヲ開テ見レバ、犀ノ角ヲ

切テ重ネツ、四方ニ結ゲテ入タリ。取出テ見レバ、帯ニ荒造

テ、三腰ガ料ヲ入タル也ケリ。此レヲ思フニ、震旦ノ人ノ、

風ニ合テ船ナド損ジテ海ニ入ケルニ、持タリケルガ、不意ニ

寄来タルナルベシ。此ヲ得テ、喜ビ乍ラ返ヌ。

京ニ上テ、帯ノ造ヲ以テ、三腰ノ帯ヲ令造ツ。巡方ノ一腰、

丸鞆ニ二腰也。巡方ノ直ハ三千石、丸鞆ノ直ヒ各千五百石也。

此ヲ得タル、他ニ作ス

仏神ヲ勧ニ崇メ、国ヲモ吉ク治メテ、民ヲモ富バシ、我

レモ富テ喜ブ事無限。又心ノ直

ル也ト。弥ヨ国ノ政ヲ直ク行フ、仏ヲ貴ビ、神ヲ崇

メ、有ケル。

然レバ、国司ハ、国ノ内ノ仏神ニ吉ク

伝ヘタリトヤ。

금석이야기집今昔物語集

권 21

결 권
【日本史】

주지主旨 본권은 제본諸本 결권으로 당초부터 없었던 것으로 추정된다. 권22가 후지와라 씨藤原氏 열전列傳이기 때문에, 본권은 황실관계화皇室關係話, 특히 천황·황비에 관한 이야기를 수록하는 권으로 기획된 것으로 보인다. 의도한 대로 되지 못하고 결권이 되어 버린 것은 본조本朝 불법부의 시발始發을 고려하고, 거기에 본조 세속부 전체의 구상을 더했을 때, 어느 천황부터 쓰기 시작하여 전개해야 할지, 설정할 수 없었기 때문일 것이다. 또한 주요 전거자료를 정할 수 없었던 점이나, 천황·황비에 관한 에피소드를 한 권에 정비할 수 있는 충분한 자료를 확보하지 못한 점도 그 이유가 될 것이다. 이러한 문제를 내포한 채로 결국 결권으로 방치할 수밖에 없었던 것이리라 추정된다.

금석이야기집今昔物語集

권 22

【賢臣】

주 지 主 旨　본조 불법부는 권20으로 끝나며, 권21부터 본조 세속부世俗部로 옮겨지는데 권 21이 결권이기 때문에 실질적으로 본권이 세속부의 시작이 된다. 본권은 후지와라 씨藤原 氏 역대의 열전을 북가北家 중심의 입장에서 기술한 권인데, 가문의 조상인 후지와라노 가 마타리藤原鎌足를 필두로, 도키히라時平 대까지로 끝이 난다. 도키히라時平 이후를 쓰지 않은 것은 미치나가道長・요리미치賴道의 섭관체제攝關體制로 이어지는 계보에 대한 거부 반응일지도 모르며, 혹은 성대聖代 다이고醍醐 천황의 치세 때까지만을 쓰겠다는 의식이 작 용했는지 모른다. 열전체를 사용하기는 하지만, 에피소드의 성격이 강한 이야기를 중심으 로 하고 있는 것은 『대경大鏡』의 후지와라 열전이나 후지 씨 이야기藤氏物語와 비슷하다. 본 조 불법부가 쇼토쿠聖德 태자의 전기적 기술을 모두冒頭에 배열하고, 이하 본조 불교의 연 혁에서 삼보三寶의 존귀로 이어지는 것에 대해서, 대조적으로 세속부가 세속 세계의 패자 霸者인 후지와라 씨의 열전을 필두로 각종 기예技藝의 전문가나 무사의 이야기로 전개되고 이어서 영귀靈鬼・도적・동물에 이르는, 다채로운 전개를 보이는 것은 주목할 만한 다른 점 이라 할 수 있다.

대직관大織官이 처음으로
후지와라藤原 성을 받은 이야기

가마타리鎌足의 전기傳記와 같은 성격을 띤 이야기로, 가마타리가 덴치天智 천황(나카노오에中大兄 황자皇子)과 함께 소가我 가문을 타도하고, 후지와라藤原 가문이 융성하게 된 기초를 쌓아 올리게 된 것을 중심으로 서술하고 있다. 또한 나카노오에 황자와 함께 소가노 이루카蘇我入鹿를 주벌誅罰하는 기사는 본집 권11 제12화의 서두에서도 볼 수 있음.

　이제는 옛이야기이지만, 고교쿠皇極 천황天皇[1]이라는 여제女帝의 치세에, 아들인 덴치天智 천황[2]은 아직 황태자皇太子[3]이셨다. 당시 한 대신大臣이 있었는데, 소가노 에미시蘇我蝦夷[4]라고 했다. 이 사람은 우마코馬子[5] 대신의 자식이었다. 에미시는 오랜 세월 조정에 출사하고 있었으나, 노년에 들어서 몸도 늙고 쇠약해졌기 때문에 딱히 입궐할 일도 없어졌다. 그래서 아들인 이루카入鹿[6]를 언제나 자기대신 입궐시켜 정무를 관리하고 있었다.

1　→ 인명.
2　→ 인명.
3　덴치天智 천황天皇이 황태자皇太子이었을 때는, 고교쿠皇極 왕조 다음인 고토쿠孝德·사이메이齊明 왕조.
4　→ 인명.
5　→ 인명.
6　→ 인명.

이 때문에 이루카는 정권을 장악하고, 나라를 자기 마음대로 움직이고[7] 있었다. 어느 날 황태자이셨던 덴치 천황[8]께서 축국蹴鞠[9]을 하고 계신 곳에 이루카도 와서 축국에 참가하였다.[10] 당시 대직관大織官[11]은 아직[12] 공경公卿 등도 아니시고 오나카토미노大中臣[13]《가마코鎌子》[14]라 하셨는데, 이분도 이 곳에 와서 함께 축국을 하고 계셨다. 그런데 황태자가 공을 차실 때 신발이 벗겨져 날아가고 말았다. 이루카는 거만하고 우쭐한 마음에 황태자를 완전히 깔보고 비웃으면서 황태자의 신발을 바깥쪽으로 걷어차 버렸다. 황태자는 이것이 매우 창피하셔서 얼굴을 붉히고 서 계셨는데, 이루카는 그저 태연한 얼굴로 서 있었다. 이에 대직관은 서둘러 신발을 주워서 황태자에게 드렸고, 대직관의 입장에서는 '내가 크게 잘못하였다.'라고는 생각하지 않았다.[15]

황태자는

'이렇게 이루카는 무례한 짓을 했지만, 《가마코》[16]가 서둘러 신발을 주워와 신겨 주었다. 참으로 고맙고 기쁜 일이다. 이 사내는 내게 호의를 갖고 있는 것 같다.'

---

7   이루카의 전횡專橫은 『서기書紀』 고교쿠 천황 조條 에 상세히 나와 있음.
8   당시는 나카노오에中大兄 황자皇子, 가쓰라기葛城 황자라고도 함.
9   이하의 축국蹴鞠과 제3·제4단의 맹약盟約에 대한 기사는, 『서기』 고교쿠 천황 3년(644) 정월과 『가전家傳』 상上·가마타리 전鎌足傳 등에 보임. 『서기』에서는 축국의 장소를 호코지法興寺(간고지元興寺)의 큰 느티나무 밑이라고 함. → 권11 제22화 참조.
10 『서기』, 『가전』 상上 에서는 이루카가 등장하지 않음. 적인 이루카를 등장시켜 이야기를 극적으로 구성하고 있음.
11 → 인명. 후지와라노 가마타리藤原鎌足를 가리킴. → 권11 제14화 참조.
12 『서기』 고교쿠 천황 3년 정월에 "나카토미노 가마코무라지中臣鎌子連를 신기백神祇伯에 임명함."이라고 되어 있는 것에 의하면, 신기제사직神祇祭祀職에 있었음.
13 바르게는 '나카토미中臣'.
14 이름의 명기를 위한 의도적 결자. '가마코'가 해당됨.
15 가마타리는 주위의 의도 따위는 염두하지 않고 그저 자발적인 의지에 의해 행동했음.
16 이름의 명기를 위한 의도적 결자. '가마코'가 해당됨.

라고 알게 되셨고, 그 후 대직관을 여러모로 자신과 친한 사람이라고 생각하셨다. 대직관도 황태자의 인품을 신용한 것인지, 특히 황태자에 대한 봉사를 게을리하지 않았다. 이루카는 오만한 나머지, 그 후 천황의 분부도 곧잘 무시하는데다 명하시지도 않은 일을 집행하거나 했다. 때문에 내심 황태자는 이루카가 괘씸하다고 생각하는 일이 점점 많아졌다.

어느 날 황태자는 아무도 없는 곳에 몰래 대직관을 불러내서서,

"이루카가 늘 내게 무례하게 굴어서 괘씸하다고 생각하고 있었는데, 천황에게도 걸핏하면 어명을 어기곤 하는구나. 그러니 이루카를 이대로 살려두면 결국 문제가 될 것이다. 나는 이루카를 죽일 생각이다."

라고 말씀하셨다. 대직관도 이루카에 대해 항상 '곤란하다.'라고 생각하고 있던 차에, 황태자께서 이렇게 말씀하시니

"저도 그렇게 생각하고 있었사옵니다. 명하시면 어떻게든 대책을 강구해 보도록 하겠습니다."

라고 말씀하셨다. 그러자 황태자는 기뻐하시며 그 계획에 대해 충분히 논의하셨다.

그 후 대극전大極殿[17]에서 연회[18]가 열린 날,[19] 황태자가 대직관에게 "오늘이야말로 이루카를 죽여야 한다."라고 말씀하셨다. 대직관은 그 분부를 받들어 계략[20]을 짜서 이루카가 차고 있는 긴 칼을 차지 못하게 하셨다. 이루카가 천황의 어전에 느긋하게 서 있고 어떤 황자皇子[21]가 상표문上表文을 읽었

---

17 대내리大內裏의 팔성원八省院 내의 북부 중앙에 있는 정전正殿. 조하朝賀·즉위식 등을 행하는 식전式殿. 여기서는 아스카飛鳥 이타부키궁板蓋宮을 가리킴.

18 원문에는 "세치에節會"로 되어 있음. 궁중에서 천황의 임석臨席 하에 행해진 절일節日의 연회. 『서기』 고교쿠 천황 4년(645) 6월 조條. 『가전』 상에 의하면 삼한조진三韓調進의 의식이 행해짐.

19 『서기』는 고교쿠 천황 4년 6월 12일로 함.

20 『서기』에서는 가마타리가 와자히토俳優(가무歌舞를 하는 익살꾼)를 써서 이루카의 경계심을 풀고, 허리에 찬 칼을 풀어 놓게 하였다고 함.

21 나카노오에 황자와는 다른 황자. 상표문上表文을 읽은 사람을 『서기』에서는, 소가노 구라야마다노마로蘇我

다. 상표문을 읽던 황자는 '오늘 이러한 큰 사건이 발생할 것이라.'라고 미리 알고 있었던 모양인지, 겁먹은 기색으로 몸을 떨고 있자, 아무것도 모르는 이루카가 "왜 그렇게 떨고 계시는가?"라고 묻자, 상표문을 읽던 황자는 "천황의 어전에 나서니 겁이 나서 저절로 몸이 떨립니다."라고 대답하였다.

그때 대직관[22]이 직접 큰 칼을 빼고 달려들어 이루카의 어깨를 베셨다. 이루카가 뛰어 달아나려고 하자, 황태자가 큰 칼을 들고 이루카의 목을 쳐서 떨어뜨리셨다. 그러자 그 목이 튀어 올라[23] 천황의 옥좌玉座[24] 밑으로 가서 "제겐 아무런 죄도 없습니다. 무슨 일로 죽임을 당하게 된 것입니까?"라고 천황께 여쭈었다. 천황은 이 계획을 사전에 알고 계시지 않은데다, 여제女帝이신지라 무서워하시며 옥좌의 장막을 닫으셨고, 때문에 목은 장막에 부딪쳐 아래로 떨어졌다.

그것을 본 이루카의 종자가 집으로 달려가 아버지인 대신[25]에게 보고하였다. 대신은 이야기를 듣고 깜짝 놀람과 동시에 비탄해 하며, "이제 이 세상을 사는 보람이 없구나."라고 말하고, 자기 집에 불을 붙이고 그 속에서 집과 함께 타 죽었다. 마음껏 쌓아 두었던 많은 조정의 재산과 보물도 모두 불에 타서 사라졌다. 신대神代 이후부터 전해진 조정의 재산과 보물은 이때 전

倉山田麻呂, 『가전』상에서는 야마다노 오미山田臣로 하고 있음. 양자는 동일인물로, 이루카와는 같은 소가 씨였으나 사이가 좋지 않았다고 함.

22 이하 『서기』, 『가전』상에서는, 실제로 이루카를 참살하는 사람을 사에키노 무라지코마로佐伯連子麻呂와 와카이누카이노 무라지아미타稚犬養連網田라고 함. 가마타리의 적극적인 헌신을 나타내고 있음. 『도노미네연기多武峰緣起』및 『상궁태자습유기上宮太子拾遺記』에서 인용하는 '일설운一說云'은 이 이야기와 같음.

23 『서기』, 『가전』상에서는 상처를 입은 이루카가 옥좌로 다가가 억울함을 호소했다고 할 뿐으로, 목이 애원했다는 괴이한 부분은 기록하지 않음. 마이노혼舞の本 『이루카』에서는 이루카의 목이 없는 시체가 달려와 애원했다고 함.

24 원문에는 "다카미쿠라高御蔵"로 되어 있음. 대극전 또는 자신전紫宸殿의 중앙에 만들어진 천황의 어좌御座. 여기서는 대극전의 옥좌玉座.

25 소가노 에미시蘇我蝦夷(→ 인명)를 가리킴. 에미시·이루카 둘의 집은 아마가시가오카甘樫丘에 나란히 세워져 있었다고 함(『도노미네연기多武峰緣起』).

부 소실되고 말았던 것이다.

그 후 얼마 지나서 천황이 붕어崩御하셔서 황태자가 즉위하셨다.[26] 덴치 천황이라 이르는 분이 바로 이분이다. 덴치 천황은 대직관을 즉시 내대신內大臣으로 임명하셨고,[27] 오나카토미 성을 새롭게 후지와라藤原로 바꾸었다. 이것이 일본 최초의 내대신이다. 한편 천황은 전적으로 이 내대신을 총애하셔서 나라의 정무를 일임하셨고, 자신의 황후皇后를 양보하셨다.[28] 황후는 이미 회임을 하고 계셔서 대신의 집에서 출산하셨다. 바로 이분이 도노미네多武峰[29]의 조에定惠 화상和尙[30]이시다. 그 후 황후는 다시 대신의 아이를 낳으셨는데, 이 분이 단카이 공淡海公[31]이시다. 이렇게 내대신도 몸을 바쳐 진심으로 천황을 섬겼다.

그 사이 대신이 병이 드셨고, 천황이 대신의 집에 행차[32]하여 병문안을 하셨으나, 대신은 결국 돌아가셨다.[33] 대신을 장송葬送[34]하던 밤, 천황이 "내가 묘지에 행차하여 장송을 하겠느니라."라고 하셨다. 그러나 당시의 대신과

---

26 고교쿠 천황은 본 사건 이후 퇴위하고, 그 다음의 고토쿠 천황 퇴위 후에 다시 왕위에 올라 사이메이 천황이 됨.

27 가마타리가 대직관과 내대신의 관직을 받아, 후지와라 성姓을 받은 것은, 덴치 천황 8년(669) 10월 15일로, 가마타리가 죽기 전날임(『서기』, 『가전』 상). 또한 내신에 임명된 것은 본 사건 직후의 고교쿠 천황 4년(645) 6월 14일(『서기』, 『효덕천황즉위전기孝德天皇卽位前紀』).

28 같은 기사는 『대경大鏡』 후지 씨 이야기藤氏物語, 『제왕편년기帝王編年記』 사이메이 천황 5년(659)의 조條에 보임. 가마타리 부인이 된 '황후'는 구루마모치노 구니코車持國子의 딸, 요시코노 이라쓰메與志古娘(→ 인명). 다만 두 책 모두 태어난 아이를 후히토不比等라고 함.

29 '多武峰', '談峯', '田身嶺'라고도 함. → 지명(도노미네).

30 → 인명.

31 → 인명. 후지와라노 후히토藤原不比等의 시호諡號. 죽은 후, 오미 지방近江國 열두 군郡을 추봉追封한 것에서 칭함. 권11 제14화·본권 제2화 참조.

32 행차는 덴치 천황 8년 10월 10일 (『서기』, 『가전』 상).

33 덴치 천황 8년 10월 16일 사망. 나이 56세(『서기』, 『가전』 상).

34 『가전』 상에 "경오庚午(덴치 천황 9년) 윤閏 9월 6일에 야마시나 정사山階精舎에 장葬함."이라고 하는 것은 이 장례일 것. 『서기』 덴치 천황 8년 10월 16일 조에 인용된 『일본세기日本世記』에서는 야마시나山科의 남쪽에 가장假葬하였다고 함.

공경들이[35] "천황께서 직접 묘지에 가서 대신을 장송하셨다는 선례는 아직 단 한 번도 없사옵니다."라고 반복해서 아뢰었다. 하는 수 없이 천황은 눈물을 흘리며 돌아오셨고 선지宣旨를 통해 죽은 대신에게 시호諡號[36]를 하사하셨다. 이후 대신을 대직관이라 이르게 되었는데, 그 원래 이름은 가마타리라고 한다.

그[37] 자손이 번창하여 후지와라 가문은 우리나라 각지에 가득히 퍼져 있다. 세간에 대직관이라고 이르는 분이 바로 이분이라고 이렇게 이야기로 전하여 내려오고 있다 한다.

---

35 가마타리가 죽었을 때에는 좌우 대신 모두 결원이었음(『서기』, 「공경보임公卿補任」). 다다음해인 10년 정월에서야 태정대신太政大臣·좌우 대신이 새로 임명되었음.

36 역사사적으로 이러한 선지宣旨는 내리지 않았음.

37 이하는 가마타리를 시조로 하는 후지와라 가문의 번영을 이야기하며, 다음 이야기 이후의 후지와라 가문 전기와 연결됨.

大織冠始賜藤原姓語第一

대직관(大織官)이 처음으로 후지와라 藤原 성을 받은 이야기

今昔、皇極天皇ト申ケル女帝ノ御代ニ、御子ノ天智天皇ハ春宮ニテゾ御マシマシケル。

蘇我ノ蝦夷ト云フ。馬子ノ大臣ノ子也。蝦夷年来公ニ仕リテ老ニ臨ケルハ、我ガ身ハ老耄ニテ、殊ニ内ニ参ル事無シ。

然レバ、子入鹿ヲ以テ代トシテ、常令参ッ、ゾ公事ハ申シ行ヒケル。

此レニ依テ、入鹿世ヲ恣ニシテ天下ヲ心ニ任セテ翔ケル間、天智天皇ハ御子ニテ御マシケルニ、鞠蹴サセ給ケル所ニ、一六入鹿モ参テ蹴ケリ。亦、其ノ時ニ、大織冠ノ未ダ公卿ナドニモ不至給ザリケル程ニ、大中臣ノ□トテ御ケルモ、参共ニ蹴給ケルニ、御子ノ鞠蹴給ケル御沓ノ御足ニ離テ上ケルヲ、入鹿誇タル心ニテ、宮ノ御事ヲ何トモ不思シテ嘲テ、其ノ御

沓ヲ外様ニ蹴遣テケリ。御子此ノ事ヲ極テ無ク思シ食ケレバ、顔ヲ赤メテ立セ給ルヲ、入鹿猶事トモ不思ザル気色ニテ立テリケレバ、大織冠其ノ御沓ヲ迷ヒ取テ、「我レ悪キ事ヲ翔ツ」トモ不思ザリケリ。御子ハ「入鹿ガ此ク半無ク為ツルニ□ガ沓ヲ忩ギ取テ履セツル、難有ク喜キ志也。此ノ人ハ我レニ心寄有テ思フ也」ト心得サセ給テ、其ノ後ハ事ニ触レテ眤シキ者ニナム思シ食タリケル。大織冠モ見給フ様ヤ有ケム、取分殊ニ御子ニ仕リ給ケリ。入鹿ハ誇リノ余リニ、後々ニハ天皇ノ御子ニモ不承引ズ、亦仰セ無キ事ヲモ行ナムド給フ事ヲモ動モスレバ不承引ズ、

蹴鞠（年中行事絵巻）

シケレバ、御子弥ヨ心ノ内ニ便無ト思シ食シ積テケリ。

而ル間、御子人無キ所ニ窃ニ大織冠ヲ招キ取リ給テ、仰セ給ハク、「入鹿常ニ我ガ為ニ無礼ヲ致ス。天皇ノ御為ニモ動バ違勅ス。然レバ、遂ニ此ノ入鹿世ニ有テハ、吉キ事不有ジ。此レヲ殺セムト思フ」ト。大織冠、我ガ心ニモ、常ニ、「便無キ事也」ト思給ケル間ニ、御子ノ此ク仰セ給ヘバ、「己ガ心ニモ然思給フル事也。御定有ラバ可相構シ」ト申シ給ケレバ、御子喜テ、其ノ由ヲ議シ固メ給ヒツ。

其後、大極殿ニシテ節会被行ケル日、御子大織冠ニ宣ハク、「入鹿ヲバ今日可罸キ也」。大織冠其ノ由ヲ承ハリ給テ、謀ヲ成シテ、入鹿ガ着タル大刀ヲ令解ツレバ、入鹿御前ニテ練立ル程ニ、御子有テ表ヲ読ム。此ノ表ヲ読ム御子、「今日此ル大事可有シヤ」ト知タリケム、憶病シタル気色ニテ籠ケレバ、入鹿ハ此ノ事ヲ不心得ズシテ、「何ゾ此ハ籠給フゾ」ト問ケレバ、表読ム御子、「天皇ノ御前ニ出タレバ、

憶シテ被籠ル也」トゾ答ケル。

而ル間、大織冠自ラ大刀ヲ抜テ、走リ寄テ、入鹿ガ肩ヲ打落シ給ヒツレバ、入鹿走リ逃ルヲ、御子大刀ヲ以テ入鹿ガ頸ヲ打落シ給ヒツ。其ノ頸飛テ、高御蔵ノ許ニ参リ申サク、「我レ罪無シ。何事ニ依テ被殺ルゾ」ト。天皇此ノ事ヲ兼テ不知ヌ二合セテ、女帝ニテ御マシケレバ、恐サセ給テ、高御蔵ノ戸ヲ閉サセ給ヒツレバ、頭其ノ戸ニゾ当テ落ニケル。其ノ時ニ、入鹿ガ従者家ニ走リ行テ、父ノ大臣ニ此ノ事ヲ告グ。大臣此レヲ聞テ、驚キ泣キ悲ムデ「今ハ世ニ有モ何ニカセム」ト云テ、自ラ家ニ火ヲ指テ、家ノ内ニシテ共ニ焼ケ死ヌ。多ノ公財共、心ニ仕セテ取置タリケル、皆焼失ヌ。神ノ御代ヨリ伝リ公財共其ノ時ニ皆焼失タル也。其後、天皇無ク失サセ給ヌレバ、御子位ニ即セ給ヒヌ。天智天皇ト申ス此レ也。大織冠ヲ以テ即チ内大臣ニ始セ成ヌ。大中臣ノ姓ヲ改テ藤原トス。此ノ朝ノ内大臣此ニ始ム間、天皇偏ニ此ノ内大臣ヲ寵愛シテ、国ノ政ヲ任セ給ヒ、后ヲ譲

リ給フ。其ノ后本ヨリ懐任シテ大臣ノ家ニシテ産ル、所謂ル
多峰ノ定恵和尚ト申ス、此レ也。其ノ後、亦、大臣ノ御子ヲ
産メリ。所謂ル淡海公、此レ也。此テ内大臣モ身ヲ棄テ公ケ
ニ仕リ給フ事無限シ。

而ル間、大臣身ニ病ヲ受ケ給ヘリ。天皇大臣ノ家ニ行幸シ
テ、病ヲ訪ハセ給ヘリ。大臣遂ニ失給レバ、其ノ葬送ノ夜、
天皇、「行幸シテ山送セム」ト有ケレバ、時ノ大臣公卿有テ、
「天皇ノ御身ニテ大臣ノ山送例無キ事也」ト度々奏シ
ケレバ、泣々ク返セ給ヒテ、諡ノ宣旨ヲ下シテ、此ヨリ大織
冠ト申ス。実ノ御名ヲバ鎌足ト申ス。

其ノ御子孫繁昌ニシテ、藤原ノ氏此ノ朝ニ満チ弘ゴテ隙無
シ。大織冠ト申ス此レ也、トナム語リ伝ヘタルトヤ。

단카이 공淡海公의 뒤를 이은
네 가문 이야기

가마타리鎌足가 죽은 후, 후히토不比等가 가문을 잇고, 네 아들 다케치마로武智磨·후사사키房前·우마카이宇合·마로磨가 남가南家·북가北家·무가武家·경가京家의 네 가문을 일으켰는데, 후사사키 류房前流인 북가가 제일 번영하게 된 과정을 적은 이야기.

이제는 옛이야기이지만, 단카이공淡海公[1]이라는 대신大臣이 계셨다. 본래 이름은 후히토不比等[2]라고 하며, 대직관大織官[3]의 장남[4]으로 어머니는 덴치天智 천황天皇의 황후皇后[5]이다.

한편 단카이 공은 대직관이 돌아가신 후 조정에 출사하셨는데,[6] 재능이 출중하셨기 때문에[7] 좌대신左大臣[8]의 자리까지 올라서 국정을 휘어잡고 있

---

1 → 인명.
2 → 인명. 본래 후히토史였지만, 후에 후히토不比等라고 함.
3 → 인명.
4 바르게는 차남이지만, 권11 제14화에서도 장남으로 나옴. 앞 이야기에서 조에이定惠의 동생이라고 하였으나 여기서 장남이라고 하는 것은 이상함. 또는 조에이가 덴치 천황의 사생아인 것을 고려하여, 가마타리鎌足의 친아들로서 장남이라는 의미일 수도 있음.
5 → 인명(요시코노이라쓰메與志古娘).
6 대신가大臣家로서 조정에 출사하는 것은 후지와라 씨도 마찬가지이며, 조정에 출사한다는 점은 본권의 기본적인 경향임.
7 재능이 뛰어난 것도 후지씨전藤氏傳의 기본적인 경향임.
8 우대신右大臣이 정확하지만, 권11 제14화에도 좌대신左大臣으로 하고 있음.

었다. 아들이 네 명 계셨는데, 장남은 다케치마로武智麿[9]라고 하며 이분도 대신의 자리까지 오르셨다. 차남은 후사사키房前[10] 대신이라 하고, 삼남은 식부경式部卿[11]으로 우마카이宇合[12]라고 했다. 사남은 좌우경左右京[13] 대부大夫로, 이름은 마로麿[14]라고 했다. 이 네 아드님 가운데 장남 대신은, 부모의 저택의 남쪽에 살고 계셔서 남가南家라고 칭하였다. 차남 대신은 부모의 저택의 북쪽에 살고 계셔서 북가北家라고 칭하였다. 삼남 식부경은 관직이 식부경이라서 식가式家라고 칭하였다. 사남 좌경左京 대부는 관직이 좌경 대부이기 때문에 경가京家라고 칭하였다.

이 네 집안에서 나온 각 자손들이 일본 곳곳에 가득히 퍼져 있다. 그중에서도 차남 대신의 자손은 가문의 장자長者를 이어서 지금도 섭정관백攝政關白으로서 번영하고 계신다. 원하는 대로 국정을 행하고[15] 천황의 후견인으로서 정무를 보고 계신 사람이 바로 이 후사사키 대신의 자손이다. 장남 대신 남가에도 인물은 많았으나, 후대로 가면서 대신이나 공경公卿이 되는 사람은 좀처럼 없었다. 삼남의 식가式家에도 인물은 있었으나, 공경이 되는 사람은 없었다. 사남 경가京家는 특별히 이렇다 할 인물은 나오지 않았는데, 시侍[16] 정도의 신분은 있었다.

그러므로 오직 차남 대신 북가만이 크게 번영하였다. 야마시나데라山階

---

9 → 인명. '다케치마로武智麿'는 '무치마로'라고도 함.

10 → 인명.

11 의례儀禮나 문관文官 및 대학료大學寮의 인사人事 등을 담당하는 식부성式部省의 장관長官.

12 → 인명.

13 '좌우'라고 되어 있는 것은 이상함. 두 관官을 역임한 것으로 추정. 후문에는 '좌경左京의 대부大夫'라고 되어 있음. 좌경, 우경右京을 관리하는 경직京職의 장관.

14 → 인명.

15 후지와라藤原 가문의 전횡專橫에 대한 비판 또는 그 멸망을 예견하는 표현으로 추정.

16 공경公卿·전상인殿上人이 되는 사람은 없고, 많은 지하인地下人(* 청량전淸涼殿 전상殿上의 대기소에 들어갈 수 있는 관인의 총칭. 일반적으로 장인藏人을 제외한 육위六位 이하를 말함)이 있었던 것을 말함. 이하 각 집안 자손들의 상황에 대해서는 거의 역사적 사실과 맞음.

寺[17] 서쪽에 있는 좌보전佐保殿[18]이란 곳이 바로 이 후사사키 대신의 저택이었다. 그의 자손이 가문의 장자로 좌보전에 들어가실 때에는 먼저 뜰에서 배례拜禮를 한 뒤, 저택으로 납시셨다.[19] 이것은 후사사키 대신의 초상이 좌보전에 모사되어 모셔져 있기 때문이었다.

그러므로 단카이 공의 자손은 이와 같으시다라고 이렇게 이야기로 전하여 내려오고 있다 한다.

17　고후쿠지興福寺(→ 사찰명)의 별칭.

18　후지와라노 후사사키藤原房前의 저택. 사호佐保 지방에 있었던 것에서 이렇게 칭하게 됨. 사호는 나라 시奈良市 북부, 사호 천川의 북안北岸 지구, 지금의 호렌 정法蓮町, 홋케지 정法華寺町 일대를 칭함.

19　가문의 장자長者가 좌보전佐保殿에 예배하는 것은 『전력殿曆』 강화康和 2년(1100) 11월 27일 조에도 보임.

淡海公継四家語第二

今昔、淡海公ト申ス大臣御ケリ。実ノ御名ハ不比等ト申ス。大織冠ノ御太郎、母ハ天智天皇ノ御后也。

而ルニ、大織冠失給テ後、公ニ仕リ給テ、身ノ才極テ止事無ク御ケレバ、左大臣マデ成上リ給テ、世ヲ政テゾ御ケル。

男子四人ゾ御ケル。太郎ハ武智麿ト申シテ、其ノ人モ大臣マデ成上リテゾ御ケル。二郎ハ房前ノ大臣ト申ケリ。三郎ハ式部卿ニテ、宇合トゾ申ケル。四郎ハ左右京ノ大夫ニテ、麿ト申ケリ。此ノ四人ヲ、太郎ノ大臣ハ祖ノ御家ヨリ南ニ住シ給ケレバ南家ト名付タリ、二郎ノ大臣ハ祖ノ御家ヨリ北ニ住給ケレバ北家ト名付タリ、三郎ノ式部卿ハ官ノ式部卿ナレバ式家ト名付タリ、四郎ノ左京ノ大夫ハ官ノ左京ノ大夫ナレバ京家ト名付タリ。

此ノ四家ノ流々此ノ朝ニ満テ弘ゴリテ隙無シ。其ノ中ニモ二郎ノ大臣ノ御流ハ、氏ノ長者ヲ継テ、于今摂政関白トシテ栄エ給フ。世ヲ恣ニシテ天皇ノ御後身トシテ政給フ、只此ノ御流也。

太郎ノ大臣ノ南家モ、人ハ多カレドモ末ニ及テハ大臣公卿ナドニ成人難シ。三郎ノ式家モ、人ハ有ドモ公卿ナドニ至ル人無シ。四郎ノ京家ハ可然キ人ハ絶ニケリ。只侍ナドノ程ニテカ有ラム。

然レバ只二郎ノ大臣ノ北家微妙ニ栄給テ、山階寺ノ西ニ佐保殿ト云フ所ハ此ノ大臣ノ御家也、然レバ此ノ大臣ノ御流、氏ノ長者トシテ其ノ佐保殿ニ着給フニハ、先ヅ庭ニシテ拝シテゾ上給フ。其レハ其ノ御形其ノ佐保殿ニ移シ置タル也。

然レバ淡海公ノ御流此ナム御ケル、トナム語リ伝ヘタルトヤ。

후사사키房前 대신大臣이
북가北家를 일으킨 이야기

후지와라藤原 가문의 연혁을 좇아, 후히토不比等의 아들인 후사사키房前가 가문을 이어서 북가北家를 일으키고, 나아가 마타테眞楯·우치마로內磨가 계승한 과정을 서술하고 있다.

이제는 옛이야기이지만, 후사사키房前 대신大臣[1]이라는 분이 계셨다. 이분은 단카이 공淡海公[2]의 삼남[3]이었다. 재능이 출중한 분이셨고[4] 세상의 평판도 무척 좋아, 단카이 공이 돌아가신 후에는 곧바로 대신[5]의 자리까지 오르셨다.[6]

단카이 공의 네 아드님 가운데 이 후사사키 대신이 가문을 이었고, 이분은 북가北家의 선조가 되었다. 오늘날까지 가문의 장자長者로서 번영하고 있

---

1 → 인명. 후사사키房前는 대신이 되지 않았음. 단, 죽은 후 천평天平 9년(737) 10월 증정일위좌대신贈一位左大臣, 천평 보자寶字 4년(760) 8월 태정대신太政大臣으로 추증追贈 되었음(『속기續紀』, 『대경大鏡』 이서裏書 『존비분맥尊卑分脈』).
2 → 인명. 후히토不比等의 시호諡號.
3 앞 이야기에서는 '차남'이라고 했는데, 여기서 '삼남'이라고 하여 어느 쪽이 사실인지 분명치 않음.
4 재능이 뛰어난 것도 후지 씨전藤氏傳의 기본적인 경향임.
5 대신에 임명된 사실은 없음.
6 본권 후지 씨전藤氏傳에서는 대신의 위치에까지 도달했던 것을 중시.

는 것이 바로 이 대신의 자손이다. 또한 후사사키 대신은 산쇼몬三咲門[7]이라고도 하고, 가와치河內 대신이라고도 칭하였다. 이것은 대신이 가와치 지방河內國[8] 시부카와 군澁河郡[9] □□향鄕[10]이란 곳에 별장을 짓고, 아름답고 풍아스럽게 사셨기 때문이다.

이 대신의 아드님으로 대납언大納言 마타테眞楯[11]라는 분이 계신다. 대납언은 대신도 되지 못하고 젊은 나이에[12] 돌아가셨기 때문에, 대납언의 아드님이신 우치마로內麿[13]라는 분이 대신의 자리까지 올라서 가문을 이으셨다고 이렇게 이야기로 전하여 내려오고 있다 한다.

7 어떻게 읽는지 그 유래는 무엇인지 알 수 없음. 咲는 고사전에 보이지 않음. 오자일 가능성이 있음.
8 → 옛 지방명.
9 후에 나카카와치 군中河內郡이 되고, 현재는 히가시오사카 시東大阪市·야오 시八尾市 서부西部·오사카 시大阪市 히가시스미요시 구東住吉區 지역.
10 향명鄕名의 명기를 위한 의도적 결자.
11 → 인명.
12 마타테眞楯는 52세에 사망했는데, 당시의 상식에 따르면 '젊은 나이에' 죽었다고는 할 수 없음.
13 → 인명.

房前大臣始北家語第三
ふささきのおとどほくけをはじむることだいさむ

今昔、房前ノ大臣ト申ケル人御ケリ。此ハ淡海公ノ三郎
也。身ノ才止事無ク御ケレバ、淡海公失給テ後ニ、世ノ思エ
微妙クシテ、程無ク大臣マデ成上リ給ヒニケリ。

淡海公ノ御子四人御ケル中ニ、此ノ大臣家ヲ継テ、此レヲ
北家ノ初メト申ス。今日于今、氏ノ長者トシテ栄給フ、只此ノ
大臣ノ御流也。此ノ大臣ヲバ亦三映門ト申ス。亦河内ノ大
臣ト申ケリ。其レハ河内ノ国、渋河ノ郡□ノ郷ト云所ニ山
居ヲ造テ、微妙ク可咲クシテ住給ケレバ也。

此ノ大臣ノ御子ニ八大納言真楯ト申ス人ナム御ケル。其ノ
大納言八年若シテ、大臣ニモ不至給デ失給ニケレバ、其ノ御
子ニ内麿ト申ケル人ナム大臣マデ至テ、其ノ家ヲ継テ御マシ
ケル、トナム語リ伝ヘタルトヤ。

권22 제4화

우치마로內磨 대신大臣이
사나운 말에 탄 이야기

앞 이야기 끝에도 등장했던 우치마로內磨의 간단한 전기를 기록함과 동시에, 우치마로의 젊은 시절의 에피소드로, 오사베他戶 황자皇子의 명령으로 희대의 사나운 말을 능숙하게 타서 여러 사람에게 칭찬받은 일을 서술하고 있다.

이제는 옛이야기이지만, 우치마로內磨¹ 좌대신左大臣이라는 분은 후사사키房前 대신大臣²의 손자에 해당하며, 대납언大納言 마타테眞楯³라는 분의 아드님이다. 이분은 재능이 출중하셔서⁴ 전상인殿上人 시절⁵부터 조정에 출사하셨고 크게 중용되고 계셨다. 세상 사람들 모두가 이분을 깊이 존경하였고 따르지 않는 자가 없었다.⁶ 용모도 나무랄 데가 없었고 심성도 고와서 사람들에게 중용되고 계셨다.

1　→ 인명. 대동大同 원년元年(806) 우대신右大臣에 임명됨.
2　→ 인명.
3　→ 인명.
4　재능이 뛰어난 것도 후지 씨전藤氏傳의 기본적인 경향임.
5　우치마로는 천응天應 원년(781) 26세에 서작敍爵(종오위하從五位下에 임명), 이듬해 2년 가이甲斐 지방 수령에 임명됨. 이 무렵을 가리키는 것으로 추정.
6　『일본후기日本後紀』홍인弘仁 3년(812) 10월 6일 조條의 훙거전薨去傳에 "덕량德量이 온아溫雅 하여 사서士庶가 기쁜 마음으로 복종한다."라고 되어 있음.

그런데 이 대신이 아직 젊으셨을 적에, 오사베 궁他戶宮[7]이라는 태자太子가 계셨는데, 시라카베白璧 천황天皇[8]의 황자皇子였다. 이분은 성격이 거칠어 사람들이 두려워하였다. 당시 거칠게 날뛰는 말이 한 마리 있었는데, 사람이 타려고 하면 꼭 밟아 쓰러뜨리고는 달려들어서 물었다. 그래서 사람들은 절대로 이 말을 타려고 하지 않았는데, 오사베 궁이 우치마로에게 명하여 이 날뛰는 말에 타게 했다. 이에 우치마로가 말에 타시자, 모든 사람들이 이 광경을 보고 무서워서 와들와들 떨며, '우치마로는 분명 말에 물리고 밟혀 쓰러져서 큰 상처를 입으실 것이다.'라고 서로 우치마로를 가엾게 생각하고 있었다. 그때 막상 우치마로가 말에 오르자, 말이 고개를 떨어뜨리고 조금도 몸을 움직이지 않았다. 덕분에 우치마로는 어려움 없이 말을 타실 수 있었다. 그 후 우치마로가 말에게 몇 번이나 채찍을 휘두르셨지만, 그래도 말이 날뛰는 기색은 없었다. 이렇게 우치마로는 뜰을 몇 바퀴 돈 뒤에 말에서 내리셨다.[9] 이 광경을 보고 들은 사람들은 우치마로를 칭송하며, '이 분은 보통 분이 아니시다.'라고 생각하였다.[10]

옛날에는 이러한 인물이 계셨다고 이렇게 이야기로 전하여 내려오고 있다 한다.[11]

---

7 → 인명.
8 → 인명. 제49대 고닌光仁 천황天皇. 시호諡號는 시라카베白璧.
9 이 부분과 같은 이야기는 『일본후기』 홍인弘仁 3년 10월 6일 조의 훙거전에 나타남. 우치마로전內麻傳의 에 피소드의 하나. 또한 후세의 설경說經 「오구리小栗」에서 주인공 오구리 판관判官이 사나운 말 오니가케鬼鹿 毛에 올라타는 장면을 연상하게 함.
10 보고 들은 사람을 설정하여 평評하게 하는 상투적 수법. 『일본후기』에 "당시의 사람들이 매우 훌륭한 그릇이라고 하였다."라고 되어 있음.
11 편자가 부가한 화말결어話末結語. 고인古人의 위대함을 회상하는 상고사상尚古思想. 권24 제1·3·4·7화 등의 결어도 이와 같음.

内麿大臣乗悪馬語第四

今昔、内麿ノ右大臣ト申ケル人ハ、房前ノ大臣ノ御孫、大納言真楯ト申ケル人ノ御子也。身ノ才止事無クテ、殿上人ノ程ヨリ公二仕リ給テ、其ノ思エ微妙クナム御ケル。世ノ人皆重ク敬テ、不随ヌ者無カリケリ。形チ有様愚ナル事無カリケリ。亦心直クテ人二被用テナム御ケル。

而ルニ、此ノ大臣年未ダ若ク御ケル時二、他戸ノ宮ト申ス太子御ケリ。白壁ノ天皇ノ御子也。其ノ人心猛クシテ人二被恐テナム御ケル。其ノ時二一ノ悪馬有ケリ。人ノ乗ラムト為ル時二、必ズ踏咋。然レバ敢テ人乗ル事無カリケリ。而ル間、彼ノ他戸ノ御子、内麿二命ジテ、此ノ悪馬二令乗。然レバ内麿此ノ馬二乗リ給フニ、万ノ人此レヲ見テ恐怖レテ、「内麿定メテ此ノ馬二被咋踏テ、損ジ給ヒナムトス」ト糸惜ク思ヒ合ヘリケルニ、内麿乗リ給フニ、此ノ馬頭ヲ垂テ動ク事無シ。然レバ内麿事無ク乗リ給ヒヌ。其ノ後、度々鞭ヲ打給フニ、馬尚不動ズ。然テ、庭ヲ度々打廻テ下給ヒニケリ。此レヲ見聞ク人、内麿ヲ讃テ、「此レ只人二モ不御ザリケリ」トゾ思ヒケル。

昔ハ此ル人ナム御ケル、トナム語リ伝ヘタルトヤ。

간인閑院 후유쓰구冬嗣 우대신右大臣 및
자제 이야기

앞 이야기의 뒤를 이어 우치마로內麿의 아들 후유쓰구冬嗣와 그의 세 아들 나가라長良·요시후사良房·요시미良相의 각 가문에 대해 약술한다.

이제는 옛이야기이지만, 간인閑院[1] 우대신右大臣[2] 후유쓰구冬嗣[3]라는 분에게 많은 아드님이 계셨다. 장남은 나가라長良[4] 중납언中納言이라고 하였는데, 장남이셨음에도 어찌된 일인지 차남보다 관위官位가 낮으셨다. 그러나 중납언의 자손은 계속 번영하여[5] 오늘에 이르기까지 번창하였다. 태정대신太政大臣,[6] 관백關白, 섭정攝政이 되신 분들도 모두 나가라 중납언의 자손이시다. 게다가 상달부上達部[7]보다 지위가 낮은 사람은 온 세상 곳곳에 퍼져 계신다.

---

1 한원閑院은 후유쓰구冬嗣의 저택으로, 「이중력二中歷」에 "이조二條의 남쪽 서동원西洞院의 서쪽, 후유쓰구 대신大臣의 집 또는 좌대장 아사테루朝光의 집", 「습개초拾芥抄」에 "이조二條 남쪽 서동원西洞院의 서쪽 일성一丁, 후유쓰구 대신의 집"이라고 되어 있음. 명칭의 유래에 대해서는 권22 제6화 참조.
2 보통은 '좌대신左大臣'이라고 해야 함. 후유쓰구의 최종 관력官歷은 좌대신.
3 → 인명. 「존비분맥尊卑分脈」, 동송본東松本 「대경大鏡」 이서裏書에는 "フユツキ"라고 훈을 달았음.
4 → 인명. 「이중력」 명인력名人歷·명신名臣의 항목, 「휘훈초諱訓抄」에 "ナカラ"라고 훈을 달았음.
5 나가라의 아들 모토쓰네基經가 요시후사良房의 양자가 되었고, 그 후 다다히라忠平, 모로스케師輔, 가네이에兼家, 미치나가道長, 요리미치賴道로 섭관가攝關家가 계승되어 번영하고 있는 것을 가리킴.
6 태정관太政官의 최고 관리. 적임자가 없을 때는 결원으로 두며, 칙궐則闕의 관官이라고도 함.
7 삼위三位 이상의 공경公卿 및 사위四位 참의參議의 총칭.

차남은 태정대신의 자리까지 오르서, 요시후사良房[8] 대신이라고 했는데, 시라카와白川[9]의 태정대신이라는 분이 바로 이분이다. 후지와라藤原 가문이 섭정도 되고 태정대신도 되었던 것은 이 요시후사 대신 때부터 시작된 일[10]이었다. 무릇 요시후사 대신은 도량이 넓고 재능이 출중하고[11] 현명한 분으로, 만사에 있어 다른 사람보다 뛰어나셨다. 또 와카和歌를 무척 훌륭하게 읊으셨다. 따님은 몬토쿠文德 천황天皇[12]의 황후皇后[13]로, 미노오水尾 천황[14]의 어머님이신데, 소메도노染殿[15] 황후라는 분이 바로 이분이시다. 어느 날 소메도노 황후의 어전에 곱디고운 벚꽃을 화병에 꽂아 두셨는데, 부친인 태정대신이 벚꽃을 보시고 이렇게 노래를 읊으셨다.

세월이 흘러 이 내 몸도 몹시 늙고 말았구나. 그러나 이 만개한 벚꽃처럼 아름다운 그대의 아리땁고 해사한 자태를 보니 슬퍼할 것 하나 없구나.[16]

이것은 황후를 꽃에 빗대어 읊으신 것이었다. 요시후사 대신은 이렇게 훌륭하셨으나, 아들이 한 명도 계시지 않았기 때문에, 세상 사람들은 "대를 이을 분이 안 계신 것이 매우 안타까운 일이다."라고 말했다.

---

8 → 인명.

9 『대경』 이서에 "오타기 군愛宕郡 시라카와白河 주변에 장사지내다."라고 되어 있음. 장사지낸 곳이 시라카와 지역이었던 것에 의한 칭호.

10 『대경』에 "이분이야말로 후지 씨藤氏의 첫 태정대신, 섭정을 하셨다."라고 되어 있음. 최초의 인신섭정人臣攝政.

11 재능이 뛰어난 것도 후지 씨전藤氏傳의 기본적인 경향임.

12 → 인명. 제55대 천황.

13 권20 제7화에서는 '어머니'로 오기誤記. 몬토쿠文德 천황天皇의 여어女御, 후에 황태부인皇太夫人.

14 → 인명. 제56대 세이와淸和 천황.

15 → 인명. 후지와라노 아키라케이코藤原明子.

16 トシフレバヨヒハオイヌシカハアレドモ花ヲシミレバモノヲモヒモナシ. 『고급집古今集』 권1·52의 사서詞書는 "소메도노染殿 황후 앞의 화병에 벚꽃을 꽂으신 것을 보고 읊는다."라고 되어 있음.

삼남[17]은 요시미良相[18] 우대신右大臣이라 하는데, 세상 사람들이 사이산조西三條 우대신이라고 하는 분이 바로 이분이다. 그 무렵 조조淨藏 대덕大德[19]이라는 뛰어난 행자行者[20]가 있었다. 요시미 우대신은 조조와 끈끈한 단가檀家 관계로 연결되어 있었고, 조조에 의해 대신은 천수다라니千手陀羅尼[21]의 영험靈驗을 입으신 적이 있었다. 요시미 대신의 아드님은 대납언大納言 우대장右大將[22]으로, 이름은 쓰네유키常行[23]라고 했다. 이 대장에게 두 아드님이 있었는데, 형은 육위六位로 전약조典藥助[24]가 되었고 이름은 나쓰구名繼[25]라고 하였다. 동생은 오위五位로 주전두主殿頭[26]가 되었고 이름은 무네쿠니棟國[27]라고 하였다. 모두 신분이 낮은 사람이었기 때문에 그 자손은 없는 것과 다름없었다.

그러므로 장남인 나가라 중납언은 두 동생보다 관위가 낮아서 '괴로운 일이다.'라고 생각하셨겠지만, 두 동생에게는 자손이 없었고, 중납언의 많은 아드님 가운데에는 태정대신이자 관백이 된 모토쓰네基經[28]라는 분이 계셨다. 그 자손들은 번영하여 지금도 영화롭고 훌륭한 모습으로 계신다.

---

17 『대경』 요시미 전良相傳에는 "오남五男". 『존비분맥』도 "오남". 『대경』 이서에는 "삼남".

18 → 인명.

19 → 인명. '대덕大德'은 경칭敬稱. '조조淨藏 귀소貴所'라고도 함. 그러나 조조는 강보康保 원년元年(964) 74세에 죽었으므로, 정관貞觀 9년(867)에 사망한 요시미와는 시대가 맞지 않음. 조조의 스승인 소오相應 화상和尙 쪽이 알맞음.

20 수행자修行者. 여기서는 고수련행苦修練行의 영험자靈驗者라는 뜻.

21 → 불교. 유시미가 천수다라니千手陀羅尼의 영험靈驗을 입은 것은 『대경』에 "천수타라니의 험덕驗德을 입은 사람이다."라고 보이나, 구체적으로는 알 수 없음.

22 권14 제42화에는 '좌대장左大將'으로 오기誤記함.

23 → 인명. 권14 제42화 참조.

24 의약을 관장한 전약료典藥寮의 차관.

25 → 인명.

26 전사殿舍의 청소, 연료 등을 관장한 주전료의 장관長官.

27 → 인명. 또한, 『존비분맥』에는 나쓰구名繼를 장남, 스케구니輔國를 삼남으로 하고, 그 외 차남 노부요演世(효고兵庫 두頭, 종오위하從五位下), 사남 가즈요萬世(내장조內藏助)를 기록함.

28 → 인명.

이것을 생각하면 세상 사람들은 옛날에는 못 살아도 결국 자손이 흥하게 되는 경우도 있고, 잘살아도 자손이 쇠하게 되는 경우도 있는데, 이것도 전부 전생前生의 과보果報[29]인 것이라고 이렇게 이야기로 전하여 내려오고 있다 한다.

29 → 불교.

閑院冬嗣右大臣幷子息語第五

今昔、閑院ノ右大臣冬嗣ト申ケル人ノ御子数御ケリ。

兄ヲバ長良ノ中納言ト申ケリ。何ナル事ニカ有ケム、此ノ中納言ハ太郎ニテハ御ケレドモ、弟二人ノ下﨟ニテゾ御ケル。

然レドモ、此ノ中納言ノ御子孫ハ于今繁昌シテ、近代ノ中デ栄エ給テ、大政大臣、関白、摂政ニ成シ給フモ、皆此ノ納言ノ御子孫ニ御マス。何況ヤ上達部ヨリ以下ノ人ハ世ニ隙無シ。

二郎ハ大政大臣マデ成上リ給テ、良房ノ大臣ト申ス。白川ノ大政大臣ト申ス、此レ也。藤原ノ氏ノ、摂政ニモ成リ大政大臣ニモ成給フハ、此ノ大臣ノ御時ヨリ始レバ也ケリ。凡ソ此ノ大臣ハ、心ノ俸テ広ク、身ノ才賢クテ、万ノ事人ニ勝レテゾ御ケル。亦、和歌ヲゾ微妙ク読給ケル。御娘ヲバ、文徳天皇ノ御后ニテ、水尾ノ天皇ノ御母也。染殿ノ后ト申ス、此也。其ノ后ノ御前ニ微妙キ桜ノ花ヲ瓶ニ指テ被置タリケルヲ、父ノ大政大臣見給テ、読給ケル也、

トシフレバヨハヒハオイヌレドモ花ヲシミレバ

モノヲモヒモナシ

ト。后ヲ花ニ譬ヘテ読ミ給ヘル也ケリ。此ノ大臣ハ此ク微妙ク御ケれども、男子ノ一人モ不御ザリケレバ、「末ノ不御ヌガ極テ口惜キ也」トゾ世ノ人申ケル。

三郎ハ良相ノ右大臣ト申ケル。世ニ西三条ノ右大臣トハ申ハ此ノ也。其ノ比、浄蔵大徳ト云フ止事無キ行者有ケリ。其ノ

人ト極ジキ檀越トシテ、大臣千手陀羅尼ノ霊験蒙リ給ヘル人
也。此ノ大臣ノ御子ハ大納言ノ右大将ニテ、名ヲバ常行ト申
ケリ。而ルニ、其ノ大将ノ御子二人有ケリ。兄ハ六位ニテ主殿ノ
頭ニテ、名ヲバ名継トゾ云ケル。弟ハ五位ニテ典
薬ノ助ニ成テ、名ヲバ名範トゾ云ケル。皆糸賤キ人ニテ有ケレバ、
其ノ子孫無キガ如シ。

然レバ彼ノ太郎長良ノ中納言ハ弟二人ニ被越テ、「辛シ」
トコソハ思給ケメドモ、其ノ弟二人ノ御子孫ハ無クシテ、此
ノ中納言ノ御子ハ数御ケル中ニ、大政大臣関白ニ成テ、御名
ヲバ基経ト申ス人御ケル。其ノ御子孫繁昌シテ、于今栄テ
微妙ク。

此ヲ思フニ、世ノ人、当時弊ケレドモ遂ニ子孫栄エ、当時
吉ケレドモ末無シ。此レ皆前生ノ果報也、トナム語伝ヘタル
トヤ。

호리카와堀河 태정대신太政大臣
모토쓰네基經 이야기

앞 이야기의 뒤를 이어 나가라長良의 아들이자 후유쓰구冬嗣에게는 손자에 해당하는, 후지와라노 모토쓰네藤原基經와 그 일가의 번영을 기록한 이야기. 모토쓰네의 전기傳記적인 성격을 가지며 자녀의 영달榮達과 사는 집의 소개를 비롯해 모토쓰네를 장송葬送하던 밤 만가輓歌를 짓는 에피소드 등을 기술하고 있다.

이제는 옛이야기이지만, 호리카와堀河[1] 태정대신太政大臣이라는 분이 계셨다. 존함은 모토쓰네基經[2]라고 했으며, 이분은 나가라長良[3] 중납언中納言의 아드님이었다. 대신은 견줄 자가 없을 정도로 재능이 출중하고[4] 현명한 분이셔서 오랜 세월 조정에 출사하였고,[5] 관백關白 태정대신太政大臣의 자리에까지 오르신[6] 매우 훌륭한 분이셨다. 또 그 자손이 번영하여 남녀 모두 훌륭한

1 '호리카와堀河'는 모토쓰네基經의 저택이 굴천원堀川院인 것에서 유래함. '굴천원堀川院은 이조二條의 남쪽 호리 강堀川의 동쪽, 쇼센 공昭宣公의 집. 혹은 대취어분大炊御門 호리기와라고 한다.'(『이중력二中歷』 명가력 名家歷).
2 → 인명.
3 → 인명.
4 재능이 뛰어난 것도 후지 씨전藤氏傳의 기본적인 경향임.
5 대신가大臣家로서 조정에 출사하는 것은 후지와라 씨도 마찬가지이며, 조정에 출사한다는 점은 본권의 기본적인 경향임.
6 모토쓰네는 정관貞觀 18년(876) 11월 섭정攝政에 임명, 원경元慶 4년(880) 11월 관백關白에 임명, 같은 해 12월 태정대신太政大臣에 임명(『삼대실록三代實錄』, 『공경보임公卿補任』).

분들만 있었는데, 따님[7]은 다이고醍醐 천황天皇[8]의 황후皇后로 스자쿠朱雀[9]와 무라카미村上[10] 이대二代에 걸친 천황의 어머님이셨다.

아들 한 사람은 도키히라時平[11] 좌대신左大臣이라고 했는데, 혼인本院[12] 대신이라는 분이 바로 이분이다. 또 한 사람은 다다히라忠平[13] 태정대신이라고 하는데, 고이치조小一條[14] 대신이라는 분이 바로 이분이다. 또 다른 한 사람은 나카히라仲平[15] 좌대신이라고 하는데, 이 나카히라 좌대신을 비와枇杷 대신[16]이라고 한다. 이 외에도 많은 자제가 계셨지만, 모두 공경公卿[17] 이하의 사람이기 때문에 여기에는 기록하지 않겠다.

그렇지만 아들 세 명이나 대신이 된 것은 드문 일이었다. 대신은 굴하전堀河殿에 살고 계셔서 호리카와堀河 태정대신이라고 했다. 한원閑院[18]도 호리카와 대신의 저택이었는데, 이곳에는 모노이미物忌[19]를 할 때에 가셨다. 대신은 이곳에 그다지 친하지 않은 사람은 접근하지 못하게 하고 친밀한 사람들만을 부르시어 한적한 곳으로 삼고 계셨기에, 한원이라고 칭하게 되었다. 굴하원堀河院이란 곳은 승지勝地였기 때문에 공적인 곳으로 삼으셨다. 이곳

7　모토쓰네의 사녀四女 온시穩子(→ 인명).
8　→ 인명. 제60대 천황.
9　→ 인명. 제61대 천황.
10　→ 인명. 제62대 천황.
11　→ 인명.
12　'본원本院'은 도키히라時平의 저택을 칭함. '중어문中御門의 북쪽, 호리카와의 동쪽 일정一町. 좌대신左大臣 도키히라의 집.'('습개초拾芥抄'). 「이중력」도 같음.
13　→ 인명.
14　'소일조小一條'는 다다히라忠平의 저택으로 다다히라를 고이치조小一條 대신이라고 칭함. 후에 오남五男인 모로타다師尹가 물려받음. 권19 제9화 참조. '소일조小一條 이조二條의 북쪽, 동동원東洞院의 서쪽, 관동전欵冬殿이라고도 부름. 모로타다 공의 저택.'('이중력二中歷」 명가력名家歷).
15　→ 인명. 권20 제43화 참조.
16　비파枇杷를 좋아해서 저택 내에 심은 것에서 칭하게 됨. 그 저택을 비파전枇杷殿이라고 함.
17　공공(태정대신, 좌우대신)과 경卿(대·중납언, 참의參議 및 삼위三位 이상). 상달부上達部라고도 함.
18　조부組父 후유쓰구冬嗣 이래 물려받은 저택.
19　일정기간 정진결재精進潔齋하여 실내에서 근신하는 것. 여기서는 음양도陰陽道를 바탕으로 한 모노이미物忌를 가리킴. * 모노이미란 일정 기간 부정을 피하기 위해 언행 등을 삼가며 근신하는 것.

에서 큰 연회[20]가 열릴 때면 호리 강堀河 동쪽에 귀빈[21]의 수레를 세우고, 수레를 끌던 소는 호리 강 다리 기둥에 묶었다. 다른 상달부上達部들의 수레는 강 서쪽에 나란히 세워두었는데, 그 모습이 장관을 이루었다. 귀빈의 수레만 따로 세워두는 곳은 오직 굴하원 뿐이었다.

이렇게 대신은 모든 면에 있어서 매우 고상한 삶을 보내셨는데 세월이 흘러 마침내 생을 마치셨다. 그런데 대신을 후카쿠사 산深草山[22]에서 장사지내던 날 밤, 쇼엔勝延 승도僧都[23]라는 사람이 이런 노래를 읊었다.

매미의 목숨은 덧없지만, 매미가 남긴 빈 허물을 보면 마음의 위로가 되는구나. 허나 모토쓰네 공은 화장을 하여 그 유해마저 남기지 않으니, 세상에 남은 이들에겐 견딜 수 없는 슬픔이도다. 후카쿠사 산에 피어오른 화장터의 연기만이라도 남아서 솟아올라 주오. 그것을 죽은 공의 유품이라고 마음의 위로로 삼으리라.[24]

또 가미쓰케노 미네오上野峰雄[25]라는 사람은 이렇게 노래를 읊었다.

후카쿠사 들판에 핀 벚꽃이여, 네게도 마음이 있다면 모토쓰네 공이 돌아가신

---

20 원문에는 "대향大饗"으로 되어 있음. 궁중의 큰 연회나 대신의 임명을 축하하는 축연祝宴 등을 가리킴. 여기서는 대신이 주최하는 큰 연회.

21 원문에는 "존자尊者"로 되어 있음. 대향大饗에 초대된 특별한 빈객. 친왕親王이나 상석上席의 공경公卿.

22 → 지명. 『고금집古今集』도 이 이야기와 같음. 단, 『일본기략日本紀略』, 『연희식延喜式』 제능식諸陵式에서는 묘소를 야마시로 지방山城國 우지 군宇治郡으로 함. 현재의 우지 시宇治市 고하타木幡는 후지와라藤原 가문의 묘소로, 고하타 신사許波多神社 내의 호총狐塚은 모토쓰네의 묘라고 함.

23 → 인명.

24 원문은 "ウツセミハカラヲミツ、モナグサメツフカクサノ山ケムリダニタテ"라고 되어 있음. 『고금집』 권 16·831. 『신찬 와카집新撰和歌集』, 『헨조 집遍照集』에도 수록됨.

25 → 인명.

올해만은 상복처럼 잿빛으로 피어서 공의 죽음을 애도하고 슬퍼해 주게.[26]

　　모토쓰네 대신의 형님인 구니쓰네國經[27] 대납언大納言이라는 분이 있었다. 이분은 대신이 돌아가신 뒤 고령의 나이로 대납언이 되었지만, 그 이상은 올라가지 못했다. 이 밖에도 대신에게 많은 형제분이 계셨지만, 모두 납언 이하의 사람[28]으로 오직 대신만이 이렇게 최고의 관위官位에 오르시고[29] 자손들이 번영하고 있다고 이렇게 이야기로 전하여 내려오고 있다 한다.

---

26 원문은 "深草ノ野ベノ櫻シ心アラバコトシバカリハスミゾメニサケ"라고 되어 있음. 『고금집』 권16·832, 『고금육첩古今六帖』 제4에도 수록. '마음이 있다면'은, '세상의 도리를 안다면'이라는 뜻.
27 → 인명. 후지와라노 구니쓰네. 본권 제8화 참조.
28 여기서는 상달부에 들어가는 대·중납언을 가리킴.
29 섭정, 관백, 태정대신에 오른 것을 가리킴.

堀河大政大臣基経語第六

今昔、堀河ノ大政大臣ト申ス人御ケリ。御名ヲバ基経ト
ゾ申ケル。此レハ長良ノ中納言ノ御子也。大臣身ノ才並無シ
テ心賢ク御ケレバ、年来公ニ仕テ、関白大政大臣マデ成
上リ給テ、糸止事無カリケリ。亦子孫繁昌ニシテ男女皆微妙
ナリケリ。御娘ハ、醍醐ノ天皇ノ御后トシテ、朱雀院、村上
ノ二代ノ天皇ノ御母也。

男子ハ、一人ヲバ時平ノ左大臣ト申ス。本院ノ大臣ト申ス、
此也。一人ヲバ忠平ノ大政大臣ト申ス。小一条ノ大臣ト申ス、
此也。一人ヲバ仲平ノ左大臣ト申ス。此ノ仲平ノ左大臣ハ枇
杷ノ大臣ト申ス。其ノ外ニ数御ケレドモ、其レハ皆公卿以下
ノ人ナレバ、不註ズ。

先ヅ大臣ニテ子三人、難有キ事ニス。堀川殿ニ住給ヒケレ
バ、堀河ノ大政大臣ト申ス也ケリ。閑院モ此ノ大臣ノ御殿ニ
テ有ケレドモ、其ノ殿ヲバ御物忌ノ時ナドゾ渡リ給ケル。親シキ人々ノ限リヲゾ寄セ給
ヒテ、疎キ人ヲバ寄セ不給ザリケリ。閑ナル所ニ為サセ給ヒケレバ、其ヨリ閑院トハ云ケ
リ。堀河ノ院ハ、地形ノ微妙ケレバ晴ノ所ニシテ、大饗被
行ケル時ニハ、尊者ノ車ヲバ堀河ヨリ東ニ立テ、牛ヲバ橋柱
ニ繋ギテ、他ノ上達部ノ車ヲバ河ヨリ西ニ立並ベテ有ルガ微
妙也。尊者ノ車別ニ立タル所ハ、此ノ堀河ノ院ノミゾ有ケル。
此ク微妙クテ御ケル程ニ、年来ヲ経テ遂ニ此ノ大臣失セ給
ニケルニ、深草山ニ
納メ奉テケリ。夜、
勝延僧都ト云ケル人
ノ読タリケル也。

ウツセミハカラ
ヲミツヽモナグ
サメツフカクサ

尊者の車（年中行事絵巻）

ノ山ケムリダニタテ
トゾ。
亦上野ノ峰雄ト云ケル人ハ此ナム読タリケル、
深草ノ野ベノ桜シ心アラバコトシバカリハスミゾメニサ

ケ

此ノ大臣ノ御兄ニ国経ノ大納言ト云フ人有ケリ。其レハ此
ノ大臣失給テ後ニ、年遥ニ老テゾ大納言ニテ止給ニケル。亦
其ノ兄弟御ケレドモ、皆納言已下ノ人ニテ、只此ノ大
臣ナム此クマデ成極メ給テ、子孫栄ヘテ御ケル、トナム語リ
伝ヘタルトヤ。

다카후지高藤 내대신內大臣 이야기

후유쓰구冬嗣의 아들인 요시카도良門의 차남, 다카후지高藤를 둘러싼 낭만적이고 서정적인 혼인담. 소년 다카후지가 매사냥을 갔을 때, 비를 피하려고 들린 미야지노 이야마스宮道彌益의 집에서 소녀와 하룻밤 인연을 맺는데, 6년 후 소녀와 재회하고 결혼하여 일가가 오래도록 번영하였다는 이야기. 둘 사이에서 난 딸은 우다宇多 천황天皇의 여어女御가 되어 다이고醍醐 천황을 낳고, 이야마스의 저택은 간주지勸修寺가 되었다고 한다. 순수한 사랑 이야기임과 동시에 간주지 연기담이기도 하다.

이제는 옛이야기이지만, 간인閑院[1] 우대신右大臣이라는 분이 계셨다. 존함은 후유쓰구冬嗣[2]라고 했다. 세간의 평판도 매우 좋은데다 재능이 출중하고[3] 무척 현명한 분이셨으나, 젊은 나이에 돌아가시고 말았다.[4] 많은 아드님이 계셨는데, 장남은 나가라長良[5] 중납언中納言이라고 하고, 차남은 요시후사良房[6] 태정대신太政大臣이라고 했다. 그 다음은 요시미良相[7] 좌대신左大臣,

---

1 권22 제5화 주 참조.
2 → 인명.
3 재능이 뛰어난 것도 후지 씨전藤氏傳의 기본적인 경향임.
4 후유쓰구가 죽은 나이는 52세. 이것을 '젊은 나이에' 죽었다고 하는 것은, 권22 제3화의 마타테眞楯의 경우와 같음.
5 → 인명.
6 → 인명.
7 → 인명. 단, 요시미良相는 우대신右大臣까지로, 좌대신左大臣까지 되지는 않았음.

그리고 그 다음은 내사인內舍人[8] 요시카도良門[9]라고 했다. 옛날에는 이렇게 고귀한 가문의 인물도 맨 처음에는 내사인으로 임명되기도 하였다.[10]

한편 내사인 요시카도의 아드님으로 다카후지高藤[11]라는 분이 계셨는데, 이분은 어릴 적부터 매사냥을 좋아하셨다. 아버지 내사인도 매사냥을 좋아하셨는데, 이 도련님도 아버지를 닮아 사냥을 좋아하신 모양이었다.

그런데 도련님이 열대여섯 살 정도[12] 때의 일이었다. 9월 무렵, 도련님이 매사냥을 하러 나가서서, 미나미야시나南山階[13]라는 곳의 나기사 산渚山[14] 부근에서 매사냥을 하며 돌아다니던 중이었다. 신시申時[15] 즈음에 온 하늘이 갑자기 흐려지더니 늦가을비가 쏴하고 내리기 시작했다. 그와 동시에 바람이 심하게 불고 번개가 치며 천둥소리가 무섭게 울려 퍼졌다. 이에 종자들은 사방팔방으로 도망치며, "비를 피하자."라고 모두 발길 가는대로 내달렸다. 주인인 도련님은 서쪽 산기슭에 인가가 한 채 있는 것을 발견하고 말을 타고 달려갔다. 도련님 곁에는 남자 사인舍人[16] 한 명만이 따르고 있다. 도련님이 그 집에 도착하여 보시니, 주위에 노송나무 울타리[17]를 두른 집으로 작은 당문唐門[18]이 달린 건물이 있었다. 도련님은 말에 탄 채 그 안

---

8 중무성中務省에 속하여, 금중禁中의 숙위宿衛·잡역과 천황天皇 행차에 수행하며 경호를 맡음.

9 → 인명.

10 귀족의 자제를 내사인內舍人으로 초임初任하는 것에 관해서는 『가전家傳』 하下에는 "대보大寶 원년元年, 지체 있는 집안의 아이를 골라, 내사인으로 한다. 세 공공의 자제를 따로 명령하여 정육위상상正六位上에 임명하고, 내사인으로 삼았다."라고 보임.

11 → 인명.

12 『요쓰기 이야기世繼物語』에는 "스무 살 정도 되셨을 때"로 되어 있음.

13 현재 교토 시京都市 야마시나 구山科區의 남부지역. 야마시나는 후지와라 가문藤原氏의 연고지로, 가마타리鎌足의 저택도 야마시나 구 오야케大宅 지역에 있었음.

14 미상. 『요쓰기 이야기』에는 '나이샤노오카ないしゃの岡'로 되어 있음.

15 오후 4시경. 이하와 유사한 묘사는 권19 제5화에도 보임.

16 귀족을 모시며, 잡무, 경호 등을 하는 사람. 여기서는 말의 고삐를 끄는 남자.

17 원문에는 "히가키檜垣"로 되어 있음. 노송나무로 만든 얇은 판자를 교차시키며 만든 울타리. 이하는 시골치고는 고급스러운 저택의 모습을 묘사하고 있음.

18 당파풍唐破風으로 만든 지붕에 당호唐戶를 단 문.

으로 달려 들어갔다. 판자지붕을 인 침전寢殿 끝에 세 칸間[19] 정도 되는 지붕 달린 작은 통로가 있었는데, 도련님은 말을 타고 그곳에 가서 내렸다. 도련님은 쭉 이어진 통로 가장자리의 한 구석에 말을 끌어넣고, 사인에게 말을 맡기고 마루에 앉으셨다. 그 사이에도 바람이 불고 비가 내리며 번개가 번쩍거리고 계속해서 천둥이 쳤다.[20] 겁이 날 정도로 사납고 거친 날씨로, 되돌아갈 수도 없는 노릇이어서 도련님은 그대로 그곳에 계셨다.

이윽고 날도 점차 저물어 갔다. 도련님이 '어쩌면 좋을까.' 하며 불안하고 두려워하고 계시자, 집 안에서 짙은 남색 가리기누狩衣[21]와 하카마袴 차림을 한 마흔 살 정도 되는 남자가 나와서 "당신은 누구십니까?"라고 말했다. 도련님이

"매사냥을 하던 중에 심한 비바람을 만나, 방향도 잡지 않고, 그저 달리는 말에 의지하여 왔는데, 때마침 이 집이 눈에 띄어서 반가운 마음에 들어온 것이다. 누구신가?"

라고 말했다. 그러자 남자는 "비가 내리는 동안에는 여기서 이대로 계셔도 괜찮습니다."라고 말하며 남자 사인이 있는 곳으로 가까이 가서 "이분은 누구십니까?"라고 물었다.[22] "이러이러한 분이십니다."라고 남자 사인이 대답하자, 집주인인 남자가 듣고 깜짝 놀랐다. 그리고 남자는 집안으로 들어가 방을 《마련하》고,[23] 등불도 켜고, 잠시 후 다시 밖으로 나와서

"누추한 곳이옵니다만, 이대로 여기 계시는 것도 그렇고, 비가 그칠 때까지 안에 들어와 계시지요. 그리고 옷도 젖은 듯하오니 불에 쬐어 말려 드리

---

19 간間과 관련하여 권20 제35화 주 참조.
20 「요쓰기 이야기」에는 "비바람이 점점 심해지고 천둥이 쳐"로 되어 있음.
21 * 원래 수렵狩獵용의 의복이었는데 헤이안 시대 이후에는 남성귀족, 관인官人의 평복이 되었음.
22 누구인지를 직접 묻는 것을 삼갔던 것.
23 한자의 명기를 위한 의도적 결자. 문맥을 고려하여 보충함.

겠습니다. 말에게도 풀을 주겠사오니 저 뒤편에 끌어넣어 두겠습니다."[24]
라고 아뢰었다. 그곳은 초라하고 미천한 사람의 집이었지만, 상당히 유서
깊은 듯하여 정취가 있었다. 주위를 둘러보니 천장은 노송나무로 만든 얇은
판자를 교차시켜 짜져 있었고,[25] 주변에는 노송나무로 만든 얇은 판자를 교
차시켜 짠 병풍[26]이 세워져 있으며, 고려단高麗端[27]의 다다미疊 서너 개가 바
닥에 깔려 있었다. 도련님이 몹시 지쳐 있어서, 옷을 풀고 물건에 기대어 누
워 계시자, 집주인 남자가 나타나 "옷과 바지를 말려 드리겠습니다."라고 말
하며 가져갔다.

　도련님은 그 상태로 누워서 얼마간 집 안을 보고 계셨다. 그때 미닫이를
열고 행랑방[28] 쪽에서 얼추 열서너 살 정도의 어린 여자가, 연보랏빛 옷 한
겹에 진홍색 하카마袴 차림으로 부채로 얼굴을 가리며, 한 손에 음식을 담
아 올린 반상[29]을 들고 나타났다. 부끄러운 듯 멀리서 옆을 보고 앉아 있었
기 때문에, 도련님은 "가까이 오너라."라고 말씀하셨다. 여자가 살며시 무
릎걸음으로 다가오는 모습을 보니,[30] 머리카락이 가느다랗고 이마 모양이나
머리카락을 어깨 아래로 늘어뜨린 모습이 이런 집안의 딸이라고 여겨지지
않을 정도로 몹시 아름다웠다. 여자는 반상을 나무쟁반[31]에 받치고, 그릇[32]

24　상대의 신분을 안 집주인의 대응이 갑자기 정중해진 것에 주의.
25　원문에는 "히아지로檜網代"로 되어 있음. 노송나무로 만든 얇은 판자를 교차시키며 짠 것. 노송나무 판자로
　　천정을 격자모양으로 만든 것을 말함. 이하의 내용은 실내를 꾸민 광경에 대해서 묘사하고 있음. 신분이 낮
　　은 자의 집치고는 말끔하게 잘 갖추어진 모습을 기술함. 앞서 나온 집 울타리와 문 묘사와 관련.
26　원문에는 "아지로網代 병풍屛風"으로 되어 있음.
27　고려단(일본어 발음은 고라이베리)은 고려로부터 들여온 데에서 유래된 말로, 다다미를 두른 가장자리의
　　일종. 흰색 바탕에 구름모양이나 국화꽃 모양을 연쇄적으로 짠 것.
28　원문은 "히사시庇". 히사시노마庇の間. 침전寢殿 구조의 둘레에 있는 좁고 긴 방으로, 툇마루에서 방으로 올
　　라갈 때의 통로가 됨.
29　원문에는 "다카쓰키高坏"로 되어 있음. 음식을 쌓아올리는 높은 굽이 달린 용기. 옛날에는 토기土器, 후에는
　　목제木製·금속으로 만들었음.
30　더 가까이에 다가오게 하여 본 상황을 부가함.
31　원문에는 "오시키折敷"로 되어 있음. 노송나무 판자를 접어서 만든 네모난 쟁반. 식기를 나를 때 사용.

에 젓가락을 올려 가지고 온 것이었다. 여자는 이것을 도련님 앞에 두고 안쪽으로 물러났다. 도련님이 그 뒷모습을 보니 머리카락이 탐스럽게 찰랑거리며 무릎너머까지 닿을 듯했다. 여자는 곧바로 나무쟁반에 여러 가지 음식을 차려 가져왔는데, 어린 아가씨인지라 상차림은 능숙하지 못했다. 여자는 도련님 앞에 쟁반을 두고 무릎걸음으로 뒷걸음질 쳐서 물러나 있었다. 차려 온 상을 보니, 가마솥에 지은 밥[33]에 자그마한 무, 전복, 말린 닭고기, 《은어 젓갈》[34] 등을 가져온 것이었다. 도련님은 하루 종일 매사냥을 하여 몹시 지쳐 있었던 차에, 마침 이렇게 식사를 차려 드렸기에 '비천한 사람의 집의 음식이지만 어쩔 수 없지.'라고 생각하고 깨끗이 전부 드셨다. 술도 차려 드렸는데, 도련님은 그 술도 다 드시고 밤도 깊어져서 잠자리에 드셨다.

그러나 도련님은 그 시중을 든 딸이 자꾸 생각이 나고 사랑스럽게 느껴져서 "혼자 자는 것이 무섭구나. 아까 그 여인을 이리로 오도록 하라."라고 말씀하셨다. 그러자 여자가 찾아왔다. 도련님은 "옆으로 오거라." 하고 여자를 가까이 오게 해서, 껴안고 자리에 누우셨다. 곁에서 본 여자의 모습은 멀리서 볼 때보다 더욱 아름답고 사랑스러웠다. 도련님은 여자가 매우 마음에 드셔서, 아직 어린나이임에도 불구하고 장래 변치 않고 사랑하겠다고 거듭 진심으로 약속하였고, 음력 9월의 기나긴 밤을 한숨도 자지 않고, 애절하게 정을 나누었다. 도련님은 여자의 모습이 매우 고귀하게 느껴지는 것이 이상하다고 생각하면서 밤새도록 날이 밝을 때까지 이야기를 나누었다. 도련님이 일어나서 가려다가 허리에 차고 계시던 칼[35]을 건네주며,

---

32 원문에는 "쓰키坏"로 되어 있음. 음식물을 담는 용기. 예로부터 토기였음.

33 원문에는 "히메糒"로 되어 있음. 가마솥으로 부드럽게 지은 밥으로, 오늘날의 일반적인 밥.

34 한자의 명기를 위한 의도적 결자. 「요쓰기 이야기」 본문에 의하면 '우루카ゥルカ(은어의 장 또는 알을 소금에 절인 식품)'가 해당됨. 이를 고려하여 보충함.

35 원문에는 "다치太刀"로 되어 있음. 이것은 다카후지高藤와의 굳은 언약을 상징하는 물건.

"이것을 정표로 가지고 있어라. 부모가 사려 깊지 않게 누군가와 결혼시키려고 해도, 절대로 다른 사람에게 몸을 맡기면 안 된다."
라고 발길이 떨어지지 않는 모습으로 말하며 나가셨다.

도련님이 말을 타고 네댓 정町 정도 갔을 즈음, 따르던 자들이 주인을 찾아 여기저기에서 모여들어 이제야 만났다며 서로 기뻐하였다. 도련님은 그곳에서 모두를 이끌고 도읍에 있는 집으로 돌아오셨다. 도련님이 어제 매사냥을 나가신 뒤로 돌아오시지 않자, 아버지 내사인도 '무슨 일이 생긴 것인가.' 하고 걱정하며 뜬눈으로 밤을 지새우고, 오늘 아침에 날이 밝자마자 사람을 보내서 찾게 하였었다. 그런 참에 도련님이 이렇게 돌아오시니 매우 기뻐하며

"젊었을 때는 이렇듯 집밖을 나돌아 다니고 싶은 마음을 참기 힘든 법이다. 나도 예전에는 마음 가는 대로 자주 매사냥을 갔는데, 돌아가신 이비님[36]은 말리지 않으셨다. 그래서 너도 자유롭게 나가도록 한 것인데, 이런 일이 생기다니 참으로 걱정이 되는구나. 나이가 찰 때까지는 앞으로 이렇게 돌아다니지 말도록 하여라."
라고 말했기 때문에, 이후 도련님은 매사냥을 하지 않게 되었다.

그때 도련님을 따르던 자들도 그 집은 보지 못했기에, 그 집에 대해서는 아무도 알지 못했다. 남자 사인 한 명만이 그 장소를 알고 있었지만, 그 후 휴가를 받아 시골로 돌아가는 바람에 집의 위치를 아는 사람은 아무도 없었다. 도련님은 여자를 못 견디게 그리워하셨지만, 심부름으로 사람을 보낼 수도 없는 노릇이었다. 이리하여 세월은 흘러갔으나, 여자에 대한 도련님의 그리움은 한층 깊어졌고, 여자를 잊지도 못하고 가슴앓이를 하며 괴로워하

---

36 내사인 요시카도良門의 죽은 아버지 후유쓰구(→ 인명)를 가리킴.

던 사이 어느덧 네댓 해가 흘렀다.

　그사이 아버지 내사인은 아직 젊은 나이임에도 불구하고 덧없이 생을 마감하셨다.[37] 이에 도련님은 백부들[38]의 저택에 가서 신세를 지면서 살고 계셨는데, 도련님은 용모도 아름답고 인품도 훌륭하셔서, 백부 요시후사[39] 대신은 '이 아이는 보통 인물이 아니다.'라고 간파하시고 매사에 친절하게 돌봐주셨다.[40] 그러나 도련님은 아버지가 계시지 않아 의지할 곳이 없어 불안해하며, 그저 그 여자만을 마음에 두고 그리워하여 아내도 맞아들이지 않고 지내셨다. 그러던 사이 어느덧 여섯 해 정도가 흘렀다.

　그 무렵 "예전에 도련님을 따라갔던 남자 사인이 시골에서 상경했다."라는 소식을 듣게 되었다. 도련님은 그 남자를 불러, 말 털을 다듬는 일을 시키는 것처럼 하고 가까이 불러들여, "몇 해 전 매사냥을 하러 갔을 때, 비를 피했던 집을 기억하고 있느냐?"라고 묻자, 남자가 "기억하고 있사옵니다."라고 대답하였다. 도련님은 이 말을 듣고 반가운 마음에,

　"오늘 그곳에 가보고 싶구나. 매사냥을 가는 척하면서 나갈까 하니, 이 점을 유념하길 바라네."

라고 말씀하셨다. 가깝게 부리고 있는 다른 한 명의 호위 무관武官[41]을 함께 데리고, 아미다노미네阿彌陀峰[42] 쪽으로 길을 나서셨는데, 예전에 갔던 집에는 해가 질 무렵에야 도착하셨다.

　2월 20일 즈음이었으므로, 집 앞의 매화는 하나둘씩 지고, 꾀꼬리는 나뭇

37　후지와라노 요시카도가 죽은 나이는 미상.
38　나가라長良, 요시후사良房, 요시미 등을 가리킴. 본권 제5화 참조.
39　→ 인명.
40　백부들 가운데 특히 요시후사에게 신세를 지고 있는 상황을 묘사.
41　원문에는 "다테와키帶刀"로 되어 있음. '다테와키 사인舍人'의 약자. 동궁방東宮坊의 경위警衛를 맡은 하급 무관武官.
42　→ 지명.

가지 끝에서 고운 소리로 울고 있었고, 정원에 흐르는 물에 떨어진 꽃잎이 흘러가는 풍경도 참으로 정취가 깊었다. 도련님은 예전처럼 말에 탄 채 문을 통과하여 내리셨다.

이 집의 주인남자를 불러내자, 남자는 뜻밖의 행차에 매우 기뻐하며 서둘러 뛰어나왔다. 도련님이 "예전의 그 여인은 있는가?"라고 물으시니, "있습니다."라고 남자가 대답했다. 도련님이 기뻐하며 예전에 머물렀던 방으로 들어가 보니, 여자가 휘장대 옆에 몸을 반 정도 숨기듯이 앉아 있었다. 가까이 가보니, 전보다 한층 여성스러워져서, 마치 다른 사람처럼 느껴질 정도였다. 도련님이 '세상에 이렇게 아름다운 사람도 다 있구나.'라고 생각하며 보고 있는데, 옆에 이루 말할 수 없이 사랑스러운 대여섯 살 정도의 여자아이가 있었다. 도련님이 "이 아이는 누구인가?"라고 물으시자, 여자는 고개를 숙이고 우는 듯했다. 여자가 답답하게도 물음에 답하려고 하지 않자, 도련님은 납득하지 못하고 여자의 아버지인 남자를 불렀다. 남자는 나타나서 도련님 앞에 엎드렸다. 도련님이 "여기 있는 이 아이는 대체 누구인가?"라고 말하자, 아버지는

"몇 해 전, 나리께서 다녀가신 후 여식은 사내를 가까이한 적이 없사옵니다. 원래 여식은 너무 어린 아이였기 때문에 사내 곁에 가까이 간 적이 없었습니다만, 나리께서 다녀가신 후에 회임하였고, 얼마 안 있어서 그 아이를 낳은 것이옵니다."

라고 대답했다. 도련님은 이것을 듣고 크게 감격하였고, 베갯머리 쪽을 보니 여자에게 정표로 건네주었던 큰 칼이 있었다.[43] 도련님이 '그랬구나, 이리도 깊은 인연도 있는 법이구나.'라는 생각에, 더욱 애절하게 느껴졌다. 여

---

43 머리맡에 칼을 둔 것은 다카후지를 생각나게 하는 물건임과 동시에, 사악한 기운을 물리쳐, 자신을 지키기 위함이었음.

자아이를 보니 자기와 쏙 빼닮았다. 도련님은 그날 밤은 이곳에서 머물기로 했다.

이튿날 아침, 도련님은 돌아가시기는 했지만 "금방 데리러 오겠소."라고 하고 집을 나섰다. 그렇지만 '이 집의 주인남자는 어떤 사람일까?'라는 생각이 들어서 물어보시니, 남자는 그 군郡의 대령大領[44] 미야지노 이야마스宮道彌益라는 사람이었다. 도련님은 '이런 비천한 사람의 딸이라고 해도 전세前世[45]에서의 부부의 연이 깊었던 것이리라.'라고 생각하셨다. 그 다음날 도련님은 대자리를 깐 우차[46]와 시侍 두 사람 정도를 데리고 오셨다. 수레를 가까이 대서 여자를 태우셨고, 그 어린 따님도 함께 태우셨다. 따르는 이들이 없어서는 체면이 서지 않았기에, 도련님은 여자의 어머니를 불러와 타도록 하셨다. 그러자 마흔 살 정도 된 몸집이 아담하고 단정한 차림을 한 여자가 나왔는데, 누가 보아도 정말이지 대령의 부인으로 생각할 만한 모습의 여자는, 빳빳하게 풀이 잘든 연노랑빛 옷을 입었고, 늘어뜨린 머리카락을 옷깃 뒤로 넣은 모습으로[47] 수레에 탔다. 이리하여 도련님은 여자를 저택으로 데리고 오셔서, 《방을 마련하시》[48]고 수레에서 내리셨다. 그 후 도련님은 다른 여자에게 눈길도 주지 않고 여자와 사이좋게 지내고 계셨는데, 얼마 지나지 않아 두 사내아이가 연이어 태어났다.

한편 이 다카후지님은 매우 훌륭한 분으로, 점차 높은 자리에 오르시고 대납언大納言[49]의 자리에까지 오르셨다. 그 따님[50]은 우다인宇多院[51]이 재위하

---

44 권20 제21화 주 참조.
45 → 불교. 이 이야기 마지막 부분과 관련됨.
46 수레 칸에 대자리를 깐 우차. 신분이 낮은 자가 탈 것.
47 머리카락이 흐트러지지 않도록, 머리카락을 등 뒤로 늘어뜨리고 그 위에 옷을 입은 것.
48 한자의 명기를 위한 의도적 결자. '방 등을 마련하여'가 해당 할 듯. 『요쓰기 이야기』에는 "서쪽에 준비하여 내리셨다."라고 되어 있음. 이를 고려하여 보충함.
49 창태昌泰 2년(899) 2월 임명(『공경보임公卿補任』).
50 인시胤子(→ 인명)를 가리킴.

셨을 때, 여어女御로 입궐하게 하셨고[52] 그 뒤 얼마 안 있어서 다이고醍醐 천황天皇[53]을 낳으셨다. 두 사내아이 가운데, 형은 대납언 우대장右大將이 되었고, 이름은 사다쿠니定國[54]라고 했다. 이분이 바로 이즈미泉 대장이시다. 동생은 우대신 사다카타定方[55]라고 하며, 산조三條 우대신右大臣이라는 분은 바로 이분이다. 조부인 대령은 사위四位를 하사받아 수리대부修理大夫[56]가 되셨다. 그 후 다이고 천황이 즉위하시자, 외조부인 다카후지 대납언은 내대신內大臣[57]이 되셨다.[58]

이야마스의 집은 절이 되었는데, 그 절이 바로 지금의 간주지勸修寺[59]인 것이다. 그 맞은편의 히가시 산東山 근처에 그의 부인[60]이 당堂을 세웠고, 그 이름은 오야케데라大宅寺[61]라고 했다. 이야마스의 집 주변을 그리워하셨던 것인지, 다이고 천황의 능陵[62]은 그 집 가까이에 있다.

이것을 생각하면 매사냥을 하다 잠시 비를 피한 인로 이렇게 경시스러운 일이 되었기 때문에, 이것은 모두 전세의 인연[63]이었던 것이라고 이렇게 이야기로 전하여 내려오고 있다 한다.

---

51 → 인명.
52 인화仁和 4년(888) 9월 갱의更衣. 관평寬平 5년(893) 정월 여어女御(『일본기략日本紀略』).
53 → 인명.
54 → 인명.
55 → 인명.
56 궁궐의 전각의 수리 및 조영을 맡은 수리직의 장관. 『요쓰기 이야기』는 "형부대보刑部大輔", 『권수사구기勸修寺舊記』는 "궁내대보宮內大輔"라고 함.
57 창태昌泰 3년 정월 28일 임명(『공경보임』).
58 권22 제3·2화 주 참조.
59 → 사찰명.
60 여기서는 미야지노 이야마스의 부인을 가리킴. 또는 딸(다카후지의 부인, 즉 다이고 천황의 조모)과 혼동하고 있는 것으로 추정. 다카후지의 부인은 렛시列(引)子로, 종3위從三位, 연희延喜 7년(907) 몰.
61 → 사찰명.
62 다이고 천황의 능陵(노치노야마나시 능後山科陵)은 간주지勸修寺의 동남쪽, 교토 시京都市 후시미 구伏見區 다이고후루미치 정醍醐古道町에 소재함.
63 '전세의 인연前世の契'(→ 불교).

高藤内大臣語第七

今昔、閑院ノ右ノ大臣ト申ス人御マシケリ。御名ヲバ冬嗣トナム申ケル。世ノ思エ糸止事無クシテ身ノ才極ク賢ク御ケレドモ、御年若クシテ失給ヒニケリ。其ノ御子数御ケリ。

兄ヲバ長良ノ中納言ト申ケリ。次ヲバ良房ノ大政大臣ト申ケリ。次ヲバ良相ノ左大臣ト申ケリ。次ヲバ内舎人良門ト申ケリ。昔ハ此ノ止事無キ人モ、初官ニハ内舎人ニゾ成ケル。

而ルニ、其ノ良門ノ内舎人ノ御子ニ、高藤ト申ス人御ケリ。

幼ク御ケル時ヨリ、鷹ヲナム好ミ給ケル。父ノ内舎人モ鷹ヲ好ミ給ヒケレバ、此ノ君モ伝ヘテ好ミ給ナルベシ。

而ル間、年十五六歳許ノ程ニ、九月許ノ比、此ノ君鷹狩ニ出給ヒニケリ。南山階ト云フ所渚ノ山ノ程ヲ仕ヒ行キ給ケルニ、申時許ニ俄ニ掻暗ガリテ霙降リ、大キニ風吹キ、雷電霹靂シケレバ、共ノ者共モ各ノ馳散テ行キ分レテ、「雨宿ヲセム」ト皆ナ向タル方ニ行ヌ。主ノ君ハ西ノ山辺ニ、「人ノ家ノ有ケル」ト見付テ、馬ヲ走セテ行ク。共ノ舎人ノ男一人許ナム有ケル。其ノ家ニ行着テ見給ヘバ、檜垣指廻シタル家ニ、小サキ唐ラ門屋ノ有ル内ニ、馬ヲ乗乍ラ馳入ヌ。板葺ノ寝殿ノ妻ニ三間許ノ小廊ノ有ルニ、馬ヲ打入テ下リヌ。馬ハ廊ノ妻ノ直ナル所ニ引入レテ、馬飼ノ男居リ。主ハ、板

敷ニ尻ヲ打懸テ御ス。其ノ程、風吹キ雨降テ、雷電霹靂シテ、

怖シキマデ荒レドモ、可返キ様無ケレバ、此ヲ御ス。

而ル間、日モ漸ク暮ヌ。「何ニセム」ト心細ク怖シク思エ

テ居給ヘルニ、家ノ後ノ方ヨリ青鈍ノ狩衣袴着タル男ノ年

四十余許ナル、出来テ云ク、「此ハ何人ノ此テハ御スゾ」ト。

君答テ宣ク、「鷹ヲ仕ツル間ニ、此ル雨風ニ合テ、可行キ方

モ不思デ、只馬ノ向タル方ニ任セテ走セツル程ニ、家ノ見ツ

レバ、喜ビ乍ラ此ニ来タル也。何セムズル」ト。男ノ云ク、

「雨ノ降ラム程ハ此ニコソ御マサメ」トテ、馬飼男ノ居タル

所ニ寄テ、「此ハ誰ガ御スゾ」ト問ヘバ、「然々人ノ御マス

也」ト舎人ノ男答フレバ、

家主ノ男此ヲ聞、驚テ

家ノ内ニ入テ、家ヲ□

ヒ火灯シナドシテ、暫許

リ有テ出来テ云ク、「賤

ノ様ニ候フ所ナレドモ、

馬飼の男（長谷雄草子）

此テハ何デカ御サム。雨ノ止ム程ハ内ニコソ御サメ。亦御衣

モ痛ク濡サセ御マシタリ、炮干ナドシテコソ奉ラメ。御馬モ

草食セ候ハム。彼ノ後ノ方ニ引入レ候ハム」ト申セバ、賤ノ

下衆ノ家ナレドモ、故々シクシテ可咲。見レバ、檜蘆簀ヲ以

テ天井ニシタリ。廻ニハ遙廳除屏風ヲ立タリ。浄気ナル高麗端

ノ畳三四帖許敷タリ。苦シケレバ装束解テ寄臥給ルニ、

家主ノ男来テ、「御狩衣指貫ナド炮干サム」ト云フテ、取

テ入ヌ。

暫許有テ、臥乍ラ見給ヘバ、庇ノ方ヨリ遣戸ヲ開ケ、年

十三四許有ル若キ女ノ、

薄色ノ衣一重濃キ袴着

タルガ、扇ヲ指隠シテ、

片手ニ高坏ヲ取テ出来タ

リ。恥シラヒテ遠ク喬ミ

テ居タレバ、君、「此寄」

ト宣フ。和ラ居ザリ寄タ

高坏（春日権現験記）

ルヲ見レバ、頭ツキ細ヤカニ、額ツキ髪ノ懸リ、此様ノ者ノ
子ト不見ズ、極メテ美麗ニ見ユ。高坏折敷ヲ居テ、坏ニ箸ヲ
置テ持来タル也。前ニ置テ返リ入ヌ。其後手、髪房ヤカニ、

生末膿許ハ過タリト見ユ。亦即チ折敷ニ物共ヲ居テ持来タ
リ。幼キ者ナレバ賢クモ不居ズシテ、置テ居ザリニ、
見レバ、褊ヲシテ小大根、鮑、干鳥、□ナドヲ持参ル也
ケリ。終日鷹仕ヒ行キ給テ極ジ給ヒニケルニ、此ク進タレ

バ、「下衆ノ許也トテモ何ガ有ハセム」トテ皆食リヌ。酒ナド
進タレバ、其レモ飲給ヒテ、夜深更ヌレバ、臥給ヌ。
此ノ有ツル者、心ニ付テ思エ給ヒケレバ、「独リ寝タルガ
怖シキニ、有ツル人此ニ来テレ」ト宣ヒケレバ、参タリ。

「此レ」トテ引寄テ抱テ臥給ヒヌ。近ク寄タル気ハヒ、外
ニ見ヨリハ娥ク労シ。哀レニ思エ給ヒケレバ、若キ心ノ内
ニモ実ニ行ク末マデノ事ヲ絡返シ契テ、長月ノ夜モ極テ長キ
ニ、露不寝ズシテ、哀レニ契置テケリ。有様モ極ク気高キ様

ナレバ、奇異ク思エテ、契明シテ、夜モ暁ズヌレバ、「起テ

出」トテ、帯給タリケル大刀ヲ、「此レヲ形見ニ置タレ。祖
心ニ浅クシテ男ナド合ストモ、努々人ニ二見スル事ナセソ」ト
テ、出モ不遣ズ云置テ、出給ヒヌ。

馬ニ乗テ四五町許御マシケル程ニゾ、共ノ者共ハ此彼ヨ
リ主ヲ尋テ出来合タリケル。奇異ガリ、喜ビ合ヘリケリ。其
ヨリゾ具シテ京ノ家ニハ返給タリケル。父ノ内舎人モ、此ノ
君ガ昨日鷹仕ヒニ出給ヒニシガ、其ノ夜ニ二見エ不給ネバ、此ノ

「何ナル事ニカ有ラム」ト終夜思ヒ明シテ、今朝ルヤ
遅キト人出シ立テ、尋ニ遣シ給フ程ニ、此ク返給ヒタレバ、
返々ス喜ビテ、「幼カラム程ハ、此様ノ行キハ不可制ヌ也。
我レガ心ニ任セテ鷹仕ヒ行キシヲ故父ノ殿ノ制シ不給ザリシ

カバ、此モ任セテ遊バスルニ、此ル事ノ有レバ、極キ後目
無シ。今ヨリハ幼ラム程ハ此ル行キ速ニ可止」ト有ケレバ、
鷹仕フ事モ止ヌ。

共ニ有シ者共ハ彼ノ家ヲ不見ザリシカバ、其ヲ知ル人無シ。
只馬飼ノ男一人其ノ所ヲ知タリシガ、其後暇申シテ田舎へ

行ケレバ、彼ノ家ヲ知タル人無キニ依テ、君彼ノ有シ女ヲ恋
シク破無ク思給ヒケレドモ、人ヲ可遣キ様モ無シ。然レバ、
月日ハ過レドモ、恋キ事ハ弥ヨ増テ、心ニ懸テ思ヒ侘給ヒケ
ル程ニ、四五年ニモ成ニケリ。

而ル間ニ、父ノ内舎人年若クシテ墓無ク失給ヒニケリ。然
レバ此ノ君ハ伯父ノ殿原ノ御許ニ通ヒツヽナム、過シ給ヒケ
ルニ、此ノ君ハ形モ美麗ニ、心バヘ微妙クアリケレバ、伯
父良房ノ大臣、彼ノ見シ女ノ事ノミ心ニ懸リテ、恋シク思エ給
ツヽ哀レニ当リ給ヒケルニ、此ノ君ノ、父モ不御デ心細ク思エ
給ヒケレバ、妻ヲモ儲ケ不給ザリケル程ニ、六年許ヲ経ヌ。

而ル間、「彼ノ共ニ有シ馬飼ノ男田舎ヨリ上テ参タリ」ト
聞テ、馬飼ヲ召出テ令浴給フ様ニテ、近ク呼テ宣ハク、「一
トセ鷹狩ノ次ニ雨宿リシタリシ家ハ、汝ヂ思ユヤ否ヤ」ト。
男ノ申サク、「思エ候フ」ト。君此ヲ聞テ、「喜シ」ト思ヒ給
ヘド、「今日其ニ行カムト思フ。鷹仕フ様ニテナム可行キ。

其ノ心ヲ得テ可有シ」ト宣ヒ、共ニ、帯刀ニテ有ケル者ヲ睦
ク仕ヒ給ヒケルヲ具シテ、阿弥陀ノ峰越ニ御ヌ。彼ノ所ニ二日
ノ入ル程ニナム御シ着タリケル。

二月ノ中ノ十日ノ程ノ事ナレバ、前ナル梅ノ花、所々散
テ、鶯、木末哀ニ鳴ク、遣水ニ散落テ流ルヽヲ見ルニ、極ク
哀也。馬ニ乗テ前ニ有シ様ニ打入テ下ヌ。
家主ノ男ヲ呼ビ出セバ、思ヒ不懸ズ此ク御タルガ喜サニ、
手迷ヒヲシテ出来タリ。「有シ人ハ有カ」ト問給ヘバ、「候
フ」ト答フ。喜ビ乍ラ有シ方ニ入テ見レバ、几帳ノ喬ニ鈴隠
レテ居タリ。寄テ見レバ、見シ時ヨリモ長ビ増リテ、非ノ者
ニ微妙ク見ユ。「世ニハ此ル者アリ」トマデ見ルニ、其ノ傍
ニ五六歳計ナル女子ノ艶ヌ厳気ナル居タリ。「此レハ誰ソ」
ト問ヘバ、女低テ、「泣ニヤ有ラム」ト見エ、墓々シク答
フル事モ無ケレバ、心モ不得デ、父ノ男ヲ呼ベバ出来テ、前
ニ平ガリ居タリ。君ノ宣ハク、「此ノ有ル児ハ誰ソ」ト。父

答テ云ク、「一トセ御マシタリシニ、其ノ後人ノ当リニ罷寄

ル事モ不候ズ。本ヨリモ幼ク候シ者ナレバ、人ノ当リニ寄ル事モ不候ザリシニ、御マシテ候ヒシ程ヨリ懐妊シ候テ[一五]、産テ候フニナム」ト。此レヲ聞クニ、極テ哀レニ悲クテ、枕上ノ[一六]方ヲ見レバ、置シ大刀有リ。「然ハ此ク深キ契モ有ケリ」ト思フニ、弥ヨ哀キ事無限シ。此ノ女子ヲ見レバ、我ガ形[一七]ニ似タル事、露許モ不違ズ。此ノ夜ハ其ゾ留ヌ。

明ル朝ニ、返リ給フトモ、「今迎ヘニ可来シ」ト云置テ出ヌ。「此ノ家主ノ男、何者ニカ有ラム」ト思テ、尋ネ問給ヒ[一八]ケレバ、其ノ郡ノ大領宮道ノ弥益トナム云ヒケル。「此ル賤ノ者ノ娘也ト云ドモ、前世ノ契深クコソハ有ラメ」ト思給ヘ

髪着こむ（扇面写経）

テ、亦ノ日、莚張ノ車ニ下簾懸テ、侍二人許具シテ御ヌ。彼ノ姫君モ乗給ヒヌ。無下二人無カラムガ悪ケレバ、母ヲ呼ビ

出テ乗セタレバ、年四十余許ナル女ノ乾カナル形シテ、此様ノ者ノ妻ト見エタリ。練色ノ衣ノ強カナルヲ着テ、髪ヲバキコメテ居ザリ乗ヌ。殿ニ将御シテ□ヒ下シ給ヒテ[六]、其ノ後ハ亦他ノ人ノ方ニ目モ不見遣ズシテ棲給ヒケル程ニ、男子二人打次テ産テケリ。

然テ、此ノ高藤ノ君止事無ク御ケル人ニテ、成上リ給テ大納言マデ成給ヒヌ[一〇]。彼ノ姫君ヲバ宇多院ノ位ニ御シケル時ニ女御ニ奉リ給ヒツ。其ノ後、幾ノ程ヲ不経ズシテ、醍醐ノ天皇ヲバ産奉リ給ヘル也。男子二人ハ、兄ハ大納言ノ右ノ大将ニテ、名ヲバ定国トゾ申ケル[一四]。弟ハ右大臣定方ト申ス。三条ノ右大臣ト云フ、此レ也[一五]。祖父ノ大領ハ四位ニ叙シテ、修理ノ大夫ニナム被成タリケリ。

醍醐ノ天皇位ニ即セ給ヒニケレバ[一九]、祖父ノ高藤ノ大納言ハ内大臣ニ成給ヒニケリ。

其ノ弥益ガ家ヲバ寺ニ成シテ、今ノ勧修寺此也[二〇]。向ノ東ノ山ノ辺ニ其ノ妻、堂ヲ起タリ。其ノ名ヲバ大宅寺ト云フ[二一]。此

ノ弥益ガ家ノ当ヲバ、哀レニ睦シク思食ケルニヤ有ケム、醍
醐ノ天皇ノ陵其ノ家ノ当ニ近シ。

此レヲ思フニ、墓無カリシ鷹狩ノ雨宿ニ依テ、此ク微妙キ
事モ有レバ、此レ皆前生ノ契ケリ、トナム語リ伝ヘタルト
ヤ。

도키히라^{時平} 대신^{大臣}이
구니쓰네^{國經} 대납언^{大納言}의 부인을 빼앗은 이야기

계보적으로는 제6화에 이어지며 후지와라노 모토쓰네藤原基經의 장남인 도키히라時
平에 관한 일화 두개를 모아 기록한 것. 첫 번째는 좌대신左大臣 도키히라가 다이고醍
醐 천황天皇과 공모한 것으로, 직접 천황에게 칙감勅勘을 받아서 세상의 사치를 훈계
한 이야기. 두 번째는 도키히라가 백부伯父 구니쓰네國經의 저택에 연시年始 축하를
하러 갔을 때 일로, 취흥에 젖은 구니쓰네에게서 그의 아내를 교묘하게 넘겨받은 이야
기. 다니자키 준이치로谷崎潤一郎의 『소장小將 시게모토滋幹의 어머니』의 소재가 되기
도 하였다.

이제는 옛이야기이지만, 혼인本院 좌대신左大臣이라는 분이 계셨다. 존함
은 도키히라時平[1]라고 하며 쇼센 공昭宣公[2]이라는 관백關白의 아드님이다. 이
분은 본원本院[3]이라는 곳에 살고 계셨는데, 나이는 불과 서른 살 정도로, 용
모와 자태가 수려하고 무척 아름다웠다. 그래서 엔기延喜 천황天皇[4]은 이 대
신을 뛰어난 인물이라고 생각하고 계셨다.

한편 천황의 치세 때의 일로 어느 날 이 대신이 입궐하셨는데, 금제禁制를

1   → 인명.
2   모토쓰네基經(→ 인명)의 시호諡號.
3   권22 제6화 주 참조.
4   제60대 다이고醍醐 천황天皇(→ 인명).

무시하고 각별히 화려하고 아름답게 장식한 옷차림을 하고 오셨다. 천황은 작은 격자창[5]으로 그것을 보시고는 몹시 언짢아하시고, 바로 직사職事[6]를 불러들여서

"최근 세간에서는 법으로 엄중하게 사치를 금지하고 있다. 그러니 좌대신이 설령 수석首席 대신이라고 하더라도 각별히 화려하게 치장하고 입궐했으니, 괘씸하기 짝이 없도다. 어서 퇴궐하도록 분부를 내려라."

라고 명하셨다. 이에 칙명을 받은 직사는 일이 어떻게 될지 두려워 몸을 떨면서 "이러이러한 분부가 있었사옵니다."라고 대신에게 말씀드렸다. 그러자 대신은 크게 놀라워하며 송구스러워 서둘러 궁에서 물러나셨다. 수신隨身[7]과 잡색雜色[8]들이 말을 타고 대신의 행렬을 선두에서 이끌었는데, 대신은 행인에게 길을 비키도록 제지하는 소리도 내지 못하게 하시고 궁을 나가셨다. 행렬을 이끌던 자들은 영문도 모르고, 이상하다고 생각하였다. ㄱ 후 대신은 한 달 동안 본원의 문을 닫고 발을 치고 밖으로 나오시지도 않았고, 사람이 찾아와도 "천황의 꾸짖음이 엄하시므로."라고 해서 만나지 않으셨으며, 상당히 시간이 흐른 후에야 천황이 불러들이셔서 입궐하게 되었다. 사실 이 사건은 천황과 미리 깊이 《의논한》[9] 것으로, 다른 사람들을 잘 훈계하기 위해 계획하신 일이었다.

---

5 원문에는 "오구시小櫛"로 되어 있음. '고지토미小蔀'와 '구시가타櫛形'가 뒤섞인 것으로 추정. '고지토미'는 청량전清涼殿 히노오마시晝御座(* 청량전에 있는 천황이 낮에 앉는 옥좌)와 덴조노마殿上の間(* 청량전 남쪽 행랑에 있는 전상인殿上人의 대기소)를 구분 짓는 벽 상부에 설치한, 시토미격자しとみ格子가 있는 작은 창. '구시가타'는 청량전의 히노오마시의 서남 모퉁이西南隅와 오니노마鬼の間의 동남 모퉁이東南隅 벽에 기둥을 따라 설치된 반원형의 가로 격자가 들어간 작은 창. 모두 천황이 덴조노마를 들여다보시는 용도로 쓰였음.

6 장인소藏人所의 두두頭頭와 오위五位·육위六位 장인藏人의 총칭.

7 대신이 외출할 때, 경비를 위해 따르게 했던 근위부近衛府의 무관武官.

8 잡역雜役에 종사하는 신분이 낮은 남자.

9 한자의 명기를 위한 의도적 결자. 공모共謀를 했다는 의미. 문맥을 고려하여 보충함.

여인을 좋아하는 점이 이 대신의 다소간의 결점이기도 했다. 당시 이 대신의 백부伯父[10]로 구니쓰네國經[11] 대납언大納言이라는 사람이 있었다. 대납언의 부인은 아리와라노在原《무네야나棟梁》[12]라는 사람의 딸[13]이었다. 대납언은 여든 살이나 되었지만[14] 부인은 겨우 스무 살을 넘긴 정도로,[15] 용모와 자태가 단정하고 요염한 사람이었기 때문에, 자신이 이런 노인의 부인이 된 사실에 불만을 품고 있었다. 대납언의 조카인 도키히라 대신은 여인을 좋아하는 분이셨기에, 백부 대납언의 부인이 미인이라는 소문을 들으시고 전부터 만나보고 싶다고 생각하셨지만, 뜻대로 되지 않은 채 지내고 계셨다. 당시 유명한 《호색》[16]가로 병위좌兵衛佐 다이라노 사다후미平定文[17]라는 사람이 있었다. 그는 친왕親王[18]의 손자로 품위가 있으며 통칭 헤이추平中[19]라고 불렀다. 당대 유명한 호색가인지라 남의 부인이건, 딸이건, 궁중에서 일하는 여자건 간에 그와 관계를 갖지 않은 여자가 드물 정도였다.

헤이추가 도키히라 대신의 저택에 늘 출입하고 있어서, 대신은 '이 사내는 백부 대납언의 부인과 만나고 있을지도 모르겠군.' 하고 생각하셨다. 그

10 후지와라노 구니쓰네藤原國經는 도키히라時平의 아버지 모토쓰네의 형.
11 → 인명. 후지와라노 구니쓰네.
12 인명의 명기를 위한 의도적 결자. 무네야나棟梁가 해당되며, 이를 고려하여 보충함.
13 아리와라노 무네야나의 딸. 이름은 미상. 구니쓰네의 처로서 시게모토滋幹를 낳고 도키히라에게 시집가, 후에 아쓰타다敦忠를 낳았음.
14 도키히라가 좌대신에 임명된 것은 창태昌泰 2년(899) 29세, 구니쓰네가 대납언에 임명된 것은 연희延喜 2년(902) 75세. 또한 아쓰타다의 탄생은 연희 6년이기 때문에, 이 이야기의 사건은 연희 2년에서 6년 사이에 일어난 일로 추정. 그렇나고 하면 구니쓰네는 75세에서 79세에, 도키히라는 42세에서 46세가 됨.
15 구니쓰네가 손자만큼 연령차가 있는 아리와라노 무네야나의 딸을 아내로 얻은 것은, 창태 원년元年 무네야나가 사망한 후, 그의 자식 모토카타元方를 조카로 삼고, 딸자매의 후견인이 되었기 때문일 것. 몰락귀족과 유력귀족의 경제력의 차이임. 또한 모토카타는 후에 출가하여 승려 가이젠戒仙이 되었음.
16 한자의 명기를 위한 의도적 결자. 문맥을 고려하여 보충함.
17 → 인명. 이후 다이라노 사다후미平定文에 관한 거의 같은 기사는 권30 제1화에도 나타남.
18 다이라노 사다후미의 조부 시게요 왕茂世王은 나카노仲野 친왕親王의 아들이기 때문에, 친왕으로 표기했음.
19 '平仲'라고도 표기함. 명칭의 유래에 대해서는 삼형제 중의 가운데라는 설과 아버지인 요시카제好風가 우중장右中將이었던 것에서 온 별명 '다이라平 중장中將'의 약칭 설 등 여러 가지가 있으나, 정설은 없음.

래서 대신은 달 밝은 겨울날 밤에, 때마침 찾아온 헤이추와 밤이 깊어가도록 이런저런 세상이야기를 하시다, 재미있는 이야기가 나온 김에

"내가 진지하게 묻고 있다고 생각하신다면 조금도 숨기지 말고 말씀해주시오. 근래에 뛰어난 미인으로는 누가 있소이까?"

라고 물으셨다. 그러자 헤이추는

"대신에게 말하기가 조금 난처한 일입니다만, 방금 '내가 진지하게 묻고 있다고 생각하신다면 조금도 숨기지 말고 말씀해주시오.'라고 하셨으니, 있는 그대로 말씀드리겠습니다. 바로 도藤 대납언의 부인이야말로 실로 세상에 드문 훌륭한 미인이십니다."

라고 대답하였다. 대신이 "그 부인과는 어떻게 만나시게 되었는가?"라고 묻자, 헤이추는

"그 저택에서 일하고 있던 여자와 아는 사이였사옵니다만, 그 여자가 '부인은 노인과 부부가 된 것을 몹시 비참하게 여기고 계십니다.'라고 말했습니다. 그래서 그 말을 듣고 만날 방법을 강구하고 사람에게 부탁하여 부인에게 만나고 싶다는 말씀을 전하였더니, 부인도 싫지 않다는 생각을 전해 듣고, 뜻하지 않게 잠시 살짝 만났던 것입니다만, 서로가 완전히 허락했다는 것은 아니옵니다."

라고 말했다. 대신은 "그것 참, 꽤나 못된 짓을 하셨군요." 하고 웃으셨다.

하지만 대신은 내심 '부인을 꼭 내 것으로 만들겠다.'라는 마음이 깊어졌다. 그 후로 이 대납언은 대신의 백부가 되는 분이셨기 때문에 조카로부터 여러모로 정중한 대우를 받았고, 대납언은 그렇게 대해 주는 대신에게 고맙고도 미안한 생각이 드셨다. 대납언은 대신이 자기 부인을 노리고 있는 것을 조금도 눈치채지 못했고, 대신은 그것을 내심 즐겁게 여기셨다.

그러던 중 정월이 되었다. 전에는 이런 일이 없었음에도 대신이 "정월 정

초 삼일 중 하루 찾아뵙겠습니다."라고 대납언에게 전달하게 하였다. 이것을 들은 대납언은 집을 깨끗이 손질하고, 정성스럽게 접대 준비를 하고 대신을 기다리고 있었다. 정월 삼일이 되어 대신은 여러 유력한 상달부上達部와 전상인殿上人을 데리고 대납언의 집에 오셨다. 대납언은 부산을 떨며 매우 기뻐했고, 대납언이 여러 가지로 섬세하게 준비했음은 말할 필요가 없다.

대신은 신시申時를 지날 무렵[20]에 대납언의 집에 방문하신 것인데, 거듭 술잔[21]을 기울이시던 사이 날도 저물었다. 사람들이 노래를 부르거나 관현악기로 한껏 흥을 냈고, 그 광경은 유쾌하고도 훌륭했다. 그중에서도 좌대신은 용모는 물론 노래하시는 모습마저 비할 데 없이 훌륭하셨기에, 모든 이들이 시선을 멈추고 바라보며 대신을 칭송하였다. 대납언의 부인은 대신이 앉아 계신 자리 옆에 발을 드리우고 아주 가까운 곳에서 그 모습을 보고 있었다. 대신의 얼굴, 목소리, 자태, 옷에 밴 향기를 비롯하여 모든 것이 비할 데 없이 출중했다. 부인은 대신을 보자 자신의 숙세宿世가 비참하게 느껴져서

'대체 어떤 운 좋은 사람이 이리도 훌륭한 사람과 부부가 될까. 그에 비해 난 늙고 볼품없는 이와 부부가 되었으니 이 얼마나 초라한가.'
라고 생각했다.[22] 그리고 다시금 대신을 주의 깊게 바라보고 있자니 자신이 너무도 비참하게 느껴졌다. 대신은 노래를 부르시는 와중에 계속해서 부인이 있는 발 너머를 곁눈질하며 보고 계셨다. 그 눈빛이 표현할 길 없이 눈이 시리도록 아름다워서, 부인이 발 너머에 있었음에도 불구하고 부끄러워질 정도였다. 대신이 미소를 머금고 부인을 힐긋힐긋 보시자 '나를 어떻게 생

---

20 신시申時를 지나 유시酉時에 가까워진 시각. 오후 5시가 될 무렵.
21 원문에는 "온쓰키御坏"로 되어 있음. 흙으로 빚은 술잔.
22 젊고 아름다운 도키히라를 보던 대납언의 부인은. 노인과 부부가 된 자신의 숙명을 한탄하고 있음. '숙세宿世'는 전세前世에서의 인연.

각하고 계시는 걸까.'라고 부인은 부끄러워했다.

그사이 밤도 점점 깊어져 모두 완전히 취해 버렸다. 모두가 혁대를 풀고 한쪽 어깨를 드러낸 채 춤추며 놀기에 여념이 없었다. 이리하다 대신이 곧 돌아가시려고 할 때, 대납언이 대신에게 "많이 취하신 듯하오니, 수레를 이리로 오게 하셔서 타십시오."라고 말했다. 대신은

"아니, 그리하면 너무 실례되니, 그렇게는 절대 할 수 없습니다.[23] 제가 많이 취했다면, 이 댁에 잠시 머물다 술기운이 깨면 돌아가는 걸로 하겠습니다."

라고 말씀하셨다. 다른 상달부들도 "정말로 그렇게 하시는 것이 좋겠습니다."라고 하며 침전寢殿 현관 앞에[24] 수레를 척척 세워 두었다. 대납언은 답례품[25]으로 훌륭한 말 두 필을 내놓고, 선물로 쟁箏[26]을 꺼냈다.

그러자 대신이

"실은 이렇게 술에 취해서 말씀드리는 것은 실례이겠지만, 제가 사적으로 경의를 표하기 위하여 찾아온 것을 정말로 기쁘게 생각하신다면, 특히 진심을 담은 답례품을 받고 싶소이다."

라고 대납언에게 말씀하셨다. 자신이 백부라고는 해도 대납언의 신분에 지나지 않으니, 이런 집에 수석 대신이 오신 것은 더할 나위 없는 영광이라고 대납언은 몹시 취한 상태에서 내심 크게 기뻐하고 있었다. 그런데 마침 이렇게까지 대신이 말씀하시자 가만히 있을 수도 없고, 게다가 대신이 곁눈질

---

23 손님은 동쪽과 서쪽 중문中門에서 우차를 탐. 침전寢殿의 계단입구까지 수레를 대지 않는 것이 보통.
24 원문에는 "하시카쿠시橋隱し"로 되어 있음. '하시카쿠시노마階隱しの間'의 약자. 계단 위로 덮은 듯한 건조물建造物이라서 붙여진 이름. 침전구조寢殿造り의 중앙 계단입구에 있는 지붕이 달린 수레를 세워두는 곳. '히카쿠시日隱し'라고도 함.
25 원문에는 "히키데모노曳出物"로 되어 있음. 향응 시에 집주인이 손님에게 주는 물품. 선물.
26 중국에서 전래된 현악기. 일본의 쟁은 오동나무로 만든 몸통에 비단으로 된 13개 현. 금주琴柱로 조음調音하고, 손톱을 튕겨서 연주함.

로 드리워진 발 너머를 자꾸 바라보고 계신 것도 마음이 쓰였다. 대납언은 '이런 미인을 부인으로 데리고 있다고 보여 드려야겠구나.'라는 생각이 들어서 술기운에

"저는 부부로서 함께 살고 있는 이 사람을 최고의 보물이라고 생각하고 있습니다. 그 아무리 대단한 대신이시라고 해도 이만한 사람은 절대 얻으실 수 없을 것입니다. 그런데 이 늙은이가 사는 곳에 이렇게 훌륭한 사람이 있습니다. 이 사람을 답례품으로 드리겠습니다."

라고 말했다. 대납언은 병풍을 밀어 접고 드리워진 발에 손을 넣어서, 부인의 소매를 잡고 끌어내며 "여기 있습니다."라고 말했다. 그러자 대신은 "실로 찾아뵌 보람이 있으니, 이제야말로 진정 기쁘기 그지없습니다."라고 말씀하시고는 부인의 소매를 붙잡아 당기며 그 자리에 앉으셨다. 그래서 대납언은 일어나 나가면서

"다른 상달부, 전상인 분들은 이제 돌아가 주십시오. 대신께선 어지간해서는 금방 돌아가시지 않을 것입니다."

라고 말하며,[27] 사람들을 내쫓는 듯 손을 흔들었다. 사람들은 서로 눈짓을 하고 고개를 끄덕였고, 어떤 사람은 돌아갔지만, 어떤 사람은 그늘에 몸을 숨기고 일이 진행되는 것을 지켜보려고 자리에 남았다.

대신은 "아아, 많이 취했다. 수레를 가까이 오게 하라. 아무래도 안 되겠다."라고 말씀하셨다.[28] 수레는 뜰 안에 들어와 있어서 많은 사람들이 가서, 그것을 대신이 있는 곳으로 가까이 댔다. 대납언이 수레로 다가가 발을 걷어 올렸고, 대신은 대납언의 부인을 안아서 수레에 태우고 이어서 자신도

---

27 대납언은 대신이 한동안 그 자리에서 부인을 귀여워하는 정도일 것이라고 생각하여, 대신이 부인을 채어 가리라고는 생각하지 못했던 것.

28 계획대로 일이 진행되어 서둘러 부인을 데리고 돌아갈 일만 남아서, 그 속내를 빤히 내보이며 말하는 것.

오르셨다. 그때 대납언이 어떻게 하지도 못하고 "이봐 할멈, 날 잊지 마시게."라고 말했지만, 대신은 그대로 수레를 출발시켜서 집으로 돌아가셨다.

대납언은 집안으로 들어가 옷을 벗고 쓰러졌고, 심하게 취하여 어지럽고 몸 상태도 좋지 않았다. 그리고 정신없이 잠이 들고 말았는데, 새벽녘에 술이 깨자 어제 있었던 일이 꿈처럼 여겨졌다. 대납언은 '그건 전부 진짜로 일어난 일이 아니겠지.'라고 생각하고, 곁에 있는 시녀에게 "부인은 어디 있느냐?"라고 묻자, 시녀들이 어젯밤에 있었던 일을 이야기했다. 대납언은 이야기를 듣고 기가 막힐 노릇이었다. 대납언은

'기뻤다고는 하지만 착란을 일으키고 말았구나. 취했다고 해서 이런 짓을 할 자가 또 있을까.'

라고 생각하자, 자신이 바보 같아서 참을 수가 없었다. 그렇다고 한들 이제와 되돌려 받을 수도 없으니, '이것도 다 그 여자의 복이니라.'라고 생각해 보았다. 하지만 평소 여자가 자신을 늙었다고 생각하는 마음을 드러내고 있던 것도 괘씸하여 미웠고, 서글프고도 그리워졌다. 대납언은 남의 눈에는 자신의 의지로 한 일처럼 보이게 했지만 맘속으로는 여자가 견딜 수 없이 그리웠다.[29] (이하 결缺)

---

29 이하의 내용은 누락되었음. 「요쓰기 이야기世繼物語」에서는 이 후 좌대신 도키히라 저택의 바깥채對の屋에서 살게 된 부인의 행복과 구니쓰네를 불쌍하게 여기는 감정, 헤이추와의 관계, 중납언 아쓰타다의 탄생 및 부인을 데려갈 때 헤이추가 와카和歌를 보낸 일, 어린 아쓰타다의 손을 통해 와카를 주고받은 에피소드 등을 적고 있음. 또한 이 이야기의 결말이 누락된 원인은, 이 부분이 본권의 마지막이기 때문에 파손이나 본권에 쓰일 용지가 소진되었던 것 등의 물리적인 요인이 작용한 것이라고 생각할 수 있는데, 전거典據의 기술이 도키히라 전時平傳과 다른 내용으로 전개되었기 때문에 편자의 집필의욕이 저하된 것을 그 이유로 생각해 볼 수 있음.

時平大臣取国経大納言妻語第八

今昔、本院ノ左大臣ト申ス人御ケリ。御名ヲバ時平トゾ申ケル。昭宣公ト申ケル関白ノ御子也。本院ト云フ所ニナム住給ケル。年ハ僅ニ三十許ニシテ、形チ美麗ニ有様微妙キ事無限シ。然レバ、延喜ノ天皇此ノ大臣ヲ極キ者ニゾ思食タリケル。

而ル間、天皇世間ヲ拘御マシケル時ニ、此ノ大臣内ニ参リ給タリケルニ、制ヲ破タル装束ノ、事ノ外ニ微妙クシテ参リ給タリケルヲ、天皇小櫛ヨリ御覧ジテ、御気色悪シク成給テ、忽ニ職事ヲ召テ仰セ給ヒケル様ニ、「近来世間ニ過差ノ制蜜キ比、左ノ大臣ノ、一ノ大臣ト云フ乍ラ、美麗ノ装束ノ事ノ外ニテ参タル、便無キ事也。速ニ可罷出キ由、懃ニ仰セヨ」ト仰セ給ケレバ、綸言ヲ奉ハル職事ハ極テ恐リ思ヒケレドモ、箦々ニ、「然々ノ仰セ候フ」ト大臣ニ申ケレバ、大臣極メ驚キ畏マリテ忩ギ出給ヒニケリ。随身雑色ナド御前ニ候ケレバ、制シテ、前モ令追ヒ不給デゾ出給ヒケリ。

ノ事ヲ不知ズシテ怪ビ思ヒケリ。其ノ後、一月許本院ノ御門ヲ閉テ、簾ノ外ニモ不出給ズシテ、人参ケレバ、「勅勘ノ重ケレバ」トテゾ不会給ザリケル。後ニ程経テ被召テゾ参給ヒケル。此レハ早ウ、天皇吉ク□合セテ、他人吉ク誡シメムガ為ニ構セ給ヘル事也ケリ。

此ノ大臣ハ色メキ給ヘルナム少シ片輪ニ見エ給ヒケル。其ノ時ニ、此ノ大臣ノ御伯父ニテ、国経ノ大納言ト云フ人有ケル。其ノ大納言ノ御妻ニ在原ノ□ト云フ人ノ娘有ケリ。大

納言ハ年八十二及デ、北ノ方ハ僅ニ二十二余ル程ニテ、形チ

端正ニシテ、色メキタル人ニテナム有ケレバ、老タル人ニ具

シタルヲ頗ル心不行ヌ事ニゾ思タリケル。甥ノ大臣色メキタ

ル人ニテ、伯父ノ大納言ノ北ノ方美麗ナル由ヲ聞給テ、見マ

欲キ心御ケレドモ、力不及デ過給ケルニ、其ノ比ノ□者ニ

テ兵衛ノ佐平ノ定文ト云フ人有ケリ。御子ノ孫ニテ、不賤ヌ

人也。字ヲバ平中トゾ云ケル。其ノ比ノ色好ニテ、人ノ妻、

娘、宮仕人不見ヌハ少クナム有ケル。

其ノ平中ニ此ノ大臣ノ御許ニ常ニ参ケレバ、大臣、「若シ此

ノ伯父ノ大納言ノ妻ヲバ、此ノ人ヤ見タラム」ト思給テ、冬

ノ月ノ明カリケル夜、平中参タリケルニ、大臣万ノ物語ナド

シ給ケル程ニ、夜モ深更ニケリ。可咲キ事共語タリケル次ニ、

大臣平中ニ宣ハク、「我レガ申サム事実ニ被思バ、努不隠ズ

シテ宣へ。近来女ノ微妙キハ誰カ有ル」ト。平中ガ云ク、

「御前ニテ申スハ傍痛キ事ニ候ヘドモ、『我ヲ実ニ思ハヾ、

不隠ズ』被仰バ申候フ也。藤大納言ノ北ノ方コソ実ニ世ニ

不似ズ、微妙キ女ハ御スレ」ト。大臣ノ宣ハク、「其レハ何

デ被見シゾ」。平中ガ云ク、「其ニ候ヒシ人ヲ知テ候ヒシガ、

申候ヒシ也。『年老タル人ニ副タルヲ極ク佗シキ事ニナム思

ケル』ト聞候ヒシカバ、破無ク構テ云セテ候ヒシニ、『不憫

ズ』トナム思タル由ヲ聞候テ、不意ズ忍テ見テ候ヒシ也。

打解テ見ル事モ不候ザリキ」ト。大臣、「糸悪キ態ヲモ被為

ケルカナ」トゾ云ケル。

然テ、心ノ内ニ、「何デ此ノ人ヲ見ム」ト思フ心深ク成ニ

ケレバ、其ヨリ後ハ、此ノ大納言ヲ、伯父ニ御スレバ、事ニ

触テ畏マリ給ケレバ、大納言ハ難有ク忝キ事ニナム思給ヒ

ケル。妻取給ハムト為ルヲバ不知ズシテ、大臣心ノ内ニハ

可咲ク思給ヒケル。

此ノ正月ニ成ヌ。前々ハ不然ヌニ、大臣、「三日ノ間ニ一

日参ラム」ト大納言許ニ云遣リ給ケレバ、大納言此レヲ聞

テヨリ、家ヲ造リ瑩キ、極キ御儲ヲナム営ケルニ、正月ノ三

日ニ成テ、大臣可然キ上達部殿上人少々引具シテ、大納言

家ニ御シヌ。大納言物ニ当テ喜ビ給フ事無限シ。御主ナド儲
タル程、現ニ理ト見ユ。
申時打下ル程ニ渡給ヘレバ、御坏ナド度々参ル程ニ、日
モ暮ヌ。歌詠ヒ遊ビ給フニ、諮ク微妙シ。其ノ中ニモ左ノ
大臣ノ御形ヨリ始メ歌詠ビ給ヘル有様、世ニ不似ズ微妙ケレ
バ、万ノ人目ヨ付テ讃メ奉ルニ、此ノ大納言ノ北ノ方ハ、
大臣ノ居給ヘル喬ノ簾ヨリ近クテ見ルニ、大臣ノ御形チ、音、
気ハヒ、薫ノ香ヨリ始
テ、世ニ不似ズ微妙キ
ヲ見ルニ、我ガ身ノ宿
世心疎ク思ユ。「何ナ
ル人此ノ人ニ副テ有ラ
ム。我レハ年老テ旧黒
キ人ニ副タルガ事ニ触
テ六借ク思ユルニ」。
弥ヨ此ノ大臣ヲ見奉ル

管弦の遊び(餓鬼草紙)

ニ、心置所ナク侘シク思ユ。大臣詠ヒ遊ビ給テモ、常ニ此
ノ簾ノ方ヲ尻目ニ見遣リ給フ眼見ナドノ恥カシ気ナル事云ハ
ム方無シ。簾ノ内サヘ破無シ。大臣ノ頬咲テ見遣セ給フモ、
「何ニ思給フニカ有ラム」ト恥カシ。
而ル間、夜モ漸ク深更テ、皆人痛ク酔ニタリ。然レバ皆
解キ祖テ、舞ヒ戯ル事無限シ。此クテ既ニ返リ給ヒナムト為
ルニ、大納言大臣ニ申シ給ハク、「痛ク酔セ給ヒニタメリ。
御車ヲ此ニ差シ寄セテ奉レ」ト。大臣宣ハク、「糸便無キ事
也。何デカ然ル事ハ候ハム。痛ク酔ヒナム、此ノ殿ニ候ヒテ、
酔醒テコソハ罷出メ」ナド有ルニ、他ノ上達部達モ「極テ吉
キ事也」トテ、御車ヲ橋隠ノ本ニ只寄セニ寄スル程ニ、曳
出物ニ極キ馬二疋ヲ引タリ。御送物ニ一筝、ナド取出タリ。
大臣大納言ニ宣フ様、「此ル酔ノ次ニ申ス、便無キ事ナレ
ドモ、家礼ノ為ニ参ルニ、実ニ喜ト思食サバ、心殊ナ
ラム曳出物ヲ給ヘ」ト。大納言極テ酔タル内ニモ、我レハ伯
父ナレドモ大納言ノ身ナルニ、一ノ大臣ノ来給ヘル事ヲ極ク

喜ク思ユルニ、此ク宣ヘバ、我ガ身置所無クテ、大臣ノ尻目ニ懸テ簾ノ内ヲ常ニ見遣リ給フヲ、「煩ハシ」ト思テ、「此ル者持タリケリト見セ奉ラム」ト思テ、酔狂タル心ニ、「我レハ此ノ副タル人ヲコソハ極トハ思ヘ。極キ大臣ニ御マストモ、此許ノ者ヲバ否ヤ不持給ザラム。翁ノ許ニハ此ル者コソ候ヘ。此レヲ曳出物ニ奉ル」ト云テ、屏風ヲ押畳ミテ床ノ簾ヨリ手ヲ指入テ、北ノ方ノ袖ヲ取テ引寄セテ、「此ニ候フ」ト云ケレバ、大臣、「実ニ参ル甲斐有テ今コソ喜ク候ヘ」ト宣ヒ

橋隠(年中行事絵巻)

テ、大臣寄テ引ヘテ居給ヒヌレバ、大納言ハ立去キヌ。「他ノ上達部、殿上人ハ今ハ立給ヒネ。大臣ハ世モ久ク不出給ジ」ト手掻ケバ、大臣各目ヲ食セテ、或ハ出ヌ、或ハ立隠レテ、「何ナル事カ有ル」トテ、「見ム」トテ有ル人モ有リ。

大臣ハ、「痛ク酔ニタリ。今ハ然ハ車寄セヨ」ト宣テ、車ハ庭ニ引入レタレバ、人多ク寄テ指寄セツ。大納言寄テ車ノ簾持上ゲツ。大臣此ノ北ノ方ヲ掻抱テ車ニ打入レテ、次キテ乗給ヒヌ。其ノ時ニ大納言更ニ術無クテ、「耶々、嫗共我レヲナ不忘ソ」トゾ云ケル。大臣ハ車遣出サセテ返リ給ヌ。

大納言ハ内ニ入テ装束解テ臥ヌ。極ジク酔ニケレバ目転キ心地悪クテ、物モ不思デ寝入ニケリ。暁方ニ酔醒テ夢ノ様ニ此ノ事共思エケレバ、「若虚言ニヤ有ラム」ト思エテ、傍ナル女房ニ、「北ノ方ハ」ト問ヘバ、女房、共ニ有シ事共ヲ語ルヲ聞クニ、極テ奇異シ。「酔心ニハ云乍ラ此ノ態ヲ為ル人ヤ有ケル」、嗚呼ニモ有リ、亦難堪クモ思ユ。取リ可返キ様モ無ケレバ、「女ノ幸ノ為ル也ケリ」ト思フニモ、亦我レ老タリト思タリシ気

色ノ見エシモノ妬ク、悔ク、悲ク、恋シク、人目ニハ我ガ心トシタル事ノ様ニ思ハセテ、心ノ内ニハ破無ク恋クナム思ケリ。

（以下欠）

금석이야기집今昔物語集

권 23

【肉體的 技藝】

주지主旨　본권은 제13화부터 시작한다. 또한 제15화 이후는 번호가 붙여져 있지 않아, 미완성, 미정비未整備된 상황을 보이고 있다. 모두冒頭인 제13화가 무사의 교전·싸움을 기록하고, 제16화까지는 무사와 관련된 이야기로 구성되어 있다는 점에서 권25와 관련이 있고, 권말의 경마競馬 이야기는 마예馬藝의 명수 관련 에피소드라는 점에서 권24와 연결된다. 권25가 14화까지인 점을 감안하면, 제23권과 제25권은 본래 하나로 편찬되어 있었던 것이, 그 전반부분이 분리되어 권25로 재편성된 것으로 보인다. 본권은 그러한 편집상의 사정을 엿볼 수 있다는 점에서 의미를 갖는다. 수록된 설화는 힘이 강한 여자, 승려의 괴력怪力, 스모相撲 이야기 등 힘이 강한 인물들의 에피소드인 강력담强力譚이 주체主體가 되지만, 전반에 무용武勇담, 권말에 경마 이야기를 배치하고 있어, 전체적으로 볼 때, 말하자면 운동능력에 관한 기능담技能譚으로 파악된다. 이 점에서 권24의 지적知的 능력에 관한 기능담과 대조적이다.

다이라노 고레히라^{平維衡}와 다이라노 무네요리^{平致賴}가
교전을 벌여 처벌받은 이야기

이치조一條 천황 치세에 이세 지방伊勢國에서 일어난 다이라노 무네요리平致賴와 다이라노 고레히라平維衡의 사적인 싸움과, 미노 지방美濃國에서의 후지와라노 무네타다藤原致忠 사살射殺 사건의 전말을 기록하고, 조정의 엄정한 처벌이 내려진 것을 서술하여 나라의 질서유지를 설명한 이야기. 이 이야기는 『권기權記』, 『소우기小右記』, 『미도 관백기御堂關白記』의 기사와 거의 일치하며, 사건의 개략概略을 전한 내용임. 전자는 장덕長德 4년(998), 후자는 장보長保 원년(999)의 사건으로, 장보 원년 12월 27일에 동시에 처벌이 내려졌다.

이제는 옛이야기이지만, 이치조一條[1] 천황 치세에 전前 시모쓰케下野의 수령 다이라노 고레히라平維衡[2]라는 무인武人이 있었다. 이 자는 무쓰陸奧의 수령 사다모리貞盛[3]라는 무인의 자손[4]이다. 또한 같은 무렵에 다이라노 무네요리平致賴[5]라는 무인이 있었다. 이 두 사람은 서로 무도武道에 있어 경쟁을 하고 있었는데, 쌍방이 말하는 것을 중간에서 상대에게 나쁘게 고자질하는 무

---

1 → 인명(이치조인一條院). 제66대 천황.
2 → 인명.
3 → 인명(다이라노 사다모리平貞盛).
4 실제로는 사다모리貞盛의 아들이었음.
5 → 인명. 또한 이 교전이 있었을 때에는 산위散位(위계位階뿐으로 무관無官)였음.

리가 있어, 두 사람은 서로 적대시하게 되었다.

두 사람 모두 이세 지방伊《勢》[6]國에 살고 있었는데, 무네요리致賴 쪽에서 먼저 고레히라를 치기 위해 교전을 벌였다. 쌍방의 자손과 일족·부하들이 서로 쏴 죽여, 많은 수의 사망자가 나왔다. 하지만 승부는 가려지지 않은 채, 고레히라는 좌위문부左衛門府 궁사장弓射場[7]에 소환되고, 무네요리는 우위문부右衛門府 궁사장에 소환되었다. 양자 모두 죄상罪狀을 심문받았으나, 두 사람 모두 스스로 자진해 죄를 인정하고 벌을 받게 되었다. 그래서 죄과罪科를 결정하기로 하여, 명법明法[8] 박사는 법을 참조하여

"먼저 공격을 건 무네요리의 죄가 특히 무거우니 곧바로 먼 지방에 유배를 보내야 한다. 무네요리의 공격에 응하여 싸운 고레히라의 죄는 가벼우니 다른 지방으로 한 해 동안 이향移鄕[9]시켜야 한다."

라고 답신答申하였다. 이에 따라 천황은 선지宣旨를 내려, 무네요리는 멀리 오키 지방隱岐國[10]으로 유배를 보내고, 고레히라는 아와지 지방淡路國[11]으로 추방되었다.

한편 그 후 후지와라노 무네타다藤原致忠[12]라는 자가 있었는데, 미노 지방美濃國[13]으로 내려가는 도중에 전 사가미相模 수령 다치바나노 스케마사橘輔政[14]라는 사람의 아들[15]과 종자를 사살했다. 그로 인해 아버지 스케마사가 조

---

6   파손에 의한 결자로 추정. → 옛 지방명(이세 지방伊勢國).
7   당시 좌우위문부左右衛門府의 궁사장은 죄인을 규명하는 장소였음.
8   그 당시의 명법박사는 고레무네노 다다마시惟宗允政(『본조세기本朝世紀』 장부長保 원년 3월 26일).
9   추방하여 다른 지방으로 이주시키는 것.
10 → 옛 지방명.
11 → 옛 지방명.
12 → 인명.
13 → 옛 지방명.
14 → 인명. 또한 이 사건 때는, 올바르게는 전前 사가미相模 개介였음(『소우기小右記』).
15 『권기權記』에서는 다치바나노 고레요리橘惟賴라 함. 『권기』 장보長保 원년(999) 11월 11일에, "다치바나노 고레요리橘惟賴·다이라노 요리치카平賴親 등을 살해하였다."라는 내용과, 『소우기』 장보 원년 11월 19일에 "전

정에 고소를 한바, 선지가 내려져 검비위사檢非違使의 대부위관大夫尉官[16] 후지와라노 다다치카藤原忠親[17] 및 우위문부右衛門府의 지관志官[18] 아가타노이누카이노 다메마사懸犬養爲政[19] 등을 그 지방으로 파견하여 사건을 조사, 규문糾問하게 하셨다. 그 결과 무네타다가 죄상을 인정해 처벌받게 되었고, 죄과를 결정함에 있어, 명법박사의 답신에 따라 무네타다를 멀리 사도 지방佐渡國[20]으로 유배를 보내셨다.

그러므로 예나 지금이나 이와 같은 죄가 있으면 조정이 반드시 처벌을 행하는 것이 예사인 것이라고 이렇게 이야기로 전하여 내려오고 있다 한다.

사가미 개 스케마사輔政의 아들 및 종자從者 두 명을 사살하였다."라는 내용이 보임.

16 검비위사檢非違使를 겸임한 오위五位의 좌우위문左右衛門. 또는 좌우병위부左右兵衛府의 위尉(삼등관三等官)의 칭호.
17 → 인명. 또한 이 사건 때는, 좌위문左衛門尉로 검비위사를 겸하고 있었고, 장덕長德 3년(997) 5위五位로 임명되어 대부위大夫尉가 되었음(『소우기』).
18 우위문부右衛門府의 4등관으로, 위尉 다음임.
19 → 인명. 또한 이 사건 때는 우위문부 지志 및 검비위사를 겸했음(『권기』, 『소우기』).
20 → 옛 지방명.

平維衡同致頼合戦蒙咎語 第十三

今昔、前ノ一条院天皇ノ御代ニ、前ノ下野守平維衡ト云兵有リ。此、陸奥守貞盛ト云ケル兵ノ孫也。亦、其時ニ平致頼ト云兵有リケル。共ニ道ヲ排ス間、互ニ悪キ様ニ聞カスル者共有テ、敵ト成ヌ。

共伊□ノ国ニ有テ、致頼進テ維衡ヲ罸ムトシテ合戦スル間ニ、共多ノ子孫伴類幷ニ郎等互ニ射殺ス者共有。

然レドモ勝負無シテ、維衡ヲバ左衛門ノ府弓場ニ被下テ、致頼ヲバ右衛門ノ府弓場ニ被下テ、共ニ被勘問ニ、皆進テ答ニ落ニケル。罪名ヲ被勘ルニ、明法ニ勘ヘ申シテ云ク、「堅ヒ罸タント為タル致頼ガ罸ニ尤モ重シ。速ニ遠キ処ニ可被流。請戦タル維衡ガ罪軽シ。移郷一年可壬シ」テ。此ニ依テ公ケ宣旨ヲ被下テ、致頼ヲバ遠ク隠岐国ニ被流ヌ、維衡ヲバ

一、淡路国ニ被移郷ヌ。

其後、亦藤原致忠ト云者有テ、美濃国ノ途中ニシテ、前相模守橘輔政ト云人ノ子並二郎等ドモヲ射殺ニケリ。此二依テ、父輔政、公ニ訴へ申スニ、宣旨ヲ被下テ、撥非違使ノ大夫ノ尉藤原忠親並ニ右衛門志 懸犬養為政等ヲ、彼ノ国ニ下シ遣シテ、事ノ発ヲ勘ヘ被問ケルニ、致忠進テ答ニ落ニケレバ、罪名ヲ被勘テ明法勘ヘ申スニ随テ、致忠ヲ遠ク渡国ニ被流ニケリ。

然レバ古モ今モ如此ノ咎有ラバ、公ケ必ズ罪ヲ行セ給ハ常ノ事也、トナン語リ伝ヘタルトヤ。

좌위문위左衛門尉 다이라노 무네쓰네平致經가
묘존明尊 승정僧正을 호위한 이야기

다이라노 무네쓰네平致經가 후지와라노 요리미치藤原賴通의 명을 받아 깊은 밤 묘존明尊 승정을 경호하여 도읍과 미이데라三井寺를 왕복한 이야기. 언뜻 보아서는 허약한 무네쓰네가 종자를 은밀히 배치하고 만전萬全의 태세로 호위하는 모습에 묘존은 경탄한다. 무사의 통솔된 일거일동, 무언의 행동으로 평상시의 단련鍛鍊과 주종 간의 유대紐帶를 파악할 수 있고, 귀족과 무사와의 단층斷層이 확연히 드러나 있다.

이제는 옛이야기이지만, 우지도노宇治殿[1]의 전성기에, 미이데라三井寺[2]의 묘존明尊[3] 승정僧正은 기도승祈禱僧으로 밤중까지 등불도 밝히지 않은 채, 밤에 가지기도加持祈禱를 하고 있었다.[4] 잠시 후, 무슨 일 때문인지는 아무도 몰랐지만, 우지도노가 승정에게 지금 바로 미이데라로 갔다가 그날 밤 안으로 돌아오라는 분부를 내리셨다. 그리고 마구간에 명하여 쉽게 놀라거나 함부로 날뛰지 않는 확실한 말에 갈아탈 안장을 얹어 끌고 오게 하더니, 말을 대령하자 우지도노께서 "이번 일에 호위로 따라갈 적당한 인물로는 누가 좋

---

1 → 인명. 후지와라노 요리미치藤原賴通를 말함.
2 → 사찰명. 온조지園城寺의 다른 이름. → 권11 제28화.
3 → 인명.
4 원문에는 "야거夜居"라고 되어 있음. 이것은 승려가 밤에 귀인 가까이서 호신護身의 가지기도加持祈禱를 행하는 것.

을까?" 하고 물으셨다. 때마침 좌위문부左衛門府[5]의 위尉[6] 다이라노 무네쓰네平致經[7]가 사후伺候하고 있었기에, "무네쓰네가 대기 중이옵니다"라고 아뢰자, 도노는 "아주 잘 됐군."이라고 하셨다. 이 승정은 이때 승도僧都[8]의 지위에 있었는데,[9] 도노께서

"이 승도는 오늘밤 미이데라에 갔다가 곧바로 출발해 오늘밤 안으로 다시 이곳으로 되돌아와야 하느니라. 만전을 기해 빈틈없이 수행하라 일러라."

라고 분부를 내리셨기에, 그 내용을 무네쓰네에게 전했다. 그런데 무네쓰네는 언제나 숙직소宿直所에 활과 화살통을 세워 놓고 다다미疊 밑에 짚신을 한 켤레 감춰 두었으며 천한 하인 하나만을 데리고 있었기 때문에, 이를 지켜본 사람들은 "정말이지 미덥지 못한 소심한 자이군." 하고 생각하고 있었다. 무네쓰네는 도노의 명을 받자마자 하카마袴를 높게 올려 묶고 옆을 더듬어 전부터 준비해 둔 짚신을 꺼내 신고, 화살통을 메고 승도가 타고 갈 말이 있는 곳으로 가서 그 옆에 서 있었다. 그러자 승도가 나와 "너는 누구냐?"라고 물으니, "무네쓰네라고 합니다."라고 대답했다.

승도가

"이제부터 미이데라로 가려는 것일세. 그런데 어찌하여 걸어갈 채비를 하고 있는 것인가? 말은 없는가?"

하고 의아해 하자, 무네쓰네는 "걷더라도 절대로 뒤쳐지는 일은 없을 것이오니 어서 가시지요"라고 하는 것이었다. 묘존은 '참으로 이상한 일이

5　＊궁문의 경비와 행차 시의 호종護從 등을 담당하던 부서. 좌우위문부가 있었음.

6　＊위尉는 3등관.

7　→ 인명. 치안治安 원년(1021)에 좌위문위, 장원長元 4년(1031)에 전 자위문위(『소우기小右記』, 『좌경기左經記』).

8　승관 중. 승정 다음가는 지위.

9　이 구절은 삽입구로, 묘존의 승도 재임은 치안 원년 12월에서 장원長元 6년 12월 사이임. 이때의 묘존의 나이는 오십대.

로다.'라고 생각하며 횃불을 앞세워 들게 하여 7, 8정町[10] 가량 가고 있는
데, 검은 복장을 하고 궁시弓矢를 가진 사람들이 이쪽을 향해 다가왔다. 이
를 본 승도는 놀라 겁이 났지만, 이자들은 무네쓰네를 보더니 무릎을 꿇고,
"말을 대령하였사옵니다."라며 말을 끌고 나왔는데, 밤이라 말의 털이 무슨
색인지는 알 수 없었다. 승마용 신발[11]도 가져와서, 무네쓰네는 짚신 위에
신더니 말에 올랐다. 화살통을 메고 말을 탄 자들이 두 명이나 호위에 가세
한지라 승도는 마음이 든든해졌는데, 다시 2정쯤 가자 길옆에 조금 전과 같
이 검은 복장을 하고 궁시를 가진 사내들이 둘 나타나 무릎을 꿇었다. 이번
에는 무네쓰네가 아무 말도 하지 않았는데도,[12] 두 사람은 끌고 온 말에 올
라타더니 옆에서 뒤따랐다. 승도는 '이들도 낭등郞等들인가 보다.'라고 짐작
하고, '불가사의한 행동을 하는 자들이로구나.'라고 생각하며 지켜보고 있
노라니, 또 2정쯤 가자, 전처럼 낭등들이 나타나 뒤를 따랐다. 이들을 보고
도 무네쓰네는 아무 말이 없었고, 뒤따르는 낭등들도 말이 없었는데, 1정
또 1정 나아갈 때마다 두 사람씩 따라 붙으니, 《가모 강賀茂川》변[13]을 벗어날
무렵에는 30여 명으로 늘어나 있었다. 이를 본 승도는 '정말 불가사의한 자
들이로구나.' 하고 생각하였는데, 그러는 동안 미이데라에 도착하였다.

우지도노가 분부하신 용건을 처리하고 한밤이 되기 전에 《귀》도[14]에 오르
자, 이들이 앞뒤를 에워싸듯이 하며 가는지라 정말 든든하기 이를 데 없었
다. 가모 강변에 이를 때까지는 이탈하는 자가 없었으나, 도읍에 들어서자

---

10 1정町은 약 110m.
11 가죽으로 된 신발.
12 이하. 이 이야기에서는 무네쓰네가 말을 하지 않은 점이 강조. 병사 주종主從 간의 암묵적 이해, 즉 묵계黙
    契가 있었던 것임. 권25 제12화의 미나모토노 요리노부源賴信 · 요리요시賴義 부자의 행동도 마찬가지임.
13 파손에 의한 결자. 단학본丹鶴本을 참조하여 보충. * 가모賀茂 강은 교토 시京都市 동부를 세로로 흐르는 강
    으로, 당시는 도읍의 동쪽 끝에 해당하는 경계의 역할을 하였음.
14 파손에 의한 결자. 문맥을 고려하여 보충.

무네쓰네가 아무 말도 하지 않았는데도, 이 낭등들은 앞서 나타났던 장소마다 두 사람씩 말을 멈추고 빠져나가, 우지도노 댁에서 1정쯤 앞에 왔을 때는 맨 먼저 나타난 두 낭등만이 남았다. 이들도 무네쓰네가 아까 말을 탔던 곳에서 말에서 내려 신고 있던 승마용 신발을 벗고 저택을 나설 당시의 모습으로 돌아가 걷기 시작하자, 말과 신발을 챙겨 어둠 속으로 사라졌다. 그리고나서 무네쓰네는 출발 때부터 데리고 있던 비천한 하인만을 대동하고 짚신을 신은 채로 문안으로 들어갔다.

승도는 이러한 모습을 보고 말이나 낭등들이 미리 훈련하여 약속이나 한 것처럼 나타난 것이 너무나도 불가사의하게 생각되었다. 그래서 '어서 이 일을 우지도노께 아뢰어야겠다.'라고 생각하여 찾아뵈니 우지도노는 승도가 돌아오기를 기다리시느라 아직 침소에 들지 않고 계셨다. 우선 분부한 용건에 대해 보고를 마친 다음, "무네쓰네는 불가사의한 인물이더군요."라며 있었던 일을 빠짐없이 설명한 후 "낭등들을 그와 같이 수족처럼 부리다니 참으로 대단한 사내입니다."라고 아뢰었다. 승도는 '우지도노께서 이 사실을 들으시면 필시 이것저것 상세히 물으시겠지.'라고 기대했으나 우지도노가 어찌 생각하셨는지 아무 말도 없으셨기에 승도의 기대는 어긋나고 말았다.[15]

이 무네쓰네는 다이라노 무네요리平致賴[16]라는 무인의 아들이다. 용맹한 남자로 남들과 달리 특별히 큰 화살을 사용했기 때문에, 세간에서는 그를 "대전大箭의 좌위문위左衛門尉"[17]라고 불렸다고 이렇게 이야기로 전하여 내려오고 있다 한다.

---

15 정치가였던 요리미치는 이 같은 병兵의 행동을 숙지하고 있었지만, 승려인 묘존은 경이驚異롭게 생각한 것임.
16 → 인명.
17 『고사담古事談』권4, 『우지 습유宇治拾遺』135화, 『십훈초十訓抄』권3에도 '대시大矢의 좌위문위 무네요리'의 호칭이 보임.

左衛門尉平致経送明尊僧正語第十四

今昔、宇治殿ノ盛ニ御マシケル時、三井寺ノ明尊僧正ハ、御祈シテ夜居ニ候ケルヲ、暫ク許有テ、何事ストハ人不知ケリ、俄ニ此ノ僧正ヲ遣シテ、夜ノ内ニ返リ可参キ事ノ有ケレバ、御厩ニ物驚キ不為ズ早リ不為シテ愼ナラム御馬ニ移置テ将参ジテ、召テ侍ニ、「此ノ行キ者ハ誰カ有ル」ト尋サセ給ヒケレバ、其時左衛門尉平致経ガ候レルヲ、「致経ナン候フ」ト思ケレバ、殿、「糸吉」ト被仰テ、其時ハ此僧都ニテ有ケレバ、其ノ事ニ、「此ノ僧都、今夜三井寺ニ行テ、曉而立返リ、夜ノ内ニ此返リ来ランズルガ様ノ共怜ニ可候キ也」ト仰セ給レバ、致経其ノ由ヲ

承リテ、常宿直処ニ弓胡籙ヲ立、藥沓ト云物ヲ一足畳ノ下ニ隠シテ、賤下衆男一人ヲゾ置タリケレバ、此ヲ見ル人、「力細クテモ有ルカナ」ト思ケルニ、此由ヲ承ハルヽニ、袴ノ扶高ク上テ、喬捜テ、置キタル物ナレバ、藥沓ヲ取出シテ履テ、胡録掻負テ、御馬引タル所ニ出会テ立タリケレバ、僧都出テ、「彼レハ誰ソ」ト問ニ、「致経」ト答ケル。

僧都、「三井寺へ行カント為ルデハ、何デカ歩ヨリ行カンズル様ニ此タルゾ。乗物ノ無キカ」ト問ケレバ、致経、「歩ヨリ参リ候フトモ、ヨモヲクレ不奉ラジ。只疾ク御マセ」ト云ケレバ、僧都、「糸怪キ事カナ」ト思ヒ乍ラ、火ヲ前キニ灯サセテ七八町許リ行ク程ニ、黒バミタル物ノ弓箭ヲ帯セル、向様ニ歩ミ来レバ、僧都此ヲ見テ、恐レテ思フ程ニ、

松明(伴大納言絵詞)

此ノ者共致経ヲ見テ突居タリ。「御馬候フ」トテ、引キ出タ
レバ、夜ナレバ何毛トモ不見ズ。履カンズル沓提テ有レバ、
薬沓履乍沓ヲ履テ馬ニ乗ヌ。胡録負テ馬ニ乗ケル者二人打
具シヌレバ、憑シク思テ行程ニ、亦二町許行テ、傍ヨリ有
ツル様ニ黒バミタル者ノ弓箭帯シタル、二人打出来テ居ス。其
郎等也ケリ」ト「希有ノ為ル者カナ」ト見テ、亦二町許
行テ、只同様ニテ出来テ打副ヌ。此ク為ルヲ致経何トモ云事
無シ。
亦此ノ打副フ郎等、共ニ云フ事無クテ、一町余一町
許行テ、二人ヅ、打副ヒケレバ、□原出畢ナルニ二三十余人
ニ成ケリ。僧都此ヲ見ルニ、「奇異ノ為者カナ」ト思テ、三
井寺ニ着ニケリ。

仰給ヘタル事共沙汰シテ、未ダ夜中不成ズ□参ケルニ、後
前ニ此ノ郎等共打裏タル様ニテ行ケレバ、糸憑モシクテ、川
原マデハ行キ散ル事無カリケリ。京ニ入テ後、致経ハ此モ彼
モ不云ザリケレドモ、此ノ郎等共出来シ所々ニ二人ヅ、留

マリケレバ、殿今一町許ニ成ニケレバ、初出来タリシ郎等
二人ノ限ニ成ニケリ。馬ニ乗リシ所ニ、馬ヨリ下テ、履タル
沓脱テ殿ヨリ出デシ様ニ、棄テ歩ミ去バ、沓ヲ取テ馬ヲ
引カセテ、此ノ二人ノ者モ歩ミ隠レヌ。其ノ後、只本ノ賤ノ
男ノ限リ共ニ立テ、薬沓履乍ラ御門ニ二歩ミ入ヌ。
僧都此ヲ見テ、馬ヲ牛郎等共モ兼テ習シ契タラム様ニ、
出来ル様ノ奇異ク思エケレバ、「何ジカ此ノ事ヲ殿ニ申サン」
ト思テ、御前ニ参タルニ、殿マタヤ給トテ御不寝ザリケレバ、
僧都仰給ヒタル事共申シ畢後、殿ハ奇異ク候ケル者カナ」
ト、有ツル事ヲ不落ト申シテ、「極キ者ノ郎等共候ケル
様カナ」ト思ニ、「殿此ヲ聞食テ、委ク問セ給ハムズラ
ンカシ」ト申ケレバ、「致経ハ奇異ク候ケル者カナ」
ニケレバ、何カニ思食ケルニカ、問セ給事モ無シテ止
此致経ハ、平致頼ト云ケル兵ノ子也。心猛クシテ、世人ニ
モ不似殊ニ大ナル箭射ケレバ、世ノ人此ヲ大箭ノ左衛門尉ト
云ケル也ト、ナム語リ伝ヘタルトヤ。

무쓰陸奧의 전사前司 다치바나노 노리미쓰橘則光가 사람을 죽인 이야기

무쓰陸奧의 전사前司 다치바나노 노리미쓰橘則光가 한밤중에 세 명의 도적盜賊에게 불의의 습격을 당했지만, 무념무상無念無想으로 분전한 끝에 상대를 닥치는 대로 베어 쓰러뜨리고, 그저 모르는 척하고 있었다. 그런데 다음날 아침 자기가 도적을 죽인 그 장본인이라고 제멋대로 밝히며 자랑하고 떠들어대는 가짜 용사勇士를 보고, 그 공을 양보했다는 이야기. 이것은 노리미치가 노후에 자기 아이들에게 이야기한 것이라 한다. 도적과 어둠속에서 벌인 숨 막히는 사투는 박진감이 넘치고, 의기양양하게 이야기하는 대역 남자의 연기는 우스꽝스럽기까지 하다. 노리미쓰는 앞앞 이야기의 다치바나노 스케마사橘輔政의 조카이고, 세이 소납언淸少納言의 남편이다. 이 용맹한 남자는 『권기權記』 장덕長德 4년(998) 11월 8일 조條와 『강담초江談抄』 권3 제25화에도 보인다.

이제는 옛이야기이지만, 무쓰陸奧의 전사前司 다치바나노 노리미쓰橘則光[2]라는 사람이 있었다. 무인 집안 출신은 아니었지만 무척 대담하고 사려가 깊었으며,[3] 힘이 대단히 셌다. 그는 용모도 출중하고 세간의 평판도 좋아서 사람들로부터 존경을 받고 있었다.

---

1 저본에서는 제15화의 이야기 번호가 없음. 이하도 같음. 미완성된 원고의 모습을 남긴 것으로 보임.
2 → 인명. 또한 노리미쓰則光의 무쓰陸奧 수령 재임 시기는 불문명하지만, 『소우기小右記』 관인寬仁 3년(1019) 7월 25일 조條에, "右近尼陸奧守則光姑"라고 되어 있음. 『소우기』, 『좌경기左經記』에 따르면, 만수萬壽에서 장원長元 연간(1028~37)에는 무쓰의 전사前司라고 불렸음.
3 굳세고 용맹한 자나 뛰어난 재주를 가진 병사의 성정性情을 나타내는 상투적 표현임.

그런데 이 사람이 아직 젊었을 적인, 이치조一條 천황[4]의 치세에는 위부衛府의 장인藏人[5]으로 종사하였는데, 남몰래 궁중의 숙직소宿直所[6]에서 나와 여자가 있는 곳으로 향했다. 밤도 점점 깊어갈 무렵, 노리미쓰는 대도大刀 한 자루를 들고 소사인小舍人[7] 동자 한 명만을 데리고 대궐문[8]을 나섰다. 대궁대로大宮大路[9]를 걸어 남쪽으로 내려가고 있을 무렵, 토담大垣[10] 근처에 사람이 몇 명인가 서 있는 듯했다. 노리미쓰는 매우 무서워하며 막 그곳을 통과하려고 하였다. 마침 8월 9일 무렵의 달이 서쪽 산 끄트머리 부근에 걸려 있었기 때문에 서쪽 토담 부근은 어두컴컴하여 그곳에 서 있는 사람 모습은 잘 보이지 않았다.[11] 그런데 그 토담 부근에서 목소리만 들리더니 "어이, 거기 지나가는 남자, 멈춰라. 귀공자의 행차다.[12] 절대 통과할 수 없다."라고 말했다. 노리미쓰는 '역시 나타났군.' 이라고 생각했지만, 《이제와서》[13] 되돌아갈 수도 없는 터라 재빨리 지나가려고 했는데, "그대로 지나가려고? 그렇게는 안 되지."라며 덤벼드는 자가 있었다.

노리미쓰는 순간적으로 몸을 숙이며 그쪽을 살펴보자, 화살은 안 보이고 칼이 번쩍 빛났기에, '화살이 아니었구나!'라고 가슴을 쓸어내리며 허리를 숙인 채 달아나는데, 그자는 곧바로 뒤따라 쫓아왔다. 노리미쓰는 '어이쿠!

---

4 → 인명(이치조인一條院).
5 육위부六衛府의 무관을 겸한 장인藏人. 노리미쓰는 장덕長德 원년 장인, 장덕 3년 좌위문위좌衛門尉에 재직. 「권기權記」의 장덕長德 3년 9월 5일에, "左衛門尉藏人(私注六位)則光"라고 보임.
6 여기서는 좌위문左衛門의 진영이 있었던 숙직소.
7 궁중에 시중들던 어린 동자를 말하는데, 여기서는 장인소藏人所에서 시중들던 소사인小舍人을 가리키는 것으로 추정.
8 도다이지 대로東大寺大路에 면한 대내리大內裏 성문. 좌위문 진영에서 가까운 것은 양명문陽明門임.
9 동, 서의 대궁대로大宮大路가 있었는데, 여기서는 동쪽 대궁대로.
10 대내리大內裏의 둘레를 따라 만들어져 있던 토담.
11 양명문에서 동쪽 대궁대로를 남쪽을 향해 가면, 서측에 대내리의 토담이 있어 달빛이 서쪽에서 비추면 서측 토담 밑은 어두운 그늘이 짐.
12 귀공자의 행차라고 거짓을 말해 상대를 제지하는 것은 도적의 상투적인 계략. 권29 제21화 참조.
13 한자의 명기를 위한 의도적 결자. 문맥을 고려하여 보충.

이런다간 머리가 박살나겠군.' 싶어 갑자기 옆으로 비켜서자, 쫓아온 사내는 너무 세게 달려와 멈춰 서지 못하고 노리미쓰의 바로 눈앞까지 뛰쳐나온 상황이 되고 말았다. 노리미쓰가 남자를 지나치게 하여 곧바로 칼을 빼 내려치니, 남자는 머리가 두 동강으로 갈라진 채 앞으로 쓰러졌다.

'잘 처리했다.'고 생각하는 찰나 "이게 어찌 된 일이야?"라며 곧바로 또 덤벼드는 자가 있었다. 그래서 칼을 칼집에 집어넣을 틈도 없이 겨드랑이에 낀 채로 도망가니, "이놈, 제법 솜씨가 좋구나."라고 하면서 달려와 덤벼들었다. 이 자는 처음 남자보다 발이 빠른 듯하여 '이놈은 방금 녀석과는 달리 쉽게 처리할 수 없겠군.'이라고 생각하고, 갑자기 몸을 앞으로 내밀듯 하면서 웅크렸다. 그러자 세차게 달려온 녀석이 자기 발에 걸려 그만 넘어지는 것을, 옆으로 비켜서면서 놈이 일어설 틈도 주지 않은 채 그 머리를 내리쳤다.

'이제 이것으로 다 끝났겠지?'라고 생각하고 있는데, 또 한 사람이 있었다. 그 자가 "건방진 놈, 이대로 놓아줄 수야 없지."라며 《집요하》[14]게 달려들었기에, '이번 만큼은 왠지 당할 것 같구나. 신이시여, 부처님이시여, 제발 구해 주십시오.'라고 기도하며 칼을 창처럼 다시 잡고, 힘차게 달려오는 사내를 향해 바로 정면에서 재빨리 덤벼들어 서로의 몸이 부딪칠 정도의 근접거리에서 공격하였다. 상대도 칼을 들고 내리치려고 했지만, 너무나 접근해 있는 터라 옷조차도 벨 수가 없었다. 이쪽은 칼을 창처럼 잡고 있어, 그 칼은 상대의 몸에 푹 들어가 등까지 삐져나와 있었는데, 다시 칼자루를 빼자 상대는 뒤로 벌러덩 나자빠졌다. 그리고 칼을 빼들고 내리치자, 칼을 들고 있던 상대의 한 쪽 팔이 어깨에서부터 잘려 떨어져 나갔다.

이리하여 그 장소를 뛰어서 벗어나며 '또 다른 사람이 있지는 않을까.' 귀

---

14 한자의 명기를 기한 의도적 결자. 「우지 습유字治拾遺」를 참조하여 보충.

를 기울여 보았지만, 그런 기색이 없어서 쏜살같이 중어문中御門[15]으로 뛰어 들어가서 기둥 뒤에 몸을 숨기고는, '동자는 어찌 되었을까?'라고 기다리고 있는데, 동자가 대궁대로를 북쪽으로 울면서 걸어왔다. 노리미쓰가 부르니 동자가 달려왔기에 숙직소로 보내 "갈아입을 옷을 가져와라."라고 명했다. 지금까지 입고 있던 상의와 사시누키指貫[16] 하카마袴에는 피가 묻어 있었는데, 아이에게 명해서 그것을 절대로 발견되지 않는 곳에 숨겨 두게 하고, 엄히 입단속을 시켰다. 칼자루에 묻은 피는 깨끗이 씻어내고, 상의와 사시누키 하카마 등을 갈아입은 후 아무것도 모르는 척하며 숙직소로 돌아가 잠을 잤다.

밤새 그는 '내가 한 짓이라고 혹여나 탄로 나지 않을까?'라고 떨고 있는 사이 날이 밝았다. 그러자 얼마 후 시끌벅적 떠드는 소리가 났다.

"대궁대로의 대취어문大炊御門[17] 부근에서 서로 그렇게 떨어지지 않고 남자 어른 세 명이 칼에 베여 죽어 있는데, 아주 훌륭한 칼 솜씨야! 서로 칼부림하다 죽었나 싶어 잘 살펴보니 칼로 벤 솜씨가 모두 한결같아. 원한을 가진 자가 한 짓일까? 하지만 도적이 한 것처럼 꾸민 것일 거야."

라며 큰 소리로 떠들고 있었다. 전상인殿上人들도 "자, 가보자."라며 구경하려 나섰는데, 노리미쓰에게도 "어때, 같이 가보지 않겠나?"라며 같이 가자고 권했다. 노리미쓰는 가고 싶지는 않았지만, 가지 않으면 오히려 의심을 받을 것 같아 마지못해 따라갔다.

수레가 비좁을 정도로 많은 사람이 타고 그 옆까지 가 보았는데, 정말로 아직 아무도 손대지 않은 채 그대로 방치되어 있었다. 그 옆에서 나이 서른

---

15 여기서는 대내리大內裏 외곽 중앙의 대현문待賢門을 가리킴.
16 하카마袴의 일종. 옷자락에 끈목을 연결해, 입은 후 발목 부근을 꽉 조여 묶는 하카마.
17 동쪽 대궁대로와 대취어문大炊御門(욱방문郁芳門)이 교차하는 부근.

정도의 수염이 더부룩하게 난 사내가, 무늬 없는 하카마에 여러 번 빨아서 빛깔이 바랜 감색의 겹옷, 그리고 그 위에 소맷자락이 햇볕에 빛바랜 황색 옷을 입고, 멧돼지 모피로 만든 칼집에 대도를 차고 사슴가죽 신발을 신고 길을 가로막고 서 있었다. 그는 팔짱을 낀 채 양 겨드랑이를 긁고[18] 사체死體를 손가락질하며 이 사람 저 사람 할 것 없이 주위 사람들을 향해 마구 지껄여대고 있었다. 노리미쓰가 '누굴까?'라고 생각하고 있는데, 수레를 따라 같이 온 잡색雜色[19] 들이, "죽은 세 남자는 저 남자의 원수로, 저자가 베어 죽였다고 말하고 있는 것입니다."라고 말했다. 노리미쓰는 속으로 '잘 된 일이다.'라고 생각하고 있자, 수레에 탄 전상인들이 "저 사내를 데려오너라. 사정을 들어보자."라며 가까이 불렀다. 그래서 남자를 불러 데려왔다.

모습을 보니, 광대뼈가 튀어나오고 주걱턱이며 매부리코의 붉은 머리 사내였다. 눈은 손으로 비빈 탓인지 새빨갛고 한쪽 무릎을 꿇고 칼 손잡이에 손을 얹은 채, 앞으로 왔다. "무슨 일이 있었느냐?"라고 묻자,

"실은 한밤중에 어떤 곳에 가려고 이곳을 지나가고 있었는데, 남자 세 명이 '이곳을 지나갈 셈이냐?'라며 덤벼들었기에, 이건 틀림없이 도적이라 생각하고 마음껏 휘둘러 쓰러뜨렸습니다. 그런데 오늘아침 다시 와서 보니 이놈들은 오랫동안 바로 저를, 좋은 기회가 생기면 하고 호시탐탐 노리던 자들이어서, '보기 좋게 원수를 갚았구나.' 싶어 이놈들의 목을 베려고 하는 것입니다."

라고 말하고 일어섰다. 이 남자는 사체를 손가락질하며 위, 아래를 보며 마구 이야기하였다. 전상인들이 "저런, 저런" 하고 감탄하며 이것저것 물어보자, 사내는 점점 실성한 듯이 지껄였다.

---

18 뽐내거나 득의만면할 때 짓는 동작. 권20 제35화 주 참조.
19 잡일에 종사하는 하인.

이를 보고 노리미쓰는 내심 우스워서 견딜 수 없었지만 '이놈이 이렇게 자기가 그랬다고 밝히고 나선 이상, 사람을 죽인 죄를 이놈에게 전가할 수 있게 되어 다행이다.' 싶어, 한시름 놓고 고개를 들 수 있었다. 그 이전에는 '이런 상황에서 혹 자신이 한 것임이 발각되지나 않을까?' 하고 남몰래 걱정하고 있었는데, 자신의 소행이라고 이름을 밝힌 자가 나와서 《그의》[20] 탓으로 돌릴 수 있었다. 이러한 이야기는 노리미쓰가 훨씬 나이가 든 후에, 자신의 아이들에게 이야기한 것이 전해진 것이다.

이 노리미쓰는 《도시마사敏政》[21]라는 사람의 아들로 지금의 스루가駿河의 전사 스에미치季通[22]라는 사람의 아버지라고 이렇게 이야기로 전하여 내려오고 있다 한다.

---

20 파손에 의한 결자로 추정. 『우지 습유』를 참조하여 보충함.
21 노리미쓰의 부친명 명기를 위한 의도적 결자. '도시마사敏政'가 해당.
22 다치바나노 스에미치橘季通(→ 인명).

陸奥前司橘則光切殺人語第十五

今昔、陸奥ノ前司橘ノ則光ト云人有ケリ。兵ノ家ニ非ネドモ、心極テ太クテ思量賢ク、身ノ力ナドゾ極テ強カリケル。見目ナドモ吉ク、世ノ思エナドモ有ケレバ、人ニ所被置テゾ有ケル。

而ルニ、其人未ダ若カリケル時、前一条院天皇ノ御代ニ、衛府ノ蔵人ニテ有リケルニ、内ノ宿所ヨリ忍テ女ノ許ヘ行ケルニ、夜漸ク深更ル程ニ、太刀許ヲ提テ、歩ニテ、小舎人童一人許ヲ具シテ、御門ヨリ出テ大宮ノ下ニ行ケレバ、大垣ノ辺ニ人数立テ気色ノ見ヘケレバ、則光、「極テ恐シ」ト思ヒ乍ラ過ル程ニ、八月九日許ノ月ノ、西山ノ葉近ク成タレバ、西大垣ノ辺ハ景ニテ、人ノ立テルモ不見ヌニ、大垣ノ方ヨリ音許シテ、「彼ノ過ル人罷止マレ。君達御スゾ。否不過ジ」ト云ケレバ、則光、「然レバコソ」ト思ヘド、□ニ可返キ様モ無ケレバ、疾ク歩テ過ルヲ、「然テハ罷ナム」ト云テ、走リ懸来ル者有リ。

則光突低テ見ルニ、弓景ハ不見ヘ、太刀鑭トシテ見ヘケレバ、「弓ニハ非ザリケリ」ト心安ク思テ、掻伏シテ逃ルヲ、追次キテ走来レバ、「頭被打破ヌ」ト思ヘテ、俄ニ傍様ニ急テ寄タレバ、追者走リ早マリテ、否止マリ不敢ズシテ我ガ前ニ出来タルヲ、過シ立テ、太刀ヲ抜テ打ケレバ、頭ヲ中ヨ

リ打破ツレバ、低シニ倒レヌ。

「吉ク打ツ」ト思フ程ニ、亦、「彼レハ何カニシツル事ゾ」
ト云テ、走リ懸テ来者有リ。然レバ太刀ヲモ否指不敢ズ、脇
挟テ逃ルヲ、「ケヤケキ奴カナ」ト云テ、走リ懸テ来ル者ノ、
初メテノ者ヨリハ走ノ疾ク思ヘケレバ、「此ヲバヨモ有ツル
様ニハ不被為ジ」ト思テ、俄ニ忩リ突居タレバ、走リ早マリ
タル者、我ニ蹴躓テ倒タルヲ、違テ立上テ、起シ不立、頭
ヲ打破テケリ。

「今ハ此クナメリ」ト思程ニ、今一人有ケレバ、「ケヤケキ
奴カナ。然テハ此クハ否不罷ジ」ト思程ニ、走リ懸□ク来ケレバ、
「此ノ度我ハ被錯ナムト為ル。仏神助ケ給ヘ」ト、太刀ヲ鉾
ノ様ニ取成シテ、走リ早マリタル者ニ俄ニ立向ヒケレバ、腹
ヲ合セテ走リ当リヌ。彼レモ太刀ヲ持テ切ラントシケレドモ、
余リ近クテ衣ダニ不被切デ、鉾ノ様ニ持タル太刀ナレバ、被
受テ中ヨリ通ニケルヲ、大刀ノ柄ヲ返シケレバ、仰様ニ倒ニ
ケルヲ、太刀ヲ引抜テ切ケレバ、彼レガ太刀抜タリケル方ノ

肱ヲ、肩ヨリ打落シテケリ。

然テ走リ去テ、「亦ヤ人ヤ有ル」ト聞ケレドモ、音モ無カ
リケレバ、走廻テ、中ノ御門ニ入テ柱ニ搔副テ立テ、「小舎
人童ハ何ガシツラム」ト待タルニ、童、大宮ノ上ニ泣々行
ケルヲ呼ケレバ、走リ来ケリ。其レヲ宿所ニ遣テ、「着替
ヲ取テ来」ト云テ遣ツ。本着タリツル表ノ衣、指貫ニハ血付
タリケルナド吉ク洗ヒ拭メテ、表ノ衣、指貫ナド着替テ、然
気無クテ宿処ニ入リ臥ニケリ。

終夜、「此ノ事若シ我ガシタ事トヤ聞ヘンズラン」ト胸騒
ギ思フ程ニ、夜曙ヌレバ、云ヒ騒ケル様、「大宮大炊御門ノ
辺ニ、大ナル男三人ヲ幾ク程モ不隔切伏タル、極ク仕タル太
刀カナ。『互ニ切テ死タルカ』ト思テ吉ク見レバ、同ジ刀ノ
仕ヒ様也。敵ノ討タル事ニヤ。然レド盗人ト思様ニシタル
ナリ」ト云ヒ嘲テ、殿上人共、「去来行テ見」ナド云テ皆行
クニ、則光ヲモ、「去来々々」ト倡ヒ将行ケバ、「不行」ト思

ヘドモ、不行モ亦不心得様
ナルハ、渋々具シテ行ヌ。
車ニ乗リ泛テ遣リ寄セテ
見レバ、実ニ未ダ何ニモ
不為デ置タリケリ。其レヲ
歳三十許ノ男ノ鬢髯ナルガ、
無文ノ袴ニ紺ノ洗瀑ノ襖ニ、
欲冬ノ衣ノ社ト吉ク被瀑タ
ルヲ着テ、猪ノ逆頬ノ尻鞘シタル太刀帯シテ、鹿ノ皮ノ沓履
タル有リ、脇ヲ掻キ指テ差テ、此向彼向テ物ヲ云フ。「何ノ
男ニカ有ラン」ト思フ程ニ、車ノ共ナル雑色共ノ云フ、「彼
ノ男ノ敵ニテ、切殺レタルトナン申ス」ト云ケレバ、則光、
「糸喜シ」ト聞クニ、車ニ乗タル殿上人共、「彼ノ男召寄セヨ。
子細ヲ問ハン」ト云テ呼スレバ、召将来タリ。
見レバ、頬カケニテ頤反タリ、鼻下リテ赤髪也。目ハ招
赤メタルニヤ有ラム、血目ニ見成テ、片膝ヲ突テ、太刀ノ橛

尻鞘（春日権現験記）

ニ手ヲ懸テ居タリ。「何ナリツル事ゾ」ト問ヘバ、「夜半バカ
リニ物ヘ罷ント思テ此ヲ罷過ツルニ、者三人、『己ハ罷過ナムヤ』
ト申シテ、走懸テ詣来ツルヲ、盗人ナメリト思給テ、相構テ
打チ伏セテ候ヒツルガ、今朝見給フレバ、己ヲ、『年来便有
ラバ』ト思フ者共ニテ候ケレバ、『敵ニテ仕タリケル事也
ケリ』ト思給テ、シヤ頸取ラント思給テ候フ也」トテ、立ヌ。
指ヲ差シツヽ、低ヌ仰ヌシテ語リ居タリ。
ト云テ、問ヒ聞ケバ、弥ヨ狂フ様ニシテ語リ居リ。
其ノ時ニ、則光心ノ内ニ可咲ト思ヘドモ、「此ノ奴ノ此ク
名乗シハ、譲得テ喜シ」ト思テ、面被持上ケル。其ノ前ハ、
「此レ気色ヤ若シ験カレラム」ト、人不知思ヒ居タリケルニ、
我レ名ル者ノ出来ニタレバ、□ニ譲テナム止ニシ、ト老
ノ畢ニ子共ノ向テ語リケル也。□ニ譲テナム語リ伝タル也。
此ノ則光ハ□□ト云人ノ子也。只今有ル駿河前司季通ト
云人ノ父也、トナム語リ伝ヘタルトヤ。

스루가駿河의 전사前司 다치바나노 스에미치橘季通가 일을 꾸며 도망친 이야기

스루가駿河의 전사前司 다치바나노 스에미치橘季通가 젊었을 적에 어떤 고귀高貴한 집 여인을 만나러 다니던 중, 경비하는 시侍들이 문을 잠그고 스에미치에게 위해를 가하려고 하는 것을 소사인小舍人 동자의 임기응변적인 행동과 재치에 의해서, 궁지를 벗어나 도망쳐 나온 이야기. 앞 이야기의 노리미쓰則光 강용담剛勇譚에 이어서, 그 아들인 스에미치의 에피소드를 배치한 것임. 소사인 동자의 사려분별과 재치 있는 현명함에 초점이 맞춰져 있지만, 그것을 살릴 수 있었던 스에미치의 대담함을 강조하는 것에 의해, 스에미치의 강용담으로 성격이 바뀌었다.

이제는 옛이야기이지만, 스루가駿河의 전사前司 다치바나노 스에미치橘季通¹라는 사람이 있었다. 그가 젊었을 적에, 자신이 모시는 집이 아닌, 어떤 고귀한 집의 여인과 깊은 관계를 맺고 몰래 다니고 있었다. 그 집 시侍로 이제 갓 육위六位가 된 젊은이들이 모여서

"이 집 사람도 아닌 자가, 아침지녁으로 내 집 드나들 듯하다니, 괘씸하기 짝이 없다. 어떤가? 모두 함께 포위하여 혼을 내 주자."

라며 몇 번에 걸쳐 논의하였다. 스에미치는 그런 줄도 모르고, 여느 때처럼

---

1 → 인명. 스루가駿河 수령의 재임 시기는 미상.

소사인小舍人[2] 동자 한 명만을 데리고, 걸어가 몰래 여자 방으로 들어갔다. 동자에게는 "새벽녘에 마중 오너라."라며 집으로 돌려보냈다.

한편 혼내주자고 한 무리들은 상황을 예의주시하고 있었는데, "그 녀석이 와서 여자 방에 들어갔다."라고 서로 귓속말을 하고, 이쪽저쪽의 모든 문에 자물쇠를 걸었다. 열쇠는 숨겨두고 시侍들은 각자 몽둥이를 손에 들고 토담이 무너진 곳에 떡 버티고 서서, 도망치지 못하도록 감시를 하고 있었다. 그 모습을 본 여동女童이 여주인에게 알렸고 여인도 놀라 그것을 스에미치에게 알렸다. 스에미치는 자고 있었는데, 그 말을 듣고 일어나 옷을 입고 '이거, 큰일이군.' 하며 앉아 있었다. 여인은 "무슨 일인지, 주인님한테 가서 알아보고 오지요." 하고 가서 알아보니, 그것은 시侍들이 미리 짜고 한 일로, 이 집주인 또한 다 알면서도 모르는 척 눈감고 있다는 것을 알고서,[3] 여인은 어찌해야 좋을지 몰라 방으로 돌아와 울었다. 스에미치는 '큰일 났군. 이거 꼼짝없이 창피를 당하게 되었다.'라고 생각했지만, 도망칠 수도 없어 여동을 불러, 저택을 탈출할 수 있는 틈이 없는지 살펴보게 했다. 하지만 그런 곳에는 모두 시侍들이 네다섯 명씩 하카마袴 옷자락을 높이 걷어 올리고, 그 좌우 트인 곳을 집어 올려 허리띠에 지르고는, 대도와 몽둥이를 들고 떡 버티고 서서 모여 있었다. 여동이 방에 돌아와 그 상황을 알리자 스에미치는 매우 난처해했다.

이 스에미치는 원래 사려가 깊고,[4] 힘도 무척이나 셌는데, 여기서 결단을 내렸다. '이렇게 된 이상 어쩔 수 없다. 이것도 무언가의 운명이다. 날이 새더라도[5] 어쨌든 이대로 이 방에 꼼짝 않고 있다가, 혹 끌어내려고 오는 자가

---

2 *공가公家·무가武家에서 잡용을 담당하던 소년.
3 주인도 스에미치가 왕래하는 것을 불쾌하게 생각하고 있었던 것.
4 굳세고 용맹한 자나 뛰어난 재주를 가진 병사의 성정性情을 나타내는 상투적 표현임.
5 날이 새기 전에 남자가 여자 곁을 떠나는 것이 당시의 상식이었음. 지금은 비상사태이기에 어쩔 수 없이 스

있으면 그놈과 한번 맞붙어 싸우다 죽자. 그것은 그렇다 치더라도 날이 새고 나면 바로 나라는 것이 알려질 텐데, 그렇게 되면, 그렇게 쉽게 나에게 손대지 못할 것이야. 그때에 종자들을 부르러 보내 그들과 같이 나가기로 하자.' 이렇게 생각했지만,

'아니 가만 있자, 그 동자가 아무것도 모르고 새벽녘에 와 문을 두드리면, 그 무리들이 내 종자인 소사인이라 알아차리고 붙잡아 가둘지도 몰라.'
라는 생각이 들자, 그놈이 불쌍하게 생각되었다. 여자아이에게 '왔는지, 안 왔는지' 상황을 살펴보게 했는데, 시侍들이 여동에게 거칠게 욕을 하여, 여동은 눈물을 흘리며 돌아와 한쪽구석에 웅크리고 앉아 버렸다.

그러는 사이 새벽녘이 되었다. 그 아이가 어떻게 들어왔는지 마당에 들어온 것을 시侍들이 발견하고는 "거기 동자, 너는 누구냐?"라고 물었다. 스에미치는 그 소리를 듣고 '어설픈 대답을 하겠지.'라고 생각하고 있었는데, 동자가 "독경讀經하시는 스님을 수행하는 동자입니다."라고 자신을 밝히는 것 같았다. 시侍들은 "그럼 됐다."라고 통과시켜 주었다. 스에미치는

'저 녀석, 제법 대답을 잘하는군. 하지만 이 방에 와서, 항상 불러내던 시녀의 이름을 부르면 어떡하나.'
라며 그것을 또 걱정하고 있는데, 방에도 들르지 않고 그대로 지나쳐 갔다. 스에미치는

'그렇다면, 이 동자가 상황을 파악했구나. 그렇다면, 저 녀석 보통 녀석이 아닌 만큼, 이런 상황에서도 무언가 좋은 빙책을 낼지도 모르겠군.'
이라고 생각하였다. 스에미치는 동자의 의도를 잘 알고 있기에 이런 생각을 하면서 기다리고 있는데, 대로 쪽에서 여동의 비명소리가 들려 "노상강

에미치는 대결을 하려고 생각한 것임.

도야, 살인자야."라고 외쳤다. 그 소리를 듣자마자 감시를 하고 있던 시侍들이, "그놈 잡아라." "그건 누워서 떡 먹기지."라고 제각기 말하며 전부 뛰쳐나갔다. 시侍들은 문을 열 틈도 없이 무너진 토담으로 달려 나가 "어디로 갔지?"라며 큰 소동을 벌이며 찾아다녔다. 이때 스에미치는 '이건 그 동자가 꾸민 것이다.'라고 알아차리고 방에서 뛰쳐나갔다. 시侍들이 문에는 자물쇠를 걸어 두었기에, 그곳은 걱정 없다고 생각하여, 토담이 무너진 곳에 몇 명인가 남아서 이것저것 이야기하고 있는 그 틈을 엿봐, 스에미치가 문 근처로 달려가, 자물쇠를 《비틀》[6]어 잡아당기니 자물쇠가 빠졌다.

문이 열리자마자 스에미치는 쏜살같이 달려, 네거리를 달리고 모퉁이를 돌아 달아나던 중, 동자가 뒤따라왔기에, 두 사람이 함께 1, 2정町[7] 정도 달려서 더 멀리 달아났다. 그곳에서부터는 평상시와 같이 걸어가면서 스에미치가 동자에게 "어떻게 한 거냐?"라고 물었다. 동자는

"평상시와 달리 어느 문이나 다 자물쇠가 걸려 있는데다가, 토담이 무너진 곳에 시侍들이 떡 하니 버티고 서서 엄하게 검문을 하고 있어 이상하게 생각했습니다. 그래서 '독경하시는 스님을 수행하는 동자입니다.'라고 신분을 밝혔는데, 안으로 들여보내 주기에 주인님께 제 목소리를 들려드렸습니다. 그리고 다시 밖으로 나가니 마침 그 저택에 일하는 여동이 대로에 웅크려서 대변을 보고 있기에, 그 머리카락을 확 잡아당겨 넘어뜨리고 옷을 벗겨 빼앗았더니, 큰 소리를 질러댔는데 그 소리에 시侍들이 뛰어나와서, 이젠 필시 그 저택을 탈출하셨으리라 생각하고, 여자아이를 내동댕이치고 이쪽으로 달려와 뒤따른 것입니다."

라고 말했다. 그래서 스에미치는 동자를 데리고 집으로 돌아갔다.

---

6   한자의 명기를 기한 의도적 결자. 「우지 습유宇治拾遺」를 참조하여 보충함.

7   1정町은 약 110m.

아직 어린아이인데도 이와 같이 현명한 녀석은 참으로 보기 힘들다.

이 스에미치는 무쓰陸奧 전사前司 노리미쓰則光[8]의 아들이다. 이 남자도[9] 대단히 대담하고 힘이 셌기 때문에, 이처럼 위기에서 벗어날 수 있었던 것이라고 이렇게 이야기로 전하여 내려오고 있다 한다.

---

8   → 인명(다치바나노 노리미쓰橘則光).
9   앞 이야기의 노리미쓰 품행에 입각하여 '스에미치도 또한'이라고 한 것임.

駿河前司橘季通構逃語第十六
するがのぜんじたちばなのすゑみちことをかまへてにぐることだいじふろく

今昔、駿河前司 橘季通ト云人有キ。其人若カリケル
時、参仕マツル所ニモ非ヌ止事無キ処ニ有ケル女房ヲ語テ、
忍テ通ケルヲ、其所ニ有ケル侍共、生々ノ六位ナドノ有リケル
ガ、「此ノ殿ノ人ニモ非ヌ者ノ、宵暁ニ殿内ヨリ出入スル
ヲ、極テ無愛也。去来此レ立籠テ罸ム」ト集テ云合セケルヲ、季
通然ル事ヲモ不知シテ、前々ノ如ク小舎人童一人許ヲ具シテ、
歩ヨリ行テ、忍テ局ニ入ニケリ。

童ヲバ、「暁ニ迎ヘニ来
レ」ト云テ、返シ遣リツ。

然ル間、此ノ罸ムト為ル者共、伺ハムトシケル程ニ、「例
ノ主来テ、既ニ局ニ入ヌル」ト告廻シテ、此方彼方ノ門共
差シテケリ。鎰ヲバ取置テ、侍共皆曳杖シテ、築垣ノ崩ナ
ドノ有ル所ニ立塞ガリテ護リケルヲ、其ノ局ニ有ケル女童部、

此ノ気色ヲ見テ主ノ女房ニ告ケレバ、女房モ聞キ驚テ季通ニ
告ケレバ、季通モ臥タリケルガ、此ヲ聞テ起テ打着テ、「奇
異」ト思居タリケリ。女房ハ、「上ニ参リテ尋ネ」ト云テ、
参テ尋ケレバ、「侍共ノ心合テ為ルトヤ云ヘ作、其ノ家ノ男主
モ虚不知シテ有事也ケリ」ト聞得テ、女房可為キ様モ無テ、
局ニ返リ下テ泣居タリ。「猛キ態カナ。恥ヲ見テムズル事」
ト思ヘドモ、可逃キ様モ無クテ、女房ノ童部ヲ出シテ、「出
テ可行ク隙ヤ有ル」ト見セケレドモ、然様ナル所ニハ、侍
共ノ四五人ヅヽ、袴ノ挟ヲ上ゲ、喬ヲ交ミテ、太刀ヲ提、杖
ヲ突ツ、立並タリケル。女童部返リ入テ此由ヲ云ケレバ、季
通歎キ思フ事無限リ。

此ノ季通思量リ賢カナドゾ極ク強カリケルニ、思ケル様、
「今ハ何ガセム。此ヲ可然キ事也。只、夜ハ明クトモ、此ノ
局ニ居テコソハ曳出来ム者共ニ取合テ死ナメ。然リトモ夜明
テ後ニハ我ト知リナム、此モ彼モ否不為ジ物ヲ。然ラン程ニ、
従者共呼ビニ遣テコソハ出テ行カメ」ト、「但シ此童ノ、心

モ不得デ暁ニ来テ門叩カバ、『我ガ小舎人童ゾ』ト心得テ、捕テ被縛ヤセンズラン」。其ヲ不便ニ思ヘケル。然レバ女ノ童部ヲ出シテ、「若シヤ来ル」ト伺ハセケルヲモ、侍共ノ半無ク云デケレバ、泣ツ、返テ屈リ居リ。

然ル程暁方ニ成ニケリ。此ノ童何ニシテカ入ツラン、入来ルヲ、侍共気色取テ、「彼ノ童ハ誰ゾ」ト問ヘバ、季通、此レヲ聞テ、「悪ク答ヘテムズ」ト思ヒ居タル程ニ、童、「御読経ノ僧ノ童子ニ侍リ」ト名乗ル也。「然ナリ」トテ過ギツ。「賢ク答ヘツル奴カナ。局ニ来テ例ブ女ノ名ヲヤ呼バムズラン」ト、其レヲ亦思ヒ居タル程ニ、局ヘモ不寄来デ過テ行ヌレバ、季通、「此ノ童、心得テケリ。然ダニ心得テバ、ウルセキ奴ゾカシ、然レドモ、謀ル事ハ有ラム」ト、童ノ心ヲ知レバ、思ヒ居タル程ニ、大路ニ女ノ童ニテ「引剣ノ侍有ニ。人殺スヤト叫ブナリ。其音ヲ聞テ、此事ニ立ル侍共「彼、搦メヨ」ト、「ケシクハ非ジ」ト云テ、皆乍ラ走リ懸リテ、門ヲモ否不開敢ズ、崩ヨリ走リ出テ、「何方へ去ヌルゾ」ナド尋騒グ

程ニ、季通、「此レハ此ノ童為ル事ヨ」ト思ケレバ、走リ出テ見ルニ、門ヲバ鑰差タレバ不疑ズシテ、崩ノ許ニ少々ハ留リテ、此彼云フ程ニ、季通門ノ許ニ走リ寄テ、門ノ鑰ヲ□テ引ケレバ、引抜テケリ。

門ヲ開クマヽニ走リ延テ辻ニ折ツ、程ニゾ、童ハ走リ合テ、具シテ二三町許走リ延ビニケレバ、例ノ様ニ、童ノ歩テ、季通童ニ、「何トシタリツル事ゾ」ト問ケレバ、童ノ云ク、「御門共ハ例ニ非ズ被差テ候ツルニ合セテ、崩ニ侍共ノ立ガリテ蜜気ニ尋問ヒ候ツレバ、怪ク思ヘテ、其ニテモ、『御経読僧ノ童子也』ト名乗テ候ツレバ、入テ候ツレバ、音ヲ被聞奉テ後、返テ出テ、此ノ殿ニ候フ

土塀の崩れ（年中行事絵巻）

女童ノ大路ニ屎ニ居テ候ツルヲ、シヤ髪ヲ取テ打臥セテ、衣ヲ剝候ツレバ、叫ビ候ツル童ニ付テ、侍共ノ出來リ候ツレバ、『今ハ然リトモ出サセ給ヌラム』ト思給テ、打棄テ此方樣ニ參合候ツル也」ト云テ、具シテ返ニケル。

童部ナレドモ此ク賢ク奴ハ難有キ者也。

此ノ季通ハ陸奥前司則光朝臣ノ子也。此モ心太ク力有ケレバ、此クモ逃也、トナン語リ傳タル也。

오와리 지방尾張國 여자가
미노노기쓰네美濃狐를 굴복시킨 이야기

간고지元興寺의 도조道場 법사의 자손인 오와리 지방尾張國의 왜소한 여자가, 힘이 세고 덩치가 큰 여자인 미노노기쓰네美濃狐가 오가와小川 시장에서 물건을 강탈한다는 이야기를 듣고, 대합조개를 배에 싣고 현지로 가서, 미노노기쓰네를 유인하여, 채찍으로 때려눕힌 끝에 개심改心시킨 이야기. 한 사람은 뇌신雷神의 혈통을 잇고, 다른 한 사람은 여우 핏줄로 연결된다. 둘 다 이류異類의 피를 이어받아 대력大力을 지닌 자들로, 양자의 대결은 뇌신 측의 승리로 끝난다. 왜소한 여자와 덩치 큰 여자가 대조적으로 그려져 있다.

이제는 옛이야기이지만, 쇼무聖武[1] 천황 치세에 미노 지방美濃國[2] 가타가타 군方縣郡[3]의 오가와小川[4] 시장市場에 대단히 힘이 센 여자가 있었다. 덩치가 매우 크고[5] 그 이름을 미노노기쓰네美濃狐[6]라 했다. 이 여자는, 옛날 이 지방에 여우를 마누라로 삼은 사람이 있었는데, 그 4대째 자손이며, 그 힘이 매

---

1 → 인명. 재위는 신귀神龜 원년(724)~천평승보天平勝寶 원년(749).
2 → 옛 지방명.
3 현재의 기후 현岐阜縣 이나바 군稻葉郡과 모토스 군本巢郡에 걸친 지역.
4 미상.
5 거대했다는 것은 뒤에 나오는 도조道場 법사의 손녀가 왜소했다는 것과 대조적임.
6 미노 지방 기쓰네노아타에狐直 일족一族의 여자였던 것에서 비롯된 것임. 기쓰네노아타에의 유래담은 『일본영이기日本靈異記』 상권 제2화 참조.

우 세서 백 사람의 힘과 맞먹을 정도였다. 그런데 이 여자는 그 오가와 시장에 살면서, 자신의 힘만 믿고 왕래하는 상인에게 폭력을 행사하고 가진 물건들을 강탈하는 것을 일삼았다.

또 그 당시 오와리 지방尾張國[7] 아이치 군愛智郡[8] 가타와 향片輪鄕[9]에 힘이 센 여자가 있었는데, 몸이 왜소하였다. 이 여자는, 옛날 이 지방에 있던 간고지 元興寺[10]의 승려 도조道場[11] 법사라는 자의 자손이었다. 이 여자는, 그 미노노기쓰네가 오가와 시장에서 사람들에게 폭력을 행사하여 상인들의 물건을 강탈한다는 소리를 듣고 그 상황을 한번 살펴보려고, 대합조개 오십 석石[12]을 배에 싣고서 그 시장에《정박》[13]했다. 그 밖에 큰 칡껍질을 벗겨서 만든 채찍 스무 개를 미리 준비해서 배에 실었다.

오와리의 여자가 시장에 도착하자, 미노노기쓰네가 나와서 배의 대합조개를 모조리 압수하여 팔지 못하게 했다. 그러고는 미노노기쓰네가 오와리의 여자에게 "너는 어디서 온 여자냐?"라고 물었다. 오와리 여자는 잠자코 아무 대답도 하지 않았다. 미노노기쓰네가 재차 물었지만 여전히 대답을 하지 않았다. 결국 네 번이나 묻자, 오와리 여자가 "어디서 왔는지 그런 건 몰라요."라고 대답했다. 미노노기쓰네는 이 말을 듣고, '무례하기 짝이 없구나,'라고 생각하여 오와리의 여자를 때리려고 다가서는 순간, 오와리의 여자는 기다렸다는 듯이 그 휘두르는 양손을 붙잡고, 배에 있던 칡껍질로 만든 채찍을 하나 꺼내어 마구 후려쳤다. 그러자 그 채찍에 살점이 묻어났다.

---

7 → 옛 지방명.
8 아이치 군愛智郡. 현재의 나고야 시名古屋市 주변.
9 현재의 나고야 시 중구中區 후루와타리 정古渡町 부근으로 추정.
10 여기서는 본 간고지本元興寺(→ 사찰명)를 가리킴.
11 → 인명.
12 한 석은 열 되. 약 180ℓ임.
13 한자의 명기를 위한 의도적 결자. 『영이기』를 참조하여 보충.

그리고 또 다른 채찍을 꺼내 와 때리니 그 채찍에도 살점이 묻어났다. 이렇게 연달아 열 개의 채찍으로 때렸는데, 그것에 모두 살점이 묻어났다. 그때, 미노노기쓰네가 "당신이 이렇게 하시는 것도 당연합니다. 제가 정말 잘못했습니다. 정말로 송구합니다."라고 말했다. 그러자 오와리 여자가

"너는 지금부터 이 시장에 살며 사람을 괴롭히는 일은 영원히 그만둬라. 만일 내 말을 어기고 이 이후로도 이곳에 살려고 한다면, 내가 반드시 와서 너를 때려죽일 테다."

라고 말하고 자기 고향으로 되돌아갔다.

그 이후, 미노노기쓰네는 그 시장에 가지 않았고 남의 물건을 강탈하는 일도 없었다. 그래서 시장 사람들은 모두 이를 기뻐하였고, 그 시장은 무사 평온하게 후세까지 교역이 계속 행해졌다. 그리고 오와리 여자의 힘이 미노노기쓰네보다 뛰어나다는 것을 모든 사람이 알게 되었다고 이렇게 이야기로 전하여 내려오고 있다 한다.

尾張国女伏美濃狐語第十七
をはりのくにのをむなみののきつねをふくすることだいじふしち

今昔、聖武天皇ノ御代、美濃国ノ方県ノ郡ノ小川ノ市ニ、其ノ形チ甚ダ大キ也。名ヲバ美濃狐ト云ケル。此レハ昔シ、彼ノ国ニ狐ヲ妻トシタル人有ケリ。其ノ四継ノ孫也ケリ。其レガ四継ノ孫也ケリ。然ル間、此ノ女彼ノ小川ノ市ノ内ニ住テ、自ラ力ヲ極テ強キ女有リケリ。其ノ形チ甚ダ大キ也。名ヲバ美濃狐ト云ケル。此レハ昔シ、彼ノ国ニ狐ヲ妻トシタル人有ケリ。其ノ女、力ノ強キ、人ノ力百人ニ当リケリ。然ル間、此ノ女彼ノ小川ノ市ノ内ニ住テ、自ラ力ヲ

憑テ住還テ商人ヲ捘躒シテ、其ノ物ヲ奪取ヲ以テ業トシケリ。亦其ノ時ニ、尾張国愛智ノ郡片輪ノ郷ニ力強キ女有ケリ。其ノ形チ小カリケリ。此レハ、昔シ其ノ国ニ有ケル道場法師ト云ケル者ハ、元興寺ノ僧也、其レガ孫也。其ノ女、彼ノ美濃狐ガ小川ノ市ニシテ、人ヲ捘躒シテ商人ノ物ヲ奪取ル由ヲ聞テ、試ム思テ、蛤五十石ヲ船ニ積テ、彼ノ市ニ□ル。亦物ハ熊葛ノ練鞭二十段也。儲ケ調ヘテ船副納メケリ。

既ニ市ニ至ケルニ、美濃狐有テ、彼ノ蛤皆抑取テ不令売ズ。然テ美濃狐、尾張ノ女云、「汝ヂ何ニヨリ来レル女ゾ」ト。尾張ノ女答フル事無シ。美濃狐亦重テ問フニ、不答ヘ。

遂ニ四度問フニ、尾張ノ女答ヘテ云、「我レ来レル方ヲ不知」ト。其ノ時美濃狐、此ノ言ヲ、「便無シ」ト思テ、尾張ノ女ヲ罰ムトシテ立寄ルニ、尾張ノ女美濃狐ガ罰ムト為ル其ノ二ノ手ヲ待捕ヘテ、此ノ熊葛ノ鞭ヲ一ツヅ返ス罰ツニ、其ノ鞭一ツヲ取テ罰ツニ、鞭ニ肉付タリ。亦鞭一ツヲ取テ罰ツニ、鞭ニ肉付タリ。十段ノ鞭ヲ罰ツニ随テ皆肉付タリ。其ノ時ニ美濃狐申サク、「理也。

我レ大キニ犯セリ。怖ルヽ所也」ト。尾張ノ女ノ云ク、「汝ヂ此ヨリ後ニ、永ク、此ノ市ニ住テ人ヲ悩マス事ヲ止メヨ。若シ不用シテ尚住マバ、我ニ遂ニ来テ、汝ヲ可罸殺」ト云テ、本国ニ返ニケリ。

其後、美濃狐其市ニ不行シテ、人ノ物ヲ不奪取ラ。然レバ市ノ人皆喜ビトシテ平カニ交易シテ世ヲ継テ不絶ヘ。亦尾張ノ女美濃狐ニ力増レル事皆人知ニケリ、トナム語リ伝ヘタルトヤ。

오와리 지방尾張國 여자가
손수 만든 삼베옷細疊을 되찾은 이야기

앞 이야기에 이어서, 도조道場 법사 자손인 여자가 힘이 세다는 이야기를 전하는 강력 담強力譚이다. 이 이야기는 전후 두 가지 에피소드로 구성되어 있다. 전반부는, 여자가 대령인 남편에게 손수 짜서 아름답게 옷을 입혔는데, 그 옷을 국사國司에게 강탈당했 다는 말을 듣고 화가 나서 국사의 저택에 쳐들어가 괴력을 발휘하여 국사를 떨게 만들 고 옷을 되찾은 이야기. 후반부는, 국사의 보복을 두려워한 남편에게 이혼을 당한 여자 가, 구사쓰 강草津川에서 빨래를 하던 중 지나가던 선주船主에게 놀림을 받아 화가 나 서 사람 500명분의 힘으로 배를 육지로 끌어올려 선주에게 사죄를 받아낸 이야기이다.

이제는 옛이야기이지만, 쇼무聖武[1] 천황 치세 때 오와리 지방尾張國[2] 나카 시마 군中島郡[3]에 오와리노 구사카리尾張久坂利[4]라는 남자가 있어 그 군의 대 령大領[5]이다. 그의 처는 같은 지방의 아이치 군愛智郡[6] 가타와 향片輪郷[7] 사람

---

1 → 인명.
2 → 옛 지방명.
3 현재의 아이치 현愛知懸 나카시마 군中島郡.
4 미상. 오와리尾張씨는 상대上代 씨족의 하나임.
5 한 군郡의 장관長官. 소재지의 유력자가 부임되었음.
6 현재의 나고야 시名古屋市 주변.
7 현재의 나고야 시 중구中區 후루와타리 정古渡町 부근으로 추정.

으로 도조道場[8] 법사의 자손이었다. 이 여자는 자태가 단아하여[9] 마치 명주 실을 꼬아서 만든 것 같았다. 그런데 이 여자가 손수 삼베를 짜서 남편인 대령에게 옷을 입혔다. 그 손수 만든 천은 아름답고 더할 나위 없이 훌륭하였다.

당시 이 지방의 국사國司로 와카사쿠라베노若櫻部 □□[10]라는 자가 있었는데, 국사로서 재임 중 이 대령의 옷이 아름답고 훌륭한 것을 보고는, 그 옷을 빼앗고 대령에게 "이건 자네에게 어울리지 않아."라며 되돌려주지 않았다. 대령이 집에 돌아오자, 그 모습을 본 처가 "당신, 옷은 어떻게 하신 거예요?"라고 물었다. 대령이 "실은 국사가 이러 이렇게 말하고 빼앗아 버렸소."라고 말하자, 아내는 또 "당신은 정말로 그 옷이 아깝다고 생각하십니까."라고 물었다. 대령이 "참으로 아깝소."라고 대답하자, 아내는 즉시 국사의 저택에 찾아가 "그 옷을 되돌려 주세요."라고 돌려줄 것을 요청했다. 하지만 국사는 "너는 어디서 온 여자냐? 빨리 쫓아내거라."라고 명했다. 그래서 종자從者들이 나와 여자를 붙잡아 끌어당겼는데, 꼼짝도 하지 않았다. 이때 여자가 두 손가락만으로 국사를 자리에 앉힌 채 집어 올려 국청國廳의 문밖으로 들고 나가 옷을 돌려줄 것을 요청했다. 국사는 완전히 기가 죽어 옷을 되돌려 주었다. 여자는 그 옷을 받아와 물에 깨끗이 빨아 넣어 두었다.

이 여자가 힘이 센 것은 이루 말할 수조차 없었다. 오죽吳竹[11]을 손으로 눌러 부러뜨리는 일은 마치 누인 명주실을 손에 쥐는 듯하였다. 그러다가 이를 본 대령의 부모가 대령에게

---

8 → 인명.
9 외모와는 대조적으로 실은 괴력의 소유자임.
10 국사國司 와카사쿠라베노若櫻部 아무개의 이름 명기를 위한 의도적 결자임. 해당자 미상. 참고로 와카사쿠라베 씨는 상대 씨족의 하나임.
11 담죽淡竹의 일종. 오吳 나라에서 전래된 것에서 유래된 호칭.

"네가 처로 인해 국사의 원한을 사서 처벌을 받지나 않을까 생각하니 정말로 두렵구나. 우리들을 위해서도 좋지 않다. 그러니 마누라와 인연을 끊고 처가로 돌려보내거라."

라고 말했다. 대령은 부모가 명하는 대로 처를 처가로 돌려보냈다.

그래서 처는 고향¹²으로 돌아가, 구사쓰 강草津川¹³의 선착장에 가서 빨래를 하고 있었다. 그런데 상인商人이 배에 풀을 싣고 그 앞을 지나가며 자꾸 조롱하고 매우 괴롭혔다. 여자는 잠시 동안은 아무 대꾸도 하지 않은 채 잠자코 있었는데, 선주船主인 남자가 그래도 계속 조롱하기에, 여자가 "사람을 바보 취급하는 자는 낯짝을 세게 때려줄 테다." 하고 응수 했다. 이를 들은 선주가 배를 세우고 여자를 때렸다. 여자는 그를 나무라지 않고 태연히 손으로 배의 한쪽을 쳤다. 그러자 배가 선미船尾 쪽부터 물속으로 가라앉았다. 선주는 선착장 인근의 사람을 고용하여 짐을 육상으로 올리고 또 배를 닸다. 그러자 여자가

"나에게 무례한 짓을 하였으니 배를 육지로 끌어올려 주마. 무슨 연유로 여럿이 함께 나를 괴롭히고 바보 취급을 하는 것이냐?"

라고 말하며 짐을 실은 배를 또 1정¹⁴ 정도 육지로 끌어당겨 올려놓았다. 이를 본 선주는 여자에게 무릎을 꿇고 "당신이 맞습니다. 제가 정말로 나쁜 짓을 했습니다."라고 사죄하였기에 여자는 용서해 주었다.

그 후 이 여자의 힘이 어느 정도인지 알아보기 위해 그 배를 오백 명에게 끌게 하였는데, 꼼짝도 하지 않았다. 이로서 이 여자의 힘이 오백 명¹⁵보다

---

12 가타와 향片輪鄕을 가리킴.
13 미상.
14 1정은 약 110m.
15 앞 이야기에 의하면 미노노기쓰네美濃狐는 백 명의 힘. 이 도조道場 법사의 자손인 여자는 오백 명 이상의 힘이었던 셈임.

세다는 것을 알게 되었다.

이를 보고 들은 사람들은 불가사의한 일이라 여기며, "전세에 어떠한 인연이 있었기에 현세에 여자의 몸이면서 이렇게 힘이 세단 말인가."라고 서로 이야기했다고 이렇게 이야기로 전하여 내려오고 있다 한다.

尾張国女取返細畳語第十八

今昔、聖武天皇ノ御代ニ、尾張ノ国ノ中島ノ郡ニ、尾張ノ久坂ノ利ト云者有ケリ。其ノ郡ノ大領也。妻ハ同国ノ愛智郡ノ片輪郷ノ人、此レ道場法師ノ孫也。其女形チ柔媄ナル事練糸ヲ繚ルガ如シ。而ルニ、此ノ女麻ノ細畳ヲ織テ、夫ノ大領ニ着タリケリ。其ノ細畳直クシテ、微妙事弁无シ。

其時ニ其国ノ司有リケリ。若桜部ノ□ト云フ。国ノ司トシテ有ル間、此大領ガ着タル衣ノ直シク微妙ヲ見テ、其ノ衣ヲ取テ大領ニ云ク、「此レ汝ガ着物ニ不能」ト云テ、返シ不与ヘ。大領家ニ返ダルニ、妻問テ云ク、「何ノ故ニ汝ガ衣ハ無キゾ」ト。大領答テ云ク、「国司ノ然々云テ取レル也」。妻亦問テ云ク、「汝ヂ、彼ノ衣ヲバ心ニ惜トヤ思フ」。大領ガ云ク、「甚ダ惜シ」ト。妻此ヲ聞テ、即、国司ノ許ニ行テ、「其ノ衣給ヘ」ト乞フニ、国司ノ云ク、「此レ何ナル女ノ。速ニ追ヒ出ヨ」ト。然レバ人来テ女ヲ取テ引クニ、塵許モ不動。其ノ時ニ女、二ノ指ヲ以テ、国司ヲ取テ床ニ居ヘ乍ラ国府ノ門ノ外ニ将出テ、衣ヲ乞フ。国司恐テ衣ヲ返シ与ツ。

女衣ヲ取テ濯浄メ置ツ。此ノ女力強キ事人ニ不似。呉竹ヲ取砕ク事練糸ヲ取ルガ如シ。而ル間、大領ガ父母此ヲ見テ、大領ニ云ク、「此妻ニ依テ国司怨ノ思ヒ、事ヲ行レム」ト、「大キニ恐レ可有シ。

我等ガ為ニモ不吉也。然レバ此ノ妻ヲ送テヨ」ト。大領父母

ノ教ヘニ随テ、妻ヲ送リツ。

妻本ノ郷ノ草津川ト云川ノ津ニ行テ衣ヲ洗フ時ニ、商人船

ニ草ヲ積テ、其船乗テ過グトテ、此ヲ嘲テ頗ル煩ス。女

暫ク物不云ハ、船主尚云懸ルニ、女ノ云ク、「人ヲ犯サン

トセム者ハシヤ煩痛ク被打ナン」ト。船主此ヲ聞テ船ヲ留

メテ女ヲ打ツ。女此ヲ不咎シテ、船ノ半ノ方ヲ打ツ。舳ノ方

ヨリ水ニ入ヌ。船主津辺ノ人ヲ雇テ船ノ物ヲ取上テ、亦船

ニ乗ル。其時女ノ云ク、「礼無キガ故ニ船ヲ引居テ。何ノ

故ニ諸ノ人我ヲ拶ジ蔑ルゾ」ト云テ、女船主ノ荷載物ヲ、亦

一町許程引上テ居ツ。其ノ時ニ船主女ニ向テ跪テ云ク、

「我レ大ニ犯セリ。然レバ女免シテケリ。

其ノ後、其女ノ力ヲ試ムガ為ニ、船ヲ五百人ヲ以テ令引

ルニ、不動カ。此ヲ以テ知ヌ、彼ノ女ノ力五百人ノ力ニ勝タ

リト云事ヲ。

此ヲ見聞人、奇異也思ニ、「前世ニ何ナル事有テ此ノ世ニ

女ノ身トシテ此ク力有ン」トゾ人云ヒケル、トナン語リ伝タル

トヤ。

372

히에이 산比叡山의 지쓰인實因 승도僧都가 힘이 셌다는 이야기

히에이 산比叡山 서탑西塔의 지쓰인實因 승도僧都는, 기지개를 펴는 순간 열 개의 발가락 사이에 끼워둔 호두를 모두 부술 정도의 괴력의 소유자였는데, 어느 날 밤 궁중 수법修法에서 돌아오는 도중에 도둑에게 습격을 당했으나 그 도적을 붙잡아, 그의 등에 탄 채로 괴력을 조금 사용하며 혼을 내주고 밤새도록 교토 장안을 이곳저곳 거닐게 하고는 새벽녘에 놓아준 이야기. 지쓰인 승도를 습격한 도적의 오산誤算과 승도가 부과한 진묘珍妙한 체벌이 익살스러워, 유머 넘치는 이야기가 되었다.

이제는 옛이야기이지만, 히에이 산比叡山 서탑西塔[1]에 지쓰인實因[2] 승도僧都라는 사람이 있었다. 다들 고마쓰小松 승도라고 불렀다. 현밀顯密[3] 양쪽 다 능한 분이셨고, 게다가 힘이 매우 센 사람이었다.

어느 날 승도가 낮잠을 자고 있을 때, 젊은 제자들이 스승의 힘이 세다는 평판을 듣고, 한 번 시험해 보려고 호두를 가져와 승도의 열 개 발가락 사이에 여덟 개를 끼워 넣었다. 승도는 자는 척하고 있었을 뿐이었기에, 호두를 끼워 넣는 그들을 가만 놔두고서는, 기지개를 펴듯이 '웅' 하고 소리를 내며

---

1 → 사찰명.
2 → 인명.
3 → 불교, 현교顯敎 · 밀교密敎.

발가락에 힘을 넣자, 여덟 개의 호두가 모두 한꺼번에 와자작 하고 부서져 버렸다.

그 후 내리內裏에서 수법修法[4]이 행해졌을 때, 승도는 천황[5]의 가지加持[6]기도를 위해 입궐을 했는데, 반승伴僧[7]들이 궁중에서 모두 퇴궐했다. 승도는 잠시 그 장소에 머물러 있다가 밤이 깊어진 후 퇴궐하였다. 승도는 '종승從僧이나 동자童子가 기다리고 있겠지.'라고 생각했으나, 신발만이 놓여 있고 아무도 없어, 혼자 위문부衛門府[8]의 시侍 대기소 옆을 지나 걸어가고 있었다. 달이 무척 밝아서 무덕전武德殿[9] 쪽으로 걸어가는데, 가벼운 옷차림을 한 남자 한 명이 다가와 승도를 향해, "어째서 혼자 가십니까? 업어드리겠습니다. 제가 업어서 모시겠습니다."라고 말했다. 승도는 "그것 참 고맙구나."라며 가벼운 마음으로 업혔는데, 남자는 승도를 등에 업은 채, 서대궁西大宮 대로와 이조二條 대로의 교차로까지 달려가서 "여기서 내리십시오."라고 말했다. 승도가 "나는 여기에 올 생각이 전혀 아니었네. 단소壇所[10]에 가려고 했었네."라고 말하자, 이 남자는 승도가 매우 힘이 센 사람인 줄도 모르고, 그저 '옷을 두껍게 껴입은 승려로군.'이라고만 생각해 '이 옷을 빼앗고 말겠다.'라는 꿍꿍이속이었기에, 몸을 거칠게 흔들고 언성을 높여

"내리고 싶지 않다니 무슨 말이냐? 어이, 스님. 목숨이 아깝지 않나 보군? 그 입고 있는 옷을 어서 벗어 넘겨라."

---

4   궁중에서의 가지기도加持祈禱.
5   지쓰인實因 승도 시대라고 한다면, → 인명(이치조인 一條院).
6   → 불교.
7   바로 밑의 종승從僧과 같은 뜻임. 수행隨行하는 승려.
8   여기서는 의추문宜秋門 부근에 있었던 우위문부右衛門府의 진陣(대기소)으로, 의추문의 별명이기도 함(『대내리초大內裏抄』, 『장중력掌中歷』 참조).
9   대내리大內裏 중, 의추문 서쪽에 엔노마쓰바라宴の松原를 사이에 두고 소재하였음. 천황이 각 지방에서 헌상된 말들을 살펴보거나, 기사騎射ㆍ경마競馬 등을 관람觀覽한 곳임. 궁장전弓場殿, 사장전射場殿이라고도 함.
10 수법修法의 단壇을 쌓아 놓은 곳. 진언원眞言院 내에 설치되어 있었던 것으로 추정.

라며 승도를 내려놓으려 했다. 승도가

"거참, 이럴 줄 몰랐네. 혼자서 걷고 있는 내 모습을 보고 불쌍하다고 여겨 업어준 것이라고만 생각했네만. 이렇게 추운데 옷을 벗을 수야 없지."

라고 하며 남자의 허리를 다리로 꽉 조였다. 마치 허리를 대도大刀로 자르는 듯한 고통을 느끼고 견디다 못한 남자가

"정말 잘못했습니다. 당신께 나쁜 짓을 하려고 생각하다니 정말 제가 어리석었습니다. 당신께서 가시고자 하는 곳까지 모셔다 드리겠습니다. 제발 허리를 좀 풀어 주십시오. 눈알이 뛰어나오고 허리가 잘릴 것만 같습니다."

라며 견딜 수 없다는 목소리로 말했다. 그러자 승도는 "으음, 그렇게 말하는 것이 신상에 좋지."라고 하며 허리를 느슨하게 풀어 편안하게 해 주었다. 남자는 승도를 치켜올려 업고 "어디로 가시겠습니까?"라고 물었다. 승도가

"엔노마쓰바라宴の松原[11]에 가서 달구경을 하고자 했었는데, 자네가 니를 지나쳐 여기까지 업고 와 버렸으니, 우선 그곳에 데려가 달구경을 하게 해 주게."

라고 하여, 남자는 승도를 원래대로 엔노마쓰바라로 데려갔다.

그곳에 도착해 "자아, 내리십시오. 저는 여기서 돌아가겠습니다."라고 말했지만, 승도는 허락하지 않았고 여전히 업힌 채로 달을 바라보며, 시가를 읊조리거나 하며 시時[12]가 바뀔 때까지 서 있었다. 남자는 매우 괴로워하였는데, 승도가 "왠지 우근右近 마장馬場[13]에 가보고 싶군. 그곳에 데려다 주게."라고 말을 꺼냈기에, 남자는 "어떻게 그런 곳까지 갈 수 있겠습니까?"

---

11 의추문 밖의 소나무가 많이 서 있는 벌판松原으로, 소부료掃部寮의 남쪽, 진언원의 북쪽, 내선사內膳司의 서쪽에 있었음. 서쪽 방향에 무덕전武德殿이 있었음.

12 한 시一時는 약 2시간.

13 우근위부右近尉府의 마장馬場. 일조대궁一條大宮(대내리大內裏의 서북西北 구석, 일조一條 대로와 서대궁西大宮 대로가 교차하는 부근)에 있었음. 현재의 기타노텐만 궁北野天滿宮 동남 지구에 해당함.

라고 말하며 가려고 하지 않았다. 그러자 승도가 "그렇다면 한 번 더."라고 하며 허리를 좀 조여 올리니, "앗, 정말 못 참겠어요. 가겠습니다. 가겠습니다."라고 우는 소리로 말하기에, 또 조인 허리를 풀어 편안히 해 주었다. 그리하여 사내는 승도를 치켜올려 업고 우근 마장으로 데려갔다. 승도는 그곳에서도 남자에게 업힌 채 노래를 읊거나 하고, 그곳에서 다시 "희십喜辻[14] 마장馬場까지 계속 내려가자. 그곳으로 데려가 주게."라고 하기에, 남자는 싫다고 말을 꺼내지도 못하고 완전히 지친 모습으로 승도를 데려갔다. 그곳에서 또 시키는 대로 승도를 서궁西宮[15]으로 데려갔다. 남자는 이런 식으로 밤새도록 승도를 업고 걸어 새벽녘이 되어서야 가까스로 단소壇所에 데려다주고 남자는 달아났다.

남자는 옷을 얻었지만, 녀석은 정말 혼쭐이 났다. 이처럼 이 승도는 매우 힘이 셌다고 이렇게 이야기로 전하여 내려오고 있다 한다.

---

14 원문에는 "희십喜辻"으로 되어 있으나, '목십木辻'이 바른 명칭임. 목십 대로는 서경西京(우경右京) 동동원東洞院 대로의 별명으로, 그 대로변에 마장이 있었음.

15 현재의 교토 시京都市 나카교 구中京區 시조四條 온마에도리御前通 부근이라 함.

比叡山実因僧都強力語第十九

今昔、比叡山ノ西塔ニ実因僧都ト云人有ケリ。小松ノ僧都トゾ云ケル。顕蜜ノ道ニ付テ止事無カリケル人也。其レニ、極ク力有ル人ニテ有ケル。

僧都昼寝シタリケルニ、若キ弟子共、師ノ力有ル由ヲ聞テ試ンガ為ニ、胡桃ヲ取リ持来テ、僧都ノ足ノ指十ガ中ニ胡桃ハ八ヲ交ミタリケレバ、僧都ハ虚寝ヲシタケレバ、打任テ被交テ後、寝延ビヲ為ル様ニ打ウムメテ足ヲ交ミケレバ、八ツノ胡桃一度ニハラ〳〵ト砕ニケリ。

而ル間、天皇ノ、僧都内御修法行ヒケル時、御加持ニ参タリケルニ、伴僧共ハ皆通ニケリ。僧都ハ暫ク候テ夜打深更ル程ニ罷出ケルニ、「従僧童子ナドハ有ラム」ト思ケルニ、履物許ヲ置テ、従僧童子モ不見ヘザリケレバ、唯独リ衛門陳ヨリ歩ミ出ケルニ、月ノ極テ明カナレバ、軽カニ装ゾキタル男一人寄来テ、僧都ニ指向テ云ク、「何ゾ独ハ御マスゾ。被負サセ給へ。己レ負テ将奉ラン」ト云ケレバ、僧都、「糸吉カリナン」ト云テ、心安ク被負ニケレバ、男掻負テ西ノ大宮ニ二条ノ辻ニ走リ出テ、「此二下給へ」ト云ヘバ、僧都、「我ハ此ヘヤ来ムト思ツル。」ト云ケレバ、男然許力有ル人トモ不知ラ、「只有ル僧ノ衣厚ク着タルナリ」ト思テ、「衣ヲ剝ム」ト思ケレバ、麁カ

実因僧都逍遥関係図

二打振テ、音ヲ嗔ラカシテ、「何デカ不下シテハ云フゾ。和御房ハ命惜クハ無キカ。其着タル衣得サセヨ」ト云テ、立返ラムト為ルニ、僧都、「否ヤ。此クハ不思ザリツ。『我ガ独リ行クヲ見テ糸惜ガリテ負テ行カント為ルナメリ』トコソ思ヒツレ。寒キニ、衣ヲコソ否不脱マジケレ」ト云テ、男ノ腰ヲ交ミ切ラムト交ミタリケレバ、大□ナドヲ以テ腰ヲ交ミ切ラムガ如ク、男難堪ク思ヘケレバ、「極テ悪ク思ヒ候ヒケリ。錯申サムト思給ヘルガ愚ニ候ケル也。然ラバ御マスベカラム所ニ奉ラム。腰ヲ少シ緩ベサセ給ヘ。目抜ケ、腰切候ヌベシ」トテ、腰ナル音ヲ出シテ云ケレバ、僧都、「此コソ云ハメ」トテ、腰ヲ緩ベテ軽ク成テ被負タリケレバ、男負上テ、「何チ御マサムズル」ト問ヘバ、僧都、『「宴ノ松原ニ行テ月見ム」ト思ツルヲ、汝ガサカシクテ此ヘ負テ将来レバ、先ヅ其ニ将行テ月見セヨ」ト云ケレバ、男本ノ如クニ、宴ノ松原ニ将行ニケリ。其ニテ、「然ラバ下サセ給ヒネ。罷候ヒナ」ト云ヘドモ、尚不免シテ、被負乍ラ月詠メウソ吹テ、時賛マデ立テリ。男

侘ビ事無限リドモ、僧都、「右近ノ馬場コソ恋ケレ。其ヘ将行テ」ト云ヘバ、男、「何デカ然マデハ罷候ハム」ト云テ、只ニ居ルヲ、僧都、「然ラバ」トテ、小腰ヲ少シ交ニケレバ、「穴難堪キ。罷リ候ハン」ト侘ビ音ニ云ケレバ、亦腰ヲ緩ベテ軽ク成ニケレバ、負上テ右近ノ馬場ニ将行ニケリ。其ニテ亦被負乍、無期ニ歌詠メナンドシテ、其ヨリ亦「喜辻ノ馬場ニテ下様ニ永ク永ク遣ラム。其将行ケ」ト云ヘバ可辞クモ無ケレバ、侘テ亦将行ヌ。其ヨリ亦云随テ西宮ニ将行ヌ。如此クシツ、終夜被負ツ行テ、暁方ニゾ場所ニ将返テ去ニケリ。男衣ヲ得タレドモ、辛キ目ヲ見タル奴也カシ。此僧都ハ此クカ力ゾ極ク強カリケル、トナン語伝ヘタルトヤ。

히로사와廣澤의 간초寬朝 승정僧正이
힘이 셌다는 이야기

앞 이야기에 이어서 괴력무쌍怪力無雙한 승려의 에피소드. 히로사와廣澤의 간초寬朝
승정僧正이 닌나지仁和寺의 별당別當이었을 때에, 절 수리공사 현장을 시찰 중에, 강도
에게 습격을 받고 도둑의 엉덩이를 걷어찼더니, 도둑이 어디로 날아갔는지 행방불명
이 되고, 승려들이 찾아보니 공사를 위해 저 높이 쌓아올린 발판 나무 사이에 끼여 있
었다는 이야기. 앞 이야기와 마찬가지로 과장된 표현이 이 이야기를 경묘輕妙하고 유
머 넘치는 이야기로 만들고 있다. 이야기 말미에, 도둑에게 옷을 주고 훈계하여 풀어
준 깃은 권25 제7화와 마찬가지이나.

　

이제는 옛이야기이지만, 히로사와廣澤[1]라는 곳에 간초寬朝[2] 승정僧正이라
는 분이 계셨다. 이분은 보통사람이 아닌, 식부경 궁式部卿宮[3]의 아드님으로
진언眞言 교학敎學[4] 방면에 대단히 뛰어난 분이셨다.

　이분은 히로사와에 살고 계셨지만, 닌나지仁和寺[5]의 별당別當도 겸하고 계
셨는데, 그 절의 부서진 곳을 수리하기 위해 그곳에 발판을 짜고 많은 목수

1　→ 지명.
2　→ 인명.
3　→ 인명(아쓰미敦實 친왕親王). 일품一品 식부경式部卿 아쓰미 친왕을 가리킴.
4　진언眞言 밀법密法(→ 불교).
5　→ 사찰명.

들이 매일 와서 수리를 하고 있었다. 어느 날 날이 저물어 목수들이 모두 돌아간 후, 승정은 '오늘 목수가 얼마나 일을 진척시켰는지 보고 와야겠다.'라고 생각하시어, 옷에 허리끈을 묶고 굽 높은 게타下駄를 신고 지팡이를 짚으며, 혼자 그 절로 걸어가셨다. 승정은 짜놓은 발판 안을 둘러보고 계셨는데, 검은 복장을 한 남자가 에보시烏帽子[6]를 깊숙이 눌러 쓰고 저녁 무렵이라 얼굴은 또렷이 보이지 않았지만, 승정 앞에 와서 꿇어앉았다. 살펴보니, 칼을 뽑아 거꾸로 쥐고, 뒤에 숨기고 있었다. 승정이, "누군가. 자넨?" 하고 묻자, 남자는 한쪽 무릎을 꿇고서

"저는 신세가 처량한 자이옵니다. 추워서 견딜 수 없어 입고 계신 옷을 한두 벌 받을까 합니다."

라고 말하고는 그 말을 끝내기가 무섭게 달려들려고 하였다. 그러자 승정이

"그건 그리 어려운 일이 아니네. 정말 쉬운 일이지. 하지만 그렇게 무섭게 위협하지 말고, 그저 '주십시오.'라고 말하거라. 《괘씸하기 짝이 없는》[7] 심보를 가진 남자여."

라고 말한 채로, 뒤로 돌아가 남자의 엉덩이를 툭 찼더니, 그와 동시에 남자는 순식간에 보이지 않게 되었다.

승정은 이상하게 여기면서 천천히 승방[8]으로 걸어 가셨다. 승방이 가까워지자 큰소리로, "누구 없느냐?"라고 부르자, 승방에서 법사가 달려 나왔다. 승정이

"방에 가서 횃불을 밝혀 가시고 오너라. 지곳에서 내 옷을 뺏으려 한 남자가 갑자기 사라졌다. 그자를 찾으려고 하는 것이야. 법사들을 불러모아 오

---

6   옛날 성인식을 치른 남자가 쓰던 두건. 귀족은 평복에, 평민은 예복에도 평복에도 사용했음.
7   한자의 명기를 위한 의도적 결자. 「우지 습유宇治拾遺」 등을 참조하여 보충함.
8   간초의 승방.

너라."

라고 말하셨다. 이에 법사가 승방으로 다시 달려가서 "사승師僧께서 노상강
도를 만나셨다. 모두 빨리 나오시게."라고 외치자, 승방에 있던 법사들이 각
자 손에 횃불을 들고 칼을 차고 일곱 명, 여덟 명, 연이어 열 명이 우르르 뛰
쳐나왔다.

법사들이 승정이 서 계시는 곳으로 달려와서 "도둑은 어디에 있습니까?"
라고 물으니, 승정은

"이곳에 있던 도둑이 내 옷을 뺏으려고 했다네. 도둑이 옷을 벗길 때 혹시
나 몸에 상처라도 나면 안되지 싶어서, 도둑의 엉덩이를 그냥 툭 찼더니, 그
도둑 녀석, 차이자마자 갑자기 없어져 버렸다네. 아무래도 이상하도다. 어
서 불을 높이 치켜들고 어딘가에 숨어 있지는 않는지 찾아보아라."
라고 말씀하셨다. 법사들은 '참 이상한 것을 시키시는구나.'라고 서로 생가
히며, 횃불을 흔들면서 높이 치켜들고 발판 위쪽을 보니, 발판 나무 사이에
푹 끼여서 꼼짝달싹 못하는 남자가 있었다. 법사들이 그를 발견하고 "저기
에 사람이 보입니다. 저자가 아닙니까?"라고 물었다. 승정이 "그 녀석은 검
은 복장을 한 남자였다."라고 말씀하시기에, 여럿이 함께 발판에 올라가 보
니, 한 남자가 발판 나무 사이에 떨어져 끼여, 움직이지도 못 하고 매우 난
처해 보였다. 겨우 칼만은 아직 꼭 쥐고 있었다. 법사들이 다가가 칼을 빼앗
고 남자를 끄집어내어 밑으로 데리고 내려왔다.

승정은 남자를 데리고 승방으로 돌아오셔서, 남자에게

"노법사老法師라고 우습게 보면 안 되는 것인데 이런 짓을 저질러서 좋을
것이 없다. 앞으로는 이런 짓을 해서는 아니 된다."
라고 말씀하셨다. 그리고 입고 있던 두꺼운 솜옷을 벗어서 사내에게 주고
쫓아냈다. 그 후 남자의 행방은 알지 못했다.

이 승정은 대단히 힘이 센 분이셨다. 그 도둑은 승정에게 세게 차여 튕겨져서 발판에 떨어져 끼인 것이다. 승정이 이렇게 힘이 센 분인지도 모르고, 그 도둑은 옷을 뺏으려다가 차여 발판 사이에 들어가게 된 것이니, 사람들은 "필시 몸이 상했을 것이다."라고 이야기하였다.

최근 닌나지에 있는 승려들은 모두 이 간초 승정의 유파流派들이라고 이렇게 이야기로 전하여 내려오고 있다 한다.

広沢寛朝僧正強力語第二十

今昔、
広沢ト云所ニ寛朝僧正ト申ケル人ノ御子也。真言ノ道ニ止事

無カリケル人也。
人ニ非ズ、式部卿ノ宮ト申ケル人ノ御子也。此ノ凡

其ノ人ノ広沢ニ住給ケルニ、亦仁和寺ノ別当ニテモ御ケレバ、

彼ノ寺ノ壊タル所ニ、修理セントテ、麻柱ヲ結テ日毎ニ工共

数来テ修理シケルニ、日暮テ工共各返テ後、僧正、「エノ

今日ノ所作ハ何カ許シタルト見ム」ト思給テ、中結ニシテ高

足駄ヲ履テ、杖ヲ突テ、只独リ寺ノ許ニ歩ミ出テ、麻柱共結

タル中ニ立廻テ見給ケル程ニ、黒ク装ゾキタル男ノ烏帽子

ヲ引垂レテ、夕暮方ナレバ顔ハ慥ニ不見ヘシテ、僧正ノ前ニ

出来テ突居タリ。見レバ、刀ヲ抜テ逆様ニ持テ引隠シタル様

ニ持成シテ居タリ。
僧正此ヲ見テ、「彼
レハ何者ゾ」ト問

給ケレバ、男片膝ヲ
突テ、「己ハ侘人ニ
候フ。寒難堪ク候

ヘバ、其ノ奉ル御衣ヲ一ツ二ツ下シ候ハムト思給フル也」ト

云マヽニ、「飛ビ懸ラン」思タル気色ナレバ、僧正、「事ニ

モ非ズ、糸安キ事ニコソ有ケレ。而ルニ、此ヲ怖シ気ニ不恐

トモ云フトモ只乞ヘカシ。□カラヌ男ノ心バヘカナ」ト宣

フマヽニ、立廻テ男ノ尻ヲフタト蹴タリケレバ、男被蹴ケル

マヽニ、忽ニ不見ヘ。

僧正、「怪シ」ト思給ヒ乍ラ、和ラ歩ミ給ニケリ。房近ク

成テ、音ヲ挙テ、「人ヤ有ル」ト呼給ヒケレバ、房ヨリ法師

走リ出来テ来レリ。僧正、「行テ火灯シテ来レ。此ニ我衣ヲ剥

ムトシテ居ル男ノ俄ニ失ヌルガ、其レ見ムト思フ也。法師原呼

麻柱〈あなない〉（当麻曼荼羅縁起）

ビ具ヒテ来レ」ト宣ヒケレバ、法師走リ返テ房ニ行テ、「御
房ハ引剝ニ合セ給タリ。御房達速ニ参給」ト云ケレバ、房
ニ有ケル僧共手毎ニ火ヲ灯シテ、刀ヲ提ツ、七八人十人ト
出来ニケリ。

僧正ノ立給ヘル所ニ走リ来テ、「盗人ハ何コニ候フゾ」ト
問ヒ申ケレバ、「此ニ居タリツル盗人ノ我ガ衣ヲ剝ントシツ
ルハ。『被剝ム程ニ悪キ事ニモゾ有ル』ト思テ、盗人ノ尻ヲ
フタト蹴タリツレバ、其ノ盗人ノ被蹴ル、マヽニ、俄ニ失ヌ
ル也。極テ怪シ。火ヲ高ク灯シテ、『若シ隠居ルカ』ト見ヨ」
ト宣ヒケレバ、法師原、「可咲キ事ヲモ被仰ル物カナ」ト
フカラ、火ヲ打振ツ、麻柱ノ上様ヲ見ル程ニ、麻柱ノ中ニ
メラレテ、否不動様ナル男有リ。法師原此ヲ見付テ、「彼ニ
コソ人ハ見ヘ候へ。其レニヤ候フラン」ト云ヘバ、僧正、
「彼レハ黒ク装フタリツル男也」ト宣ヘバ、人数麻柱ニ昇テ
見レバ、麻柱ノ中ニ落迫マリテ、可動キ様モ無クテ、疎キ顔
造テ男居タリ。和纏ニ刀ハ未ダ持タリ。法師原寄テ刀ヲバ

取テ男ヲバ引上ゲテ、下シテ将参タリ。
僧正男ヲ具シテ房ニ返給テ、男ニ宣ク、「老法師也トテ
不蔑ニ、此様ニシテ悪カリナンゾ。亦今ヨリ後此ル事ハ
可止シ」ト宣テ、着給タリケル衣ノ綿厚キヲ脱テ、男ニ給テ
追出シテケリ。其後行方ヲ不知リケリ。
早ヤ此ノ僧正ハ力極ク強キ人ニテゾ御ケル。此盗人ハ吉ク
被蹴上テ麻柱ニ蹴ツメラレニケル也。盗人此、力有人トモ不
知シテ、「衣剝ム」ト思ケルニ、麻柱ニ蹴ツメラレテ、「必ズ
其身ニモ差出来ニケン」トゾ人云ケル也。
近来仁和寺ニ有ル僧共ハ皆彼ノ僧正ノ流レ也、トナム語リ
伝ヘタルトヤ。

대학大學 학생들이
스모인相撲人 나리무라成村를 시험한 이야기

마카미노 나리무라眞髪成村가 통솔하는 여러 지방에서 모인 스모인相撲人들이 주작문
朱雀門에 더위를 식히러 나갔다가 돌아오는 도중에, 대학大學의 학생들과 충돌하여 난
투가 벌어졌는데, 한 학생에게 실컷 농락당하여 부상자가 나오는 등, 크게 패한 이야
기. 도읍에서 자라 빈약한 학생과 시골에서 자라 힘이 센 스모인과의 싸움은, 의외로
한 학생의 대활약으로 끝이 난다. 유력한 스모 후보로 그 학생을 수소문했지만, 끝내
신원을 알 수 없었다고 하는 불가사의한 사건.

이제는 옛이야기이지만, 무쓰 지방陸奥國[1]에 마카미노 나리무라眞髪成村[2]라
는 늙은 스모인相撲人[3]이 있었다. 이 자는 마카미노 다메무라眞髪爲村[4]의 아버
지로, 지금의 쓰네노리經則[5]의 조부祖父이다.

스모 절회節會[6] 등이 열린 어느 해에, 여러 지방의 스모인들이 도읍으로
집결하여 절회가 열리는 날을 기다리고 있었다. 그러던 어느 날, 나리무라

---

1   → 옛 지방명.
2   → 인명. 마카미眞髪 씨는 상대上代 씨족의 하나.
3   일본의 씨름꾼.
4   본권 제25화에서는, 마카미노 나리무라眞髪成村를 "현재의 호테인 다메나리爲成의 아버지"라고 함. '다메무
    라爲村'는 '다메나리爲成'의 오기誤記일 가능성이 있음.
5   미상.
6   * 절회란 옛날, 명절이나 기타 공적 의식이 있을 때 조정에서 베푼 연회.

는 주작문朱雀門에 더위를 식히러 나갔다가 여럿이 함께 숙소로 되돌아가려고 어슬렁어슬렁 걷고 있었다. 이조대로二條大路를 동쪽으로 가서 미복문美福門에서 남쪽을 향해 열을 지어 가던 중 대학료大學寮의 동문東門 앞을 지나치려고 하는데, 대학 학생들이 많이 나와 문 앞에서 더위를 식히고 있었다. 그 앞을 지나가는 스모인들은 모두 스이칸水干[7] 가리기누狩衣[8] 차림을 하고, 모토오시紕[9]를 풀고, 에보시烏帽子[10]도 푹 눌러 뒤집어 쓴 단정치 못한 차림을 한 채 와자지껄 우르르 몰려 지나가고 있었다. 이것을 보고 학생들은 화가 나서,[11] 저놈들을 통과시킬 수 없다며, "시끄럽다. 조용히 해라." 라고 외치고, 길 한복판에 떡하니 버티고 서서 지나가지 못하게 했다. 워낙 대단한[12] 곳의 학생들이 하는 짓이라, 밀어제치고 통과할 수도 없는 노릇이라 서있는데, 그 학생 중에 키가 작고 갓이나 상의 등이 다른 사람보다 조금 좋은 옷을 입은 남자가 있었는데, 그 자가 특히 앞에 나와 방해를 하고 있었다. 나리무라는 그 사람을 유심히 봐 두고는 "어이, 모두 되돌아가자." 라고 말하고 주작문으로 돌아갔다.

그곳에서 나리무라는 스모인들을 모아 놓고 의논을 했다.

"대학 학생 놈들이 우리를 못 지나가게 하다니 정말로 괘씸하다. 억지로 뚫고 지나가 버리려고도 생각했지만, 오늘은 어쨌든 그쪽으로 통과하지 말고 되돌아가자. 내일 와서는 반드시 그곳을 지나가고 말 것이야. 그중에서 키가 작고 다른 사람보다 배나 더 큰소리로 '조용히 해라.'라고 하며 막아서던 녀석이 있었지. 정말 시건빙진 녀석이야. 그 녀석은 내일 지나가려 할 때

7　풀을 쓰지 않고 물에 적셔 재양판에 붙여 말린 비단.

8　* 원래 수렵狩獵용의 의복이었는데 헤이안 시대 이후에는 남성귀족, 관인官人의 평복이 되었음.

9　의복의 옷깃을 조절하는 쇠장식.

10　옛날, 성인식을 치른 남자가 쓰던 두건. 귀족은 평복에, 평민은 예복에도 평복에도 사용했음.

11　지방출신의 시골뜨기 주제에, 건방져 불쾌하게 느낀 것임.

12　대학료大學寮의 학생은, 주로 5위五位 이상의 귀족자제임.

도, 오늘과 같이 틀림없이 또 방해할 것이야."

　이렇게 말하며, □[13]지방출신의 □[14]라는 스모인을 가리키며 "자넨 학생들 중에서 특히 방해하는 그 자식 엉덩이를 피가 날 정도로 걷어차 주시게."라고 말하자, 이렇게 말을 들은 스모인은 가슴을 치면서,[15]

　"내가 걷어차면 목숨이 붙어 있어도 살아 있는 것 같지 않을 겁니다. 반드시 그 자의 엉덩이를 차서 날려 버리겠습니다."
라고 말했다. 이 스모인은 동료들 중에서도 특별히 힘이 세다는 평판을 받는 사내였다. 발도 빠르고 성질이 거친 사내였기에, 나리무라도 그런 것을 감안하여 그에게 말했던 것이리라.

　한편, 그날 스모인들은 각자 자기 숙소로 돌아갔다. 다음 날이 되자, 어제는 오지 않았던 스모인들도 모두 모여들어 사람 수가 매우 늘었다. 스모인들이 이렇게 오늘도 지나갈 계획을 세운 것을 대학 학생들도 미리 알았던 것일까, 어제보다도 더 많은 사람을 데리고 《떠들썩하게》[16] "시끄럽다. 조용히 해라."라고 길에 나와 외치고 있었다. 스모인들도 무리를 지어 어제와 마찬가지로 걸어갔는데, 어제 가장 앞에 서서 방해를 하던 학생이, 역력히 '지나갈 수 없다.'는 표정으로 먼저 길 한복판으로 뛰쳐나왔다.

　그때 나리무라가, '엉덩이를 걷어차 버려.'라고 일러둔 그 스모인에게 서둘러 눈짓을 하자, 그 스모인은 남보다 훨씬 키가 크고 몸집이 좋은, 젊고 혈기 왕성한 사내였는데, 하카마의 바지자락을 높이 걷어올리고 곧바로 그 학생에게 다가섰다. 그를 뒤따라 다른 스모인들도 막무가내로 밀어제치고 지나가려고 했기에, 학생들도 통과시킬 수 없다며 가로막고 섰다. 그 순간

13　지방명의 명기를 위한 의도적 결자.
14　성명의 명기를 위한 의도적 결자.
15　득의양양한 모습을 나타내는 표현임.
16　한자의 명기를 위한 의도적 결자. 「우지 습유宇治拾遺」를 참조하여 보충.

엉덩이를 차기로 한 그 스모인이 그 학생에게 덤벼들며 차 넘어뜨리려고 다리를 높이 치켜 올렸다. 그러나 그것을 간파하고 학생이 몸을 숙여 비켰기에, 스모인은 《헛》[17]발질을 하여 다리가 높이 떠 뒤로 벌렁 넘어지려고 하였다. 하지만 학생이 그 다리를 잡아 마치 가느다란 지팡이를 쥐듯 가볍게 들고 다른 스모인들을 향해 돌진했기 때문에 모두가 이를 보고 달아났다. 이렇게 한 후 손에 든 스모인을 내던지니, 빙글빙글 돌면서 2, 3척 정도 날아가 뻗어버렸다. 그 스모인은 몸이 망가져 일어설 수도 없게 되었다.

학생은 그것을 쳐다보지도 않고 나리무라가 있는 쪽으로 달려왔기에, 이것을 본 나리무라는 '예상 밖으로 힘이 센 남자로구나.'라고 생각하고 기가질려서 상대를 살피며 도망쳤다. 그러나 그 학생이 숨 쉴 틈도 주지 않고 쫓아 달려왔기에, 나리무라는 주작문 쪽으로 달려가서 옆문으로 도망쳐 들어갔다. 그 순간 학생이 바싹 쫓아와 덤벼들었고, 나리무라는 '아, 붙잡혔구나.'라고 생각하며 바로 앞에 있던 토담을 뛰어넘었다. 학생이 "거기 서." 하고 손을 뻗는 순간 곧바로 훌쩍 뛰어넘었기에, 몸에는 손이 닿지 않았지만 순간적으로 아직 넘지 못한 한쪽 다리의 발뒤꿈치를 신발 채로 잡혀 신발 뒤축에 발의 살점이 붙은 채로, 신발도 발뒤꿈치도 칼에 베인 듯이 삭둑 잘려나갔다. 나리무라가 토담 안으로 도망쳐 들어가서 발을 보니, 피가 철철쏟아져 멈추질 않았다. 신발 뒤축도 잘려나가 있었다.

나리무라는

'나를 쫓아온 대학 학생은 힘이 대단히 센 녀석이구나. 엉덩이를 차려고했던 스모인을 붙잡아 마치 지팡이를 사용하듯 내던졌다. 세상이 넓다보니이런 남자도 다 있는 법이군. 정말 무섭구나!'[18]

---

17 한자의 명기를 위한 의도적 결자. 『우지 습유』를 참조하여 보충.
18 지방출신의 시골뜨기여서 우물 안의 개구리였구나라는 느낌의 표현.

라고 경탄하며, 조용히 숙소로 돌아갔다. 그 내동댕이쳐진 스모인은 그대로 기절해 버려서, 종자들이 와서 짊어 메고 숙소로 데려갔다. 그래서 그해는 스모선수로도 뛸 수가 없었다.

그 후 나리무라는 자신이 속한 근위近衛 중·소장에게 "실은 이런 일이 있었습니다."라고 말했더니, 중·소장도 이를 듣고 경탄했다. 나리무라가

"이 나리무라 같은 것은 그자의 힘에 도저히 대적할 수가 없습니다. 그 대학 학생은 옛날[19]의 역사力士에도 뒤지지 않을 정도로 대단히 뛰어난 스모인이라 할 수 있겠지요."

라고 말씀드리니, 그 중·소장들이 이 이야기를 천황에게 말씀드렸다. 천황께서

"'비록 식부승式部丞[20]이라 하더라도 스모의 달인은 스모인으로 대하라.' 라는 말이 있다. 하물며 대학 학생정도의 자를 스모인으로 대하는 것에 무슨 문제가 있겠느냐?"

라고 명하셨기에, 그 학생을 수소문해 찾아보았지만 무슨 연유인지 끝내 그 사람이 누군지 알지 못했다.

이는 실로 불가사의한 일이라고 이렇게 이야기로 전하여 내려오고 있다 한다.

---

19 옛날과 지금을 대비하는 상고尙古 사상의 반영.

20 식부성式部省의 3등관. 대부분 대학료의 문장도文章道 출신자가 임용되어, 궁중의 의전, 문관의 고과考課·임용, 학정學政 등의 사무를 집행하였음. 다음 행의 대학 학생에 대해, 그들의 선배격인 더 중한 존재로서 식부승을 든 것임. 그리고 이하의 전례에 대해서는 미상임.

大学衆試相撲人成村語第二十一

今昔、奥州国ニ真髪ノ成村ト云老ノ相撲人有ケリ。真髪ノ成村ガ父、此ノ有ル経則ガ祖父也。

其ノ成村ガ相撲節有ケル年、国々ノ相撲共上リ集テ、相撲ノ節待ケル程ニ、朱雀門ニ行冷ケルニ、各宿所ニ返ナントテ遊ビ行ニ、一歩ヨリ東様ニ二条ヲ行テ美福ヲ下リニ烈走テ行ケルニ、大学寮ノ東ノ門ヲ過ムト為ケルヲ、大学ノ衆共数門ニ出テ冷立リケルニ、此ノ相撲共ノ過ムト為ルガ、皆水干装束ニテ純ヲ解テ、押入烏帽子共ニテ、打群テ過ルヲ、此ノ衆共不安思テ、此ヲ不過トテ、「鳴高シ。鳴制セン」ト云テ、大路ニ立塞ガリテ不通リケレバ、ノマ、此ク止事無キ所ノ衆共ノ為ル事ナレバ、破テモ難通リテ有ケルニ、此ノ衆ノ中ニ長短ヤカ也ケル男ノ、冠表衣ナド異衆共ヨリ少シ宜キガ、勝レテ立出テ制スル有ケリ。此ノ成村見ツメテケレバ、「去来々々返ナム」ト云、本ノ朱雀門ニ返ヌ。

其ニ成村、相撲共ニ議スル様、「此ノ大学ノ衆ノ奴原ノ我等ヲ不通ザリツル、極テ不安事也。押テ通ラムト思ツレドモ、然ラバ今日ハ不通デ返ナム。明日来テ必ズ通ラムト思フ。其ノ中ニ長短ヤカニテ中ニ勝レテ、『鳴制セン』ト云テ立塞ガリツル男有リツ。糸賢キ奴也。明日通ラムニ、今日ノ様ニ制セムトスラム」。其ヲ□ノ国ニ有ケル□ト云ケル相撲ヲ指シテ、「其ノ中ニ勝レテ制シツル男ノシヤ尻ヲ血出許ニ蹴給ヘ」ト成村云ヘバ、彼ノ然カ被云ル相撲脇ヲ掻テ、「已ガ蹴テンニハ生カン定辛クテコソ生カメ。必ズ蹴侍ラン」ト

ゾ云ケル。其ノ相撲等輩ニ勝レテ殊ニ思エ有ケル者也。走リナムドモ疾シテ、心モ猛カリケレバ、思量ヒテ成村モ云ナルベシ。

然テ其ノ日ハ各宿々ニ返テケリ。亦ノ日ニ成テ、昨日不来ナリシ相撲共皆来リ集テ、極テ多カリ。此ク今日通ラント構ツル事ヲ、大学ノ衆共モ然ヤ心得タリケム、昨日ヨリハ人多クテ、[六]「鳴高シ。鳴制セン」ト大路ニ出テ云立リケルニ、相撲共打群テ昨日ノ様ニ歩ミ懸リタリケレバ、昨日勝レテ制セシ衆、例ノ事ナレバ、中ニ勝テ大路中ニ出、「不遇サジ」ト思タル気色現也。

其ノ時ニ、成村彼ノ「尻蹴ヨ」ト云タル相撲ニ急ギ目ヲ懸態タリケレバ、此ノ相撲、人ヨリハ長高ク大キク、若ク勇タリケル者ナレバ、袴ノ扶高ヤカニ上テ指進テ歩ミ寄ルニ、其レニ次キテ異相撲共忠通ニ通ラントスルヲ、衆共ハ不通ト塞ガル程ニ、此ノ尻蹴ムト為ル相撲、彼ノ衆ニ走リ懸リテ、蹴倒サムト足ヲ高ク持上タルヲ、此ノ衆目ヲ懸テ背ヲ撓テ違ケレバ、蹴[八]テ足ノ高ク上リテ仰様ニ成ル様ニ為ルヲ、此ノ衆其ノ足ヲ取テ、其ノ相撲ヲ細キ杖ナドヲ人ノ持タル様ニ提テ、異相撲共ニ走リ懸リケレバ、異相撲共ハ此ヲ見テ逃グ。然テ其ノ提タル相撲ヲバ投ケレバ、振メキテ二三丈許投被投テ倒臥ニケリ。身砕ケテ可起上モ非ズ成ヌ。

其ヲバ不知シテ成村ガ有ル方ニ走リ懸テ来ケレバ、成村此ヲ見ルニ、「事ノ外ニ力有ル者ニコソ有ケレ」ト思テ、寄異クテ目ヲ懸テ逃ケルニ、所モ不置カ追ケル様ニ走リテ、脇戸ヨリ逃入ケルヲ、ヤガテツメテ走懸ケレバ、成村、「被捕ヌ」ト思テ、築垣ノ有リケルヲ、「引へム」ト思テ、疾ク超ニケレバ、異所ヲバ否不捕デ、片足ノ少シ遅ク超ケル踵ヲ沓履乍捕タリケレバ、沓ノ踵二足ノ皮ヲ取加テ、沓ヲモ踵ヲモ刀ヲ以テ切タル様ニ引切テ取テケリ。成村築垣ノ内ニ超立テ足ヲ見ケレバ、血走テ不止ニ、沓ノ踵モ切レテ失ニケリ。

成村、「我レヲ追ツル大学ノ衆ハ寄異ニ力有ル者カナ。尻

蹴ムトシツル相撲ヲモ取テ、人杖ニ仕ヒテ投棄テツ。世ノ中
広ケレバ此ル者モ有コソ怖シケレ」ト思テ、其ヨリ宿所ヘハ
蜜ニ返ニケル。其ノ被投タリケル相撲ハ死入タリケレバ、従
者共来テ物ニ掻入レテ、荷テゾ宿所ニ将行ニケル。其ノ年ハ
相撲ノ取手ニモ不立リケリ。

其後成村、方ノ将ニ、「然々ノ事ナム候ツル」ト語ケレバ、
将モ此ヲ聞テ奇異ガリケリ。成村ガ云ケルハ、「成村ニ於テ
ハ、彼ハ力ニ合ニモ不候ザリケリ。彼ノ大学ノ衆、古ニ
モ不恥極タル相撲ニ候メリ」ト申ケレバ、方ノ将此ノ由ヲ
公ニ申ケレバ、宣旨、「式部丞也ト云トモ、其道ニ堪タラ
ム者ヲバ可召シ」ト云フ事有リ。何況ヤ大学ノ衆ハ何事カ有
ラム」トテ被尋ケレドモ、何ナル事ニカ有ケン、其ノ人ト云
事モ不聞デ止ニケリ。

此レ希有ノ事也、トナム語リ伝タリトヤ。

스모인相撲人 아마노 쓰네요海恒世가
뱀을 만나 힘을 시험해 본 이야기

단고 지방丹後國의 아마노 쓰네요海恒世라는 스모인相撲人이 자기 집 옆의 냇가에서 큰 뱀이 다리를 휘감아 물속으로 끌려들어갈 뻔했는데, 사력을 다해 땅을 밟고 버티자, 큰 뱀이 두 동강이가 났다는 이야기. 앞 이야기의 스모 등장을 계기로, 화제가 스모의 강력담强力譚으로 옮겨지고 제25화까지 이어진다. 참고로, 쓰네요의 역량을 시험하는 후일담은 본권 제18화의 도조道場 법사 자손 이야기와 비슷하다.

이제는 옛이야기이지만, 단고 지방丹後國[1]에 아마노 쓰네요海恒世[2]라는 우근위부右近衛府에 소속된 스모인相撲人[3]이 있었다. 이 쓰네요가 살던 집 옆에는 오래된 개천이 흘러, 깊은 못이 된 곳이 있었다. 어느 여름 무렵 쓰네요는 그 물가 주변 그늘진 곳을, 유카타 한 겹에 허리띠를 두르고 게타下駄를 신고 끝이 두 갈래로 갈라진 지팡이[4]를 짚고, 동자童子 한 명을 대동하여 이곳저곳 더위를 식히며 거닐던 중에 그 냇가에 있는 나무 아래로 오게 되었다.

못은 푸르디푸르고 기분 나쁠 정도로 탁하여 바닥끝이 안 보였다. 우거

---

1 → 옛 지방명.
2 → 인명. 참고로 아마海 씨는 아마베海部 씨와 동족으로, 고대 해양海洋 씨족의 하나임.
3 일본의 씨름꾼.
4 원문은 "마타부리즈에杈杖".

진 갈대나 줄[5] 등을 바라보면서 서 있는데, 못 저쪽 기슭에서 삼 척[6]정도 떨어진 부근에서, 물이 크게 부풀어 올라 이쪽을 향하여 오고 있었다. 쓰네요가 '저건 뭐지?' 하고 보니, 이쪽 물가 근처에서 큰 뱀이 물속에서 불쑥 머리를 내밀었다. 쓰네요는 그것을 보고 '저 뱀의 머리 크기로 보아 필시 커다란 뱀일 것이야. 이쪽으로 올라오려는 걸까?'라고 생각하며 주시하고 있는데, 뱀은 대가리를 높이 쳐들고 쓰네요를 유심히 바라보고 있었다. '저 뱀이 나를 어떻게 하려는 걸까?'라고 생각하며 쓰네요는 물가에서 네다섯 척 정도 떨어져서, 한눈도 팔지 않고 보고 있었는데, 뱀도 얼마 동안 눈도 떼지 않고 빤히 응시하다가 머리를 물속으로 집어넣었다.

그 후 저쪽 기슭을 향해 물이 부풀어 오르더니 다시 이쪽 기슭으로 물결이 밀려왔다.[7] 그 순간, 뱀 꼬리가 물 위로 솟아 쓰네요가 서 있는 곳을 향해 다가왔다. '이 뱀이 무언가 생각이 있는 거구나.'라고 생각하며 뱀이 하는 대로 가만히 보고 있는데, 뱀이 꼬리를 불쑥 내뻗어서 쓰네요의 다리를 두 번 정도 감았다. 쓰네요가 '어떻게 할 작정이지?'라고 생각하고 있는데 둘둘 감아서는 잡아당겼다. 쓰네요는 '그렇다면 나를 물속으로 끌어들이려는 게로군.' 하고 생각하고, 그 순간 다리에 힘을 주어 버티고 섰다. '엄청난 힘으로 잡아당기는구나.'라고 생각하는 그 순간, 신고 있던 게타의 굽이 부러져 나갔다. 넘어질 것 같았으나 다리에 힘을 주어 버티면서 몸을 가누었는데, 그 잡아당기는 힘이란 이루 말할 수 없이 강했다. 금방이라도 끌려들어 갈 것만 같아서 혼신의 힘을 다해 세게 버티자, 그토록 단단하던 흙속으로 발이 5, 6치[8] 정도나 푹 들어갔다. 쓰네요가 '이거 참 대단한 힘이로군.'이라

---

5 * 볏과의 여러해살이풀. 높이는 2m 정도이며, 못이나 물가에서 자람.
6 1척은 약 30.3cm.
7 한 번 뱀이 저쪽 기슭으로 갔다가 재차 이쪽을 향해 온 것임.
8 한 치는 약 3.03센티.

고 생각하는 그 순간, 밧줄이 끊기듯 뚝 끊어지고, 못 안에서 피가 떠오르는 것 같았다. '그럼 끊겨버린 거구나.'라고 생각하고 발을 뒤로 빼자, 당기다가 끊어진 뱀 꼬리가 기슭으로 올라왔다. 그래서 다리에 감긴 꼬리를 손으로 《떼어 내고》[9] 물로 발을 씻었지만 뱀이 감고 있던 자국은 사라지지 않았다.

그러던 중 종자從者들이 우르르 달려왔다. 누군가가 '술로 그 자국을 씻으면 좋다.'고 하여, 즉시 술을 가져오게 하여 술로 씻고 난 후에, 종자들에게 그 뱀 꼬리 쪽을 당겨 올려보도록 하니, 그냥 크다고 할 정도가 아니었다. 잘린 토막의 두께가 일 척 정도나 되지 않을까 싶었다. 머리 쪽의 토막을 보기 위해 저쪽 기슭으로 사람을 보내보니, 기슭에 큰 나무 뿌리가 있어서 뱀이 그곳에 머리 부분을 몇 번이나 휘감고 꼬리 쪽을 이쪽으로 뻗어 다리를 감아 당기고 있었던 것이었다. 하지만 뱀의 힘이 쓰네요보다 약했던 탓에 한중간에서 찢겨 버리고 만 것이었다. 자기 몸이 잘리는 것도 모르고 잡아당긴 뱀의 마음이란 참 어이없고 놀랍다.

그 후 뱀의 힘이 인간의 몇 명 정도에 해당하는지 시험해보려고, 뱀이 감았던 것처럼 큰 밧줄을 쓰네요의 다리에 감아 묶고 열 사람에게 잡아끌게 하였는데, 아직 '그만큼 세지 않다.'고 하여, 거기다 세 명 더하고, 다섯 명 더하고, 이런 식으로 더해나가 끌게 하였는데, "아직 모자라. 아직 모자란다."고 하여, 끝내는 예순 명 정도나 달라붙어서 당겼다. 그러자 비로소 쓰네요가 "이 정도였다."라고 말을 했다. 이것으로 생각하면, 쓰네요는 백 명 정도의 힘을 지닌 것이라 생각된다.

이것은 정말 불가사의한 일이다. 옛날에는[10] 이처럼 힘이 센 스모인도 있었다고 이렇게 이야기로 전하여 내려오고 있다 한다.

---

9 한자의 명기를 위한 의도적 결자. 「우지 습유宇治拾遺」를 참조하여 보충함.
10 상고尚古 사상의 반영임.

相撲人海恒世会蛇試力語第二十二

今、昔、丹後ノ国ニ海ノ恒世ト云右ノ相撲人有ケリ。其ノ恒世ガ住ケル家ノ傍ニ旧河有ケルガ、深キ淵ニテ有ケル所ニ、夏此、恒世其ノ旧河ノ汀近フ木景ノ有リケルニ、帷ヲ着テ中結テ足駄ヲ履テ杖杖ト云物ヲ突テ、小童一人許ヲ共ニ具シテ、此彼冷行ケル次デニ、其ノ淵ノ傍ノ木ノ下ニ行ケリ。

淵青ク怖シ気ニ底モ不見へ。

立リケルニ、水ノ彼ノ方ノ三丈許ハ去ラント見ユルニ、水ノミナギリテ此方様ニ来ケレバ、恒世、「何ノ為ルニカ有ラン」ト思フ、見ル程ニ、此方ノ汀近ク成テ大ナル蛇ノ水ヨリ頭ヲ指出タリケレバ、恒世此レヲ見テ、「此ノ蛇ノ頭程ヲ見ルニ、大キナランカシ。此方様ニ上ランズルニヤ有ラン」ト見立リケル程ニ、蛇ノ顔ヲ指山テ暫ク恒世ヲ守ケレバ、恒世、「我ヲ此ノ蛇ハ何カニ思フニカ」ト思テ、汀四五尺許ヲ去テ、不動デ立テ見ケレバ、蛇暫許守リ守テ、頭ヲ水ニ引入テケリ。

其後彼方ノ岸様ニ水ミナギルト見ル程ニ、恒世ガ立テ浪立来ル。其ノ後、蛇ノ尾ヲ水ヨリ指シ上テ、恒世ガ立テル方様ニ二拍寄セケル。「此ノ蛇思フ様ノ有ルニコソアレ」ト思テ、任セテ見立テルニ、蛇ノ、尾ヲ指シ遺テ恒世ガ足ヲ二返許纏テケリ。「何ニセント為ルニカ有ラン」ト思ヒ立テル程、纏ヒ得テキシ＜＜ト引ケレバ、「早フ我ヲ河ニ引入ト為ニコソ有ケレ」ト思フ、其時ニ踏強リテ立ナルニ、極ク強ヨク引ト思エケルニ、履タル足駄ノ歯踏折ツ。「被引倒ヌベシ」ト思ケルヲ、構テ踏直リテ立テルニ、強ク引ト云ヘバ愚也ヤ、被引取ヌベク思ヘケルヲ、発シテ足ヲ強ク踏立テケレバ、固キ土五六寸許ヲ踏入テ立テルニ、「吉ク引ク也ケリ」、思程ニ、縄ナドノ切ル、様ニフツト切ル、ニ、

河ノ中ニ血浮ビ出ル様ニ見ヘケレバ、「早ク切レヌル也ケリ」
ト思テ足ヲ引ケレバ、蛇ノ引サレテ陸ニ上ニケリ。其ノ時ニ
足ニ纏ヒタル尾引キ□テ足ヲ水洗ヒケレドモ、其ノ蛇ノ
巻タリツル跡不失リケリ。

而ル間、従者共数来ケリ。「酒ヲ以テ其ノ跡ヲ洗」ト人云
ケレバ、忽ニ酒取リニ遣テ洗ヒナドシテ後、従者共ヲ以テ其
ノ蛇ノ尾ノ方ヲ引上テ見ケレバ、大キ也ト云ヘバ愚也、切口
ノ大サ一尺許ハ有ラントゾ見ヘケル。頭ノ方切ヲ見セニ、
河ノ彼方ニ遣タリケレバ、岸ニ大キナル木ノ根ノ有ケルニ、
蛇ノ頭ヲ数返纏テ、尾ヲ指遣セテ先ヅ足ヲ纏テ引キケル也
ケリ。其レニ、蛇ノ力ノ恒世ニ劣テ中ヨリ切レニケルナリ。
我身ノ切ル〱モ不知引ケム蛇ノ心ハ奇異キ事也カシ。
其後、「蛇ノ力程、人ノ何ラ許ノ力ニカ有ケルト心ミム」
ト思テ、大キナル縄ヲ以テ蛇ノ巻タリケル様ニ恒世ガ足ニ付
テ、人十人許ヲ付テ引セケレドモ、而、「彼レ許ハ無シ」ト
テ三人寄セ五人寄セナド付ツ引セケレドモ、「尚不足ズ不足」

ト云テ六十人許リ懸テ引ケル時ニナム、「此許ゾ思ヘシ」ト
恒世云ケリ。此レヲ思フニ、恒世ガ力ハ百人許ガ力ヲ持タリ
ケル、トナム思ユル。
此レ希有ノ事也。昔ハ此ル力有ル相撲人モ有ケリ、トナム
語リ伝ヘタルトヤ。

스모인相撲人 기사이치노 무네히라私市宗平가 상어를 내던진 이야기

도모노 세타요伴勢田世를 이기고 스모인相撲人의 제1인자인 호테最手가 된 스루가 지방駿河國의 기사이치노 무네히라私市宗平가, 활을 맞고 스루가 만駿河灣 위를 도망쳐 가는 사슴을 잡아 헤엄쳐 되돌아오려고 했을 때 상어에게 급습을 당하지만, 그 상어의 습성을 이용하여 무사히 해안 가까이로 와서 상어를 육지로 내던지고 활로 쏴 죽인 이야기. 무네히라의 냉정하고 침착한 판단과 괴력이 돋보이는 이야기이다.

이제는 옛이야기이지만, 스루가 지방駿河國[1]에 기사이치노 무네히라私市宗平[2]라는 좌근위부左近衛府에 소속해 있는 스모인相撲人이 있었다. 기술이 좋아서 궁중 연회의 스모대회에 출장하게 된 이래, 좌방左方에서도 우방右方에서도 절대 지지 않아, 스모인이 된 지 얼마 지나지 않아 와키脇[3]로 승진했다.

그 무렵, 같은 좌방의 스모인으로 미카와 지방參河國[4]의 도모노 세타요伴勢田世[5]라는 스모인이 있었다. 체격이 좋고 대단히 힘이 센 사내로 점차 승진

---

1 → 옛 지방명.
2 → 인명.
3 스모 등급에서 호테最手(→ 주6, 현재의 오제키大關에 상당) 다음의 지위로, 현재의 세키와케關脇에 상당함. 좌우 진영 각 한 사람씩임.
4 → 옛 지방명(미카와 지방三河國).
5 → 인명.

하여 호테最手[6]의 지위에 올라 오랫동안 그 자리를 지키고 있었는데, 와키가 된 무네히라와 맞붙게 되어 지고 말아 무네히라가 호테가 되고 세타요는 와 키로 내려갔다. 이렇게 이 무네히라는 매우 뛰어난 스모인이었다.

어느 해의 4월경, 이 무네히라가 스루가 지방에서 사냥하다가 한 마리 사 슴이 등에 화살을 맞고 그곳의 내해內海[7]로 뛰어들어, 헤엄쳐 건너 맞은편 해안의 산 쪽으로 도망치려 했다. 무네히라는 헤엄쳐가는 그 사슴을 뒤쫓았 지만, 벌써 사슴은 3, 4정町[8] 앞을 헤엄쳐 건너고 있었다. 무네히라는 선 자 세로 헤엄을 치면서 사슴에게 따라붙어 사슴의 뒷발을 잡아 어깨에 들쳐 메 고 헤엄쳐 다시 돌아오려고 했다. 그때, 앞바다 쪽에 흰 파도 물결[9]이 일어 나더니 무네히라 쪽으로 다가왔다. 해안가에 서 있던 사수들이 큰 소리로 헤엄쳐오는 무네히라에게 "그 파도는 틀림없이 상어다. 물려 죽을지 모른 다."라고 외치며 모여들어 우왕좌왕했다. 그 물결이 무네히라에게 다가와 시 그를 덮친 것처럼 보였기에, 사수들은 '무네히라는 이미 잡아먹혔을 거 야.'라고 생각하고 있었는데, 물결이 다시 원래 왔던 곳으로 되돌아갔다. 그 러자 무네히라가 또 전처럼 사슴을 메고 헤엄쳐 오는 것이 보였다. 육지까 지 이제 1정 정도 남았는데, 얼마 있자 또 그 물결이 무네히라를 향해 다가 왔다. 아까처럼 무네히라를 덮친 것처럼 보였고 얼마 뒤 물결은 다시 원래 대로 되돌아갔다.

해안까지 1, 2장丈[10]을 남긴 지점까지 무네히라는 역시 사슴을 든 채로 왔 는데, 육지에 있는 자들이 보니, 무네히라는 사슴의 뒷다리 두 개와 허리뼈

---

6 스모등급의 최고위로, 현재의 오제키大關에 해당. → 주3.
7 만灣. 호수, 바다가 뭍으로 파고 휘어들어간 곳.
8 1정은 약 110m.
9 이하 물결의 움직임은 상어의 습격을 의미함.
10 1장은 10척, 약 3m.

만을 들고 있었다. 또 얼마 뒤 그 물결이 일어나 이쪽으로 향해 왔다. 육지에 있는 사람들이 모여서 무네히라에게 "빨리 올라와라."라고 외쳤지만 무네히라는 귀를 기울이지 않고 헤엄을 쳤다. 이제 바로 눈앞에 다가온 물결을 보니, 상어의 눈이 금속으로 만든 밥공기 같이 빛나고[11] 큰 입을 벌리고 이빨을 칼처럼 뾰족하게 하고 다가와서는 무네히라를 물어뜯으려 했다. 바로 그 순간 무네히라는 들고 있던 사슴의 다리를 상어 입에 밀어 넣고 이어서 상어의 아가미에 손을 넣고 몸을 숙이는가 싶더니, 스모인이 상대를 내던지는 것처럼 기합과 함께 육지 쪽을 겨냥하여 상어를 내던졌다. 1장 정도나 육지로 내던져서 팔딱팔딱 뛰고 있는 상어를, 육지에서 보고 있던 사수들이 활로 쏘자 상어는 사슴다리를 입에 문 채 죽고 말았다.

그 후 사수들이 모여들어 무네히라에게 "아까는 어떻게 해서 먹히지 않았는가?"라고 물어보자, 무네히라는

"상어라는 녀석은 무엇을 먹을 때 그 장소에서 먹지 않고, 반드시 가져가 자기 거처에 두고는 남은 것을 다시 되돌아와 무는 법이라오. 그것을 알고 있어서 처음 왔을 때에 사슴을 내어 주었더니, 사슴 머리와 목을 물어뜯어서는 돌아갔소. 두 번째로 왔을 때에는 앞다리와 가슴뼈를 물게 하여 돌려보냈고, 그 다음에 왔을 때는, 뒷다리를 물게 해두고는 그렇게 내던진 것이오. 이를 모르는 자는 단숨에 먹이를 손에서 놓아버리기 되며, 그러면 상어가 전부 한 번에 물어 가버리고, 그 다음 올 때는 자신이 물리고 마는 법이라오. 이런 사정을 모르는 자는 나처럼 할 수 없소. 또 힘이 없는 자는 먹이를 내밀어 상어에게 물게 할 때에 필시 넘어져 버리고 말 것이오."

---

11 눈빛이 예리한 모습의 형용으로, 유사표현은 권14 제43화 등에 보임. 본집에서는 도깨비나 독사눈 등의 형용에 자주 사용됨.

라고 말했기에, 이를 들은 사수들은 실로 경탄할 만한 일이라고 서로 이야기하였다.

이웃 지방[12] 사람들조차도 이 이야기를 전해 듣고 매우 칭송했다고 이렇게 이야기로 전하여 내려오고 있다 한다.

---

12 이즈 지방伊豆國이나 도토우미 지방遠江國을 가리킴.

相撲人私市宗平投上鰐語第二十三

今ハ昔、駿河国ニ私市ノ宗平ト云左ノ相撲人有ケルガ、取手共賢カリケレバ、出来テ後、左ノ方ニモ右ノ方ニモ負クル事無カリケレバ、取手ニ立テ幾ノ程ヲモ不経シテ脇ニ走ニケリ。

其時ニ同方ノ相撲ニテ参河国ニ伴勢田世ト云相撲有ケリ。勢器量クテ力極テ強キ者也ケレバ、取上テ最手ニ立テ久ク成ニケルヲ、此宗平ガ脇ニテ有ケルニ被合タリケレバ、勢田世

被打ニケレバ、宗平最手ニ立テ勢田世ニ脇ニ下テゾ有ケル。

然レバ此ノ宗平極タル相撲ニテナン有ケル。

而ル間、此ノ宗平駿河国ニシテ四月許ニ狩ヲシケルニ、鹿ノ、背ヲ被射テ、内海ノ有ケルヲ渡テ向ノ山様ニ逃ムト為ルヲ、宗平游行ク鹿ニ付テ、鹿ハ三四許テ游テ渡ケルニ、宗平ハ立游ヲシテ鹿ニ追付テ、鹿ノ尻足ヲ取テ肩ニ引掛テ、游去ルニ、奥ノ方ヨリ白浪ノ立テ宗平ガ方様ニ来リケリ。浜ニ立タル射手共音ヲ高挙テ、游来ル宗平ニ、「其波ハ鰐ニコソ有ラメ。被噉殺ナント為ルハ」ト云テ、集テ喤ルニ、其ノ浪宗平ガ許ニ来テ、浪宗平ニ打掛クト見ル程ニ、「今ハ宗平ハ被噉タラン」ト思ニ、浪本ノ方へ返ル。亦、宗平本ヨリ様ニ鹿ヲ持テ来ルニ、陸今一町許ニ成ヌルニ、暫許有テ亦此浪宗平ガ許様へ来ル。前ノ如ク宗平ニ打掛ト見ル程ニ、暫許有テ浪亦返ル。

宗平尚鹿ヲ持テ渚今一二丈許ニ成ル程ニ、陸ノ者共見レバ、宗平鹿ノ尻足ニ二ツ、腰骨トヲ持タリ。暫許有レバ、亦

此浪立テ来ル。陸ノ人集テ宗平ヲ、「疾ク上ネ」ト喤ルニ、

宗平耳ニモ不聞入シテ立テリ。浪既ニ近来ルヲ見レバ、鰐ノ、

目ハ銃ノ様ニ見成テ、大口ヲ開テ、歯ハ釼ノ如ク也。近ク寄

来テ、宗平ヲ喰フト見程ニ、宗平持タル鹿ノ足ヲ鰐ノ口ニ入

ル、マヽニ、鰐ノ頭ノ腭ノ指入テ、低シニ成テ、相撲ヲ

投ル如ク音ヲ叫テ陸様ニ投上タレバ、鰐一丈許ニ陸ニ被投

上テフタメクヲ、陸ニ立テ見ル射手共箭射立テケレバ、鰐鹿ノ

足ヲ喰ヘ乍ラ、射殺シツ。

其後、射手共集テ、宗平ニ、「何ニシテ不被喰ルゾ」ト問

ケレバ、宗平ガ云ク、「鰐ハ物ヲ喰テ其ニテ不喰シテ、持

行テ必ズ己ガ栖ニ置テ、其ノ残リ有ルヲ亦返テ喰ニ来ル也。

然バ其レヲ知テ前ノ度ニ喰ニ来タリツルニ、鹿ヲ指遣タリ

レバ、鹿ノ頭頸ヲ喰切テ返ヌ。次ノ度来タリツルヲ又尻足

ヲ喰セテ遣リツ。次ノ度来タリツルニハ尻足ヲ持テ喰セテ、

投上タリツル也。此ヲ此ク不知ン者ハ一度ニ皆手ヲ放テ皆喰

テ、次ノ度ハ我必ズ被喰ナントス。案内ヲ不知ン人ハ此ノ様

二難為也。又力無ン人ハ指遣テ喰セン程ニ、必ズ突倒ナ

ム」トゾ云ケレバ、聞ク射手共、希有ノ事ニゾ云合ヘリケ

ル。隣ノ国マデ此ヲ聞テ讃メ喤ケリ、トナム語リ伝ヘタリトヤ。

스모인相撲人 오이노 미쓰토大井光遠의
여동생이 힘이 센 이야기

이것도 스모와 연관된 이야기이다. 가이 지방甲斐國의 스모인相撲人 오이노 미쓰토大井光遠의 여동생이 폭한暴漢에게 인질로 잡히지만, 도둑은 여자가 대충 다듬어진 화살대 대나무 마디를 마치 썩은 나무를 부러뜨리듯 눌러 부러뜨리는 모습을 보고 놀라서 다 내팽개치고 도망치다 사람들에게 붙잡히고, 미쓰토로부터 여동생이 미쓰토 본인보다 두 배의 괴력을 지녀서 사슴뿔도 부러뜨릴 정도라는 이야기를 전해 듣고 재차 놀라며 무서워 떨었다는 이야기. 미녀의 괴력과 사내의 오판에 의한 실패는 본권 제18화와 마찬가지이지만, 이 이야기 쪽이 주위의 인물의 형상화나 구성의 전개에 있어 절묘하고 유머도 곁들이고 있다.

이제는 옛이야기이지만, 가이 지방甲斐國[1]에 오이노 미쓰토大井光遠[2]라는 좌근위부左近衛府에 소속해 있는 스모인相撲人이 있었다. 키는 작지만 살이 쪄 다부지며, 힘이 세고 발놀림도 《재빠》[3]른 훌륭한 스모인이었다. 그의 여동생으로 이십칠팔 세 정도의 얼굴과 자태가 아름다운 여자가 있었다.

이 여동생은 별채에 살고 있었는데, 어느 날 누군가에게 쫓기던 사내가 칼을 뽑아들고 여동생이 사는 집으로 쳐들어와서는, 여동생을 인질로 삼아

---

1 → 옛 지방명.
2 → 인명.
3 한자의 명기를 기한 의도적 결자. 전후 문맥을 고려하여 보충함.

옆구리에 칼을 들이대고 뒤에서 끌어안았다.

이를 본 집안사람이 놀라 소리치며 미쓰토가 있는 집으로 달려가 '아가씨가 인질로 잡히셨어요.'라고 알렸지만, 미쓰토는 당황하는 기색도 없이

"그 여동생을 인질로 삼을 수 있는 자는 옛날의 사쓰마노 우지나가薩摩氏長⁴ 정도일 것이다."

라며 태연히 앉아 있었기에, 이 일을 알리려 간 남자는 이상하게 여기며 다시 달려와, 아가씨가 걱정이 되어 문틈으로 엿보았다. 마침 9월경이라 아가씨는 얇은 목면 옷 한 벌만 입고서 한쪽 손으로 입을 가리고,⁵ 또 한쪽 손으로는 남자가 칼을 빼서 들이대고 있는 팔을 살며시 잡고 있는 모습으로 앉아 있었다. 남자는 양다리를 꼬고 앉아 무시무시한 큰 칼을 거꾸로 잡고, 아가씨를 등 뒤에서 껴안아 칼을 옆구리에 들이대고 있었다. 그러자 아가씨가 오른손으로 사내가 칼을 들이대고 있는 팔을 살포시 잡고, 왼손으로는 얼굴을 가리고 있었다. 아가씨는 울먹이며 바로 앞에 이삼십 개 정도 흩어져 있는, 대충 다듬은 대나무 화살대⁶를 손으로 만지작거리며 그 마디 부분을 손가락으로 마루에 눌러 짓이겼다. 그러자 마치 부드러운 썩은 나무를 눌러 부수듯 흐물흐물해져 버리고 말았다. 엿보고 있던 남자도 놀라고 아가씨를 인질로 삼은 남자도 눈을 부릅뜨고 그것을 보고 있었다.

그 모습을 엿보고 있던 남자는

'주인인 오라버님께서 소란을 피우지 않으시는 것도 당연하구나. 이렇게 무시무시한 힘을 가진 오라버님도 망치로라도 치지 않는 이상, 도저히 대나무가 그렇게 되지 않을 것이야. 그런데 이러한 일이 가능하다니. 이 아가

---

4 → 인명. 거의 전설적 인물로, 강력하고 견줄 자가 없는 스모인.
5 소매 등으로 입을 가리고 부끄러워하는 모습.
6 화살대를 만들기 위한 대나무.

씨는 도대체 얼마나 힘이 센 걸까. 인질로 삼은 저 사내도 금방 박살나겠구나.'

라고 생각하는데, 아가씨를 인질로 삼은 그 남자도 그것을 보고, 이건 안 되겠다 생각하며

'이 여자는 설사 칼로 찔러도 찔릴 여자가 아니구나. 이 여자의 힘이라면 내 팔을 잡고 꺾어 버리는 것은 시간문제로, 이 정도의 괴력이라면 내 손발이 산산조각 나버리고 말 것이야. 이렇게 된 바엔 어쩔 도리 없다. 어서 여기서 도망치자.'

라고 생각하고 틈을 엿봐서, 모든 것을 내팽개치고 문밖으로 달아나 날듯이 도망쳤다. 그러나 많은 사람들이 추격하여 따라잡아, 그를 넘어뜨려 붙잡아 묶어 미쓰토에게 데려왔다. 미쓰토는 사내에게 "너는 무슨 생각으로 저 여자를 인질로 삼다 말고 다 내팽개치고 도망친 것이냐?"라고 물었다. 사내는

"달리 살아갈 방도가 없어서 보통 여자일 것이라 생각하고 그 여자를 인질로 삼은 것이옵니다만, 화살대의 큰 대나무 마디 부분을 썩은 나무를 부수듯이 눌러 부수시는 모습을 보고 기가 질려, 이 정도의 힘이라면 팔이 부러지고 박살나고 말 것이라 생각하고 도망쳐 나온 것이옵니다."

라고 말했다.

미쓰토는 이를 듣고 크게 웃으며

"그 여자는 보통으로는 절대 찔리지 않는다. 찌르려 하면 그 팔을 잡아 완전히 비틀어 버려 어깨뼈가 위로 삐져나와 부러지고 말 것이다. 운 좋게도 너의 팔이 빠지지 않은 것은 전세前世의 인연으로 인해 그 여자가 그렇게 하지 않은 것이다. 너 따위는 이 미쓰토조차도 맨손으로 비틀어 죽이고 말 터인데, 그 여자가 만일 네놈 팔을 잡고 때려눕혀서 가슴뼈를 짓밟았으면 어찌 살아 있을 수 있겠는가. 게다가 그 여자는 이 미쓰토의 두 사람 만큼의

힘을 가지고 있다. 저렇게 나긋나긋하게 여성스러운 모습을 하고는 있지만, 실은 내가 장난삼아 그녀와 팔 힘겨루기를 할 때, 그녀가 내 팔을 세게 잡으면 그녀를 잡았던 내 손가락이 자연스럽게 펴져 그녀를 놓아 버리고 말 정도이다. 아, 만약 사내였다면 대적할 상대가 없는 정말 훌륭한 스모인이 되었을 텐데. 안타깝게도 여자라서 정말 아쉽구나."

라고 말하는 것을, 여자를 인질로 삼았던 남자가 듣고는 절반은 죽은 심정이 되었다. 남자가

"평범한 여자라고 생각하여 절호의 인질을 잡았다고 생각했었는데, 그런 분인지는 정말 몰랐습니다."

라고 눈물을 흘리며 말하기에, 미쓰토는

"당연히 너를 죽여야 마땅하겠지만, 그리고 혹시라도 그 여자가 조금이라도 해를 입었다면 너를 때려죽여야 하겠지만, 오히려 네놈이 죽을 뻔했는데, 운 좋게 빨리 도망쳐 목숨을 건진 이상, 너를 굳이 죽일 수야 없다. 이놈 잘 들어라, 그 여자는 사슴의 커다란 뿔조차도 무릎에 대어 그 가느다란 팔로, 썩은 나무를 부러뜨리듯 박살내는 사람이다. 하물며 너 같은 자는 문제도 되지 않는다."

라고 말하며 남자를 추방해 버렸다.

실로 이루 말할 수 없을 정도로 힘이 센 여자였다고 이렇게 이야기로 전하여 내려오고 있다 한다.

相撲人大井光遠妹強力語第二十四

今、昔、甲斐ノ国ニ大井ノ光遠ト云フ左ノ相撲人有キ。短太ニテ器量ク力強ク、足□クテ微妙リシ相撲也。其レガ妹二年二十七八許ニテ、形チ有様美麗ナル女有リケリ。

其ノ妹離レタル屋ニナン住ケル。而ル間、人ニ被追テ逃ケル男ノ、刀ヲ抜テ其ノ妹ノ居タル家ニ走リ入ニケリ。其ノ妹ヲ質ニ取テ、刀ヲ差宛テ抱テ居ケリ。

家ノ人此ヲ見テ驚キ騒ギ、光遠ガ居タル家ニ走リ行テ、「姫君ハ質ニ被取給ニタリ」ト告ケレバ、光遠不騒シテ云ク、「其ノ女房ヲバ昔ノ薩摩ノ氏長許コソハ質ニ取ラメ」ト云テ居タリケレバ、告タル男、「怪シ」ト思テ走リ返来テ、不審サニ物ノ迫ヨリ睨ケレバ、九月許ノ事ナレバ、女房ハ薄綿ノ衣一ツ許ヲ着、片手シテ口覆ヲシテ、今片手シテ男ノ刀ヲ抜テ差宛ル肱ヲ和ラ捕ヘタル様ニテ居タリ。男大ナル刀ノ怖シ気ナルヲ逆手ニ取テ、腹ノ方ニ差宛テ、足ヲ以テ後ヨリアグマヘテ抱テ居タリ。

矢柄を手まさぐりして（宇治拾遺物語絵巻）

此ノ姫君右ノ手シテ、男ノ刀抜テ差宛タル手ヲ和ラ捕タル様ニ
シテ、左ノ手ニテ顔ノ塞タルヲ、泣々ク其ノ手ヲ以テ、前ニ
箭ノ篠ノ荒造タルガ二三十許リ打散サレタルヲ、手マサグリニ
節ノ程ヲ指ヲ以テ板敷ニ押踷ケレバ、朽木ナドノ和ナランヲ
押砕ン様ニ砕々ト成ルヲ、「奇異」ト見ル程ニ、此ヲ質ニ取
タル男モ目ヲ付ニ見ル。

此ノ睨ク男モ、此ヲ見テ思ハク、「兄ノ主、ウベ騒ギ不給
ハ也ケリ。極カラム兄ノ主、鉄鎚ヲ以テ打砕カバコソ此ノ竹
ハ此ク成ラメ。此ノ姫君ハ何許ナル力ニテ、此ク御スル
ニカ有ラン。此ノ質ニ取タル男ハミジカレナムズ」ト見ル程
ニ、此ノ質ニ取タル男モ此ヲ見テ、益無ク思ヘテ、「譬ヒ刀
ヲ以テ突トモ此モ不被突ジ。肱取リミジカレヌベキ女房ノ力
ニコソ有ケレ。此許ニテ支体モ被砕ヌベカメリ。由無。逃ナ
ム」ト思テ、人目ヲ量テ、棄テ走出テ、飛ブガ如クニ逃ケル
ヲ、人末ニ多ク走合テ捕打伏セテ縛テ、光遠ガ許ニ将行タ
レバ、光遠男ハ、「汝、何ニ思テ質ニ取許ニテハ棄逃ツルゾ」

ト問ヒケレバ、男ノ云ク、「可為キ方ノ不候ザリツレバ、例
ノ女ノ様ニ思テ、質ニ取リ奉テ候ツルニ、大キナル箭ノ篠
ノ節ノ許ヲ、朽木ナドヲ砕ク様ニ、手ヲ以テ押砕キ給ルヲ
見給ヘツレバ、奇異クテ、『此許ノ力ニテハ腕折リ被砕レヌ』
ト思給ヘテ、逃候ツル也」ト。

光遠此ヲ聞テ疵咲テ云ク、「其ノ女房ハ一度ニヨモ不被突
ジ。突カントセン腕ヲ取搔テ、上様ニ突カバ、肩ノ骨ハ上
ニ出テ被切ナマシ。賢己ガ肱ノ不抜マジキ宿世ノ有テ、
其ノ女房ハ不□ザリケル也。光遠ダ二己ヲバ手殺シニ殺シテ
ム物ヲ。シヤ肱ヲ取テ打伏セテ腹骨ヲ踏ナンニハ、己レ八生
テ有ナンヤ。其ニ、女房ハ光遠ガ二人許ガ力ヲ持タルニ、然
コソ細ヤカニ女メカシケレドモ、光遠ガ手戯ヲ為ルニ、取タ
ル腕ヲ強ク被取タレバ、手弘ゴリテ免シツル物ヲ。哀レ、此
レガ男ニ有マシカバ、合フ敵無クテ手ナムドニテコソハ有
マシカ。惜ク女ニテ有ケルコソ」ナド云ヲ聞クニ、此質取ノ
男、中ラハ死ヌル心地ス。『例ノ女ゾ』ト思テ、『極キ質ヲ

モ取タルカナ』ト思給ツルニ、此ク御ケル人ヲ不知奉ニナ

ン」ト、男泣々ク云ケレバ、光遠、「須ク已ヲバ可殺ケレド

モ、其ノ女房ノ可被錯クハコソ已ヲバ殺サメ。返テ、已ガ可

死カリケルガ、賢ク疾ク逃テ命ヲ存セシハ、其ヲ強ニ可殺キ

非ズ。已ヨ、聞ケ。其ノ女房、鹿ノ角ノ大ナルナドヲ膝宛テ、

ソコラ細キ肱ヲ以テ枯木ナド折ル様ニ打砕ク者ヲゾ。増テ已

ヲバ可云」ト云テ、男ヲバ追ヒ逃シテケリ。

実ニ事ノ外ノ力有ケル女也カシ、トナム語リ伝ヘタルトヤ。

스모인相撲人인 나리무라成村와 쓰네요常世가 승부勝負를 벌인 이야기

좌방의 호테最手인 마카미노 나리무라眞髮成村와 우방의 호테最手인 아마노 쓰네요海
恒世가 서로의 명예를 걸고 대결한, 불길한 예감이 감도는 큰 시합 이야기. 나리무라는
승부를 고사했지만 결국 격돌하게 되었고, 그 후 승부에 이긴 쓰네요는 갈비뼈가 부러
져 사망하고, 싸움에서 진 나리무라도 나중에 그를 원수로 여기는 자에게 맞아 죽는
다. 이 사건 이후부터는 호테 간의 대결이 금해졌다고 하여 사실에 기초한 전승인 것
같다. 승부 장면은 과장이 없고 사실적이며 박진감 넘친다.

이제는 옛이야기이지만, 엔유圓融[1] 천황 치세의 영관永觀 2년[2] 7월 □일에
굴하원堀河院[3]에서 스모相撲 절회節會가 열렸다.

한편, 선발시합[4] 당일, 좌방의 호테最手[5]인 마카미노 나리무라眞髮成村[6]와
우방의 호테인 아마노 쓰네요海恒世[7]가 부름을 받고 시합을 벌이게 되었다.
나리무라는 히타치 지방常陸國[8] 스모인으로, 무라카미村上 천황 치세[9] 때부터

---

1 엔유인圓融院 천황(→ 인명). 제64대 천황.
2 984년. 뒤의 빈 공간은 날짜의 명기를 기한 의도적 결자.
3 후지와라노 모토쓰네藤原基經(836~891)의 저택을 지칭함.
4 스모 절회에서는 좌우대항이 끝난 다음 날, 그 승자를 중심으로 선발해서 맞붙게 함. 대전의 횟수는 5회.
5 → 본권 제23화 주 참조. 스모의 최고위 등급.
6 → 인명.
7 → 인명.
8 → 옛 지방명. 제21화에서는 무쓰 지방陸奧國이라 함.

스모 경기에 계속 출전하여 호테까지 오른 자로, 체격도 좋고 힘도 대단하였다. 쓰네요는 단고 지방丹後國[10]의 스모인으로, 이 자도 또한 무라카미 천황 치세 말엽[11]부터 등장해 계속 경기에 출전하여 호테까지 오른 자로, 체격은 나리무라에 비해 좀 뒤쳐졌지만 기술은 정말 뛰어났다. 오랫동안 이 두 사람은 서로 호적수로 지내온 사이인 만큼 이 승부는 누구 한 사람에게 있어서는 대단히 좋지 않은 결과를 가져올 것에 틀림없었다. 하물며 나리무라는 쓰네요보다도 스모경력이 오래된 자인만큼 만일 오늘 패한다면 그에게는 실로 불운한 것이다.

이제 서로 맞붙을 차례가 되어, 나리무라는 여섯 번이나 면제를 신청했다.[12] 쓰네요는 면제를 신청하지 않았지만 '나보다 나리무라는 훨씬 선배이니 만큼 즉시 맞붙는 것도 미안한 일이다.'라고 생각하여 억지로 시합을 하려는 마음은 없었고, 또한 상대도 매우 힘이 센 만큼 맞붙은들 그렇게 간단히 이길 수 있을 것 같지도 않았다. 그래서 나리무라가 여섯 번이나 면제를 신청하여 옆으로 비켜날 때마다 쓰네요는 다가가 맞붙지 않고 나리무라를 그대로 놔두고 있었다. 일곱 번째가 되어서 나리무라는 울면서 면제를 또 신청하였는데, 이번에는 허락되지 않았다. 나리무라는 성난 표정으로 일어서자마자 무턱대고 달려들었고, 둘은 맞붙었다. 쓰네요는 한손을 나리무라의 목에 걸치고 또 한손을 상대 옆구리에 찔러 넣었다. 나리무라는 앞 샅바를 당겨서 샅바의 옆쪽을 잡고, 쓰네요의 가슴에 자기 가슴을 밀어붙이며 마구 끌어당기자 쓰네요는 작은 목소리로 "실성한 것인가. 도대체 어쩌시

9　무라카미村上 천황(→ 인명). 무라카미 천황 치세는 천경天慶 9년(946)에서 강보康保 4년(967) 사이.

10　→ 옛 지방명.

11　강보 원년에서 4년경 사이로 추정됨.

12　몸의 이상 등을 제기하여 시합을 면제받는 것. 다만, 천황의 허락이 필요하였음. 그러나 뒤의 기술記述을 보면, 오늘날의 스모와 마찬가지로 이미 두 사람은 모래판 위에 올라가 있고, "잠깐 기다려 달라待った"라는 것을 통해 유예를 몇 번이고 신청하고 있는 것 같음.

려고 이러시나."라고 말했지만, 나리무라는 귀도 기울이지 않고 세게 잡아
당기며 다리로 덧걸이를 걸려고 했다. 쓰네요는 그것을 기다렸다는 듯이 역
으로 안다리걸이를 걸어 상대를 잡아당기며 몸을 뒤집어 하늘을 올려다보
며 내동댕이치자, 나리무라는 뒤로 벌렁 나자빠졌고, 그 위를 겹치듯이 쓰
네요가 옆으로 넘어졌다.

그때 이것을 보고 있던 직위의 고하를 막론하고 모든 사람들은 아연실색
했다. 스모에서는 이긴 쪽이 진 쪽에 대해 손뼉을 치며 웃는 것이 상례였지
만, 이 승부는 너무나 중요한 경기라 생각했던 탓일까, 소곤거리는 소리도
들리지 않고 객석은 웅성거렸다. 계속해서 다음 경기가 열릴 예정이었지
만, 이 승부 결과를 두고 이러쿵저러쿵 옥신각신하는 사이에, 날이 저물고
말았다.

나리무라는 일어나서 곧바로 스모인 대기소[13]로 뛰어 들어가 가리기누狩
衣[14]와 하카마袴를 입자마자 후다닥 나가 버렸다. 그리고는 곧바로 그날 안
으로 히타치 지방으로 돌아갔다.

한편, 나리무라는 일어났지만 쓰네요는 넘어진 채로 끝내 일어나지 못해,
우방의 스모를 맡아보는 스모장相撲長[15]들이 우르르 곁으로 몰려와 들어 올
려서 궁장전弓場殿[16]으로 데려갔다. 그리고 그곳에서 관람하고 있던 전상인
殿上人들을 밖으로 내보내고 그 자리에 눕혔다. 그때 우방 대장[17]인 대납언
大納言 후지와라노 나리토키藤原済時[18]가 굴하원의 침전寝殿 아래층 자리에서

---

13 휘장을 둘러치는 등. 좌우 각각에 임시로 설치되었음.
14 * 원래 수렵狩獵용의 의복이었는데 헤이안 시대 이후에는 남성귀족. 관인官人의 평복이 되었음.
15 스모장은 스모인을 돌보고 관리하는 사람. 좌우방 각 2인씩 임명.
16 굴하전堀河殿의 궁사장弓射場.
17 즉 우근위右近衛 대장大將.
18 → 인명.

내려와서 시타가사네下襲[19]를 벗어서 상으로 주었다. 중장, 소장들도 근처로 다가와 쓰네요에게 "나리무라는 어떠하였는가."라고 묻자, 쓰네요는 그저 "좋은 호테였습니다."라고만 대답했다. 그런 직후 스모인들이 다 같이 부축을 하며 이 인사 불성된 자를 일으켜 세워 밀면서 대기소로 데려가려 하자, 중장, 소장들은 입고 있던 옷을 전부 벗어서 상으로 주었다. 하지만 쓰네요는 옷조차도 제대로 《입지 못하고, 그 후》[20] 하리마 지방까지 가서 그만 죽고 말았다. 다른 스모인들은 갈비뼈가 눌려 부러져 죽은 것이라고 서로 이야기했다.

나리무라는 그 후 10여 년은 더 살았지만, "창피를 당했다."라고 말하며 도읍에도 올라가지 않았는데, 그러던 중에 그를 원수로 여기는 자에게 공격을 받아 죽었다. 그 나리무라라는 자는 현재의 호테인 다메나리爲成[21]의 아버지이다.

좌방 우방의 호테 간의 승부는 특별히 신기한 일도 아니며 통상 있는 일이다. 그러나 천황이 그해 8월에 퇴위[22]하셨기에, "좌우방의 호테 간의 승부는 불길한 일이다."라고 입 밖에 낸 자가 있어, 그 이후 호테 간의 승부를 겨루는 일은 없어졌다.[23]

이것은 이치에 맞지 않는 일이다. 퇴위하시는 것은 이 승부와 아무런 관련이 없다. 또한 정월 십사일의 답가踏歌[24]도 옛날부터 연중행사로 행해져

19 옛날, 관리가 정장할 때 포袍 밑에 받쳐 입던 옷. 뒷길의 자락이 길게 포 밖으로 나왔음.
20 결문 추정. 앞뒤 문맥을 고려하여 보충함.
21 제21화에서는 마카미노 다메무라眞髮爲村라고 함.
22 엔유圓融 천황의 퇴위는 영관永觀 2년(984) 8월 27일임.
23 다만 실제로는, 호테끼리의 승부가 있었던 것 같음.
24 궁중의 연중행사의 하나. 단체로 함께 땅을 힘껏 밟아서 쿵쿵 소리를 내며 춤추며 노래 부르는 것. 정월 십사일 또는 십오일은 남男답가, 십육일은 여女답가의 연회로 되어 있었으나 태후가 정월에 돌아가신 것을 계기로 여답가만이 남게 되었음.

내려온 것인데, 태후太后[25]가 정월 4일에 돌아가셨기에, 십사일은 기일忌日에 해당한다는 이유로 행해지지 않았는데, 이상하게도 사람들은 그것을 착각하여 "답가는 황후에게 불길한 일이라 피해야 한다."고 입 밖에 내어, 현재는 행해지지 않고 있다. 이 또한 정말 이해가 되지 않는 일이다.

그래도 세간에서는 역시 나리무라와 쓰네요는 승부를 겨루지 말아야 했다고 비난하였다고 이렇게 이야기로 전하여 내려오고 있다 한다.

---

25 다이고醍醐 천황의 황후인 온시隱子(→ 인명)를 가리킴.

相撲人成村常世勝負語第二十五

今昔、円融院天皇ノ御代ニ、永観二年ト云フ年ノ七月

□日、堀河院ニシテ相撲ノ節有ケル。

而ルニ、抜手ノ日、左ノ最手真髪ノ成村、右ノ最手海ノ常
世、召之被合ヘリ。

成村ハ常陸国ノ相撲也。村上ノ御時ヨリ取
上テ手ニ立タル也。大キサ、力、敢テ並ブ者無シ。恒世ハ丹
後ノ相撲也。其モ村上ノ御時ノ末ツ方ヨリ取上テ最
手ニ立タル也。勢ハ成村ニハ少劣タレドモ、取手ノ極タル上
手ニテ有ケル也。今日召シ被合レバ、二人乍ラ心憾クテ久ク
成リタル者共ナレバ、誰ガ為ニモ極ク糸惜カリヌ
ベシ。況ヤ成村ハ恒世ヨリハ久ク成タル者ナレバ、若被打レ

ムニ極テモ糸惜カリヌベシ。然テ、成村六度マデ障ヲ
申。恒世モ障ヲコソ不申

モ、「成村ハ我ヨリハ久シ
成タル者ナレバ、忽ニ取ラ
ン事モ糸惜ク」思ヘテ、強
テ勝負セントモ不思ハ。亦
力極テ取合トモ輙ク難
打シ。然レバ成村六度マデ障ヲ申ストテ、離ルル度毎ニゾ放
チケル。七度ト云度、成村泣タク障ヲ申ニ、不被免バ、成
村嗔テ起マ、ニ、只寄テ取合ヌ。恒世ハ頸ヲ懸テ小脇ヲスケ
リ。成村ハ前俗衣ト喬ノ俗衣ノカハトヲ取テ、恒世ガ胸ヲ差
テ只絡ニ絡バ、恒世「物ニ狂ヒ給カ。此ハ何カニシ給
ゾ」ト云ヘドモ、成村聞モ不入シテ、強ク絡テ引キ寄テ、外
懸ニ懸ルヲ待、内ガラミニカランデ、引覆テ仰様ニ葉レバ、
成村仰様ニ倒ヌ。其ノ上ニ恒世ハ横様ニナム倒レ掛リタケ

相撲人（平安朝相撲人絵巻）

416

ル。

其ノ時ニ、此レヲ見ル上中下ノ諸人、皆色ヲ失テナムケ
ル。

相撲ノ勝タルニハ、負ル方ヲバ扣テ咲フ事、常習也。

其レニ、此レハ事ノ大事ナレバニヤ有ケン、蜜音モ不為シテ
ヒシヒシ〳〵ト云合タリケル。

成村ハ起走上テ相撲屋ニ入ルマヽニ、狩衣袴ヲ打着テ即
チ出ニケリ。

聽而其ノ内ニ下ニケリ。

恒世ハ、成村ハ起ヌレドモ、不上シテ臥セリケレバ、方ノ
相撲長サ共数寄テ救ヒ上テ弓場殿ノ方将行テ、殿上人ノ居
タル、引出シテ、其ガ上ニナム臥タリケル。其ノ時ニ方ノ大
将ニテ大納言藤原清時、階下ヨリ下坐シテ下襲脱テ被テケリ。

将共寄テ、恒世ニ、「成村ハ何ガ有ツル」ト問ケレバ、只、
「手」ト許答テケル。

其ヨリ相撲屋様ニ、相撲共ニ救ヒ被上
テ我ニモ非デ有ル者ヲ、押立テ、将共有限リ物脱テナム被
ゲ、ル。墓々シク衣キヌダニ□幡磨国ニシテ死ニケリ。胸骨ヲ

被差折テ死ニケル、トゾ異相撲共ハ云ケル。

成村ハ其後十余年生タリケレドモ、「恥見ツ」トゾテ不上
リケル程ニ、敵ニ被罸テ死ニケリ。成村ト云ハ、只今有ル最
手為ルガ父也。

左右最手勝負スル事珍キ事ニ非ズ、常ノ事也。而ルニ天
皇其ノ年ノ八月ニ位ヲ去ラセ給ヒケレバ、「左右ノ最手勝負
シテハ忌」ト云事ヲ云出テ、其ヨリ後ニハ勝負スル事無シ。
此ヲ不心得事也、更ニ其ニ不可依ル。亦正月十四日ノ踏
歌、昔ヨリ毎年ノ事トシテ被行ルヲ、大后ノ正月ノ四日失
セ給ヘレバ、御忌日ナルニ依テ不被行ヲ、怪ク人ノ心不得
デ、「踏歌ハ后ノ御為ニ忌事」ト云出テ、今ハ不被行也。此
レモ不心得事也カシ。

尚、成村恒世勝負スル事ハ有マジカリケル事也、トゾ世ノ
人謗リ申ケル、トナム語リ伝ヘタルトヤ。

가네토키^{兼時}와 아쓰유키^{敦行}가 경마^{競馬} 승부를 벌인 이야기

앞 이야기의 스모 승부에서 이야기가 바뀌어 경마競馬 승부 이야기로 화제가 옮겨간다. 경마의 명수인 오와리노 가네토키尾張兼時가 시모쓰케노 아쓰유키下野敦行와 맞붙게 되어 뜻밖에도 거칠게 날뛰는 미야기宮城라는 말을 타고 경기에서 패하지만, 그 퇴장하는 모습이 너무도 훌륭해서 관객들이 감탄한 나머지 가네토키가 패자의 승마 예의범절을 보여주기 위해 고의로 진 것이 아닌지 의심했다는 이야기. 명수 가네토키가 아니고는 할 수 없는 영광스러운 패배담이다.

이제는 옛이야기이지만, 우근右近 마장馬場[1]에서 경마競馬 경기[2]가 개최되었을 때, 그 첫 번째 조組로 오와리노 가네토키尾張兼時[3]와 시모쓰케노 아쓰유키下野敦行[4]가 올라탔다. 가네토키는 경마의 기수로 매우 유명했으며, 옛날[5] 명수에게도 전혀 부끄럽지 않는 매우 훌륭한 명수였다. 다만 거친 말을 탈 때에는 다소 불안한 면이 있었다. 반면 아쓰유키는 거친 말이라도 조금

---

1 우근위부右近衛府의 마장馬場. 일조대궁一條大宮(대내리大內裏의 서북西北 구석, 일조一條 대로와 서대궁西大宮 대로가 교차하는 부근)에 있었음. 현재의 기타노텐만 궁北野天滿宮 동남 지구에 해당함.
2 좌우 근위부의 대항전으로, 관인官人이 좌우 한 명씩 2인 1조로 다투는 경기. 궁중 연중행사의 하나로 5월 5, 6일에 개최되었다. 후에 가모賀茂 신사, 이와시미즈하치만 궁岩淸水八幡宮 등의 신사神事로도 되었다. 다만 여기서는 후지와라노 미치타카藤原道隆 주최의 임시 경마임.
3 → 인명.
4 → 인명(아쓰유키敦行).
5 옛날과 지금을 대비하는 상고尙古 사상의 반영임.

도 개의치 않았다. 특히 채찍 경마[6]에서는 대단한 명수였다.

그런데 그날[7] 경마에서 아쓰유키는 조련이 잘 되어 움직임이 뛰어난 말에 올라탔다. 가네토키는 미야기宮城[8]라는 거칠기로 유명한 말에 올라탔다. 이 미야기라는 말은 발은 대단히 빨랐지만, 너무 거칠어 가네토키가 타는 말로는 전혀 어울리지 않는데, 무슨 생각을 한 것인지 가네토키는 좌방左方 제1번으로서 그 미야기를 골라 탔다.

한편, 세 번 말을 천천히 걷게 한 뒤,[9] 두 말이 맞닿듯이 나란히 하여 내달렸다. 그 미야기는 항상 그랬듯이, 마치 놀리기라도 하듯 길길이 날뛰어 가네토키는 평상시 그렇게 잘 타던 경마 솜씨를 제대로 발휘도 못하고, 그저 떨어지지 않으려고 허둥댈 뿐 어떻게 해보지도 못하고 그만 경기에서 지고 말았다.

무릇, 경마에는 2인 1조로 올라탈 때부터 이기고 난 다음의 승마 방법까지, 많은 예의범절이 있다. 그러나 지고 난 뒤의 승마 퇴장 방법에 대해서는 이렇다 할 선례가 없어 그 예절을 아는 사람도 전혀 없었는데, 그날 가네토키가 경기에서 지고 난 다음에 보인 승마 방법에 모든 사람들은 "비록 완패했다고 해도 지고 난 뒤에는 저렇게 타야 하는 것이구나."라고 생각하였다. 어떤 범절이었냐 하면, 모든 사람들에게 '정말 죄송하다.'라는 표정을 보이며 말을 타고 나갔다. 그렇다면

"가네토키는 '지고 난 뒤의 말을 타는 예의범절을 모든 사람들에게 보여

6　두 마리 말을 앞뒤로 위치시켜, 뒤에 있는 말에 채찍을 가하는 것을 신호로 앞의 말도 내달리는 경마. 북을 쳐서 출발 신호로 삼음.

7　『강가차제江家次第』, 『고금저문집古今著聞集』 10에 따르면 정력正曆2년(991) 5월 28일의 임시경마로, 열 번 행해졌음.

8　세간에 잘 알려진 말로, 『강담초江談抄』 권3, 『강가차제江家次第』 권19, 『이중력二中歷』 명물력名物歷 등에도 보임.

9　원문은 '三地'. 좌우 기수가 출발 전에 세 차례 행하는 것으로, 말의 발걸음을 맞추어 천천히 걷게 하는 예절. 방법은 여러 설이 있어 확실치 않음.

주자.'라고 생각하여, 일부러 미야기를 타고 진 것이 아닐까?"
라고 사람들은 의심하였다. 그 이후 신분이 높은 자나 근위사인近衛舍人이나 할 것 없이, 경기에서 진 말을 타는 예의범절이란 바로 이런 것이라고 알게 되었다.

실제로 그렇게 의심받은 것은 어찌 보면 당연한 일이다. 가네토키는 난폭하고 날뛰는 말을 타는 것에 다소 불안한 면이 있었지만 일부러 미야기를 골라 탔다는 것은 아무래도 납득이 가지 않는 일이다. 이런 까닭에 세간에서는 그날 가네토키가 자진해서 진 것이라고 말하며 모두 칭송하였다고 이렇게 이야기로 전하여 내려오고 있다 한다.

兼時敦行競馬勝負語第二十六

今昔、右近馬場ニシテ競馬有ケルニ、一番ニ尾張兼時、下野ノ敦行乗リタリケル。

兼時ハ、競馬ニ乗ル事極タル上手也。敦行ハ、悪キ馬モ露不嫌ハ、其ノ中鞭競競馬ニ極タル上手ニテナム有リケル。

而ルニ、其ノ競馬ニ敦行ハ進退ニ賢キ馬ニゾ乗タリケル。兼時ハ宮城ノ上リ馬ニゾ乗タリケル。其宮城ハ極テ走リハ疾カリケレドモ痛ク上ケレバ、兼時ガ乗馬ニハ頗ル不負ヲ、兼時何カニ思ケルニカ有ケン、其ノ日左ノ一番ニテ撰テ此ノ宮城ニナム乗タリケル。

而ニ、既ニ二三地畢テ押合テ乗組テ打追フ。此ノ宮城、常ノ事ナレバ玉ヲ取ル様ニ上ケルニ、兼時極キ競馬ノ手共ニモ否

不乗デ、只不落ジトノミ為ル程ニ、兼時侘出シテ、負ニケリ。

競馬ニハ並組ム程ヨリハ勝テ行ク程マデハ多ノ手有ナリ。但シ負馬渡ス事ハ習モ無ク露知タル人モ無カリケルニ、其ノ日兼時ガ負テ行ケル様ヲ見ナン、万ノ人、「現ニ負クトモ、此テコソハ行カメ」ト見ケル。何ナル手ニカ有ケン、万ノ人ニ、「極テ糸惜」ト見スル姿ニテゾ渡ケル。然レバ、「兼時、『負馬乗タル作法万ノ人ニ令見知ン』ト思テ、然テ宮城ニハ乗テ、故ニ負クル事ニヤ有ラン」ト人疑ヒケル。其ヨリ後ナン、吉キ人モ舎人モ、負馬渡ス作法ハ此クナン有リケル。

実ニ然モ被疑タル事也カシ。兼時ハ、悪馬上リ馬ニ乗ル事ハ少シ心無ク、撰テ宮城ニ乗ケン、不心得事也。然レバ、其ノ日兼時態ト好テ負タルトゾ世ノ人皆讃メ嘆ケル、トナム語リ伝ヘタルトヤ。

금석이야기집今昔物語集

부록

출전·관련자료 일람

1. 『금석 이야기집』의 각 이야기의 출전出典 및 동화同話·유화類話, 기타 관련문헌을 명시하였다.
2. 「출전」란에는 직접적인 전거典據(2차적인 전거도 기타로서 표기)를 게재하였고, 「동화·관련자료」란에는 동문성同文性 또는 동문적 경향이 강한 문헌, 또 시대의 전후관계를 불문하고, 간접적으로라도 어떠한 관련이 있다고 판단되는 문헌, 자료를 게재했고, 「유화·기타」란에는 이야기의 일부 또는 소재의 유사성이 있다고 판단되는 문헌을 게재했다.
3. 각 문헌에는 관련 및 전거가 되는 권수(한자 숫자), 이야기·단수(아라비아숫자)를 표기하였으며, 또한 편년체 문헌의 경우 연호年號·해당 연도를 첨가하였다.
4. 해당 일람표의 작성에는 여러 선행 연구에 의거하는 부분이 많은데, 특히 일본고전문학전집 『금석 이야기집』 각 이야기 해설(곤노 도루今野達 담당)에 많은 부분의 도움을 받았다.

권20

권/화	제목	출전	동화·관련자료	유화·기타
권20 1	天竺天狗聞海水音 渡此朝語第一	未詳	遮那業血脈譜裏書(靑蓮院藏) 長門本平家物語一五	
2	震旦天狗智羅永壽 渡此朝語第二	未詳	眞言傳五25 是害房繪卷(曼殊院藏) 謠曲「善界」 古淨瑠璃「愛宕の本地」	吉備大臣入唐繪詞 江談抄三 吉備大臣物語 長谷寺驗記上1 謠曲「白樂天」
3	天狗現佛坐木末語 第三	未詳	宇治拾遺物語32 帝王編年記昌泰三年條 皇年代略記	今昔二〇12 宇治拾遺物語169 十訓抄七2 眞言傳七24
4	祭天狗僧參內裏現 被追語第四	未詳	日本紀略康保四年三月二八日條 扶桑記康保五年條	
5	仁和寺成典僧正値 尼天狗語第五	未詳	眞言傳六6 土巨抄 扶桑蒙求私注(彰考館藏)	

권/화	제목	출전	동화 · 관련자료	유화 · 기타
6	佛眼寺仁照阿闍梨房託天狗女來語第六	未詳		中世小說「おうの尼」
7	染殿后爲天宮被嬈亂語第七	未詳	扶桑略記元慶二年九月二五日條所引「善家秘記」 七卷本寶物集二 眞言傳四17	無動寺相應和尙傳 拾遺往生傳下1 古事談三16 今昔一〇34
8	良源僧正成靈來觀音院伏余慶僧正語第八	未詳	依正秘記(叡山文庫藏) 山門要記(叡山文庫藏)	雜談鈔24 諡號雜記慈惠諡號事の條 岩藏山大雲寺緣起 寺門高僧記四
9	祭天狗法師擬男習此衛語第九	未詳		今昔二七18
10	陽成院御代瀧口金使行語第十	未詳	宇治拾遺物語106	杜子春傳 靑邱野談36
11	龍王爲天狗被取語第十一	未詳	中世小說「秋の夜の長物語」	一角仙人の話(今昔五4 七卷本寶物集五 三國傳記二28 太平記三七 등)
12	伊吹山三修禪師得天宮迎語第十二	未詳	宇治拾遺物語169 十訓抄七2 眞言傳七24 天狗草紙	御伽物語一5
13	愛宕護山聖人被ル謀野猪ニ語第十三	未詳	宇治拾遺物語104	本朝二十不孝四4本にその人の面影
14	野干變人形請僧爲講師語第十四	未詳	狐媚記 袋草紙上 扶桑蒙求私注(彰考館藏)	
15	攝津國殺牛人依放生力從冥途還語第十五	日本靈異記中5		懺悔滅罪金光明經傳(敦煌資料)
16	豊前國膳廣國行冥途歸來語第十六	日本靈異記上30 扶桑略記慶雲二年九月條		
17	讚岐國人行冥途還來語第十七	日本靈異記中16		

권/화	제목	출전	동화·관련자료	유화·기타
18	讚岐國女行冥途其魂還付他身語第十八	日本靈異記中25	七卷本寶物集六	袖中抄 雜々集下40 雜和集7「伊勢や日向の物語と云事」
19	橘ノ磐島賂使不至冥途語第十九	三寶繪中14	日本靈異記中24	金剛般若經集驗記上 太平廣記103報應二 三國傳記四11
20	延興寺僧惠勝依惡業受牛身語第二十	日本靈異記上20	金澤文庫本觀音利益集22 元亨釋書二九慧勝	高僧傳一〇 打聞集10 宇治拾遺物語107 今昔一二25・一四37
21	武藏國大伴赤麿依惡業受牛身語第二十一	日本靈異記中9		
22	紀伊國名草郡人造惡業受牛身語第二十二	日本靈異記中32		
23	比叡山横川僧受小蛇身語第二十三	未詳		今昔一四1
24	奈良馬庭山寺僧依邪見受蛇身語第二十四	日本靈異記中38		今昔一四1
25	古京人打乞食ヲ感ル現報ヲ語第二十五	日本靈異記上15	金澤文庫本觀音利益集42	
26	白髮部猪麿打破テ乞食鉢ヲ感ル現報ヲ語第二十六	日本靈異記上29		
27	長屋ノ親王罸沙彌感ル現報ヲ語第二十七	日本靈異記中1	扶桑略記神龜六年條 元亨釋書二二聖武帝皇五年條 續日本紀天平元年二月條	
28	大和國人捕菟感現報語第二十八	日本靈異記上16		
29	河内國人殺馬得現報語第二十九	日本靈異記上21		
30	和泉國人燒食鳥卵得現報語第三十	日本靈異記中10		冥報記下8 法苑珠林六四漁獵篇 太平廣記一三一報應三〇 今昔九24 沙石集七13

권/화	제목	출전	동화 · 관련자료	유화 · 기타
31	大和國人爲母依不孝得現報語第三十一	日本靈異記上23		
32	古京女爲依不孝感現報語第三十二	日本靈異記上24		
33	吉志火麿擬殺母得現報語第三十三	日本靈異記中3	言泉集孝養因緣 悲母不捨逆子事條 眞如藏本言泉集母料施主分 妙本寺本曾我物語四 七卷本實物集六	仮名本曾我物語七3 しやうめつばらもんの事 幸若舞曲「小袖乞」(小袖曾我) 妙本寺本曾我物語六 雜寶藏經九婦女厭欲出家緣 法苑珠林二二入道篇引證部 古今序注(了譽)一 當麻曼陀羅疏一一名大本百因緣集16
34	出雲寺別當淨覺食父成鯰肉得現報忽死語第三十四	未詳	宇治拾遺物語168	片仮名本因果物語中12
35	比叡山ノ僧心懷依嫉妬感現報語第三十五	未詳		
36	河内守依慳貪感現報語第三十六	未詳	扶桑蒙求私注(彰考館藏)所引「宇記」	
37	耽財娘爲鬼被噉悔語第三十七	日本靈異記中33		
38	石川沙彌造惡業得現報語第三十八	日本靈異記上27		
39	淸瀧河奧聖人成慢悔語第三十九	未詳	宇治拾遺物語173	
40	義紹院不知化人被返施悔語第四十	未詳		閑居の友上1 撰集抄三7
41	高市中納言依正直感神語第四十一	日本靈異記上25		日本書紀持統天皇六年二・三月條 懷風藻藤原萬里(麻呂)「五言 過神納言墟」

권/화	제목	출전	동화·관련자료	유화·기타
42	女人依心風流得感應成仙語第四十二	日本靈異記上13		懷風藻藤原史(不比等)「五言 遊吉野詩二首」散伏柘枝傳 萬葉集三仙柘枝歌三首
43	依勘文左右大將可愼枇杷大臣不愼語第四十三	未詳	宇治拾遺物語183 中外抄下15久安五年三月條	
44	下毛野敦行從我門出死人語第四十四	未詳	宇治拾遺物語24	
45	小野篁依情助西三條大臣語第四十五	未詳		類聚本系江談抄三38·39(醍醐寺本214) 三國傳記四18 諸事表白(日光輪王寺藏) 竹林寺緣起 一乘拾玉抄六 歌行時(邪馬臺詩注) 玉帶木一4 前田本冥報記下25(高山寺本下24) 今昔九31
46	能登守依直心息國得財語第四十六	未詳		今昔二六12

권 22

권/화	제목	출전	동화·관련자료	유화·기타
권22 1	大織冠始賜藤原姓語第一	未詳	家傳上(鎌足傳) 日本書紀皇極·天智紀 聖德太子傳曆 扶桑略記皇極天皇四年條 大鏡藤氏物語 帝王編年記齊明天皇五年條 多武峰緣起 多武峰略記 平家物語六 元亨釋書九多武峰定慧 神明鏡 職原抄聞書 中世日本紀注釋類 中世太子傳注釋類 幸若舞曲「入鹿」	

권/화	제목	출전	동화·관련자료	유화·기타
2	淡海公繼四家語第二	未詳	大鏡藤氏物語	
3	房前大臣始北家語第三	未詳	大鏡藤氏物語	
4	內麿大臣乘惡馬語第四	未詳	日本後紀弘仁三年一〇月條 大鏡藤氏物語	
5	閑院冬嗣右大臣幷子息語第五	未詳	大鏡冬嗣·良房·良相·長良傳	
6	堀河大正大臣基經語第六	未詳	大鏡基經傳	
7	高藤內大臣語第七	未詳	世繼物語52 富家語133應保元年條 打聞集24 勸修寺舊記 勸修寺雜事記 勸修寺緣起 雜々集上11 高藤卿(公)繪詞	宇津保物語俊蔭卷 散佚交野の小將物語 靑邱野談34
8	時平大臣取國經大納言妻語第八	未詳	第二段→ 大鏡時平傳 第三段이후→ 世繼物語五三 毘沙門堂本古今集註 十訓抄六23 雜々集上10	小將滋幹の母(谷崎潤一郎)

권 23

권/화	제목	출전	동화·관련자료	유화·기타
권23 13	平維衡同致賴合戰蒙咎語第十三	未詳	權記長德四年一二月條, 長保元年八月·一二月條 小右記長保元年七月·一一月·一二月條 御堂關白記長保元年五月·長保二年二月條 左經記長元七年七月條 本朝世紀長保元年五月條 日本紀略長保元年一二月條 百鍊抄長保元年一二月條	
14	左衛門尉平致經送明尊僧正語第十四	未詳		

15	陸奥前司橘則光切殺人語第十五	未詳	宇治拾遺物語132 類聚本系江談抄三25(醍醐寺本132) 權記長德四年一一月八日條	
16	駿河前司橘季通構逃語第十六	未詳	宇治拾遺物語27	
17	尾張國女伏美濃狐語第十七	日本靈異記中4		播磨風土記𡉕岡起源說話 민담「竹取物語」,「一寸法師」 日本靈異記上2 今昔十六17 金澤文庫本觀音利益集45 민담「狐女房」 古淨琉璃「信太妻」 江源武鑑 利根川圖志 →第18話「유화·기타」
18	尾張國女取返細疊語第十八	日本靈異記中27		日本靈異記上3 日本高僧傳要文抄一 本朝文粹一二道場法師傳 扶桑略記敏達天皇條 打聞集14 水鏡中 神明鏡上 金昔二三24 古今著聞集一〇377
19	比叡山實因僧都强力語第十九	未詳	扶桑蒙求私注(彰考館本)所引「宇記」	
20	廣澤寬朝僧正强力語第二十	未詳	宇治拾遺物語176 眞言傳五18	今昔二三19・二五7
21	大學衆試相撲人成村語第二十一	未詳	宇治拾遺物語31	
22	相撲人海恒世會蛇試力語第二十二	未詳	宇治拾遺物語177	今昔二三18
23	相撲人私市宗平投上鰐語第二十三	未詳		
24	相撲人大井光遠妹强力語第二十四	未詳	宇治拾遺物語166	今昔二三18 古今著聞集一〇377
25	相撲人成村常世勝負語第二十五	未詳		
26	兼時敦行競馬勝負語第二十六	未詳	古今著聞集一〇354 江家次第一九臨時競馬, 兼時敦行競馬條	

인명 해설

1. 원칙적으로 본문 중에 나오는 호칭을 표제어로 삼았으나, 혼동하기 쉬운 경우에는 본문의 각주에 실명實名을 표시하였고, 여기에서도 실명을 표제어로 삼았다.
2. 배열은 한글 표기 원칙에 의한 가나다 순으로 하였다.
3. 해설은 최대한 간략하게 표기하며, 의거한 자료·출전出典을 명기하였다. 이는 일본고전문학전집 『금석 이야기집今昔物語集』의 두주를 따른 경우가 많다.
4. 각 항의 말미에 해당 인물이 등장하는 이야기를 숫자로 표시하였다. 예를 들면 '⑳ 1'은 '권20 제1화'를 가리킨다.

㉮

가미쓰케노 미네오上野峰雄

출생·사망 시기는 자세히 진해지지 않음. 가인歌人. 관평寬平 3년(891) 정월에 사망한 후지와라노 모토쓰네藤原基經를 애도한 시로 알려져 있음. 『대경大鏡 이서裏書』 등에서는 "六位, 父母未詳, 承和 比人"라는 기사가 있음(승와承和 연간은 834~848). 『이중력二中歷』 가인력歌人歷·제대부諸大夫 이하의 항목에 이름이 나타남. ㉒ 6

간초寬朝

연희延喜 15년(915)~장덕長德 4년(998). 우다宇多 천황의 손자, 아쓰미 친왕敦實親王의 아들. 어머니는 후지와라노 도키히라藤原時平의 딸. 진언종 승려. 간쿠寬空의 제자. 정원貞元 2년(977)에 도지東寺 장자長者·사이지西寺 별당別當이 됨. 영관永觀 2년(984)에는, 도다이지東大寺 별당, 관화寬和 2년(986)에 대승정에 임명됨. 가잔花山 천황의 칙원勅願에 의해, 사가嵯峨 히로사와 연못廣澤池의 북서에 헨조지遍照寺를 건립하여 살았으며, 히로사와 대승정이라 불림. 간초의 제자로는 가쿄雅慶·사이진濟信·진가쿠深覺·가쿠엔覺緣 등이 있음. ⑳ 4·5 ㉓ 20

겐신源信

천경天慶 5년(942)~관인寬仁 원년(1017). 야마토 지방大和國 사람. 속성俗姓은 우라베 씨占部氏. 에신惠心 승도僧都·요카와橫川 승도僧都라고도 함. 천태종의 승려. 내공봉십선사內供奉十禪師. 법교상인위法橋上人位를 거쳐 권소승도權少僧都. 수릉엄원首楞嚴院 검교檢校(『요카와장리橫川長吏』). 료겐良源(지에慈惠 승정僧正)의 제자. 일본정토교淨土敎의 대성자大成者로 일본에서 정토교에 관하여 처음으로 『왕생요집往生要集』을 저술. 그 밖에 『일승요결一乘要決』, 『대승대구사초大乘對具舍抄』 등을 저술. ⑳ 23

고교쿠 천황皇極天皇

594년~661년. 제35대 천황. 재위 642~645년. 아버지는 지누 왕茅渟王. 어머니는 기비히메노 미

코吉備姬王. 이름은 다카라노 히메미코寶皇女. 조
메이舒明 천황의 황후. 덴치天智·덴무天武 천황
의 어머니. 소가노 이루카蘇我入鹿가 나카노오에
中大兄 황자皇子에 의해 살해되자 고토쿠孝德 천
황에게 양위. 백치白雉 5년(654) 고토쿠 천황이
죽자 중조重祚하여 사이메이齊明 천황이 됨. ㉒ 1

고보弘法 대사大師

보귀寶龜 5년(774)~승화承和 2년(835). 사누키 지
방讚岐國 사람. 속성俗姓은 사에키우 씨佐伯氏.
'고보 대사'는 다이고醍醐 천황의 칙시勅諡에 의
한 것. 밀호密號는 헨조콘고遍照金剛. 휘諱는 구
카이空海. 대승도大僧都. 내공봉십선사內供奉十禪
師. 대승정大僧正으로 추증됨. 진언종眞言宗의 개
조. 연력延曆 23년(804) 입당, 혜과惠果에게 태장
胎藏·금강金剛 양부兩部의 법法을 전수받음. 귀
국 후, 홍인弘仁 7년(816) 사가嵯峨 천황에게 청
을 올려 고야 산高野山에 곤고부지金剛峰寺를 세
웠음. 홍인 14년, 도지東寺(교오고코쿠지敎王護
國寺)를 하사받아 근본도장根本道場으로 삼음. 종
교·학문·교육·문화·사회사업 등에서 폭넓게
활약. 저서『비밀만다라십주심론秘密曼茶羅十住心
論』,『삼교지귀三敎指歸』등. 구카이의 마노萬能의
연못(마노 연못滿濃池) 수축修築에 대해서는『대
사어행상집기大師御行狀集記』,『고보대사행화기
弘法大師行化記』등에 기록되어 있음. ㉑ 11

고이치조인後一條院

관홍寬弘 5년(1008)~장원長元 9년(1036). 제68대
고이치조後一條 천황. 재위, 장화長和 5년(1016)~
장원 9년. 이치조一條 천황의 제2황자. 어머니는
후지와라노 쇼시藤原彰子. 아쓰히라敦成 친왕親
王. 태어나던 당시의 모습은『무라사키 식부 일
기紫式部日記』에 자세히 전해짐. ㉑ 35

구니쓰네國經

천장天長 5년(828)~연희延喜 8년(908). 후지와라
노 나가라藤原長良의 장남. 어머니는 나니와노
후치코難波淵子. 좌대신左大臣 도키히라時平는
조카에 해당함. 참의參議·대재권사大宰權帥·권
중납언權中納言·중납언中納言 등을 거쳐, 연희 2
년 대납언大納言. 다음해 정삼위正三位. 동 8년 6
월 29일, 81세의 나이로 사망. ㉒ 6·8

기사이치노 무네히라私市宗平

출생·사망 시기는 자세히 전해지지 않음. 이치
조一條 천황의 치세(986~1011) 전반前半에 활약
한 스모인相撲人.『권기權記』정력正曆 4년(993)
7월 26일 조에 좌방左方의 호테最手로서 보임.
『소우기小右記』동일 조에 "左最手致平"라는 것도
무네히라를 말함.『속본조왕생전續本朝往生傳』
이치조 천황 조에 "異能則私宗平"라는 내용이
으며,『이중력二中歷』일능력一能歷·스모 항목에
는 "私(狛イ)宗平"라고 되어 있음. 기사이치 씨는
상대 씨족의 하나로 기사 씨私氏와 동족임.『권
기』나『소우기』에 따르면, 장보長保 2년(1000) 좌
방의 호테는 오시카 후미토키大鹿文時로 되어 있
으며, 이즈음에는 이미 은퇴 또는 사망했을 것이
라 여겨진다. ㉓ 23

기쇼인義紹院

연희延喜 14년(914)~안화安和 2년(969). 기쇼義昭
와 동일인물.『본조고승전本朝高僧傳』8에 의하면
헤이안 성밖安城 후시 씨藤氏 화족華族 출신. 긴
고지元興寺 승려로 남도의 영승英僧이라 여겨짐.
후지와라노 모로스케藤原師輔의 지우知遇를 료
겐良源, 호조法藏와 함께 받음. 천력天曆 5년(951)
유마회維摩會의 번론의番論義에서의 료겐과의 종
론宗論은 유명함.『승강보좌僧綱補佐』2·이서裏
書, 안화 2년 조에는 "東大寺義昭院"라는 내용이

있음. 『이중력二中歷』 명인력·현교 항목에 보임. 안화 2년 정월 3일 사망(『부상약기扶桑略記』, 『지에 대사전慈惠大師傳』, 『원형석서元亨釋書』, 『삼회정일기三會定一起』). ⑳ 4

[나]

나가라長良

연력延曆 21년(802)~제형齊衡 3년(856). 후지와라노 후유쓰구藤原冬嗣의 장남. 어머니는 후지와라노 마쓰쿠리藤原眞作의 딸. 참의參議·좌위문독左衛門督 등을 거쳐 제형 원년에 권중납언權中納言이 됨. 제형 3년 6월 23일에 종이위從二位. 같은 해 7월 3일 사망. 세이와淸和 천황天皇의 여어女御가 된 딸, 고시高子가 황자皇子(요제이陽成 천황)를 출산함에 따라 원경元慶 원년(877) 정일위正一位 좌대신左大臣을, 원경 3년에는 태정대신太政大臣으로 추증追贈됨(『속일본후기續日本後紀』, 『공경보임公卿補任』). ㉒ 5·6·7

나가야長屋 친왕親王

덴무天武 천황天皇 13년(684)~천평天平 원년(729). 다케치高市 황자皇子의 아들. 덴무 천황의 손자. 어머니는 덴치天智 천황의 딸인 미나베御名部 황녀皇女. 궁내경宮內卿·식부경式部卿·대납언大納言을 거쳐 양로養老 5년(721) 우대신, 신귀神龜 원년(724) 좌대신이 됨. 후지와라 씨藤原氏에 대항하는 세력을 가지고 있었음. 천평 원년, 밀고에 의해 처자와 함께 자결함. 후지와라 가문의 음모에 의해 희생됨. '친왕'이라는 칭호는 잘못된 것으로 여겨졌으나, 최근에 저택 유적으로부터 친왕親王 이름의 목간木簡이 출토되었음. ⑳ 27

나쓰구名繼

출생·사망 시기는 자세히 전해지지 않음. 후지와라노 쓰네유키藤原常行의 아들. 어머니는 음양두陰陽頭 미후지三藤의 딸. 아악조雅樂助, 정오위하正五位下(『존비분맥尊卑分脈』). ㉒ 5

나카히라仲平

정관貞觀 17년(875)~천경天慶 8년(945). 후지와라노 모토쓰네藤原基經의 자식. 어머니는 탄정윤彈正尹 사네야스人康 친왕親王의 딸. 참의參議·중납언中納言·대납언大納言·우대신右大臣 등을 거쳐 승평承平 7년(937) 정월 좌대신左大臣에 임명됨. 좌대장左大將 재임은 승평 2년 8월부터 사망한 천경 8년 9월까지임. 형인 도키히라時平나 동생인 다다히라忠平와 비교하면, 정치가로서는 뒤떨어졌음. 비파枇杷를 좋아하고, 저택 내에 심었다는 것에서 저택을 비파전枇杷殿이라고 하고, 비와枇杷 대신大臣, 비와枇杷 좌대신左大臣이라고 불림. 와카和歌에 능통하고 『고금집古今集』 등의 많은 칙찬집勅撰集에 수록됨. 천경 8년 9월 5일 사망. → 비와枇杷 좌대신左大臣. ㉒ 6

닌쇼仁照

출생·사망 시기는 자세히 전해지지 않음. 히에이 산比叡山의 닌쇼仁照라면, 직부정織部正 다이라노 지카나카平親仲의 아들. 조킨增欽 아사리阿闍梨와 조간靜觀 승정僧正의 제자. 연희延喜 20년(920) 8월 23일, 우다인宇多院의 선지에 의해 히에이 산比叡山 서탑西塔의 보당원寶幢院 검교檢校가 됨. 승평承平 2년(932)에 임기가 끝남(『보당원검교차제寶幢院檢校次第』). 내공봉內供奉. 『천재집千載集』에 일수一首가 수록되어 있음. ⑳ 6

[다]

다다히라忠平

원경元慶 4년(880)~천력天曆 3년(949). 후지와라노 모토쓰네藤原基經의 4남. 어머니는 사품탄정윤四品彈正尹 사네야스人康 친왕親王의 딸. 도키히라時平, 나카히라仲平의 동복형제. 참의參議·권중납언權中納言·대납언大納言·우대신右大臣·좌대신左大臣을 역임하고, 승평承平 6년(936) 8월에 태정대신太政大臣이 됨. 천경天慶 4년(941) 11월, 관백關白. 저택의 이름과 연관되어 고이치조小一條 태정대신이라고도 불림. 종일위從一位. 천력 3년 8월 14일에 70세의 나이로 사망. 정일위正一位를 추증追贈받음. 시호는 데이신 공貞信公. 일기日記로서 『정신공기貞信公記』가 있음. 다다히라의 일문門은 후에 섭관가攝關家의 주류를 이룸. ㉒ 6

다메나리爲成

출생·사망 시기는 자세히 전해지지 않음. 아버지는 마카미노 나리무라眞髮成村. 자식으로는 쓰네노리經則가 있음. 만수萬壽 4년(1027) 8월 1일, 셋쓰 지방攝津國에 살면서 면전免田을 하사받음(『소우기小右記』). 스모인이고, 『소우기』 장원長元 4년(1031) 7월 28일 조條에 "좌左 호테最手 마카미노 다메나리眞髮爲成"라고 되어 있음. ㉓ 25

다이고醍醐 **천황**天皇

인화仁和 원년(885)~연장延長 8년(930). 제60대 천황. 재위 관평寬平 9년(897)~연장 8년. 우다宇多 천황의 제1황자. 후지와라노 도키히라藤原時平를 좌대신左大臣, 스가와라노 미치자네菅原道眞를 우대신右大臣으로 하여, 천황친정天皇親政에 의한 정치를 행하였고, 후세에 연희延喜의 치治라고 불리었다. 이 치세에, 『일본삼대실록日本三代實錄』, 『유취국사類聚國史』, 『고금 와카집古今和歌集』, 『연희격식延喜格式』 등의 편찬이 행해져 문화사업文化事業으로서 주목해야 할 것이 매우 많음. ⑳ 3 ㉒ 6·7·8

다이라노 고레히라平維衡

출생·사망 시기는 자세히 전해지지 않음. 사다모리貞盛의 아들. 이세헤이 씨伊勢平氏의 선조. 장덕長德 4년(998) 12월 14일, 산위散位 다이라노 무네요리平致賴와 전투를 하였고, 같은 달 26일 두 사람을 소환하여 질문한다는 선지宣旨가 내려짐(『권기權記』). 죄를 물어, 이듬해 12월 아와지淡路로 유배당함(『일본기략日本紀略』, 『소우기小右記』). 얼마 되지 않아 소환. 이후, 이세 수伊勢守·고즈케 개上野介·히젠 수備前守·히타치 개常陸介를 역임. 종사위상從四位上. 무용武勇으로 명성이 높았으며, 『속본조왕생전續本朝往生傳』 이치조一條 천황의 조에 "武士則滿仲·滿正·維衡·致賴·賴光、皆天下之一物也"라는 내용이 보임. 또한 미나모토노 요리노부源賴信, 후지와라노 야스마사藤原保昌, 다이라노 무네모리와 함께 사천왕四天王이라 불림(『이중력二中歷』). 85세의 나이로 사망(『존비분맥尊卑分脈』). ㉓ 13

다이라노 무네쓰네平致經

출생·사망 시기는 자세히 전해지지 않음. 무네요리致賴의 아들. 『좌경기左經記』 관인寬仁 4년(1020) 2월 14일 조에 "左衛門尉平致經"이라는 내용이 있음. 다음해인 치안治安 원년, 다이라노 긴요리平公賴와 함께, 춘궁사생春宮史生 야스유키安行를 살해한 죄를 물어, 추포追捕의 검비위사檢非違使가 무네쓰네가 거주하는 이세伊勢로 향함. 이때도 좌위문위左衛門尉. 장원長元 4년(1031)에 아와 수령安房守 후지와라노 마사스케藤原正輔와 사투私鬪에 이른 죄를 물었을 때는, '전좌위문위前左衛門尉'였음.(『소우기小右記』, 『좌경기』). 노래歌가 『사화집詞花集』에 수록되어 있음. ㉓ 14

다이라노 무네요리平致賴

?~관홍寬弘 8년(1011). 긴마사公雅의 아들. 혹은

요시마사良正의 아들. 자식으로는 무네쓰네致經, 긴치카公親, 긴무네公致, 무네미쓰致光가 있음(『존비분맥尊卑分脈』). 통칭은 다이라노 고다이후平五大夫. 벼추 승備中丞·우위문위右衛門尉·종오위하從五位下. 『권기權記』 장덕長德 4년(998) 12월 14일 조에, 이세 지방伊勢國 가미 군神郡에서 다이라노 고레히라平維衡와 전투를 벌였다고 기록되어 있음. 무네 요리는 전투시에는 산위散位이자 무관無官이었음. 이 전투의 죄를 물어, 다음 해인 장보長保 원년에 오키 지방隱岐國으로 유배. 장보 3년(1001) 소환되어, 다음해 본위本位를 되찾음. 무용武勇으로 고명하였으며, 『이중력二中歷』 일능력一能歷·무사武者 항목에 '平五大夫致賴'라는 내용이 있으며, 『속본조왕생전續本朝往生傳』에서도 "天下之一物也"이라 기록되어 있음. 오사다 류長田流의 시조. ㉓ 13·14

나이라노 사다모리平貞盛

?~영조永祚 원년(989)?. 구니카國香의 아들. 승평承平 5년(935), 좌마윤左馬允 재임중에 아버지가 다이라노 마사카도平將門에게 공격받자 마사카도를 추토追討하기 위해 히타치常陸로 하향. 천경天慶 3년(940) 후지와라노 히데사토藤原秀鄕와 마사카도를 주살함. 그 공功으로 종오위상從五位上 우마조右馬助. 그 후, 진수부장군鎭守府將軍·단바 수령丹波守·무쓰 수령陸奧守을 역임. 종4위하從四位下. 자字는 헤이타平太. ㉓ 13

다이라노 사다후미平定文

정관貞觀 13년(871)?~연장延長 원년(923). 사다후미貞文라고도 함. 『고금집古今集』에는 "さたふん"이라고 되어 있음. 요시카제好風의 아들. 시게요 왕茂世王의 손자. 정관 16년에 다이라 성平姓을 받음. 우병위소위右兵衛少尉·미카와 권개三河權介·우마 권개右馬權介·시종侍從·좌근위좌左兵衛佐 등을 역임. 종오위상從五位上. 헤이추平中라고도 불림. 중고中古 36가선의 한 사람으로 왕조王朝의 풍류호색인風流好色人으로서 유명(『고금집목록古今集目錄』, 『중고가선삼십육인전中古歌仙三十六人傳』, 『존비분맥尊卑分脈』, 『명형왕래明衡往來』). 사다후미를 주인공으로 한 우타 모노가타리歌物語에 『헤이추 이야기平中物語』가 있음. 연장 원년 9월 27일 사망. ㉒ 8

다이마노 가모쓰구當麻鴨繼

?~정관貞觀 15년(873). 제형齊衡 3년(856) 전약두典藥頭. 후에, 주전도主殿頭·시의侍醫를 겸임. 닌묘仁明 천황, 몬토쿠文德 천황, 세이와淸和 천황의 치세에 종사했던 의사. 에치고 개越後介·아와 개阿波介·사누키 개讚岐介 등을 역임. 정관 15년 3월 8일 사망(『속일본후기續日本後紀』, 『몬토쿠실록文德實錄』, 『삼대실록三大實錄』). ⑳ 7

다치바나노 노리미쓰橘則光

출생·사망 시기는 자세히 전해지지 않음. 도시마사敏政의 자식. 어머니는 가잔인花山院 유모인 우콘노아마右近尼. 후지와라노 다다노부藤原齊信의 가사家司. 세이 소납언淸少納言의 남편 중의 한 명으로 『마쿠라노소시枕草子』에도 보임. 수리량修理亮·좌위문위左衛門尉·검비위사檢非違使 등을 거쳐 노토能登 수령·도사土佐 수령·무쓰陸奧 수령이 됨. 『소우기小右記』 관인寬仁 3년(1019) 7월 25일 조條에 무쓰 수령으로 보이는 것으로부터, 무쓰 수령 재임기간은 그 전후라고 추정. 종사위상從四位上. 무쓰陸奧 수령 퇴임 후에는 국수國守가 안 됨. 만수萬壽 연간(1024~8), 장원長元 연간(1028~37)에는 무쓰 전사前司로 불림. 『강담초江談抄』나 『권기權記』에 무용이 뛰어난 인물로 기록되어 있음. 『금엽집金葉集』에 한 수首 수록되어 있음. ㉓ 15·16

다치바나노 스에미치橘季通

?~강평康平 3년(1060). 노리미쓰則光의 아들. 식부대승式部大丞·장인藏人·중궁소진中宮少進·내장권조内藏權助 등을 거쳐 스루가 수령駿河守. 종오위상従五位上. 언제 스루가 수령에 재임하였는지는 미상이지만, 천희天喜·강평 때로 추정. 『후습유집後拾遺集』이하의 칙찬집勅撰集에 3수首 수록되어 있는 가인歌人이기도 함. ㉓ 15·16

다치바나노 스케마사橘輔政

출생·사망 시기는 자세히 전해지지 않음. 요시후루好古(893~972)의 자식. 빗추備中 개介·사가미 개相模介·야마시로山城 수령 등을 거쳐, 만수萬壽 2년(1025) 엣추越中 수령. 종사위상従四位上. 장보長保 원년(999) 11월 11일, 미노美濃에서 후지와라노 무네타타藤原致忠에 의해 자식인 고레요리惟賴와 낭등郎等 두 사람이 살해당했음(『권기權記』,『소우기小右記』). 그 사건이 일어났을 때, 정확하게는 전前 사가미相模 개介였음. 후지와라노 사네스케藤原實資의 가사家司. ㉓ 13

다카후지高藤

승화承和 5년(838)~창태昌泰 3년(900). 후지와라노 요시카도藤原良門의 차남. 어머니는 서시정西市正 다카다노 사미마로高田沙彌麻呂의 딸 시춘자子. 후유쓰구冬嗣의 손자. 후지와라 씨藤原氏 간주지 류勸修寺流의 시조. 우다宇多 천황天皇 여어女御가 된 딸 인시胤子가 낳은 아쓰기미敦仁 친왕親王(후의 다이고醍醐 천황)이 태자로 책봉되게 되어, 승진의 길이 열림. 관평寬平 7년(895) 참의參議, 창태 2년 대납언大納言. 다음 해에는 내대신内大臣에 이름. 창태 3년 3월 12일, 63세의 나이로 사망. 정일위正一位. 태정대신太政大臣을 추증追贈받음. 고이치조小一條 내대신内大臣·가주지 내대신이라 호칭함(『존비분맥尊卑分脈』,『공경보임公卿補任』). ㉒ 7

다케치마로武智麿

'무치마로むちまろ'라고도 함. 천무天武 9년(680)~천평天平 9년(737). 후지와라노 후히토藤原不比等의 아들. 어머니는 소가노 무라지코蘇我牟羅自古의 딸 가모賀茂. 중납언中納言·대납언大納言·대재수大宰帥 등을 거친 후, 천평 6년 종이위従二位 우대신右大臣이 됨. 천평 9년 7월 24일, 역병에 의해 죽음에 임하여, 정일위正一位 좌대신左大臣. 다음 날 사망. 태정대신太政大臣을 추증追贈받음. 『후지씨 가전藤氏家傳』에 전기傳記가 있음. 후지와라 남가南家의 시조. ㉒ 2

단카이 공淡海公

→ 후히토不比等 ㉒ 1·3

대직관大織冠

후지와라노 가마타리藤原鎌足. 스이코천황推古天皇 22년(614)~덴치천황天智天皇 8년(669). 아버지는 나카토미노 미케코中臣御食子. 내대신内大臣. 대직관大織冠. 대화大化 3년(647) 제정制定의 관위 13계의 최고위인 대직관은 가마타리에게 주어진 것이 유일한 예였기 때문에, '대직관'이라고 한다면 가마타리를 가리켰음. 덴치천황 8년에 천황으로부터 '후지와라노 아손藤原朝臣'이라는 성을 하사받았으며, 차남인 후히토不比等의 계통이 이를 계승함. 대화 원년 나카노오에中大兄 황자(후의 덴치天智 천황天皇)와 노모하여 소가노 이루카蘇我入鹿를 토벌하고, 대화의 개신改新을 추진한 중심인물임. ㉒ 1·2

덴교傳敎 대사大師

사이초最澄를 말함. 천평신호天平神護 2년(766)~홍인弘仁 13년(822). 오미 지방近江國 사람. 속성

俗姓은 미쓰노오비토三津首. 휘는 사이초最澄. 천태종의 시조. 12세에 오미의 국분사國分寺의 교효行表 밑에서 출가, 히에이 산比叡山에 들어감. 연력延曆 23년(804) 환학생還學生으로 입당, 이듬해 귀국. 히에이 산에 대승계단大乘戒壇을 설립하려 했으나, 남도南都반대에 부딪혀, 사후 7일째인 홍인 13년 6월 11일에 드디어 허가가 떨어짐. 정관貞觀 8년(866) 시호 '덴교傳敎 대사大師'를 하사받음. 저서 『수호국계장守護國界章』, 『현계론顯戒論』, 『조권실경照權実鏡』등. ⑳ 34

덴치天智 천황天皇

614(혹은 626)년~671년. 제38대 천황. 재위 668~671년. 조메이舒明 천황의 제1황자. 호는 가즈라키葛城 황자, 나카노오에中大兄 황자라고도 함. 덴무天武 천황과 같은 어머니 형제. 황자, 황녀로는 오토모大友 황자·우노鸕野 황녀(지토持統 천황) 이베阿部 황녀(겐메이元明 천황) 등이 있음. 나카토미中臣(후지와라藤原) 가마타리鎌足와 대화大化의 개신改新을 단행하여 관위이십육계冠位二十六階의 제정, '경오년적庚午年籍' 작성, 오미近江 천도, 오미령近江令 시행 등을 추진. 능은 야마시나 능山科陵. ㉒ 1·2

도모노 세타요伴勢田世

출생·사망 시기 및 출생지는 자세히 전해지지 않음. 이치조一條 천황 치세의 스모인. 『이중력二中歷』 일능력一能歷·스모의 항목에 "勢多世"가 있음. 『속본조왕생전續本朝往生傳』 이치조 천황의 조條에 "異能則私宗平、三宅時世、伊勢多世"가 보이는데, 동일인물일 가능성이 있음. ㉓ 23

도키히라時平

정관貞觀 13년(871)~연희延喜 9년(909) 후지와라노 모토쓰네藤原基經의 장남. 어머니는 사품四品 탄정윤彈正尹 사네야스人康 친왕親王의 딸. 같은 어머니에게서 태어난 형제로는 나카히라仲平, 다다히라忠平, 온시穩子들이 있음. 가문의 장자. 참의參議·중납언中納言·우대장右大將·대납언大納言·좌대장左大將 등을 거쳐, 창태昌泰 2년(899) 2월에 좌대신左大臣과 좌대장을 겸임하게 됨. 연희延喜 원년 스가와라노 미치자네菅原道眞를 좌천시키고, 후지와라 씨藤原氏의 지위를 확보. 연희 9년 4월 4일에 39세로 사망. 그때가 정이위正二位 좌대신左大臣이었음. 정일위正一位 태정대신太政大臣으로 추증됨. (『공경보임公卿補任』, 『존비분맥尊卑分脈』). 혼인本院 대신大臣·나카미카도中御門 좌대신左大臣이라고 불림. 『일본삼대실록日本三代實錄』, 『연희식延喜式』의 찬수撰修를 주도하였음. ㉒ 6·8

[라]

료겐良源

연희延喜 12년(912)~관화寬和 원년(985). 오미 지방近江國 사람. 속성俗姓은 기즈 씨木津氏. 지에慈惠는 시호諡號. 법명法名은 료겐良源. 정월 3일에 입적入寂하였기 때문에, 간산元三 대사大師라고도 불림. 천태종天台宗의 승려. 강보康保 3년(966) 제18대 천태좌주天台座主. 이후 19년간, 후지와라노 모로스케藤原師輔의 후원을 받아 엔랴쿠지延曆寺를 정비. 겐신源信, 가쿠운覺雲, 진젠尋禪, 가쿠초覺超들의 문인門人을 육성함. 히에이 산比叡山 중흥中興의 선조라고도 불림. 천원天元 4년(981) 대승정大僧正. 저서에는 『태금념송행기胎金念誦行記』, 『구품왕생의九品往生義』 등. ⑳ 2·8

[마]

마로麿

지토持統 천황天皇 9년(695)~천평天平 9년(737). 후지와라노 후히토藤原不比等의 아들. 경가京家

의 시조. 양로養老 5년(721)에 좌경대부左京大夫가 되고, 재임 중에 참의參議・병부경兵部卿・산음도山陰道 진무사鎭撫使 등을 역임. 종삼위從三位. 시가에 능통하여『만엽집萬葉集』,『회풍조懷風藻』에 수록되어 있음. 천평天平 9년 7월 사망(『속일본기續日本紀』,『공경보임公卿補任』,『존비분맥尊卑分脈』). ㉒ 2

마카미노 나리무라眞髮成村

출생・사망 시기는 자세히 전해지지 않음. 헤이안平安 중기의 히타치 지방常陸國의 스모인. 『이중력二中歷』일능력一能歷・스모의 항목에 보이는 "眞井成村"(眞井는 眞甘의 잘못된 표기로 추정)은 마카미노 나리무라를 가리키는 것으로 추정. 마카미노 씨는 상대上代 씨족의 하나임. ㉓ 21・25

마카미노 다메무라眞髮爲村

'爲成'의 오기라고 추정. 권23 제25화에서는 마카미노 나리무라眞髮成村에 대해서 "只今有ル最手爲成ガ父也"라고 기록되어 있음. 이것에 의하면 '爲村'는 '爲成'의 형제나, 잘못된 표기일 가능성이 있음. ㉓ 21

마타테眞楯

후지와라노 후사사키藤原房前의 삼남(『대경大鏡』에는 사남). 처음에는 야쓰카八束. 마타테眞楯로 개명. 가문의 장자. 대재수大宰帥・중무경中務卿・중납언中納言 겸 신부경(治)部卿・수도대장授刀大將 등을 거쳐, 천평신호天平神護 2년(766) 정월 대납언大納言 겸 식부경式部에 임명. 정삼위正三位. 천평신호天平神護 2년 3월 사망, 52세. 태정태신太政大臣으로 추증(『속일본기續日本紀』,『공경보임公卿補任』,『존비분맥尊卑分脈』,『대경이서大鏡 裏書』). 와카和歌에 능통하여『만엽집萬葉集』에 8수首 수록됨. ㉒ 3・4

모토쓰네基經

승화承和 3년(836)~관평寬平 3년(891). 후지와라노 나가라藤原長良의 아들. 어머니는 후지와라노 오토하루藤原乙春. 숙부 요시후사良房의 양자가 됨. 응천문應天門의 변變에서 도모노 요시오伴善男 등을 곤경에 몰아넣어 중납언中納言이 됨. 정관貞觀 14년(872) 우대신右大臣. 섭정攝政을 거쳐서 원경元慶 4년(880) 태정대신太政大臣. 인화仁和 3년(887)의 아형阿衡 사건을 일으키고, 신하로서는 처음으로 관백이 됨. 종일위從一位. 통칭 '호리카와堀河 태정대신太政大臣'은 굴하원堀河院이 모토쓰네의 저택이었던 것에 의함. 『이중력二中歷』명가력名家歷에는 "堀川院、二條南、堀川東、昭宣公家。或云大炊御門堀川"로 되어 있음. 관평寬平 3년 정월 13일, 굴화원에서 사망. 정일위正一位 추증. 시호는 쇼센 공昭宣公. ㉒ 5・6・8

몬무文武 천황天皇

덴무天武 천황 12년(683)~경운慶雲 4년(707). 제42대 천황. 재위, 697~707년. 아버지는 구사카베草壁 황자皇子. 어머니는 겐메이元明 천황天皇. ⑳ 16

몬토쿠文德 천황

천장天長 4년(827)~천안天安 2년(858). 다무라田邑 천황이라고도 함. 제55대 천황. 재위, 가상嘉祥 3년(858)~천안天安 2년. 닌묘仁明 천황의 제1황자. 어머니는 후지와라노 노부코藤原順子. ⑳ 7 ㉒ 5

묘구明救

천경天慶 9년(946)~관인寬仁 4년(1020). 아리아키라有明 친왕親王의 5남. 엔랴쿠지延曆寺에 들어가서 평등방平等房 엔쇼延昌의 제자가 됨. 장화長和 2년(1013) 12월 26일에 권승정權僧正에 임명. 관인寬仁 3년 10월 20일에 승정에 임명되고, 제25대 천태좌주天台座主. 치산治山 1년. 조도지淨土寺 좌주座主로 불림. 『이중력二中歷』 명인력名人歷·영험자의 항목에 보임. 관인 4년 7월 5일 사망. ⑳ 1

묘존明尊

천록天祿 2년(971)~강평康平 6년(1063). 속성은 오노 씨小野氏. 도모토키奉時의 아들. 미치카제(혹은 도후)道風의 손자. 요쿄余慶의 제자. 치안治安 원년(1021) 12월 29일 권소승도權少僧都에 임명. 장원長元 원년(1028) 12월 30일 권대승도權大僧都. 장원 3년 제23대 온조지園城寺 장리長吏가 됨. 장원 4년 12월 26일에는 대승도大僧都에 오르고, 장원 6년 12월 20일에 권승정權僧正. 장력長曆 2년(1038) 온조지 장리에 다시 보임되고, 대승정大僧正에까지 오름. 영승永承 3년(1048) 8월 11일, 제29대 천태좌주天台座主가 되지만, 산문山門의 승려인 강소에 의해 3일 만에 사임. 강평 6년 6월 26일 사망. 시가志賀 대승정大僧正·신곤보眞言房라고 불림(『승강보임僧綱補任』, 『천태좌주기天台座主記』, 『온조지 장리차제園城寺長吏次第』). ㉓ 14

무네쿠니棟國

출생·사망 시기는 자세히 전해지지 않음. 스케구니輔國와 동일 인물이라면, 후지와라노 도키쓰라藤原常行의 아들. 어머니는 다이마노 기요오當麻淸雄의 딸. 주전두主殿頭, 종오위상從五位上(『존비분맥尊卑分脈』). 『존비분맥尊卑分脈』에서는 나쓰구名繼를 장남, 輔國를 3남으로 함. 차남은 노부요演世(병고두兵庫頭, 종오위하從五位下)로 4남은 가즈요萬世(내장조內藏助)로 기록함. ㉒ 5

무라카미村上 천황天皇

연장延長 4년(926)~강보康保 4년(967). 제62대 천황. 재위, 천경天慶 9년(946)~강보 4년.다이고醍醐 천황 제14황자(『일본기략日本紀略』). 어머니는 후지와라노 모토쓰네基經의 딸인 온시隱子. 천력天曆 3년(949)의 후지와라노 다다히라藤原忠平의 사후에는 섭정攝政·관백關白을 두지 않고, 친정親政을 행했음. 무라카미 천황의 치세는 다이고 천황의 치세와 함께, 연희延喜·천력天曆의 치治라고 하여 후세에 성대聖代로 여겨짐. 일기로는 『무라카미 천황어기村上天皇御記』가 있음. ⑳ 44 ㉒ 6 ㉓ 25

미나모토노 미치나리源道濟

?~관인寬仁 3년(1019). 마사쿠니方國의 아들. 권20 제35화의 「道成」는 「道濟」의 잘못된 표기. 고코光孝 미나모토 씨源氏. 문장생文章生·궁내소승宮內少丞·상인藏人·식부대승式部大丞·시모우사下總 권수權守·지쿠젠筑前 수령·대재소이大宰少貳 등을 역임. 정오위하正五位下. 지쿠젠 수령에 임명된 것은 장화長和 4년(1015) 2월 18일(『존비분맥尊卑分脈』). 가인歌人으로 유명하고, 중고中古 삼십육가선三十六歌仙 중의 한 명. 『습유집拾遺集』 등에 수록됨. 가집家集『미치나리 집道濟集』이 있음. 임지인 지쿠젠 지방筑前國에서 사망. ⑳ 35

미노오水尾 천황天皇

세이와淸和 천황天皇. 가상嘉祥 3년(850)~원경元慶 4년(880). 제56대 천황. 재위, 천안天安 2년(858)~정관貞觀 18년(876). 몬토쿠文德 천황 제4황자. 어머니는 후지와라노 요시후사藤原良房의 딸, 메이시(아키라케이코)明子. 9세로 즉위. 나이가 어려, 외조부인 요시후사가 섭정이 되어 정무를 집행함. 원경 4년 12월 4일 붕어. 능은 교토 시

京都市 우쿄 구右京區 사가嵯峨의 미노오 산릉水尾山陵. 미노오 천황은 능의 이름에서 따온 칭호. ㉒ 5

비와枇杷 좌대신左大臣

→ 나카히라仲平 ㉒ 43

사네요리實賴

창태昌泰 3년(900)~천록天祿 원년(970). 후지와라노 다다히라藤原忠平의 장남. 어머니는 우다宇多 천황의 황녀 미나모토노 준시源順子(『공경보임公卿補任』, 『대경이서大鏡裏書』). 연장延長 8년(930) 장인두藏人頭, 다음 해 참의參議, 천경天慶 7년(944) 우대신右大臣, 천력天曆 원년(947) 좌대신左大臣. 동 3년 아버지 다다히라의 사후에 가문의 장자長者가 되어 강보康保 4년(967)에 태정대신太政大臣이 됨. 안화安和의 변變에서 좌대신인 미나모토노 다카아키라源高明을 좌천시키고, 안화 2년(969) 엔유圓融 천황의 섭정으로 취임. 와카和歌에 뛰어났으며, 가집家集으로 『세이신 공집淸愼公集』이 있음. 또, 유식고실有職故實을 잘 알고 있으며, 오노노미야류小野宮流의 시조. 천록 원년 5월 18일 사망. 종일위從一位. 정일위正一位가 추증됨. 시호는 세이신 공淸愼公. ㉒ 43

사다카타定方

정관貞觀 15년(873)~승평承平 2년(932). 후지와라노 다카후지藤原高藤의 4남. 어머니는 미야지노 이야마스宮道彌益女의 딸. 중납언中納言·대납언大納言 등을 거쳐 연장延長 2년(924) 우대신右大臣. 동 4년에 종이위從二位. 다이고醍醐 천황의 외구外舅가 되어 관도官途에 모자람이 없었음. 산조 우대신三條右大臣이라 칭함. 시문詩文에도 뛰어나, 가집『삼조우대신집三條右大臣集』이 있음. 『이중력二中歷』 명인력名人歷·관현인管弦人의 항목에 보임. 사망 후에 종일위從一位를 추증追贈받음. ㉒ 7

사다쿠니定國

정관貞觀 8년(866)~연희延喜 6년(906). 후지와라노 다카후지藤原高藤의 3남. 어머니는 미야지노 이야마스宮道彌益女의 딸. 천대장泉大將이라 불림. 참의參議·중납언中納言을 거쳐 연희 원년 우대장右大將을 겸임, 다음해 대납언大納言. 연희 6년 7월 3일에 대납언 겸 우근위대장右近衛大將 종이위從二位로 사망. ㉒ 7

사쓰마노 우지나가薩摩氏長

도모노 우지나가伴氏長로 추정. 닌묘仁明 천황의 치세 때, 천하제일의 스모인相撲人이었음(『삼대실록三代實錄』 인화仁和 2년 5월 28일 조). 『이중력二中歷』 일능력一能歷·스모相撲의 항목 필두에 "사쓰마노 우지나가薩摩氏長"라고 보임. 『신원락기新猿樂記』, 『태평기太平記』 권8 등에도 보임. 전설적인 스모인이었음. ㉓ 24

산슈三修 선사禪師

천장天長 6년(829)~창태昌泰 3년(900). 속성은 스가노 씨菅野氏. 도다이지東大寺의 승려. 어렸을 때 출가하여 영산靈山을 순례하며 수행함. 인수仁壽 연중(851~4), 오미 지방近江國國 이부키산伊吹山에 올라 한 사찰을 건립. 원경元慶 2년(878)에 정액사定額寺가 되었고 이름을 고코쿠지護國寺로 함. 관평寬平 6년(894) 유마회維摩会 강사講師, 동 7년에 권율사權律師. 창태 3년 5월 12일에 72세의 나이로 사망(『삼대실록三代實錄』, 『승강보임僧綱補任』, 『삼국불법전통연기三國佛法傳通緣起』, 『삼회정일기三會定一記』). ㉒ 12

소가노 에미시蘇我蝦夷

?~고교쿠 천황皇極天皇 4년(645). 우마코馬子의 아들. 아버지의 사후死後 뒤를 이어 대신이 됨. 야마시로노오에山背大兄 황자를 물러나게 하고, 조메이舒明 천황을 옹립함. 고교쿠 천황 4년에 아들인 이루카入鹿가 나카노오에中大兄 황자들에게 살해당하자, 자택에 불을 지르고 자살함 (『일본서기日本書紀』). ㉒ 1

소메도노 황후染殿后

후지와라노 아키라케이코藤原明子. 천장天長 5년(828)~창태昌泰 3년(900). 염전저染殿邸에서 살았던 것에서 소메도노 황후라 불림. 후지와라노 요시후사藤原良房의 딸. 어머니는 사가嵯峨 천황의 황녀인 미나모토노 기요히메源潔姬. 미치야스道康 친왕親王(몬토쿠文德 천황天皇)의 동궁비東宮妃가 되어, 가상嘉祥 3년(850) 고레히토惟仁 친왕(세이와淸和 친황)을 출산. 같은 해 몬보쿠 천황 즉위에 따라 여어女御가 됨. 천안天安 2년(858) 11월에 황태부인皇太夫人. 정관貞觀 6년(864) 황태후皇太后. 동 16년 세이와 천황 양위讓位 후는, 아버지 요시후사의 저택인 염전저로 옮김. 염전저의 장소는 『이중력二中歷』에 "正親町南, 富小路東, 淸和皇后淸和院北"이라 되어 있고, 『습개초拾芥抄』에는 "正親町北, 京極西二丁, 忠仁公家. 或本, 染殿ハ淸和院, 同所"라 되어 있음. 원경元慶 6년(882) 태황태후太皇太后. 창태 3년 5월 23일, 73세의 나이로 사망. ㉕ 7 ㉒ 5

쇼무聖武 천황天皇

대보大寶 원년(701)~천평승보天平勝寶 8년(756). 제45대 천황. 재위, 신귀神龜 원년(724)~천평승보 원년. 몬무文武 천황의 제1황자. 어머니는 후지와라노 미야코藤原宮子. 법명은 쇼만勝滿. 황후皇后는 후지와라노 고묘시藤原光明子. 불교 신앙

이 독실하여, 전국의 국분사國分寺·국분니사國分尼寺를 설치. 도다이지東大寺를 창건하고, 대불주조를 발원함. ㉕ 19·22·33 ㉓ 17·18

쇼엔勝延

천장天長 4년(827)~창태昌泰 4년(901). 속성은 가사 씨笠氏. 기노 유키히로紀行廣의 아들. 현밀겸학顯密兼學의 승려(『승강보임僧綱補任』). 관평寬平 2년(890) 권율사權律師. 동 5년 율사. 창태 원년 12월 소승도少僧都. 동 4년 2월 사망. 『이중력二中歷』가인력歌人歷·승려僧侶의 항목에 보임. 와카和歌는 『고금집古今集』에 수록됨. ㉒ 6

스자쿠인朱雀院

스자쿠朱雀 천황. 연장延長 원년(923)~천력天曆 6년(952). 제61대 천황. 재위 연장 8년~천경天慶 9년(946). 다이고醍醐 천황의 제11황자. 어머니는 후지와라노 모토쓰네藤原基經 의 딸 온시穩子. 무라카미村上 천황의 동복형제. 연장 8년 11월, 8살의 나이로 즉위. 재위 중에 승평承平·천경天慶의 난亂이 발생. 천경 9년 무라카미 천황에게 양위하고 주작원朱雀院을 어소御所로 삼음. 시가詩歌에 뛰어났으며, 가집歌集 『스자쿠인어집朱雀院御集』이 있음. 천력 6년 8월 15일 붕어. ㉕ 43·44 ㉒ 6

시라카베白壁 천황天皇

고닌光仁 천황. 화동和銅 2년(709)~천응天應 원년(781). 제49대 천황. 재위, 보귀寶龜 원년(770)~천응 원년. 시키施基 친왕親王(시키志貴 황자皇子)의 여섯 번째 아들. 어머니는 기노 모로히토紀諸人의 딸 도치히메娘橡姬. 휘諱는 시라카베白壁. 쇼토쿠稱德 천황이 붕어하자 후지와라노 나가테藤原永手나 후지와라노 모모가와藤原百川 등에 의해 옹립擁立되어, 62세로 즉위함. 덴치天智

천황의 손자에 해당하는 고닌 천황이 즉위함으로써, 황통皇統이 덴무 계天武系에서 덴치 계天智系로 옮겨감. 천응 원년 12월 23일, 73세로 붕어. ㉒ 4

쓰네노리經則

출생·사망 시기는 자세히 전해지지 않음. 마카미 씨眞髮氏. 『중우기中右記』 관치寬治 2년(1088) 8월 7일 조條에, 천람天覽 스모相撲 제5번째 시합에, 왼쪽의 스모인으로 "쓰네노리恒則"가 있음. 동일 인물의 가능성이 있음. 또한 『후이조사통기後二條師通記』 관치寬治 7년 7월 13일 조條의 스모相撲에도 '쓰네노리常則'가 보임. ㉓ 21

쓰네유키常行

승화承和 3년(836)~정관貞觀 17년(875). 후지와라노 요시미藤原良相의 장남. 어머니는 오에노 오토에大江乙枝의 딸. 장인藏人·참의參議를 거쳐 정삼위正三位 대납언大納言·좌근위중장右近衛中將·내장두內藏頭 안찰사按察使 우근위대장右近衛大將 등을 역임. 『삼대실록三代實錄』 정관貞觀 17년 2월 17일 조條에 "大納言正三位兼行右近衛大將陸奥出羽按察使藤原朝臣常行薨"라고 되어 있음. 추증追贈 종이위從二位. ㉒ 5

㉘

아가타노이누카이노 다메마사縣犬養爲政

'현懸'은 '현縣'의 속자俗字. 출생·사망 시기는 자세히 전해지지 않음. 장덕長德 4년(998) 12월 21일에 검비위사사檢非違使의 선지宣旨를 받음(『권기權記』). 우위문지右衛門志. 장보長保 원년元年(999) 11월 20일 이른 새벽에 살인범 체포를 위해 후지와라노 다다치카藤原忠親와 함께 미노 지방美濃國에 파견됨(『소우기小右記』). 이후 관홍寬弘 2년(1005) 12월 29일 검비위사판관檢非違使判

官(『미도관백기御堂關白記』), 좌위문위左衛門尉로 승진함. ㉓ 13

아리아케有明 친왕親王

연희延喜 10년(910)~응화應和 원년(961). 다이고醍醐 천황天皇 제7황자. 우다宇多 법황法皇의 손자. 본집에서 우다 법황의 아들로 하는 것은 잘못된 것. 어머니는 여어女御 미나모토노 와시源和子. 히타치常陸 태수太守·대재사大宰師를 거쳐 삼품三品 병부경兵部卿. 52세의 나이로 사망. ㉕ 1

아마노 쓰네요海恒(常)世

?~영관永觀 2년(984) 사망. 쓰네요經世라고도 함. 본집에 의하면 단고丹後 지방 사람으로 무라카미村上 천황天皇 치세 말 무렵부터 스모相撲로 부름을 받은 우방의 호테最手였음. 아마 씨海氏는 고대 해양씨족의 하나. 또한, 『고금저문집古今著聞集』 권10 373·374의 "常世"는 오치노 쓰네요越智常世라고 여겨지며, 다른 인물인 것으로 추정. ㉓ 22·25

아쓰미敦實 친왕親王

관평寬平 5년(893)~강보康保 4년(967). '아쓰자네'라고도 함. 우다 천황宇多天皇의 제 8황자. 어머니는 후지와라노 인시藤原胤子. 자녀로는 미나모토노 마사노부源雅信, 미나모토노 시게노부源重信, 간초寬朝, 가쿄雅慶가 있음. 고즈케上野 태수太守·중무경中務卿·식부경式部卿을 거쳐 일품一品에 오름. 천력天曆 4년(950)에 출가하여 법명은 가쿠신覺眞. 유식고실有識故實에 능통하고, 또 피리·비파琵琶·화금和琴 등 관현에 뛰어났음. 하치조 궁八條宮·닌나지 궁仁和寺宮·로쿠조 식부경궁六條式部卿宮이라 불림. ㉓ 20

아쓰유키敦行

출생·사망 시기는 자세히 전해지지 않음. 아쓰유키厚行라고도 함. 무라카미村上 천황 치세에, 우근장감右近將監이 됨(『강가차제江家次第』 권19). 본집 권19 제26화, 권20 제44화, 권23 제26화에 그 이름이 보이며, 승마의 명수로 스자쿠朱雀·무라카미 천황 때, 가장 활약한 근위사인近衛舍人. 자식으로는 긴스케公助가 있음. ⑳ 44 ㉓ 26

엔쇼延昌

원경元慶 4년(880)~응화應和 4년(964). 가가 지방加賀國 에누마 군江沼郡 쓰키모토槻本 씨, 또는 에누마 씨 출신. 소쇼祚昭, 닌칸仁觀의 제자. 호쇼지法性寺 좌주座主를 거쳐, 천경 9년(946)에 제15대 천태좌주天台座主가 됨. 천력天曆 2년(948), 히에이 산比叡山 서탑西塔에 대일원大日院을 건립. 천덕天德 2년(958) 승정僧正에 오름. 스자쿠朱雀, 무라카미村上 천황의 귀의를 받음. 시호諡號는 지넨慈念. 뵤도보平等房라고 부름(『천태좌주기天台座主記』, 『승강보임僧綱補任』, 『법화험기法華驗記』, 『이중력二中歷』). 저작으로는 『십여시의사기十如是義私記』, 『칠성의사기七聖義私記』, 『보살의사기菩薩義私記』 등이 있음. ⑳ 1

엔유인圓融院 **천황**

엔유圓融 천황. 천덕天德 3년(959)~정력正曆 2년(991). 제64대 천황. 재위 안화安和 2년(969)~영관永觀 2년(984). 무라카미村上 천황의 제5황자. 어머니는 후지와라노 모로스케藤原師輔의 딸 안시安子. 법명은 곤고호金剛法. 후지와라노 센시藤原詮子와의 사이에서 태어난 제1황자는 제66대 이치조一條 천황으로서 즉위. ⑳ 4 ㉓ 25

오노노 다카무라小野篁

연력延曆 21년(802)~인수仁壽 2년(852). 미네모리岑守의 장남. 천장天長 10년(833) 동궁학사東宮學士 겸 탄정소필彈正少弼. 승화承和 원년(834) 견당부사遣唐副使에 임명되었으나, 대사大使인 후지와라노 쓰네쓰구藤原常嗣와 다투어, 병을 핑계로 승선을 거부. 이로 인해 오키隱岐로 유배가게 됨. 동 7년에 복관하여, 장인두藏人頭·참의參議가 됨. 시가詩歌·서도書道에 뛰어나며, 야쇼 공野相公이라 불림. 한시집으로 『야쇼공집野相公集』이 있었으나 산일됨. 다카무라를 주인공으로 다룬 작품으로 『다카무라 이야기篁物語(『오노노 다카무라집小野篁集』)』가 있음. 또한 지옥의 명관으로서 현세와 명계를 왕복하였다고도 전해짐. ⑳ 45

오미와노 다케치마로大神高市麿

사이메이齊明 천황 3년(657)~경운慶雲 3년(706). '大神'은 '大三輪', '三輪'라고도 함. 아버지는 도시카네利金. 임신壬申의 난 때 활약하였고, 오미近江 군軍을 물리침. 지토持統 천황 6년(692) 천황의 이세伊勢 행차를 간언하여 사직. 이 사건에 대해서는 『일본영이기日本靈異記』 상권 제25화, 『회풍조懷風藻』에 관련기사가 있음. 대보大寶 2년(702)에 복관復官하여 나가토長門 수령이 됨. 종사위상從四位上. 경운 3년 2월 6일 사망. 임신의 난 때의 공에 의해 종삼위從三位를 추증追贈받음. ⑳ 41

오사베 궁他戶宮

천평보자天平寶字 5년(761)~보귀寶龜 6년(775). 고닌光仁 천황의 제4황자. 어머니는 쇼무聖武 천황의 황녀인 이노에 내친왕井上內親王. 보귀 2년 정월에 황태자가 됨. 이듬해 5월, 어머니인 이노에 내친왕의 주저대역사건呪詛大逆事件에 연루되어, 폐위되어 서인庶人이 됨. 이노에 내친왕과 함께 야마토 지방大和國 우치 군宇智郡에 유폐되어, 보귀 6년 4월 27일에 어머니와 함께 사망. 후지와라노 모모카와藤原百川 등에 의해 독살되었을 가능성이 있음. 원념怨念에 의해 용이나 뇌신雷神으로 전생轉生하였다고도 전해지며, 사후에 어령御靈이 되어 두려움의 대상이 됨. ㉒ 4

오와리노 가네토키尾張兼時

출생·사망 시기는 자세히 전해지지 않음. 야스이安居의 아들. 장덕長德 4년(998)에 좌근위장감左近衛將監. 경마競馬·무악舞樂에 뛰어나며 후지와라노 미치나가藤原道長의 아들인 노리미치敎通·요시노부能信의 무용 스승이 됨(『미도관백기御堂關白記』·관홍寬弘 4년〈1007〉 2월 8일 조). 무라카미村上 천황의 치세부터 이치조一條 천황의 치세에 걸쳐 활약한 인물. 근위관인近衛官人으로서 걸출傑出하였는데, 노년에는 쇠함이 나타나, 관홍 6년 11월 22일 가모賀茂 임시제臨時祭에서 춤을 추었으나 원래만 못하고, 사람들이 안타깝게 여김(『미도관백기』). ㉓ 26

오이노 미쓰토大井光遠

출생·사망 시기는 자세히 전해지지 않음. 이치조一條 천황 때의 스모相撲의 명수. 가이 지방甲斐國 사람. 『속본조왕생전續本朝往生傳』 이치조 천황의 항에 '이능異能'으로서 거론됨. 또한, 『권기權記』 장보長保 2년(1000) 7월 27일 조條, 동년 7월 28일조, 관홍寬弘 4년(1007) 8월 20일 조에 왼편의 스모左の相撲로서 등장함. ㉓24

온시穩子

인화仁和 원년(885)~천력天曆 8년(954). 후지와라노 모토쓰네藤原基經의 넷째 딸. 어머니는 사네야스 친왕人康親王의 딸. 연희延喜 원년(901) 3월에 다이고醍醐 천황 여어女御, 연장延長 원년(923)에 중궁中宮이 됨. 유타아키라寬明(스자쿠朱雀 천황), 나리아키라成明(무라카미村上 천황), 야스코康子 등을 출산. 연장 8년 스자쿠 천황이 즉위하여, 승평承平 원년(931) 황태후가 됨. 또한 천경天慶 9년(946)에는 무라카미 천황이 즉위하여 태황태후太皇太后가 됨. 천력 8년 정월 4일, 70세의 나이로 붕어. ㉒ 6 ㉓ 25

요시미良相

홍인弘仁 4년(813)~정관貞觀 9년(867). 후지와라노 후유쓰구藤原冬嗣의 5남. 통칭 니시산조西三條 대신大臣으로 불린 것은 서삼조西三條에 살았기 때문임. 참의參議·춘궁대부春宮大夫·권중납언權中納言·우근위대장右近衛大將 등을 역임. 천안天安 원년(857) 우대신右大臣으로 임명됨. 좌대신左大臣은 되지 않음. 정이위正二位. 『정관격식貞觀格式』이나 『속일본후기續日本後紀』의 편찬에 종사함. 정관貞觀 9년 10월 10일 사망. 정일위正一位가 추증됨. ⑳ 45 ㉒ 5·7

요시카도良門

출생·사망 시기는 자세히 전해지지 않음. 후지와라노 후유쓰구藤原冬嗣의 6(7)남. 어머니는 아베노 오카사安倍雄笠의 딸. 정육위상正六位上(종사위상從四位上). 정일위正一位 태정대신太政大臣으로 추증追贈됨(『존비분맥尊卑分脈』). ㉒ 7

요시코노 이라쓰메與志古娘

출생·사망 시기는 자세히 전해지지 않음. 구루마모치노 구니코車持國子의 딸. 덴치天智 천황天皇의 황후였으나, 후에 가마타리鎌足의 부인이 됨. 본집에 있는 이야기와 동일한 것으로는 『대경大鏡』 후지와라藤氏 이야기, 『제왕편년기帝王編年記』 사이메이齊明 5년(659) 조條에도 보임. 자식으로는 후히토不比等가 있음. ㉒ 1·2

요시후사良房

연력延曆 23년(804)~정관貞觀 14년(872). 후지와라노 후유쓰구藤原冬嗣의 차남. 중납언中納言·대납언大納言·우대신右大臣이 되고, 딸인 아키라케이코明子가 낳은 고레히토惟仁 친왕親王(세이와淸和 천황)을 즉위시킴. 천안天安 원년(857) 2월 19일 태정대신太政大臣으로 임명. 종일위從一位. 정관貞觀 8년에 있었던 응천문應天門의 변變에서 대납언大納言 도모노 요시노伴善男를 유배시키고, 섭정攝政이 됨(최초로 신하로서 섭정이 됨). 당시에는 아직 관백關白이라는 칭호는 없어, 관백으로 불리지는 않았지만 『대경大鏡』에는 "貞觀八年에 關白이 되셨다."라고 되어 있음. 『속일본후기續日本後紀』의 편찬에 관여하였음. 시라카와도노白河殿나 소메도노染殿라고 불리기도 함. 정관貞觀 14년 9월 12일 사망. 정일위正一位가 추증됨. 시호는 추진 공忠仁公. ⑳ 7 ㉒ 5·7

요제이인陽成院 **(천황**天皇**)**

요제이陽成 천황天皇. 정관貞觀 10년(868)~천력天曆 3년(949). 제57대 천황. 재위, 정관貞觀 18년~원경元慶 8년(884). 세이와淸和 천황天皇 제1황자. 17세의 젊은 나이로 도키야스時康 친왕親王(고코光孝 천황天皇)에게 양위. 양위의 이유는, 병약했기 때문이라는 설과 요제이 천황이 아리와라노 나리히라在原業平의 사생아라는 설이 있음. 기행奇行·난행亂行으로 알려졌으며, 『황년대약기皇年代略記』에는 "物狂帝"라고 기록되어 있음. 양위 후에는 요제이인陽成院이라고 불림. ⑳ 10

요쿄余慶

연희延喜 19년(919)?~정력正曆 2년(991). 지쿠젠지방筑前國 사와라 군早良郡 사람. 묘센明詮·교요行譽의 제자. 안화安和 2년(969) 권율사權律師가 됨. 정원貞元 2년(977) 율사가 되고, 천원天元 2년(979) 권소승도權少僧都. 같은 해 온조지園城寺 장리長吏가 됨. 영조永祚 원년(989) 제20대 천태좌주天台座主가 되었지만, 산문山門의 반발로 같은 해 사임하고, 권승정權僧正이 되었음(『승강보임僧綱補任』, 『천태좌주기天台座主記』, 『이중력二中歷』, 『부상약기扶桑略記』). 정력正曆 2년 윤달 2월 18일 사망. 간논인觀音院 승정僧正이라고 불리고, 시호는 지벤智辨. ⑳ 2·4·8

우다인宇多院

우다宇多 천황. 정관貞觀 9년(867)~승평承平 원년(931). 제59대 천황. 재위在位 인화仁和 3년(887)~관평寬平 9년(897). 고코光孝 천황의 제7황자. 다이고醍醐 천황의 아버지. 우다 천황 즉위 때, 아형阿衡 사건이 일어난 사실은 유명함. 우다 천황의 치세는 후세에 '관평의 치治'라고 불림. 양위讓位 후인 창태昌泰 2년(899)에 출가, 다이조太上 천황이라는 손호尊號를 사퇴하고, 스스로 법황法皇이 됨. 이것이 법황의 최초의 예. 어소御所는 주작원朱雀院·닌나지 어실仁和寺御室·정자원亭子院·우다원·육조원六條院 등. 법황은 불교 교의에 깊이 통달하고, 신자쿠眞寂 친왕親王을 비롯한 제자를 두었으며, 그 법계法系는 히로사와류廣澤流·오노류小野流로서 후세까지 이어짐. 닌나지 어실에서 붕어. ⑳ 1 ㉒ 7

우마카이宇合**(**馬養**)**

馬養라고도 함. 지통持統 8년(694)~천평天平 9년(737). 후지와라 씨藤原氏. 후히토不比等의 아들. 어머니는 소가노 쇼시蘇我娼子. 무치마로武智麻呂·후사사키房前의 동생, 마로麻呂·미야코宮子·고묘시光明子의 형. 자식으로는 히로쓰구廣嗣, 요시쓰구良繼, 다마로田麻呂, 모모카와百川, 구라지마로藏下麻呂 등이 있음. 식가式家의 선조. 영귀靈龜 2년(716) 견당부사遣唐副使가 되어, 이듬해 다지히노 아가타모리多治比縣守 등과 함께, 당으로 건너감. 양로養老 2년(718) 귀국. 히타치常陸 수령·식부경部卿이 되었으며, 천평 3년에는 참의參議에 이름. 천평 9년 8월 5일 역병에 걸려 사망. 식가의 이름은 우마카이가 장년식부경長年式部卿이었던 것에서 유래. 『만엽집萬葉集』에 노래, 『회풍조懷風藻』, 『경국집經國集』에는 한시漢詩가 실려 있음. ㉒ 2

우마코馬子

?~스이코推古 천황 34년(626). 소가 이나메蘇我稻目의 아들. 아버지 이나메에 이어 비다쓰敏達 천황 원년(572) 4월에 대신大臣이 됨. 모노노베노 모리야物部守屋를 물리쳐 소가씨의 권력을 확립. 황실과의 혼척婚戚 관계를 강화하여 외척으로서의 지위를 이용, 비다쓰, 요메이用明, 스슌崇峻, 스이코 천황의 치세에 걸쳐 종사함. 불교 수용에 진력盡力함. 나라 현奈良縣 다카이치 군高市郡 아스카 촌明日香村 시마노쇼島之庄 이시부타이 고분石舞台古墳은 우마코의 묘라고 이야기됨. ㉒ 1

우지도노宇治殿

후지와라노 요리미치藤原賴道. 정력正曆 3년(992)~연구延久 6년(1074). 아버지는 미치나가道長. 어머니는 미나모토노 마사노부源雅信의 딸 린시倫子. 권중납언權中納言·권대납언權大納言을 거쳐, 관인寬仁 원년(1017) 3월 26세의 젊은 나이로 섭정攝政이 됨. 고이치조後一條, 고스자쿠後朱雀, 고레이제이後冷泉 3대에 걸친 천황의 섭정·관백關白을 51년간 역임. 고스자쿠, 고레이제이에게 입궁시킨 딸, 겐시嫄子와 간시寬子에게서 황자가 태어나지 않아 외척外戚관계가 없는 고산조後三條 천황이 즉위. 이로 인해 치력治曆 3년(1067) 동생인 노리미치敎通에게 관백을 물려주고, 우지宇治로 은퇴함. 연구延久 4년 정월에 출

가하여, 연구 6년 2월 2일, 83세의 나이로 사망. 우지의 평등원平等院은 말법末法에 들어가는 영승永承 7년(1052)에 요리미치가 전령傳領한 별업別業을 절로 개조한 것. ㉒ 14

우치마로内麿

천평승보天平勝寶 8년(756)~홍인弘仁 3년(812). 후지와라노 마타테藤原眞楯의 아들. 후사사키房前의 손자. 참의參議·근위대장近衛大將·중납언中納言 등을 거쳐 대동大同 원년(806) 4월에 대납언大納言, 같은 해 5월에 우대신右大臣이 됨. 대동 4년에 종이위從二位. 홍인 3년 10월 6일에 57세의 나이로 사망. 종일위從一位 좌대신左大臣이 추증追贈됨. ㉒ 3·4

이루카入鹿

?~고교쿠皇極 천황 4년(645). 소가 에미시蘇我蝦夷의 아들. 하야시노오미林臣·하야시노 다로林太郎·구라쓰쿠리鞍作り라고도 함. 고교쿠 천황 치세 때, 권위를 떨치며, 친연親緣이 있는 후루히토노 오에古人大兄 황자皇子의 즉위를 실현하기 위해, 쇼토쿠聖德 태자의 아들인 야마시로노 오에山背大兄 왕王 일족을 살해함. 고교쿠 천황 4년 6월 12일, 삼한三韓 조공식朝貢式에 참석했을 때, 나카노오에中大兄 황자, 나카토미노 가마코中臣鎌子 등에 의해 대극전大極殿에서 살해당함. ㉒ 1

이치조인一條院

천원天元 3년(980)~관홍寬弘 8년(1011). 제66대 천황. 재위 관화寬和 2년(986)~관홍寬弘 8년. '사키前'는 고이치조後一條 천황에 대비한 호칭. 엔유圓融 천황의 제1황자. 어머니는 후지와라노 가네이에藤原兼家의 딸 센시詮子. 후지와라노 미치타카藤原道隆의 딸 데이시定子, 후지와라노 미치나가藤原道長의 딸 쇼시彰子를 각각 황후, 중궁으

로 들임. ㉓ 13 · 15 · 19

인시胤子

?~관평寬平 8년(896). 아버지는 후지와라노 다카후지藤原高藤. 인화仁和 원년(885)에 미나모토노 사다미源定省(우다宇多 천황)의 제1황자 아쓰히토敦仁(다이고醍醐 천황)를 낳음. 인화 3년인 우다 천황 즉위 다음해 4년에 갱의更衣, 관평 5년, 여어女御가 됨. 종사위하從四位下. 황태후皇太后가 추증됨. ㉒ 7

㉚

조덴成典

천덕天德 3년(959)~장구長久 5년(1044). 속성은 후지와라 씨藤原氏. 닌나지仁和寺에 입사入寺하여 간초寬朝의 제자가 됨. 후에 인가이仁海의 제자. 정력正曆 5년(994) 도지東寺 아사리阿闍梨. 권율사權律師 · 도지 삼장자三長者 · 권소승도權少僧都 · 권대승도權大僧都를 거쳐 장력長曆 2년(1038) 권승정權僧正. 닌나지 내의 엔라쿠지圓樂寺에 살았던 것에서 엔도圓堂 승정이라 함. 장구 5년 10월 14일 사망(『도지장자보임東寺長者補任』에는 24일로 되어 있음). ㉒ 5

조에定惠

고교쿠皇極 천황天皇 원년(642)~덴치天智 천황天皇 4년(665). 조에貞慧(惠)라고도 함. 후지와라노 가마타리藤原鎌足의 아들. 백치白雉 4년(653) 입당入唐. 장안長安의 혜일慧日 도장道場에 살며 신태법사神泰法師를 따라 승려가 됨. 덴치천황 4년에 귀경. 같은 해 10월 23일에 사망. 도노미네데라多武峰寺 개기開基로서도 알려져 있음(『효덕기孝德紀』, 『도노미네 연기多武峰緣起』). ㉒ 1

조조淨藏 대덕大德

관평寬平 3년(891)~강보康保 원년(964). '대덕'은 경칭. 미요시 기요유키三善淸行의 8남. 7세의 나이로 출가하여 히에이 산比叡山에 오름. 겐소玄昭, 다이에大惠 등에게 사사師事. 요카와橫川나 구마노熊野의 긴푸 산金峰山 등의 영장靈場에서 수행하였고, 수험자로서 명성이 세간에 널리 퍼져 있었음. 현밀顯密 · 실담悉曇 · 관현管弦 · 천문天文 · 역도易道 · 복서卜筮 · 교화敎化 · 의도醫道 · 수험修驗 · 다라니陀羅尼 · 음곡音曲 · 문장文章 · 예능藝能에 정통했음(『습유왕생전拾遺往生傳』). 강보 원년 11월 21일, 히가시야마東山의 운고지雲居寺에서 74세의 나이로 사망(『대법사 조조전大法師淨藏傳』). ㉒ 5

지라요주智羅永壽

중국 대륙으로부터 건너온 덴구天狗. 『진언전眞言傳』에는 "五百ノ天狗"라고만 되어 있음. 만수원본曼殊院本 『제가이보 회권是害房繪卷』에서는 '是害房'로 되어 있음. 요쿄쿠謠曲 등에서는 '善界房(坊)'. 『제가이보 회권』에 의하면 대당大唐의 대덴구의 수령. 간에이지寬永寺 소장 『팔천구법八天狗法』에 의하면, 고린보高輪房, 다로보太郎坊, 후코보風光坊, 스토쿠 인崇德院, 긴피라보金毘羅坊, 가란보火亂坊, 에이이보榮意坊, 지라텐보智羅天坊가 있다고 전해짐. ㉚ 2

지쓰인實因

천경天慶 8년(945)~장보長保 2년(1000). 좌경左京 사람. 다치바나노 도시사다橘敏貞의 아들. 천덕天德 3년(959)에 득도수계得度受戒. 히에이 산比叡山에 올라, 엔쇼延昌, 고엔弘延에게 사사師事. 서탑西塔의 구족방具足房에 살아서 구보 승도具房僧都라고도 불림. 권소승도權少僧都 · 권대승도權大僧都 등을 거쳐 장덕長德 4년(998) 10월 29일대승도大僧都. 병에 걸려 몸져눕게 된 후, 고마쓰지小松寺로 이주하였기에 고마쓰 승도小松僧都라고도 칭함. 『속본조왕생전續本朝往生傳』 이치조一條 천황의 조에 "學德則源信・覺運・實因"이라 보임. 장보 2년 8월 16일에 56세의 나이로 사망(『승강보임僧綱補任』, 『법화험기法華驗記』, 『존비분맥尊卑分脈』). ㉓ 19

지토持續 천황天皇

대화大化 원년(645)~대보大寶 2년(702). 제41대 천황. 재위 686~697년. 덴치天智 천황의 제2황녀. 어머니는 소가노 오치히메蘇我遠智姬. 겐메이元明 천황・오토모大友 황자의 배다른 자매. 사이메이齊明 천황 3년(657) 오아마大海人 황자(덴무天武 천황)의 비妃가 되어, 덴무 천황 2년(673)에 황후皇后. 구사가베草壁 황자의 어머니. 구사카베草壁 황자의 죽음에 의해 즉위함. 노래歌는 『만엽집萬葉集』에 수록됨. ⑳ 41

진젠深禪

올바르게는 진젠尋禪. 천경天慶 6년(943)~영조永祚 2년(990). 천태종天台宗의 승려. 후지와라노 모로스케藤原師輔의 아들. 어머니는 모리코 내친왕盛子內親王. 료겐良源에게 사사師事. 호쇼지法性寺 좌주座主를 했고, 권소승도權少僧都・소승도少僧都를 거쳐 권승정權僧正이 됨. 관화寬和 원년(985) 제19대 천태좌주天台座主. 이무로 좌주飯室座主, 묘코인妙香院이라 불림. 영험자靈驗者로서 유명하였으며, 『이중력二中歷』 명인력名人歷의 밀교密教, 험자의 항목에도 보임. 시호諡號는 지닌慈忍. ⑳ 2

[하]

호조法藏

연희延喜 5년(905)~안화安和 2년(969). 속성俗姓 후지와라 씨藤原氏. 도다이지東大寺에 들어가 엔신延敝 및 간쿠寬救의 제자가 됨. 천덕天德 4년(960) 유마회維摩会 강사. 강보康保 원년(964) 7월 권율사權律師. 같은 해 3년 12월 율사. 안화安和 원년 3월 권소승도權少僧都로 승진. 강보康保 2년 2월 14일 도다이지東大寺 별당別當. 치산治山 4년(『승강보임僧綱補任』, 『도다이지요록東大寺要錄』, 『일본기략日本紀略』). 『이중력二中歷』 일능력一能歷・숙요사宿曜師, 명인력名人歷・밀교密教, 현밀顯教의 각 항목에 보임. 안화安和 2년 2월 3일 사망. ⑳ 43

후사사키房前

덴무천황天武天皇 10년(681)~천평天平 9년(737). 후지와라노 후히토藤原不比等의 차남. 어머니는 소가노 무라지코蘇我連子의 딸. 북가北家의 시조. 참의參議・중무경中務卿・동해동산절도사東海東山節度使・중위대장中衛大將 등을 역임. 정삼위正三位. 대신이 되지는 못하였음. 천평 9년 4월에 유행했던 역병으로 사망. 같은 해 10월에는 정일위正一位 좌대신左大臣. 천평보자天平寶字 4년(760) 8월에 태정대신太政大臣으로 추증됨(『속일본기續日本紀』, 『존비분맥尊卑分脈』). ㉒ 2・3・4

후유쓰구冬嗣

보귀寶龜 6년(775)~천장天長 3년(826). 후지와라노 우치마로藤原內麻呂의 아들. 장인소藏人所 설치와 함께 장인두藏人頭. 참의參議・좌대장左大將・춘궁대부春宮大夫・권중납언權中納言・중납언中納言・대납언大納言을 거쳐 홍인弘仁 12년(821) 우대신右大臣. 천장 2년에는 좌대신左大臣에 임명됨. 정이위正二位. 천장 3년 7월 24일에 52세로 사망. 정일위正一位 태정대신太政大臣으로 추증. 한원閑院에서 살았기 때문에 간인閑院 좌대신左大臣이라고 불림. 한원閑院에 대해서는 『이중력

二中歷"에 "二條南西洞院西、冬嗣大臣家又左大將朝光家"라고 되어 있음. ㉒ 5·7

후지와라노 다다치카藤原忠親

출생·사망 시기는 자세히 전해지지 않음. 히로마사博雅의 아들. 검비위사檢非違使·대부 위大夫尉·비젠肥前 수령·탄정충彈正忠. 종오위상從五位上(『존비분맥尊卑分脈』). 정력正曆 4년(993) 정월 9일에 검비위사가 됨(『소우기小右記』, 『권기權記』). 장보長保 원년(999) 11월 19일에 후지와라노 무네타다藤原致忠를 구금拘禁하기 위해 미노 지방美濃國으로 내려감(『소우기』). 이때 좌부위左夫尉로 검비위사檢非違使를 겸임하고 있었고, 대부위大夫尉였음. 장덕長德 3년(997)에 대부위에 임명되었음. (『이중력二中曆』 제사력諸司曆). ㉓ 13

후지와라노 무네타다藤原致忠

출생·사망 시기는 자세히 전해지지 않음. 모토카타元方의 아들. 어머니는 후지와라노 가비노藤原賀備能의 딸. 자식으로는 야스마사保昌, 야스스케保輔가 있음. 장인藏人·우마권두右馬權頭·우경대부右京大夫, 종사위하從四位下(『존비분맥尊卑分脈』). 빈고備後 수령·무쓰陸奧 수령(『강담초江談抄』, 『좌경기左經記』). 장보長保 원년(999) 11월 11일에 다치바나노 고레요리橘惟賴와 낭등郞等 두 사람을 미노美濃에서 살해(『권기權記』, 『소우기小右記』). 이 죄에 의해 사도佐渡로 유배됨. 그 후의 소식은 전해지지 않음. 『좌경기』 장원長元 원년(1028) 9월 16일 조에 "故陸奧守致忠朝臣"이라고 되어 있음. ㉓ 13

후카쿠사深草 천황天皇

닌묘仁明 천황. 홍인弘仁 원년(810)~가상嘉祥 (850). 제54대 천황. 재위, 천장天長 10년(833)~가상 3년. 사가嵯峨 천황 제2황자. 어머니는 다치바나노 기요토모橘淸友의 딸 가치코嘉智子. 준나淳和 천황과 닌묘 천황의 치세는 '숭문崇文의 치治'라고 불림. 이 시대는 당풍唐風 문화에서 국풍國風 문화로의 변환이 행해졌던 기간임. 가상 3년 3월 19일에 출가. 같은 해 3월 21일 붕어崩御. 능은 후카쿠사 능深草陵으로, 이에 따라 후세에 후카쿠사 천황이라고 불렸음. ㉑ 3

후히토不比等

제명齊明 5년(659)~양로養老 4년(720). 가마타리鎌足의 차남. 어머니는 구루마모치 구니코車持國子의 딸. 중납언中納言·대납언大納言을 거쳐, 우대신右大臣에 임명됨. 양로養老 2년 태정대신太政大臣에 천거되었으나 사퇴. 같은 해, 대보大寶 율령律令을 개수하고, 양로養老 율령을 완성시킴. 황실과의 관계를 깊이 하여, 후지와라 씨藤原氏 번영의 기초를 마련함. 양로 4년 8월 사망. 정일위正一位 태정대신太政大臣으로 추증됨. 시호는 단카이 공淡海公(사후, 오미 지방近江國 12군을 추봉追封받은 것에 의한 칭호) → 단카이 공 ㉒ 2

히카루光 대신大臣

미나모토노 히카루源光. 승화承和 12년(845)~연희延喜 13년(913). 닌묘仁明 천황天皇의 제11황자. 창태昌泰 4년(901) 정월, 스가와라노 미치자네菅原道眞의 좌천에 의해, 우대신右大臣에 임명됨. 우대장右大將·좌대장左大將 등을 겸임. 연희 13년 3월에 정이위正二位 우대신右大臣으로 사망. 정일위正一位가 추증됨. 『일본기략日本紀略』에는 "狩獵之間、馳入泥中、其骸不見"라고 되어 있어 의문의 죽음을 당했고, 후지와라노 다다히라藤原忠平에 의한 암살이었다는 설이 있음. 니시산조西三條 우대신右大臣이라고 칭함. ㉑ 3

불교용어 해설

1. 본문 중에 나오는 불교 관련 용어를 모아 해석하였다.
2. 불교용어로 본 것은 불전佛典 혹은 불전에 나오는 불교와 관계된 용어, 불교 행사와 관계된 용어이지만 실재 인명, 지명, 사찰명은 제외하였다.
3. 배열은 가나다 순으로 하였다.
4. 각 항의 말미에 해당 단어가 등장하는 각 편을 숫자로 표시하였다. 예를 들면 '⑳ 1'은 '권20 제1화'를 가리킨다.

[가]

가지加持

범어梵語 adhisthana(서식棲息 장소)의 한역漢譯. 기도와 같은 의미. 부처의 가호加護를 바라며 주문을 외우고 인印을 맺는 것 등을 하며 기원하는 밀교密教의 수법修法. ⑳ 4·5·7·39 ㉓ 19

가호加護

부처가 힘을 더하여 도와주고 지켜 주는 것. ⑳ 43

결연結緣

불도佛道와 연을 맺는 것. 성불成佛·득도得道를 기원하며 사경寫經이나 법회를 행하고 불연佛緣을 만드는 것. ⑳ 36

계戒

범어梵語 sila의 번역. 재가在家·출가出家의 불도수행자佛道修行者가 지켜야 하는 금계禁戒를 말함. 보통, 재가는 오계五戒(불살생不殺生·불투도不偸盜·불사음不邪淫·불망어不妄語·불음주不飮酒), 출가자는 십계十戒. 출가자가 정식으로 승려가 되면, 남자는 약 250계, 여자는 350계. 이를 구족계具足戒라고 함. ⑳ 15

관세음경觀世音經

본래는 『법화경法華經』 권8 제25품, 관세음보살보문품觀世音菩薩普門品으로 이것을 독립시킨 것의 명칭. 관세음보살이 법계法界의 문을 열어 중생을 구제하는 모습을 설함. 『관음경觀音經』이라고도 함. ⑳ 16

금강반야경金剛般若經

『금강반야바라밀경金剛般若波羅密經』의 줄임말. 『금강경金剛經』이라고도 함. 한 권. 여섯 종류의 번역이 있는데, 5세기 초(후진後秦)에 구마라습鳩摩羅什이 번역한 것이 가장 일반적인. 금강저金剛杵와 같이 모든 번뇌煩惱를 끊는 '반야般若'(모든 도리를 규명하는 완전한 이지理智)의 가르침. 모든 것에 대한 집착을 버리고 '나'라는 관념觀念을 버림으로써 깨달음을 얻는다는 '공空'을 설명하는 경전. ⑳ 19

금강야차金剛夜叉

범어梵語 Vajrayaksa. 오대명왕五大明王의 하나. 몸은 청흑색青黑色이며 삼면육비三面六臂로 머리 위에는 마왕馬王의 상투가 있음. 왼손에는 오고령五鈷鈴·활·금륜金輪을, 오른손에는 오고五鈷·화살·검을 들고 있음. 밀교密教에서 조복법調伏法의 수법의 본존本尊이기도 함. ⑳ 4

㉯

나한羅漢

아라한阿羅漢(범어梵語 arhan의 음사音寫)의 줄임말. 아라한과阿羅漢果, 즉 모든 번뇌에서 벗어나 생사의 경계를 탈피한 성자를 말함. 인천人天의 공양을 받을 자격이 있는 사람이라는 뜻. 소승불교小乘佛教에서는 수행자가 도달하는 가장 높은 경지를 말하며, 대승大乘에서는 넓게 성문聲聞의 불제자를 가리킴. 십육나한十六羅漢, 오백나한五百羅漢의 도상圖像·형상形像이 많음. ⑳ 35

㉰

단월檀越

범어梵語 danapati(보시하는 사람)의 음사音寫. 시주施主. 보시가布施家. 승려에게 의식衣食 등을 베푸는 신자信者. 단나檀那라고도 함.⑳ 22·36

달마종達磨宗

보리달마菩提達磨(달마대사)를 종조宗祖로 하는 선종禪宗의 별칭. 부처의 심인心印을 전하는 종지宗旨라는 뜻으로 불심종佛心宗이라고도 함. 중국 불교 13종宗의 하나. 일본 불교 13종의 하나. 일본에서의 유포流布는 다이안지大安寺의 교효行表로부터 북종北宗의 선법禪法을 전수받은 사이초最澄가 그 시조적인 존재(『삼국불법전통연기三國佛法傳通緣起』 상上)라고도 이야기되지만 본격적인 선이 전해진 것은 문치文治 3년(1187)에 입송入宋하여 임제종臨濟宗을 전파한 에이사이榮西로부터 시작됨. ⑳ 34

대마장大魔障

마장魔障. 불도수행을 방해하는 악마에 의한 장해障害 또는 그 악마. 대악마大惡魔. ㉒ 7

덴구天猶(狗)

'구猶'는 '구狗'의 증획增劃. 하늘의 개天の狗라는 뜻. 야마부시山伏의 모습으로 날개가 달렸으며, 신통력神通力이 있어 자유로이 하늘을 남. 대부분은 매의 모습. 본집本集에서는 대부분이 불법佛法에 장해障害를 초래하는 마물魔物로 반불법적反佛法的 존재. 시대에 따라 그 인식방식에 차이를 보이며, 후에는 권선징악勸善懲惡·불법수호佛法守護를 행하는 산신山神, 추락墜落한 승려로 변신한 모습, 현세의 원한이나 분노忿怒의 정념情念에 의해 변신한 모습 등으로 여겨짐. 중세中世에 마계魔界로서의 덴구도天狗道가 확립되어, 원령怨靈으로서 실체화實體化됨. 수험도脩驗道와 깊은 관련이 있음. ⑳ 1·2·9·10·11

독고獨鈷

금강저金剛杵의 한 종류로 밀교密教의 법구法具. 본래는 고대 인도의 무기武器. 그중 양 끝이 나뉘지 않고 봉 상태로 뾰족한 것을 가리킴(세 갈래로 나뉜 것을 삼고三鈷, 다섯 갈래로 나뉜 것을 오고五鈷라고 함). 번뇌·악마를 쳐부수는 보리심菩提心의 상징으로 여겨짐. ⑳ 39

돌로 된 솔도파卒塔婆

범어梵語 stupa(유골을 매장한 묘)의 음사音寫. 솔도파卒塔(都)婆는 본래 불사리佛舍利를 매장, 봉안奉安한 탑. 일본에서는 윗부분을 오륜탑五輪塔의 형태로 새겨 넣은 좁고 긴 판자 모양의 돌로 만

든 것을 말함. 돌의 표면에 불보살상·범자梵字·경문經文·비문碑文·법명法名 등을 새김. ⑳ 2

[바]

방생放生

사로잡은 생물을 풀어주는 것. 살아 있는 것의 생명을 구하는 것은 공덕이 되어, 그 공덕이 절대적이라는 것은『최승왕경最勝王經』장자유수품長者流水品에 설명되어 있음. ⑳ 15·16

보문품普門品

『묘법연화경妙法蓮華經』권8 제25품, 관세음보살보문품觀世音菩薩普門品의 줄임말. 관음품觀音品이라고도 함. 본래는『관음경觀音經』으로서 독립되어 있던 경전. 현세이익現世利益의 부처로서의 관음이 삼십삼신三十三身으로 시현示現하여 중생을 구제한 공덕과 영험靈驗을 설명함. ⑳ 25

보살菩薩

'보리살타菩提薩埵'의 줄임말. 범어梵語 bodhi-sattva(깨달음에 이르려고 하는 자)의 음사音寫. 대승불교에서 이타利他를 근본으로 하여 스스로 깨달음을 구하여 수행하는 한편, 다른 중생 또한 깨달음에 인도하기 위한 교화에 힘쓰고, 그러한 공덕에 의해 성불하는 자. 부처(여래如來) 다음가는 지위. 덕이 높은 수행승에 대한 존칭. ⑳ 35

보현普賢

범어梵語 Samantabhadra의 번역. 보현보살普賢菩薩. 부처의 이理·정定·행行의 덕을 관장하며 석가여래釋迦如來를 마주보고 오른쪽의 협사脇士로 6개의 엄니牙가 있는 흰 코끼리를 타고 다님. 단독적으로도 신앙의 대상이 되며 특히 법화지경자法華持經者를 수호함. ⑳ 13

부동존不動尊

부동명왕不動明王과 같음. 밀교密教에서의 오대명왕五大明王의 중앙존中央尊. 분노상忿怒相을 나타내며, 청흑색을 띠고 있고, 화염火焰을 짊어졌으며 오른손에는 '항마降魔의 이검利劍', 왼손에는 박승縛繩을 들고 있어, 모든 번뇌와 악마를 항복·퇴치시켜, 보제菩提를 성취시킴. 헤이안平安 초기 이래, 널리 신앙됨. ⑳ 6

[사]

사견邪見

범어梵語 mithya-drsti의 한역. 불교에서 정견正見을 방해하는 오견五見 및 십견十見의 하나. 또 십악十惡·십혹十惑의 하나. 인과因果의 도리를 깨달을 수 없는 비뚤어진 사고방식. 망견妄見. ⑳ 24·26

사미沙彌

범어梵語 sramanera의 음사音寫. 불문佛門에 입문하여 체발剃髮하고 득도식得度式을 갓 끝냈을 뿐, 아직 구족계具足戒를 받지 않은 견습 승려를 가리킴. ⑳ 27

사천왕四天王

불교수호佛教守護의 선신善神으로 수미산須彌山 중턱 사방에 있는 사왕천四王天의 주인. 동쪽을 지키는 지국천왕持國天王, 남쪽을 지키는 증장천왕增長天王, 서쪽을 지키는 광목천왕廣目天王, 북쪽을 지키는 다문천왕多聞天王의 총칭. 그 형상은 무장武將의 모습을 하고 있으며 예전에는 직립直立하고 있었으며 나라奈良시대 이후에는 분노형忿怒形이 많아짐. ⑳ 1·19

산장散杖

가지기도加持祈禱 때, 향수香水를 흩뿌릴 때 사용

하는 봉 모양의 불구佛具. 매화나무·측백나무·버드나무 등의 가지로 만들며 길이는 30~50cm. ⑳ 39

삼보三寶

세 종류의 귀한 보물이라는 뜻. 삼존三尊이라고도 함. 불교에서 공경해야 하는 세 가지 보물로 불佛(buddha)·법法(dharma)·승僧(samgha)의 총칭. ⑳ 9·26·39·43

삼의三衣

승려의 개인 소유가 허락된 세 종류의 가사袈裟. 승가리僧伽梨(대의大依)·울다라승鬱多羅僧(상의上衣)·안타회安陀會(하의下衣)의 총칭. 재단裁斷 및 봉제縫製 방법은 각각 5조條·7조·9조로 정해져 있는데 여러 설이 있음. 이 삼의와 탁발托鉢 때 보시를 받는 발 하나가 승려가 지닐 수 있는 소지품의 전부였음. ⑳ 2

선근善根

선한 과보를 가져오는 행위. ⑳ 43

수다라공전修多羅供錢

수다라修多羅 공양에 사용하는 돈錢. '수다라'는 범어梵語 sutra(경經)의 음사音寫. 수다라 공양은 주로 『화엄경華嚴經』, 『대반야경大般若經』, 그 외의 경율논소經律論疏를 전독轉讀 강설講說하고 중생의 제원성취諸願成就, 천하태평天下泰平·불법흥륭佛法興隆 등을 기원하는 법회. 나라奈良 시대에 다이안지大安寺·야쿠사지藥師寺·간고지元興寺·도다이지東大寺·고후쿠지興福寺의 다섯 사찰이나, 호류지法隆寺·시텐노지四天王寺 등 여러 큰 사찰에서 행해짐. 수다라공전은 그 비용으로 시주받은 것. 대금貸金으로도 운용되어 이자를 가지고 사원경제를 지탱함. ⑳ 19

수병水甁

마시는 물을 담는 정병淨甁과 화장실에서 사용하는 촉병觸甁이 있다. 비구比丘 십팔물十八物의 하나로 수행승이 필히 지녀야 하는 용기容器로 여겨짐. 비발飛鉢과 같이 수병을 날려 볼일을 보는 것은 수행을 쌓아 영험력을 지닌 행자行者·성인의 술법의 하나. ⑳ 11·39

[아]

아사리阿闍梨

범어梵語 acarya의 음사音寫. '궤범사軌範師' 또는 '정행正行'이라 번역함. 대승大乘·소승小乘·밀교密敎 모두에서 수계受戒 또는 관정灌頂에 있어 제자에게 십계十戒·구족계具足戒를 부여하고 위의威儀(작법作法)를 가르치는 사승師僧을 말함. 일본에서는 직관職官의 하나로 관부官符에 의해 보임되었음. 승화承和 3년(836), 닌묘仁明 천황 시대에 히에이 산比叡山·히라 산比良山·이부키 산伊吹山·아타고 산愛宕山·고노미네지神峰寺·긴푸센지金峰山寺·가쓰라기 산葛城山의 일곱 산에서 아사리의 칭호를 받아(칠고산아사리七高山阿闍梨) 오곡풍양五穀豊穰을 기원한 것이 최초라고 하며, 이후에는 궁에서 보임을 받지 않고 각 종파에서 임의로 칭호를 사용하게 됨. ⑳ 35

악도惡道

→ 악취惡趣 ⑳ 32

악취惡趣

범어梵語 durgati의 한역漢譯. 악도惡道라고도 함. '취趣'는 '향하여 가는 곳'이라는 뜻. 현세에서 행한 나쁜 행위(악업惡業)로 인해 사후에 다시 태어나게 되는 고경苦境을 가리킴. 보통, 육도六道 중 지옥地獄·아귀餓鬼·축생畜生의 삼도三道를 가리킴. ⑳ 34

여의如意

설법이나 강경講經·법회 때 강사가 휴대하는 도구道具. 원래는 등과 같은 가려운 부분을 긁는 효자손 같은 것이었으나 후에는 승려가 지니는 물건이 됨. 뿔·대나무·나무 등으로 만듦. ⑳ 36

열반경涅槃經

대승大乘의 『대반열반경大般涅槃經』(북본北本)의 줄임말. 40권. 담무참曇無讖 번역. 석가釋迦가 열반涅槃에 들어가신 후에도 그 불성佛性은 상주불멸常住不滅하다고 설명하는 책. 이 외에 혜관慧觀·혜엄慧嚴·사영운謝靈運 등이 함께 번역, 재편한 남본南本(36권본)·법현法顯이 번역한 6권본 등이 있음. ⑳ 20

염마왕閻魔王

'염마閻魔'는 범어 Yama의 음사音寫. raja(왕王)를 붙인 음사로부터 '염마라사閻魔羅闍'라고 쓰며 그 줄임 형태인 '염마라閻魔羅', '염마왕閻魔王'이라고도 함. 명계冥界, 지옥의 왕으로 죽은 이의 생전의 죄를 심판함. 중국에서는 재판관으로서의 이미지를 가지며 일본에서는 그 무서운 형상과 함께 외포畏怖의 대상이 됨. 일설에는 지장보살地藏菩薩의 권화權化라고도 함. ⑳ 15·16·18·19·45

오단수법五壇修法

오단법五壇法. 오대단五大壇을 설치한 오대명왕五大明王을 모시며 악마퇴치, 식재증익息災增益을 기도하는 밀교수법密敎修法. 단장壇場에서는 중단에 부동명왕不動明王, 북단에 금강야차金剛夜叉, 동단에 항삼세명왕降三世明王, 남단에 군다리명왕軍茶利明王, 서단에 대위덕명왕大威德明王을 모시며 각 단에 한 사람씩의 아사리阿闍梨가 행한다. 응화應和 3년(963)에 히에이산比叡山 대일원大日院에서 기쿄喜慶 등이 처음으로 행하였다고 함. ⑳ 4

용신龍神

용이나 뱀 종류는 물의 신으로, 물의 관리자. 여기서는 용사龍蛇의 신격화神格化. ⑳ 41

우치愚癡

'무명無明'과 같은 의미. 탐욕貪慾·진에瞋恚와 함께 삼독三毒의 하나. 번뇌煩惱에 현혹되어 옳고 그름을 알지 못하는 것. ⑳ 40

육재일六齋日

육재계일六齋戒日이라는 뜻. 한 달에 6일, 불과중식不過中食을 비롯한 팔계八戒를 지키며 공덕을 쌓는 날. 사천왕四天王이 인간의 선악을 판단하는 날(『사천왕경四天王經』)이라고도 하며, 악귀惡鬼가 사람을 쫓아 목숨을 빼앗는 날(『대지도론大智度論』)이라고도 함. ⑳ 15

인계人界

인간세계人間世界. 중생이 윤회하는 육도六道(지옥도地獄道·아귀도餓鬼道·축생도畜生道·수라도修羅道·인간도人間道·천도天道) 중 하나. 여기서는 인신人身이라는 의미에 가까움. ⑳ 10

인연因緣

범어梵語 hetu-pratyaya의 번역. 인因의 범어 hetu는 충동衝動·동기動機·원인原因을 의미하고, 연緣의 범어 pratyaya는 확정確定·신임信任·개념槪念·지식知識·원인을 의미함. 결과를 낳는 직접적인 원인을 인이라 하고, 인과 함께 같은 과果에 이르게 하는 것을 연이라고 함. ⑳ 36

인왕경仁王經

구마라습鳩摩羅什이 5세기 초에 번역한 『불설인

왕반야바라밀경佛說仁王般若波羅蜜經』 두 권과 불공不空이 765년에 번역한 『인왕호국반야바라밀경仁王護國般若波羅蜜經(인왕호국경王護國經)』 두 권이 있음. 태밀臺密에서는 전자를, 동밀東密에서는 후자를 사용함. 『법화경法華經』, 『금광명최승왕경金光明最勝王經』과 함께 호국삼부경護國三部經의 하나. ⑳ 35

[자]

재회齋會

'재齋'는 삼가고 꺼린다는 뜻으로, 승려와 비구니가 정오 이후에는 식사를 하지 않는 것을 가리켰으나, 거기에서 뜻이 바뀌어 불사佛事를 행할 때에 승려에게 공양하는 식사를 가리켜 재齋 혹은 재식齋食이라 칭하게 되어 승려에게 재식齋食을 공양하는 법회를 재회齋會라고 함. ⑳ 37

선생前生의 과보果報

전생前生이란 현세에 태어나기 이전의 전세前世에서의 생生을 말함. 그 전세에서의 과보. ㉒ 5

전세의 인연

전세前世에 있어서의 부모父母 · 형제兄弟 · 자매姉妹 등이었던 관계를 말함. ㉒ 7

제다가동자提多迦童子

범어梵語 Cetaka의 음사音寫. 제타가制吒迦 동자라고도 함. 부동명왕不動明王을 수호하는 팔대동자八大童子의 여덟 번째. 제7의 금갈라矜羯羅 동자와 함께 부동명왕의 협시脇侍로써그 오른쪽에서 모심. 오른손에는 금강봉金剛棒, 왼손에는 삼고저三鈷杵를 들고 명악瞑惡의 상相을 이룸. ⑳ 2

제행무상게諸行無常偈

『열반경涅槃經』 십사성행품十四聖行品에 설해진 "제행무상諸行無常, 시생멸법是生滅法, 생멸멸이生滅滅已, 적멸위락寂滅爲樂"이라는 게. 만물萬物이 무상無常한 것은 필연의 법칙이지만, 이 생멸변화生滅變化의 법을 초월하여 처음으로 열반涅槃에 이르고 안락자재安樂自在의 경지를 얻는다는 뜻. 설산게雪山偈(『삼보경三寶經』 상上 · 10), 무상게無常偈(『헤이케 이야기平家物語』 · 모두)라고도 함. 이것을 일본어로 번역한 것이 이로하 노래いろは歌. ⑳ 1

중생衆生

범어梵語 sattva의 한역. 유정有情이라고도 함. 원어原語는 일정하지 않고 어의語義에 대해서도 여러 가지 설이 있음. 보통 함께 생존하는 것, 살아있는 모든 것을 말함. 민중과 거의 동일한 의미로 사용되는 경우가 많음. ⑳ 11

지경자持經者

경전經典, 특히 『법화경法華經』을 항상 억지憶持하는 자. 지자持者라고도 함. 산림山林에 칩거하며 일심불란一心不亂하게 『법화경』을 독송讀誦하는 승려로 성인聖人이라고도 칭함. 수행으로 얻은 영험력靈驗力으로써 이익利益을 베푼다고 생각되었음. ⑳ 13

지관止觀

'마하지관摩訶止觀'의 줄임말. 천태종에서 『법화경法華經』 3대 주역서注釋書 중 하나. 20권(혹은 열 권). 수나라의 지의智顗(천태대사天台大師 · 지자대사智者大師)가 설법한 원돈지관圓頓止觀의 방법을 설명하여 그것을 제자 장안章安이 적은 것. 천태종에서 가장 중요하게 여겨지는 수행법. ⑳ 2

지불당持佛堂

깊이 신앙하여 항상 몸 가까이에 두고 기원하는 불상佛像(염지불念持佛)을 안치하는 당. ⑳ 6·39

진언밀법眞言密法

진언밀교와 같은 뜻. '진언비밀眞言祕密의 가르침'이라고도 함. 교의敎義를 문자로 명시한 현교顯敎와 다르게 교의가 심원深遠하여 문자로는 설명할 수 없는 가르침에서 비롯된다고 함. 밀교에서는 진언眞言(범어梵語 주문)을 외우는 것을 취지로 하는 것에서 비롯된 명칭. 엔닌圓仁·엔친圓珍 등에 의해 전해진 천태계天台系의 태밀臺密과 구카이空海에 의한 도지東寺 계통의 동밀東密의 큰 두 개의 흐름이 있음. ⑳ 5

[차]

참회懺悔

과거의 죄악을 스스로 회개悔改하고 신불神佛에게 고백하여 범한 죄에 대한 용서를 구하는 것. ⑳ 21

천수다라니千手陀羅尼

대비주大悲呪, 천수의 진언眞言이라고도 함. 천수관음千手觀音의 공덕을 설명한 범어梵語 주문. 대비주 82구句의 다라니. ㉒ 5

축생畜生

범어梵語 tiryanc(길러져서 살아가는 것)의 번역. 불연佛緣이 없는 금수禽獸·충어蟲魚 종류. ⑳ 29

[하]

행도行道

불상佛像이나 불전佛殿의 주위를 돌며, 부처를 예배찬단禮拜讚嘆하는 작법作法 및 그 의식儀式. 보통 오른쪽으로 세 바퀴를 돎. ⑳ 39

행자行者

관행자觀行者, 또는 수행자修行者의 의미로 행인行人, 수행자修行者라고도 칭함. 일본에서는 중세 이래 고행苦行을 수행하는 사람을 특히 행자라고 칭하였으며, 때로는 출가하지 않고 긴 머리와 긴 손톱 등을 하고 산림山林 등에서 살며 기행奇行을 하는 자를 또한 가리키게 되었음. ㉒ 5

향로香爐

향을 피우기 위해 사용하는 용기. 도자기陶磁器·칠기漆器·금속제金屬製 등이 있음. 양식이나 형태는 다양하며 손에 드는 것을 병향로柄香爐, 책상 위에 두는 것을 치향로置香爐라고 함. 후에 마루 장식, 탁자 장식 등에 사용되게 됨. ⑳ 35

향수香水

범어梵語 arghya 알가閼伽의 한역. 부처에게 공양하는 향기가 나는 청정한 물을 말함. 공덕수功德水, 성수聖水라고도 함. ⑳ 39

현보現報

현세에 있어 선악의 행위에 의해 받게 되는 현세에서의 과보果報. 살아 있을 때에 받게 되는 응보. ⑳ 26·28

호법護法

'호법신護法神'의 줄임말. 불법수호의 신령으로 호법천동護法天童, 호법선신護法善神, 호법동자護法童子 등으로 표현. 범천梵天·제석천帝釋天·금강역사金剛力士·사천왕四天王·십나찰녀十羅刹女·십이신장十二神將·십육선신十六善神·이십팔부중二十八部衆 등. 원래는 인도의 민간신앙의 신이었지만 불법에 귀의하여 불佛·법法·승僧의 삼보三寶를 수호하는 신이 되었다고 함. ⑳ 1·27

화계火界의 주문呪文

부동명왕不動明王 다라니陀羅尼의 명칭. 화계진 언火界眞言이라고도 함. 인印을 맺고 부동명왕을 염念하며 악마항복惡魔降服을 위한 대화재大火災의 염상炎上을 기원하는 주문. ⑳ 2·39

회향回(廻)向

자신이 닦은 선행善行의 결과인 공덕功德을 다른 사람이나 다른 것으로 돌리는 것. ⑳ 19

후세後世

후생後生과 같음. 내세來世의 안락安樂. 사후에 극락에 왕생하는 것. 또, 사후에 다시 태어나게 된다고 믿어진 세상 그 자체를 가리킴. ⑳ 36

훈수薰修

정확히는 '훈습薰習'. 범어梵語 vasana(향기로 충만한 것)의 번역. 훈향薰香이 물건에 스며들어 그 물건 자체에서 향기가 나는 것. 수행의 공덕이 지금 향기를 피워 내고 있다는 의미. ⑳ 4

지명·사찰명 해설

1. 본문 중에 나오는 지명·사찰명 중 여러 번 나오는 것, 특히 긴 해설을 필요로 하는 것을 일괄적으로 해설하였다. 바로 해설하는 것이 좋은 것은 본문의 각주脚注에 설명했다.
2. 배열은 한글 표기 원칙에 의한 가나다 순으로 하였다.
3. 각 항의 말미에 그 지명·사찰명이 나온 이야기를 숫자로 표시하였다. 예를 들면 '⑳ 1'은 '권20 제1화'를 가리킨다.

[가]

가무쓰이즈모데라上津出雲寺

교토 시京都市 가미교 구上京區 가미고료타테 정上御靈竪町에 있던 절. 가무이즈모데라上出雲寺, 고야마데라小山寺라고도 함. 연력延曆 연간(782~806) 사이초最澄에 의해서 창건되어 어령회御靈會의 수법당修法堂으로 발전하지만, 원정기院政期에는 쇠퇴함. 연희식延喜式 칠대사七大寺 중의 하나. ⑳ 34

가스가 신사春日神社

가스가 대사春日大社. 나라 시奈良市 가스가노 정春日野町 미카사 산三蓋山의 서쪽 기슭에 소재. 다케미카즈치노 미코토武甕槌命·후쓰누시노 미코토經津主命·아마노코야네노 미코토天兒屋根命·히메 신比賣神의 네 신을 모심. 다케미카즈치노 미코토는 후지와라 씨藤原氏 가문의 신. 신호경운神護景雲 2년(768), 히타치 지방常陸國 가시마鹿島 신사神社의 다케미카즈치노 미코토가 시모우사 지방下總國 가토리사香取社의 후쓰누시노 미코토, 가와치 지방河內國 히라오카사社枚岡의 아메노코야네노 미코토天兒屋命를 권청勸請하여 조영, 진좌하였다고 함. ⑳ 43

가쓰라 강桂川

수원水源은 교토 시京都市 사쿄 구左京區로, 여러 강이 합류하는 니시쿄 구西京區 가쓰라桂 부근에 흘러들어, 후시미 구伏見區에서 가모 강鴨川을 아울러 요도 강淀川에 흘러드는 강. 가도노 강葛野川이라고도 함. 유역流域에 따라 호칭이 달라, 오이 강大堰(井)川·호즈 강保津川·우메즈 강梅津川 등으로도 불림. ⑳ 34

가즈라키 산葛木山

'가쓰라기 산葛城山'. 오사카 부大阪府와 나라 현奈良県의 경계에 있는 곤고 산계山系의 산. 현재는 주봉主峰 곤고 산金剛山과는 다른 산을 가쓰라기 산이라고 부르지만, 원래는 주봉을 가쓰라기 산葛城山이라고 불렀음. 수험도修驗道의 영장靈場. 히토코토누시一言主의 신, 다카카모高鴨 신사神社 등이 있음. ⑳ 7

간고지元興寺

나라 시奈良市 시바노신야芝新屋에 있던 대사大

寺. 현재는 관음당觀音堂, 탑이 있던 흔적만이 남아 있음. 화엄종華嚴宗. 남도칠대사南都七大寺·십오대사十五大寺 중 하나. 소가노 우마코蘇我馬子가 아스카飛鳥에 건립한 간고지元興寺를 헤이조 경平城京 천도와 함께 양로養老 2년(718)부터 천평天平 17년(745)에 걸쳐 이축한 것. 삼론三論·법상교학法相教學의 거점. 헤이안平安 시대 이후는 지광만다라智光曼荼羅를 안치한 극락방極樂坊(나라 시奈良市 주인中院)를 중심으로 정토교의 도장으로써 서민신앙을 모았음. 그 창건설화가 권11 제15화에 보임. → 본간고지本元興寺
⑳ 27·40

간주지勸修寺

'간슈지'라고도 함. 교토 시京都市 야마시나 구山科區에 소재. 가메노코 산龜甲山이라고 하며, 진언종眞言宗 산계파山階派 대본산大本山. 다이고醍醐 천황天皇의 어머니, 후지와라노 인시藤原胤子의 조부, 미야지노 이야마스宮道彌益의 저택을 절로 한 것에서 시작되어, 창태昌泰 연간(898~901) 어원당御願堂이 쇼슌承俊 율사律師를 행사行事로 먼저 건립되었음. 본존本尊은 천수관음千手觀音.
㉒ 7

고후쿠지興福寺

나라 시奈良市 노보리오지 정登大路町에 소재. 법상종 대본산. 남도칠대사南都七大寺·십오대사十五大寺 중 하나. 초창草創은 덴치天智 8년(669) 후지와라노 가마타리藤原鎌足의 부인 가가미노오키미鏡女王가 가마타리 사후, 석가삼존상釋迦三尊像을 안치하기 위해 야마시나데라山階寺(교토 시京都市 야마시나 구山科區 오타쿠大宅)를 건립한 것으로부터 시작. 덴무天武 천황이 도읍을 아스카飛鳥 기요미하라淨御原로 옮길 때, 우마사카데라厩坂寺(나라 현奈良縣 가시하라 시橿原市)로 이전, 헤이조 경平城京 천도와 함께 화동和銅 3년(710) 후지와라노 후히토藤原不比等에 의해 현재 위치로 조영, 이축되어 고후쿠지라고 불리게 됨. 후지와라 씨藤原氏 가문의 절氏寺로 융성했지만, 치승治承 4년(1180) 다이라노 시게히라平重衡의 남도南都(나라奈良) 방화로 대부분 전소全燒. 또한 이축 후에도 야마시나데라山階寺로 통칭.
⑳ 43 ㉒ 2

곤고 산金剛山

『진언전眞言傳』에는 "긴푸 산金峯山"으로 되어 있음. 오사카 부大阪府와 나라 현奈良縣의 경계에 있는 곤고 산지의 최고봉의 하나. ⑳ 7

관음원觀音院

교토 시京都市 사쿄 구左京區 이와쿠라岩倉에 소재하는 다이운지大雲寺의 사역寺域 내에 있는 원院. 영관永觀 3년(985) 황태후皇太后 쇼시昌子 내친왕內親王이 창건하고, 요쿄余慶를 개기開基로 함. 산문山門·사문寺門 중도衆徒의 대립 항쟁 시에 다이운지가 파괴되고, 관음원도 소실燒失됨. ⑳ 8

기요타키 강淸瀧川

교토 시京都市 기타 구北區 사지키가다케棧敷ヶ嶽를 수원水源으로, 아타고 愛宕山·다카오高雄(尾)를 흘러, 사가키요타키嵯峨淸瀧를 거쳐, 호즈 강保津川까지 흘러드는 강. 중류中流에 도카노오栂尾·마키노오槇尾·다카오高雄(尾)의 삼오三尾가 있어, 명소로 유명함. ⑳ 39

㉯

난구南宮

기후 현岐阜縣 후와 군不破郡 다루이 정垂井町에 소재하는 난구南宮 신사神社. 나카야마카나야마히코 신사仲山金山彦神社, 나카야마 미나미 신궁사中山南神宮寺라고도 함. 명신제名神祭 285좌座 중의 한 좌, 미노美濃에서 유일한 묘진名神 대사大社. 진무神武 천황天皇이 나가스네히코長髓彦를 정벌 할 때, 가나야마히코노 미코토金山彦命가 야타가라스八照烏(삼족오)를 구한, 그 영험靈驗을 기리고, 후와 군 후추府中의 땅에 가나야마히코노 미코토를 제사 지낸 것에서부터 시작되었다고 여겨짐. ⑳ 35

닌나지仁和寺

교토 시京都市 우쿄 구右京區에 소재. 진언종 어실파御室派의 총본산. 본존本尊은 아미타삼존阿彌陀三尊. 인화仁和 2년(886) 고코光孝 천황에 의해 창건. 그 유지를 이어 우다宇多 천황이 인화 4년에 금당金堂을 건립하여 닌나지를 완성하여, 그 후 법황이 되어 입정했기에 어실어소御室御所라고도 함. 절 이름은 창건한 연호에서 딴 것. 또한 대대로 법친왕法親王이 문적門跡을 계승하여, 문적사원의 필두. 많은 탑두, 자원을 가지고 있음. ⑳ 5 ㉓ 20

[다]

다이안지大安寺

나라 시奈良市 다이안지 정大安寺町에 소재. 헤이조 경平城京 좌경左京 육조사방六條四坊에 위치함. 고야 산高野山 진언종. 본존本尊은 십일면관음十一面觀音. 남도칠대사南都七大寺·십오대사十五大寺 중 하나. 도다이지東大寺, 사이다이지西大寺와 함께 난다이지南大寺라고도 함. 쇼토쿠聖德 태자가 스이코推古 25년(617)에 건립한 구마고리정사熊凝精舍에서 시작됨. 정사는 서명舒明 11년(639) 야마토 지방大和國 도이치 군十市郡의 구다라 강百濟川 근처로 옮겨 구다라다이지百濟大寺가 되었음. 천무天武 2년(673) 다카이치 군高市郡(지금의 나라 현奈良縣 아스카明日香)으로 옮겨 다케치노오데라高市大寺, 천무 6년에 다이칸다이지大官大寺라 불림. 그 뒤로 헤이조平城 천도에 따라 영귀靈龜 2년(716. 화동和銅 3년〈710〉, 천평天平 원년〈729〉이라는 설도 있음) 현재 위치로 이전하여 천평 17년에 다이안지大安寺로 개칭함. 양로養老 2年(718) 당으로부터 귀국한 도지道慈가 조영에 크게 공헌. 삼론종의 학문소로 융성함. ⑳ 19

다카오高尾

교토 시京都市 우쿄 구右京區 우메가하타梅ヶ畑에 있는 다카오 산高尾(雄)山. 산 위에 진고지神護寺가 있고, 단풍의 명소로 유명함. ⑳34

도노미네多武峰

나라 현奈良県 사쿠라이 시櫻井 도노미네多武峰에 소재하는 도노미네데라多武峰寺를 가리킴. 후지와라노 가마타리藤原鎌足의 장남, 조에定慧가 가마타리의 유골을 도노미네로 이장移葬하고, 13중탑을 건립한 것을 시작으로 함. 원래는 묘라쿠지妙樂寺라고 불렀음. 이후에 성령원聖靈院이 건립되고, 가마타리의 목상이 만들어짐. 메이지明治 초년의 신불분리 후에는 단잔談山 신사神社가 됨. ㉒ 1

도다이지東大寺

나라 시奈良市 조시 정雜司町에 소재. 화엄종 총본산. 본존本尊은 국보 노사나불좌상盧舍那佛坐像(대불大佛). 남도칠대사南都七大寺의 하나. 십오대사十五大寺 중 하나. 쇼무聖武 천황 치세인 천평天平 13년(741)의 국분사國分寺를 창건, 천평 15년에 대불 조립造立을 시작으로 천평 17년 헤이조 경平城京에서 주조鑄造, 천평승보天平勝寶 4년(875) 대불개안공양大佛開眼供養, 대불전大佛殿

낙성落成을 거쳐 가람이 정비됨. 전신은 로벤良辨이 창건한 긴슈지金鍾寺로, 야마토 지방大和國 곤코묘지金光明寺가 되고, 도다이지로 발전하였음. 진호국가의 대사원으로 팔종겸학八宗兼學(당시는 6종)의 도장. 로벤 승정, 교키行基 보살의 조력으로 완성. 간다이지官大寺의 제일임. 그 창건설화가 본집 권11 제13화에 보임. ⑳ 43

동탑東塔

서탑西塔·요카와橫川와 함께 히에이 산比叡山 삼탑三塔중 하나. 오미近江 사카모토坂本(시가 현滋賀県 오쓰 시大津市)의 서쪽, 히에이 산의 동쪽 중턱 일대에 엔랴쿠지延曆寺의 중심지역. 근본중당根本中堂을 중심으로 남곡南谷·동곡東谷·북곡北谷·서곡西谷·무동사곡無動寺谷이 있음. ⑳ 11·35

[마]

마니와노 야마네라馬庭山寺

소재所在 미상未詳. 천평승보天平勝寶 8년(756)의 도다이지東大寺 산계사지도山堺四至圖에 '馬庭'가 보임. 호국사본護國寺本『제사연기집諸寺緣起集』에 '馬庭', '馬庭坂'는 사호 강佐保川 상류上流라고 함. 도다이지東大寺의 동북쪽, 사호 강의 상류, 나라 시奈良市 가와카미 정川上町 동부東部에 있던 절. ⑳ 24

미나미야마시나南山階

교토 시京都市 야마시나 구山科區 부근. 야마시로 지방山城國 우지 군宇治郡 야마시나 향山科鄕의 남부를 부르는 말. 후지와라 씨藤原氏의 연고지. ㉒ 7

미와데라三輪寺

나라 현奈良県 사쿠라이 시櫻井市 미와三輪, 오미와大神 신사神社의 섭사攝社 오타타네코大直禰子 신사가 있던 곳에 소재했음. 오미와데라大神寺라고도 함. 오미와 씨大三輪氏 가문의 절로, 또는 오미와大神 신사의 신궁사神宮寺. ⑳ 41

미이데라三井寺

정확하게는 온조지園城寺. 미이데라라는 이름은 통칭. 시가 현滋賀縣 오쓰 시大津市에 소재. 천태종 사문파寺門派 총본산. 본존本尊은 미륵보살彌勒菩薩. 오토모大友 황자의 아들, 오토모 요타노오키미大友與多王의 집을 절로 만들어 창건했다고 전해짐. 오토모 씨大友氏 가문의 절氏寺이었으나 엔친圓珍이 부흥시켜 엔랴쿠지延曆寺의 별원別院으로 하고 초대 별당別當이 되었음. 사이초最澄가 죽은 후, 엔친이 제5대 천태좌주天台座主가 되지만, 엔닌圓仁의 문도파門徒派(산문파山門派)와 엔친의 문도파(사문파寺門派)의 대립이 생겨 정력正曆 4년(993) 엔친의 문도는 엔랴쿠지를 떠나 온조지를 거점으로 하여 독립함. 황실이나 권세 있는 가문의 비호를 받아 큰 사원이 됨. ㉓ 14

[바]

본간고지本元興寺

나라 현奈良県 다카이치 군高市郡 아스카 촌明日香村 아스카飛鳥에 있던 절. 아스카데라飛鳥寺·간고지元興寺·호코지法興寺·다이호코지大法興寺라고도 함. 스슌崇峻 천황天皇 원년(588) 소가노 우마코蘇我馬子의 본원本願에 의해 창건. 스이코推古 천황天皇 4년(596) 완성. 그 창건설화가 본집 권11 제22화에 보임. 가람伽藍은 탑을 중심으로 동서북에 삼금당三金堂을 배치한 조선朝鮮양식. 헤이조 경平城京 천도와 함께 양로養老 2년(718) 나라로 이축移築, 아스카의 옛 절은 본간고지本元興寺라고 불림. 건구建久 7년(1196) 뇌화雷火로 전소全燒. 현재는 구라쓰쿠리노 도리鞍作鳥의 작품이라고 알려진 아스카 대불大佛을 안치한

안거원安居院이 있음. → 간고지 ㉓ 17

부쓰겐지佛眼寺

미상. 야마시로 지방山城國 아타고 군愛宕郡 조도지 촌淨土寺村, 현재의 교토 시京都市 사쿄 구左京區 조도지에 있었던 천태사원天台寺院. ⑳ 6

[사]

서탑西塔

동탑東塔·요카와橫川와 함께 히에이 산比叡山 삼탑三塔 중 하나. 히에이 산 서측에 위치. 석가당釋迦堂·보당원寶幢院이 핵을 이룸. 북곡北谷·동곡東谷·남곡南谷·남미南尾·북미北尾의 오곡五谷을 기점으로 함. ㉓ 19

시라카와白川(河)

히에이 산比叡山과 뇨가이타케如意ヶ嶽의 사이에서 발원하는 시라 강白川 유역 일대를 가리킴. 교토 시京都市 사쿄 구左京區, 히가시야마 구東山區에 이르는 지역으로, 건조乾燥하여 살기 좋았기 때문에, 시라카와인白河院의 어소御所나 대사원大寺院, 귀족貴族의 별장 등이 운영됨. 긴토公任의 산장山莊이 있었음. ㉒ 5

[아]

아미다노미네阿彌陀峰

교토 시京都市 히가시야마 구東山區에 소재. 히가시 산 36 봉우리 중의 하나로, 고대에는 도리베 산鳥邊山이라고도 함. 교토에서 야마시나山科로 넘어가는 경계에 있는 산. ㉒ 7

아타고 산愛宕山

교토 시京都市 북서부, 우쿄 구右京區 사가아타고 정嵯峨愛宕町에 소재. 야마시로 지방山城國과 단바 지방丹波國의 경계에 있으며, 동북부의 히에이 산比叡山과 함께 왕성진호王城鎭護의 성지로 알려져 있음. 아타고愛宕 대권현大權現(현재의 아타고 신사神社)의 진좌지鎭座地로, 그 본지本地는 승군勝軍 지장地藏. 다이초泰澄가 개창開創한 것으로 알려진 아타고하쿠운지愛宕白雲寺가 있던 아사히 봉朝日峰을 비롯하여, 중국의 오대산을 모방하여 산 중의 오산五山에 오지五寺가 있음. 고대로부터 수험자修驗者의 행장行場으로 유명함. ⑳ 13

야쿠오지藥王寺

자세히 알려지지 않음. 기이 지방紀伊國 나구사 군名草郡 미카미 촌三上村(와카야마 현和歌山縣 가이난 시海南市 가메가와龜川)에 있는 절. 『일본영이기日本靈異記』 중권 제22화에서 "야쿠오지藥王寺, 지금은 세타지勢多寺라고 한다."라고 할주割注. 후세後世의 야쿠쇼지藥勝寺와 같다고도 함. 야쿠쇼지는 나구사 군에 소재한 천평天平 연간(729~49) 창건創建의 절로, 정액사定額寺. ⑳ 22

오미네데라大峰寺

미상未詳. 교토 시京都市 가미교 구上京區 오미네즈시 정大峰圖子町이라고 추정. 대봉전大峰殿이라는 소당小堂이 있고, 석보탑石寶塔이 현존함. 고대로부터 오미네노大峰野라고 불린 지역으로, 다이호지大峰寺가 있고, 수험자修驗者들의 거점이 되었음. 석탑石塔은 역행자役行者의 무덤과 함께, 산조三條 천황의 중궁中宮, 후지와라노 기요코藤原硏子의 화장 무덤으로도 알려짐. ⑳ 9

오야케데라大宅寺

'오호야데라'라고도 함. 미상未詳. 교토 시京都市 야마시나 구山科區 오야케大宅에 있던 하쿠오白鳳 시대의 사원으로, 오야케 폐사廢寺를 말한다고 추정되고 있음. ㉒ 7

오타케大嶽

히에이 산比叡山의 주봉主峰인 오히에이大比叡를 가리킴. 『양진비초梁塵秘抄』(312)에는 "根本中堂へ參る途。賀茂川は川廣し。(中略) 禪師坂、滑石、水飮、四郎板、雲母谷、大獄、蛇の池、あこやの聖がたてたりし千本の卒堵婆"라고 되어 있음. ⑳ 2

요도淀

교토 시京都市 후시미 구伏見區. 오구라巨椋 연못의 서쪽 끝에 있으며, 요도 강淀川의 기점. 우지 강宇治川·가쓰라 강桂川·기즈 강木津川·가모 강鴨川이 합류하는 지점으로 요도 강 교통의 요충지. 교토의 외항外港으로 번영하였음. ⑳ 1

요카와橫川

동탑東搭·서탑西塔과 함께 히에이 산比叡山 삼탑三塔 중 하나. '橫河'라고도 표기하며, 북탑北塔이라고도 함. 근본중당根本中堂의 북쪽에 소재. 수릉엄원首楞嚴院(요카와橫川 중당中堂)을 중심으로 하는 구역. 엔닌圓仁이 창건, 료겐良源이 천록天祿 3년(972) 동서의 양 탑으로 부터 독립시켜 융성함. ⑳ 1·2·23

요타테夜立 **숲**

미상. 『하루살이 일기蜻蛉日記』, 『마쿠라노소시枕草子』 108 '숲은(森は)'의 단에 보이는 "요타테의 숲(ようたての森)"과 같다고 추정. 교토 부京都府 소라쿠 군相樂郡 기즈 정木津町의 이치사카市坂 부근이라고 추정. ⑳ 40

원당圓堂

교토 시京都市 우쿄 구右京區에 소재하는 닌나지仁和寺 경내의 팔각원당八角圓堂으로 팔각어당八角御堂이라고도 함. 우다宇多 법황法皇의 어원御願에 의해, 연희延喜 4년(904) 3월 26일에 성대한 낙성落成 공양供養이 행해졌음. ⑳ 5

이무로飯室

히에이 산比叡山 요카와橫川의 육곡六谷 중의 하나. 요카와에서 히가시자카모토東坂本로 내려가는 중간에 소재. 이무로 부동당飯室不動堂이 있음. 진젠尋禪이 이무로 곡飯室谷에 있었던 사방私房의 묘향방妙香房을 개칭하고, 당사를 정비하여 이치조一條 천황天皇의 어원사御願寺로 한 것이 기원. ⑳ 2

이부키 산伊吹山

이부키 산지伊吹山地의 남단에 있는 주봉主峰으로 기후 현岐阜県 후와 군不破郡, 시가 현滋賀県 사카타 군坂田郡에 걸쳐 있음. 높이 1377m. 고대로부터 영산靈山으로 유명하고, 일본 칠고산七高山 중의 하나. 수험도修驗道의 영장靈場으로 인수仁壽 연중年中(851~4) 산슈三修 선사禪師가 입산하여 이부키 산伊吹山 고코쿠지護國寺를 개기開基. 가마쿠라鎌倉 시대에는 간논고코쿠지觀音護國寺 외에 시고코쿠지四護國寺가 있었음. ⑳ 12

이즈미 강泉川

현재의 기즈 강木津川. 우에노上野 분지盆地(미에 현三重県 서부西部)에서 시작되어, 교토 부京都府 남부, 나라 현奈良県과의 경계에 흘러들어 요도 강淀川에 합류. 고대로부터 야마토大和 지방과의 수운水運에 이용됨. ⑳ 40

[차]

천수원千手院

히에이 산比叡山 동탑東塔의 산왕원山王院(천수당千手堂)으로 추정. 지쇼智證 대사大師 엔친圓珍 문도門徒의 본거지의 하나임. 『예악요기叡岳要記』, 『산문당사기山門堂舍記』에 의하면, 덴교傳教

대사의 본원本願으로 천수관음千手觀音·성관음상聖觀音像을 안치함. 또한 『예악요기叡岳要記』에는 서탑西塔의 천수원千手院에 대한 기록이 있으나, 동탑東塔의 천수원에 대한 기사는 없음. ⑳ 2

[하]

하지카미椒抄의 먼 외딴 섬.

와카야마 현和歌山県 아리다 시有田市의 앞바다에 있는 바닷가에 우라노 하쓰시마浦の初島 중의 하나. 오키시마沖島를 가리키는 것으로 추정. ⑳ 27

후카쿠사 산深草山

교토 시京都市 후시미 구伏見區의 동북부에 소재. 예로부터 노래로 읊어지고, 와카和歌의 소재가 된 명승지. 또한 장송葬送의 땅임. 특정 산을 일컫는 것이 아니라, 후카쿠사深草의 일대에 있는 산을 막연히 일컫는 것이기도 함. ㉒ 6

히라 산比良山

시가 현滋賀県 시가 군滋賀郡에 소재. 비와琵琶 호수의 서쪽 기슭, 히에이 산比叡山의 북쪽에 위치. 높이 1214m. 산악수행山岳修行의 영장靈場. 법장法場 칠고산七高山 중의 하나. 덴구天狗가 있던 산으로 유명하여 『제가이보 회권是害坊繪卷』에 히라 산平山(比良山)의 큰 덴구 몬제보聞是坊가 등장. 설경雪景은 오미近江 팔경八景 중의 하나. ⑳ 11·34

히로사와廣澤

교토 시京都市 우쿄 구右京區 사가히로사와 정嵯峨廣澤町의 히로사와 연못 남쪽에는 영조永祚 원년(989) 간초寬朝 창건의 헨쇼지遍照寺가 있고, 그 절을 말함. 원래는 히로사와 연못의 북서쪽에 건립되었지만, 근세近世가 되어 남측에 재건. 진언종眞言宗 어실파御室派의 준별각본산準別格本山으로, 히로사와 산廣澤山으로 칭함. 본존本尊은 십일면관음十一面觀音. 이곳은 고대로부터 달을 보는 명소로, 히로사와 연못과 달을 읊은 노래가 다수 남아 있음. ⑳ 4·5 ㉓20

히에이 산比叡(容)山

1) 히에이 산比叡山. 교토 시京都市와 시가 현滋賀縣 오쓰 시大津市에 걸친 산. 오히에이大比叡와 시메이가타케四明ヶ岳 등으로 되어 있음. 엔랴쿠지延暦寺가 있는 곳으로 유명하지만, 엔랴쿠지가 생기기 이전부터 신앙의 대상으로 여겨짐. 덴다이 산天台山이라고도 함.

2) 엔랴쿠지延暦寺를 말함. 오쓰 시大津市 사카모토 정坂本町에 소재. 천태종天台宗 총본산. 에이산叡山이라고도 함. 연력延暦 7년(788) 히에이 산 기슭에서 태어난 사이초最澄가 창건한 일승지관원一乘止觀院을 기원으로 함. 사이초의 사망 이후, 홍인弘仁 13년(822) 대승계단大乘戒壇의 칙허勅許가 내리고, 이듬해 홍인 14년(823) 엔랴쿠지라는 이름을 받음. 동탑東塔, 서탑西塔, 요카와橫川의 삼탑三塔을 중심으로 16곡谷이 정비되어 있음. 온조지園城寺(미이데라三井寺)를 '사문寺門', '사寺'로 칭하는 것에 비해, 엔랴쿠지를 '산문', '산'이라고 칭함. ⑳1·2·11·35·36

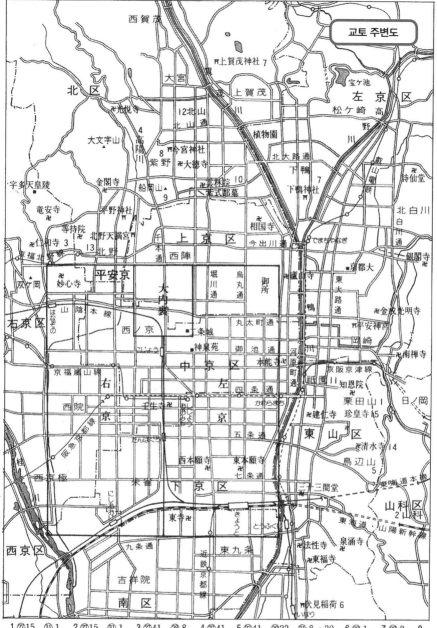

교토 주변도

1 ㉗15、㉛1　2 ㉗15、㉛1　3 ㉗41、㉘8　4 ㉗41　5 ㉗41、㉙22、㉛8・30　6 ㉘1　7 ㉘2　8 ㉘2　9 ㉘3、㉙3　10 ㉘3、㉛23　11 ㉘11、㉛24　12 ㉘28、㉛15・20　13 ㉘35、㉛31　14 ㉙22・28
15 ㉛19

● 그림 중의 굵은 숫자는 권27~권31 이야기 속에 나오는 지점을 가리킨다.
● 지점 번호 및 그 지점이 나오는 권수 설화번호를 지점번호순으로 정리했다.
　1 ㉗1은 그림의 1 지점이 권27 제1화에 나온다는 의미이다.
　(다음의 헤이안경도의 경우도 동일하다)

0　　　1　　　2km

● →은 이야기 속에서 등장인물이 이동한 경로를 가리킨다.

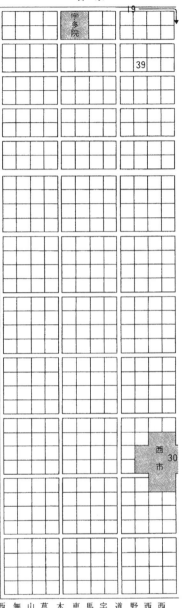

右京

宇多院

39

西市 30

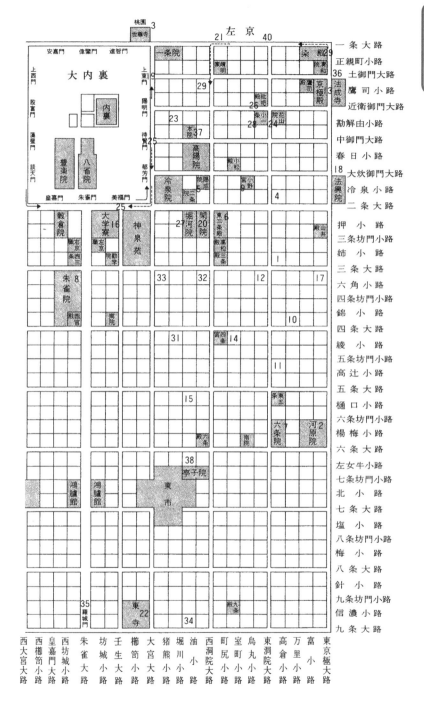

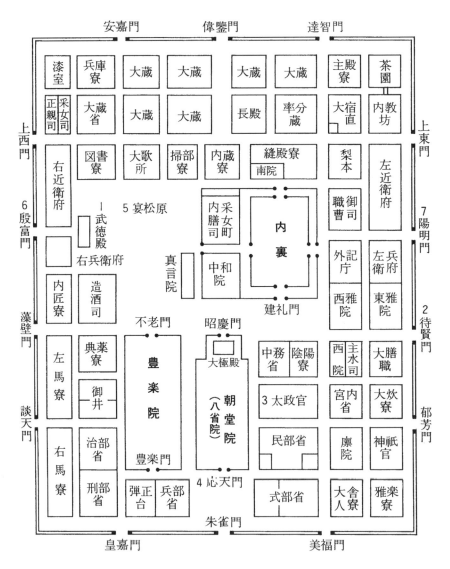

헤이안경 대내리도

1 ㉗8　　2 (中御門)㉗9、(東中御門)㉘16　　3 (官)㉗9　　4 ㉗33　　5 ㉗38　　6 (近衛御門)
㉗38　　7 (近衛御門)㉘41

● ( ) 안은 이야기 속에서의 호칭.

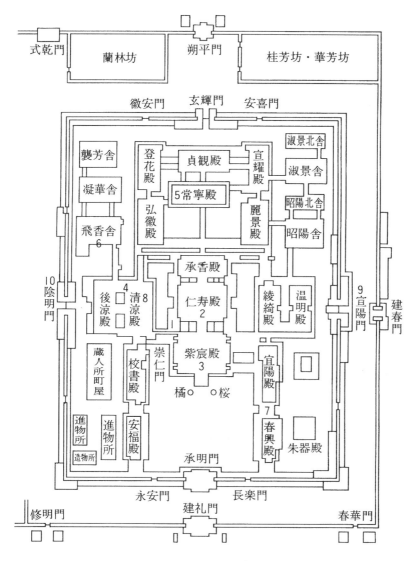

1（中橋）㉗10　2 ㉗10　3（南殿）㉗10　4（滝口）㉗41　5 ㉘ 4　6（藤壺）㉘14　7（陣の座）㉘25　8（夜御殿）㉙14　9（東ノ陣）㉛29　10（西ノ陣）㉛29

● ( )안은 이야기 속에서의 호칭.

옛 지방명

- 율령제의 기본행정단위인 '지방國'을 나열하고, 지도에 위치를 나타냈다.
- 명칭의 배열은 가나다 순을 따랐으며, 국명의 뒤에는 국명보다 상위로 설정되었던 '오기칠도五畿七道' 구분을 적었고, 추가로 현대 도都·부府·현縣과의 개략적인 대응 관계를 나타냈다.
- 지방의 구분은 9세기경 이후에 이러한 모습으로 고정되었다. 무쓰陸奥와 데와出羽는 19세기에 세분되었다.

㉮

가가加賀 (북륙도) 이시카와 현石川縣 남부.

가와치河內 (기내) 오사카 부大阪府 남동부.

가이甲斐 (동해도) 야마나시 현山梨縣.

가즈사上總 (동해도) 치바 현千葉縣 중앙부.

고즈케上野 (동산도) 군마 현群馬縣.

기이紀伊 (남해도) 와카야마 현和歌山縣 전체, 미에 현三重縣의 일부.

㉯

나가토長門 (산양도) 야마구치 현山口縣 북서부.

노토能登 (북륙도) 이시카와 현石川縣 북부.

㉰

다지마但馬 (산음도) 효고 현兵庫縣 북부.

단고丹後 (산음도) 교토 부京都府 북부.

단바丹波 (산음도) 교토 부京都府 중부, 효고 현兵庫縣 동부.

데와出羽 (동산도) 야마가타 현山形縣·아키타 현秋田縣 거의 전체. 명치明治 원년(1868)에 우젠羽前·우고羽後로 분할되었다. → 우젠羽前·우고羽後

도사土佐 (남해도) 고치 현高知縣.

도토우미遠江 (동해도) 시즈오카 현靜岡縣 서부.

㉱

리쿠젠陸前 (동산도) 미야기 현宮城縣 대부분, 이와테 현岩手縣의 일부. → 무쓰陸津

리쿠추陸中 (동산도) 이와테 현岩手縣의 대부분, 아키타 현秋田縣의 일부. → 무쓰陸津

㉲

무사시 武藏 (동해도) 사이타마 현埼玉縣, 도쿄 도東京都 거의 전역, 가나가 현神奈川縣의 동부.

무쓰陸津 (동산도) '미치노쿠みちのく'라고도 한다. 아오모리青森·이와테岩手·미야기宮城·후쿠시마福島 4개 현에 거의 상당한다. 명치明治 원년(1868) 세분 후의 무쓰는 아오모리 현 전부, 이와테 현 일부. → 이와키磐城·이와시로岩代·리쿠젠陸前·리쿠추陸中

미노美濃 (동산도) 기후 현岐阜縣 남부.

미마사카美作 (산양도) 오카야마 현岡山縣 북동부.

미치노쿠陸奥 '무쓰むつ'라고도 한다. → 무쓰陸津

미카와三河 (동해도) 아이치 현愛知縣 동부.

㉳

부젠豊前 (서해도) 오이타 현大分縣 북부, 후쿠오카 현福岡縣 동부.

분고豊後 (서해도) 오이타 현大分縣 대부분.

비젠備前 (서해도) 오카야마 현岡山縣.

빈고備後 (산양도) 히로시마 현廣島縣 동부.

빗추備中 (산양도) 오카야마 현岡山縣 서부.

사가미相模 (동해도) 가나가와 현神奈川縣의 대부분.
사누키讚岐 (남해도) 가가와 현香川縣.
사도佐渡 (북륙도) 니가타 현新潟縣 사도 섬佐渡島.
사쓰마薩摩 (서해도) 가고시마 현鹿兒島縣 서부.
셋쓰攝津 (기내) '쓰つ'라고도 한다. → 쓰攝津
스루가駿河 (동해도) 시즈오카 현靜岡縣 중부.
스오周防 (산양도) 야마구치 현山口縣 동부.
시나노信濃 (동산도) 나가노 현長野縣.
시마志摩 (동해도) 미에 현三重縣 시마 반도志摩半島.
시모쓰케下野 (동산도) 도치기 현栃木縣.
시모우사下總 (동해도) 치바 현千葉縣 북부, 이바라키 현茨城縣 남부.
쓰攝津 (기내) '셋쓰せっつ'라고도 한다. 오사카 부大阪府 북서부, 효고 현兵庫縣 남동부.
쓰시마對馬 (서해도) 나가사키 현長崎縣 쓰시마 전도對馬全島.

아와安房 (동해도) 치바 현千葉縣 남부.
아와阿波 (남해도) 도쿠시마 현德島縣.
아와지淡路 (남해도) 효고 현兵庫縣 아와지 섬淡路島.
아키安藝 (산양도) 히로시마 현廣島縣 서반.
야마시로山城 (기내) 교토 부京都府 남동부.
야마토大和 (기내) 나라 현奈良縣.
에치고越後 (북륙도) 사도 섬佐渡島을 제외한 니가타 현新潟縣의 대부분.
에치젠越前 (북륙도) 후쿠이 현福井縣 북부.
엣추越中 (북륙도) 도야마 현富山縣.
오미近江 (동산도) 시가 현滋賀縣.
오스미大隅 (서해도) 가고시마 현鹿兒島縣 동부, 오스미 제도大隅諸島.
오와리尾張 (동해도) 아이치 현愛知縣 서부.
오키隱岐 (산음도) 시마네 현島根縣 오키 제도隱岐諸島.

와카사若狹 (북륙도) 후쿠이 현福井縣 남서부.
우고羽後 (동산도) 아키타 현秋田縣의 대부분, 야마가타 현山形縣의 일부. → 데와出羽
우젠羽前 (동산도) 야마가타 현山形縣의 대부분. → 데와出羽
이가伊賀 (동해도) 미에 현三重縣 서부.
이나바因幡 (산음도) 돗토리 현鳥取縣 동부.
이세伊勢 (동해도) 미에 현三重縣 대부분.
이와미石見 (산음도) 시마네 현島根縣 서부.
이와시로岩代 후쿠시마 현福島縣 서부. → 무쓰陸奧
이와키磐城 후쿠시마 현福島縣 동부, 미야기 현宮城縣 남부. → 무쓰陸奧
이요伊予 (남해도) 에히메 현愛媛縣.
이즈伊豆 (동해도) 시즈오카 현靜岡縣 이즈 반도伊豆半島, 도쿄 도東京都 이즈 제도伊豆諸島.
이즈모出雲 (산음도) 시마네 현島根縣 동부.
이즈미和泉 (기내) 오사카 부大阪府 남부.
이키壹岐 (서해도) 나가사키 현長崎縣 이키 전도壹岐全島.

지쿠고筑後 (서해도) 후쿠오카 현福岡縣 남부.
지쿠젠筑前 (서해도) 후쿠오카 현福岡縣 북서부.

하리마播磨 (산양도) 효고 현兵庫縣 서남부.
호키伯耆 (산음도) 돗토리 현鳥取縣 중서부.
휴가日向 (서해도) 미야자키 현宮崎縣 전체, 가고시마 현鹿兒島縣 일부.
히고肥後 (서해도) 구마모토 현熊本縣.
히다飛驒 (동산도) 기후 현岐阜縣 북부.
히젠肥前 (서해도) 사가 현佐賀縣의 전부, 이키壹岐·쓰시마對馬를 제외한 나가사키 현長崎縣.
히타치常陸 (동해도) 이바라키 현茨城縣 북동부.

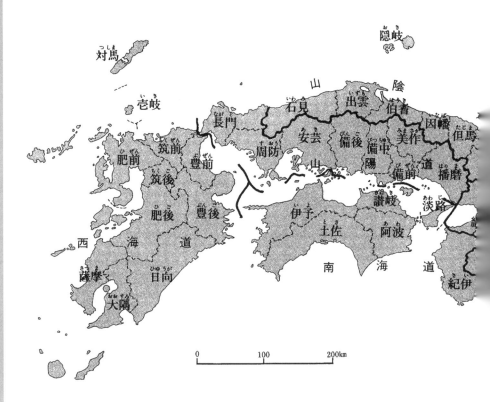

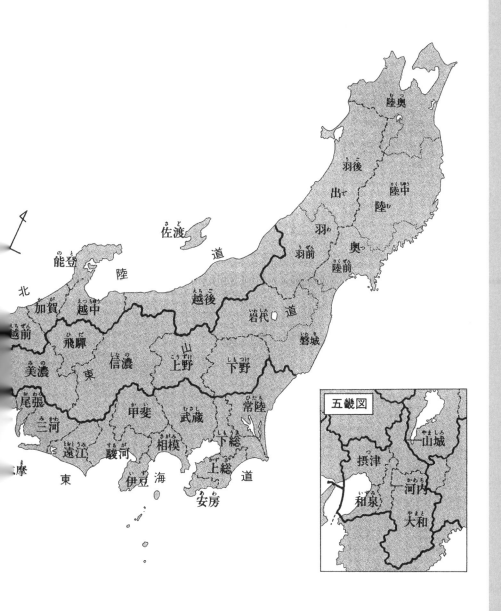

陸奥

羽後

出^で羽

陸中

佐渡^{さど}

羽^わ

能登^{のと}

陸

道

羽前^{うぜん}

奥^{おう}

陸前^{りくぜん}

北

加賀^{かが}

越中^{えっちゅう}

越後^{えちご}

越前^{えちぜん}

飛驒^{ひだ}

岩代^{いわしろ}

道

美濃^{みの}

信濃^{しなの}

山^{やま}上野^{こうずけ}

下野^{しもつけ}

磐城^{いわき}

東

尾張^{おわり}

甲斐^{かい}

武蔵^{むさし}

常陸^{ひたち}

三河^{みかわ}

相模^{さがみ}

下総^{しもうさ}

遠江^{とおとうみ}

駿河^{するが}

上総^{かずさ}

摩

伊豆^{いず}

海

道

東

安房^{あわ}

五畿図

摂津^{せっつ}

山城^{やましろ}

和泉^{いずみ}

河内^{かわち}

大和^{やまと}

교주·역자 소개

마부치 가즈오馬淵 和夫

1918년 아이치현愛知県 출생. 도쿄문리과대학東京文理科大學 졸업(국어사 전공). 前 쓰쿠바대학筑波大學 교수.

저 서: 『日本韻学史の研究』,『悉曇学書選集』,『今昔物語集文節索引·漢子索引』(감수) 외.

구니사키 후미마로国東 文麿

1916년 도쿄 출생. 와세다대학早稲田大學 졸업(일본문학 전공). 前 와세다대학 교수.

저 서: 『今昔物語集成立考』,『校注·今昔物語集』,『今昔物語集 1~9』(전권 역주) 외.

이나가키 다이이치稲垣 泰一

1945년 도쿄 출생. 도쿄교육대학東京教育大學 졸업(중고·중세문학 전공). 前 쓰쿠바대학筑波大學 교수.

저 서: 『今昔物語集文節索引卷十六』,『考訂今昔物語』,『寺社略縁起類聚 I』 외.

한역자 소개

이시준 李市埈

한국외국어대학교 일본어과 및 동 대학원 석사졸업. 도쿄대학 대학원 총합문화연구과 박사(일본설화문학), 현 숭실대학교 일어일문학과 교수. 숭실대학교 동아시아언어문화연구소 소장.

저 서: 『今昔物語集 本朝部の硏究』(일본), 『금석이야기집 일본부의 구성과 논리』.

공편저: 『古代中世の資料と文學』(義江彰夫 編, 일본), 『漢文文化圈の說話世界』(小峯和明 編, 일본), 『東アジアの今昔物語集』(小峯和明 編), 『說話から世界をどう解き明かすのか』(說話文學會 編, 일본), 『식민지 시기 일본어 조선설화집 기초적 연구 1, 2』.

번 역: 『일본불교사』, 『일본 설화문학의 세계』, 『암흑의 조선』, 『조선이야기집과 속담』, 『전설의 조선』, 『조선동화집』.

편 저: 『암흑의 조선』 등 식민지 시기 일본어 조선설화집자료 총서.

김태광 金泰光

교토대학 일본어·일본문화연수생(일본문부성 국비유학생), 고베대학 대학원 문학연구과 석사졸업, 동 대학원 문화학연구과 박사(일본설화문학, 한일비교문화), 현 경동대학교 교수.

논 문: 「귀토설화의 한일비교 연구 ―『三國史記』와 『今昔物語集』을 中心으로―」, 「『今昔物語集』의 耶輸陀羅」, 「『今昔物語集』 석가출세성도담의 비교연구」, 「금석이야기집(今昔物語集)의 본생담 연구」 등 다수.

저역서: 『한일본생담설화집 "석가여래십지수행기"와 "삼보회"의 비교 연구』, 『세계 속의 일본문학』(공저), 『삼보에』(번역) 등 다수.

今昔物語集

日本部 五